Alerta Final

Do autor:

Dinheiro sujo

Um tiro

Destino: inferno

Alerta final

Caçada às cegas

Miragem em chamas

Serviço secreto

Sem Retorno

Acerto de contas

Por bem ou por mal

LEE CHILD

Alerta Final

Tradução
Daniel Estill

3ª edição

Rio de Janeiro | 2024

Copyright © by Lee Child, 1999.

Título original: *Tripwire*

Capa: Raul Fernandes
Foto de capa: © John Dakers/Eye Ubiquitous/Corbis
Editoração: FA Studio

Texto revisado segundo o novo
Acordo Ortográfico da Língua Portuguesa

2024
Impresso no Brasil
Printed in Brazil

Cip-Brasil. Catalogação na fonte
Sindicato Nacional dos Editores de Livros. RJ

C464a
3ª ed.
	Child, Lee, 1954
	    Alerta final / Lee Child ; tradução Daniel Estill - 3ª ed. -
	Rio de Janeiro : Bertrand Brasil, 2024.
	    462p. : 23 cm
	
	    Tradução de: Tripwire
	    ISBN 978-85-286-1598-2
	
	    1. Romance inglês. I. Estill, Daniel. II. Título.

12-4312	CDD: 823 CDU: 821.111-3

Todos os direitos reservados pela:
EDITORA BERTRAND BRASIL LTDA.
Rua Argentina, 171 — 3º andar — São Cristóvão
20921-380 — Rio de Janeiro — RJ
Tel.: (21) 2585-2000

Não é permitida a reprodução total ou parcial desta obra, por
quaisquer meios, sem a prévia autorização por escrito da Editora.

Atendimento e venda direta ao leitor:
sac@record.com.br

Para minha filha, Ruth.
No passado, a melhor criança do mundo, agora, uma mulher
a quem sinto orgulho de chamar de minha amiga.

Prólogo

Hook Hobie devia sua vida inteira a um segredo de quase trinta anos. Sua liberdade, seu status, seu dinheiro, tudo. E, como qualquer sujeito cuidadoso nessa situação particular, estava disposto a fazer o que fosse preciso para proteger seu segredo. Porque tinha muito a perder. A vida inteira.

A proteção na qual se sustentava havia quase trinta anos baseava-se em apenas duas coisas. As mesmas duas coisas que qualquer pessoa usa para se proteger do perigo. Da mesma forma que um país se protege de um míssil inimigo, da mesma forma que o morador de um apartamento se protege de um ladrão, da mesma forma que um boxeador fecha a guarda contra uma tentativa de nocaute. Detecção e resposta. Fase um, fase dois. Primeiro você identifica a ameaça, depois você reage.

A fase um era o sistema de alarme preliminar. Havia sido modificado ao longo dos anos, assim como as circunstâncias haviam mudado. Agora, estava bem-ensaiado e simplificado. Constituía-se de duas camadas, como dois fios de alarme concêntricos. O primeiro estava a dezoito mil quilômetros de casa. Era um sinal de alerta muito antecipado. Uma chamada para despertar. Avisaria que eles estavam se aproximando. O segundo estava oito mil quilômetros mais próximo, mas ainda a 10 mil quilômetros de distância.

Uma ligação do segundo ponto avisaria que eles estavam prestes a chegar muito perto. Serviria para avisar que a fase um chegara ao fim e que a fase dois estava começando.

A fase dois era a reação. Ele sabia muito bem qual deveria ser. Passara quase trinta anos pensando nisso, mas só havia uma única reação viável. E era fugir. Desaparecer. Ele era um cara realista. Durante toda a vida, orgulhara-se de sua coragem e sua astúcia, de sua tenacidade e sua fortaleza. Sempre fizera o necessário sem pensar duas vezes. Mas sabia que, ao ouvir os sinais de alerta daqueles distantes fios de alarme, tinha que sair de lá. Porque nenhum homem seria capaz de sobreviver ao que viria depois dele. Nenhum homem. Nem mesmo alguém tão implacável quanto ele.

O perigo subira e descera, como a maré dos anos. Por longos períodos, estivera certo de que seria inundado a qualquer momento. Para então serem substituídos por longos períodos em que nada parecia ser capaz de atingi-lo. Às vezes, a sensação de amortecimento do tempo fazia com que ele se sentisse seguro, afinal, trinta anos é uma eternidade. Mas, outras vezes, parecia um piscar de olhos. Às vezes, ficava à espera da primeira ligação hora após hora. Planejando, suando, mas sempre ciente de que poderia ser forçado a fugir a qualquer momento.

Ele ensaiara tudo em sua mente milhões de vezes. Do jeito que ele esperava, a primeira ligação viria talvez um mês antes da segunda. Seria um mês para se preparar. Amarraria as pontas soltas, fecharia as coisas, sacaria o dinheiro, faria a transferência dos ativos, acertaria as contas. Depois, quando recebesse a segunda ligação, decolaria. Imediatamente. Sem hesitação. Era só se mandar e ficar bem longe.

Mas, do jeito que aconteceu, as duas ligações chegaram no mesmo dia. A segunda veio antes da primeira. O fio de alarme mais próximo foi detonado uma hora antes do mais distante. E Hook Hobie não fugiu. Abandonou trinta anos de planos cuidadosos e ficou lá para encarar a briga.

1

JACK REACHER VIU O CARA ENTRAR PELA PORTA. Na verdade, não havia porta. O cara apenas entrou pela parte da parede da frente que não estava lá. O bar abria direto para a calçada. Havia mesas e cadeiras lá fora, sob uma trepadeira seca, que ainda dava um mínimo de sombra. Era um ambiente contínuo, de dentro para fora, passando por uma parede que não existia. Reacher achava que poderia haver algum tipo de grade que poderiam prender na abertura, quando o bar fechasse. Se fechasse. Reacher certamente nunca vira o bar fechar, e olha que ele cumpria um horário de trabalho bem radical.

O cara ficou em pé, esperando, alguns metros dentro da sala escura, piscando, deixando que os olhos se acostumassem à penumbra, após sair do branco escaldante do sol de Key West. Era junho, exatamente quatro da tarde, na parte mais ao sul dos Estados Unidos. Mais ao sul até do que

a maior parte das Bahamas. Um sol branco e intenso, um calor extremo. Reacher sentou à mesa, no fundo do bar, bebeu um gole-d'água de uma garrafa plástica e esperou.

O cara olhava em torno. O bar tinha teto baixo, era construído com tábuas velhas, ressecadas e até ficarem bem escuras. Pareciam ter vindo de um daqueles velhos veleiros. Pedaços espalhados de sucata náutica estavam pregados nelas. Objetos de latão e globos de vidro verde. Pedaços de redes velhas. Equipamento de pesca, era o que Reacher achava, apesar de nunca ter pescado um peixe na vida. Ou velejado. Além de tudo aquilo, havia uns dez mil cartões de visita pregados ao longo de cada centímetro quadrado livre, incluindo o teto. Alguns deles eram novos, outros, velhos e enrolados, representando empreendimentos que haviam passado por lá décadas atrás.

O cara avançou um pouco mais pela penumbra, na direção do balcão. Era velho. Uns sessenta anos, altura média, corpulento. Um médico o teria considerado acima do peso, mas Reacher viu apenas um homem robusto começando a descer a ladeira. Um sujeito que encarava a passagem do tempo com elegância, sem se preocupar muito com isso. Estava vestido como alguém de uma cidade do norte que precisou se arrumar às pressas para viajar para um lugar quente. Calças cinza leves, largas no alto, estreitas na base, um paletó bege fino e amassado, uma camisa branca com o colarinho bem aberto, mostrando a pele branco-azulada do pescoço, meias escuras, sapatos urbanos. Reacher desconfiou que ela era de Nova York ou de Chicago, talvez de Boston, tendo passado a maioria de seus verões no ar condicionado dos prédios ou dos carros; essas calças e esse paletó ficaram enfiados no fundo do armário desde que foram comprados, uns vinte anos antes, e saíam de lá apenas de vez em quando, para serem usados em situações apropriadas.

O cara chegou até o balcão e tirou a carteira de dentro do paletó. Estava recheada e era feita de couro preto fino. O tipo de carteira que se molda em torno do que quer que estivesse enfiado lá dentro. Reacher viu o cara abri-la com um movimento rápido, mostrá-la para o barman e fazer uma pergunta

Alerta Final 11

em voz baixa. O barman olhou para outro lado, como se tivesse sido insultado. O cara afastou a carteira e ajustou as mechas grisalhas do cabelo sobre o couro cabeludo suado. Murmurou outra coisa, e o barman tirou uma cerveja duma caixa de gelo. O velho segurou a garrafa fria contra o rosto por um momento e depois deu um longo gole. Arrotou discretamente por trás da mão e sorriu, como se uma pequena decepção tivesse sido amenizada.

Reacher acompanhou seu gole longo fazendo o mesmo com a garrafa-d'água. O sujeito que tinha o melhor condicionamento físico que ele já conhecera fora um soldado belga que jurava que a chave para a boa forma era fazer qualquer coisa que você estivesse a fim, desde que bebesse cinco litros de água mineral todos os dias. O belga era um sujeito pequeno e magro, com metade do seu tamanho, portanto, em vez de cinco, Reacher teria que beber dez litros por dia. Dez garrafas de um litro. Seguiu a recomendação desde que chegara ao calor das Keys. Estava funcionando. Nunca se sentira melhor. Todos os dias, às quatro da tarde, ele se sentava àquela mesa escura e bebia três garrafas de água sem gás, à temperatura ambiente. Estava tão viciado em água como já tinha sido em café.

O velho estava encostado de lado no balcão, ocupado com sua cerveja. Varrendo a sala com os olhos. Reacher era a única pessoa lá, além do barman. O velho afastou-se do balcão com um movimento do quadril e se aproximou. Balançou a cerveja com um gesto vago, como se perguntasse *posso ir até aí?* Reacher apontou para a cadeira diante dele e quebrou o lacre de plástico da terceira garrafa. O homem sentou-se pesadamente. A cadeira pareceu estar sendo esmagada por ele. Era o tipo de cara que guarda chaves, dinheiro e lenço nos bolsos das calças, o que aumentava a largura natural dos quadris.

— Você é Jack Reacher? — perguntou.

Nada de Chicago ou Boston. Nova York, com certeza. A voz soava exatamente como a de um conhecido de Reacher que passara seus vinte primeiros anos sem nunca se afastar mais de cem metros da avenida Fulton.

— Jack Reacher? — perguntou o velho de novo.

De perto, tinha olhos pequenos e espertos e sobrancelhas grandes. Reacher bebeu e olhou para ele através da água clara em sua garrafa.

— Você é Jack Reacher? — perguntou o cara pela terceira vez.

Reacher colocou a garrafa na mesa e balançou a cabeça.

— Não — mentiu.

Os ombros do velho caíram levemente, estava desapontado. Puxou o punho da camisa e olhou o relógio. Moveu sua massa para a frente na cadeira, como se fosse levantar, mas sentou-se de volta, como se de repente houvesse tempo de sobra.

— Quatro e cinco — disse.

Reacher concordou. O cara acenou com a garrafa vazia para o barman, que se abaixou para pegar outra gelada.

— O calor — disse. — Me pega de jeito.

Reacher concordou de novo e tomou mais um gole da água.

— Você conhece algum Jack Reacher por aqui? — perguntou o cara.

Reacher deu de ombros.

— Alguma descrição? — perguntou de volta.

O cara deu um longo gole na segunda garrafa. Limpou os lábios com as costas da mão e aproveitou para esconder um segundo arroto discreto.

— Na verdade, não. Um grandalhão, é tudo o que eu sei. Por isso que te perguntei.

Reacher assentiu.

— Tem muitos grandalhões por aqui. Tem grandalhões em tudo quanto é lugar.

— Mas você não conhece o nome?

— Deveria? — perguntou. — E quem quer saber?

O cara sorriu e acenou com a cabeça, como um pedido de desculpas por um lapso de boas maneiras.

— Costello — respondeu. — Prazer em conhecê-lo.

Em resposta, Reacher assentiu de volta e levantou a garrafa levemente.

— Rastreador? — perguntou.

— Detetive particular — respondeu Costello.

Alerta Final 13

— Procurando um cara chamado Reacher? — perguntou Reacher. — O que ele fez?

Costello deu de ombros.

— Nada, pelo que sei. Apenas me pediram para encontrá-lo.

— E você acha que ele está aqui embaixo?

— Estava na semana passada. Ele tem uma conta bancária em Virgínia e está mandando dinheiro para lá.

— Daqui de baixo, de Key West?

Costello concordou.

— Toda semana — respondeu. — Há três meses.

— E daí?

— Daí que ele está trabalhando por aqui — disse Costello. — Pelo menos, tem trabalhado, há três meses. Acho que alguém deve conhecê-lo.

— Mas ninguém conhece — disse Reacher.

Costello balançou a cabeça.

— Subi e desci a Duval perguntando para todo mundo. Parece que é ali que a ação acontece nesta cidade. O mais próximo que cheguei foi num bar de strippers, uma garota de lá disse que tinha um sujeito grandão por aqui, há exatos três meses, que vinha beber água todo dia, às quatro horas, aqui.

Ele ficou em silêncio, olhando firme para Reacher, como se fizesse um desafio direto. Reacher tomou um gole da água e encolheu os ombros.

— Coincidência — disse.

Costello concordou.

— Acho que sim — disse em voz baixa.

Ele levou a garrafa de cerveja até os lábios e bebeu, mantendo seus sábios e velhos olhos focados no rosto de Reacher.

— Tem uma grande população temporária aqui — disse Reacher. — As pessoas vêm e vão o tempo todo.

— Acho que sim — repetiu Costello.

— Mas vou ficar de ouvidos abertos — disse Reacher.

Costello concordou.

— Eu agradeço — respondeu de um jeito ambíguo.

— Quem quer encontrá-lo? — perguntou Reacher.

— Minha cliente — respondeu Costello. — Uma senhora chamada Jacob.

Reacher tomou um gole da água. Aquele nome não significava nada para ele. Jacob? Nunca ouvira falar dessa pessoa.

— Está bem. Se encontrá-lo por aqui, eu te aviso, mas não fique muito esperançoso. Não costumo encontrar muita gente.

— Você trabalha?

Reacher assentiu.

— Cavo piscinas — respondeu.

Costello ponderou, como se soubesse o que eram piscinas, mas como se nunca tivesse parado para pensar como elas chegavam lá.

— Operador de escavadeira?

Reacher sorriu e balançou a cabeça.

— Não por aqui — respondeu. — Nós escavamos com as mãos.

— Com as mãos? — repetiu Costello. — Como assim? Com pás?

— Os terrenos são muito pequenos para as máquinas — explicou Reacher. — As ruas são muito estreitas, as árvores, muito baixas. Saia da Duval e você vai ver.

Costello concordou mais uma vez. De repente, pareceu muito satisfeito.

— Então provavelmente não vai conhecer esse tal de Reacher — disse. — Segundo a sra. Jacob, ele era um oficial do Exército. Então fui verificar, e ela estava certa. Era um major. Medalhas e tudo o mais. Um mandachuva da Polícia do Exército, foi o que me disseram. Não se encontra um cara desses cavando piscinas com uma porcaria de pá.

Reacher tomou um longo gole em sua água para esconder sua expressão.

— E como se encontra um cara desses?

— Aqui no sul? — perguntou Costello. — Não tenho certeza. Segurança de hotel? Tocando algum tipo de negócio? Talvez tenha um iate e o alugue para passeios.

— E por que ele teria vindo parar aqui, afinal?

Alerta Final 15

Costello concordou, como se estivesse concordando com uma opinião.

— Certo — disse ele. — Isso aqui é um inferno. Mas ele está aqui, com toda certeza. Deixou o Exército há dois anos, colocou o dinheiro no banco mais próximo do Pentágono e desapareceu. A movimentação da conta mostra o dinheiro sendo transferido pra tudo quanto é lugar, e depois, há três meses, as transferências passaram a sair daqui. Então, ele andou por aí por um tempo e depois se ajeitou por aqui, fazendo alguma grana. Vou encontrá-lo.

Reacher assentiu.

— Ainda quer que eu pergunte por aí?

Costello balançou a cabeça. Já estava planejando o próximo movimento.

— Não se preocupe com isso — respondeu ele.

Ajeitou o corpanzil na cadeira e tirou um rolo amassado de dinheiro do bolso da calça. Deixou uma nota de cinco sobre a mesa e se afastou.

— Prazer em conhecê-lo — disse em voz alta, sem olhar para trás.

Caminhou para a rua, passou pela parede inexistente, entrou no clarão da tarde. Reacher bebeu o que restava da água e o observou ir embora. Às quatro e dez.

Uma hora mais tarde, Reacher descia a avenida Duval, pensando em novos acertos bancários, escolhendo um lugar para jantar mais cedo e se perguntando por que mentira para Costello. Sua primeira conclusão foi que iria sacar o dinheiro e ficar com um maço de notas no bolso da calça. A segunda foi que iria seguir o conselho de seu amigo belga e comer um bife grande e sorvete com mais duas garrafas de água. A terceira foi que havia mentido porque não havia razão para não mentir.

Não havia motivo algum para que um detetive particular de Nova York estivesse atrás dele. Jamais tinha morado em Nova York. Ou em qualquer outra cidade grande do norte. Na verdade, nunca tinha morado em lugar algum. Essa era a característica que definia sua vida. Era o que o fazia ser quem era. Filho de um oficial dos Fuzileiros Navais, fora carregado para todos os cantos do mundo desde o dia em que sua mãe saiu com ele da maternidade, em uma enfermaria em Berlim. Não tinha morado em lugar algum, a não ser em uma interminável confusão de bases militares, a maioria em locais distantes e inóspitos do planeta. Então, também se alistou no Exército, como investigador da Polícia do Exército, e viveu e trabalhou nas mesmas bases, tudo de novo, até os dividendos da paz fecharem sua unidade e ele ser liberado. Voltou para casa, nos Estados Unidos, e vagueou por lá como um turista com pouco dinheiro, até chegar à extremidade do país, com as economias chegando ao fim. Passara uns dois dias cavando buracos no chão, os dois dias se estenderam por duas semanas e depois meses, e lá estava ele.

Não tinha parentes vivos que pudessem lhe deixar uma fortuna em testamento. Não devia dinheiro para ninguém. Nunca tinha roubado ou enganado qualquer pessoa. Não tivera filhos. Vivia apenas com alguns pedaços de papel, da maneira que seria possível a um ser humano viver. Era praticamente invisível. E jamais conhecera alguém chamado Jacob. Tinha absoluta certeza disso. Então, o que quer que Costello quisesse não lhe interessava. Por certo não o suficiente para botar a cabeça para fora e se envolver com o que quer que fosse.

Porque ser invisível tornara-se um hábito. Na parte frontal de seu cérebro, ele sabia que isso era algum tipo de reação complexa e alienada à sua situação. Dois anos antes, tudo tinha virado de cabeça pra baixo. Ele deixara de ser um peixão nadando num pequeno lago e passara a ser um ninguém. Deixara de ser um membro sênior, valorizado, de uma comunidade altamente estruturada para se tornar apenas mais um entre 270 milhões de civis anônimos. De ser necessário e procurado para ser apenas alguém sobrando. De estar onde lhes diziam que deveria estar a cada minuto do dia para se ver diante de cinco milhões de quilômetros quadrados e talvez mais uns quarenta anos pela frente, sem qualquer mapa ou horário. A parte frontal do seu cérebro dizia-lhe que sua reação era compreensível, mas defensiva, a reação de um homem que gostava de estar só, mas que temia a solidão. Dizia-lhe que era uma reação extrema com a qual deveria lidar.

Alerta Final   17

Mas a parte oculta do seu cérebro, enterrada atrás dos lobos frontais, dizia que ele gostava daquilo. Gostava do anonimato. Gostava do segredo. Sentia-se aquecido, confortável e reconfortado. Zelava por aquilo. Sentia-se amistoso e gregário na superfície, sem jamais falar muito de si mesmo. Gostava de pagar em dinheiro e viajar pelas estradas. Jamais aparecia nas listas de passageiros ou nos carbonos dos canhotos de cartão de crédito. Não dizia seu nome a ninguém. Em Key West, havia se registrado num hotel barato com o nome Harry S. Truman. Dando uma olhada no livro de registro, viu que não tinha sido o único. A maioria dos 41 presidentes dos EUA havia passado por lá, mesmo aqueles de quem ninguém ouvira falar, como John Tyler e Franklin Pierce. Descobrira que os nomes não significavam muito nas Keys. As pessoas apenas acenavam, sorriam e davam um oi. Todo mundo presumia que todos tinham algum motivo para se manter discretos. Sentia-se confortável lá. Confortável demais para sair apressado.

Caminhou por uma hora em meio ao calor barulhento e depois saiu da Duval, indo para um restaurante discreto, com mesas num pátio, onde o conheciam de vista e serviam sua marca de água favorita, além de um bife cujas beiradas sobravam pelos dois lados do prato ao mesmo tempo.

O bife veio com um ovo, batatas fritas e uma mistura complicada de algum tipo de verdura de climas quentes; o sorvete veio com calda de chocolate quente e castanhas. Bebeu mais um litro de água e completou com duas xícaras de café preto forte. Afastou-se da mesa e ficou sentado ali, satisfeito.

— Tudo certo? — a garçonete sorriu.

Reacher sorriu de volta e concordou com a cabeça.

— No ponto certo — respondeu ele.

— Você parece ter ficado satisfeito.

— Estou ótimo.

Era verdade. Seu próximo aniversário seria o trigésimo nono, mas ele se sentia melhor do que nunca. Sempre fora forte e estivera em boa forma, mas os últimos três meses o levaram a um novo patamar. Tinha dois metros e pesava uns cem quilos quando deixara o Exército. Um mês depois de se juntar à turma das piscinas, o trabalho e o calor o deixaram com 95 quilos.

Mas, nos dois meses seguintes, havia recuperado todo o peso e chegado a 113 quilos de puro músculo. Sua carga de trabalho era extraordinária. Ele calculava carregar cerca de quatro toneladas de terra, pedras e areia todos os dias. Tinha desenvolvido uma técnica de escavação, remoção, giro e descarga da terra com sua pá que fazia com que cada parte do seu corpo trabalhasse o dia inteiro. O resultado era espetacular. Estava bronzeado, um marrom-escuro, e na melhor forma de sua vida. Como uma camisinha cheia de amêndoas, é o que uma garota lhe dissera. Ele achava que tinha que comer cerca de dez mil calorias por dia só para manter o equilíbrio, além de beber os dez litros de água.

— Então vai trabalhar hoje à noite? — perguntou a garçonete.

Reacher deu uma gargalhada. Ganhava por um programa de exercícios pelo qual a maioria das pessoas pagaria uma fortuna em qualquer academia reluzente e agora ia para seu trabalho noturno, algo pelo qual era pago mas que a maioria dos homens faria de graça e com boa vontade. Era o porteiro no bar de strippers que Costello mencionara. Na Duval. Ficava lá a noite toda sem camisa, com cara de durão, bebendo de graça e garantindo que as moças nuas não fossem incomodadas. E então lhe pagavam cinquenta dólares pelo serviço.

— É uma obrigação, mas alguém precisa fazer o serviço.

A garota deu uma risada com ele, que pagou a conta e voltou para a rua.

Dois mil e quatrocentos quilômetros ao norte, logo abaixo de Wall Street, na cidade de Nova York, o presidente da empresa pegou o elevador para descer dois andares, até a sala do diretor financeiro. Os dois homens entraram juntos no escritório e se sentaram lado a lado, atrás da mesa. Era o tipo de escritório caro, com uma mesa cara, típicos de quando os tempos estavam favoráveis, mas que depois ficaram lá, como uma muda reprovação, quando os tempos ficavam difíceis. O escritório ficava num andar alto, carvalho por toda parte, cortinas de tecido claro, toques de bronze, uma enorme mesa de pedra, uma luminária italiana, um enorme computador que custou bem mais do que o necessário. O computador estava ligado,

Alerta Final 19

esperando por uma senha. O presidente digitou o código e teclou ENTER, a tela se transformou numa planilha. Era a única planilha que contava a verdade sobre a empresa. E por isso era protegida por senha.

— Vamos mesmo fazer isso? — perguntou o presidente.

Aquele tinha sido do Dia D. D de *downsizing*, a reestruturação, na linguagem dos negócios.

O gerente de recursos humanos estava na fábrica, em Long Island, ocupado desde às oito da manhã. A secretária dele ajeitara uma longa fila de cadeiras no corredor, do lado de fora do escritório, e as cadeiras estavam ocupadas por uma longa fila de pessoas. As pessoas passaram a maior parte do dia à espera, mudando de lugar de cinco em cinco minutos para finalmente chegar ao começo da fila e entrar na sala do gerente de RH para uma entrevista de cinco minutos que dava cabo de sua subsistência, um muito obrigado e adeus.

— Vamos mesmo fazer isso? — repetiu o presidente.

O diretor financeiro estava copiando alguns números grandes em uma folha de papel. Subtraiu um do outro e olhou para um calendário. Deu de ombros.

— Em tese, sim — respondeu. — Na prática, não.

— Não? — repetiu o presidente.

— É o fator tempo — disse o diretor financeiro. — Fizemos a coisa certa lá na fábrica, sem dúvida. Oitenta por cento das pessoas se foram, uma economia de 91 por cento da folha de pagamento, porque mantivemos apenas os funcionários mais baratos. Mas pagamos a todos até o fim do mês que vem. Assim, a melhoria do fluxo de caixa não nos afeta por seis semanas. E, na verdade, o fluxo de caixa agora fica bem pior, porque os cretinos estão todos lá sacando seus cheques correspondentes a seis semanas de trabalho.

O presidente suspirou e concordou.

— Então, de quanto precisamos?

O diretor financeiro usou o mouse e ampliou a janela.

— Um milhão e cem mil dólares — respondeu. — Por seis semanas.

— Banco?

— Esqueça — o diretor financeiro disse. — Estou indo lá todo dia para puxar o saco dos caras, só para não aumentar o que já devemos a eles. Se eu pedir mais, vão rir da minha cara.

— Coisas piores podem acontecer com você — disse o presidente.

— Não é essa a questão — respondeu o diretor financeiro. — A questão é que, se eles tiverem algum sinal de que não estamos saudáveis, vão executar a dívida. Num piscar de olhos.

O presidente tamborilou com os dedos sobre a mesa de carvalho e encolheu os ombros.

— Vou vender algumas ações — disse.

O diretor financeiro balançou a cabeça.

— Você não pode — explicou pacientemente. — Se colocar essas ações no mercado, o preço vai despencar até o chão. Nossos empréstimos estão garantidos pelas ações e, se elas caírem ainda mais, eles nos fecharão amanhã.

— Merda — disse o presidente. — Faltam ainda seis semanas. Não vou perder tudo por causa de uma porcaria de seis semanas. Não por uma mereca de um milhão de dólares. É um valor insignificante.

— Um valor insignificante que nós não temos.

— Tem que haver algum lugar onde a gente consiga isso.

O diretor financeiro não respondeu nada. Mas estava sentado ali, como se tivesse algo mais a dizer.

— O quê? — perguntou o presidente.

— Ouvi uma conversa — disse. — Uns caras que eu conheço. Talvez tenha alguém a quem possamos recorrer. Por seis semanas, pode valer a pena. Tem uma possibilidade de que ouvi falar. Algo do tipo um credor de último recurso.

— Confiável?

— Aparentemente — o diretor financeiro disse. — Parece muito respeitável. Um escritório grande no World Trade Center. Especializado em casos assim.

O presidente olhou para a tela.

— Casos assim como?

Alerta Final   21

— Assim — o diretor financeiro repetiu. — Como quando você já está quase chegando em casa a salvo, mas os bancos têm a visão curta demais para perceber.

O presidente concordou com a cabeça e olhou em torno do escritório. Era um lugar bonito. E seu próprio escritório ficava dois andares acima, num canto, era ainda mais bonito.

— Está bem — disse. — Pode fazer isso.

— Eu não posso — disse o diretor financeiro. — Esse cara não lida com ninguém abaixo do nível da presidência. É você quem tem que ir lá.

Uma noite tranquila começou no bar de strippers. Uma noite no meio de uma semana de junho, muito tarde para os pássaros fugindo do frio ou para o início da primavera, mas cedo demais para os veranistas que iam se bronzear. Nada mais do que umas quarenta pessoas a noite toda, duas garotas no bar, três outras dançando. Reacher estava assistindo a uma mulher chamada Crystal. Ele desconfiava que não fosse o nome verdadeiro dela, mas nunca perguntou. Era a melhor. Ganhava muito mais do que Reacher ganhara como major da Polícia do Exército. Uma parte do dinheiro ela gastava para andar num velho Porsche preto. Às vezes, Reacher o ouvia no início da tarde, roncando e bufando em volta dos quarteirões onde ele estava trabalhando.

O bar ficava numa sala comprida, no segundo andar, com uma pista e um pequeno palco circular com uma barra brilhante. Uma fila de cadeiras serpenteava ao redor da pista e do palco. Havia espelhos por toda parte, e, onde não eram cobertas por eles, as paredes eram pintadas de preto liso. Todo o lugar pulsava e vibrava com a música alta saindo de meia dúzia de alto-falantes, suficientes para abafar o ronco do ar-condicionado.

Reacher estava de costas para o bar, a um terço do caminho do salão. Perto o suficiente da porta para ser visto de imediato e suficientemente dentro da sala para que as pessoas não esquecessem que ele estava lá. Crystal tinha acabado sua terceira dança e estava arrastando um cara inofensivo para os bastidores, para um show particular de vinte pratas, quando Reacher viu dois homens surgirem no alto da escada. Gente estranha, vindo do norte. Talvez uns trinta anos, sarados, pálidos. Ameaçadores. Caras durões do norte, com ternos de mil dólares e sapatos brilhantes. Ali no sul, com um jeito apressado, ainda vestindo as roupas da cidade. Estavam diante da mesa e discutiam sobre a taxa de três dólares de consumação. A garota na mesa olhou ansiosamente para Reacher. Ele desceu de sua banqueta. Aproximou-se.

— Algum problema, amigos? — perguntou.

Tinha usado o que chamava de andar de universitário. Já tinha observado que os meninos universitários andavam de um jeito tenso, como se mancassem um pouco. Especialmente na praia, com calção de banho. Como se fossem tão musculosos que as pernas não podiam se mover normalmente. Achava que isso tornava aqueles adolescentes de setenta quilos um tanto cômicos. Mas aprendera que, para um cara de quase dois metros e uns 115 quilos, o andar parecia bem assustador. O andar de universitário era uma ferramenta de seu novo emprego. Uma ferramenta que funcionava. Com certeza, os dois rapazes, com seus ternos de mil dólares, pareciam um tanto impressionados.

— Algum problema? — perguntou de novo.

Em geral, aquilo era o bastante. A maioria dos rapazes recuava nesse ponto. Mas não esses dois. Ao se aproximar, sentiu algo vindo deles. Uma certa combinação de ameaça e confiança. Talvez fosse arrogância. Algo que sugeria que, em geral, conseguiam fazer as coisas do jeito deles. Mas estavam longe de casa. Bem longe do próprio campo de jogo para se comportar com um pouco mais de circunspecção.

— Nenhum problema, Tarzan — respondeu o da esquerda.

Reacher sorriu. Já havia sido chamado de um monte de coisas, mas Tarzan era novidade.

— Três dólares para entrar — disse. — Mas para dar meia-volta e descer a escada é de graça.

— A gente só quer falar com uma pessoa — disse o da direita.

Os dois tinham sotaque. De algum lugar de Nova York. Reacher deu de ombros.

— A gente não conversa muito por aqui — respondeu. — A música é muito alta.

Alerta Final

23

— Qual é o seu nome? — perguntou o da esquerda. Reacher sorriu novamente.

— Tarzan — respondeu.

— Estamos procurando um cara chamado Reacher — o homem devolveu. — Jack Reacher, conhece?

Reacher balançou a cabeça.

— Nunca ouvi falar — disse ele.

— Então, precisamos conversar com as meninas — disse o cara. — Nos disseram que talvez elas o conheçam.

Reacher balançou a cabeça novamente.

— Não conhecem — disse.

O cara da direita olhava por cima do ombro de Reacher, para a sala longa e estreita. Examinava as garotas atrás do balcão. Estava percebendo que Reacher era o único segurança de plantão.

— Está bem, Tarzan, chega para lá — disse. — A gente vai entrar agora.

— Vocês sabem ler? — perguntou Reacher. — Até as palavras grandes?

Ele apontou para um cartaz pendurado acima da mesa. Letras grandes de tinta fluorescente sobre um fundo preto. Dizia: "A gerência reserva-se o direito de recusar a admissão."

— Eu sou a gerência — disse Reacher. — Estou recusando a admissão de vocês.

O homem olhou da placa para a cara de Reacher.

— Precisa de tradução? — perguntou Reacher. — Em palavras de uma sílaba? Significa que sou o chefe e vocês não podem entrar.

— Me poupe, Tarzan — o sujeito disse.

Reacher deixou que ele se aproximasse, até ficarem ombro a ombro. Então, ergueu a mão esquerda e o segurou pelo cotovelo. Segurou a articulação com a palma da mão e enfiou os dedos nos nervos da parte inferior do tríceps do sujeito. É como levar golpes contínuos no osso do cotovelo. O sujeito começou a pular como se estivesse recebendo descargas de eletricidade.

— Para a escada — disse Reacher gentilmente.

O outro cara estava ocupado, calculando as chances. Reacher percebeu o que ele estava fazendo e avaliou que estava na hora de deixar as coisas bem às claras. Ergueu a mão direita até o nível dos olhos para confirmar que ela estava livre e pronta para entrar em ação. Era uma mão grande, morena, cheia de calos causados pela pá, e o cara entendeu o recado. Deu de ombros e começou a descer a escada. Reacher o seguiu, levando o colega com firmeza pelo braço.

— Vamos nos ver de novo — disse o sujeito.

— Traga todos os seus amigos! — falou Reacher em voz alta, escada abaixo. — Três dólares cada para entrar.

Ele se voltou para o salão. Crystal estava em pé, logo atrás dele.

— O que eles queriam? — perguntou ela.

Ele deu de ombros.

— Estavam procurando uma pessoa.

— Alguém chamado Reacher?

Ele concordou.

— Segunda vez hoje — disse ela. — Teve um coroa aqui antes. Ele pagou os três dólares. Quer ir atrás deles? Conferir quem são?

Ele hesitou. Ela pegou a camisa dele de cima da banqueta do bar e estendeu para ele.

— Vai lá — disse ela. — Está tudo bem por aqui. A noite está calma.

Ele pegou a camisa. Acertou as mangas, que estavam do avesso.

— Obrigado, Crystal — disse.

Vestiu e abotoou a camisa, e dirigiu-se para a escada.

— De nada, Reacher — respondeu ela mais alto.

Ele se virou, mas ela já estava voltando para o palco. Ele olhou fixamente para a garota da mesa e saiu para a rua.

Key West às 11 da noite é tão animada quanto de dia. Algumas pessoas estão no meio da noitada, outras estão apenas começando. Duval é a rua principal, percorre toda a ilha, de leste a oeste, bem iluminada e barulhenta.

Alerta Final 25

Reacher não estava preocupado se os caras estavam esperando por ele na Duval. Muita gente. Se tivessem a intenção de se vingar, escolheriam um local mais discreto. Havia boas opções. Fora da Duval, especialmente para o norte, as coisas se acalmavam depressa. A cidade é uma miniatura. As quadras são minúsculas. Uma pequena caminhada, e você já percorreu vinte quadras, para um lugar que Reacher considerava o subúrbio, onde cavava piscinas em pequenos quintais, nos fundos de pequenas casas. A iluminação da rua diminuía, e o ruído dos bares desaparecia em meio ao zumbido intenso dos insetos noturnos. O cheiro de cerveja e fumaça era substituído pelo odor pesado da vegetação tropical que brotava e morria nos jardins.

Ele caminhou por uma espécie de espiral em meio à escuridão. Virando ao acaso pelas esquinas, circulando por áreas silenciosas. Ninguém por perto. Caminhava pelo meio da rua. Ninguém se escondendo nos umbrais, ele queria deixar quatro ou cinco metros de espaço aberto para se resguardar. Não temia ser atingido por um tiro. Os caras não tinham armas. Os ternos comprovavam isso. Justos demais para esconder armas. E os trajes diziam que tinham ido para o sul com pressa. De avião. Não é fácil entrar num avião armado.

Desistiu depois de caminhar quase dois quilômetros. A cidade era pequena, mas mesmo assim grande o bastante para que dois sujeitos se perdessem no meio dela. Virou para a esquerda, margeando o cemitério, e seguiu de volta para o barulho. Havia um cara na calçada, encostado na cerca de aramado. Esparramado e inerte. Não era uma visão incomum em Key West, mas havia algo errado. E algo familiar. O que estava errado era o braço do sujeito. Estava preso sob o corpo. Os tendões do ombro deveriam estar doendo o bastante para cortar a bebedeira ou o barato em que o sujeito poderia estar. O que havia de familiar era a claridade de um velho paletó bege. A metade superior do cara estava sob a luz, a outra metade estava no escuro. Paletó bege, calça cinza. Reacher parou e olhou ao redor. Caminhou até lá. Agachou-se.

Era Costello. Seu rosto transformado em uma massa. Uma máscara de sangue. Rios de sangue incrustados e marrons por todo o triângulo de pele pálida, azulada, da cidade aparecendo sob a gola da camisa. Reacher sentiu o pulso atrás da orelha. Nada. Tocou a pele com as costas da mão. Frio. Não havia rigor, mas era uma noite quente. O cara estava morto havia uma hora, talvez.

Verificou dentro do paletó. A carteira recheada desaparecera. Então, ele viu as mãos. As pontas dos dedos tinham sido cortadas. Dos dez dedos. Cortes rápidos e eficientes em ângulo, com algo limpo e afiado. Não um bisturi. Uma lâmina maior. Talvez uma faca curva de cortar carpete.

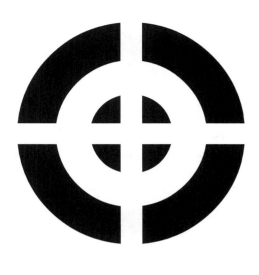

2

— A CULPA É MINHA — DISSE REACHER.
Crystal balançou a cabeça.
— Você não matou o cara — disse ela.
E olhou para ele firmemente.
— Matou?
— Eu o levei à morte — respondeu. — Qual a diferença?

O bar tinha fechado à uma da manhã, e estavam sentados em duas cadeiras, lado a lado, perto do palco vazio. As luzes estavam apagadas e não havia mais música. Nenhum som, a não ser o ruído do ar-condicionado funcionando a um quarto da potência, sugando o cheiro de fumaça e suor para lançá-los no meio da noite calma das Keys.

— Eu deveria ter contado a ele — disse Reacher. — Eu deveria ter dito, claro, que sou Jack Reacher. E então ele me diria o que tivesse a dizer, estaria de volta em casa agora, e eu poderia continuar a ignorar a história do mesmo jeito. Eu estaria na mesma, e ele ainda estaria vivo.

Crystal vestia uma camiseta branca. E nada mais. Uma camiseta bem longa, mas não o suficiente. Reacher não estava olhando para ela.

— Por que você se importa? — perguntou ela.

Era uma pergunta das Keys. Não indiferente, apenas impressionada por ele se preocupar com um estrangeiro vindo quase de outro país. Ele olhou para ela.

— Me sinto responsável — respondeu.

— Não, você se sente culpado — disse ela.

Ele concordou.

— Não deveria — disse ela. — Você não o matou.

— E tem alguma diferença? — perguntou ele novamente.

— Claro que tem. Quem era ele?

— Um detetive particular. Estava me procurando.

— Por quê?

Ele balançou a cabeça.

— Não faço ideia.

— Aqueles outros caras estavam com ele?

Ele balançou a cabeça outra vez.

— Não. Aqueles caras o mataram.

Ela olhou para ele, assustada.

— Foram eles?

— É o que eu acho. Com certeza não estavam com ele. Eram mais jovens e mais ricos. Vestidos daquele jeito? Com aqueles ternos? Não pareciam seus subordinados. De qualquer forma, ele me pareceu um solitário. Então, aqueles dois estavam trabalhando para outra pessoa. Provavelmente lhes disseram para segui-lo até aqui e descobrir que diabos ele estava fazendo. Ele deve ter pisado nos calos de alguém lá no norte, criado algum problema. E aí veio descendo para o sul. Eles o pegaram, deram-lhe uma surra para que dissesse o que estava procurando. E também vieram me procurar.

— Eles o mataram para saber o seu nome?

Alerta Final 29

— Parece que sim — respondeu ele.

— Você vai falar com a polícia?

Outra pergunta das Keys. Envolver a polícia em qualquer assunto era tema para debates longos e sérios. Ele negou com a cabeça outra vez.

— Não — respondeu.

— Eles vão rastreá-lo e logo estarão procurando por você também.

— Não de imediato. Não tem nenhuma identidade no corpo. E nenhuma impressão digital. Podem levar semanas para descobrir quem ele era.

— E o que você vai fazer?

— Vou procurar a sra. Jacob. A cliente. Ela está me procurando.

— Você a conhece?

— Não, mas quero encontrá-la.

— Por quê?

Ele deu de ombros.

— Preciso saber o que está acontecendo.

— Por quê?

Ele se levantou e olhou para ela pelo espelho da parede. Subitamente, ficara muito inquieto. Subitamente, estava mais do que pronto para retornar para a realidade de uma vez.

— Quer saber por quê? O cara foi morto por alguma coisa que tem a ver comigo, e isso me faz envolvido, certo?

Ela esticou uma longa perna nua para a cadeira que ele tinha acabado de desocupar e ponderava sobre seu sentimento de envolvimento como se fosse algum tipo de hobby obscuro. Legítimo, mas estranho, como uma dança folclórica.

— Certo, então como? — perguntou ela.

— Vou até o escritório dele. Talvez ele tenha uma secretária. Pelo menos deve ter algum registro lá. Números de telefone, endereços, contratos com clientes. Essa sra. Jacob, provavelmente, é o seu caso mais recente. Deve estar no topo da pilha.

— E onde fica o escritório dele?

— Não sei. Em algum lugar de Nova York, pelo jeito que ele falava. Sei o nome dele, sei que era um ex-policial. Um ex-policial chamado Costello, com uns sessenta anos. Não deve ser muito difícil de encontrar.

— Ele era um ex-policial? Por quê?

— A maioria dos detetives particulares é, certo? Eles se aposentam cedo e, duros, ficam por aí um pouco, se ajeitam por conta própria, vão tratar de divórcios e de pessoas desaparecidas. E essa história com o meu banco? Ele sabia todos os detalhes. Não tem outro jeito de saber essas coisas se não for pedindo um favor a algum colega ainda na ativa.

Ela sorriu, levemente interessada. Levantou-se e se aproximou dele no bar. Ficou bem próxima, encostando a cintura contra sua coxa.

— Como você sabe essas coisas complicadas?

Ele ouviu o barulho do ar passando pelos exaustores.

— Eu mesmo já fui investigador. Polícia do Exército. Treze anos. Eu era muito bom nisso. Não sou apenas um rostinho bonito.

— Você *nem mesmo* é um rostinho bonito — devolveu ela. — Não fique se achando. Quando começa?

Ele olhou a escuridão ao redor.

— Agora mesmo, acho. Com certeza deve ter algum voo cedo saindo de Miami.

Ela sorriu de novo, desta vez, com cautela.

— E como você vai chegar a Miami? A essa hora da noite?

Ele lhe devolveu o sorriso. Confiante.

— Você vai me levar.

— Dá tempo de eu me vestir?

— Só os sapatos.

Ele foi com ela até a garagem, onde o velho Porsche estava escondido. Abriu a porta, ela entrou no carro e ligou o motor. Levou-o até o hotel onde ele estava hospedado, a menos de um quilômetro ao norte do bar, dirigindo devagar, dando um tempo para o óleo aquecer. Os pneus largos batiam na pavimentação quebrada e pulavam nos buracos. Ela diminuiu até parar diante de uma entrada néon e esperou, o motor acelerado. Ele abriu a porta e, suavemente, fechou-a outra vez.

Alerta Final   31

— Vamos embora logo — disse ele. — Não tem nada aqui que eu queira levar.

Sob as luzes do painel, ela assentiu.

— Está bem, aperte o cinto — disse Crystal.

Ela engatou a primeira e arrancou pela cidade. Seguiu pela avenida North Roosevelt. Conferiu os ponteiros do painel e virou a esquerda, para a estrada aterrada sobre o mar. Ligou o detector de radares. Pisou no acelerador até o carpete, e as rodas traseiras escavaram a pista. Reacher foi pressionado para trás, sobre o couro do assento, como se estivesse saindo de Key West a bordo de um avião de caça.

Ela manteve o Porsche a mais de cento e cinquenta por todo o caminho para o norte, até Key Largo. Reacher estava gostando do passeio. Ela era uma excelente motorista. Suave, com movimentos econômicos, mudando tranquilamente as marchas, mantendo o motor ronronando, dirigindo o carro pequeno pelo centro da pista, usando a força das curvas para pegar impulso nas retas. Ela sorria, o rosto perfeito iluminado pelas luzes vermelhas do painel. Não era um carro fácil de dirigir em alta velocidade. O motor pesado fica bem atrás do eixo traseiro, pronto para balançar como um pêndulo teimoso, pronto para armar uma cilada contra o motorista que perder o momento por uma fração de segundo. Mas ela o levava muito bem. Quilômetro por quilômetro, cobrindo o terreno tão rápido quanto um pequeno avião.

Até que o detector de radares começou a apitar, e as luzes de Key Largo apareceram mais à frente. Ela freou com firmeza, e o motor roncou pela cidade, depois voltou a pisar forte e disparou para o norte, em direção ao horizonte escuro. Uma curva fechada para a esquerda, cruzando a ponte para o continente americano, para o norte, rumo a uma cidade chamada Homestead por uma estrada plana que cruzava o pântano. Depois, à direita para a estrada principal, velocidade máxima por todo o caminho, o detector de radares funcionando a toda, até chegarem ao terminal de partida de Miami, antes das cinco da manhã. Ela diminuiu, parou no local de desembarque e esperou com o motor ligado.

— Bem, obrigado pela carona — disse Reacher. Ela sorriu.
— Foi um prazer. Acredite.
Ele abriu a porta e ficou ali, sentado, olhando para a frente.
— Está bem. Vejo você depois, eu acho.
Ela balançou a cabeça.
— Não vê, não. Caras como você não voltam. Vocês vão embora e não voltam mais.
Ele ficou sentado no calor do carro. O motor pipocava e borbulhava. Os silenciosos estalavam ao esfriar. Ela se inclinou para ele. Pisou na embreagem e engatou a marcha em primeira, liberando o caminho para chegar mais perto. Enroscou o braço por trás da cabeça dele e o beijou com força nos lábios.
— Adeus, Reacher. Fico feliz de pelo menos saber o seu nome.
Ele a beijou de volta, um beijo intenso e longo.
— E qual é o seu nome? — perguntou ele.
— Crystal — respondeu ela e riu.
Ele riu com ela, levantou-se e saiu do carro. Ela se inclinou sobre o banco e puxou a porta atrás dele. Ligou o motor e saiu dirigindo. Ele ficou sozinho, na calçada, olhando-a se afastar. Ela fez uma curva na frente de um ônibus de hotel e saiu de vista. Três meses de sua vida desapareceram com ela, como a fumaça do escapamento.

Cinco da manhã, a oitenta quilômetros ao norte da cidade de Nova York, o presidente estava deitado em sua cama, totalmente acordado, olhando para o teto. Acabara de ser pintado. Toda a casa acabara de ser pintada. Ele pagou aos decoradores mais do que a maioria de seus empregados ganha em um ano. Na verdade, ele não pagou nada. Maquiou a fatura para entrar na contabilidade e foi a empresa que fez os pagamentos. A despesa estava escondida em algum lugar da planilha secreta, parte de uma soma total que ultrapassa a casa dos sete dígitos na conta de manutenção predial. Um total de sete dígitos na parte das despesas, arrastando seu negócio para o fundo como um navio adernado por uma carga pesada. Como uma palha que quebra as costas de um camelo.

Alerta Final

Seu nome era Chester Stone. O nome de seu pai era Chester Stone, e o de seu avô também. O avô fora o fundador do negócio, na época em que planilhas se chamavam livros-razão e eram preenchidos a mão, com uma caneta. O livro-razão de seu avô era bem mais pesado no lado das receitas. Ele fora um fabricante de relógios que percebeu os apelos da nascente indústria cinematográfica muito cedo. Usou seus conhecimentos com engrenagens e pequenos e intrincados mecanismos para construir um projetor. Trouxe para o negócio um sócio em condições de obter grandes lentes vindas da Alemanha. Juntos, dominaram o mercado e fizeram uma fortuna. O sócio morreu jovem e não deixou herdeiros. O cinema explodiu de uma costa à outra. Centenas de salas de cinema. Centenas de projetores. Depois, milhares. E, então, dezenas de milhares. Depois, o som. E o CinemaScope. Vendas enormes, gigantes, tudo no lado das receitas do livro-razão.

E, então, a televisão. Salas de cinema fecharam, e as que se mantiveram abertas ficaram com seus equipamentos antigos até se desmancharem. Seu pai, Chester Stone II, assumiu o controle. Diversificou. Mirou na demanda dos filmes em casa. Projetores de oito milímetros. Câmeras que funcionavam como relógios. A era animada do Kodachrome. Zapruder. A nova fábrica. Lucros vultosos piscando nas lentas fitas magnéticas de um dos primeiros computadores gigantes da IBM.

E então os filmes voltaram. Com o pai moribundo, o jovem Chester Stone III assumiu o legado, as salas multiplex se espalhando por todo lado. Quatro projetores, seis, doze, dezesseis, onde antes havia apenas um. A chegada do som estéreo. Cinco canais, Dolby, Dolby Digital. Riqueza e sucesso. Casamento. A mudança para a mansão. Os carros.

Então, o vídeo. Os filmes domésticos de oito milímetros mais mortos do que qualquer outra coisa que pudesse morrer. A concorrência. Licitações acirradas, com novos concorrentes surgindo sob seus pés, da Alemanha, do Japão, da Coreia e de Taiwan, tomando conta dos multiplexes. A busca desesperada por qualquer coisa que pudesse ser fabricada com pequenos retalhos laminados de metal e engrenagens de precisão. O que quer que fosse. O despertar para um pesadelo de que qualquer coisa mecânica pertencia ao passado. A explosão dos microchips de estado sólido, RAM,

videogames. Lucros enormes com coisas que ele não tinha a menor ideia de como fabricar. Prejuízos enormes começaram a se acumular no interior silencioso do software de seu computador de mesa.

Sua mulher agitou-se do seu lado. Ela piscou, abrindo os olhos, e girou a cabeça para a esquerda e para a direita, primeiro para conferir o relógio, depois para olhar para o marido. Ela percebeu seu olhar, fixo no teto.

— Não está dormindo? — perguntou baixinho.

Ele não respondeu. Ela desviou o olhar. Seu nome era Marilyn. Marilyn Stone. Estava casada com Chester havia muito tempo. Tempo suficiente para saber. Ela sabia de tudo. Não tinha os detalhes reais, nenhuma prova de fato, qualquer participação, mas, de qualquer maneira, sabia de tudo. Como não saberia? Tinha olhos e um cérebro. Havia muito tempo que ela não via os produtos do marido exibidos orgulhosamente nas vitrines de qualquer loja. Havia muito tempo que um proprietário de multiplex não ia jantar com eles, para comemorar um novo grande pedido. E havia muito tempo que ela não via Chester dormir por uma noite inteira. Assim, ela sabia.

Mas não se importava. Na riqueza e na pobreza, fora o que dissera, e era o que quisera dizer. A riqueza fora boa, mas a pobreza também poderia ser. Não que eles fossem algum dia ficar pobres, como algumas pessoas são pobres. Venderiam a porcaria da casa, liquidariam toda a lamentável confusão, e ainda assim continuariam com mais conforto do que ela jamais imaginara ter. Ainda eram jovens. Bem, não tão jovens, mas tampouco eram velhos. Saudáveis. Tinham interesse em comum. Tinham um ao outro. Valia a pena ter Chester. Grisalho, mas ainda em forma, firme e vigoroso. Ela o amava. Ele a amava. E ela ainda valia a pena, sabia disso. Quarenta e poucos anos, mas com a cabeça de 29. Ainda magra, loura, ainda excitante. Aventureira. Alguém que valia a pena ter, no sentido antigo da expressão. Ficaria tudo bem. Marilyn Stone respirou fundo e rolou na cama. Aconchegou-se no colchão. Caiu no sono de novo, cinco e meia da manhã, enquanto seu marido se mantinha silencioso ao seu lado e olhava para o teto.

Reacher estava no terminal de partidas, respirando o ar fechado, seu bronzeado assumindo um tom amarelado sob a luz fluorescente, ouvindo

Alerta Final 35

dezenas de conversas em espanhol e conferindo um monitor de televisão. Nova York estava no topo da lista, como achou que estaria. O primeiro voo do dia era um Delta, para LaGuardia, por Atlanta, em meia hora. O segundo era da Mexicana, indo para o sul, o terceiro, da United, também para LaGuardia, mas direto, partindo em uma hora. Ele foi para o balcão de passagens da United. Perguntou o preço de um bilhete apenas de ida. Concordou e se afastou.

Caminhou para o banheiro e parou diante do espelho. Usando as menores notas, tirou o rolo do bolso e contou o preço que acabara de ser informado. Em seguida, abotoou a camisa até em cima e alisou o cabelo com a palma das mãos. Saiu do banheiro e caminhou para o balcão da Delta.

O preço do bilhete era o mesmo da United. Ele sabia disso. Sempre é, de algum jeito. Contou o dinheiro, notas de um, de dez e de cinco, a moça do balcão pegou o maço, ajeitou as notas e colocou-as nos escaninhos.

— Seu nome, senhor? — perguntou ela.

— Truman — respondeu Reacher. — Como o presidente.

A garota olhou-o com indiferença. Provavelmente, nascera em outro país, nos últimos dias de Nixon. Talvez durante o primeiro ano de Carter. Reacher não se importava. Ele nascera em outro país, no início do mandato de Kennedy. Não tinha nada a dizer. Truman também era história antiga para ele. A garota digitou o nome em seu console e imprimiu o bilhete. Colocou-o num envelope com um globo terrestre vermelho e azul e o reteve bruscamente.

— Posso fazer o seu check-in imediatamente — disse.

Reacher concordou. O problema de pagar em dinheiro por uma passagem aérea, em especial no aeroporto internacional de Miami, é a guerra contra as drogas. Caso ele chegasse com um jeito arrogante e tirasse o rolo de notas de cem do bolso, a garota seria obrigada a pressionar um pequeno botão escondido no chão, sob o balcão. Em seguida, ficaria digitando aleatoriamente no teclado até a chegada dos policiais, pela esquerda e pela direita. Os policiais veriam um cara enorme e rude, todo bronzeado e com um rolo de dinheiro na mão, e pensariam na hora que se tratava de um *courier*. A estratégia da polícia é ir atrás das drogas, é claro, mas também seguir o dinheiro. Ela não permite que você faça um depósito bancário ou comece a gastar sem começar a ficar inquieta. Para eles, os cidadãos normais usam cartões de plástico para qualquer compra grande. Especialmente para viajar. Especialmente num balcão de aeroporto, vinte minutos antes da decolagem. E essa suposição acabaria em atrasos, confusão e papelada, três coisas que Reacher sempre procurava evitar. Por isso, criara uma encenação cuidadosa. Apareceu com o jeito de um cara que nem mesmo podia ter um cartão de crédito se quisesse, como um encrenqueiro azarado e falido. A camisa abotoada até em cima e o dinheiro cuidadosamente contado fizeram o truque. Davam a ele um jeito envergonhado, constrangido. Atraía os funcionários do balcão para o seu lado. Eram todos malpagos, dando duro para dar conta de seus próprios cartões de plástico. E, assim, olhavam para ele e viam apenas um sujeito vindo pela mesma estrada que eles. A simpatia era a reação instintiva, e não a suspeita.

— Portão B, senhor — disse a moça. — Coloquei-o na janela.

— Obrigado — respondeu.

Dirigiu-se ao portão e 15 minutos depois estava acelerando na pista, sentindo-se como se estivesse de volta ao Porsche de Crystal, a não ser pelo espaço muito menor para as pernas e por o assento ao lado estar vazio.

Chester Stone desistiu às seis horas. Desligou o alarme meia hora antes de tocar e saiu da cama, em silêncio, para não acordar Marilyn. Tirou o roupão do cabide e arrastou-se para fora do quarto, descendo a escada para a cozinha. A acidez no estômago estava forte demais para ele encarar um café da manhã completo, por isso, tomou apenas um café e foi para o chuveiro, na suíte de hóspedes, onde não teria problema fazer barulho. Queria deixar Marilyn dormir, e não queria que ela soubesse que ele não conseguia. Todas as noites ela acordava e fazia algum comentário sobre ele estar acordado, mas nunca ia adiante, e ele achava que ela já esquecera de manhã, ou então que considerasse que fora um sonho. Estava certo de que ela não sabia de nada. E satisfeito com isso, pois as coisas já estavam ruins o bastante apenas com seus problemas, sem ter que se preocupar se ela também estava preocupada.

Alerta Final

37

Fez a barba e ficou pensando durante todo o banho sobre o que vestiria e como agiria. A verdade é que estaria abordando o sujeito quase de joelhos. Um credor de último recurso. Sua última esperança, a última chance. Alguém que detinha todo o futuro dele na palma da mão. Então, como abordar um cara assim? Não de joelhos. Não era assim que o jogo dos negócios funcionava. Se você demonstra que precisa muito de um empréstimo, não consegue nada. Só vai conseguir se demonstrar que, na verdade, não precisa. Como se fosse algo sem maior importância para você. Como se fosse uma decisão difícil, em que você até deixa o cara subir no seu barco para ganhar uma parte dos enormes lucros que estão à espera logo ali na frente. Como se o maior problema fosse decidir exatamente qual oferta de empréstimo você estaria disposto a considerar.

Uma camisa branca, com certeza, e uma gravata discreta. Mas qual terno? Os italianos seriam muito ostensivos. Nada de Armani. Precisava da aparência de um homem sério. Rico o suficiente para comprar uma dúzia de Armanis, mas, por outro lado, sério demais para considerar essa possibilidade. Sério e preocupado demais com o peso dos negócios para perder tempo fazendo compras na avenida Madison. Decidiu que o legado era o ativo a ser empregado. Um legado contínuo de três gerações de negócios bem-sucedidos, que talvez se refletissem em uma abordagem dinástica ao vestuário. Tal como o seu avô levara seu pai ao próprio alfaiate, seu pai também o levou. Então, ele pensou em seu terno da Brooks Brothers. Velho, mas bonito, um quadriculado discreto, arejado, um pouco quente para junho. Será que um terno da Brooks Brothers funcionaria como blefe, como se dissesse "Sou rico e bem-sucedido, e não me importa o que estou vestindo"? Ou será que pareceria um derrotado?

Tirou o terno do armário e colocou-o sobre o corpo. Clássico, mas desajeitado. A aparência de um derrotado. Guardou-o de volta. Experimentou o Savile Row cinza, de Londres. Perfeito. O ar de um cavalheiro de estirpe. Sóbrio, de bom gosto e absolutamente confiável. Escolheu uma gravata com um estampado suave e sapatos pretos e compactos. Vestiu-se e virou para a esquerda e para a direita diante do espelho. Não poderia ficar melhor. Como se até ele pudesse vir a confiar em si mesmo. Terminou

o café, limpou os lábios e seguiu para a garagem. Ligou o Mercedes e chegou ao estacionamento Merritt Parkway, que estava vazio, às 6h45.

Reacher ficou cinquenta minutos em terra, em Atlanta, decolou de novo e voou para o leste e para o norte, rumo a Nova York. O sol estava sobre o Atlântico e entrava pelas janelas da direita, com o brilho congelante do amanhecer nas grandes altitudes. Ele bebia café. A aeromoça lhe oferecera água, mas ele preferira o café. Estava grosso e forte, e ele o bebia puro. Usava o café como combustível para a mente, tentando descobrir quem poderia ser essa tal de sra. Jacob. E por que teria pagado a Costello para atravessar o país atrás dele.

Ficaram na fila de aterrissagem sobre o LaGuardia. Reacher adorava aquilo. Lentos círculos baixos sobre Manhattan, no sol claro da manhã. Como um milhão de filmes, sem a trilha sonora. O avião balançando e se inclinando. Os prédios altos, deslizando sob eles, com o matiz dourado do sol. As Torres Gêmeas. O Empire State Building. O Chrysler, seu favorito. Citicorp. E então davam a volta e começavam a descer rumo ao litoral norte do Queens, até pousar. Os prédios de Midtown do outro lado do rio passando acelerados pelas janelinhas, enquanto o avião taxiava até o terminal.

Seu compromisso estava marcado para as nove horas. Odiava isso. Não por causa da hora. Nove horas já era o meio da manhã de trabalho na maioria dos escritórios de Manhattan. Não era a hora que o incomodava. Mas, sim, o fato de precisar ter um compromisso. Fazia muito tempo desde que Chester Stone precisara marcar um compromisso com alguém. Na verdade, não conseguia sequer se lembrar com precisão de ter marcado algum compromisso para ir se encontrar com alguém. Seu avô talvez tenha marcado, lá no começo da empresa. Depois disso, as coisas funcionaram exatamente ao contrário. Os três Chester Stones, o primeiro, o segundo e o terceiro, tinham secretárias que gentilmente procuravam encaixar os suplicantes numa agenda lotada. Muitas vezes as pessoas tinham que esperar dias para que uma janela provisória se abrisse na agenda, e depois horas na antessala. Mas agora era diferente. E isso o consumia.

Alerta Final 39

Estava adiantado, pois estava ansioso. Passara quarenta minutos no escritório, revisando suas opções. Não tinha nenhuma. De um jeito ou de outro, estava a 1,1 milhão de dólares e seis semanas do sucesso. E aquilo também o sufocava. Porque não se tratava de uma queda seguida por uma explosão grandiosa. Não era um desastre total. Tratava-se de uma resposta realista e ponderada ao mercado, que estava quase ali, mas ainda faltava um pouco. Como uma tacada heroica de golfe em que a bola caía a centímetros do *green*. Muito, muito perto, mas não o suficiente.

Nove da manhã, o World Trade Center sozinho é a sexta maior cidade do estado de Nova York. Maior do que Albany. Apenas 16 acres de terra, mas uma população diária de 130 mil pessoas. Chester Stone sentia-se como se a maioria delas girasse ao seu redor, com ele em pé, no meio da praça. Seu avô estaria no meio do rio Hudson. O próprio Chester assistira de seu escritório o avanço do aterro sobre a água e as duas torres gigantes se erguerem sobre o leito seco do rio. Olhou o relógio e entrou. Pegou um elevador para o octogésimo oitavo andar e desceu num corredor silencioso e deserto. O teto era baixo, e o corredor era estreito. Portas trancadas levavam aos escritórios. Tinham pequenas janelas de vidro retangulares no centro. Localizou a porta certa, olhou pelo vidro e apertou a campainha. A fechadura se abriu com um clique, e ele entrou numa recepção. Parecia um escritório normal. Surpreendentemente normal. Um balcão de bronze e carvalho, um esforço de opulência, e um recepcionista sentado atrás dele. Parou, acertou a postura e avançou em sua direção.

— Chester Stone — disse com firmeza. — Tenho uma hora marcada às 9h com o sr. Hobie.

O recepcionista homem foi a primeira surpresa. Esperava uma mulher. A segunda surpresa foi ser levado diretamente para dentro. Não o deixaram esperando. Achou que fosse ter que esperar por algum tempo, na recepção, em alguma cadeira desconfortável. Era o que ele mesmo teria feito. Se um sujeito desesperado fosse atrás dele em busca de um empréstimo salvador, ele o deixaria suar por vinte minutos. Com certeza, esse era um movimento psicológico básico.

O escritório interno era muito grande. As paredes tinham sido removidas. Estava escuro. Uma das paredes era totalmente de janelas, mas elas estavam ocultas por persianas verticais, apenas com pequenas frestas abertas. Havia uma grande mesa. Diante dela, três sofás formavam um quadrado. Havia luminárias na extremidade de cada sofá. Uma enorme mesa de centro foi posta no meio, bronze e vidro, sobre um tapete. O lugar todo parecia uma sala de estar montada na vitrine de uma loja.

Havia um homem atrás da mesa. Stone iniciou a longa caminhada na direção dele. Desviou-se dos sofás e apressou-se ao passar de lado pela mesa de centro. Aproximou-se da mesa. Estendeu a mão direita.

— Sr. Hobie? — disse ele. — Sou Chester Stone.

O homem atrás da mesa tinha uma queimadura. A cicatriz descia por toda a lateral de seu rosto. Era escamosa, como a pele de um réptil. Stone desviou olhar, horrorizado, mas ainda podia ver com o canto dos olhos. Tinha a textura de um pé de galinha cozido demais, uma cor rosada, pouco natural. O cabelo não crescia no ponto em que chegava ao couro cabeludo. Ali brotavam alguns tufos desgrenhados que se juntavam ao cabelo normal do outro lado. O cabelo era grisalho. As cicatrizes eram duras e protuberantes, mas a pele do lado não queimado era macia e lisa. O cara devia ter uns 50 ou 55 anos. Ficou sentado ali, a cadeira bem junto da mesa, as mãos sobre as pernas. Stone estava em pé, forçando-se a não desviar o olhar, a mão direita estendida sobre a mesa.

A situação era muito estranha. Não havia nada mais estranho do que ficar ali de pé, pronto para apertar as mãos, e o gesto ser ignorado. Uma tolice ficar daquele jeito, mas seria ainda pior retirar a mão. Assim ele a manteve estendida. E o homem se moveu. Usou a mão esquerda para afastar-se da mesa. Trouxe a mão direita para cima, para encontrar a de Stone. Mas não era uma mão. Era um brilhante gancho de metal. Começava bem antes, na altura do punho. Não se tratava de uma mão artificial, tampouco um dispositivo protético elaborado, mas apenas um gancho simples, com a forma de um J maiúsculo, forjado em aço inoxidável, brilhante e polido como uma escultura. Stone quase o segurou, mesmo assim, mas então

Alerta Final

retirou a mão e ficou gelado. O homem sorriu generosamente, com a parte do rosto que se movia. Como se aquilo não importasse nem um pouco para ele.

— Me chamam de Hook Hobie — disse.

Estava sentado com o rosto rígido, o gancho erguido como se segurasse um objeto a ser examinado. Stone engoliu em seco e procurou recuperar a compostura. Pensou se seria o caso de estender a mão esquerda. Sabia que algumas pessoas faziam isso. Seu tio-avô tivera um derrame. Nos últimos dez anos de vida, sempre usava a mão esquerda para cumprimentar.

— Sente-se — disse Hook Hobie.

Stone assentiu com gratidão e se afastou. Sentou-se na extremidade do sofá. O lugar o deixava de lado, mas ficava satisfeito apenas por estar fazendo algo. Hobie olhou para ele e colocou o braço sobre a mesa. O gancho bateu na madeira com um discreto som metálico.

— Você quer dinheiro emprestado — disse ele.

O lado queimado do rosto totalmente imóvel. Era grosso e duro como as costas de um crocodilo. Stone sentiu a acidez tomar conta do estômago e desviou o olhar para baixo, na direção da mesinha de centro. Então, concordou com a cabeça e esticou as mãos sobre os joelhos das calças. Assentiu novamente e tentou se lembrar do roteiro.

— Preciso cobrir uma lacuna — disse ele. — Seis semanas, 1,1 milhão.

— E o banco? — perguntou Hobie.

Stone olhou para o chão. O tampo da mesa era de vidro, e havia um tapete estampado por baixo. Ele encolheu os ombros como um homem sábio que pondera sobre uma infinidade de questões arcanas do mundo dos negócios, concentrados num único gesto, para se comunicar com outro homem que ele jamais sonharia em insultar sugerindo que fosse alguém ignorante nessas questões.

— Prefiro não — disse ele. — Temos um pacote de crédito já existente, é claro, mas consegui as taxas mais favoráveis que se possa imaginar com base na premissa de que seriam valores fixos, prazos prefixados, coisas assim, sem nenhum componente de rolagem. Você entende que não quero perturbar esses acertos com uma quantia tão trivial.

Hobie moveu o braço direito. O gancho foi arrastado sobre a madeira.

— Conversa fiada, sr. Stone — disse ele calmamente.

Stone não respondeu. Estava escutando o gancho.

— Você serviu as forças armadas? — perguntou Hobie.

— Perdão?

— Foi convocado? Vietnã?

Stone engoliu. As queimaduras e o gancho.

— Eu não fui — respondeu. — Rejeitado, por causa da faculdade. Eu gostaria muito de ter ido, é claro, mas a guerra já tinha terminado quando me formei.

Lentamente Hobie concordou com a cabeça.

— Eu fui — disse ele. — E uma das coisas que aprendi lá é o valor de recolher informações. É uma lição que uso nos meus negócios.

O escritório escuro ficou em silêncio. Stone assentiu. Moveu a cabeça e olhou para a borda da mesa. Mudança de roteiro.

— Certo — disse. — Não pode me culpar por tentar encarar isso com bravura, certo?

— Você está meio afundado na merda — disse Hobie. — Na verdade, está pagando muito alto por seus créditos bancários, e eles vão recusar qualquer pedido de fundos adicionais. Mas você está fazendo um bom trabalho para sair do buraco. Está quase escapando do fogo.

— Quase — concordou Stone. — Faltam apenas seis semanas e 1,1 milhão. Só isso.

— Eu me especializei — disse Hobie. — Todo mundo se especializa. Minha área são casos exatamente como o seu. Fundamentalmente, empresas sólidas, em situações limitadas de exposição temporária. Problemas que não podem ser resolvidos pelos bancos, porque eles também se especializam, em outras áreas, como serem uns merdas, burros e sem um mínimo de imaginação.

Ele moveu o gancho outra vez, raspando carvalho da mesa.

— Meus honorários são razoáveis — disse. — Não sou nenhum tubarão. Não estamos falando de juros de cem por cento aqui. Acho que vejo uma possibilidade de adiantar 1,1 milhão para você, a seis por cento, para cobrir as seis semanas.

Alerta Final

Stone passou as mãos sobre as coxas novamente. Seis por cento para seis semanas? Equivalente a uma taxa anual de quanto? Quase 52 por cento. Tomar emprestado 1,1 milhão agora, pagar tudo de volta com mais 66 mil dólares de juros em seis semanas. Onze mil dólares por semana. Não chegavam a ser os termos de um agiota. Mas também não ficavam muito longe disso. Mas, pelo menos, o cara estava dizendo que sim.

— E quanto às garantias? — perguntou Stone.

— Assumo uma posição acionária — respondeu Hobie.

Stone forçou-se a erguer a cabeça e olhar para ele. Imaginou que isso era algum tipo de teste. Engoliu em seco. Sentindo-se tão perto, achou que a melhor política seria a honestidade.

— As ações não valem nada — disse calmamente.

Hobie acenou com sua horrível cabeça, como se estivesse satisfeito com a resposta.

— Não no momento — respondeu. — Mas em breve vão valer alguma coisa, certo?

— Só depois que não estivermos mais expostos. Um beco sem saída? As ações só voltam a subir depois de eu pagar de volta a vocês. Quando eu estiver fora da linha de fogo.

— Então, eu vou valorizá-las. Não estou falando de uma transferência temporária. Vou assumir uma posição patrimonial e vou mantê-la.

— Mantê-la? — perguntou Stone. Não conseguia disfarçar a surpresa na voz. Cinquenta e dois por cento de juros e um lote de ações de brinde?

— Sempre mantenho — disse Hobie. — É uma questão sentimental. Gosto de manter uma pequena parte de todas as empresas que ajudo. A maioria das pessoas fica contente com este acordo.

Stone engoliu. Desviou o olhar. Avaliou suas opções. Deu de ombros.

— Certo — respondeu. — Acho que tudo bem.

Hobie chegou para esquerda e abriu uma gaveta. Pegou um formulário impresso. Empurrou-o até a frente da mesa.

— Preparei isso — disse ele.

Stone dobrou-se para a frente sobre o sofá e pegou o papel. Um contrato de empréstimo, 1,1 milhão de dólares, por seis semanas, a seis por cento, e um protocolo padrão de transferência de ações. Um lote que, não muito antes, valia um milhão de dólares, e poderia voltar a valer em breve, muito breve. Ele piscou.

— Não tem jeito — disse Hobie. — Como eu disse, eu me especializei. Conheço bem esse nicho do mercado. Você não vai achar nada melhor em nenhum outro lugar. O fato é que você não vai conseguir mais porra nenhuma com mais ninguém.

Hobie estava a uns dois metros de distância atrás da mesa, mas Stone sentiu como se estivesse ao seu lado no sofá, o rosto horrível grudado no seu, o gancho brilhante rasgando suas entranhas. Concordou, apenas um silencioso e leve movimento da cabeça, e procurou sua gorda caneta Montblanc no bolso interno do paletó. Chegou para a frente e assinou nos dois campos, sobre o vidro frio e duro da mesa de centro. Hobie o observava e confortou-o com um aceno de cabeça.

— Suponho que você vai querer o dinheiro na sua conta operacional. Onde os outros bancos não vejam?

Stone concordou novamente, confuso.

— Seria bom — respondeu.

Hobie fez uma anotação.

— Estará lá em uma hora.

— Obrigado — disse Stone. As coisas pareciam apropriadas.

— Bem, agora sou eu quem está exposto — disse Hobie. — Seis semanas, sem nenhuma garantia real. Não é um dos melhores sentimentos.

— Não vai ter problema algum — disse Stone, com os olhos baixos.

Hobie concordou.

— Tenho certeza de que não haverá — disse. Inclinou-se e apertou o interfone na sua frente. Stone ouviu uma campainha fraca vindo da antessala.

— O dossiê Stone, por favor — disse Hobie ao microfone.

Fez-se silêncio por um momento; depois, a porta se abriu. O homem da recepção foi até a mesa. Carregava uma fina pasta de arquivo verde. Curvou-se e colocou-a diante de Hobie. Voltou a sair e fechou a porta em silêncio. Hobie usou o gancho para empurrar a pasta até a beirada da mesa.

Alerta Final   45

— Dê uma olhada — disse.

Stone dobrou-se para a frente e pegou a pasta. Abriu-a. Estava cheia de fotografias. Várias fotos grandes de dez por quinze, em papel brilhante, preto e branco. A primeira era de sua casa. Claramente tirada de dentro de um carro parado diante da entrada da garagem. A segunda era de sua esposa. Marilyn. Uma foto tirada com uma teleobjetiva, enquanto ela caminhava pelo jardim de flores. A terceira era de Marilyn saindo do salão de beleza na cidade. Uma foto granulada, imagem de teleobjetiva. Disfarçada, como as fotos de vigilância. A quarta era um close da placa do seu BMW.

A quinta fotografia também era de Marilyn. Tirada à noite, pela janela do quarto. Ela estava vestida com um roupão de banho. O cabelo solto, parecendo úmido. Stone olhou para ela. Para obter essa imagem, o fotógrafo teve que ir para o gramado dos fundos. Sua visão ficou turva, e seus ouvidos zumbiam com o silêncio. Então, juntou as fotos de novo e fechou a pasta. Colocou-a de volta na mesa, lentamente. Hobie inclinou-se para a frente e pressionou o grosso papel verde contra a ponta de seu gancho. Usou-o para puxar a pasta de volta para si. O gancho raspou a madeira com um som alto em meio ao silêncio.

— Esta é a minha garantia, sr. Stone — disse ele. — Mas, como o senhor me disse, tenho certeza de que não haverá qualquer problema.

Chester Stone não disse nada. Apenas se levantou e seguiu seu caminho, desviando de todos os móveis até a porta. Passou pela recepção, pelo corredor e chegou ao elevador. Desceu os 88 andares e voltou para a rua, onde o sol brilhante da manhã acertou-lhe o rosto como um golpe.

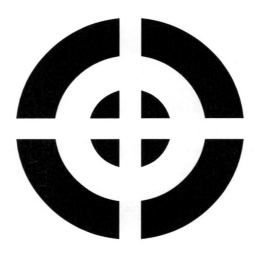

3

O MESMO SOL BATIA NA NUCA DE REACHER EM seu caminho para Manhattan, no banco de trás de um táxi pirata. Ele preferia usar as operadoras sem licença, se tivesse escolha. Era adequado ao seu anonimato habitual. Não havia qualquer motivo para que alguém, algum dia, quisesse rastrear seus movimentos conversando com motoristas de táxi, mas nada mais seguro do que um motorista impedido de reconhecer que era um motorista. Sem falar que ele ainda podia negociar a tarifa. Não havia muito o que negociar com o taxímetro de um táxi regular.

Chegaram à ponte Triborough e entraram em Manhattan pela rua 125. Seguiram para o oeste, passando pelo tráfego até a praça Roosevelt. Reacher pediu que o motorista estacionasse por ali, enquanto ele olhava em volta e refletia por um momento. Estava considerando um hotel barato,

Alerta Final   47

mas com telefones que funcionassem e catálogos intactos. Sua conclusão foi de que não conseguiria atender a esses três requisitos naquela vizinhança. Mas saiu do carro assim mesmo e pagou a viagem. Aonde quer que fosse, faria o trecho final a pé. Uma interrupção no trajeto, sozinho. Combinava com seu hábito.

Os dois rapazes em seus amassados ternos de mil dólares esperaram até que Chester Stone estivesse fora do caminho. Entraram no escritório, desviaram-se dos móveis e postaram-se em silêncio diante da mesa. Hobie levantou os olhos para eles e abriu uma gaveta. Afastou o contrato assinado e a pasta com as fotos, e pegou um bloco novo de papel amarelo. Depois, deixou o gancho pousar sobre a mesa e girou a cadeira de forma que a luz tênue da janela iluminasse o lado liso de seu rosto.

— Bem?

— Acabamos de voltar — disse o primeiro sujeito.

— Conseguiram a informação que eu pedi?

O segundo cara assentiu. Sentou-se no sofá.

— Ele estava atrás de um cara chamado Jack Reacher.

Hobie anotou o nome no bloco amarelo.

— Quem é ele?

Fez-se um breve silêncio.

— Não sabemos — disse o primeiro.

Hobie concordou com a cabeça, lentamente.

— Quem era o cliente de Costello?

Outro momento de silêncio.

— Também não sabemos — respondeu o homem.

— São perguntas muito básicas — comentou Hobie.

O homem apenas olhou para ele, em silêncio, inquieto.

— Vocês não pensaram em perguntar essas coisas tão básicas?

O segundo cara assentiu.

— A gente perguntou. Perguntamos como doidos.

— Mas Costello não respondeu?

— Ele ia responder — disse o primeiro.

— Mas...

— Ele morreu na nossa frente — completou o segundo. — Ficou de pé e morreu. Era velho, obeso. Deve ter sido um ataque do coração, eu acho. Sinto muito, senhor. Nós dois sentimos.

Hobie concordou de novo, lentamente.

— Alguma exposição?

— Zero — respondeu o primeiro. — Não tem como identificá-lo.

Hobie olhou para a ponta dos dedos de sua mão esquerda.

— Cadê a faca?

— No mar — respondeu o segundo.

Hobie moveu o braço e batucou um ritmo rápido na mesa, com a ponta do gancho. Refletiu profundamente e assentiu, decidido.

— Certo, não foi culpa de vocês, eu acho. Um coração fraco, o que se pode fazer?

O primeiro homem relaxou e sentou-se junto ao parceiro no sofá. Livraram-se do anzol, o que tinha um significado especial naquele escritório.

— Precisamos descobrir quem é o cliente — disse Hobie em meio ao silêncio.

Os dois concordaram e ficaram à espera.

— Costello devia ter uma secretária, certo? — disse Hobie. — Ela vai saber quem era o cliente. Tragam ela para mim.

Os dois continuaram no sofá.

— O quê?

— Esse Jack Reacher — disse o primeiro. — Parece que é um cara grande, ficou três meses nas ilhas Keys. Costello nos contou que as pessoas estavam falando de um cara grandalhão, que estava lá havia três meses, trabalhando à noite num bar. Então, fomos vê-lo. Tinha um cara grande e durão lá, mas disse que não era Jack Reacher.

— E daí?

— No aeroporto de Miami — completou o segundo. — Pegamos o voo da United porque era direto. Mas tinha um voo saindo logo antes, da Delta, passando por Atlanta e chegando a Nova York.

— E?

— O cara grande do bar... a gente viu ele indo para o portão de embarque.

— Têm certeza?

O primeiro assentiu.

— Noventa e nove por cento de certeza. Estava muito longe na nossa frente, mas é um cara bem grande mesmo. Difícil de não ver.

Hobie começou a batucar com o gancho na mesa de novo. Perdido em seus pensamentos.

— Certo, é o Reacher — disse. — Tem que ser, né? Com o Costello perguntando por ali, depois vocês dois aparecem fazendo perguntas no mesmo dia, ele se assusta e foge. Mas para onde? Para cá?

O segundo cara concordou.

— Se ele não desceu do avião em Atlanta, está aqui.

— Mas por quê? — perguntou Hobie. — Quem diabos é ele?

Ele refletiu por um momento e respondeu à própria pergunta.

— A secretária vai me dizer quem era o cliente, correto? — sorriu. — E o cliente me dirá quem é esse tal de Reacher.

Os dois homens de ternos bacanas concordaram em silêncio e se levantaram. Desviaram-se dos móveis e saíram do escritório.

Reacher caminhava para o sul, por dentro do Central Park. Tentava avaliar a dimensão da tarefa a que se propusera. Acreditava estar na cidade certa. Os três sotaques eram definitivos. Mas teria que procurar no meio de uma imensa população. Sete milhões e meio de pessoas espalhadas por cinco bairros, chegando a 18 milhões, se considerasse a área metropolitana. Dezoito milhões de pessoas tinham um foco bem limitado se buscassem algum serviço urbano especializado, como um detetive particular rápido e eficiente. A intuição lhe dizia que Costello ficava em Manhattan, mas era perfeitamente possível que a sra. Jacob morasse no subúrbio. Se você é uma mulher morando no subúrbio e precisa de um detetive particular, onde irá procurar? Com certeza não será perto do supermercado ou da videolocadora. Muito menos no shopping, ao lado das butiques. Você pega o catálogo de páginas amarelas da cidade grande mais próxima e começa a ligar. Após uma conversa inicial, o cara talvez pegue o carro e vá até sua casa, ou você pega o trem e o encontra em algum lugar de uma área densamente habitada que se estende por centenas de quilômetros quadrados.

Ele desistira dos hotéis. Não precisaria, necessariamente, investir muito tempo. Poderia acontecer de ele precisar apenas entrar e logo depois sair, em menos de uma hora. E talvez fosse usar mais informações do que os hotéis podem oferecer. Precisava de catálogos dos cinco bairros e dos subúrbios. Os hotéis não têm tudo isso. E ele não precisaria pagar as taxas que os hotéis gostam de cobrar pelas ligações telefônicas. Cavar piscinas não fora um trabalho que o deixara rico.

Assim, dirigiu-se para a biblioteca pública. Rua 42, esquina com a Quinta Avenida. A maior do mundo? Não lembrava. Talvez sim, talvez não. Mas, com certeza, grande o bastante para ter todos os catálogos telefônicos de que precisava, além de mesas amplas e cadeiras confortáveis. Pouco mais de seis quilômetros da praça Roosevelt, uma caminhada acelerada de cerca de uma hora, interrompida apenas pelo tráfego dos cruzamentos e um rápido desvio numa papelaria para comprar um bloco de notas e uma caneta.

A próxima pessoa a entrar no escritório de Hobie foi o recepcionista. Entrou e trancou a porta atrás de si. Aproximou-se e sentou na ponta do sofá mais próximo da mesa. Olhou em silêncio para Hobie, longa e firmemente.

— O que foi? — perguntou Hobie, mesmo sabendo o que era.

— Você tem que ir embora — disse o recepcionista. — Ficou muito arriscado agora.

Hobie não respondeu nada. Apenas segurou o gancho com a mão esquerda e percorreu a curva maligna de metal com os dedos restantes.

— Você planejou — continuou o recepcionista. — Você prometeu. Não faz sentido planejar e prometer se você não pretende cumprir o que se propôs a fazer.

Hobie deu de ombros. Não disse nada.

— Recebemos as notícias do Havaí, certo? — disse o recepcionista. — Você planejou a fuga assim que isso acontecesse.

Alerta Final   51

— Costello nunca esteve no Havaí — disse Hobie. — Nós verificamos.

— Então, isso só piora as coisas. Outra pessoa foi ao Havaí. Alguém que a gente não sabe quem é.

— Rotina — disse Hobie. — Só pode ter sido. Pense bem. Não há motivo algum para alguém ir ao Havaí sem que tenhamos recebido as notícias do outro lado. É uma sequência, você sabe disso. A outra ponta dá notícias, depois o Havaí: etapa um, etapa dois, e então é a hora de partir. Não antes.

— Você jurou — repetiu o homem.

— Muito cedo. Não tem lógica. Pense bem. Você vê uma pessoa comprar um revólver e uma caixa de munição, depois, ela aponta o revólver para você. Você fica com medo?

— Claro que fico.

— Eu não. Porque ela não carregou a arma. A etapa um é comprar a arma e as balas, a dois é carregá-la. Até ouvirmos falar do outro lado, o Havaí é uma arma sem munição.

O recepcionista recostou a cabeça e olhou para o teto.

— Por que você está fazendo isso?

Hobie abriu a gaveta e pegou o dossiê Stone. Pegou o contrato assinado. Inclinou o papel até que a luz suave da janela iluminasse a tinta azul-clara das duas assinaturas.

— Seis semanas — disse ele. — Talvez menos. É só do que eu preciso.

O recepcionista ergueu a cabeça novamente e olhou ao redor com os olhos semicerrados.

— Precisa para quê?

— Para a maior tacada da minha vida — disse Hobie.

Ele ajeitou o papel sobre a mesa e o prendeu sob o gancho.

— O Stone acabou de me passar toda a sua empresa. Três gerações de suor e trabalho duro, e o imbecil acabou de botar tudo na minha mão de bandeja.

— Não, o que ele te serviu foi bosta numa bandeja. Você perdeu 1,1 milhão de dólares em troca de um pedaço de papel que não vale nada.

Hobie sorriu.

— Relaxe, deixe que eu penso nas coisas, está bem? Eu é que sou bom nisso, certo?

— Certo, então como? — perguntou o sujeito.

— Você sabe o que ele possui? Uma fábrica enorme em Long Island e uma mansão gigante em Pound Ridge. Quinhentas casas em loteamentos ao redor da fábrica. Algo em torno de uns três mil acres contando tudo, na área nobre de Long Island, perto da praia, implorando para ser explorada.

— As casas não são dele — retrucou o cara.

Hobie concordou.

— Não, a maioria é hipotecada para algum pequeno banco do Brooklyn.

— Certo, então como? — perguntou o homem de novo.

— Imagine só isso — disse Hobie. — Suponha que eu coloque essas ações no mercado.

— Você vai receber uma merreca — respondeu o homem. — Não têm valor algum.

— Exato, não têm o menor valor. Mas os banqueiros dele ainda não sabem disso. Ele mentiu para eles. Deixou os problemas fora das vistas deles. Que outro motivo ele teria para vir me procurar? Assim, vamos esfregar na cara dos banqueiros que as ações que eles detêm não valem porcaria nenhuma. Uma avaliação vinda direto da Bolsa. É o recado que vão receber: essas ações não valem mais merda nenhuma. E aí?

— Eles entram em pânico — respondeu o cara.

— Correto — disse Hobie. — Entram em pânico. Ficam expostos, com ações sem valor. Se borram todos, até que Hook Hobie chega e oferece vinte centavos para cada dólar de dívida do Stone.

— E eles vão aceitar isso? Vinte centavos?

Hobie sorriu. A pele da cicatriz ficou enrugada.

— Vão aceitar, sim — disse. — Vão comer minha outra mão para se livrar de tudo. Vão incluir todas as ações que eles têm, como parte do negócio.

— Certo, e depois? E as casas?

Alerta Final 53

— A mesma coisa. Sou o dono das ações, a fábrica é minha e eu a fecho. Acabaram-se os empregos, quinhentas hipotecas sem pagamento. O banco do Brooklyn vai ficar bem abalado com um negócio desses. Eu compro as hipotecas por dez centavos, executo todo mundo e ponho todos para fora. Contrato dois tratores e fico com três mil acres de terreno de primeira em Long Island, ao lado da praia. E mais uma enorme mansão em Pound Ridge. Tudo vai me custar uns 8,1 milhões de dólares. Só a mansão vale dois. Isso me deixa com um pacote de 6,1 milhões, que eu posso vender por cem milhões, se fizer tudo certo.

O recepcionista olhava para ele.

— É por isso que preciso de seis semanas — disse Hobie.

Mas o recepcionista estava balançando a cabeça.

— Não vai funcionar. É um velho negócio de família. Stone ainda é o dono da maioria das ações. Nem tudo foi negociado. O banco só tem algumas. Você seria um sócio minoritário. Ele não vai deixar você fazer isso tudo.

Hobie balançou a cabeça em resposta.

— Ele vai me vender. Tudo. Cada centímetro quadrado.

— Não vai.

— Vai sim.

Havia boas e más notícias na biblioteca pública. Várias pessoas chamadas Jacob apareciam nos catálogos como moradoras de Manhattan, do Bronx, do Brooklyn, do Queens, de Staten Island, de Long Island, de Westchester, da costa de Jersey, de Connecticut. Reacher considerou um raio de uma hora da cidade. As pessoas a uma hora de distância se voltam por instinto para a cidade quando precisam de alguma coisa. Se estiverem mais longe do que isso, é mais improvável. Ele marcou os nomes no caderno e contou 129 candidatos com chances de serem a ansiosa sra. Jacob.

Mas as páginas amarelas não tinham nenhum detetive chamado Costello. Havia vários Costellos no catálogo, mas nenhum com indicações profissionais. Reacher suspirou. Estava desapontado, mas não surpreso.

Seria bom demais para ser verdade simplesmente abrir o livro e achar "Investigações Costello — Especializados em encontrar ex-policiais do Exército nas ilhas Keys".

Muitas agências têm nomes genéricos e várias competem para aparecer no alto da lista alfabética, começando com um A maiúsculo. Ace, Acme, A-One, AA Investigações. Outras tantas têm referências geográficas, como Manhattan ou Bronx. Outras miravam clientes maiores, usando palavras como "serviços paralegais". Uma afirmava o legado da profissão intitulando-se Olho Vivo. Outras duas tinham apenas mulheres na equipe e só aceitavam casos de outras mulheres.

Ele pegou o catálogo de assinantes de novo, virou uma página do caderno e copiou 15 números de delegacias de Nova York. Ficou ali sentando, ponderando suas opções. Depois, caminhou para fora, passou pelos leões gigantes agachados e foi até um telefone público na calçada. Equilibrou o caderno sobre o aparelho, ao lado de todas as moedas de 25 centavos que tinha no bolso, e começou a percorrer a lista de delegacias. Em cada uma, pedia para falar com a administração. Achou que conseguiria falar com algum sargento grisalho cuidando da burocracia e que saberia tudo de que precisava.

Acertou no alvo na quarta ligação. As três primeiras delegacias não ajudaram em nada e não lamentaram nem um pouco por isso. Começou do mesmo jeito, um toque, uma transferência rápida, uma pausa demorada, depois um alô cansado quando o telefone foi atendido nas profundezas de alguma sala cheia de arquivos.

— Estou querendo falar com um cara chamado Costello — disse ele. — Aposentou-se do serviço e foi trabalhar como detetive particular, não sei se por conta própria ou para alguém. Deve ter uns sessenta anos.

— Sei, quem é você? — respondeu uma voz. O mesmo sotaque. Poderia ser o próprio Costello do outro lado da linha.

— Carter — respondeu Reacher. — Como o presidente.

— E o que você quer com o Costello, sr. Carter?

— Tenho uma coisa para ele, mas perdi o cartão — disse Reacher. — Não achei o número dele no catálogo.

Alerta Final 55

— É porque o Costello não está no catálogo. Ele só trabalha para advogados. Não trabalha para o público geral.

— Então você conhece ele?

— Se conheço? Claro que conheço. Ele trabalhou como detetive neste prédio por 15 anos. Não é de surpreender que eu o conheça.

— Sabe onde é o escritório dele?

— Lá no Village, em algum lugar — disse a voz e parou.

Reacher suspirou, afastando-se do telefone. Difícil, muito difícil.

— O senhor sabe onde no Village?

— Avenida Greenwich, se lembro bem.

— Sabe o número?

— Não.

— O telefone?

— Não.

— O senhor conhece uma mulher chamada Jacob?

— Não, eu deveria?

— Apenas uma tentativa. Ela era cliente dele.

— Nunca ouvi falar.

— Está bem, obrigado pela ajuda — disse Reacher.

— É isso — disse a voz.

Reacher desligou, deu meia-volta, subiu os degraus e entrou de volta. Procurou novamente no catálogo de assinantes, Costello na avenida Greenwich. Nada. Colocou os catálogos de volta na prateleira, saiu de novo no sol e começou a caminhar.

A avenida Greenwich é uma rua longa e reta, atravessando diagonalmente a sudeste entre as ruas 14 e 8, e chegando até a esquina das ruas 8 e 6. Seus dois lados são ocupados pelos agradáveis prédios baixos do Village, alguns deles com pequenas lojas e galerias instaladas em porões acessíveis diretamente da calçada. Reacher caminhou primeiro pela calçada norte e não encontrou nada. Desviou-se do tráfego no final e voltou pelo outro lado, onde encontrou uma pequena placa de cobre, exatamente na metade da rua, presa a um portal de pedra. A placa era um retângulo bem-polido, no meio de um grupo de outros iguais, e dizia *Costello*. A porta era preta e estava aberta. Dentro, uma pequena portaria com um quadro de avisos de feltro e letras brancas de plástico indicando que o prédio se subdividia em dez pequenos escritórios. O número cinco estava identificado como *Costello*. Passando da portaria, havia uma porta de vidro, trancada. Reacher apertou a campainha para o número cinco. Ninguém respondeu. Forçou a porta com os nós dos dedos, mas não adiantou nada. Então tocou a campainha do seis. Uma voz distorcida atendeu.

— Sim?

— Correio — disse, e a fechadura da porta de vidro zumbiu e se abriu.

Era um prédio de três andares, quatro, contando com o porão separado. Os conjuntos um, dois e três ficavam no primeiro andar. Ele subiu a escada e chegou ao quatro, à esquerda, o seis, à direita, e o cinco, nos fundos, com a porta sob o lance inclinado da escada, que subia para o terceiro andar.

A porta era de mogno brilhante e estava aberta. Não escancarada, mas claramente aberta. Reacher a empurrou com a ponta do pé, e ela girou nas dobradiças, revelando uma pequena e silenciosa recepção, do tamanho de um quarto de pensão. Era decorada em tons pastel, entre um cinza-claro e um azul-claro. Um carpete grosso no chão. A mesa da secretária tinha formato de L, com um telefone complicado e um computador elegante. Um armário de arquivo e um sofá. Havia uma janela de vidro martelado e outra porta para a sala interna.

A recepção estava vazia e silenciosa. Reacher entrou e fechou a porta atrás de si com o calcanhar. A tranca estava aberta, como se o escritório estivesse aberto. Avançou pelo carpete até a porta interna. Envolveu a mão na barra da camisa e girou a maçaneta. Entrou numa segunda sala, do mesmo tamanho. A sala de Costello. Viu fotografias em preto e branco emolduradas de uma versão mais jovem do homem que ele encontrara nas Keys, ao lado de comissários e capitães da polícia, e com políticos locais que Reacher não reconhecia. Costello fora um homem magro, há muitos anos. As fotos mostravam-no engordando e envelhecendo, como uma propaganda de dieta ao contrário. As fotografias estavam reunidas numa parede, à direita da mesa. Sobre a mesa, havia um mata-borrão e um antiquado tinteiro, além

Alerta Final

de um telefone. Atrás da mesa, uma cadeira de couro, amassada pelo peso de um homem pesado. A parede da esquerda tinha uma janela, de vidro mais escuro, bem como alguns armários trancados. Diante da mesa, um par de cadeiras para os clientes, cuidadosamente colocadas em um ângulo simétrico e confortável.

Reacher voltou para a primeira sala. Havia cheiro de perfume no ar. Contornou a mesa da secretária e achou a bolsa da mulher, aberta, acomodada junto ao painel à esquerda da cadeira. A aba estava para fora, revelando uma carteira de couro macio e uma caixa plástica de lenços umedecidos. Ele pegou o lápis e usou a ponta com borracha para afastar a caixa de lenços. Sob ela, uma mistura de cosméticos, um molho de chaves e o aroma suave de colônia cara.

O monitor do computador mostrava o padrão líquido de um protetor de tela que reproduzia um redemoinho. Ele usou o lápis para mexer no mouse. A tela piscou e acendeu para mostrar uma carta incompleta. O cursor piscava pacientemente no meio de uma palavra inacabada. A data sob o cabeçalho era a daquele dia. Reacher pensou no corpo de Costello, espalhado numa calçada junto ao cemitério de Key West, olhou para a bolsa colocada com cuidado perto da cadeira da mulher ausente, a porta aberta, a palavra pela metade, e sentiu um calafrio.

Voltou a usar o lápis, agora para sair do processador de texto. Uma janela se abriu e perguntou se ele queria salvar as alterações na carta. Fez uma pausa e clicou em *Não*. Abriu a tela do gerenciador de arquivos e conferiu as pastas. Procurava uma fatura. Bastava olhar ao redor para perceber que Costello tinha um negócio organizado. Organizado o bastante para emitir uma fatura antecipada antes de sair em busca de Jack Reacher. Mas quando essa busca teria começado? Deve ter seguido uma sequência clara. As instruções da sra. Jacob chegando no começo, nada a não ser um nome, uma descrição vaga sobre seu tamanho, seu serviço militar. Costello deve então ter ligado para o arquivo central do Exército, um complexo bem-protegido em Saint Louis que armazena toda a papelada relativa a qualquer homem ou mulher que algum dia tenha usado farda. Cuidadosamente protegido de duas maneiras: fisicamente, com portões e cercas, e, burocraticamente, com uma enorme sucessão de níveis burocráticos concebidos para desestimular o acesso frívolo. Após pacientes consultas, ele teria descoberto seu desligamento com honras. Então, uma pausa diante de um beco sem saída. Seguida do lance improvável com a conta bancária. Ele ligaria para um velho colega, cobraria antigos favores, mexeria alguns pauzinhos. Talvez um fax borrado de um extrato vindo de Virgínia, uma descrição passo a passo de créditos e débitos pelo telefone. E o voo apressado para o sul, as perguntas pela da Duval, os dois caras, os socos, a faca de cortar carpete.

Uma sequência relativamente curta, mas Saint Louis e Virgínia devem ter demorado bastante. O palpite de Reacher era de que obter boas informações nos registros deve ter levado uns três dias, talvez quatro, para um cidadão como Costello. O banco de Virgínia não deve ter sido mais rápido. Favores nem sempre são concedidos imediatamente. O tempo tinha que ser respeitado. Então, digamos uns sete dias de trâmites burocráticos, separados por um dia de reflexão, mais um para começar e outro para terminar. Talvez tenham se passado uns dez dias desde que a sra. Jacob colocou as coisas em movimento.

Ele clicou numa subpasta com o nome FATURAS. O painel da direita da tela mostrou uma enorme lista de nomes de arquivo, em ordem alfabética. Ele percorreu a lista com o cursor de cabo a rabo. Nada de Jacob no J. A maioria eram apenas iniciais, acrônimos longos, talvez para nomes de empresas. Ele conferiu as datas. Nada com exatamente dez dias. Mas havia um com nove dias. Talvez Costello tenha sido mais rápido do que Reacher supunha, ou talvez sua secretária fosse mais lenta. O arquivo estava identificado como SGR&T-09. Ele clicou no arquivo, o disco rígido fez barulho de leitura, e a tela mostrou uma fatura de mil dólares para a localização de uma pessoa desaparecida, emitida contra uma empresa de Wall Street chamada Spencer Gutman Ricker & Talbot. Havia um endereço para faturamento, mas nenhum número telefônico.

Reacher fechou o gerenciador de arquivos e abriu o banco de dados. Procurou SGR&T novamente e uma página com o mesmo endereço apareceu, mas desta vez com números de telefone, fax, telex e e-mail. Ele se abaixou e usou os dedos para pegar um par de lenços de papel da bolsa da secretária. Envolveu um deles no gancho do telefone e abriu o outro sobre o teclado. Discou o número pressionando as teclas sob o lenço. Um primeiro toque soou por um segundo, e a ligação foi atendida.

— Spencer Gutman — disse uma voz clara. — Em que posso ajudar?

— A sra. Jacob, por favor — disse Reacher, com um tom apressado.

— Um momento — disse a voz.

Uma música rápida e uma voz masculina. Soou brusco, mas atencioso. Talvez um assistente.

— A sra. Jacob, por favor — repetiu Reacher.

O homem parecia ocupado e atrapalhado.

— Ela já foi para Garrison, e receio realmente não saber quando volta para o escritório.

— Você tem o endereço em Garrison?

— Dela? — disse o homem, surpreso. — Ou dele?

Reacher fez uma pausa, ouviu o tom surpreso e arriscou.

— Dele, quer dizer. Acho que perdi.

— Provavelmente perdeu — respondeu a voz. — Estava impresso errado, receio. Já devo ter redirecionado pelo menos umas cinquenta pessoas nesta manhã.

Ele deu o endereço, aparentemente sabia de cor. Garrison, Nova York, uma cidade a cerca de noventa quilômetros subindo pelo rio Hudson, mais ou menos em frente a West Point, onde Reacher passara quatro longos anos.

— Acho que você vai ter que se apressar — disse o homem.

— Sim, eu vou — respondeu Reacher e desligou, confuso.

Fechou o banco de dados e fechou todos os aplicativos. Deu mais uma olhada na bolsa abandonada da secretária, respirou seu perfume outra vez e saiu da sala.

A secretária morrera cinco minutos depois de revelar a identidade da sra. Jacob, o que ocorreu cinco minutos depois de Hobie começar a usar seu gancho. Estavam no banheiro executivo dentro do escritório no octogésimo oitavo andar. Era o local perfeito. Espaçoso, com uns cinco metros quadrados, bem grande para um banheiro. Algum decorador caro colocara granito cinza nas seis superfícies, nas paredes, no piso e no teto. Havia um grande boxe com um chuveiro, com uma cortina de plástico transparente e um trilho de aço inoxidável. O trilho era italiano, exagerado para a tarefa de segurar uma cortina plástica. Hobie descobrira que o trilho aguentava o peso de uma pessoa inconsciente, algemada a ele pelos pulsos. Algumas vezes, pessoas mais pesadas do que a secretária estiveram penduradas ali, enquanto ele fazia perguntas urgentes ou as persuadia a ter juízo e seguir o curso de alguma ação.

O único problema era o isolamento acústico. Ele tinha certeza de que estava tudo certo. Era um prédio sólido. Cada uma das Torres Gêmeas pesa mais do que meio milhão de toneladas. Uma enorme quantidade de aço e concreto, paredes sólidas e grossas. E ele não tinha vizinhos curiosos. A maioria das salas do octogésimo oitavo andar era alugada por missões comerciais de países pequenos e obscuros, e seus funcionários operacionais passavam a maior parte do tempo nas Nações Unidas. O mesmo valia para o octogésimo sétimo e o octogésimo nono. Esse era o motivo para ele estar onde estava. Mas Hobie era um homem que jamais corria riscos desnecessários, se pudesse evitá-los. Por isso a fita isolante. Antes de começar, ele sempre preparava alguns pedaços de fita de quinze centímetros, temporariamente coladas na parede. Um deles era colocado sobre a boca da vítima. Quando ela, quem quer que fosse, começava a concordar loucamente com a cabeça, os olhos saltados, ele arrancava a fita e esperava pela resposta. Se houvesse gritos, ele pegava o próximo pedaço de fita e voltava ao trabalho. Em geral, obtinha a resposta desejada após retirar o segundo pedaço.

Em seguida, o chão de pedras permitia que a operação de limpeza fosse simples. Bastava deixar o chuveiro bem aberto, jogar alguns baldes cheios de água pelo chão, trabalhar com vontade com um rodo, e o lugar estava a salvo novamente, tão rápido quanto a água era drenada pelos oitenta e oito andares até o esgoto. Não que fosse o próprio Hobie a trabalhar com o rodo. Um rodo precisa de duas mãos. O segundo jovem fazia a limpeza, com suas

Alerta Final 61

calças caras dobradas, sem as meias e os sapatos. Hobie já estava do lado de fora, sentado à mesa, conversando com o primeiro rapaz.

— Vou conseguir o endereço da sra. Jacob, e você vai trazê-la para mim, ok?

— Pode deixar — respondeu o sujeito. — E quanto a essa aí?

Ele acenou com a cabeça em direção à porta do banheiro. Hobie seguiu seu olhar.

— Espere até de noite — disse ele. — Coloque algumas das roupas dela de volta e a leve para o barco. Descarregue-a a uns quatro quilômetros lá no meio da baía.

— Provavelmente o mar vai trazê-la de volta — disse o sujeito. — Em uns dois dias.

Hobie deu de ombros.

— Não importa — respondeu ele. — Em dois dias vai estar toda inchada. Vão achar que caiu de algum barco. Com aqueles ferimentos, vão achar que foi a hélice.

O hábito de andar incógnito tinha suas vantagens, mas também trazia problemas. A melhor maneira de chegar a Garrison rapidamente seria alugar um carro e ir direto para lá. Mas alguém que opta por não usar cartões de crédito e não anda com a carteira de motorista não conta com essa opção. Assim, Reacher estava de volta a um táxi, rumo à estação Grand Central. Tinha certeza de que um trem da linha Hudson passava por lá. Desconfiava que alguns trabalhadores da cidade moravam até mais ao norte do que aquilo. Caso contrário, os grandes Amtraks que iam para Albany e para o Canadá provavelmente paravam lá.

Pagou o táxi e abriu caminho no meio da multidão até as portas. Desceu a longa rampa e chegou ao gigantesco corredor. Olhou ao redor e fixou os olhos na tela de partidas. Tentou se lembrar da geografia local. Os trens do percurso Croton—Harmon não serviam. O ponto final era muito ao sul. Ele precisava chegar pelo menos a Poughkeepsie. Percorreu a lista para baixo. Nada a fazer. Nenhum trem por ali na próxima hora e meia que o levasse para Garrison.

Seguiram o roteiro normal. Um deles desceu os noventa andares até o andar de carga subterrâneo e achou uma caixa vazia. As caixas dos refrigeradores eram as melhores, ou as de máquinas de refrigerantes, mas uma vez ele resolveu o assunto com uma caixa de TV a cores de 35 polegadas. Desta vez, achou a caixa de um arquivo de aço. Pegou um carrinho da limpeza na rampa de carga e o empurrou até o elevador de serviço. Subiu de volta para o octogésimo oitavo andar.

O outro cara a estava fechando dentro de um saco plástico para corpos, dentro do banheiro. Dobraram o corpo dentro da caixa e usaram o resto da fita isolante para fechar bem a caixa de papelão. Depois, a colocaram de volta no carrinho e foram novamente para o elevador. Desta vez, desceram no andar da garagem. Empurraram a caixa até o Suburban preto. Contaram até três e a ergueram para dentro do bagageiro. Fecharam e trancaram a porta. Afastaram-se e olharam para trás. Janelas bem escurecidas, a garagem igualmente às escuras, nenhum problema.

— Ah, quer saber? — perguntou o primeiro. — Nós baixamos o banco traseiro e colocamos a sra. Jacob junto com ela. Resolvemos tudo com uma viagem só, esta noite. Não gosto de sair naquele barco mais vezes do que o necessário.

— Está bem — respondeu o segundo. — Tinha mais caixas lá?

— Essa era a melhor. Depende de a sra. Jacob ser grande ou pequena, eu acho.

— Depende de ele acabar com ela hoje à noite.

— Você tem alguma dúvida? Com o humor que ele está hoje?

Caminharam juntos até outra vaga e destrancaram um Chevy Tahoe preto. Irmão mais novo do Suburban, mas ainda assim um carro enorme.

— Então, onde ela está? — perguntou o segundo cara.

— Uma cidade chamada Garrison — respondeu o primeiro. — Subindo o Hudson, passando de Sing Sing. Uma hora, uma hora e meia.

O Tahoe deu a ré para sair da vaga e cantou os pneus circulando pela garagem. Sacolejou ao sair da rampa para o sol e seguiu para a rua West, onde virou à direita e acelerou rumo ao norte.

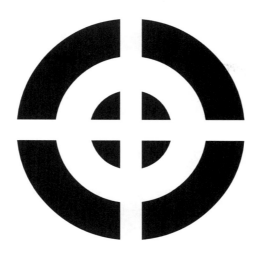

4

A RUA WEST VIRA DÉCIMA PRIMEIRA AVENIDA AO passar pelo píer 56, onde o tráfego rumo ao oeste deságua da 14 e vira para o norte. O grande Tahoe preto ficou preso no congestionamento, e sua buzina somou-se à frustração das demais que disparavam contra os prédios altos e ecoavam pelo rio. Arrastaram-se por nove quarteirões, viraram à esquerda na rua 23, depois viraram novamente para o norte, entrando na rua 12. Foram um pouco mais rápido do que uma caminhada até passarem por trás do centro de convenções Javits e voltaram a engarrafar outra vez no tráfego que vinha da 42 oeste. A 12 virava rodovia Miller e continuava lenta, por todo o caminho passando por cima da enorme confusão do velho pátio de manobras dos trens. A Miller se transformava na avenida Henry Hudson. Ainda era uma via lenta, mas a Henry era, tecnicamente, a 9A, que virava a rota 9 em Crotonville e levava a todos para o norte até Garrison. Uma linha reta, nenhuma curva, mas ainda estavam em Manhattan, presos no parque Riverside, mais ou menos meia hora antes de escaparem.

O processador de texto foi a pista principal. O cursor, piscando pacientemente no meio de uma palavra. A porta aberta e a bolsa abandonada eram convincentes, mas não definitivas. Quem trabalha em escritório pega suas coisas e fecha as portas, mas nem sempre. A secretária poderia simplesmente ter saído para o corredor e se envolvido com algum assunto, um papel timbrado ou um pedido de ajuda para operar a copiadora de alguém, esticando para um café e alguma boa fofoca sobre o encontro da noite anterior. Uma pessoa que achava que ficaria fora uns dois minutos poderia deixar a bolsa para trás e a porta aberta, e acabar ausente por meia hora. Mas ninguém deixa um trabalho aberto no computador sem salvar. Nem mesmo por um minuto. E foi o que aquela mulher fez. A máquina perguntou: DESEJA SALVAR AS ALTERAÇÕES? O que significava que ela havia levantado da mesa sem clicar no ícone SALVAR, um hábito tão forte quanto respirar para as pessoas que passam os dias enfrentando o software.

O que dava uma complexidade muito ruim à história toda. Reacher passou pelo outro salão da Grand Central, com um copo de meio litro de café preto que comprou numa máquina. Apertou o lacre para baixo e enfiou o rolo de notas no bolso. Era grosso o bastante para o que ele queria fazer. Voltou pelo caminho onde o trem de Croton esperava para sair.

O estacionamento da Henry Hudson distribui-se num emaranhado de rampas curvas em torno da rua 170, e as pistas para o norte surgiam novamente com placas indicado a Riverside. A mesma via, a mesma direção, nenhuma curva, mas a dinâmica complexa do tráfego pesado significa que, se um motorista reduz a velocidade para abaixo da média, toda a rodovia reduz radicalmente, com centenas de pessoas presas até bem atrás, tudo por causa de algum forasteiro que, mais à frente, ficara confuso por alguns instantes. O grande Tahoe preto teve que parar completamente diante do

Alerta Final 65

forte Washington e se viu reduzido a um lento anda e para ao longo de toda a ponte George Washington. A rodovia Riverside alarga-se e permite andar em terceira antes de as placas voltarem a indicar a Henry Hudson e o tráfego parar de novo na praça do pedágio. Esperaram na fila para pagar a quantia que os permitiria sair da ilha de Manhattan e seguir para o norte, através do Bronx.

Existem dois tipos de trens que seguem ao longo do rio Hudson, entre a Grand Central e a Croton-Harmon: os locais e os expressos. Os expressos não vão nem um pouco mais rápidos em termo de velocidade, mas param com menos frequência. Reduzem o tempo de viagem para em torno de 49 e 52 minutos. Os locais param em todas as estações, e as paradas repetidas, as esperas e o tempo de aceleração fazem com que a viagem para qualquer lugar dure entre 65 e 73 minutos, o que dá à linha expressa uma vantagem de 24 minutos.

Reacher estava num local. Ele pagara 5,50 dólares por uma passagem só de ida, fora do horário de pico, e estava sentado de lado, num banco para três pessoas, ligado pelo excesso de café, a cabeça apoiada na janela, perguntando-se exatamente onde ia parar e o que faria lá quando chegasse. E se chegaria a tempo de fazer, de um jeito ou de outro, fosse lá o que fosse.

A rota 9A virou 9 e fez uma curva suave afastando-se do rio para passar por trás de Camp Smith. Chegando em Westchester, era uma via bastante rápida. Não chegava a ser uma pista de alta velocidade, pois tinha muitas curvas e era irregular demais para manter uma alta velocidade, mas estava liberada e sem trânsito, uma colcha de retalhos de seções antigas e novos trechos cortando a mata. Havia alguns terrenos em construção espaçados, com grandes cercas com laterais pintadas e nomes otimistas em relevo em colunas poderosas flanqueando os portões de entrada. O Tahoe acelerava ao longo do caminho, um dos sujeitos dirigindo e o outro com um mapa aberto sobre os joelhos.

Passaram por Peekskill e começaram a procurar uma entrada para a esquerda. Encontraram a saída e viraram em direção ao rio, que achavam estar à sua frente, um espaço aberto na paisagem. Entraram na cidade de Garrison e começaram a procurar o endereço. Não era fácil. As áreas residenciais eram dispersas. Era possível ter um código postal de Garrison e morar bem além. Isso era óbvio. Mas acharam a estrada correta, fizeram as curvas necessárias e chegaram à rua procurada. Observando as caixas de correio, reduziram e seguiram ao longo da floresta que rareava acima do rio. A rua fez uma curva e se abriu. Eles continuaram a avançar. Então viram a casa certa logo à frente, diminuíram abruptamente e estacionaram junto ao meio-fio.

Reacher saiu do trem em Croton, 71 minutos depois de ter subido a bordo. Subiu a escada e foi para a fila de táxis. Havia quatro operadoras enfileiradas, todas viradas para a entrada da estação, todas usando modelos antigos de utilitários Caprice, com laterais imitando madeira. O primeiro motorista a se manifestar foi uma mulher volumosa, que pôs a cabeça para fora como se estivesse pronta para ouvir.

— Você conhece Garrison? — perguntou Reacher.

— Garrison? — perguntou ela. — É bem longe, senhor, mais de trinta quilômetros.

— Sei onde é — respondeu ele.

— Pode dar uns quarenta dólares.

— Pago cinquenta. Mas preciso chegar lá imediatamente.

Sentou-se no banco da frente, ao lado dela. O carro cheirava como todos os táxis velhos, tomado pelo odor adocicado do purificador de ar e de limpador de estofamento. O marcador indicava milhares de quilômetros rodados, e o carro deslizou como um barco sobre águas lisas quando a mulher acelerou para fora do estacionamento, entrou na rota 9 e seguiu para o norte.

— Pode me dizer o endereço? — perguntou ela, olhando para a rua.

Reacher repetiu o que o assistente lhe dissera no escritório de advocacia. A mulher concordou e acelerou para uma viagem rápida.

Alerta Final 67

— De frente para o rio — disse.

Ela dirigiu por 15 minutos, passou por Peekskill, depois reduziu, procurando uma entrada específica à esquerda. Fez a curva com a banheira seguiu para oeste. Reacher pressentia o rio mais à frente, uma abertura de quase dois quilômetros na floresta. A mulher sabia aonde estava indo. Seguiu por todo o caminho até o rio e virou para norte, em uma estrada de terra. Os trilhos do trem corriam paralelamente entre eles e a água. Não havia trens passando. A terra se perdia, e Reacher conseguia ver West Point mais à frente, à esquerda, a menos de dois quilômetros do outro lado da água azul.

— Deve ser em algum lugar por aqui — disse ela.

Era uma rua estreita, limitada por cercas de ranchos de madeira nua e por um acostamento alto, coberto pela vegetação típica. Havia caixas de correio a intervalos de cerca de cem metros, e postes com cabos pendurados passando pelo alto das árvores.

— Opa — disse a mulher, surpresa. — Acho que é aqui.

A rua já era estreita, mas ficara simplesmente intransitável. Uma longa fila de carros estava estacionada ao longo do acostamento. Talvez uns quarenta automóveis, vários deles pretos ou azul-marinho. Todos modelos novos de sedãs ou grandes utilitários esportivos. A mulher reduziu no meio da pista. A fila de carros estacionados ocupava toda a frente da casa. Outros dez ou doze carros estavam estacionados no pátio diante da garagem. Dois deles eram sedãs Detroit lisos, verdes. Veículos do Exército. Reacher era capaz de identificar um assunto do Departamento de Defesa a um quilômetro de distância.

— Certo? — perguntou a mulher.

— Acho que sim — respondeu ele, cauteloso.

Pegou uma nota de cinquenta de seu maço e deu a ela. Saiu e ficou em pé no meio da rua, em dúvida. Ouviu o táxi se afastando de ré. Caminhou voltando pela rua. Olhou para a longa fila de carros. Olhou para a caixa de correio. Havia um nome em pequenas letras de alumínio sobre ela. O nome era Garber. Um nome que ele conhecia tão bem quanto o seu.

A casa ficava num lote grande, com um jardim destratado e uma aparência que ficava entre o normal e o descuidado. A casa em si era baixa e larga, cedro escuro, telas escuras nas janelas, uma grande chaminé de pedra, algo entre uma modesta casa de subúrbio e uma casa de campo confortável. Era muito tranquila. O ar tinha um cheiro morno, úmido e fecundo. Reacher conseguia ouvir a intensa atividade dos insetos na vegetação rasteira. Sentia o rio além da casa, um vazio de quase dois quilômetros arrastando sons perdidos para o sul.

Aproximou-se e ouviu o som abafado da conversa atrás da casa. Pessoas falando em voz baixa, muitas pessoas, talvez. Caminhou em direção ao som e chegou dando a volta pela lateral da garagem. Estava sobre um lance de degraus de cimento, olhando para o oeste pelo quintal dos fundos, para o rio, azul e ofuscante sob o sol. A pouco mais de um quilômetro e meio, através da bruma, um pouco a noroeste, via a academia de West Point, baixa e cinzenta na distância.

O quintal dos fundos era uma área plana, desmatada, sobre a bancada do rio. Era coberto de grama comum, bem-aparada, e havia uma multidão solene de umas cem pessoas sobre ela. Todos vestidos de preto, homens e mulheres, ternos pretos e gravatas, blusas e sapatos, a não ser por meia dúzia de oficiais do Exército, trajando fardas completas. Todos falavam em voz baixa, sobriamente, equilibrando pratinhos de papel e copos de vinho, a tristeza visível nos ombros caídos.

Um funeral. Ele estava entrando de penetra num funeral. Ficou em pé ali, atrapalhado, destacando-se contra o horizonte nas roupas que enfiara no dia anterior, nas Keys, de algodão desbotado, uma camisa amassada amarelo-clara, sem meias, sapatos velhos, pelos manchados pelo sol aparecendo por todo lado, barba de um dia no rosto. Olhou para o grupo de pessoas em luto como se de repente tivesse batido palmas e todos ficassem em silêncio olhando para ele. Não conseguia se mover. Todos o olhavam em silêncio, intrigados; ele olhou de volta, sem expressão. Ficaram em silêncio. Imóveis. Então uma mulher se moveu. Entregou o prato de papel e o copo para a pessoa mais próxima e se aproximou.

Era jovem, em torno dos trinta, vestida como os outros, com um sóbrio traje preto. Estava pálida e abatida, mas muito bonita. Bonita de doer. Muito magra, alta com seu salto alto, pernas longas cobertas por uma meia lisa e escura de lycra. Cabelo louro liso, longo e simples, olhos azuis, membros esguios. Caminhou suavemente pelo gramado e parou no pé dos degraus de cimento da escada, como se esperasse que ele descesse até ela.

— Olá, Reacher — disse delicadamente.

Ele olhou para ela. Ela sabia quem ele era. E ele sabia quem era ela. A lembrança chegou até ele como um filme de animação em *stop motion* atravessando 15 anos em um único olhar. Uma adolescente que cresceu e desabrochou em uma linda mulher bem diante de seus olhos, tudo numa fração de segundo. Garber, o nome na caixa de correio. Leon Garber, por muitos anos, seu oficial superior. Lembrou-se de quando se conheceram, familiarizando-se em churrascos em quintais domésticos em noites quentes e úmidas nas Filipinas. Uma garota esguia entrando e saindo graciosamente das sombras em torno da casa fria da base, mulher o suficiente aos 15 anos para ser extremamente cativante, mas ainda muito menina para ser totalmente proibida. Jodie, a filha de Garber. Sua filha única. A luz da vida dele. Aquela era Jodie Garber, 15 anos depois, crescida e linda, à espera dele aos pés de uma escada de cimento.

Ele olhou para a multidão e desceu até o gramado.

— Olá, Reacher — repetiu.

A voz dela era baixa e desanimada. Triste, como a cena ao seu redor.

— Olá, Jodie — respondeu ele.

Então ele quis saber quem tinha morrido. Mas não conseguia formular a pergunta sem que soasse insensível ou estúpido. Ela percebeu seu dilema, e assentiu.

— Papai — disse simplesmente.

— Quando? — perguntou ele.

— Há cinco dias — respondeu ela. — Esteve doente nos últimos meses, mas foi repentino no final. Uma surpresa, eu acho.

Ele concordou lentamente.

— Eu sinto muito — disse.

Olhou para o rio, e a centena de rostos diante dele virou uma centena de rostos de Leon Garber. Um homem atarracado e robusto. Um enorme sorriso que sempre exibia, estivesse feliz, aborrecido ou em perigo. Um homem corajoso, física e mentalmente. Um grande líder. Honesto em tempo integral, justo e perspicaz. Um modelo para Reacher durante seus vitais anos de formação. Seu mentor e seu padrinho. Seu protetor. Ele nadou contra a maré e promoveu Reacher duas vezes em 18 meses, o que o tornou o mais jovem major da força de pacificação que alguém poderia lembrar. Então, abriu as mãos e sorriu, recusando qualquer crédito pelo sucesso de Reacher que se seguiu.

— Eu sinto muito mesmo, Jodie — repetiu ele.

Ela concordou, lentamente.

— Não dá para acreditar — disse ele. — Não consigo entender. Estive com ele a menos de um ano. Estava em ótima forma. Ficou doente?

Ela concordou outra vez, ainda em silêncio.

— Mas ele era sempre tão forte... — disse ele.

Ela concordou, com tristeza.

— Era mesmo, não era? Sempre tão forte.

— E não era velho — disse ele.

— Sessenta e quatro.

— Então, o que foi que aconteceu?

— O coração — respondeu ela. — Foi o que o pegou no final. Lembra como ele sempre gostou de fingir que não tinha um?

Reacher balançou a cabeça afirmativamente.

— O maior coração que já existiu.

— Eu descobri isso — disse ela. — Quando a mamãe morreu, ficamos muito amigos por dez anos. Eu o amava.

— Eu também o amava — disse Reacher. — Como se fosse o meu pai, não o seu.

Ela concordou novamente.

— Ele ainda falava de você o tempo todo.

Reacher olhou para longe. Observou os prédios desfocados de West Point, acinzentados por trás da bruma. Estava atordoado. Chegara àquela

Alerta Final　　　　　　71

faixa de idade em que as pessoas que conhecera começavam a morrer. Seu pai estava morto, sua mãe estava morta, seu irmão estava morto. Agora, a pessoa mais próxima do que poderia substituir um parente também estava morta.

— Ele sofreu um infarte há seis meses — disse Jodie. Ficou com os olhos marejados e colocou os cabelos lisos e longos atrás da orelha. — Recuperou-se um pouco... por um tempo, parecia estar ótimo, mas na verdade estava piorando rapidamente. Os médicos chegaram a considerar uma ponte de safena, mas ele teve uma piora súbita e se foi, rápido demais. Não teria sobrevivido à cirurgia.

— Eu sinto muito — disse ele pela terceira vez.

Ela foi para o lado dele e passou o braço pelo dele.

— Não lamente — disse ela. — Ele sempre foi um homem muito feliz. Melhor que tenha ido rápido. Eu não suportaria vê-lo perdendo a alegria aos poucos.

Um flash passou na mente de Reacher, o velho Garber, agitado e intenso, uma bola de fogo de energia, e entendeu como seria desesperador caso se tornasse um inválido. Compreendeu também como aquele coração sobrecarregado enfim abriu mão da luta. Assentiu, tristemente.

— Venha falar com algumas pessoas — disse Jodie. — Talvez você conheça alguém.

— Não estou vestido para isso — disse ele. — Sinto-me mal. Acho melhor ir embora.

— Não tem problema — disse ela. — Você acha que papai se importaria?

Garber apareceu em sua mente com seu velho e surrado boné cáqui. Era o oficial mais malvestido do Exército dos Estados Unidos, durante todos os 13 anos que Reacher servira sob suas ordens. Deu um leve sorriso.

— Acho que ele não se importaria — respondeu ele.

Caminharam pelo gramado. Ele reconheceu talvez umas seis pessoas, entre os cem presentes. Dois dos caras de farda lhe eram familiares. Trabalhara com um punhado dos que usavam terno, aqui e ali, em outra época. Apertou as mãos de dezenas de pessoas e tentou prestar atenção aos

nomes, mas as palavras entravam por um ouvido e saíam por outro. Então, a conversa em voz baixa recomeçou, assim como as comidas e bebidas, a multidão se fechou ao seu redor, e a sensação de sua chegada inoportuna foi amenizada e logo esquecida. Jodie ainda segurava o seu braço. A mão dela estava fria sobre sua pele.

— Estou procurando uma pessoa — disse ele. — É por isso que estou aqui, na verdade.

— Eu sei — disse ela. — Sra. Jacob, certo?

Ele concordou.

— Ela está aqui? — perguntou ele.

— Eu sou a sra. Jacob — disse ela.

Os dois caras no Tahoe preto pararam mais para trás da fila de carro e longe da fiação, para que o telefone do carro funcionasse sem interferência. O motorista discou um número, e o toque preencheu o silêncio do veículo. A ligação foi atendida a oitenta quilômetros ao sul e 88 andares acima.

— Problema, chefe — disse o motorista. — Tem algum lance acontecendo por aqui, um funeral ou coisa do tipo. Deve ter umas cem pessoas circulando. Não temos a menor chance de pegar essa sra. Jacob. Não dá nem para saber quem ela é. Tem dezenas de mulheres, ela pode ser qualquer uma.

Hobie soltou um grunhido pelo alto-falante.

— E?

— Sabe o cara do bar lá de Key West? Ele acabou de aparecer aqui na porra de um táxi. Chegou aqui uns dez minutos depois da gente e foi direto lá para dentro.

O alto-falante estalou. Nenhuma resposta compreensível.

— Então, o que a gente faz? — perguntou o motorista.

— Fiquem aí — disse a voz de Hobie. — Talvez fosse bom esconder o carro e vocês ficarem de olho. Esperem até todo mundo sair. É a casa dela, pelo que eu sei. Talvez a casa da família, ou uma casa de fim de semana. Então, todo mundo vai sair e ela vai ser a única que vai ficar. Não voltem para cá sem ela, ok?

Alerta Final 73

— E o grandalhão?

— Se ele for embora, esqueçam. Mas, se ficar, sumam com ele. Mas me tragam essa tal de Jacob.

— Você é a sra. Jacob? — perguntou Reacher.

Jodie Garber assentiu.

— Sou, fui — disse ela. — Me divorciei, mas mantive o nome por causa do trabalho.

— Quem era ele?

Ele encolheu os ombros.

— Um advogado, como eu. Na época, parecia uma boa ideia.

— Há quanto tempo?

— Três anos no total, do começo ao fim. Nos conhecemos na faculdade de Direito, nos casamos e começamos a trabalhar. Eu fiquei em Wall Street, mas ele foi para um escritório em Washington, há uns dois anos. O casamento não andou com ele, meio que se desmanchou. A papelada terminou no último outono. Mal consigo lembrar quem era ele. Apenas um nome, Alan Jacob.

Reacher estava de pé no quintal ensolarado e olhava para ela. Percebeu que se sentia chateado por ela ter sido casada. Ela fora uma criança magricela, mas absolutamente linda aos 15 anos, autoconfiante e inocente, e um pouco envergonhada de tudo, ao mesmo tempo. Ele acompanhou a batalha entre a timidez e a curiosidade, quando ela se sentava e criava coragem para conversar com ele sobre a vida e a morte, o bem e o mal. Então, mexia os dedos e apertava os joelhos magros e desviava a conversa para temas como amor e sexo, homens e mulheres. Até ruborizar e desaparecer. Ele ficava sozinho, gelado por dentro, cativado por ela e furioso consigo mesmo por isso. Dias depois, ele a via em algum lugar em torno da base, ainda bem vermelha. E agora, 15 anos mais tarde, era uma mulher adulta, formada em Direito, casada e divorciada, linda, calma e elegante, no quintal do pai morto, com o braço enfiado no seu.

— Você é casado? — perguntou ela.

Ele balançou a cabeça.

— Não.
— Mas é feliz?
— Sou sempre feliz. Sempre fui, sempre serei.
— Fazendo o quê?
Ele deu de ombros.
— Nada de mais — respondeu ele.
Olhou por sobre a cabeça dela e percorreu os rostos na multidão. Pessoas cumpridoras de seus deveres e ocupadas, vidas cheias, boas carreiras, todas seguindo adequadamente de A para Z. Ele as olhou e se perguntou se eles eram os tolos, ou se o tolo era ele. Lembrou-se da expressão no rosto de Costello.
— Acabei de voltar das ilhas Keys — disse. — Cavava piscinas com uma pá.
A expressão dela não se alterou. Ela tentou apertar seu antebraço com a mão, mas a mão era muito pequena e o braço era muito grande. Ele sentiu a leve pressão da palma dela.
— Costello achou você lá? — perguntou ela.
Ele não me achou para me convidar para um funeral, pensou ele.
— Precisamos falar sobre Costello — disse ele.
— Ele é bom, não é?
Não o bastante, pensou ele. Ela se afastou, para circular entre os convidados. As pessoas aguardavam para lhe oferecer segundas condolências. Começavam a se soltar um pouco mais por causa do vinho, e o volume das conversas começava a ficar mais alto e mais sentimental. Reacher caminhou até um pátio, onde havia uma longa mesa de comida coberta com uma toalha branca. Serviu-se de galinha fria e arroz num prato de papel e pegou um copo-d'água. Havia um conjunto de móveis de jardim no pátio, ignorado pelos demais por causa das manchas deixadas por pingos das árvores. O guarda-sol branco desbotado estava aberto. Reacher abaixou-se sob ele e ficou sentado sozinho numa das cadeiras sujas.
Observou a multidão enquanto comia. As pessoas relutavam em ir embora. O afeto pelo velho Leon Garber era palpável. Um cara como aquele desperta a afeição das pessoas, talvez até demais para que demonstrassem

Alerta Final

diante dele, e isso acaba aflorando mais tarde. Jodie se movia pelo grupo, apertando mãos, sorrindo com tristeza. Todos tinham alguma história para contar, um caso engraçado em que Garber deixava transparecer seu coração de ouro por trás do exterior irascível. Ele também poderia acrescentar algumas histórias. Mas não faria isso, pois Jodie não precisava que ninguém lhe dissesse que seu pai era um dos mocinhos. Ela sabia. Ela se movia com a serenidade de alguém que amara o pai por toda a vida e fora igualmente amada. Não havia nada que ela lamentasse não ter dito a ele, nada que ele deixara de dizer a ela. As pessoas vivem e morrem, e, contanto que tenham feito o que é certo, não há muito o que lamentar.

Eles acharam um local na mesma rua, obviamente uma casa de campo, bem-fechada e desocupada. Estacionaram o Tahoe de ré atrás da garagem, onde não podia ser visto da rua, mas pronto para partir em perseguição. Pegaram as nove milímetros do porta-luvas e as enfiaram nos bolsos das calças. Voltaram para estrada e se esconderam entre os arbustos.

Não era muito simples. Estavam a apenas oitenta quilômetros ao norte de Manhattan, mas poderia perfeitamente ser no meio da selva de Bornéu. As trepadeiras se enroscavam por toda parte, prendendo-se neles, fazendo-os tropeçar, chicoteando seus rostos e mãos. A mata selvagem era constituída de vegetação secundária, com árvores nativas de folhas largas, basicamente inúteis, cujos galhos baixos se retorciam em todas as direções. Eles foram caminhando de volta, forçando a passagem. Quando chegaram na altura do acesso para a garagem de Garber, estavam ofegantes e engasgados com o cheiro do musgo e com a poeira do pólen. Forçaram o caminho até o terreno e encontraram uma depressão no solo, onde se esconderam. Abaixaram-se, olhando para a esquerda e a direita, para ter uma boa visão do acesso que vinha do quintal dos fundos. As pessoas estavam se dirigindo à saída, prestes a ir embora.

Começava a ficar óbvio quem era a sra. Jacob. Se Hobie estivesse certo, e ali fosse a casa dela, então era a loura magra apertando as mãos dos outros e se despedindo, no papel de anfitriã. Os convidados iam embora, ela ficava. Era a sra. Jacob. Eles a observaram, o centro das atenções, sorrindo corajosamente, abraçando, acenando. As pessoas ocuparam o caminho da garagem, sozinhas, aos pares, depois em grupos maiores. Os carros davam a partida. A fumaça azulada dos escapamentos se espalhava. Os dois ouviam os assobios e o ronco dos motores acelerando quando os motoristas se livravam da fila estreita de carros estacionados. Os pneus girando na rua pavimentada. O barulho dos motores acelerando ao descer a rua. Seria fácil. Logo ela estaria em pé ali, completamente sozinha, comovida e triste. E então receberia um par de visitantes extras. Talvez os visse se aproximando e achasse que fossem convidados tardios para o velório. Afinal, estavam vestidos com ternos e gravatas pretas. O que se usa no centro financeiro de Manhattan combina perfeitamente com um funeral.

Reacher acompanhou os dois últimos convidados subindo os degraus de cimento para fora do quintal. Um era um coronel, e o outro, um general de duas estrelas, ambos em fardas imaculadas. Era o que ele esperava. Num lugar com bebida e comida de graça, os militares eram sempre os últimos a ir embora. Ele não conhecia o coronel, mas lembrou-se vagamente de já ter visto o general. Achou que ele também o reconheceu, mas nenhum dos dois tentou se lembrar de onde. Nenhum dos dois queria começar uma conversa complicada do tipo "o que você anda fazendo agora".

Os militares apertaram a mão de Jodie com formalidade, em seguida, ficaram em posição de sentido e prestaram uma continência. Movimentos precisos de marcha, botas brilhantes sobre o asfalto, olhos duros para a frente, fixando um quilômetro à frente, tudo um tanto bizarro na quietude verde de uma rua de subúrbio. Entraram no último carro que sobrava estacionado diante da garagem, um dos sedãs verdes parados mais próximos da casa. Os primeiros a chegar, os últimos a sair. Tempos de paz, nada de Guerra Fria, nada para fazer o dia inteiro. Era por isso que Reacher ficara feliz por ser liberado, e, enquanto observava o carro verde virar e se afastar, sabia que estava certo por se sentir feliz.

Jodie foi para o lado dele e pegou seu braço novamente:

— Então — disse em voz baixa. — É isso.

Alerta Final

Restava apenas o silêncio crescente à medida que o carro verde desaparecia na estrada.

— Onde ele foi enterrado? — perguntou Reacher.

— No cemitério da cidade — respondeu ela. — Poderia ter sido em Arlington, é claro, mas ele não quis. Quer ir até lá?

Ele balançou a cabeça.

— Não, não faço esse tipo de coisa. Não faz diferença para ele agora, não é? Ele sabia que eu sentiria a falta dele, eu disse isso para ele há muito tempo.

Ela concordou. Segurou o braço dele.

— Precisamos falar sobre Costello — disse ele outra vez.

— Por quê? — perguntou ela. — Ele te passou a mensagem, certo?

Ele balançou a cabeça.

— Não, ele me achou, mas fiquei desconfiado. Disse que não era Jack Reacher.

Ela o olhou, surpresa.

— Mas por quê?

Ele deu de ombros.

— Hábito, acho. Eu não ando por aí atrás de confusão. Não reconheci o nome Jacob, então simplesmente o ignorei. Eu estava satisfeito, morando tranquilamente lá no sul.

Ela ainda olhava para ele.

— Acho que eu deveria ter usado o nome Garber — disse ela. — Era assunto do meu pai, de qualquer modo, nada a ver comigo. Mas fiz através da firma e nem pensei mais nisso. Você teria falado com ele, caso ele mencionasse Garber, certo?

— É claro — respondeu ele.

— E não precisava se preocupar, pois não é nada importante.

— Podemos entrar? — perguntou ele.

Ela voltou a se surpreender.

— Por quê?

— Porque, na verdade, é bem importante.

Eles a viram levá-lo para dentro pela porta da frente. Ela puxou a tela, e ele a manteve aberta enquanto ela abria a maçaneta da porta. Uma grande porta de entrada, de madeira marrom, pesada. Entraram, e a porta se fechou atrás deles. Dez segundos depois, uma luz fraca apareceu numa janela, bem mais para a esquerda. Uma sala de estar, ou outro aposento mais recolhido, eles desconfiaram, tão oculto pelas folhagens do lado de fora que precisava ser iluminado até durante o dia. Eles se agacharam na vala úmida e aguardaram. Os insetos voejavam sob o sol ao redor deles. Os dois se olharam e ouviram. Nenhum som.

Levantaram-se e abriram caminho até a entrada da garagem. Correram agachados até o canto da garagem. Encostaram na lateral e esgueiraram-se até a frente. Seguiram até a parte frontal da casa. Tiraram as pistolas dos bolsos dos paletós. Seguraram-nas apontadas para o chão e seguiram, um de cada vez, para a varanda frontal. Reagruparam-se e pisaram lentamente sobre a madeira velha. Acabaram agachados no chão, com as costas pressionadas contra a casa, um de cada lado da porta da frente, as pistolas nas mãos, prontas. Ela tinha entrado por ali. Ela iria sair. Era só uma questão de tempo.

— Alguém o matou? — repetiu Jodie.
— E sua secretária também, provavelmente — disse Reacher.
— Não acredito — disse ela. — Por quê?

Ela o tinha levado pelo corredor escuro até um pequeno aposento, na extremidade da casa. Uma janela pequena, as paredes cobertas por madeira e a mobília pesada de couro deixavam o ambiente escuro, por isso ela acendeu um abajur, e o lugar assumiu a atmosfera aconchegante de um recesso masculino, como os bares anteriores à guerra que Reacher conheceu na Europa. Havia prateleiras de livros, edições baratas compradas por assinaturas fazia décadas e fotos desbotadas e com as bordas enroladas pregadas na beirada das prateleiras com percevejos. Uma mesa simples, o tipo de lugar que um homem velho e com um subemprego usava para fazer suas contas e calcular os impostos, imitando o que costumava fazer quando tinha um emprego.

Alerta Final 79

— Eu não sei por quê — disse Reacher. — Não sei de nada. Nem mesmo por que você o mandou atrás de mim.

— Papai queria falar com você — respondeu ela. — Ele não chegou a me dizer o motivo. Eu estava ocupada, tinha um julgamento, um negócio complicado, durou meses. Estava preocupada. Tudo o que sei é que ele ficou doente e estava indo ao cardiologista, certo? Ele conheceu alguém lá e se envolveu com alguma história. Estava preocupado com aquilo. Parecia que se sentia sob o peso de alguma grande obrigação. Mais tarde, quando piorou, sabia que teria que deixar o assunto de lado e começou a falar que deveria te encontrar, para você dar uma olhada, pois você era a pessoa que poderia fazer alguma coisa a respeito. Ele estava ficando muito inquieto, o que não era nada bom, por isso eu disse que ia contratar Costello para te achar. Sempre trabalhamos com ele no escritório, e parecia ser o mínimo que eu poderia fazer.

A história fazia algum sentido, mas o primeiro pensamento de Reacher foi *por que eu?* Dava para entender o problema de Garber. No meio de algum assunto, a saúde começa a falhar, sem querer abandonar uma obrigação, precisando de ajuda. Mas um cara como Garber podia conseguir ajuda em qualquer lugar. As páginas amarelas de Manhattan estavam cheias de investigadores. E, se era alguma coisa muito complicada, ou pessoal demais para um detetive particular da cidade, era só ele pegar o telefone, e uma dúzia de seus amigos da polícia do Exército iriam correndo. Duas dúzias. Cem. Todos querendo ajudar e ansiosos por retribuir suas inúmeras gentilezas e favores, que se estendiam ao longo de todas as suas carreiras. Assim, Reacher se perguntava por que ele, em especial.

— Com quem ele se encontrou no cardiologista?

Ela encolheu os ombros, desanimada.

— Não sei. Eu estava preocupada. Não cheguei a me envolver com isso.

— Costello veio até aqui? Conversou diretamente com ele?

Ela concordou com a cabeça.

— Eu o chamei e lhe disse que faria o pagamento pela firma, mas que era para ele vir aqui para saber dos detalhes. Ele me ligou de volta uns dois dias depois e disse que tinha conversado com papai e que, no fim

das contas, tudo se resumia a te encontrar. Ele queria que eu contratasse Costello oficialmente, pois o caso poderia ficar caro. Então, naturalmente, foi o que eu fiz, pois não queria que papai se preocupasse com o custo de coisa alguma.

— E foi por isso que ele me disse que o nome de sua cliente era sra. Jacob — disse Reacher. — E não Leon Garber. E foi por isso que eu o ignorei. E assim ele acabou sendo morto.

Ela balançou a cabeça e olhou para ele com firmeza, como se ele fosse um sócio júnior que tinha acabado de fazer um trabalho malfeito. Pegou-o de surpresa. Ele ainda pensava nela como uma garota de 15 anos, e não uma advogada de trinta, que passara muito tempo se preocupando com julgamentos longos e complexos.

— *Non sequitur* — disse ela. — Está claro o que aconteceu, certo? Papai contou a história para Costello, que procurou algum atalho antes de ir atrás de você, mexeu em algum vespeiro e chamou a atenção de alguém. Esse alguém o matou para descobrir quem ele estava procurando e por quê. Não faz diferença o jogo que você jogou. Eles ainda teriam ido atrás de Costello para perguntar a ele exatamente quem o colocou naquele rastro. Então, fui eu quem o matou, no final.

Reacher balançou a cabeça.

— Foi Leon. Através de você.

Ela balançou a cabeça por sua vez.

— Foi a pessoa na clínica de cardiologia. Ela, através de papai, através de mim.

— Preciso saber quem é essa pessoa — disse ele.

— Faz diferença agora?

— Acho que faz — disse ele. — Se Leon estava preocupado com alguma coisa, eu também estou. Era assim que funcionava com a gente.

Jodie concordou, em silêncio. Levantou-se depressa e foi até as prateleiras. Usou as unhas como pinça e destacou o percevejo de uma das fotos. Olhou-a com atenção e depois a entregou para ele.

— Lembra disso? — perguntou ela.

Alerta Final   81

A fotografia devia ter uns 15 anos, as cores desbotando para tons pastel, como ocorre com velhas fotos em papel Kodak expostos ao tempo e à luz do sol. Mostrava o brilho intenso do céu de Manila sobre um quintal de terra. Leon Garber estava à esquerda, em torno dos cinquenta, vestindo sua amassada farda verde-oliva. O próprio Reacher estava à direita, 24 anos, um tenente, trinta centímetros mais alto do que Garber, sorrindo com todo o vigor flamejante da juventude. Entre os dois, Jodie, 15 anos, um vestido de verão, um braço nu nos ombros do pai, o outro em torno da cintura de Reacher. Os olhos franzidos sob o sol, sorrindo, inclinada para Reacher como se abraçasse sua cintura com toda a força de sua frágil estrutura.

— Lembra? Ele tinha acabando de comprar a Nikon no posto militar. Com disparador automático. Pegou um tripé emprestado e mal podia esperar para experimentar.

Reacher assentiu. Lembrava. Lembrava-se do cheiro do cabelo dela naquele dia, sob o sol quente do Pacífico. O cabelo limpo e jovem. Lembrava-se da sensação do corpo dela encostado no seu. Da sensação do braço longo e fino em torno de sua cintura. Lembrava-se de gritar para si mesmo, *segure sua onda, cara, ela só tem 15 anos e é filha do seu comandante.*

— Ele dizia que essa era sua foto de família. Sempre disse isso.

Ele concordou novamente.

— E é por isso. Era assim que funcionava com a gente.

Ela olhou para a foto por um longo tempo, algo passou por seu rosto.

— E ainda tem a secretária — disse ele. — Eles foram saber quem era o cliente. Ela deve ter dito a eles. E, mesmo que não tenha dito, eles vão descobrir de qualquer jeito. Precisei de apenas trinta segundos e uma ligação. Então agora eles vêm atrás de você para perguntar quem está por trás disso tudo.

Ela o olhou fixamente e colocou a velha foto sobre a mesa.

— Mas eu não sei quem é.

— E você acha que eles vão acreditar nisso?

Ela concordou, vagamente e olhou para a janela.

— Certo, e o que a gente faz?

— Você vai dar o fora daqui — disse ele. — Com toda certeza. Solitário e isolado demais. Você tem onde ficar na cidade?

— É claro — disse ela. — Um loft, na baixa Broadway.

— Tem um carro aqui?

Ela confirmou com a cabeça.

— Claro, na garagem. Mas eu pretendia passar a noite aqui. Preciso encontrar o testamento, ver a papelada, fechar as coisas. Ia embora amanhã de manhã cedo.

— Faça todas essas coisas agora — disse ele. — O mais rápido que puder e vá embora. Estou falando sério, Jodie. Quem quer que sejam essas pessoas, não estão de brincadeira.

O olhar no rosto dele falava mais do que as palavras. Ela concordou rapidamente e se levantou.

— Certo, a mesa. Você pode me ajudar.

Desde o treinamento na escola militar até ser reformado por motivo de saúde, Leo Garber serviu o Exército por quase cinquenta anos, de uma maneira ou de outra. Isso era perfeitamente visível em sua mesa. As gavetas de cima continham canetas, lápis e réguas, tudo em ordem. As de baixo eram maiores, com pastas suspensas penduradas em hastes retas. Cada uma delas com uma etiqueta cuidadosamente escrita a mão. Impostos, telefone, eletricidade, óleo da calefação, manutenção do jardim, garantias de eletrodomésticos. Havia uma etiqueta mais nova, de cor diferente: ÚLTIMAS VONTADES E TESTAMENTO. Jodie percorreu os arquivos e acabou tirando todas as pastas de dentro das gavetas. Reacher achou uma maleta de couro surrada no armário do escritório, e enfiaram todas as pastas ali dentro. Forçaram a aba até conseguir fechar. Reacher pegou a velha foto da mesa e a olhou novamente.

— Você se ressente? — perguntou ele. — Do jeito que ele pensava a meu respeito? Família?

Ela parou na porta e assentiu.

— Eu me ressentia como uma doida — disse ela. — E um dia vou lhe dizer exatamente por quê.

Alerta Final 83

Ele apenas olhou para ela enquanto ela se virava e sumia pelo corredor.
— Vou pegar minhas coisas — falou em voz alta. — Cinco minutos, está bem?

Ele foi até a prateleira e prendeu a velha foto de volta ao lugar original com o percevejo. Apagou a luz e saiu da sala carregando a maleta de couro. Ficou no saguão silencioso, olhando ao redor. Era uma casa agradável. Fora ampliada em algum momento de sua história. Isso era claro. Havia um grupo central de cômodos que fazia algum sentido em termos de disposição, e então outros cômodos saindo do saguão modificado onde ele estava. Ramificavam-se arbitrariamente saindo de pequenos vestíbulos internos. Pequenos demais para serem considerados uma ala, grandes demais para serem originais. Caminhou ao acaso pela sala de estar. As janelas davam para o quintal e para o rio, com o prédio de West Point visível de um ângulo ao lado da lareira. O ar estava parado, cheirando a polimento antigo. A decoração estava desbotada e era bem simples. Um piso neutro de madeira, paredes creme, mobília pesada. Uma TV antiga, nenhum aparelho de videocassete. Livros, quadros, mais fotos. Nada combinava. Um lugar não planejado, que se adaptou com o tempo, confortável. Com sinais de que fora habitado.

Garber deve ter comprado a casa há uns trinta anos. Provavelmente quando a mãe de Jodie engravidou. Era um procedimento normal. Com frequência, os oficiais casados com filhos compravam uma casa, em geral perto de sua primeira base de serviço ou de algum outro lugar que achavam que seria central em sua vida, como West Point. Compravam a casa e ela geralmente ficava vazia enquanto viviam no estrangeiro. A questão era ter uma âncora, um lugar reconhecível para o qual sabiam que iam voltar quando tudo se acabasse. Ou onde suas famílias pudessem morar, caso o posto no exterior não fosse adequado, ou se a educação dos filhos exigisse mais estabilidade.

Os pais de Reacher não seguiram esse caminho. Jamais compraram uma casa. Reacher jamais morara numa casa. Alojamentos severos e prédios militares foram os lugares onde morou, e, depois disso, em hotéis baratos. E tinha plena certeza de que jamais quisera nada diferente. Certeza absoluta de que não queria morar numa casa. O desejo apenas passava por ele. O envolvimento necessário o intimidava. Era um peso físico, exatamente como a pasta que tinha nas mãos. As contas, os impostos, o seguro, as garantias, os consertos, a manutenção, as decisões, um novo telhado ou um novo fogão, carpete ou tapetes, os orçamentos. Os cuidados com o jardim. Ele foi até a janela e olhou para o gramado. Cuidar do jardim juntava-se a todos os procedimentos fúteis. Primeiro, você gasta muito tempo e dinheiro para que a grama cresça, para depois gastar mais tempo e dinheiro aparando-a para que não cresça mais. Então reclama que está muito alta, depois que está muito curta, e coloca regadores para gastar água e mais dinheiro durante todo o verão, e, no outono, gasta ainda mais com os adubos químicos.

Uma maluquice. Mas, se alguma casa poderia fazer com que mudasse de ideia, seria a de Garber. Era tão casual, tão pouco exigente. Parecia prosperar com a negligência benigna. Quase conseguia se imaginar morando ali. E a vista era poderosa. O grande Hudson, com suas águas correndo, reconfortante e presente. O velho rio continuaria a correr, o que quer que fizessem com as casas e a vegetação que manchava os bancos dos quintais.

— Bem, acho que estou pronta — Jodie avisou.

Ela apareceu na porta da sala de estar. Carregava uma bolsa de couro e havia tirado a roupa preta do funeral. Vestia uma calça Levi's desbotada e uma camiseta azul-clara, com uma pequena logo que Reacher não conseguiu decifrar. Tinha escovado o cabelo, e a estática fazia com que alguns fios se arrepiassem. Ela os alisava de volta com a mão, prendendo-os atrás da orelha. A camiseta azul realçava seus olhos e contrastava com a pele levemente dourada. Os últimos 15 anos não haviam feito mal algum a ela.

Eles atravessaram a cozinha e trancaram a porta dos fundos. Desligaram todos os eletrodomésticos que puderam ver e fecharam bem as torneiras. Foram para o saguão e abriram a porta da frente.

5

REACHER FOI O PRIMEIRO A SAIR POR INÚMERAS razões. Normalmente, teria deixado Jodie sair na sua frente — era de uma geração que ainda carregava alguns dos últimos vestígios de boas maneiras dos americanos —, mas ele aprendera a ser cuidadoso com suas demonstrações de cavalheirismo até saber exatamente como a mulher reagiria. Além disso, era a casa dela, não a dele, o que alterava toda a dinâmica, afinal era ela quem tinha a chave para trancar a porta atrás deles. Assim, por todos esses motivos, ele foi a primeira pessoa a pôr o pé na varanda e a primeira a ser vista pelos dois homens.

Sumam com o cara grande e me tragam a sra. Jacob, foi o que Hobie lhes dissera. O cara da esquerda partiu para um tiro direto, enquanto ainda estava sentado no chão. Estava tenso e pronto, seu cérebro levou menos de

um segundo para processar o que o nervo óptico lhe transmitia. Ele sentiu a porta da frente se abrir, viu a tela se movendo para fora, viu alguém pisando na varanda, reconheceu o cara grande saindo primeiro e atirou.

O da direita estava malposicionado. A tela abriu com um rangido, direto em seu rosto. Por si só, isso não chegava a ser um obstáculo, pois uma trama de nylon fina, projetada para impedir a entrada de insetos, não é muito eficiente para impedir uma bala, mas ele era destro, e a moldura da tela, ao se abrir, foi diretamente para a mão com a arma. Isso fez com que ele hesitasse e se erguesse para a frente, contornando o arco da moldura que se abria. Ele a parou com a mão esquerda e a empurrou, dobrando-se ao seu redor ao mesmo tempo que erguia a mão direita para tomar posição.

Nesse momento, Reacher já funcionava no modo inconsciente e instintivo. Tinha quase 39 anos, e suas lembranças chegavam a uns trinta e cinco de todo esse tempo, até os fragmentos mais obscuros de sua infância, lembranças repletas com nada mais além do serviço militar, do seu pai, dos amigos dos seus pais, dele mesmo, de seus próprios amigos. Jamais conhecera a estabilidade, jamais passara um ano inteiro na mesma escola e jamais trabalhara das nove às cinco — de segunda à sexta —, jamais contara com outra coisa a não ser com a surpresa e a imprevisibilidade. Uma parte de seu cérebro se desenvolvera de maneira toda desproporcional, como um músculo grotescamente supertreinado, o que o levava a considerar perfeitamente razoável que, ao sair pela porta da casa de um tranquilo subúrbio de Nova York, visse os dois homens que vira pela última vez a milhares de quilômetros de lá, nas ilhas Keys, agachados e apontando pistolas nove milímetros para ele. Nenhum choque ou surpresa, nada de engasgar com medo ou entrar em pânico. Nenhuma pausa, hesitação ou qualquer inibição. Apenas a reação instantânea diante de um mero problema mecânico colocado diante dele como um diagrama mecânico envolvendo tempo, espaço, ângulos, balas sólidas e carne macia.

A maleta pesada estava na sua mão esquerda, balançando para a frente ao ser carregada. Ele fez duas coisas de uma vez. Manteve o balanço, renovando a força para lançar a pasta para frente e para fora. A segunda foi girar o braço direito para trás e golpear Jodie no peito, lançando-a de volta para

Alerta Final   87

dentro do saguão. Ela tropeçou para trás, e a maleta em movimento recebeu a primeira bala. Reacher sentiu o impacto em sua mão. Ele a impulsionou para completar o balanço, inclinando-se para a varanda como um mergulhador hesitando diante da água fria da piscina, e acertou o cara da esquerda com um golpe torto no rosto. Ele estava semilevantado, agachado e sem equilíbrio, e o golpe da pasta o derrubou para trás e o tirou de ação.

Mas Reacher não o viu cair, pois seus olhos já estavam no outro sujeito que dava a volta pela tela, com a pistola a 15 graus de chegar à posição de tiro. Reacher usou o impulso do balanço da pasta para se lançar para a frente. Deixou que a alça o puxasse pelos dedos e o lançasse num mergulho com o braço direito acelerando de trás, cruzando diretamente sobre a varanda. A pistola oscilou e o acertou em cheio no peito. Ele a ouviu disparar e sentiu o calor da boca do cano queimar sua pele. A bala saiu pelo lado, passando sob o braço esquerdo erguido e foi acertar a garagem distante, quase ao mesmo tempo que seu cotovelo acertava o sujeito no rosto.

Um cotovelo em alta velocidade, empurrado por 114 quilos de peso corporal, faz bastante estrago. Atingiu a moldura da tela e acertou o cara no queixo. O impacto percorreu toda a articulação da mandíbula, forte o suficiente para transmitir toda a força até o cérebro do sujeito. Reacher podia ver, pelo jeito desarticulado como ele caiu de costas, que estava fora de combate. Então a mola da porta de tela gemeu de volta, fechando-a, e o cara da esquerda arrastou-se pelas tábuas da varanda em busca de sua arma, que tinha caído longe. Jodie estava no centro do portal, curvada, as mãos sobre o peito, tentando respirar. A velha pasta de couro quicava sobre o gramado da frente.

O problema era Jodie. Ele estava separado dela por pouco mais de dois metros, e o cara da esquerda estava entre os dois. Se ele pegasse a arma e mirasse com a direita, Jodie seria a mira perfeita. Reacher afastou o homem inconsciente e jogou-se para a porta. Fechou a tela atrás de si e caiu para dentro. Arrastou Jodie um metro para dentro do saguão e bateu a porta. Ela quicou e bateu três vezes, enquanto o cara disparava atrás dele, e pó e lascas de madeira saltaram no ar. Ele passou a tranca e empurrou Jodie em direção à cozinha.

— Tem como a gente chegar à garagem?

— Pela passagem coberta — disse ela, ofegante.

Era o mês de junho, as janelas contra tempestades estavam arriadas, e o acesso para a garagem não passava de uma passagem larga com telas dos dois lados, do chão ao teto. O cara da esquerda estava usando uma Beretta M9, que começara o dia com 15 tiros no carregador. Já tinha disparado quatro, um na maleta e três na porta. Restavam 11, o que não era reconfortante, quando tudo o que havia entre eles eram alguns metros quadrados de tela de nylon.

— Chaves do carro?

Ela as catou dentro da bolsa. Ele as pegou e as fechou na mão. A porta da cozinha tinha um painel de vidro que dava direto para a entrada da garagem, com outra porta idêntica do outro lado.

— Aquela porta está trancada?

Ela concordou, sem fôlego.

— A verde. A verde é a da garagem.

Ele olhou o molho de chaves. Viu uma velha Yale, com uma camada apagada de tinta verde. Abriu a porta da cozinha devagar, ajoelhou-se e colocou a cabeça para fora, mais baixo do que seria de se esperar. Olhou em torno, para os dois lados. Não havia sinal do cara esperando do lado de fora. Pegou então a chave verde e a segurou para a frente, como uma minúscula lança. Ficou em pé e disparou. Enfiou a chave na fechadura, girou-a e a retirou. Empurrou a porta para abri-la e acenou para Jodie vir atrás dele. Ela se jogou para dentro da garagem, e ele bateu a porta atrás dela. Trancou e ouviu. Nenhum som.

A garagem era um espaço amplo e escuro, vigas espaçadas, estrutura aparente, cheirando a óleo de motor e creosoto. Estava cheia de trastes, cortadores de grama e mangueiras, cadeiras de jardim, coisas antigas que pertenceram a um homem que parara de comprar novidades há vinte anos. A porta principal, portanto, era do tipo manual que subia por trilhos curvos de metal. Nenhum mecanismo. Nenhum sistema elétrico. O piso era de concreto liso, gasto e polido. O carro de Jodie era um Oldsmobile Bravada,

Alerta Final 89

verde-escuro, com toques dourados. Estava lá parado no escuro, de frente para a parede. As etiquetas na tampa traseira diziam ser um motor V-6, com tração nas quatro rodas, o que seria útil, mas a velocidade da arrancada do V-6 seria crucial.

— Vá para o banco de trás — sussurrou ele. — Abaixe-se no chão, ok?

Ela entrou agachada, a cabeça primeiro, e deitou atravessada sobre o ressalto da transmissão. Ele atravessou a garagem e achou a chave da porta para o quintal. Abriu-a, olhou para fora e ouviu. Nenhum movimento, nenhum som. Depois, voltou para o carro, colocou a chave na ignição e o ligou, para poder chegar o banco elétrico totalmente para trás.

— Volto em um minuto — sussurrou.

A bancada de ferramentas de Garber era tão arrumada quanto a mesa de seu escritório. Havia um painel na parede, com um conjunto completo de ferramentas cuidadosamente organizadas. Reacher pegou um pesado martelo de carpinteiro e o ergueu. Saiu para o quintal e arremessou o martelo, numa diagonal da casa, sobre os arbustos que tinha visto na frente. Contou até cinco, para dar tempo de o sujeito ouvir e reagir, correndo para lá de onde quer que estivesse se escondendo. Depois, voltou para o carro. Ficou junto da porta aberta e virou a chave, com o braço esticado. Acionou a ignição. O motor ligou imediatamente. Ele correu agachado para a traseira e puxou a porta para cima. Ela subiu com um estrondo pelo trilho de metal. Jogou-se no banco do motorista, engatou a ré e afundou o pé no acelerador. Os quatro pneus cantaram no concreto liso, e o carro disparou para fora da garagem. Reacher viu o cara com a Beretta, afastado, à sua esquerda no gramado da frente, girando para olhar para eles. Acelerou por toda a saída da garagem e saiu de ré na estrada. Freou com força, virou a direção, pegou velocidade e disparou em meio à fumaça dos pneus.

Acelerou forte por cerca de cinquenta metros e reduziu. Encostou gentilmente, logo ao passar da entrada da garagem do vizinho. Engatou a ré e subiu pela entrada, mas entrando com o carro pela vegetação.

Acertou a direção e desligou o motor. Atrás dele, Jodie se esforçou para levantar do chão e olhar em volta.

— Que diabos estamos fazendo *aqui*? — perguntou ela.
— Esperando.
— Esperando o quê?
— Eles darem o fora daqui.
Ela suspirou, meio atônita, meio furiosa.
— Não vamos *esperar*, Reacher, vamos direto para a polícia.
Ele virou a chave novamente para poder acionar o vidro da janela. Abriu completamente para poder ouvir o som do lado de fora.
— Não posso ir para a polícia — disse ele, sem olhar para ela.
— Que negócio é esse? Por que não?
— Porque eles vão começar a me investigar por causa do Costello.
— Você não matou Costello.
— E você acha que eles vão estar dispostos a acreditar nisso?
— Eles têm que acreditar, porque não foi você, simples assim.
— Pode demorar até eles encontrarem alguém melhor para ir atrás.
Ela fez uma pausa.
— Então, o que você está dizendo?
— Estou dizendo que é muito mais vantajoso ficar longe da polícia.
Ela balançou a cabeça. Ele a observou pelo espelho.
— Não, Reacher, *precisamos* da polícia.
Ele fixou seus olhos nos dela pelo espelho.
— Lembra o que Leon costumava dizer? Ele dizia "que diabos, *eu* sou a polícia".
— Bem, ele era, e você foi. Mas há muito tempo.
— Não tanto assim, para nenhum de nós.
Ela ficou em silêncio. Sentou mais para frente. Inclinou-se para ele.
— Você não *quer* ir à polícia, certo? É isso, não é? Não que não *possa*, só não *quer* ir.
Ele se virou um pouco no assento do motorista, para poder olhar de frente para ela. Viu os olhos dela descerem até a queimadura em sua camisa. O desenho de uma lágrima comprida tinha se formado ali, uma mancha escura de fuligem, partículas de pólvora tatuadas no tecido de algodão. Ele desabotoou e abriu a camisa. Olhou para baixo. A mesma queimadura em

Alerta Final 91

formato de lágrima na pele, os pelos enegrecidos e retorcidos, uma bolha começando a se formar, vermelha e intensa. Ele lambeu o polegar e o pressionou sobre a bolha, com uma careta.

— Eles mexem comigo, eles vão se ver comigo.

Ela olhou para ele.

— Você é absolutamente inacreditável, sabia? Ruim como o meu pai. Temos que ir à polícia, Reacher.

— Não posso fazer isso — disse ele. — Vão me colocar na cadeia.

— Temos que ir — repetiu ela.

Mas com desânimo. Ele fez que não com a cabeça e não respondeu nada. Olhou-a com atenção. Era uma advogada, mas também era a filha de Leon, e sabia como as coisas funcionavam do lado de fora, no mundo real. Ela ficou em silêncio por um bom tempo, deu de ombros, vencida, e colocou a mão sobre seu osso esterno, como se estivesse dolorido.

— Você está bem? — perguntou ele.

— Você me acertou de jeito — respondeu ela.

Poderia alisar como mais jeito ainda, pensou ele.

— Quem eram aqueles caras? — perguntou ela.

— Os dois que mataram Costello — disse ele.

Ela assentiu. Depois, suspirou. Seus olhos azuis se moveram de um lado para outro.

— Então, para onde *vamos*?

Ele relaxou. E sorriu.

— Qual seria o último lugar em que iriam nos procurar?

Ela encolheu os ombros. Tirou a mão do peito e alisou o cabelo.

— Manhattan? — disse ela.

— A casa — disse ele. — Eles nos viram fugir, não acham que vamos dar meia-volta.

— Você é louco, sabia?

— Precisamos da maleta. Leon pode ter feito anotações.

Ela balançou a cabeça, atordoada.

— E precisamos fechar o lugar de novo. Não podemos deixar a garagem aberta. Vai ser invadida por guaxinins. Famílias inteiras daqueles porcarias.

E então ele levantou a mão. Colocou os dedos nos lábios. Ouviram o barulho de um motor dando a partida. Possivelmente um grande V-8, a uns duzentos metros de distância. O som dos pneus em uma estrada pedregosa a distância. O ronco do acelerador. Depois uma forma negra passou rapidamente diante deles. Um enorme jipe preto com rodas de alumínio. Um Yukon, ou um Tahoe, dependendo se atrás estava escrito GMC ou Chevrolet. Dois caras dentro dele, ternos pretos, um deles dirigindo e o outro reclinado em seu assento. Reacher colocou a cabeça toda para fora da janela e ouviu o som se perder no silêncio, em direção à cidade.

Chester Stone esperou por mais de uma hora em seu escritório, e então ligou para o andar de baixo e pediu que o diretor financeiro falasse com o banco para verificar a conta operacional. Mostrava um crédito de 1,1 milhão de dólares, transferido havia 15 minutos, de um escritório em Cayman, de uma sociedade fiduciária das Bahamas.

— Está lá — disse o homem das finanças. — Você conseguiu, chefe.

Stone apertou o telefone e se perguntou exatamente o que ele tinha conseguido.

— Estou descendo. Quero conferir os números.

— Os números são bons — disse o diretor. — Não precisa se preocupar.

— Estou descendo assim mesmo — retrucou Stone.

Ele desceu os dois andares de elevador e encontrou o diretor financeiro em sua sala luxuosa. Digitou a senha e abriu a planilha secreta. O homem das finanças assumiu o computador e digitou o novo saldo disponível na conta operacional. O software fez os cálculos, e as contas apareceram equilibradas, seis semanas à frente.

— Viu? — disse. — Bingo.

— E quanto ao pagamento dos juros? — perguntou Stone. — Onze mil por semana? Seis semanas? Meio pesado, não?

— Temos como pagar?

O homem assentiu, confiante.

— Com certeza. Devemos setenta e três mil para dois fornecedores. O dinheiro está na conta, pronto para sair. Se perdermos as faturas, eles terão que reapresentar, e a gente fica com essa grana liberada por um tempo.

Ele tocou na tela e apontou para um provisionamento contra faturas recebidas.

Alerta Final 93

— Setenta e três mil, menos onze mil por semana, durante seis semanas, nos deixa com uma sobra de sete mil. Podemos até jantar fora algumas vezes.

— Faça a conta de novo, ok? — pediu Stone. — Confira novamente.

O sujeito lançou-lhe um olhar, mas executou o comando. Tirou 1,1 milhão, e o resultado ficou vermelho, colocou-o de volta, e o saldo voltou a ficar equilibrado. Cancelou o provisionamento contra as faturas, subtraiu onze mil a cada sete dias e completou um período de seis semanas com um excedente operacional de sete mil dólares.

— Certo — disse —, mas no verde.

— Como faremos o pagamento do principal? — perguntou Stone. — Precisamos ter 1,1 milhão disponíveis em seis semanas.

— Sem problema. Tenho tudo calculado. Vamos ter o dinheiro a tempo.

— Mostre-me, ok?

— Certo, está vendo aqui? — Ele tocou na tela em outra linha, listando os pagamentos futuros dos clientes. — Esses dois atacadistas nos devem 1,173 milhão, que cobre exatamente o principal e mais as duas faturas vencidas, e a data é daqui a exatas seis semanas.

— E vão pagar no prazo?

O homem encolheu os ombros.

— Bem, sempre pagaram.

Stone olhou para a tela. Os olhos percorreram as linhas de cima para baixo, da esquerda para a direita.

— Refaça tudo de novo. Tripla conferência.

— Não precisa suar, chefe. A conta fecha.

— Apenas faça, está bem?

O homem concordou. Era a empresa de Stone, afinal de contas. Fez tudo outra vez, repetiu os cálculos do começo ao fim, e o resultado foi o mesmo. O 1,1 milhão de Hobie desapareceu sob a enxurrada de contracheques, os dois fornecedores ficaram faminto, os juros foram pagos, os pagamentos dos atacadistas entraram, Hobie recebeu seu 1,1 milhão de volta, os fornecedores receberam o pagamento atrasado, e a planilha acabou mostrando a mesma sobra trivial de sete mil dólares.

— Não precisa suar, chefe — repetiu o homem. — A conta fecha.

Stone olhava para a tela, imaginando se aquela sobra de sete mil seria suficiente para mandar Marilyn para a Europa. Provavelmente, não. Não por seis semanas, pelo menos. E isso a alertaria. Ela ficaria preocupada. Perguntaria por que ele a estava mandando viajar. E ele teria que contar. Ela era muito esperta. O bastante para arrancar a verdade dele, de um jeito ou de outro. E, no final, se recusaria a ir para a Europa e também acabaria com o olhar fixo no teto à noite, por seis semanas.

A maleta ainda estava lá, jogada no gramado da frente. Tinha um buraco de bala num dos lados. Sem buraco de saída. A bala deve ter atravessado o couro, o compensado rígido da carcaça, até parar no meio da papelada. Reacher sorriu e carregou-a de volta, juntando-se a Jodie na garagem.

Deixaram a caminhonete no asfalto diante da garagem e entraram pelo mesmo caminho por onde tinham saído. Baixaram a porta de correr da garagem e seguiram pelo acesso à casa. Trancaram a porta interna com a chave verde e atravessaram a cozinha. Trancaram a porta da cozinha, passaram sobre a bolsa de couro de Jodie, abandonada no saguão. Reacher levou a maleta para a sala de estar. Mais espaço e mais luz do que no estúdio.

Abriu a maleta e tirou as pastas de arquivo, espalhando-as sobre o chão. A bala caiu com elas e quicou sobre o tapete. Uma Parabellum de nove milímetros padrão, toda revestida de cobre. Levemente amassada na ponta, pelo impacto com a placa de compensado, mas, fora isso, intacta. O papel amortecera todo o impacto ao longo de um trajeto de 45 centímetros. Dava para ver o buraco, atravessando metade dos documentos. Ele sopesou a bala na palma da mão e viu Jodie na porta, observando-o. Jogou a bala para ela. Ela a pegou no ar, com uma mão.

— Suvenir — disse ele.

Ela a jogou para cima, como se estivesse quente, e a atirou na lareira. Sentou-se no chão, encostada nele, diante da massa de papéis. Ele sentiu seu perfume, um cheiro que não reconhecia, algo suave e muito feminino. A camiseta era grande demais para ela, larga e disforme, mas, de algum

Alerta Final   95

jeito, realçava suas formas. As mangas cobriam metade das mãos, chegando quase até os dedos. A calça Levi's estava apertada em torno da cintura fina com um cinto e ficava ligeiramente frouxa nas pernas. Parecia frágil, mas ele se lembrava da força de seus braços. Esguia, mas rija. Ela se inclinou para examinar os arquivos, e seu cabelo caiu para a frente. Ele sentiu o mesmo aroma suave de que se lembrava de 15 anos atrás.

— O que estamos procurando? — perguntou ela.

Ele deu de ombros.

— Saberemos quando encontrarmos, eu acho.

Examinaram tudo com atenção, mas não acharam nada. Não havia nada lá. Nada atual, nada significativo. Apenas uma massa de papéis da casa, subitamente velhos e patéticos, referindo-se a uma vida doméstica que tinha chegado ao fim. O item mais recente era o testamento, que estava em sua própria pasta, fechado em um envelope identificado por uma caligrafia cuidadosa. Cuidadosa, mas lenta e trêmula, a caligrafia de um homem que acabava de voltar do hospital, após o primeiro ataque cardíaco. Jodie levou-o para o saguão e o enfiou na bolsa.

— Alguma conta sem pagar? — perguntou ela de lá.

Havia uma pasta com a etiqueta PENDÊNCIAS. Estava vazia.

— Não vi nenhuma — respondeu ele em voz alta. — Ainda devem chegar, certo? Não chegam mensalmente?

Ela o olhou da porta e sorriu.

— Sim, chegam — respondeu. — Mensalmente, todos os meses.

Uma das pastas tinha escrito SAÚDE. Estava lotada com recibos do hospital e da clínica, além da enorme e eficiente correspondência da seguradora. Reacher folheou todos os documentos.

— Meu Deus, custa tudo isso?

Jodie voltou e se abaixou para olhar.

— Com certeza — disse ela. — Você tem seguro?

Ele olhou para ela, inexpressivo.

— Talvez do Departamento de Veteranos, pelo menos por um período.

— Você deveria verificar. Ter certeza.

Ele deu de ombros.

— Me sinto bem.

— Papai também se sentia. Por sessenta e três anos e meio.

Ela se ajoelhou ao lado dele de novo, e ele viu seus olhos enevoarem. Colocou a mão sobre o braço dela, suavemente.

— Dia difícil, não é?

Ela concordou e piscou. Depois ergueu a cabeça com um leve sorriso de ironia.

— Inacreditável. Enterrei meu pai, dois assassinos atiraram em mim, infringi a lei ao não reportar mais crimes do que consigo enumerar e aí me meto com um cara louco que me convence a participar de uma ação maluca do tipo vigilante. Sabe o que papai teria me dito?

— O quê?

Ela contraiu os lábios e baixou a voz, numa imitação próxima dos resmungos bem-humorados de Garber.

— *Nada como um bom dia de trabalho, garota.* É o que ele teria me dito.

Reacher sorriu de volta e apertou o braço dela novamente. Depois, folheou a papelada médica e pegou um documento timbrado.

— Vamos achar essa clínica — disse.

O debate era intenso dentro do Tahoe, sobre se deviam voltar ou não. O fracasso não era uma palavra bem-vista no vocabulário de Hobie. Talvez fosse melhor simplesmente pegar um avião e desaparecer. Se mandar para o mais longe possível. Era uma perspectiva atraente. Mas eles tinham certeza de que Hobie os encontraria. Não tão cedo, mas encontraria. E essa não era uma perspectiva atraente.

Então voltaram a atenção para a redução dos danos. Era óbvio o que tinham a fazer. Fizeram as paradas necessárias e gastaram um tempo razoável numa lanchonete, logo na saída sul da rodovia 9. Após passarem por todo o tráfego de volta para a ponta sul de Manhattan, já tinham toda a história pronta.

Alerta Final 97

— Muito fácil — disse o primeiro. — Esperamos por horas, e por isso chegamos tão tarde. O problema é que tinha um monte de soldados lá, algum tipo de cerimônia, mas com rifles por todo lado.

— Quantos? — perguntou Hobie.

— Soldados? — perguntou o segundo. — Pelo menos uma dúzia. Uns 15, talvez. Estavam circulando por todo lado, era difícil contar exatamente quantos. Algum tipo de guarda de honra.

— Ela foi embora com eles — continuou o primeiro. — Devem tê-la escoltado desde o cemitério, e depois ela voltou para algum lugar, com eles atrás.

— E vocês não pensaram em segui-la?

— Não tinha como — disse o segundo. — Estavam dirigindo devagar, uma longa fila de carros. Como a procissão de um funeral. Eles veriam a gente num segundo. Não dava para simplesmente entrar no final da procissão, certo?

— E o grandalhão lá das ilhas Keys?

— Ele saiu bem cedo. A gente deixou ele ir. Estávamos de olho na sra. Jacob. Já dava para saber que era ela. Ela ficou por lá, depois saiu, cercada por esse bando de militares.

— E o que vocês fizeram?

— Conferimos a casa — comentou o primeiro. — Tudo trancado. Então fomos à cidade para ver de quem era. Tudo listado na biblioteca pública. A casa estava registrada em nome de um Leon Garber. Perguntamos à bibliotecária se ela sabia de alguma coisa, e ela só nos mostrou o jornal. Página três, uma matéria sobre o cara. Acabou de morrer do coração. Viúvo, a única parente viva é a filha, Jodie, ex-senhora Jacob, uma jovem e importante advogada financeira do escritório Spencer Gutman Ricker & Talbot, de Wall Street, que mora na baixa Broadway, bem aqui, em Nova York.

Hobie concordou lentamente e batucou na mesa com a ponta do gancho, um ritmo rápido e curto.

— E quem era esse Leon Garber, exatamente? Por que tantos soldados em sua homenagem?

— Polícia do Exército — respondeu o primeiro.

O segundo cara concordou.

— Foi para a reserva com três estrelas e mais medalhas do que dá para contar, serviu por quarenta anos, Coreia, Vietnã, tudo quanto é lugar.

Hobie parou de batucar. Ficou imóvel, a cor sumiu do seu rosto, deixando a pele branca, a não ser pelo brilho rosado da queimadura, destacando-se vivamente na penumbra.

— Polícia do Exército — repetiu baixinho.

Ficou sentado por um longo tempo, com essas palavras nos lábios. Imóvel, olhando para o espaço, até levantar o gancho da mesa e girá-lo diante dos olhos, lentamente, examinando-o, permitindo que os finos raios de luz que passavam pela persiana captassem suas curvas e contornos. Estava tremendo, por isso segurou-o com a mão esquerda e o firmou.

— Polícia do Exército — disse novamente, olhando para o gancho. E então transferiu o olhar para os dois homens nos sofás.

— Saia da sala — disse para o segundo.

O sujeito olhou uma vez para seu parceiro e saiu, fechando a porta com cuidado. Hobie empurrou a cadeira para trás e se levantou. Saiu de detrás da mesa, deu a volta e parou bem atrás do primeiro cara, que ficou sentado imóvel no sofá, sem ousar se virar e olhar.

Seu colarinho era tamanho dezesseis, o que correspondia a um pescoço com diâmetro pouco maior do que doze centímetros, supondo que o pescoço humano é um cilindro mais ou menos circular, uma aproximação que Hobie sempre gostava de fazer. O gancho de Hobie era uma simples curva de aço, como um J maiúsculo, de tamanho generoso. O diâmetro interno da curva era de doze centímetros. Moveu-se com rapidez, passando o gancho sob a cabeça do homem e forçando-o contra sua garganta. Deu um passo para trás e puxou com toda a força. O cara jogou-se para cima e para trás, os dedos tentando agarrar o metal frio para aliviar a pressão sufocante. Hobie sorriu e puxou mais forte. O gancho estava preso a um pesado encaixe de couro, preso ao coto do que restava do braço por uma presilha firmemente amarrada ao bíceps, acima do cotovelo. O conjunto do antebraço era apenas para estabilizar. Era a presilha superior, menor do que a articulação do cotovelo, que fazia toda a força e tornava impossível que o gancho se soltasse do braço. Ele puxou até que os grasnidos se transformassem em guinchos entrecortados e a vermelhidão no rosto do homem começasse a ficar azul. Então, soltou dois centímetros e aproximou-se da orelha do sujeito.

— Ele tinha um grande hematoma na cara. Que merda foi aquela?

O cara guinchava e gesticulava freneticamente. Hobie torceu o gancho, aliviando a pressão sobre as cordas vocais do homem, mas colocando a ponta na área macia sob sua orelha.

— Que merda foi aquela? — perguntou novamente.

O cara sabia que, naquele ângulo, uma pressão extra no gancho faria com que sua pele fosse rasgada naquele triângulo vulnerável sob a mandíbula. Ele não sabia muito de anatomia, mas sabia que estava a dois centímetros da morte.

— Eu conto — guinchou. — Eu conto.

Hobie manteve o gancho na posição, torcendo-o cada vez que o cara hesitava, de forma que a história verdadeira não demorou mais do que três minutos para ser contada, do começo ao fim.

— Vocês falharam comigo — disse Hobie.

— Sim, falhamos. — O sujeito engasgou. — Mas a culpa foi dele. Ele ficou todo atrapalhado atrás da tela da porta. Foi um inútil.

Hobie puxou o gancho.

— Em comparação a quê? Ele foi inútil e você foi útil?

— A culpa foi dele. — O sujeito engasgou novamente. — Ainda sou útil.

— Você vai ter que provar isso para mim.

— Como? — O sujeito guinchou. — Por favor, como? É só me dizer.

— Fácil. Você pode fazer uma coisa para mim.

— Sim. — O sujeito engasgou. — Sim, qualquer coisa, por favor.

— Me traga a sra. Jacob! — gritou Hobie.

— Sim! — gritou o cara de volta.

— E não faça cagada de novo! — gritou Hobie.

— Não. — O sujeito engasgou. — Não, não vamos, eu juro.

Hobie torceu o gancho de novo, duas vezes, no compasso de suas palavras.

— Nada de *nós*. Só *você*. Porque você pode fazer outra coisa para mim.

— O quê? — O sujeito guinchou. — Sim, o quê? Qualquer coisa.

— Livre-se do seu parceiro inútil — sussurrou Hobie. — Esta noite, no barco.

O homem concordou tão vigorosamente quanto o gancho permitia que movesse a cabeça. Hobie inclinou-se para a frente e afastou o gancho. O sujeito despencou para o lado, engasgando e golfando no tecido do sofá.

— E me traga sua mão direita — sussurrou Hobie. — Como prova.

Eles descobriram que a clínica que Leon frequentava não era um lugar independente, mas apenas uma unidade administrativa dentro de uma gigantesca instalação hospitalar que atendia todo o baixo condado de Putnam. Havia um prédio de dez andares num imenso parque, com consultórios médicos de todas as especialidades ao redor da base. Ruas estreitas serpenteavam pelo jardim bem-cuidado, até pequenos becos sem saída com consultórios baixos ao redor para os médicos e dentistas. Qualquer coisa de que os especialistas não pudessem dar conta nos consultórios era transferida para os leitos alugados no prédio principal. Assim, a clínica de cardiologia era uma entidade teórica, constituída por uma população variável de médicos e pacientes, dependendo de quem estava doente e da gravidade. A correspondência do próprio Leon mostrava que ele estivera em diversos locais, desde a UTI, no começo, à enfermaria de recuperação, depois, em um dos consultórios para pacientes externos, e de volta à UTI, em sua visita final.

O nome do cardiologista era a única constante em toda a papelada, dr. McBannerman, que Reacher imaginou ser um velhote simpático, de cabelos brancos, erudito, sábio e gentil, talvez de uma antiga linhagem escocesa, até Jodie lhe dizer que havia encontrado com a *doutora* McBannerman diversas vezes, uma mulher de uns trinta e cinco anos, de Baltimore. Ele dirigia a caminhonete de Jodie pelas curvas das vias estreitas enquanto ela procurava o consultório certo, à esquerda e à direita. Ela reconheceu o

Alerta Final 101

lugar no final de um beco, uma estrutura baixa de tijolos, friso branco, com algum tipo de halo antisséptico brilhante ao redor, característico dos hospitais. Havia uma meia dúzia de carros estacionados do lado de fora, com uma vaga livre, na qual Reacher entrou de ré.

A recepcionista era uma senhora pesada e intrometida, que deu as boas-vindas a Jodie com simpatia. Ela os convidou a esperar McBannerman no consultório interno, o que provocou olhares dos demais pacientes na sala de espera. O consultório era um local inofensivo, claro, estéril e silencioso, com uma mesa de exame e um enorme diagrama do interior de um coração humano na parede atrás da mesa. Jodie olhava para o quadro, como se perguntasse *afinal, que parte acabou falhando?* Reacher sentia o próprio coração, grande e musculoso, batendo suavemente em seu peito. Sentia o sangue sendo bombeado e o pulsar em seus punhos e no pescoço.

Esperaram por cerca de dez minutos, até que a porta interna se abriu e a dra. McBannerman entrou, uma mulher de cabelos lisos e escuros, jaleco branco, um estetoscópio no pescoço, como se fosse um crachá da profissão, e uma expressão preocupada.

— Jodie, sinto muitíssimo por Leon.

Era noventa e nove por cento sincera, mas havia um traço de preocupação. Deve estar preocupada com um possível processo por erro *médico*, pensou Reacher. A filha do paciente era uma advogada e estava bem ali em seu consultório, logo depois do funeral. Jodie também percebeu e assentiu, um leve gesto de conforto.

— Vim apenas agradecer. Você foi absolutamente perfeita, em todos os momentos. Ele não poderia ter sido mais bem-cuidado.

McBannerman relaxou. O um por cento de preocupação se desfez. Ela sorriu, e Jodie olhou para o grande diagrama novamente.

— Afinal, que parte falhou? — perguntou ela.

McBannerman acompanhou seu olhar e encolheu levemente os ombros.

— Bem, acho que todas elas, na verdade. É um músculo grande e complexo, batendo e batendo, trinta milhões de vezes por ano. Se resiste a dois bilhões e setecentos milhões de batidas, que são noventa anos, dizemos que está velho. Se bate apenas um bilhão e oitocentos milhões de vezes, são sessenta anos, e chamamos de doença cardíaca prematura. Consideramos esse o maior problema de saúde da América, mas a verdade é que, cedo ou tarde, ele para de bater.

Ela fez uma pausa e olhou diretamente para Reacher. Por um segundo, ele achou que ela havia notado algum sintoma nele. E então se deu conta de que ela estava esperando ele se apresentar.

— Jack Reacher — disse ele. — Eu era um velho amigo de Leon.

Ela assentiu lentamente, como se um quebra-cabeça acabasse de ser completado.

— O famoso major Reacher. Ele falava muito de você.

Ela o observou abertamente, interessada. Percorreu seu rosto até que os olhos pararam no peito. Ele não tinha certeza se era por motivos especializados ou se apenas vira a marca da queimadura deixada pelo disparo.

— Ele falou de alguma outra coisa? — perguntou Jodie. — Parece que ele estava preocupado com algo.

McBannerman virou-se para ela, confusa, como se pensasse: *bem, todos os meus pacientes se preocupam com alguma coisa, tipo vida e morte.*

— Que tipo de coisa?

— Não sei bem — disse Jodie. — Talvez algum assunto com que algum outro paciente possa tê-lo envolvido?

McBannerman encolheu os ombros, com um olhar inexpressivo, como se não tivesse nada a dizer, mas então pareceu lembrar.

— Bem, na verdade ele mencionou alguma coisa. Me disse que tinha uma nova missão.

— Falou o que era?

McBannerman balançou a cabeça.

— Não mencionou nenhum detalhe. No início, parecia aborrecê-lo. Estava relutante sobre o assunto, a princípio. Como se alguém tivesse lhe passado alguma tarefa tediosa. Mas acabou ficando bem mais interessado depois. A ponto de começar a ficar excitado demais. Seus eletros dispararam, e eu não achei aquilo nada bom.

— Tinha relação com algum outro paciente? — perguntou Reacher.

Alerta Final 103

Ela balançou a cabeça novamente.

— Não sei mesmo. É possível, eu acho. Eles passam muito tempo juntos lá na recepção. Conversam entre si. São idosos, muitas vezes entediados e solitários, me parece.

Pareceu uma repreensão. Jodie enrubesceu.

— Quando ele mencionou isso pela primeira vez? — perguntou Reacher, rapidamente.

— Março? — respondeu McBannerman. — Abril? Logo depois de virar um paciente externo, de qualquer modo. Pouco antes de ir ao Havaí.

Jodie olhou para ela, surpresa.

— Ele foi para o Havaí? Eu não sabia disso.

McBannerman assentiu.

— Ele faltou uma consulta, e perguntei o que havia acontecido, ele me disse que tinha ido passar dois dias no Havaí.

— Havaí? Por que ele iria ao Havaí sem falar comigo?

— Não sei por que ele foi — disse McBannerman.

— Ele estava em condições de viajar? — perguntou Reacher. Ela balançou a cabeça.

— Não, e acho que ele sabia que era uma bobagem. Talvez tenha sido por isso que não mencionou.

— Quando ele se tornou um paciente externo? — perguntou Reacher.

— No início de março — disse ela.

— E quando ele foi para o Havaí?

— Meados de abril, eu acho.

— Ok — disse ele. — Você pode nos dar uma lista de seus pacientes externos desse período? Março e abril? Pessoas com quem ele pode ter conversado?

McBannerman já estava balançando a cabeça.

— Não, sinto muito, não posso fazer isso. É um assunto confidencial.

Ela apelou com os olhos para Jodie, médica para advogada, de mulher para mulher, uma expressão de *você sabe como são essas coisas*. Jodie assentiu, compreensiva.

— Talvez você possa perguntar para a recepcionista. Quem sabe ela viu papai conversando com alguém lá. Isso seria apenas uma conversa entre terceiros, nenhuma questão confidencial envolvida. Na minha opinião, claro.

McBannerman sabia reconhecer um impasse. Ela chamou pelo intercomunicador e pediu que a recepcionista fosse até lá. Fizeram a pergunta para a mulher, e ela começou a concordar enfaticamente, respondendo antes mesmo de terem terminado de falar.

— Sim, é claro. O sr. Garber estava sempre conversando com aquele casal simpático de velhinhos, o homem com problema na válvula. No ventrículo superior direito. Não conseguia mais dirigir, então era sua esposa quem o trazia. Um carro horroroso. O sr. Garber estava fazendo alguma coisa para eles, tenho certeza disso. Estavam sempre lhe mostrando fotos antigas e pedaços de papel.

— Os Hobie? — perguntou McBannerman.

— Isso mesmo, eles ficavam todos misteriosos juntos, os três, o sr. Garber e os velhos, o senhor e a sra. Hobie.

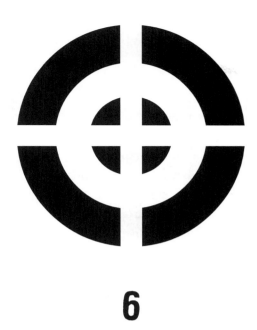

6

HOOK HOBIE ESTAVA SOZINHO EM SUA SALA, ouvindo os ruídos distantes do prédio gigantesco, no octogésimo oitavo andar, pensando intensamente, mudando os planos. Ele não era um cara inflexível. Orgulhava-se disso. Admirava a maneira como era capaz de mudar e se adaptar, ouvir e aprender. Era o que lhe dava alguma vantagem, seu diferencial.

Tinha ido para o Vietnã praticamente sem ter ideia de suas habilidades. Praticamente sem qualquer noção do que quer que fosse, pois era muito jovem. Não apenas jovem, mas proveniente de um ambiente repressivo, num subúrbio em que não havia nada que possibilitasse algum tipo de experiência.

O Vietnã o modificou. Poderia tê-lo quebrado. Como quebrou inúmeros outros. Para todos os lados, havia pessoas se despedaçando. E não eram apenas garotos como ele, mas mais velhos também, os profissionais de carreira, no Exército havia anos. O Vietnã caiu pesado sobre as pessoas, algumas foram esmagadas, outras não.

Ele não foi. Apenas olhava ao redor, mudava e se adaptava. Ouvia e aprendia. Era fácil matar. Ele era um sujeito que nunca tinha visto nada morto antes, a não ser um bicho atropelado na estrada, esquilos, coelhos ou um gambá fedorento de vez em quando, nos caminhos cobertos de folhas perto de sua casa. No primeiro dia lá, viu oito corpos americanos. Era a patrulha terrestre, cuidadosamente triangulada pelos disparos dos morteiros. Oito homens, 29 pedaços, alguns bem grandes. Um momento de definição. Seus colegas ficaram em silêncio, alguns vomitaram e gemeram, abjetamente, sem conseguir acreditar. Ele se manteve intocado.

Começou como negociador. Todo mundo queria alguma coisa. Todos reclamando do que não tinham. Era absurdamente fácil. Tudo o que era preciso fazer era ouvir. Havia um cara que fumava, mas não bebia. Um outro que adorava cerveja, mas não fumava. Era pegar os cigarros de um e trocar pela cerveja do outro. Cobrar uma comissão. Guardar uma pequena parte para si mesmo. Tão fácil e óbvio que ele não acreditava que não fizessem por si mesmos. Ele não levava a coisa a sério, pois tinha certeza de que não ia durar. Não ia demorar muito para que percebessem e o eliminassem como intermediário.

Mas jamais perceberam. Foi sua primeira lição. Ele era capaz de fazer coisas que outras pessoas não conseguiam. Conseguia ver o que outros não viam. Então, prestou mais atenção. O que mais eles queriam? Um monte de coisas. Garotas, comida, penicilina, discos, missões no acampamento base, mas nada de lavar latrinas. Botas, repelente de insetos, armas cromadas na cintura, orelhas secas dos corpos dos vietcongues como lembranças. Maconha, aspirina, heroína, agulhas limpas, missões seguras nos últimos cem dias de um período de serviço. Ele ouvia, aprendia, pesquisava e observava.

Até fazer seu grande lance. Fora um grande salto, para o qual sempre olhava com um imenso orgulho. Serviu como padrão para outros passos gigantescos que deu mais tarde. Veio em resposta a um par de problemas

Alerta Final 107

que ele vinha encarando. O primeiro era a trabalheira que aquilo tudo estava dando. Encontrar coisas físicas específicas às vezes era complicado. Encontrar garotas sem doenças ficara muito difícil, e virgens se tornara impossível. Conseguir um suprimento contínuo de drogas era arriscado. Outras coisas eram tediosas. Armas bacanas, suvenires dos vietcongues, até mesmo botas decentes: tudo levava tempo para ser obtido. A rotação dos novos oficiais estava acabando com seus adorados negócios na zona segura longe dos combates.

O segundo problema era a competição. Estava começando a perceber que não era o único. Raro, mas não exclusivo. Outros caras estavam entrando no jogo. Um mercado livre se desenvolvia. Seus negócios eram ocasionalmente rejeitados. As pessoas se afastavam dele, dizendo que tinham acordos melhores em outro lugar. Ele ficava chocado.

Mudar e se adaptar. Refletiu profundamente. Passou uma noite sozinho, deitado em sua cama estreita, com seu uísque barato, pensando. Ele fez a transição. Por que ir atrás de coisas físicas específicas, difíceis de encontrar, e que só ficariam mais difíceis? Por que ir atrás de um médico perguntar o que ele queria em troca do crânio descarnado e fervido de um vietcongue, como chamavam os vietcongues? Por que ir atrás do que quer que fosse que o sujeito quisesse e trazer de volta para pegar o tal crânio? Por que ficar negociando com todas aquelas coisas? Por que não usar apenas a *commodity* mais comum e disponível de todo o Vietnã?

Dólares americanos. Ele se tornou um agiota. Mais tarde, ria daquilo, com melancolia, quando estava se recuperando e tinha tempo para ler. Foi uma progressão absolutamente clássica. As sociedades primitivas começaram com o escambo e, depois, progrediram para uma economia baseada no dinheiro. A presença dos americanos no Vietnã começou como uma sociedade primitiva. Com toda a certeza. Primitiva, improvisada, desorganizada, arrastando-se pela superfície enlameada daquele país horrível. Então, com o passar do tempo, foi crescendo, se estabelecendo e amadurecendo. Se desenvolveu, e ele foi o primeiro do seu tipo a se desenvolver junto. O primeiro e, por muito tempo, o único. Era uma fonte de imenso orgulho para ele. Provou que era melhor do que o restante. Mais inteligente, imaginativo, mais apto a mudar, se adaptar e prosperar.

Dinheiro vivo era a chave para tudo. O cara queria botas, ou heroína, ou uma garota que um amarelo inventara que tinha 12 anos e era virgem, ele ia lá e comprava com o dinheiro emprestado do Hobie. Realizava seu desejo hoje e pagava na semana seguinte, com um percentual de juros. Hobie precisava apenas ficar sentado ali, como uma aranha gorda no meio da teia. Não precisava ir a lugar algum. Nenhuma confusão. Ele pensara muito sobre aquilo. Logo percebeu o poder psicológico dos números. Números pequenos, como o nove, soavam pequenos e amigáveis. Nove por cento era sua taxa favorita. Parecia quase nada. Nove, apenas um rabisco num pedaço de papel. Um único algarismo. Menos do que dez. Quase nada mesmo. Era assim que os outros soldados encaravam. Mas nove por cento por semana eram 468 por cento ao ano. Alguém deixava de pagar a dívida por uma semana, e os juros compostos pulavam. Os 468 por cento chegavam muito rapidamente a mil por cento. Mas ninguém percebia isso. Ninguém, a não ser Hobie. Todos viam o número 9, um único algarismo, pequenino e amigável.

O primeiro que não pagou foi um cara grande, selvagem, feroz, com uma mentalidade bem abaixo do normal. Hobie sorriu. Perdoou-lhe a dívida e a descartou. Sugeriu que ele poderia retribuir a generosidade assumindo o cargo de seu cobrador. Não houve mais inadimplentes depois disso. Chegar ao método exato de dissuasão foi algo complexo. Um braço ou perna quebrados serviam apenas para tirar o sujeito da linha de frente, no hospital de campo, onde estava seguro e cercado de enfermeiras de branco que provavelmente ficariam excitadas se ele inventasse alguma descrição heroica de como se ferira. Uma fratura mais extensa poderia até mesmo fazer com que fosse afastado do serviço, considerado inválido e enviado de volta para os Estados Unidos. Nenhum ganho, no caso. Absolutamente nada. Assim, Hobie instruiu seu cobrador a usar estacas *punji*. Eram uma invenção dos vietcongues, pequenas estacas pontudas de madeira, como um espeto de churrasco, cobertas de fezes de búfalo, que são venenosas. Os vietcongues as escondiam em buracos rasos, onde os soldados pisavam

Alerta Final   109

e feriam os pés com cortes infectados. O cobrador de Hobie pretendia usá-los nos testículos dos devedores. O sentimento entre a clientela de Hobie era de que as consequências médicas de longo prazo não valiam o risco, mesmo fugindo da dívida e deixando a farda para trás.

Quando Hobie se queimou e perdeu parte do braço, já era um homem muito rico. Seu golpe seguinte seria levar toda a fortuna para casa, completa e sem ser detectada. Não era tarefa para qualquer um. Não nas circunstâncias específicas em que ele se encontrava. Era uma prova adicional de sua grandiosidade. Assim como toda a sua história subsequente. Ele chegou a Nova York após uma viagem tortuosa, aleijado e desfigurado, e imediatamente se sentiu em casa. Manhattan era uma selva, em nada diferente das selvas da Indochina. Portanto, não havia motivo para que começasse a agir de forma diferente. Nenhum motivo para modificar sua linha de negócios. E, dessa vez, ele começava com uma grande reserva de capital. Não estava começando do zero.

Atuou como agiota por anos. Construiu um grande negócio. Tinha o capital e tinha a imagem. A cicatriz da queimadura e o gancho tinham um forte significado visual. Ele atraiu uma grande quantidade de auxiliares. Alimentou ondas notáveis e gerações de imigrantes e de gente miserável. Brigou com os italianos para se manter nos negócios. Pagou batalhões inteiros de policiais e procuradores para se manter invisível.

E, então, fez sua segunda grande transformação. Semelhante à primeira. Um processo de reflexão profunda e radical. As respostas para um problema. O problema era meramente a escala insana do negócio. Tinha muito dinheiro nas ruas, mas tudo em dinheiro miúdo. Milhares de diferentes negócios, cem dólares aqui, cento e cinquenta ali, nove ou dez por cento por semana, quinhentos ou mil por cento ao ano. Muita papelada, muito aborrecimento, correria o tempo todo só para manter o negócio andando. Subitamente, percebeu que menos poderia ser mais desse jeito. A ideia lhe ocorreu num flash. Cinco por cento dos milhões de alguma empresa valiam mais em uma semana do que quinhentos por cento das merrecas da rua. O projeto tomou conta dele como uma febre. Suspendeu todos os empréstimos e acionou todas as engrenagens para receber tudo o que lhe deviam. Comprou ternos e alugou um escritório. Da noite para o dia, tornou-se um financista corporativo.

Um ato de pura genialidade. Ele farejara a margem cinzenta que fica logo à esquerda das práticas comerciais convencionais. Encontrara uma enorme clientela de tomadores que simplesmente estava à margem daquilo que os bancos consideravam aceitável. Uma enorme clientela. Uma clientela desesperada. Acima de tudo, uma clientela de fracos. Alvos fracos. Homens civilizados, chegando nos seus ternos, para pedir um milhão de dólares, representando um risco bem menor do que um sujeito de camiseta querendo cem pratas, num pardieiro com um cão raivoso atrás da porta. Alvos frágeis, facilmente intimidáveis. Não acostumados com a dura realidade da vida. Ele soltava os cobradores e se reclinava na cadeira, vendo sua clientela aumentar, os empréstimos crescerem aos milhões, suas taxas de juros chegarem à estratosfera e seus lucros dispararem como jamais ele imaginara. *Menos é mais.*

Era uma área comercial nova e maravilhosa. Havia problemas ocasionais, é claro. Mas eram administráveis. Ele modificou a tática de dissuasão. Esses devedores novos e civilizados eram vulneráveis através de suas famílias. Esposas, filhas, filhos. Normalmente, bastava ameaçá-los. De vez em quando, era necessário entrar em ação. Em geral, era divertido. Esposas frágeis de casas do subúrbio e suas filhas podiam ser bem divertidas. Um bônus. Um negócio maravilhoso. Conquistado pela disposição constante para mudar e se adaptar. Lá no fundo, ele sabia que seu talento para a flexibilidade era sua maior força. Jurara a si mesmo jamais se esquecer desse fato. E era por isso que estava sozinho em sua sala, ouvindo os ruídos distantes do prédio gigantesco, no octogésimo oitavo andar, pensando intensamente, mudando os planos.

Oitenta quilômetros ao norte, em Pound Ridge, Marilyn Stone também estava mudando de ideia. Era uma mulher inteligente. Sabia que Chester estava com problemas financeiros. Não podia ser outra coisa. Ele não estava tendo um caso. Ela sabia disso. Os maridos dão vários sinais

Alerta Final

quando estão tendo um caso, e Chester não dava nenhum deles. Não havia qualquer outro motivo para ele se preocupar. Então, eram problemas financeiros.

Sua primeira intenção fora esperar. Apenas se manter firme e aguardar o dia em que ele finalmente precisasse desabafar e se abrisse com ela. Ela planejara esperar por esse dia e então entrar em ação. Ela poderia administrar a situação dali para frente, não importava o que os aguardasse, dívidas, insolvência, até a falência. As mulheres são boas para administrar situações assim. Melhores do que os homens. Ela poderia adotar medidas práticas, poderia oferecer qualquer consolo que fosse necessário, poderia caminhar entre as ruínas sem o sentimento de fracasso desesperado que o ego de Chester lhe acarretaria.

Mas agora estava mudando de ideia. Não podia esperar mais. Chester estava se matando de preocupação. Então ela teria que ir em frente e fazer algo a respeito. Não adiantava falar com ele. O instinto o levava a esconder os problemas. Ele não queria que ela se aborrecesse. Negaria tudo, e a situação só faria piorar. Assim, ela teria que entrar em ação sozinha. Pelo bem dele e o dela também.

O primeiro passo, obviamente, seria contratar um corretor. Fosse qual fosse a dimensão do problema, vender a casa seria necessário. Se isso seria o bastante ela não tinha como saber. Poderia resolver por si só, ou não. Mas era o ponto de partida natural.

Uma mulher rica morando em Pound Ridge, como Marilyn, tinha muitos contatos na área imobiliária. Um degrau abaixo na escala do status, onde as mulheres estão confortáveis, sem serem ricas, muitas delas trabalham como corretoras. Trabalham em meio expediente e procuram fingir que é um hobby, como se estivessem mais interessadas na decoração de interiores do que no mero comércio. Marilyn podia listar, de imediato, quatro boas amigas com quem poderia contar. Estava com a mão no telefone, tentando escolher para qual ligaria. No final, escolheu uma mulher chamada Sheryl, a menos conhecida das quatro, mas que lhe parecia ser a mais competente. Estava levando o trabalho a sério, e sua imobiliária também precisava do negócio. Ela discou o número.

— Marilyn. — Sheryl atendeu. — Que ótimo falar com você. Em que posso ajudar?

Marilyn respirou profundamente.

— Talvez coloquemos a casa à venda — disse ela.

— E você me procurou? Marilyn, obrigada. Mas por que, meu Deus, vocês estão pensando em vender? É uma casa adorável. Vocês vão se mudar de estado?

Marilyn respirou fundo novamente.

— Acho que Chester está quebrando. Não quero falar sobre isso, mas acho que precisamos de alguns planos de emergência.

Houve uma pausa. Nenhuma hesitação, nenhum constrangimento.

— Acho que você está sendo muito sábia — disse Sheryl. — A maioria das pessoas espera demais e acaba vendendo às pressas, com prejuízo.

— A maioria das pessoas? Isso acontece muito?

— Está brincando? A gente vê isso o tempo todo. Melhor encarar logo e conseguir vender pelo que vale realmente. Você está fazendo a coisas certa, acredite em mim. Mas as mulheres em geral são assim, Marilyn, porque lidamos com essas coisas melhor do que os homens, não é mesmo?

Marilyn respirou aliviada e sorriu ao telefone. Sentiu que estava fazendo o que era mais certo e com a pessoa mais indicada para ajudá-la.

— Vou listá-la imediatamente — disse Sheryl. — Sugiro pedir pouco menos do que dois milhões, não indo abaixo de 1,9 milhão. Isso é viável e deve atrair uma venda com relativa rapidez.

— Quanto tempo?

— No mercado atual? — perguntou Sheryl. — Na sua região? Umas seis semanas. Sim, acho que podemos garantir perfeitamente uma oferta no prazo de seis semanas.

A dra. McBannerman estava ainda muito ciente das questões de confidencialidade. Assim, apesar de entregar o endereço do senhor e da sra. Hobie, ela não liberaria o telefone. Jodie não viu qualquer lógica legal naquilo, mas a doutora parecia satisfeita, portanto ela achou por bem não questionar.

Alerta Final 113

Apenas apertaram as mãos, e ela saiu apressada de volta para a sala de espera e para o carro do lado de fora, seguida por Reacher logo atrás.

— Bizarro — disse a ele. — Viu aquela gente? Na recepção?

— Exatamente — respondeu Reacher. — Idosos, quase mortos.

— Era assim que papai estava, no final. Exatamente assim, eu acho. E desconfio que o velho sr. Hobie não vai estar diferente. Então, o que estavam aprontando para que aquelas pessoas começassem a ser assassinadas?

Entraram juntos no Bravada. Do assento de passageiros, ela se esticou para pegar o telefone do carro. Reacher ligou o motor para ventilar. Ela discou para informações. Os Hobie moravam ao norte de Garrison, passando por Brighton, na próxima cidade junto à ferrovia. Ela anotou o número com um lápis numa folha de seu bloco e discou imediatamente. Chamou por um longo tempo, até uma voz de mulher atender.

— Sim? — disse a voz, hesitante.

— Sra. Hobie? — perguntou Jodie.

— Sim? — repetiu a voz, trêmula. Jodie a imaginou uma mulher velha e enferma, grisalha, magra, possivelmente vestindo um roupão florido, segurando um telefone velho, numa casa escura cheirando a comida rançosa e polidor de móveis.

— Sra. Hobie, sou Jodie Garber, filha de Leon Garber.

— Sim? — disse a mulher, mais uma vez.

— Ele morreu, infelizmente, há cinco dias.

— Sim, eu sei — comentou a velha senhora. Ela parecia triste. — A recepcionista da dra. McBannerman nos disse na consulta de ontem. Lamentei muito ao saber. Era um homem bom. Era muito gentil com a gente. Estava nos ajudando. E nos falou de você. Você é advogada. Sinto muito por sua perda.

— Obrigado. Mas a senhora pode me dizer em que ele estava ajudando vocês?

— Bem, não importa mais, não é mesmo?

— Não? Por que não?

— Bem, porque seu pai morreu. Sabe, receio que ele fosse mesmo a nossa última esperança.

Do jeito que ela falou aquilo, parecia realmente ser sincero. Sua voz era baixa. Havia uma queda de resignação ao final da frase, uma espécie de cadência trágica, como se estivesse desistindo de algo muito importante e esperado. Jodie a imaginou, a mão ossuda segurando o telefone junto ao rosto, uma lágrima úmida sobre a face fina e pálida.

— Talvez não fosse. Talvez eu possa ajudar vocês.

A linha ficou em silêncio. Apenas um fraco sibilo.

— Bem, acho que não. Não sei se é o tipo de coisa que um advogado normalmente poderia resolver, entende?

— Que tipo de coisa é?

— Não acho que importe agora.

— A senhora não pode me dar alguma ideia?

— Não, acho que está tudo acabado — disse a senhora, como se seu velho coração estivesse se partindo.

Ela voltou a ficar em silêncio. Jodie olhou para fora, pelo para-brisa, na direção do consultório da dra. McBannerman.

— Mas como meu pai poderia ajudar vocês? Era algo que ele conhecia bem? Por ser do Exército? Era isso? Alguma coisa a ver com o Exército?

— Sim, isso mesmo. É por isso que acho que você não poderia nos ajudar, como advogada. Nós tentamos os advogados, sabe? Precisamos de alguém que seja ligado ao Exército, eu acho. Mas muito obrigado por sua oferta. Você está sendo muito generosa.

— Tem uma outra pessoa aqui — disse Jodie. — Ele está aqui comigo agora. Trabalhou com meu pai no Exército. Está disposto a ajudar vocês, se puder.

A linha voltou a ficar em silêncio. Apenas o fraco sibilar e a respiração. Como se a velha senhora estivesse pensando. Como se precisasse de tempo para se ajustar a algumas novas ponderações.

— O nome dele é major Reacher — disse Jodie em meio ao silêncio.

— Talvez o meu pai o tenha mencionado. Serviram juntos por um longo tempo. Meu pai mandou buscá-lo quando percebeu que não poderia continuar por mais tempo.

Alerta Final   115

— Mandou buscá-lo? — repetiu a senhora.

— Sim, creio que meu pai achava que o major Reacher poderia assumir no lugar dele, sabe? Continuar ajudando vocês.

— Ele também era da Polícia do Exército?

— Sim, era. Isso importa?

— Não tenho muita certeza — respondeu a senhora.

Ela voltou a ficar em silêncio. Estava respirando bem junto ao telefone.

— Ele pode vir aqui em nossa casa? — perguntou ela subitamente.

— Nós dois iremos. A senhora gostaria que fôssemos agora?

Silêncio de novo. Respiração, reflexão.

— Meu marido acabou de tomar o remédio — disse a senhora. — Está dormindo agora. Ele está muito doente, sabe?

Jodie assentiu dentro do carro. Abriu e fechou a outra mão, frustrada.

— Sra. Hobie, pode nos dizer do que se trata?

Silêncio. Respiração, reflexão.

— É melhor deixar meu marido dizer a vocês. Acho que ele pode explicar melhor do que eu. É uma longa história, eu às vezes fico confusa.

— Está bem. Quando ele estará acordado? — perguntou Jodie. — A gente deveria ir um pouco mais tarde?

A senhora fez outra pausa.

— Normalmente ele dorme direto, depois do remédio — disse ela. — É uma bênção, na verdade, eu acho. Será que o amigo do seu pai poderia vir amanhã de manhã bem cedo?

Hobie usou a ponta do gancho para pressionar a campainha do intercomunicador. Inclinou-se para a frente e chamou o recepcionista. Usou o nome do sujeito, uma intimidade incomum para Hobie, em geral causada pelo estresse.

— Tony? Precisamos conversar.

Tony deixou o balcão de cobre e carvalho da recepção e foi até o sofá, desviando da mesa de centro.

— Garber foi quem esteve no Havaí — disse ele.

— Tem certeza? — perguntou Hobie.

Tony assentiu.

— Pela American, White Plains para Chicago, Chicago para Honolulu, 15 de abril. Voltou no dia seguinte, 16, pela mesma rota. Pagou com um cartão Amex. Está tudo no computador.

— Mas o que ele fez lá? — perguntou Hobie, meio que para si mesmo.

— Não sabemos — murmurou Tony. — Mas podemos adivinhar, não é?

O escritório mergulhou num silêncio ameaçador. Tony observou o lado intacto do rosto de Hobie, esperando uma resposta.

— Recebi notícias de Hanói — disse Hobie em meio ao silêncio.

— Meu Deus, quando?

— Há dez minutos.

— Minha nossa, Hanói? Merda, merda, merda!

— Trinta anos. E agora aconteceu. Tony se levantou e foi até atrás da mesa.

Usou os dedos para abrir duas frestas na persiana. Uma barra do sol da tarde atravessou a sala.

— Então, você deve partir agora. Ficou muito, muito perigoso.

Hobie não disse nada. Fechou o gancho entre os dedos da mão esquerda.

— Você prometeu. — Tony foi enfático. — Fase um, fase dois. E as duas aconteceram. As duas etapas! Pelo amor de Deus!

— Ainda vai levar algum tempo. Não vai? Agora mesmo, eles ainda não sabem de nada.

Tony balançou a cabeça.

— Garber não era nenhum idiota. Sabia de alguma coisa. Se foi para o Havaí, tinha um bom motivo.

Hobie usou o músculo do braço esquerdo para guiar o gancho até o rosto. Passou o aço liso e frio pelo tecido queimado. Às vezes, a pressão da curva rígida aliviava a coceira.

— E sobre esse tal de Reacher? — perguntou ele. — Algum avanço?

Tony olhou pela fresta da persiana, do octogésimo oitavo andar.

— Liguei para Saint Louis. Também era da Polícia do Exército, estivera sob o comando de Garber por uns 13 anos. Fizeram outra consulta sobre ele, há dez dias. Deve ter sido Costello.

Alerta Final   117

— Então, por quê? Para que a família Garber contrata Costello para encontrar um ex-colega da força? Por quê? Que diabos!

— Não faço a menor ideia. O cara é um vagabundo. Estava cavando piscinas lá onde Costello foi. — Hobie concordou, vagamente. Estava imerso em pensamentos.

— Um policial do Exército — disse para si mesmo. — Que virou um vagabundo.

— Você deveria se mandar — disse Tony novamente.

— Não gosto da Polícia do Exército — disse Hobie.

— Eu sei que não.

— Então, que merda esse intrometido está fazendo aqui?

— Você devia se mandar — disse Tony pela terceira vez. Hobie concordou.

— Sou um cara flexível. Você sabe disso.

Tony deixou a persiana voltar para o lugar. A sala escureceu.

— Não estou lhe dizendo para ser flexível. Estou falando que você tem que seguir o que planejou desde o começo.

— Eu mudei o plano. Quero o negócio do Stone.

Tony voltou a dar a volta pela mesa e reocupou seu lugar no sofá.

— É muito arriscado ficar por aqui por isso. As duas ligações foram feitas. Vietnã e Havaí, pelo amor de Deus!

— Sei disso — disse Hobie. — Então mudei os planos novamente.

— De volta ao que era antes?

Hobie encolheu os ombros e balançou a cabeça.

— Uma combinação. Nós damos o fora, com certeza, mas só depois de eu cravar o Stone.

Tony suspirou e colocou a palma das mãos no estofado.

— Seis semanas, muito tempo. O Garber já esteve no Havaí, pelo amor de Deus! Ele era algum general importante. Obviamente, sabia das coisas, caso contrário, por que teria ido até lá?

Hobie assentia. Sua cabeça entrava e saía de uma fina linha de luz que atingia os tufos grisalhos do cabelo em meio à pele queimada.

— Ele sabia de alguma coisa, concordo. Mas ficou doente e morreu. O que ele sabia foi com ele. Caso contrário, por que sua filha recorreria a uma porcaria de detetive particular e a um vagabundo desempregado?

— Então, o que você está dizendo?

Hobie deslizou o gancho para debaixo da mesa e apoiou o queixo na mão boa. Deixou os dedos se espalharem sobre a cicatriz. Uma pose que usava de forma subconsciente, quando pretendia aparentar estar confortável e inofensivo.

— Não posso desistir do Stone — disse. — Você não entende, certo? A mesa está posta, é só chegar e se servir. Se eu desistir disso, não vou me perdoar pelo resto da vida. Seria uma covardia. Fugir é sábio, concordo com você, mas fugir cedo demais, mais cedo do que o necessário, seria covardia. E eu não sou um covarde, Tony. Você sabe disso, certo?

— Então, o que você está dizendo? — perguntou Tony novamente.

— Fazemos as duas coisas juntas, mas acelerando. Concordo com você que seis semanas é tempo demais. Precisamos sair fora antes das seis semanas. Mas não vamos sem levar a grana do Stone. Por isso, vamos acelerar.

— Certo. Como?

— Eu coloco as ações no mercado hoje — disse Hobie. — Elas vão cair até o chão nove minutos antes de soar o sino de encerramento. Tempo suficiente para a mensagem chegar aos bancos. Amanhã de manhã, Stone virá aqui completamente desesperado. Eu não vou estar aqui amanhã, então você dirá a ele o que queremos e o que faremos se ele não nos der. Vamos quebrar a banca em dois dias, no máximo. Eu faço a pré-venda dos ativos de Long Island, para não haver atrasos daquele lado. Enquanto isso, você vai fechando as coisas por aqui.

— Certo. Como? — Tony perguntou novamente.

Hobie olhou em torno para o escritório sombrio, para os quatro cantos.

— Simplesmente largamos este lugar para trás. Seis meses de aluguel perdidos, mas dane-se. Aqueles dois idiotas que estão bancando meus cobradores não serão problema. Um deles vai se livrar do outro hoje à noite, e você trabalha com ele até ele me trazer a tal sra. Jacob, e aí se livra dela

Alerta Final   119

e dele juntos. Vende o barco, os carros, e damos o fora, sem pontas soltas. Uma semana. Só uma semana. Acho que podemos nos dar uma semana, certo?

Tony concordou. Inclinou-se para a frente, aliviado diante da perspectiva de entrar em ação.

— E sobre esse tal de Reacher? Ele ainda é uma ponta solta.

Hobie deu de ombros na cadeira.

— Tenho um plano separado para ele.

— Não vamos encontrá-lo. Não nós dois sozinhos. Não em uma semana. Não temos tempo para ficar procurando por ele.

— Não vamos precisar.

Tony olhou para ele.

— Precisamos, chefe. Ele é uma ponta solta, certo?

Hobie balançou a cabeça. Deixou a mão cair de sob o rosto e tirou o gancho de debaixo da mesa.

— Farei do jeito eficiente. Não precisamos gastar energia indo atrás dele. Vou deixar que me encontre. E ele vai. Conheço esse pessoal da Polícia do Exército.

— E então?

Hobie sorriu.

— Então ele vive feliz para sempre. Trinta anos, pelo menos.

— Então, e agora? — perguntou Reacher.

Ainda estavam no estacionamento do lado de fora do prédio longo e baixo do consultório de McBannerman, o motor em ponto morto, o ar-refrigerado a toda para compensar o sol batendo em cheio na pintura verde-escura do Bravada. As ventoinhas estavam direcionadas para todo lado, e ele sentia o perfume sutil de Jodie misturado ao freon do ar. Naquele momento, ele era um sujeito feliz, vivendo uma antiga fantasia. Muitas vezes no passado ele especulara sobre como seria estar à distância de um toque dela quando ela fosse uma mulher adulta. Algo que ele jamais imaginara viver. Acreditava que perderia o contato com ela e nunca mais a encontraria. Achava que seus sentimentos iriam apenas desaparecer ao longo do tempo.

Mas ali estava ele, sentado ao lado dela, respirando seu perfume, olhando de esguelha para suas pernas longas, estendendo-se pelo banco até o apoio para os pés. Sempre achara que ela cresceria e se tornaria uma mulher espetacular. Agora se sentia um pouco culpado por subestimar o grau de beleza que ela atingiria. Suas fantasias não fizeram justiça ao que ela se tornou.

— É um problema — disse ela. — Não posso ir lá amanhã. Não posso mais ficar sem trabalhar. Estamos muito ocupados, e tenho que continuar a faturar as horas.

Quinze anos. Muito ou pouco tempo? O suficiente para mudar uma pessoa? Parecia pouco tempo para ele. Ele não se sentia diferente da pessoa que fora há 15 anos. Era o mesmo, pensando do mesmo jeito, capaz de fazer as mesmas coisas. Adquirira uma grossa camada de experiência ao longo desse tempo, estava mais velho, mais vivido, mas ainda era a mesma pessoa. Mas sentia que ela devia estar diferente. Tinha que estar, com certeza. Os 15 anos dela tinham sido um grande salto, ela passara por transições maiores. Colégio, faculdade, curso de Direito, casamento, divórcio, a sociedade no escritório, horas a serem faturadas. Então, agora ele se sentia em águas desconhecidas, incerto de como se relacionar com ela, pois lidava com três coisas separadas, todas em conflito dentro de sua cabeça: a realidade dela como uma garota — há 15 anos —, como ele a imaginava depois e agora como ela era de fato. Sabia tudo sobre duas dessas coisas, mas não sobre a terceira. Conheceu a menina. Conheceu a adulta que inventara em sua cabeça. Mas não conhecia a realidade, e isso o deixava inseguro, pois subitamente queria evitar cometer qualquer erro estúpido com ela.

— Você terá que ir sozinho — disse ela. — Tudo bem?

— Claro. Mas esse não é problema aqui. Você precisa ter cuidado.

Ela concordou. Puxou as mãos para dentro das mangas e abraçou a si mesma. Ele não sabia por quê.

— Vou ficar bem, eu acho — disse ela.

— Onde é seu escritório?

— Wall Street e baixa Broadway.

— É onde você mora, certo? Baixa Broadway?

Ela concordou.

Alerta Final 121

— Treze quadras. Em geral, vou caminhando.

— Amanhã, não — disse ele. — Vou levar você de carro.

Ela pareceu surpresa.

— Você vai?

— Com certeza que vou — disse ele. — Treze quadras a pé? Pode esquecer, Jodie. Você estará em segurança dentro de casa, mas eles podem te pegar na rua. E quanto ao escritório? É seguro?

Ela concordou novamente.

— Ninguém entra, não sem hora marcada e identificação.

— Certo — disse ele. — Então passo a noite no seu apartamento e levo você, de porta a porta, de manhã. Depois volto para cá e vou visitar esses Hobie, e você fica no escritório até eu voltar para te buscar, ok?

Ela ficou em silêncio. Ele voltou atrás e avaliou o que tinha dito.

— Quer dizer, você tem um quarto sobrando, certo?

— É claro — disse ela. — Tenho um quarto sobrando.

— Então, tudo bem?

Ela concordou, silenciosamente.

— Então, e agora? — perguntou ele. Ela se virou de lado no banco. O jato de ar do centro do painel soprou seu cabelo sobre o rosto. Ela o ajeitou de volta atrás da orelha, e seus olhos agitaram-se para cima e para baixo. Depois, sorriu.

— Precisamos fazer compras — disse ela.

— Compras? Para quê? Do que você precisa?

— Não é o que eu preciso, mas você.

Ele a olhou, alarmado.

— Do que eu preciso?

— Roupas — respondeu ela. — Você não pode ir visitar aqueles pobres velhinhos parecendo algo entre um vagabundo de praia e um selvagem de Bornéu, não é?

Ela então se inclinou para o lado e tocou a mancha da camisa dele com a ponta dos dedos.

— E precisamos de uma farmácia. Você precisa de alguma coisa para essa queimadura.

— Que diabos você está fazendo? — gritou o diretor financeiro.

Ele estava na porta do escritório de Chester Stone, dois andares acima de sua própria sala, apoiando-se no portal com as duas mãos, ofegando com esforço e fúria. Não tinha esperado pelo elevador. Subira correndo pela escada de emergência. Stone olhava para ele, sem entender.

— Seu idiota! — gritou ele. — Eu falei para não fazer isso!

— Fazer o quê? — perguntou Stone de volta.

— Colocar as ações no mercado! — gritou o homem das finanças. — Eu falei para não fazer isso!

— Eu não coloquei. — disse Stone. — Não tem nenhuma ação no mercado.

— Claro que tem, porra! Uma fatia enorme, largada ali, sem fazer coisa nenhuma. As pessoas estão fugindo delas como se fossem radioativas.

— O quê?

O diretor financeiro segurou o fôlego. Olhou para o patrão. Viu um homem pequeno e abatido, vestindo um ridículo terno inglês, sentado diante de uma mesa que, sozinha, valia cem vezes mais do que todos os ativos líquidos da empresa.

— Seu imbecil, eu falei para não fazer isso. Por que simplesmente não pegou uma página do *Wall Street Journal* e anunciou: "Ei, pessoal, minha empresa não vale mais do que um monte de cocô."?

— Do que você está falando? — perguntou Stone.

— Estou com os bancos no telefone. Estão acompanhando as cotações no *ticker*. As ações Stone apareceram há uma hora, e o preço está despencando mais rápido do que a porra dos computadores consegue acompanhar. São impossíveis de vender. Você lhes mandou uma mensagem, pelo amor de Deus! Disse que está insolvente. Disse a eles que lhes deve 16 milhões de dólares em títulos, mas que não valem míseros 16 centavos.

— Eu não coloquei as ações no mercado — repetiu Stone. O diretor financeiro concordou sarcasticamente.

— Então, quem foi? Papai Noel?

— Hobie. Só pode ter sido. Meu Deus, por quê?

Alerta Final 123

— Hobie?

Stone concordou.

— Hobie? — repetiu, incrédulo. — Que merda! Você deu ações para ele?

— Tive que dar. Não tinha outro jeito.

— Que merda! — repetiu o outro, bufando. — Consegue entender o que ele está fazendo?

Stone o olhou, sem entender a princípio, depois concordou, apavorado.

— O que a gente faz?

O diretor financeiro deixou as mãos caírem da moldura da porta e deu as costas para Stone.

— Esqueça "a gente". Não tem mais "a gente". Estou me demitindo. Estou fora. Você se vira para resolver.

— Mas foi você quem recomendou o cara! — gritou Stone.

— Eu não recomendei que você lhe desse ações, seu imbecil — gritou o cara de volta. — O que você é? Um retardado? Se eu te mandasse visitar o aquário das piranhas você ia colocar a porra do dedo dentro da água?

— Você precisa me ajudar — disse Stone.

O sujeito apenas balançou a cabeça.

— Você está por conta própria. Estou me demitindo. Minha sugestão agora é que você desça até onde era o meu escritório, para começar. Tem um monte de telefones tocando na minha antiga mesa. Recomendo que você atenda o que estiver tocando mais alto.

— Espere aí! — gritou Stone. — Preciso de sua ajuda.

— Contra Hobie? — gritou o outro de volta. — Vai sonhando, meu chapa.

E se foi. Simplesmente se virou, saiu pela sala da secretária e desapareceu. Stone saiu de trás da mesa e ficou em pé na porta, olhando-o ir embora. O escritório estava em silêncio. A secretária tinha ido embora. Mais cedo do que deveria. Ele saiu pelo corredor. O departamento de vendas, à direita, estava deserto. O marketing, à esquerda, estava vazio. As copiadoras estavam em silêncio. Ele chamou o elevador, e o mecanismo fez um barulho muito alto em meio ao silêncio. Desceu os dois andares sozinho.

A sala do diretor financeiro estava vazia. As gavetas estavam abertas. Os objetos pessoais tinham sido levados. Ele caminhou pela sala. A luminária italiana estava acesa. O computador estava desligado. Os telefones estavam fora do gancho, sobre a mesa de carvalho. Ele pegou um deles.

— Alô? — disse. — Aqui é Chester Stone.

Ele repetiu duas vezes, no silêncio eletrônico. Uma mulher então atendeu e pediu que aguardasse. Uma sequência de cliques e tons. Uma música tranquila.

— Sr. Stone? — uma nova voz atendeu. — Aqui é o setor de insolvência.

Stone fechou os olhos e apertou o telefone.

— Por favor, aguarde o diretor — disse a voz.

Mais música. Violinos barrocos, furiosos, incansáveis.

— Sr. Stone? — disse uma voz profunda. — Aqui é o diretor.

— Olá — respondeu Stone. Era tudo o que lhe ocorreu dizer.

— Estamos dando alguns passos — disse a voz. — Estou certo de que o senhor entende nossa posição.

— Certo — respondeu Stone. Pensava em que passos seriam esses. *Processo? Prisão?*

— Nós estaremos cobertos amanhã de manhã, na abertura do mercado — disse a voz.

— Cobertos? Como?

— Estamos vendendo a dívida, obviamente.

— Vendendo? — repetiu Stone. — Não entendo.

— Não a queremos mais — disse a voz. — Tenho certeza de que o senhor entende isso. A situação está muito além dos parâmetros que consideramos satisfatórios. Por isso, estamos vendendo. É o que as pessoas fazem, certo? Se têm algo que não querem mais, vendem, pelo melhor preço que conseguirem.

— Para quem vocês estão vendendo? — perguntou Stone, atordoado.

— Para uma sociedade fiduciária de Cayman. Fizeram uma oferta.

— E onde é que nós ficamos?

Alerta Final   125

— Nós? — repetiu a voz, confusa. — Não nos deixa em lugar algum. Suas obrigações conosco estão encerradas. Não existe "nós". Nosso relacionamento está encerrado. Meu único conselho é que o senhor jamais tente retomá-lo. Estaríamos inclinados a considerar isso um insulto, somado à injúria.

— Então, para quem eu devo agora?

— Para a companhia das ilhas Cayman — respondeu a voz, pacientemente. — Tenho certeza de quem quer que esteja por trás dela entrará em contato muito em breve com o senhor, com suas condições de pagamento.

Jodie dirigiu. Reacher saiu, deu a volta pela frente do carro e entrou pelo lado do passageiro. Ela passou por cima do console central e puxou o banco para a frente. Seguiu para o sul, pelos ensolarados reservatórios Croton, seguindo para a cidade de White Plains. Reacher se virou, olhando para trás. Ninguém os seguia.

Nada suspeito. Apenas uma perfeita tarde preguiçosa de junho nos subúrbios. Ele precisava tocar na bolha sob a camisa para lembrar a si mesmo de que alguma coisa tinha acontecido.

Ela seguiu para um enorme shopping center. Um prédio gigantesco, do tamanho de um estádio, orgulhoso de sua altura em meio a torres de escritórios e a um emaranhado de avenidas engarrafadas. Ela seguiu pela esquerda e pela direita, cruzando as pistas de tráfego, e desceu por uma rampa em curva até a garagem. Estava escuro lá embaixo, o concreto empoeirado e manchado de óleo, mas havia uma porta de cobre e vidro a distância, levando diretamente para dentro de uma loja resplandecente de luz. Jodie achou uma vaga a cerca de cinquenta metros da porta. Estacionou facilmente e foi até uma máquina fazer algo. Voltou e colocou um pequeno tíquete sobre o painel, visível pelo para-brisa.

— Certo — disse ela. — Para onde, primeiro?

Reacher deu de ombros. Essa não era sua especialidade. Já havia comprado muitas roupas nos dois últimos anos, pois desenvolvera o hábito de comprar coisas novas em vez de lavar as velhas. Um hábito defensivo.

Protegia-se de ter que carregar qualquer bagagem grande e de ainda ter que aprender as técnicas exatas da lavagem de roupas. Sabia da existência de lavanderias automáticas e de lavagem a seco, mas tinha um certo receio de se ver sozinho numa lavanderia e não saber os procedimentos corretos. E entregar as roupas para um serviço de lavagem a seco implicava o compromisso de voltar ao mesmo local físico no futuro, o tipo de compromisso sobre o qual se sentia relutante de assumir. A prática mais objetiva era comprar novas e jogar fora as velhas. Por isso ele comprava roupas, mas saber exatamente onde era algo difícil de dizer. Em geral, apenas via as roupas na vitrine de uma loja, entrava, comprava e saía, sem registrar a identidade do estabelecimento que acabara de visitar.

— Tinha um lugar aonde eu ia em Chicago — disse ele. — Acho que era uma cadeia de lojas, um nome curto. Hole? Gap? Uma coisa assim. Eles tinham os tamanhos certos.

Jodie riu. Passou o braço pelo dele.

— A Gap — disse ela. — Tem uma bem aqui.

A porta de cobre e vidro levava direto para uma loja de departamentos. O ar estava frio, cheirava a sabão e perfume. Passaram pelos cosméticos e chegaram a uma área cheia de pilhas de roupas de verão em cores pastel. Saíram então para o corredor principal do shopping. Era oval como uma pista de corrida, cercado de lojas, uma estrutura que se repetia por mais dois andares acima deles. Os corredores eram acarpetados, havia música, e as pessoas pipocavam por todo lado.

— Acho que a Gap é lá em cima — disse Jodie.

Reacher sentiu o cheiro de café. Uma das unidades do outro lado tinha o aspecto de um café, como um lugar na Itália. As paredes internas eram pintadas como se fossem ao ar livre, e o teto era todo preto, como um céu noturno. Um lugar fechado que parecia aberto, num shopping que pretendia se parecer com uma rua ao ar livre, a não ser pelo fato de ter carpetes.

— Quer um café? — perguntou ele.

Jodie sorriu e balançou a cabeça.

— Primeiro, as compras; depois, café.

Alerta Final

Ela o conduziu para a escada rolante. Ele sorriu. Sabia como ela se sentia. Também se sentira assim, há 15 anos. Ela viera até ele, nervosa e hesitante, durante uma visita de rotina à estufa, em Manila. Território familiar para ele, apenas rotina, nada demais mesmo. Mas um lugar novo e estranho para ela. Ele se sentira ocupado e feliz, e um tanto professoral. Fora divertido estar com ela, mostrar-lhe o lugar. Agora, ela se sentia da mesma forma. Todo esse negócio de shopping não era nada para ela. Ela voltara para os Estados Unidos há muito tempo e aprendera os detalhes. Agora, era ele o estrangeiro no território dela.

— E que tal este lugar? — perguntou ela.

Não era a Gap. Era uma loja exclusiva, com um design marcante a base de telhas usadas e madeiras reaproveitadas de algum celeiro velho. As roupas eram de algodão grosso e tingidas com cores desbotadas, cuidadosamente dispostas em carroções rústicos, com rodas revestidas de ferro.

Ele deu de ombros.

— Tudo bem, para mim.

Ela pegou sua mão. Ele sentiu a palma fresca e macia na sua. Ela o levou para dentro, ajeitou o cabelo atrás das orelhas, inclinou-se e começou a examinar o mostruário. Fazia como ele já vira outras mulheres fazendo. Com movimentos rápidos, ia combinando diferentes itens. Calças, ainda dobradas, sobre a metade inferior de uma camisa. Um casaco jogado lateralmente sobre as duas peças, com a camisa aparecendo no alto, e, as calças, embaixo. Os olhos semicerrados, os lábios contraídos. Um balançar da cabeça. Outra camisa. Um movimento de aprovação. Compras de verdade.

— O que você acha? — perguntou ela.

Escolhera uma calça cáqui, pouco mais escura do que o normal. Uma camisa quadriculada com tons discretos, verdes e marrons. Um casaco fino, marrom-escuro, que parecia combinar perfeitamente com o resto. Ele aprovou.

— Tudo bem, para mim — repetiu.

Os preços estavam escritos a mão em pequenas etiquetas presas às roupas com um barbante. Ele virou uma delas com a ponta do dedo.

— Minha nossa! — exclamou. — Pode esquecer.

— É o que vale — respondeu ela. — São de qualidade.
— Não tenho como pagar, Jodie.
Só a camisa custava tanto quanto ele já pagara por um traje completo. Vestir uma coisa daquelas custaria o que ele ganhava num dia inteiro cavando piscinas. Dez horas, quatro toneladas de areia, pedra e terra.
— Eu compro para você.
Ficou ali parado, com a camisa na mão, incerto.
— Lembra do colar? — perguntou ela.
Ele fez que sim. Lembrava. Ela se apaixonara por um colar especial em uma joalheria de Manila. Um cordão todo de ouro, grosso, estilo egípcio. Não era muito caro, mas fora das possibilidades dela. Leon estava num momento de estimular a autodisciplina da filha e não aprovaria a despesa. Reacher, portanto, comprou o colar. Não era aniversário ou qualquer data, ele simplesmente gostava dela, e ela gostava do colar.
— Eu fiquei tão feliz... — disse ela. — Achei que fosse explodir. Tenho até hoje, ainda uso. Então me deixe retribuir, ok?
Ele refletiu um pouco. Concordou.
— Ok — disse.
Ela podia comprar. Era uma advogada. Provavelmente, tinha uma fortuna. E era um negócio justo, em termos relativos, se pensasse em custo versus receita e 15 anos de inflação.
— Ok — disse outra vez. — Obrigado, Jodie.
— Você precisa de meias e outras coisas, certo?
Pegaram um par de meias cáqui e duas cuecas brancas, estilo boxer. Ela foi até o caixa e usou um cartão dourado. Ele pegou as roupas e as levou até um provador, arrancou as etiquetas de preço e vestiu tudo. Transferiu o dinheiro para o bolso da calça nova e jogou as roupas velhas na lixeira. Sentiu as roupas novas rígidas, mas lhe pareceram muito bem no espelho, contrastando com seu bronzeado. Saiu da cabine.
— Ótimo — disse Jodie.
— Agora, farmácia.
— E, depois, café — completou ele.
Ele comprou lâmina e creme de barbear, uma escova e pasta de dentes. E um frasco pequeno de pomada para queimaduras. Ele mesmo pagou e

Alerta Final 129

carregou tudo num envelope de papel pardo. A farmácia era perto da praça de alimentação. Ele viu um lugar de grelhados com um cheiro bom.

— Vamos jantar — disse ele. — Só café é pouco. Eu pago.

— Está bem — disse ela e voltou a lhe dar o braço.

O jantar para os dois custou o preço da camisa nova, o que ele achou absurdo. Comeram a sobremesa, tomaram café, e então algumas das lojas já estavam fechando.

— Ok, para casa — disse ele. — E vamos agir com muito cuidado a partir daqui.

Atravessaram a loja de departamentos, seguindo o percurso inverso do mostruário, primeiro, as roupas de verão de algodão em tons pastel, e, depois, o cheiro penetrante dos cosméticos. Ele mandou que ela ficasse do lado de dentro da porta de vidro e cobre, e percorreu o interior quente e abafado da garagem com os olhos. Uma possibilidade em um milhão, mas que valia levar em consideração. Não havia ninguém lá, apenas as pessoas apressadas voltando para seus carros, carregadas de bolsas estufadas. Caminharam juntos até o Bravada, e ela se sentou no banco do motorista. Ele entrou ao lado dela.

— Que percurso você faz normalmente?

— Daqui? Pela rodovia FDR, eu acho.

— Ok — disse ele.

— Siga na direção de LaGuardia e depois descemos para o Brooklyn. Pela ponte do Brooklyn.

Ela olhou para ele.

— Tem certeza? Se você quer bancar o turista, tem lugares melhores para a gente ir do que o Bronx e o Brooklyn.

— Regra número um — disse ele. — Ser previsível não é seguro. Você normalmente faz o mesmo caminho, hoje fará um diferente.

— Sério?

— Pode apostar. Eu já fui segurança profissional de VIPs.

— Então eu sou uma VIP, agora?

— Pode apostar que sim — repetiu ele.

Uma hora depois, já estava escuro, a melhor condição para passar pela ponte do Brooklyn. Reacher sentiu-se como um turista quando desceram pela rampa e cruzaram a ponte para deparar com a vista repentina do baixo Manhattan diante deles, com um bilhão de luzes por todo lado. *Uma das vistas mais incríveis do mundo*, pensou, com o olhar de quem já inspecionara boa parte da concorrência.

— Suba algumas quadras para o norte — disse ele. — Vamos fazer a volta. Eles esperam que façamos o caminho direto.

Ela fez uma curva aberta para a direita e seguiu para o norte, pela Lafayette. Virou duas vezes à esquerda e voltou rumo ao sul, pela Broadway. O sinal na Leonard estava vermelho. Reacher olhou adiante, em meio ao brilho da iluminação néon

— Três quadras — disse Jodie.

— Onde você estaciona?

— Garagem, no subsolo.

— Certo, pare uma quadra antes — disse ele. — Vou dar uma olhada. Dê outra volta e me encontre. Se eu não estiver esperando na calçada, vá para a polícia.

Ela entrou à direita, na Thomas. Parou e o deixou sair. Ele bateu levemente no capô, e ela arrancou novamente. Ele virou a esquina e achou o edifício. Era um grande prédio quadrado, com uma portaria reformada, pesadas portas de vidro, uma grande fechadura, uma fileira vertical de quinze campainhas com nomes impressos atrás de janelinhas plásticas. O apartamento 12 mostrava *Jacob/Garber*, como se fossem duas pessoas morando lá. Pessoas na rua, algumas vadiando em bandos, outras, caminhando, nenhuma de interesse. A entrada da garagem ficava mais adiante, na calçada. Era uma rampa abrupta para a escuridão. Ele desceu. Silencioso e mal-iluminado. Duas filas de oito vagas, quinze no total pois a rampa para a rua ficava onde seria a décima sexta. Onze carros estacionados. Ele verificou o lugar em toda a extensão. Ninguém escondido. Subiu a rampa e correu de volta para a Thomas. Desviou do tráfego, atravessou a rua e aguardou. Ela vinha para o sul e cruzou o sinal em sua direção. Ela o viu, estacionou, e ele entrou ao lado dela de novo.

Alerta Final 131

— Tudo limpo — disse ele.

Ela retornou ao tráfego até entrar à direita e descer a rampa. Os faróis pularam e oscilaram. Parou o carro no corredor central e entrou de ré em sua vaga. Desligou o motor e apagou o farol.

— Como subimos? — perguntou ele.

Ela apontou.

— Uma porta para a entrada.

Um lance de escadas dava para uma enorme porta industrial, com uma chapa de metal fixada nela. Tinha uma enorme tranca, igual a da porta de vidro da rua. Saíram do carro e o trancaram. Ele carregou a bolsa dela. Seguiram para a escada e subiram até a porta. Ela liberou a tranca e ele escancarou a porta. A portaria estava vazia. Um único elevador diante deles.

— Moro no quarto andar — disse ela.

Ele apertou o botão do cinco.

— Vamos chegar descendo pela escada — disse ele. — Só por garantia.

Usaram a escada de incêndio e desceram para o quarto. Ele a deixou esperando no patamar da escada e foi espiar. Um corredor deserto. Alto e estreito. Apartamento 10 para a esquerda, 11 para a direita e o 12 à frente.

— Vamos lá — disse ele.

A porta era preta e grossa. Olho mágico na altura do rosto, duas trancas. Ela abriu com as chaves, e eles entraram. Ela trancou novamente e colocou uma velha barra articulada atravessada ao longo de toda a porta. Reacher a fixou nos encaixes. Era de ferro, e, enquanto estivesse ali, ninguém entraria. Ele apoiou a bolsa na parede. Ela acendeu os interruptores, iluminou o apartamento e esperou junto à porta enquanto Reacher ia na frente. Entrada, sala de estar, cozinha, quarto, banheiro, quarto, banheiro, closets. Aposentos grandes, muito altos. Ninguém lá dentro. Ele voltou para a sala, livrou-se do casaco novo, jogou-o numa cadeira e virou-se para ela, relaxado.

Mas ela não estava relaxada. Dava para perceber. Evitava olhar diretamente para ele, mais tensa do que estivera o dia todo. Estava parada diante da porta, mexendo os dedos sob as mangas compridas que quase cobriam suas mãos. Ele não fazia ideia do que havia de errado.

— Você está bem? — perguntou ele.

Ela balançou a cabeça para a frente e para trás, fazendo um oito para jogar o cabelo por trás dos ombros.

— Acho que vou tomar um banho — disse. — E cair na cama, sabe como é, né?

— Dia difícil, né?

— Inacreditável.

Ela passou ao largo dele a caminho do quarto, mantendo distância. Acenou com um gesto curto, tímido, apenas os dedos para fora da manga.

— Que horas, amanhã? — perguntou ele.

— Sete e meia está bom — respondeu ela.

— Ok, boa-noite, Jodie.

Ela acenou e desapareceu pelo corredor. Ele ouviu a porta do quarto abrir e fechar. Ficou olhando para o corredor por um bom tempo, surpreso. Depois, sentou-se no sofá e tirou os sapatos. Estava inquieto demais para dormir. Andou pelo apartamento com as meias novas, examinando o lugar.

Não era exatamente um loft. Apenas um velho prédio com um pé-direito muito alto. O revestimento era original. Provavelmente, uma construção industrial. As paredes externas eram de tijolos jateados de areia, e as internas de gesso liso e branco. As janelas eram enormes. Provavelmente, instaladas de forma a iluminar as máquinas de costura, ou o que quer que funcionasse lá cem anos antes.

As partes de tijolo das paredes tinham uma cor natural e quente, mas tudo o mais era branco, a não ser pelo piso, de tábuas claras de bordo. A decoração era suave e neutra, como uma galeria. Nenhum sinal visível de que mais de uma pessoa jamais morara ali.

Nenhum sinal de gostos concorrentes. Todo o ambiente era muito uniforme. Sofás brancos, cadeiras brancas, prateleiras em simples seções cúbicas, pintadas com o mesmo tom de branco usado nas paredes. A encanação de vapor grande e os radiadores feios, tudo pintado de branco. A única

Alerta Final 133

cor mais forte na sala vinha de uma cópia de um quadro de Mondrian, em tamanho real, na parede sobre o sofá maior. Uma cópia adequada, feita a mão, óleo sobre tela, com as cores certas. Nada de vermelhos, azuis e amarelos berrantes, apenas os tons neutros e corretos, com pequenas rachaduras no branco, que mais se aproximava de cinza. Ele ficou diante do quadro por um longo tempo, totalmente surpreso. Piet Mondrian era seu pintor favorito, de todos os tempos, e exatamente esta pintura era a que ele mais gostava. Chamava-se *Composição com vermelho, amarelo e azul*. Mondrian pintou o original em 1930, e Reacher viu o quadro em Zurique, na Suíça.

Um armário alto ficava diante do sofá menor, pintado com o mesmo tom de branco de tudo o mais. Uma TV pequena, um aparelho de vídeo, o receptor da TV a cabo, um CD player com enormes fones de ouvido conectados. Uma pequena pilha de CDs, a maioria de jazz dos anos 1950, coisas de que ele gostava, mas sem exageros.

As janelas davam para a baixa Broadway. O rumor constante do tráfego somava-se ao brilho néon subindo e descendo a rua, o som ocasional de uma sirene chegava irregularmente, conforme atravessava os espaços entre os prédios. Ele enviesou a persiana usando a haste plástica transparente e olhou para a calçada. Alguns grupos dispersos de pessoas ainda circulavam. Nada que o deixasse nervoso. Voltou a girar a haste para fechar a persiana.

A cozinha era grande e alta. Todos os armários eram de madeira, pintados de branco, e os eletrodomésticos, de tamanho industrial, eram de aço inoxidável, como fornos para pizza. Ele já morara em lugares menores do que a geladeira. Abriu a porta e viu uma dúzia de garrafas de água da sua marca favorita, as mesmas que ele adorava tomar nas Keys. Abriu uma delas e foi para o quarto de hóspedes.

O quarto era branco, como tudo o mais. Os móveis eram de madeira, inicialmente com um acabamento diferente, mas agora pintados de branco como as paredes. Ele deixou a água na mesa de cabeceira e foi ao banheiro. Ladrilhos brancos, banheira branca, tudo em superfícies esmaltadas e ladrilhadas. Fechou as persianas, despiu-se e colocou as roupas novas dobradas numa prateleira do closet. Afastou a coberta e enfiou-se na cama, onde ficou pensando.

Ilusão e realidade. O que eram nove anos, afinal? Muito tempo, pensou, quando ele tinha 24 e, ela, 15, mas o que era isso agora? Ele tinha 38, ela, 29, ou 30, não estava certo. Qual era o problema então? *Por que não estava fazendo algo?* Talvez não fosse a questão da idade. Talvez fosse Leon. Era a filha dele e sempre seria. O que o deixava com a ilusão culpada de que Jodie era algo entre uma irmã mais nova e uma sobrinha. Obviamente, isso o inibia, mas era apenas uma ilusão, certo? Ela era a filha de um velho amigo, só isso. Um velho amigo que agora estava morto. Por que então ele se sentia tão mal ao olhar para ela, imaginando tirar-lhe a camiseta e soltar o cinto em torno de sua cintura. *Por que não estava simplesmente fazendo isso?* Que droga estava fazendo no quarto de hóspedes em vez de estar do outro lado da parede, na cama junto com ela? Como sonhara dolorosamente estar em incontáveis noites esquecidas do passado, algumas delas vergonhosas, outras, ansiosas.

Porque, presume-se, as realidades dela tinham raízes nos mesmos tipos de ilusão. Para uma irmã ou sobrinha mais nova, ele seria o irmão mais velho ou o tio. O tio favorito, com certeza, pois sabia que ela gostava dele. Havia muito afeto na história. Mas isso só piorava tudo. Afeto por tios favoritos era um tipo específico de afeto. Tios favoritos existiam para coisas específicas. Programas de família, como compras e mimos, uma coisa ou outra. Tios favoritos não estavam lá para dar em cima das sobrinhas. Isso seria totalmente inesperado, como uma traição devastadora. Terrível, indesejado, incestuoso, traumático.

Ela estava do outro lado da parede. Mas ele não podia fazer nada a respeito. Nada. Jamais aconteceria. Sabia que ficaria louco, por isso forçou-se a afastar o pensamento dela e a começar a se concentrar em outras coisas. Coisas bem reais, com certeza, não apenas ilusões. Os dois sujeitos, quem quer que fossem. Já teriam descoberto o endereço dela agora. Havia inúmeras maneiras de descobrir onde alguém morava. Poderiam estar do lado de fora do prédio, naquele exato momento. Ele voltou a percorrer o apartamento em sua mente. A entrada da portaria, trancada. A porta de acesso

Alerta Final 135

à garagem, trancada. A porta de entrada para o apartamento, trancada e com a barra. As janelas, todas fechadas e com as persianas fechadas. Esta noite, ao menos, estavam a salvo. O perigo estaria na manhã seguinte. Muito perigo, possivelmente. Ele se concentrou em fixar os dois sujeitos em sua mente enquanto adormecia. O carro, os ternos, o físico, os rostos.

Mas, naquele exato momento, apenas um dos caras tinha um rosto. Os dois tinham saído de barco juntos, 16 quilômetros ao sul de onde Reacher estava deitado, nas águas escuras do porto sul de Nova York. Trabalharam juntos para abrir o saco plástico e soltar o corpo frio da secretária nas ondulações oleosas do Atlântico. Um deles virou-se para o outro, com uma piada suja nos lábios, e foi atingido em cheio no rosto com um tiro da Beretta com silenciador. E de novo, e de novo. A queda lenta do corpo colocou as três balas em lugares diferentes. O rosto dele se transformara num enorme ferimento mortal, escurecido na noite. O braço foi colocado sobre a amurada de mogno, e a mão direita, cortada com o cutelo roubado de um restaurante. Foram necessários cinco golpes. Um trabalho sujo e brutal. A mão foi colocada num saco plástico, e o corpo lançado na água, sem qualquer som, a menos de vinte metros de onde o corpo da secretária já estava afundando.

7

JODIE ACORDOU CEDO NA MANHÃ SEGUINTE, o que não era comum. Em geral, dormia profundamente até o alarme disparar e ela se arrastar para fora da cama e ir para o banheiro, ainda lenta de sono. Mas, naquela manhã, acordou uma hora antes de o alarme tocar, alerta, a respiração leve, o coração disparando gentilmente no peito.

Seu quarto era branco, como todos os demais cômodos, e a cama era *king size*, com uma estrutura de madeira branca, a cabeceira encostada na parede de frente para a janela. O quarto dos hóspedes era colado ao seu, disposto da mesma maneira, simétrico, mas invertido, pois dava para a direção oposta. O que significava que a cabeça dele estava a 45 centímetros da dela. Do outro lado da parede.

Ela sabia do que as paredes eram feitas. Comprara o apartamento na planta. Entrara e saíra de lá durante meses, acompanhando a conversão.

Alerta Final 137

A parede entre os dois quartos era original, com cem anos de idade. Uma grande viga de madeira atravessava o piso, com tijolos apoiados sobre ela até o teto. Os construtores simplesmente haviam reforçado os tijolos nos pontos mais fracos, cobrindo-os com argamassa no estilo europeu, com um reboco sólido de estuque. O arquiteto achou que aquela era a maneira certa. Deixava o revestimento mais sólido, com mais resistência ao fogo e isolava o som. Mas também era um sanduíche de mais de trinta centímetros de estuque e tijolos entre ela e Reacher.

Ela o amava. Não tinha a menor dúvida disso. Com certeza, nenhuma dúvida. Sempre o amara, desde o começo. Mas isso estava certo? Tudo bem amá-lo do jeito que ela o amava? A pergunta já a deixara agoniada antes. Passara noites em claro pensando nisso, há muitos anos. Consumira-se de vergonha por seus sentimentos. A diferença de nove anos era obscena. Vergonhosa. Ela sabia disso. Uma menina de 15 anos não podia se sentir assim em relação a um oficial, colega de seu pai. O protocolo militar fazia com que isso fosse praticamente um incesto. Era como sentir alguma coisa por um tio. Quase como se fosse pelo próprio pai. Mas ela o amava. Sem a menor sombra de dúvida.

Ficava perto dele sempre que podia. Conversava com ele o máximo possível, tocava-o em qualquer oportunidade. Tinha sua própria cópia da fotografia de Manila, tirada com o temporizador, ela com o braço na cintura dele. Guardara-a dentro de um livro por 15 anos. Olhou para ela inúmeras vezes. Por anos, nutrira o sentimento de tê-lo tocado, abraçando-o forte para a câmera. Ainda se lembrava do sentimento exato do contato com ele, a constituição larga, o cheiro.

Os sentimentos nunca chegaram a desaparecer, de fato. Ela até desejara isso. Quisera que não passassem de uma coisa de adolescente, uma paixão juvenil. Mas não era. Ela sabia que não pelo jeito como os sentimentos perduraram. Ele desaparecera, ela cresceu e foi em frente, mas os sentimentos estavam sempre ali. Jamais diminuíram, mas acabaram seguindo uma linha paralela ao fluxo principal de sua vida. Sempre presentes, sempre reais, sempre fortes, mas não necessariamente conectados à realidade do dia a dia, não mais. Como as pessoas que ela conheceu, advogados, banqueiros, mas que na verdade gostariam de ter sido dançarinos ou jogadores de beisebol. Um sonho do passado, desconectado da realidade, mas que definia totalmente a identidade da pessoa envolvida. Um advogado, que queria ter sido dançarino. Um banqueiro, que queria ter sido jogador de beisebol. Uma mulher de trinta anos, divorciada, que queria ter ficado com Jack Reacher a vida toda.

O dia anterior, provavelmente, fora o pior de toda a sua vida. Ela enterrara o pai, seu último parente sobre a Terra. Fora atacada por homens armados. Conhecia gente que fazia terapia por muito menos. Poderia ter caído prostrada pelo sofrimento e pelo choque. Mas não caiu. O dia anterior fora o melhor de sua vida. Ele aparecera como uma visão sobre os degraus, atrás da garagem, diante do quintal. O sol de meio-dia em cheio sobre sua cabeça, iluminando-o. Seu coração disparou, e os velhos sentimentos afastados do centro de sua vida retornaram, mais fortes e intensos do que nunca, como uma droga correndo pelas veias, como uma sucessão de trovoadas.

Mas tudo fora uma perda de tempo. Ela sabia disso. Tinha que enfrentar a realidade. Ele olhou para ela como se olhasse para uma sobrinha ou para a irmã mais nova. Como se a diferença de nove anos ainda contasse. O que não era mais o caso. Um casal com uma pessoa de 24 e outra de 15 certamente teria sido um problema. Mas 30 e 39 era perfeitamente aceitável. Existiam milhares de casais com diferenças ainda maiores. Milhões de casais. Homens de 70 anos casados com mulheres de 20. Mas a diferença ainda contava para ele. Ou talvez ele estivesse muito acostumado a vê-la como a filha de Leon. Como uma sobrinha. Como a filha do comandante. As normas da sociedade ou o protocolo militar o deixara cego para a possibilidade de olhar para ela de outro modo. O ressentimento por isso sempre a consumira. E ainda consumia. O afeto de Leon por ele, tratando-o como um filho, fizera com que ele se afastasse dela. Impossibilitara qualquer possibilidade desde o começo.

Passaram o dia como irmão e irmã, como tio e sobrinha. Ele estava muito sério, como um guarda-costas, como se ela fosse sua responsabilidade profissional. Tinham se divertido, e ele cuidara de sua segurança

Alerta Final 139

física, mas nada além disso. Jamais haveria algo mais. E não havia nada que ela pudesse fazer a respeito. Nada. Ela já tinha chamado alguns caras para sair. Todas as mulheres da idade dela já tinham feito isso. Era permissível. Aceito, até mesmo, normal. Mas o que ela diria para ele? O quê? O que uma irmã diria para um irmão, ou uma sobrinha para um tio, sem causar escândalo, choque e nojo? Portanto, nada aconteceria, e não havia absolutamente nada que pudesse fazer a respeito.

Espreguiçou-se na cama e colocou as mãos para trás. Encostou as palmas suavemente na parede divisória e as deixou ali. Ao menos ele estava no apartamento dela; ao menos, ela podia sonhar.

O sujeito teve menos de três horas de sono após voltar sozinho com o barco para a rampa, trancá-lo e cruzar a cidade de volta até deitar na cama. Estava de pé novamente às 6h, de volta às ruas às 6h20, após uma ducha e nada de café da manhã. A mão enrolada num plástico, embrulhada no *Post* de ontem e transportada numa sacola da Zabar's, que sobrou da última vez que ele comprou ingredientes para preparar o próprio jantar em casa.

Usou o Tahoe preto e passou rapidamente pelo pessoal das entregas matinais. Estacionou no subsolo e subiu para o octogésimo oitavo andar. Tony, o recepcionista, já estava no balcão de cobre e carvalho. Mas podia perceber, pelo silêncio, que não havia mais ninguém. Levantou a sacola da Zabar's como um troféu.

— Trouxe isso para o Hook — disse.

— Ele não está aqui hoje — disse Tony.

— Ótimo — respondeu o cara, mal-humorado.

— Enfie lá na geladeira — mandou Tony.

Havia um pequeno frigobar na recepção. Estava lotado e bagunçado, como é comum nas geladeiras de escritórios. Manchas de café nas prateleiras, canecas manchadas no interior. A geladeira era um item em miniatura sob o balcão. O sujeito afastou uma caixa de leite e meia dúzia de latas de cerveja, e dobrou a bolsa dentro do espaço que sobrou.

— O alvo de hoje é a sra. Jacob — disse Tony. Ele estava na porta da cozinha.

— Sabemos onde ela mora. Baixa Broadway, ao norte da prefeitura. Oito quadras daqui. Os vizinhos dizem que ela sai às 7h20 e vai a pé para o trabalho.

— Que fica exatamente onde? — perguntou o sujeito.

— Wall Street com Broadway — respondeu Tony.

— Eu dirijo, você pega ela.

Chester Stone dirigiu para casa na hora normal e não disse nada para Marilyn. Não havia nada que pudesse dizer. A velocidade da queda o deixara transtornado. Todo o seu mundo virara do avesso num período de apenas 24 horas. Ele simplesmente não sabia onde se segurar. Planejara ignorar tudo até de manhã e então ir falar com Hobie e ponderar alguma coisa. Em seu íntimo, não acreditava que não pudesse se salvar.

A empresa tinha noventa anos, pelo amor de Deus. Três gerações de Chester Stone. Era muita coisa para desaparecer da noite para o dia. Então, ele nada disse, passando a noite num estado de torpor.

Marilyn Stone tampouco disse qualquer coisa para Chester. Ainda era muito cedo para ele saber que ela tinha entrado em ação. As circunstâncias tinham que estar certas para a conversa acontecer. Uma questão de ego. Ela apenas se manteve ocupada, com as atividades noturnas normais e depois tentou dormir, enquanto ele se mantinha acordado ao lado dela, olhando para o teto.

Quando Jodie colocou a palma das mãos na parede divisória, Reacher estava no chuveiro. Ele tinha três rotinas diferentes para o banho, a cada manhã escolhia qual delas seria adotada. A primeira era um banho rápido, nada mais. Levava 11 minutos. A segunda era barba e chuveiro, 22 minutos. A terceira era um procedimento especial, raramente utilizado. Incluía uma chuveirada, sair para fazer a barba e voltar para chuveiro. Levava mais de meia hora, mas a vantagem era o umedecimento. Alguma garota explicara que a barba ficava melhor com a pele já completamente úmida. E também dissera que não fazia mal algum usar o xampu duas vezes.

Alerta Final   141

Ele estava usando o procedimento especial. Chuveiro, barba, chuveiro. Sentia-se bem. O banheiro do quarto de hóspedes de Jodie era grande e alto, e o chuveiro estava numa altura suficiente para ele ficar de pé sob ele, o que não era comum. Diversos frascos de xampu estavam cuidadosamente alinhados. Ele suspeitou de que fossem marcas que ela experimentara e, não gostando, relegara para o quarto dos hóspedes. Mas ele não se importava. Achou um que dizia ser para cabelos secos e danificados pelo sol. Achou que era exatamente do que precisava. Derramou-o na concha da mão e ensaboou-se. Esfregou todo o corpo com um sabonete amarelo e enxaguou-se. Pingou por todo o chão enquanto se barbeava diante da pia. Foi cuidadoso, subindo desde as clavículas, em torno da base do nariz, pelos lados, para cima, para baixo. Depois voltou para o chuveiro e tomou outro banho.

Dedicou cinco minutos aos dentes, com a escova nova. As cerdas eram duras e pareciam estar fazendo um bom trabalho. Depois, secou-se e sacudiu as roupas novas para tirar as pregas. Vestiu a calça, mas não a camisa, e foi para a cozinha, atrás de alguma coisa para comer.

Jodie estava lá. Também estava fresca, recém-saída do banho. O cabelo escurecido pela água e escorrido. Vestia uma camiseta muito grande, que terminava a poucos centímetros dos joelhos. O tecido era fino. Suas pernas eram longas e lisas. Estava descalça. Era muito magra, exceto nos locais onde não devia ser. Ele perdeu o fôlego.

— Bom-dia, Reacher — disse ela.

— Bom-dia, Jodie — respondeu ele.

Ela olhava para ele. Seus olhos o percorriam inteiro. Havia algo em sua expressão.

— Essa bolha — disse ela. — Parece pior.

Ele olhou para baixo. Ainda estava vermelha e irritada. Espalhava-se um pouco, intumescida.

— Você passou a pomada? — perguntou ela.

Ele fez que não com a cabeça.

— Esqueci — respondeu.

— Vá pegar — mandou ela.

Ele voltou ao banheiro e achou a pomada dentro de sua bolsa marrom. Levou-a para a cozinha. Ela pegou de sua mão e abriu. Perfurou o selo de metal com a ponta plástica e espremeu um pouco da pomada na ponta do indicador. Ela estava concentrada, a língua entre os dentes. Aproximou-se dele e ergueu a mão. Tocou a bolha suavemente e esfregou com a ponta dos dedos. Ele olhou com rigidez por cima da cabeça dela. Ela estava a um palmo dele. Nua, sob a camisa. Esfregando seu peito nu com a ponta dos dedos. Ele queria tomá-la nos braços. Desejava erguê-la do chão e apertá-la junto de si. Beijá-la com gentileza, começando pelo pescoço. Queria erguer-lhe o rosto para o seu e beijá-la na boca. Ela fazia pequenos círculos suaves sobre seu peito. Ele sentia o cheiro do cabelo dela, úmido e brilhante. Sentia o perfume de sua pele. Ela percorria a extensão do ferimento com o dedo. Um palmo de distância, nua sob a camiseta. Ele engasgou e cerrou as mãos. Ela deu um passo atrás.

— Está doendo? — perguntou ela.

— O quê?

— Eu estava te machucando?

Ele viu a ponta do dedo, brilhando com a pomada.

— Um pouquinho.

Ela assentiu.

— Me desculpe — disse. — Mas é preciso.

Ele concordou.

— Acho que sim.

E a crise passou. Ela atarraxou a tampa no tubo e se afastou, apenas para não ficar parada. Ele abriu a geladeira e pegou uma garrafa de água. Achou uma banana numa tigela sobre a bancada. Ela colocou o tubo de pomada sobre a mesa.

— Vou me vestir — disse ela. — Precisamos ir andando.

— Certo — respondeu ele. — Estarei pronto.

Ela desapareceu para dentro do quarto, ele bebeu a água e comeu a fruta. Caminhou de volta para o quarto, vestiu a camisa e a enfiou para dentro da calça. Achou as meias, os sapatos e o casaco. Foi para a sala, esperar por

Alerta Final 143

ela. Abriu totalmente a persiana, destravou a janela e a ergueu. Inclinou-se para fora e examinou a rua, quatro andares abaixo.

Muito diferente sob a luz matinal. O brilho néon desaparecera, e o sol surgia sobre os edifícios do outro lado, refletindo-se pela rua. Os bandos ociosos da noite também haviam desaparecido, substituídos por trabalhadores de andar determinado, indo para o norte e para o sul, carregando copos de papel de café e bolinhos enrolados em guardanapos. Os táxis espremiam-se rua abaixo, em meio ao tráfego, buzinando para os sinais abrirem. Uma brisa leve soprava, e ele sentia o cheiro do rio.

O prédio ficava do lado esquerdo da baixa Broadway. A rua era de mão única para o sul, da esquerda para a direita sob a janela. Em sua caminhada normal para o trabalho, Jodie saía da portaria e virava à direita, caminhando na mesma direção do tráfego. Ela se mantinha na calçada da direita, para ficar no sol. Atravessava a Broadway num sinal seis ou sete quarteirões mais abaixo. Caminhava as duas últimas quadras do lado esquerdo e depois virava à esquerda, descendo Wall Street à direita, até o escritório.

Então, como pretendiam pegá-la na direção contrária? Pense como o inimigo. Pense como os dois sujeitos. Físicos, nenhuma sutileza, preferindo uma abordagem direta, dispostos e perigosos, mas não tão experientes a ponto de superar o entusiasmo amador. Estava muito claro o que fariam. Usariam um carro de quatro portas esperando numa rua lateral, umas três quadras ao sul, estacionado na pista da direita, voltado para o leste, pronto para disparar e pegar a direita na Broadway. Estariam esperando juntos no banco da frente, em silêncio. Estariam observando à esquerda e à direita pelo para-brisa, observando a faixa de pedestres diante deles. Estariam a espera de vê-la atravessar a rua apressada, ou parada, aguardando o sinal abrir. Esperariam um instante para ela se afastar e virariam à direita. Dirigindo devagar. Ficariam atrás dela. Perto do meio-fio. Avançando. Até o sujeito no banco de passageiro sair, agarrá-la, abrir a porta de trás e empurrá-la para dentro, enfiando-se depois dela no banco de trás. Um único movimento rápido e brutal. Uma tática rude, sem dificuldades. Nenhuma dificuldade, aliás. Com uma razoável garantia de dar certo, dependendo do alvo e do nível de alerta. Reacher já fizera a mesma coisa, várias vezes, com alvos maiores, mais fortes e mais atentos do que Jodie. Uma vez, fizera isso com o próprio Leon no volante.

Inclinou-se sobre a cintura, colocando todo o tronco para fora da janela. Virou a cabeça para a direita e observou toda a rua. Olhou atentamente para as esquinas, dois, três e quatro quadras na direção sul. Seria numa daquelas.

— Pronto — chamou Jodie.

Desceram os noventa andares juntos, até a garagem do subsolo. Caminharam para a zona certa, seguindo até as vagas alugadas junto com o conjunto de salas.

— É melhor pegarmos o Suburban — disse o cobrador. — É maior.

— Certo — respondeu Tony. Ele destrancou o carro e sentou-se no banco do motorista. O cobrador se acomodou no banco ao lado. Olhou para trás, para o bagageiro vazio. Tony ligou o motor e saiu em direção à rampa que dava para a rua.

— Então, como vamos fazer isso? — perguntou Tony.

O cara sorriu, confiante.

— Muito fácil. Ela vai estar andando para o sul, na Broadway. Vamos esperar do outro lado de uma esquina, até ela aparecer. Umas duas quadras mais para baixo do prédio dela. Vemos ela atravessando a rua, damos a volta na esquina, emparelhamos com ela e pronto, certo?

— Errado — respondeu Tony. — Vamos fazer de outro jeito.

O sujeito olhou atravessado para ele.

— Por quê?

Tony acelerou o carro grande para cima, saindo para a luz do sol.

— Porque você não é muito inteligente — respondeu. — Se é assim que você faria, é porque deve ter um jeito melhor, certo? Você estragou tudo em Garrison. Vai estragar tudo aqui. Provavelmente, ela está com o tal de Reacher. Ele pegou vocês lá, vai te pegar aqui. Então, qualquer plano que você ache melhor, será a última coisa que vamos fazer.

— Então, como é que vai ser?

Alerta Final   145

— Vou te explicar com todo o cuidado — respondeu Tony. — De um jeito bem simples.

Reacher baixou a janela para voltar a fechá-la. Passou o trinco e desceu a persiana de volta à posição. Ela estava em pé, no meio da porta, o cabelo ainda escurecido pelo banho, com um vestido simples de linho, sem mangas, as pernas nuas, sapatos lisos. O vestido tinha a mesma cor do cabelo molhado, mas ficaria mais escuro quando o cabelo clareasse ao secar. Carregava uma bolsa e uma maleta grande de couro, do tamanho que ele já vira pilotos comerciais usando. Era obviamente pesada. Ela baixou a maleta e afastou a bolsa, que estava no chão, junto à parede, onde o deixara na noite anterior. Ela tirou o envelope com o testamento de Leon do bolso externo, abriu a maleta e o colocou lá dentro.

— Quer que eu carregue isso? — perguntou ele.

Ela sorriu e balançou a cabeça.

— Consulte seu sindicato — respondeu. — O serviço de guarda-costas não inclui frete por aqui.

— Parece bem pesada — disse ele.

— Já sou uma menina crescida — respondeu ela, olhando-o.

Ele concordou. Tirou a velha barra de ferro dos encaixes da porta e a deixou na vertical. Ela inclinou-se junto dele e abriu as trancas. O mesmo perfume, sutil e feminino. Os ombros sob o vestido eram delicados, quase finos. Músculos pequenos no braço esquerdo contraíam-se para equilibrar a maleta pesada.

— Que tipo de direito você faz por lá? — perguntou ele.

— Finanças — respondeu ela.

Ele manteve a porta aberta. Olhou para fora. O corredor estava vazio. O mostrador do elevador indicava que alguém descia para a rua, do terceiro.

— Que tipo de finanças?

Eles saíram e chamaram o elevador.

— Negociação de dívidas, principalmente. Sou mais uma negociadora do que uma advogada na verdade. Tipo uma consultora ou mediadora, entende?

Ele não entendia. Jamais estivera endividado. Não por algum tipo de virtude inata, mas simplesmente porque jamais tivera a oportunidade. Todas as suas necessidades básicas foram supridas pelo Exército. Um teto sobre a cabeça, comida no prato. Jamais criara o hábito de querer muito mais. Mas conhecia sujeitos que se meteram em problemas. Compraram casas com hipotecas e carros com planos de financiamento. Às vezes, atrasavam os pagamentos. O escriturário da companhia era acionado. Conversava com o banco, descontava o valor necessário diretamente do soldo da pessoa. Mas ele desconfiava de que isso era troco em comparação com as cifras com que ela trabalhava.

— Milhões de dólares? — perguntou.

O elevador chegou. As portas se abriram.

— No mínimo — respondeu ela. — Normalmente, dezenas de milhões; algumas vezes, centenas.

O elevador estava vazio. Eles entraram.

— E você gosta? — perguntou ele.

O elevador começou a descer, rangendo.

— Com certeza — disse ela. — A pessoa precisa de um emprego, o melhor possível.

O elevador parou, com um sacolejo.

— E você é boa nisso?

Ela assentiu.

— Sim — respondeu simplesmente. — A melhor de Wall Street, sem dúvida alguma.

Ele sorriu. Era a filha de Leon, com toda a certeza.

As portas do elevador se abriram. A portaria estava vazia, a porta da rua bem-fechada, uma mulher corpulenta descia as escadas para a rua.

— Chaves do carro? — pediu ele.

Estavam na mão dela. Um grande molho de chaves num chaveiro de bronze.

— Espere aqui. Vou dar a ré até a escada. Só um minuto.

A porta da portaria para a garagem abria por dentro, com uma barra de pressão. Ele passou por ela, desceu pelos degraus de metal, examinou

Alerta Final 147

as sombras à frente, enquanto caminhava. Não havia ninguém. Ninguém visível, ao menos. Avançou com confiança até o carro errado, um grande Chrysler escuro, a duas vagas do carro de Jodie. Deitou-se no chão e olhou ao redor, sob os demais carros. Não havia nada.

Ninguém escondido no chão. Levantou e, então, contornou o capô do Chrysler. Circundou o carro seguinte e voltou a se deitar, espremido entre a traseira do Oldsmobile e a parede. Inclinou a cabeça sob o carro e procurou fios onde não deveriam existir. Tudo limpo. Nada de armadilhas.

Destrancou a porta e sentou diante da direção. Ligou o motor e seguiu pelo corredor. Encostou de ré no pé da escada. Inclinou-se sobre o banco do passageiro e abriu a porta enquanto Jodie vinha da portaria. Ela desceu a escada rapidamente e entrou no carro, tudo em um movimento contínuo e fluido. Bateu a porta, e ele saiu de frente, subindo a rampa direto para a rua.

O sol da manhã, do leste, piscou uma vez nos seus olhos e logo mudou de posição quando viraram para o sul. A primeira esquina ficava trinta metros à frente. O tráfego estava lento. Apenas lento, não chegava a parar. O sinal os fez parar três carros antes da curva. Ele estava na pista da direita, fora do ângulo de visão da outra rua do cruzamento. O tráfego seguia da direita para a esquerda ali, diante dele, três carros adiante. Podia ver que o fluxo mais à frente estava lento, desviando de algum tipo de obstáculo. Um veículo estacionado, talvez. Provavelmente um veículo de quatro portas estacionado, esperando alguma coisa. O fluxo lateral parou, o sinal da Broadway ficou verde.

Ele passou pelo cruzamento com a cabeça virada, meio olho para a frente e o restante da atenção voltado para as laterais. Não havia nada. Nenhum veículo de quatro portas estacionado. A obstrução era um cavalete listrado diante de um bueiro aberto. Um caminhão da companhia elétrica parado dez metros à frente, na rua. Um grupo barulhento de operários na calçada, bebendo refrigerante de latinhas. O tráfego fluiu. Voltou a parar no sinal seguinte. Ele estava quatro carros atrás.

Não era a rua. O padrão do tráfego estava errado. Fluía para oeste, da esquerda para a direita diante dele. Tinha uma boa visão para a esquerda.

Dava para ver cinquenta metros rua abaixo. Nada. Não era aquela rua. Teria que ser na próxima.

Idealmente, teria preferido fazer mais do que dirigir direto e passar pelos sujeitos. Uma ideia melhor seria dar a volta no quarteirão e aparecer por trás deles. Parar o carro uns cem metros atrás e caminhar até eles, chegando por trás. Estariam voltados para a frente, observando a calçada pelo para-brisa. Ele poderia dar uma boa olhada nos dois, pelo tempo que quisesse. Poderia até entrar no carro deles. As portas traseiras estariam destrancadas, com certeza. Os dois estariam olhando diretamente para a frente. Ele entraria por trás, colocaria uma mão do lado de cada cabeça e bateria uma contra a outra, como um tocador de címbalos mandando ver numa banda. E faria isso de novo e de novo, até que começassem a responder a algumas perguntas básicas.

Mas não faria isso. *Manter a concentração na tarefa atual* era sua regra. A tarefa atual era levar Jodie até o escritório, protegida e em segurança. O trabalho de guarda-costas é um trabalho de defesa. Se atacar entrasse na receita, nenhuma das duas coisas sairia bem-feita. Como dissera a ela, já vivera disso. Tinha o treinamento. Um ótimo treinamento e muita experiência. Portanto, manteria a defensiva e consideraria uma grande vitória vê-la entrando pela porta do escritório, com toda a segurança. E ele não diria a ela o tamanho do problema em que ela estava metida. Não queria que começasse a se preocupar. Não havia qualquer motivo para que aquilo que Leon começara acabasse se transformando em algum tipo de angústia para ela. Leon não desejaria isso. Leon gostaria apenas que ele tomasse conta de tudo. Então era isso que iria fazer. Deixá-la na porta do escritório, sem grandes explicações, sem avisos ameaçadores.

O sinal ficou verde. O primeiro carro arrancou, depois, o segundo. E o terceiro. Ele começou a andar. Conferiu a distância diante dele e virou a cabeça para a direita. Onde estavam? A outra rua do cruzamento era estreita. Duas pistas de tráfego parado, esperando o sinal abrir. Ninguém estacionado na pista da direita. Nada à espera. Não estavam lá. Ele avançou lentamente ao longo de todo o cruzamento, examinado à direita. Ninguém lá. Suspirou, relaxou e olhou para a frente. Então ouviram um pesado choque

Alerta Final   149

metálico. Um tremendo golpe de metal na traseira. A lataria sendo rasgada, aceleração instantânea e violenta. O carro foi lançado para a frente e detido pela traseira do veículo diante deles. Os airbags explodiram. Ele viu Jodie quicando em seu banco, esmagando-se contra o cinto de segurança, o corpo sendo parado de forma abrupta, a cabeça seguindo o impulso violento para a frente. Em seguida, quicando de volta após bater no airbag, atingindo o protetor de cabeça do banco. Ele viu o rosto dela fixo no espaço, exatamente paralelo ao seu, com o interior do carro borrado e girando em torno, pois sua cabeça fazia a mesma coisa que a dela.

O duplo impacto arrancou suas mãos da direção. O airbag esvaziava diante dele. Ele desviou os olhos para o espelho e viu uma capô preto gigante enterrado na traseira do carro deles. O alto de uma grade cromada brilhante toda deformada. Alguma enorme caminhonete 4x4. Um homem lá dentro, visível atrás do vidro com película. Ninguém que ele conhecesse. Os carros buzinavam atrás deles, e o tráfego desviava para a esquerda para escapar da obstrução. Rostos voltados para olhar. Ouviu-se um forte silvo em algum lugar. Vapor de seu radiador, ou talvez um zumbido dentro de seu ouvido, após as súbitas e violentas explosões. O sujeito de trás estava saindo do 4x4. As mãos erguidas num pedido de desculpas, preocupação e medo no rosto. Estava saindo por trás da porta de seu carro, no meio do fluxo lento de carros, indo em direção à janela de Reacher, olhando para a confusão de metal retorcido ao passar pela batida. Uma mulher saía do sedã da frente, parecendo confusa e zangada. O tráfego se complicava em torno deles. O ar agitava-se com o calor dos motores superaquecidos e era tomado pelo barulho das buzinas. Jodie aprumava-se no assento, sentindo a nuca com os dedos.

— Você está bem? — perguntou ele.

Ela ficou parada por algum tempo, até concordar com a cabeça.

— Estou bem — respondeu. — E você?

— Sim.

Ela cutucou o airbag vazio com um dedo, fascinada.

— Esses negócios funcionam mesmo, não é?

— Primeira vez que vejo um funcionar.

— Eu também.

Então alguém batia na janela do motorista. O sujeito do carro de trás estava ali, em pé, usando os nós dos dedos para bater no vidro com urgência. Reacher olhou para ele. O sujeito gesticulava para que ele abrisse, com urgência, como se estivesse ansioso com alguma coisa.

— Merda! — gritou Reacher e pisou no acelerador. O carro foi para a frente, empurrando o sedã destruído da mulher. Conseguiu avançar por um metro, virando para a esquerda, as lâminas de metal rangendo.

— O que você está fazendo? — gritou Jodie.

O sujeito segurava a maçaneta da porta. A outra mão dentro do bolso.

— Abaixe-se — Reacher gritou.

Ele engatou a ré e voltou pelo espaço de um metro que tinha aberto, batendo no 4x4 parado atrás. O novo choque proporcionou-lhe mais trinta centímetros. Engatou a marcha para a frente, girou a direção e forçou o carro para a esquerda. Esmagou o canto traseiro do sedã, provocando uma nova chuva de vidro. O tráfego atrás voltou a se desviar bruscamente. Ele olhou para a direita, e um dos caras que vira em Key West e em Garrison estava na janela, com a mão na porta de Jodie. Ele pisou no acelerador e voltou a dar ré, girando a direção. O cara segurava firme, puxado para trás pelo braço, arrancado do chão pela violência do movimento. Reacher forçou a passagem para trás, entrando na caminhonete preta, e voltou a ir para a frente, fazendo o motor guinchar, girando a direção. O cara voltou a ficar de pé, ainda agarrado à maçaneta da porta, sacudido e arrastado, o outro braço e as pernas se debatendo, como se fosse um vaqueiro e o carro, um novilho tentando escapar do laço. Reacher afundou o pé e virou o carro para fora, passando junto ao canto do sedã destruído, e livrou-se do cara jogando-o contra a caminhonete. O para-choque acertou-o nos joelhos, e ele deu uma cambalhota, a cabeça acertando o vidro traseiro. Pelo espelho, Reacher viu uma mancha de braços e pernas sendo jogada pelo impulso sobre o teto e depois cair, espalhando-se pela calçada.

— Cuidado! — gritou Jodie.

O sujeito da caminhonete ainda estava junto à janela do motorista. Reacher tinha mudado de pista, mas o fluxo do tráfego estava lento, e o cara

Alerta Final   151

corria rápido ao lado dele, tentando tirar alguma coisa do bolso. Reacher virou bruscamente para a esquerda, ficando paralelo a um caminhão na pista ao lado. O cara ainda corria, um pouco de lado, segurando a maçaneta e pegando alguma coisa do bolso. Reacher jogou o carro para a esquerda outra vez, fazendo com que o sujeito fosse de encontro à lateral do caminhão. Ouviu o baque surdo da cabeça do homem contra o metal, e ele desapareceu. O caminhão freou bruscamente, tomado pelo pânico, e Reacher entrou na sua frente, virando para a esquerda. A Broadway era uma massa sólida de trânsito. À sua frente, uma colcha de retalhos brilhantes de cores metálicas, os tetos dos sedãs cintilando sob o sol, desviando para a direita e para a esquerda, arrastando-se para a frente, soltando fumaça, disparando as buzinas. Ele virou mais uma vez para a esquerda, cruzando uma faixa de pedestres com o sinal fechado, uma multidão de pedestres afastando-se do seu caminho. O carro sacudia e pulava, puxando forte para a direita. O indicador de temperatura estava fora da escala. O vapor fervia por entre as frestas em torno do capô fechado. O airbag esvaziado estava pendurado sobre seus joelhos. Ele forçou o carro para a frente e entrou de novo à esquerda, em um beco cheio de lixo de restaurantes. Caixas, tambores vazios de óleo de cozinha, estrados de madeira empilhados com verduras estragadas. Enfiou a frente do carro sob uma pilha de caixotes de papelão, que se espalharam pelo capô amassado e quicaram no para-brisa. Desligou o motor e tirou a chave.

O carro ficou muito grudado à parede, impedindo Jodie de abrir a porta. Ele pegou a maleta e a bolsa dela, e jogou-as para fora. Espremeu-se para sair e se voltou para ela. Jodie tentava sair passando por cima dos bancos, atrás dele. O vestido estava subindo. Ele a pegou pela cintura e, com ela apoiando a cabeça em seu ombro, puxou-a para fora. Ela se segurou com força, as pernas nuas em torno de sua cintura. Ele se virou e se afastou com ela por cerca de dois metros. Ela não pesava quase nada. Colocou-a em pé e voltou para pegar as bolsas. Ela alisava o vestido sobre o quadril. Ofegante. O cabelo úmido todo espalhado.

— Como você soube? — perguntou, arfando. — Que não era um acidente?

Ele lhe entregou a bolsa e ficou segurando a maleta pesada. Pegou-a pela mão, descendo o beco de volta para a rua, pulsando com a descarga de adrenalina.

— Fale enquanto anda — respondeu.

Viraram à esquerda e seguiram para o leste, rumo à Lafayette. O sol da manhã batia em seus olhos, a brisa do rio soprava em seus rostos. Atrás deles, ouviam a confusão do tráfego na Broadway. Caminharam juntos por cerca de cinquenta metros, apressados, a respiração acelerada, mas se acalmando.

— Como você soube?

— Estatísticas, acho. Quais as chances de nos metermos num acidente exatamente na manhã em que desconfiamos que esses caras viriam atrás de nós? Uma em um milhão, sendo otimistas.

Ela concordou. Um leve sorriso no rosto. Cabeça erguida, ombros para trás, recuperando-se rápido. Nenhum sinal de choque. Era a filha de Leon, com toda a certeza.

— Você foi ótimo — disse. — Reagiu muito rápido.

Ele balançou a cabeça enquanto caminhava.

— Não, fui um bosta. Um imbecil. Um erro atrás do outro. Eles mudaram a equipe. Um sujeito novo no comando. Nem cheguei a pensar nisso. Achei que seria a mesma dupla original de idiotas, nunca pensei que colocariam alguém mais inteligente. E, quem quer que ele fosse, era bem esperto. Foi um bom plano, quase deu certo. Nem vi quando chegaram. E, quando aconteceu, ainda perdi um tempo enorme conversando sobre a porcaria dos airbags.

— Não se sinta mal — disse ela.

— Me sinto mal. Leon tinha uma regra básica: faça a coisa certa. Graças a Deus que ele não estava lá para ver a minha cagada. Ele sentiria vergonha de mim.

Uma sombra passou pelo rosto dela. Ele se deu conta do que dissera.

— Me desculpe — disse. — Ainda não consigo acreditar que ele esteja morto.

Alerta Final 153

Eles saíram na Lafayette. Jodie foi para a beira da rua, à procura de um táxi.

— Bem, ele está — disse ela com suavidade. — E a gente vai se acostumar com isso, eu espero.

Ele concordou.

— E me desculpe pelo seu carro. Eu deveria ter visto eles chegando.

Ela deu de ombros.

— É um leasing. Vão me mandar outro igualzinho. Agora já sei que ele aguenta uma batida, certo? Quem sabe um vermelho?

— Você deveria dizer que ele foi roubado. Chamar a polícia e dizer que não estava na garagem quando você foi pegá-lo hoje de manhã.

— Isso é fraude — respondeu ela.

— Não, isso é inteligência. Lembre-se de que não posso encarar a polícia me fazendo perguntas sobre isso. Nem tenho carteira de motorista.

Ela refletiu um pouco. Depois, sorriu. *Como uma irmã mais nova perdoando o irmão por alguma rebeldia*, pensou ele.

— Certo — disse. — Vou ligar do escritório.

— Do escritório? Você não vai para escritório nenhum!

— Por que não? — perguntou ela, surpresa.

Ele acenou vagamente para trás, na direção da Broadway.

— Depois do que aconteceu lá? Quero você onde eu possa te ver, Jodie.

— Preciso trabalhar, Reacher. E seja racional. O escritório não se tornou perigoso só pelo que aconteceu lá atrás. É uma situação completamente diferente, certo? O escritório ainda é um lugar tão seguro quanto antes. E você estava satisfeito pelo fato de eu ir para lá antes, portanto, o que mudou?

Ele olhou para ela. Queria responder *tudo mudou*. Pois o que quer que Leon tenha começado com o velho casal da clínica de cardiologia se transformara em algo envolvendo profissionais quase competentes. Quase competentes que estiveram a quase um segundo de levar a melhor naquela manhã. E ele queria dizer: Eu te amo e você está em perigo, não quero que vá para nenhum outro lugar onde eu não possa ficar de olho em você. Mas não podia dizer uma coisa dessas. Por que se comprometera em manter tudo a distância. Tudo, o amor e o perigo. Assim, apenas encolheu os ombros, desconfortável.

— Você deveria vir comigo — disse ele
— Por quê? Para ajudar?

Ele concordou.

— Sim, para me ajudar com os velhinhos. Eles vão falar com você porque é a filha do Leon.

— Você me quer ao seu lado por que eu sou a filha do Leon?

Ele concordou novamente. Ela viu um táxi e fez sinal.

— Resposta errada, Reacher.

Ele argumentou, mas não chegou a lugar algum. Ela estava decidida e não ia mudar de ideia. O melhor que ele poderia fazer era deixar que ela resolvesse seu problema imediato: alugar um carro para ele, com o cartão dourado e a carteira de motorista dela. Pegaram o táxi para Midtown até uma loja da Hertz. Ele esperou do lado de fora, no sol, por 15 minutos, até ela aparecer pelo outro lado da quadra, em um Taurus novinho, e parar para ele entrar.

Ela seguiu pelo caminho de volta, para o sul da cidade, até a Broadway. Passaram pelo prédio dela e pelo local da emboscada, três quadras ao sul. Os carros batidos não estavam mais lá. Havia cacos de vidro na sarjeta e manchas de óleo no asfalto, nada mais. Ela seguiu para o sul e estacionou diante de um hidrante, na frente da porta do escritório. Deixou o motor ligado e empurrou o assento todo para trás, pronto para a troca de motorista.

— Ok — disse ela. — Você me pega aqui às sete horas?
— Tarde assim?
— Estou chegando tarde, vou ter que sair tarde.
— Não saia do prédio, está bem?

A calçada na frente do prédio era muito larga; ele caminhou até lá e a acompanhou com os olhos por todo o trecho, até ela entrar. Ela cruzou a calçada rapidamente, as pernas em movimento, como numa dança sob

Alerta Final 155

o vestido. Virou-se para ele, sorriu e acenou. Empurrou a porta giratória, balançando a maleta pesada. O prédio era alto, talvez uns sessenta andares. Provavelmente, algumas dezenas de conjuntos comerciais alugados para dezenas de empresas diferentes, ou mesmo centenas. Mas a situação parecia ser segura o bastante. Um grande balcão de recepção ficava bem em frente à porta giratória. Uma fileira de seguranças sentados atrás dele, e, por trás deles, uma sólida divisória de vidro, de alto a baixo e de um lado a outro, com uma porta acionada por um botão sob o balcão. Os elevadores ficavam depois da divisória de vidro. Não tinha como entrar, a não ser que os seguranças permitissem. Ele concordou consigo mesmo. Talvez fosse mesmo seguro. Talvez. Dependeria da competência dos recepcionistas. Ele a viu falando com um deles, a cabeça inclinada, os cabelos louros caindo para a frente. Em seguida, ela seguiu para a porta de vidro, esperou e empurrou. Foi até os elevadores e apertou um botão. Uma porta se abriu. Ela entrou e ficou de frente para a porta, segurando a maleta com as duas mãos ao passar pela porta, que se fechou em seguida.

Ele esperou na calçada por um minuto e depois cruzou a calçada apressado, empurrando a porta giratória com os ombros. Andou até o balcão como se tivesse feito aquilo todos os dias de sua vida. Dirigiu-se ao segurança mais velho. Os mais velhos geralmente são os mais descuidados. Os mais jovens ainda alimentam sonhos de progresso.

— Me chamaram no Spencer Gutman — disse, olhando o relógio.

— Nome? — perguntou o velho.

— Lincoln — respondeu Reacher.

O sujeito era grisalho e cansado, mas fez o que devia fazer. Pegou uma prancheta de um escaninho e a analisou.

— Você tem hora marcada?

— Eles só me biparam. Alguma coisa urgente, eu acho.

— Lincoln, como o carro?

— Como o presidente — respondeu Reacher.

O velho assentiu e passou o dedo rapidamente por uma longa lista de nomes.

— Você não está na lista — disse. — Não posso deixar você entrar se não estiver na lista.

— Trabalho para o Costello — disse Reacher. — Eles precisam de mim lá em cima, tipo imediatamente.

— Eu posso ligar para eles. Quem te bipou?

Reacher deu de ombros.

— O sr. Spencer, eu acho. É com ele que eu normalmente falo.

O sujeito pareceu ofendido. Colocou a prancheta de volta ao escaninho.

— O sr. Spencer morreu há dez anos — disse. — Se quiser entrar, trate de ter um compromisso marcado corretamente, ok?

Reacher concordou. O lugar era mesmo seguro. Deu meia-volta e seguiu para o carro.

Marilyn Stone esperou o Mercedes de Chester sair de vista, depois correu de volta para dentro de casa e pôs mãos à obra. Era uma mulher séria e sabia que uma possível lacuna de seis semanas entre pôr a casa à venda e fechar o negócio precisaria de um investimento consistente.

A primeira ligação foi para o serviço de faxina. A casa estava perfeitamente limpa, mas ela queria remover alguns móveis. Achava que mostrar a casa um pouco mais vazia criaria impressão de mais espaço. Pareceria ainda maior do que realmente era. E ainda evitaria influenciar um potencial comprador sobre o que ficaria bem e o que não ficaria. Por exemplo, a cômoda italiana no saguão ficava perfeita onde estava, mas ela não queria que um potencial comprador achasse que nada mais funcionaria bem ali. O melhor era não ter nada lá e deixar que a imaginação da pessoa preenchesse o espaço, quem sabe com alguma peça que já possuísse.

Portanto, se ia retirar alguns móveis, precisava que o serviço de limpeza fizesse a faxina dos espaços vazios. Uma certa ausência de móveis criava um aspecto espaçoso, mas áreas vazias óbvias davam uma impressão triste. Assim, ligou para eles e também para o pessoal de mudanças e guarda-móveis, pois precisaria de algum lugar para deixar os móveis retirados. Depois, ligou para o serviço de manutenção da piscina e também para os jardineiros. Queria que aparecessem todas as manhãs, até ordem em contrário,

Alerta Final 157

para uma hora de trabalho todo dia. Precisava que o quintal ficasse absolutamente perfeito. Mesmo nesse nicho de mercado, sabia que uma calçada perfeita era fundamental.

Depois, tentou se lembrar de outras coisas que lera, ou de que já tinham comentado com ela. Flores, é claro, em vasos por todo o lugar. Ela telefonou para o florista. Lembrou-se de que alguém mencionara que pratinhos com limpador de janela neutralizavam qualquer outro cheiro estranho que as casas costumam ter. Algo a ver com a amônia. Lembrou-se de ter lido que um punhado de grãos de café aquecidos no forno proporcionava um delicioso cheiro de boas-vindas. Colocou então um pacote novo na gaveta de utensílios, pronto. Imaginou que, se colocasse um pouco de café no forno a cada vez que Sheryl ligasse para dizer que estava a caminho com um cliente, eles chegariam na hora certa, em termos de aroma.

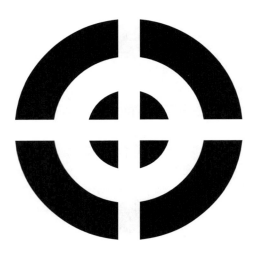

8

O DIA DE CHESTER STONE COMEÇOU NORMALmente. Dirigiu para o trabalho no horário normal. O Mercedes-Benz rodava tão macio quanto nos outros dias. O sol brilhava, como deveria brilhar em junho. O caminho para a cidade foi tranquilo. O tráfego de sempre, nem mais, nem menos. Os vendedores de rosas e de jornal de sempre nas praças dos pedágios. O congestionamento na entrada de Manhattan, comprovando que ele tinha saído na hora certa, como sempre fazia. Estacionou na vaga alugada de sempre, no subsolo de seu prédio, e subiu de elevador até as salas da empresa. Foi aí que a normalidade do dia acabou.

O lugar estava vazio. Era como se a empresa tivesse desaparecido da noite para o dia. O pessoal desaparecera por instinto, como ratos de um navio afundando. Um único telefone tocava numa mesa distante. Não havia

Alerta Final 159

ninguém para atender. Todos os computadores estavam desligados. As telas dos monitores eram quadrados cinza, refletindo as linhas luminosas das lâmpadas do teto. Sua sala era sempre silenciosa, mas agora havia uma calma estranha caindo sobre ela. Ele entrou e ouviu o som como se fosse de uma tumba.

— Eu sou Chester Stone — falou em meio ao silêncio.

Falou apenas para produzir algum ruído no lugar, mas sua voz soou como um grasnido. Não havia eco, pois o carpete grosso e as paredes de compensado absorviam o som como esponjas. Sua voz apenas desapareceu no vazio.

— Merda! — exclamou.

Sentia raiva. Principalmente da secretária. Ela trabalhava com ele havia muito tempo. Era o tipo de empregado que ele esperava que fosse leal, com uma mão discreta em seu ombro, um brilho no olhar, a promessa de ficar e enfrentar os problemas, fossem qual fossem. Mas ela fez o mesmo que todos os outros. Ouviu os boatos do departamento financeiro, de que a empresa estava quebrada, que os salários não seriam pagos, e esvaziou uma caixa de arquivos velhos e a entulhou com as fotos em molduras vagabundas de seus malditos sobrinhos, com a plantinha raquítica, com o lixo das gavetas, e levou tudo para casa, de metrô, até seu apartamento arrumadinho, onde quer que fosse. O apartamento arrumadinho, decorado e mobiliado com os salários dos bons tempos. Devia estar sentada lá, de roupão, tomando café devagar, uma manhã de folga inesperada, para nunca mais voltar, talvez procurando outras vagas nos classificados dos jornais, escolhendo a próxima escala.

— Merda! — repetiu.

Deu meia-volta, atravessou as baias das secretárias e voltou para o elevador. Desceu para a rua e saiu caminhando pelo sol. Virou para a direita, caminhando rápido, furioso, com o coração disparado. A massa brilhante e enorme das Torres Gêmeas erguia-se diante dele. Cruzou a esplanada com pressa e entrou, rumo aos elevadores. Estava suando. O frescor do ar-refrigerado da portaria atravessou seu paletó. Ele subiu pelo elevador expresso até o 88. Saiu e seguiu pelo corredor estreito, para a recepção de bronze e carvalho de Hobie, pela segunda vez em vinte e quatro horas.

O recepcionista estava sentado atrás do balcão. Do outro lado da recepção, um homem robusto, com um terno caro, saía da pequena cozinha, carregando duas canecas numa das mãos. Stone sentiu o cheiro de café. Viu o vapor subindo e a espuma marrom girando nas canecas. Olhou para os dois homens.

— Quero falar com Hobie — disse.

Eles o ignoraram. O mais forte foi até o balcão e colocou uma das canecas diante do recepcionista. Depois, passou por trás de Stone e se posicionou próximo à porta. O recepcionista inclinou-se para a frente e girou a caneca de café, ajustando cuidadosamente o ângulo da alça até uma posição confortável para segurá-la.

— Quero falar com Hobie — repetiu Stone, olhando firme para a frente.

— Meu nome é Tony — disse o recepcionista.

Stone virou-se e olhou para ele, sem entender. O sujeito tinha uma mancha vermelha na testa, como de uma batida recente. O cabelo estava recém-penteado, mas molhado, como se tivesse pressionado uma toalha gelada em sua cabeça.

— Quero falar com Hobie — disse Stone, pela terceira vez.

— O sr. Hobie não está no escritório hoje — disse Tony. — Eu cuidarei dos seus negócios, por ora. Temos assuntos sobre os quais discutir, não temos?

— Sim, temos — disse Stone.

— Então, podemos entrar? — disse Tony, se levantando.

Ele acenou para o outro cara, que deu a volta pelo balcão e assumiu a posição na cadeira. Tony saiu e foi até a porta da sala interna. Segurou a porta aberta, e Stone entrou pela mesma penumbra do dia anterior. As persianas ainda estavam fechadas. Tony seguiu pelo escuro, até a mesa. Contornou-a e se sentou na cadeira de Hobie. A base de molas rangeu em meio ao silêncio. Stone seguiu atrás dele. Depois parou e olhou para a esquerda e para a direita, pensando onde se sentaria.

— Você vai ficar de pé — disse-lhe Tony.

Alerta Final

— O quê? — reagiu Stone.

— Você ficará de pé durante toda a entrevista.

— O quê? — repetiu Stone, atônito.

— Bem em frente à mesa.

Stone apenas ficou lá, os lábios pregados.

— Braços junto ao corpo — disse Tony. — Acerte a coluna e não se curve.

Disse isso calmamente, em voz baixa, com um tom casual, sem qualquer movimento. Depois, voltou a ficar em silêncio. Apenas ruídos fracos de fundo, vindos de algum lugar do prédio, e o bater do coração de Stone. Seus olhos se ajustavam às sombras. Dava para ver as marcas na mesa deixadas pelo gancho de Hobie. Formavam um traçado raivoso, escavado na madeira. O silêncio era desconfortante. Não tinha a menor ideia de como reagir a isso. Olhou para o sofá à esquerda. Era humilhante continuar em pé. Ainda mais quando ordenado por uma porcaria de recepcionista. Olhou para o sofá à direita. Sabia que tinha que reagir. Deveria ir em frente e se sentar num dos sofás. Bastava um passo para a esquerda ou para a direita e se sentar. Ignorar o sujeito. *Era só isso.* Sentar e mostrar para o cara quem é que mandava. Como devolver uma bola perfeita ou marcar um *ace*. *Sente-se, pelo amor de Deus*, disse a si mesmo. Mas as pernas não obedeciam. Era como se estivesse paralisado. Ficou parado, a um metro da mesa, rígido pelo ultraje e pela humilhação. E pelo medo.

— Você está vestindo o paletó do sr. Hobie — disse Tony. — Pode retirá-lo, por favor?

Stone olhou para ele. Depois olhou para baixo, para o seu paletó. Era o Savile Row. Se deu conta de que, pela primeira vez na vida, acidentalmente, vestia a mesma roupa dois dias seguidos.

— Esse paletó é meu — respondeu.

— Não, é do sr. Hobie.

Stone balançou a cabeça.

— Eu o comprei em Londres. É meu, com toda a certeza.

Tony sorriu no escuro.

— Você não entende, não é? — disse ele.

— Entender o quê? — respondeu Stone, confuso.

— Que o sr. Hobie é o seu dono agora. Você é dele. E tudo o que você tem é dele.

Stone olhou para ele. A sala ficou em silêncio. Apenas os ruídos fracos do prédio e o bater de seu coração dentro do peito.

— Portanto, tire o terno do sr. Hobie — disse Tony, em voz baixa. Stone apenas olhava para ele, abrindo e fechando a boca, sem emitir som algum.

— Tire — disse Tony. — Não é propriedade sua. Você não deveria ficar aí, vestindo o paletó dos outros.

A voz era baixa, mas ameaçadora. O rosto de Stone estava rígido pelo choque, mas subitamente seus braços começaram a se mover, como se estivessem fora de seu controle consciente. Debateu-se para tirar o paletó e segurou-o pelo colarinho, como se estivesse no departamento de roupas masculinas, devolvendo um terno após experimentá-lo e não gostar.

— Sobre a mesa, por favor — Tony disse.

Stone deixou o paletó sobre a mesa. Alisou-o e sentiu o relevo da lã de boa qualidade pela superfície áspera. Tony puxou-o para perto e começou a vasculhar os bolsos, um de cada vez. Ajeitou o conteúdo em uma pequena pilha diante de si. Embolou o paletó e arremessou-o com descaso por sobre a mesa, para o sofá da esquerda.

Pegou a Montblanc. Apreciou-a com uma pequena contração da boca e a guardou no próprio bolso. Depois, pegou o molho de chaves. Espalhou-as pela mesa e as levantou uma a uma. Escolheu a chave do carro e a ergueu, segurando-a entre o indicador e o polegar.

— Mercedes?

Stone assentiu, sem reação.

— Modelo?

— 500SEL — murmurou Stone.

— Novo?

Stone deu de ombros.

— Um ano.

— Cor?

— Azul-escuro.

Alerta Final   163

— Onde está?

— No meu escritório — disse Stone em voz baixa. — No estacionamento.

— Vamos buscá-lo mais tarde — retrucou Tony.

Abriu a gaveta e jogou as chaves lá dentro. Empurrou-a para fechá-la de novo e voltou a atenção para a carteira. Segurou-a de cabeça para baixo, sacudiu-a e separou o conteúdo com os dedos. Quando ficou vazia, jogou-a sob a mesa. Stone a ouviu batendo na lata de lixo. Tony olhou uma vez para a foto de Marilyn e jogou-a no mesmo lugar que a carteira. Stone ouviu um barulho mais baixo, quando papel fotográfico rígido bateu no metal. Tony empilhou os cartões de crédito com três dedos e afastou-os para o lado, como um crupiê.

— A gente conhece um cara que vai nos pagar uns cem dólares por eles — disse.

Depois organizou as notas de dinheiro, separando-as por valor. Contou-as e as prendeu com um clipe de papel. Jogou-as na mesma gaveta que as chaves.

— O que é que vocês querem? — perguntou Stone.

Tony olhou para ele.

— Eu quero que você tire a gravata do sr. Hobie — respondeu. Stone encolheu os ombros, impotente.

— Não, falando sério, o que é que vocês querem de mim?

— Dezessete milhões e cem mil dólares. É o que você nos deve.

Stone concordou.

— Eu sei. Vou pagar a vocês.

— Quando? — perguntou Tony.

— Bem, vou precisar de algum tempo — disse Stone.

Tony concordou.

— Está bem. Você tem uma hora.

Stone olhou para ele.

— Não, eu preciso de mais de uma hora.

— Uma hora é tudo o que você tem.

— Não posso fazer isso em uma hora.

— Eu sei que não pode — disse Tony.

— Você não pode fazer isso em uma hora, um dia, uma semana, nem em um ano, porque você não passa de um merda inútil que não consegue sair de um saco cheio de lixo, não é?

— O quê?

— Você é uma desgraça, Stone. Pegou uma empresa que seu avô se matou para construir e que seu pai deixou ainda maior, jogou tudo pela privada e deu a descarga, porque você é um completo idiota, não é mesmo?

Stone encolheu os ombros, sem resposta. Depois, engoliu.

— Certo, eu levei alguns baques — respondeu. — Mas o que eu poderia fazer?

— Tirar a gravata! — gritou Tony.

Stone deu um pulo e levou as mãos para cima rapidamente, atrapalhando-se com o nó.

— Tire isso logo, seu merdinha! — gritou Tony.

Ele arrancou a gravata. Deixou-a sobre mesa. Ficou lá, embolada.

— Obrigado, sr. Stone — disse Tony, em voz baixa.

— O que é que vocês querem? — Stone murmurou.

Tony abriu outra gaveta, de onde tirou uma folha de papel manuscrita. Era amarela, coberta de garranchos espremidos e desordenados. Algum tipo de lista, com a soma dos números no pé da página.

— Nós temos 39% de sua empresa — disse ele. — Nesta manhã. O que nós queremos são mais 12%.

Stone olhou para ele. Fez as contas de cabeça.

— A maioria das ações?

— Exatamente — disse Tony.

— Temos 39%, mais 12% e ficamos com 51%, o que de fato representaria a maioria das ações.

Stone engoliu novamente e balançou a cabeça.

— Não — disse. — Não, não vou fazer isso.

— Ok, então queremos 17,1 milhões de dólares em uma hora.

Stone ficou parado, olhando com nervosismo para a esquerda e a direita. A porta foi aberta atrás dele, e o homem forte com o terno caro entrou, caminhando silencioso pelo carpete até parar atrás do ombro esquerdo de Tony, de braços cruzados.

— O relógio, por favor — pediu Tony.

Stone olhou para o pulso direito. Era um Rolex. Parecia de aço, mas era platina. Comprara em Genebra. Soltou a fivela e o entregou. Tony assentiu e jogou em outra gaveta.

— Agora, tire a camisa do sr. Hobie.

— Você não pode me fazer dar mais ações — disse Stone.

— Acho que posso. Tire a camisa, ok?

— Olha, não vou me intimidar — disse Stone, com toda a confiança que podia.

— Você já está intimidado — respondeu Tony. — Não está? Prestes a sujar as calças do sr. Hobie. O que seria um erro muito grande, aliás, por que nós o obrigaríamos a limpar.

Stone não disse nada. Apenas olhou para um ponto no ar, entre os dois homens.

— Doze por cento das ações — disse Tony, gentilmente. — Por que não? Não valem nada. E você ainda ficará com 49%.

— Preciso falar com meus advogados — disse Stone.

— Certo, vá em frente.

Stone olhou em torno da sala, desesperado.

— Onde está o telefone?

— Não tem nenhum telefone aqui — disse Tony. — O sr. Hobie não gosta de telefones.

— Então como?

— Grite — respondeu Tony. — Grite bem alto, e pode ser que seus advogados escutem.

— O quê?

— Grite — repetiu Tony. — Você é mesmo bem lento, não é mesmo, sr. Stone? Basta somar dois mais dois para chegar a uma conclusão. Não tem

nenhum telefone aqui, você não pode sair da sala e quer falar com seus advogados, então vai ter que gritar.

Stone olhava para o vazio.

— Grite, seu merdinha inútil! — gritou Tony para ele.

— Não, não posso — respondeu Stone, sem esperanças. — Não entendo o que você está dizendo.

— Tire a camisa! — gritou Tony.

Stone balançou a cabeça com violência. Hesitou, com os braços a meio caminho.

— Tire logo, seu merdinha! — gritou Tony.

As mãos de Stone se moveram para cima e desabotoaram a camisa, até embaixo. Ele a tirou com raiva e a ficou segurando, trêmulo, com a camiseta debaixo.

— Dobre direitinho, por favor — ordenou Tony. — O sr. Hobie gosta de suas coisas bem-arrumadas.

Stone fez o melhor que pôde. Sacudiu a camisa pelo colarinho e a dobrou duas vezes pelo meio. Abaixou-se e a deixou enquadrada sobre o paletó, no sofá.

— Libere os 12% — disse Tony.

— Não — respondeu Stone, fechando os punhos. Silêncio. Silêncio e escuridão.

— Eficiência — disse Tony em voz baixa. — É do que nós gostamos aqui. Você deveria ter prestado mais atenção à eficiência, sr. Stone. Talvez então seu negócio não tivesse ido para o esgoto. Então, qual o jeito mais eficiente para fazermos isso?

Stone encolheu os ombros, impotente.

— Não sei do que você está falando.

— Eu explico — disse Tony. — Queremos que você concorde. Queremos sua assinatura num pedaço de papel. Então, como conseguimos isso?

— Vocês nunca vão conseguir isso, seu idiota! — respondeu Stone. — Vou a falência primeiro, cacete! Capítulo 11 do Código de Falências, bancarrota. Vocês não vão tirar nada de mim. Nada. Vão ficar na justiça uns cinco anos, no mínimo.

Alerta Final 167

Tony balançou a cabeça pacientemente, como um professor primário ouvindo a resposta errada pela milésima vez em um longa carreira.

— Façam o que quiserem — disse Stone. — Não vou lhes dar a minha empresa.

— A gente pode te machucar — disse Tony.

Os olhos de Stone moveram-se para baixo, olhando para a mesa, sob a penumbra. A gravata ainda estava lá, exatamente sobre os riscos profundos do gancho.

— Tire as calças do sr. Hobie! — gritou Tony.

— Não, não tiro, droga! — gritou Stone de volta.

O sujeito ao lado de Tony enfiou a mão sob o outro braço. Ouviu-se um gemido de couro. Stone olhou para ele, incrédulo. O sujeito pegou uma pequena pistola preta. Esticou o braço e mirou, no nível dos olhos, sem hesitar. Desviou da mesa e foi em direção a Stone. Mais e mais perto. Os olhos de Stone estavam fixos e arregalados. Fixos na arma. Mirava o seu rosto. Ele tremia e suava. O sujeito caminhava silenciosamente, a arma se aproximava, e os olhos de Stone ficavam vesgos, seguindo-a. A arma acabou com o cano apoiado em sua testa. O sujeito a pressionava. O cano era duro e frio. Stone tremia. Inclinava-se para trás, fugindo da pressão. Tropeçando, tentando focalizar o borrão preto em que a arma tinha se transformado. Nem sequer viu a outra mão do homem se fechando. Nem mesmo o golpe se aproximando. Acertou-o com força no fígado, e ele caiu como um saco, as pernas dobradas, retorcido, engasgando e com ânsias.

— Tire as calças, seu merda! — gritou Tony para ele, no chão.

O outro cara o chutou com selvageria, Stone uivou de dor e rolou sobre as costas, como uma tartaruga, engasgando, com engulhos, arrancando o cinto. Conseguiu soltá-lo. Procurou os botões e o zíper. Tirou as calças apressadamente pelas pernas. Ficaram presas nos sapatos, e ele as forçou a sair, tirando-as pelo avesso.

— Levante-se, sr. Stone — disse Tony, em voz baixa.

Stone ficou em pé com esforço, desequilibrado, inclinado para a frente, a cabeça baixa, ofegante, o estômago revirado, as pernas finas, brancas e sem pelos saindo da cueca samba-canção, ridículas meias pretas e sapatos nos pés.

— A gente pode te machucar — disse Tony. — Deu para entender isso, agora?

Stone assentiu e engasgou. Pressionava o ventre com os braços. Com ânsias de vômito e engulhos.

— Entendeu, agora? — Tony perguntou outra vez. Stone forçou-se a concordar novamente.

— Diga as palavras, sr. Stone — ordenou Tony. — Diga que nós podemos te machucar.

— Vocês podem me machucar — disse Stone, engasgado.

— Mas não vamos. Não é assim que o sr. Hobie gosta que as coisas sejam feitas.

Stone ergueu a mão e enxugou as lágrimas dos olhos, olhou para cima, esperançoso.

— O sr. Hobie prefere machucar as esposas — disse Tony. — Eficiência, entende? Os resultados são bem mais rápidos. Portanto, a esta altura, você deveria começar realmente a pensar em Marilyn.

O Taurus alugado era muito mais rápido do que o Bravada. Nas estradas secas do mês de junho, não tinha comparação. Talvez nas neves de janeiro, ou no gelo de fevereiro, ele poderia ter apreciado o uso contínuo de tração nas quatro rodas, mas, para uma viagem rápida Hudson acima, em junho, um sedã normal tinha todas as vantagens sobre um utilitário, com absoluta certeza. Era baixo e estável, rodava com suavidade, segurava bem nas curvas, tudo o que se deve esperar de um automóvel. Além de ser silencioso. O rádio estava sintonizado numa estação potente da cidade, e uma mulher chamada Wynonna Judd lhe perguntava *por que não eu?* Ele tinha a impressão de que não deveria estar gostando tanto assim de Wynonna Judd, porque, se alguém lhe perguntasse se ele gostava de cantoras *country* melosas e suas canções de amor, provavelmente diria que não, com base em seus preconceitos. Mas Judd tinha uma voz e tanto, e a música contava com um violão fantástico. E a letra o pegava de jeito, porque imaginava Jodie cantando para ele, e não Wynonna Judd. Ela cantava *por que não eu, enquanto você envelhece? Por que não eu?* Ele começou a cantar junto, sua voz grave e rouca fazendo

Alerta Final   169

fundo com o contralto agudo, e, quando a música chegou ao fim e os anúncios começaram, ele pensava que, se algum dia tivesse uma casa com um aparelho de som, como todo mundo, ele compraria o disco. *Por que não eu?*

Seguia para o norte, pela rodovia 9, tinha um mapa da Hertz aberto ao lado, grande o suficiente para mostrar que Brighton ficava na metade do caminho entre Peekskill e Poughkeepsie, seguindo para o oeste, à direita do Hudson. O endereço do casal de idosos estava junto, anotado na folha do bloco de receitas do consultório de McBannerman. O Taurus seguia a pouco mais de cem, rápido o bastante para levá-lo até lá e devagar o suficiente para não ser incomodado pela polícia, que ele desconfiava estar escondida atrás das árvores de cada esquina, pronta para aumentar a receita municipal com seus radares portáteis e blocos de multas.

Levou uma hora para retornar a Garrison e achou que deveria seguir para o norte, por uma estrada principal, que ele lembrava que serpenteava para o oeste, passando pelo rio, na direção de Newburgh. Provavelmente, sairia daquela estrada logo depois de cruzar o Hudson e entraria em Brighton, por cima. Seria então apenas o caso de procurar o endereço, o que poderia não ser tão fácil.

Mas foi. A estrada que o levava para o sul, rumo a Brighton, saindo da principal que seguia para oeste, tinha o mesmo nome que aparecia na segunda linha do endereço dos dois velhinhos. Ele seguiu para o sul, atento às caixas de correio e aos números das casas, mas começou a complicar. As caixas de correio estavam agrupadas em grupos de seis, em intervalos de centenas de metros, sozinhas, sem nenhuma conexão clara com casas específicas. Na verdade, havia pouquíssimas casas visíveis. Parecia que eram todas estradinhas rurais, de terra e asfalto gasto, entrando à esquerda e à direita para dentro da mata, como se fossem túneis.

Mas achou a caixa certa. Estava numa estaca de madeira, apodrecida pelo tempo e inclinada para a frente pela ação do solo congelado no inverno. Vigorosas trepadeiras verdes e espinhentas retorciam-se ao seu redor. Era uma caixa grande, de um verde desbotado, com o número da casa pintado na lateral com uma caligrafia apagada, mas imaculada. A portinhola estava aberta, pois a caixa estava completamente lotada de correspondências.

Ele pegou tudo de lá e ajeitou ao seu lado, no banco do passageiro. Fechou a portinhola com um rangido e viu um nome pintado na frente dela, com a mesma caligrafia caprichada e apagada: Hobie.

As caixas de correio ficavam todas à direita da rua, para facilitar o trabalho do carteiro, mas as trilhas seguiam nas duas direções. Quatro delas eram visíveis de onde ele estava, duas para a esquerda e duas para a direita. Ele deu de ombros e seguiu pela primeira, à direita, na direção do rio.

Era o caminho errado. Havia duas casas descendo por ali, uma ao norte, outra ao sul. Uma delas tinha uma placa dupla nos portões: *Kozinsky*. A outra tinha um Pontiac Firebird vermelho e brilhante estacionado sob uma cesta de basquete, na entrada da garagem. Bicicletas de crianças estavam espalhadas pelo gramado. Nenhum sinal convincente de que pessoas idosas e enfermas moravam ali.

A primeira trilha para a esquerda também estava errada. Achou o lugar certo na segunda trilha à direita. Um caminho com grama alta seguia para o sul, paralelo ao rio. Uma velha caixa de correio enferrujada no portão, dos tempos em que o serviço de correio estava disposto a chegar um pouco mais próximo das casas. O mesmo verde desbotado, só que ainda mais apagado. A mesma caligrafia, esmaecida como um fantasma: Hobie. Os fios elétricos e do telefone entravam pelo alto, cobertos de trepadeiras penduradas como cortinas. Ele entrou com o Taurus pelo caminho, roçando a vegetação dos dois lados, até parar atrás de um velho Chevrolet sedã, estacionado em ângulo sob uma área coberta. Era um automóvel grande, o capô e o bagageiro do tamanho de pistas de pouso, e a cor assumindo aquele marrom desbotado e manchado de todos os carros velhos.

Ele desligou o motor e saiu em meio ao silêncio. Abaixou-se para dentro de novo para pegar o bolo de correspondências e ficou ali, com ele na mão. A casa tinha apenas um andar baixo, estendendo-se de onde ele estava para o oeste, na direção do rio. Tinha a mesma cor marrom do carro, tábuas e telhas antigas. O quintal era uma catástrofe. Aquilo em que um jardim que um dia foi cuidado acaba por se transformar após 15 anos de abandono, entregue às primaveras úmidas e aos verões quentes. Um caminho que já fora largo saía do estacionamento coberto até a porta da frente, mas se

Alerta Final   171

tornara estreito como uma prancha de embarque, tomado pelo mato. Ele olhou em torno e imaginou que um pelotão de lança-chamas seria mais útil ali do que os jardineiros.

Foi até a porta, com o mato se enroscando e ficando preso nos calcanhares. Havia uma sineta, mas a ferrugem a imobilizara. Inclinou-se para a frente, bateu de leve na madeira, com os nós dos dedos, e esperou. Sem resposta. Bateu de novo. Dava para ouvir a mata fervilhando atrás dele. Barulho de insetos. Os estalos do silenciador esfriando sob o Taurus na entrada. Bateu de novo. Esperou. Ouviu um estalar das tábuas do piso no interior da casa. O som adiantava os passos de alguém em direção à porta. Os passos pararam do outro lado da porta, e uma voz fina e abafada de mulher atravessou a madeira da porta.

— Quem está aí? — perguntou.

— Reacher — respondeu ele. — O amigo do general Garber.

Falou em voz alta. Atrás dele, ouviu uma agitação alarmada em meio à vegetação. Animais furtivos fugindo. Diante dele, ouviu o som de uma fechadura pesada sendo aberta e as trancas recuando. A porta foi aberta com um rangido. O interior estava escuro. Ele deu um passo à frente, nas sombras das calhas e viu uma velha senhora aguardando. Tinha talvez uns oitenta anos, magra como um graveto, cabelos brancos, curvada, usando um vestido estampado com flores desbotadas que se alargava na cintura por cima de uma anágua de nylon. O tipo de vestido que ele já vira em fotos de mulheres em festas nos jardins das casas de subúrbio dos anos 1950 e 1960. O tipo de vestido que costuma ser usado com compridas luvas brancas, um chapéu largo de brim e um alegre sorriso burguês.

— Nós estávamos à sua espera — disse ela.

Ela se virou e ficou de lado. Ele assentiu e entrou. A largura da saia obrigou-o a abrir caminho, com um ruído alto do roçar de nylon.

— Trouxe sua correspondência — disse a ela. — A caixa estava cheia.

Ele mostrou a grossa pilha de envelopes amassados e esperou.

— Obrigada — respondeu ela. — O senhor é muito gentil. É uma longa caminhada até lá, e não gostamos de parar o carro ali, para não sofrer uma batida por trás. É uma rua muito movimentada. As pessoas correm terrivelmente, o senhor sabe. Muito mais rápido que deveriam, eu acho.

Reacher concordou. Era talvez a rua mais tranquila que ele já vira. Dava para dormir a noite inteira no meio da rua, com uma boa chance de sobreviver até de manhã. Ele continuava segurando a correspondência. A senhora não demonstrou qualquer curiosidade a respeito.

— Onde a senhora quer que eu deixe isto?

— Pode colocar na cozinha, por favor?

O corredor era sombrio, as paredes revestidas de madeira escura. A cozinha era ainda pior. Tinha uma janela pequena, com um vidro amarelado. A mobília da cozinha era coberta por um verniz sujo, além de alguns curiosos eletrodomésticos esmaltados, salpicados com manchas verdes e cinzas, apoiados em pernas curtas. O lugar cheirava a comida velha e forno quente, mas estava limpo e arrumado. Um tapetinho cobria o linóleo gasto. Um par de óculos grossos fora colocado verticalmente dentro de uma caneca de louça lascada. Ele pôs a pilha de correspondência junto à caneca. Quando o visitante fosse embora, ela usaria os óculos para ler a correspondência, mas apenas depois de colocar seu melhor vestido de volta ao armário, com a naftalina.

— Posso lhe oferecer um pedaço de bolo? — perguntou ela.

Ele olhou para o fogão. Havia um prato de porcelana em cima dele, coberto com um pano de linho puído. Ela preparara alguma coisa para ele.

— E café?

Uma antiga cafeteira de esmalte verde estava ao lado do fogão. Tinha uma tampa de vidro verde e estava ligada à eletricidade por um fio isolado, desencapado e esgarçado. Ele concordou.

— Adoro café e bolo — disse ele.

Ela assentiu de volta, satisfeita. Apressou-se à frente, amassando a saia contra a porta do forno. Usou um polegar magro e trêmulo para ligar a cafeteira. Já estava pronta para ser ligada, com o café e a água.

— É só um momento — disse ela, ficando em silêncio e esperando. A velha cafeteira começou a engasgar com um ruído alto.

Alerta Final   173

— Então venha conhecer o sr. Hobie. Ele já está acordado e muito ansioso para conhecer o senhor. Enquanto esperamos a máquina.

Ela o levou pelo corredor até uma pequena sala de estar, nos fundos. Media cerca de três metros quadrados, uma mobília pesada com poltronas e sofás, cristaleiras na altura do peito, cheias de enfeites de porcelana. Um homem velho estava sentado em uma das cadeiras. Vestia um terno de sarja rígido, azul, gasto e lustroso em alguns lugares, pelo menos três vezes o tamanho de seu corpo encolhido. O colarinho da camisa formava um aro frouxo em torno do pescoço pálido e esquelético. Tufos brancos e esparsos eram tudo o que lhe restara de cabelo. Os pulsos pareciam lápis saindo da manga do terno. As mãos eram finas e ossudas, apoiadas frouxamente nos braços da cadeira. Tinha tubos plásticos transparentes em torno das orelhas, saindo de sob o nariz. Atrás dele, havia um cilindro de oxigênio em um carrinho. Ele olhou para cima e inspirou ruidosamente o oxigênio para o esforço de erguer a mão.

— Major Reacher — disse. — Muito prazer em conhecê-lo.

Reacher deu um passo à frente, segurou e apertou a mão. Era fria e seca, como a mão de um esqueleto envolta em flanela. O velho fez uma pausa, sugou mais oxigênio e falou novamente.

— Meu nome é Tom Hobie, major. E esta dama adorável é minha esposa, Mary.

Reacher assentiu.

— Prazer em conhecê-los. Mas já não sou mais um major.

O velho concordou e sugou o gás pelo nariz.

— O senhor serviu. Portanto, acredito que faz jus ao seu posto.

Uma lareira baixa, de pedra bruta, ocupava o centro de uma das paredes. A prateleira sobre ela estava coberta de fotografias em molduras enfeitadas de metal prateado. A maioria eram fotos coloridas da mesma pessoa, um jovem de farda verde-oliva, em diferentes poses e situações. Entre elas, havia uma mais antiga, em preto e branco, retocada, de outro homem de farda, alto, ereto, sorrindo, um cabo de outra geração de serviço. Provavelmente, o próprio sr. Hobie, antes de seu coração fraco começar a matá-lo por dentro, ainda que fosse difícil para Reacher ter certeza. Não havia semelhança.

— Sou eu — confirmou Hobie, acompanhando seu olhar.

— Segunda Guerra? — perguntou Reacher.

O velho concordou com olhos tristes.

— Nunca saí do país — comentou. — Fui voluntário bem antes da convocação, mas já tinha um coração fraco, mesmo naquela época. Não me deixaram ir. E, por isso, fiquei num depósito, em Nova Jersey.

Reacher concordou. Hobie estava com a mão para trás, mexendo na válvula do cilindro, aumentando o fluxo de oxigênio.

— Vou buscar o café agora — disse a senhora. — E o bolo.

— Posso ajudar em alguma coisa? — perguntou Reacher.

— Não, está tudo bem — respondeu ela, saindo da sala com o vestido farfalhando.

— Sente-se, major, por favor — disse Tom Hobie.

Reacher concordou e sentou-se em silêncio, numa pequena poltrona próxima o bastante para ouvir a voz fraca do velho. Podia ouvir sua respiração ruidosa. Nada mais, apenas o chiado fraco do alto da garrafa de oxigênio e o tilintar da louça na cozinha. Os sons pacientes da casa. A janela tinha uma persiana de plástico verde-lima, enviesada para baixo, para bloquear a luz. O rio estava lá fora, em algum lugar, possivelmente além do quintal tomado pelo mato, uns cinquenta quilômetros ao norte da casa de Leon Garber.

— Aqui está — anunciou a sra. Hobie do corredor.

Ela voltava para a sala empurrando um carrinho. O jogo de chá em cima, xícaras, pires, pratos, uma pequena jarra de leite e um açucareiro. O guardanapo de linho estava afastado, mostrando um bolo com algum tipo de cobertura amarela. Limão, talvez. A velha cafeteira estava lá, cheirando a café.

— Como o senhor gosta?

— Sem leite e sem açúcar — respondeu Reacher.

Ela colocou o café numa xícara, o pulso fino trêmulo pelo esforço. A xícara trepidou no pires quando ela a estendeu para ele. Em seguida, serviu-o

Alerta Final 175

com uma fatia de bolo num prato. O prato tremeu. A garrafa de oxigênio chiou. O velho preparava sua história, dividindo-a em pedaços menores, armazenando oxigênio suficiente para cada um deles.

— Eu era um gráfico — disse subitamente. — Tinha minha própria gráfica. Mary trabalhava para um grande cliente meu. Nós nos conhecemos e nos casamos na primavera de 1947. Nosso filho nasceu em junho de 1948.

Ele se virou e passou os olhos pela fileira de fotografias.

— Nosso filho, Victor Truman Hobie.

A sala ficou em silêncio, como em sinal de respeito.

— Acredito no dever — disse o velho. — Eu não tinha condições de servir, e lamento isso. Lamento profundamente, major. Mas era feliz servindo o meu país do jeito que era possível, e foi o que fiz. Criamos nosso filho da mesma maneira, para amar e servir o país. Ele foi voluntário para o Vietnã.

O velho sr. Hobie fechou a boca e sugou o oxigênio pelo nariz, uma, duas vezes, depois se inclinou para o chão, ao lado, e pegou uma pasta de couro. Apoiou-a sobre as pernas magras e abriu-a. Tirou uma foto e a passou adiante. Reacher equilibrou a xícara e o prato, e chegou para a frente, para pegar a foto da mão trêmula. Um retrato colorido e desbotado de um menino num quintal. O menino tinha 9 ou 10 anos, cheio de dentes, risonho, sardento, com uma tigela de metal enfiada na cabeça, um rifle de brinquedo no ombro, as calças jeans esticadas e enfiadas dentro das meias para parecer uma farda de campanha enfiada nas perneiras.

— Ele queria ser soldado — disse o sr. Hobie. — Sempre. Era sua ambição. Eu sempre aprovei, é claro. Não conseguimos ter outros filhos, e Victor ficou sozinho, a luz de nossas vidas, e achei que ser um soldado e servir seu país era uma boa ambição para o filho único de um pai patriota.

Silêncio de novo. Tosse. O chiado do oxigênio. Silêncio.

— O senhor concordou com o Vietnã, major? — perguntou Hobie subitamente.

Reacher deu de ombros.

— Eu era muito jovem para ter alguma opinião — respondeu. — Mas, sabendo o que sei agora, não, eu não aprovaria o Vietnã.

— Por que não?

— Lugar errado — respondeu Reacher. — Hora errada, motivos errados, métodos errados, abordagem errada, liderança errada. Nenhum suporte real, nenhuma vontade real de vencer, nenhuma estratégia coerente.

— O senhor teria ido?

Reacher assentiu.

— Sim, eu teria ido — respondeu. — Sem escolha. Eu também era filho de um soldado. Mas eu sentiria ciúmes da geração do meu pai. Muito mais fácil ir para a Segunda Guerra.

— Victor queria pilotar helicópteros — disse Hobie. — Era apaixonado por eles. Culpa minha, novamente, acho. Eu o levei a uma exposição, paguei duas pratas para ele dar sua primeira volta num. Um velho Bell, um pulverizador de lavouras. Depois disso, tudo o que ele queria ser era um piloto de helicóptero. Então resolveu que o Exército era o melhor lugar para aprender.

Tirou outra foto da pasta e a entregou. O mesmo menino com o dobro da idade, alto, ainda sorridente, uma nova farda, em pé diante de um helicóptero do Exército. Um H-23 Hiller, antigo equipamento de treino.

— Isso é no forte Wolters — disse Hobie. — Lá embaixo, no Texas. Escola de pilotos de helicópteros do Exército.

Reacher assentiu.

— Ele pilotou helicópteros no Vietnã?

— Ficou em segundo lugar da turma. Não foi nenhuma surpresa para a gente. Sempre fora um ótimo aluno, desde o colegial. Era bom especialmente em matemática. Entendia de contabilidade. Achei que iria para a universidade e depois entraria na sociedade comigo, para cuidar dos livros. Estava contando com isso. A escola foi difícil para mim, major. Não tenho motivos para sentir vergonha disso agora. Não sou um homem de estudo. Foi sempre uma coisa maravilhosa ver Victor indo tão bem. Era um menino muito inteligente. E também muito bom. Inteligente, carinhoso, bom coração, um filho perfeito. Nosso único filho.

Alerta Final

A velha senhora estava em silêncio. Não comia o bolo nem bebia o café.

— A formatura foi no forte Rucker — disse Hobie. — Lá no Alabama. Fomos até lá para ver.

Pegou a foto seguinte. Uma cópia da que estava emoldurada sobre a lareira. O céu e a grama desbotados em tons pastel, um garoto alto de farda, o quepe cobrindo os olhos, o braço nos ombros de uma mulher mais velha, usando um vestido estampado. A mulher era magra e bonita. A fotografia estava um pouco fora de foco, o horizonte levemente tremido. Tirada por um marido e pai atrapalhado, sem fôlego de tanto orgulho.

— Esses são Victor e Mary — disse o velho. — Ela não mudou nada, não é mesmo? Desde aquele dia até hoje.

— Nem um pouco — mentiu Reacher.

— Nós amávamos aquele menino — a senhora disse em voz baixa. — Foi para o Vietnã duas semanas depois dessa foto.

— Julho de 1968 —disse Hobie. — Tinha 20 anos.

— O que aconteceu? — perguntou Reacher.

— Serviu um período completo — respondeu Hobie. — Foi condecorado duas vezes. Voltou para casa com uma medalha. Eu já podia ver que a ideia de cuidar dos livros da contabilidade de uma gráfica era muito pouco para ele. Achei que cumpriria seu período e conseguiria um emprego de piloto nas companhias de petróleo. Lá no Golfo, talvez. Estavam pagando muito bem na época para os pilotos do Exército. Ou da Marinha, ou da Aeronáutica, é claro.

— Mas ele voltou para lá — disse a sra. Hobie. — Voltou para o Vietnã.

— Assinou para um segundo período — disse Hobie. — Não precisava. Mas disse que era seu dever. Disse que a guerra não tinha acabado e que era seu dever participar. Disse que esse era o significado de ser patriota.

— E o que aconteceu? — perguntou Reacher.

Fez-se um longo silêncio.

— Ele não voltou — respondeu Hobie.

O silêncio pesava na sala. Em algum lugar, um relógio fazia tique-taque. Foi ficando cada vez mais alto até preencher o ar como golpes de martelo.

— Isso me destruiu — disse Hobie em voz baixa.

O oxigênio chiava para dentro e para fora, entrando e saindo de uma garganta contraída.

— Simplesmente, me destruiu. Eu costumava dizer que *trocaria todo o resto da minha vida por apenas mais um dia com ele.*

— O resto da minha vida — ecoou a esposa. — Por apenas mais um dia com ele.

— Falando sério — completou Hobie. — E ainda trocaria. Ainda trocaria, major. Olhando para mim agora, não parece um grande negócio, não é? Não me resta muita vida. Mas eu dizia isso naquela época e continuei afirmando isso todos os dias, por trinta anos, e, que Deus seja minha testemunha, era a pura verdade, todas as vezes que eu disse. O resto da minha vida por apenas mais um único dia com ele.

— Quando ele foi morto? — perguntou Reacher, gentilmente.

— Ele não foi morto — respondeu Hobie. — Foi capturado.

— Prisioneiro?

O velho concordou.

— A princípio, nos disseram que estava desaparecido. Achamos que estava morto, mas aguentamos, com esperança. Foi considerado desaparecido e foi mantido assim. Jamais recebemos a informação oficial de que ele foi morto.

— E por isso esperamos — disse a sra. Hobie. — Apenas ficamos esperando, por anos e anos. Então, começamos a perguntar. Eles nos disseram que Victor estava desaparecido, possivelmente, morto. Era tudo o que diziam. O helicóptero dele foi derrubado na selva, e jamais encontraram os destroços.

— Nós aceitamos isso — disse Hobie.

— Sabíamos como eram as coisas. Muitos rapazes morreram sem uma sepultura conhecida. Muitos rapazes sempre morrem, na guerra.

— E então construíram o memorial — disse a sra. Hobie.

— O senhor conhece?

— A Parede? — perguntou Reacher. — Em Washington? Sim, estive lá. Eu vi. Foi muito tocante.

Alerta Final 179

— Eles se recusaram a colocar o nome dele lá — disse Hobie.

— Por quê?

— Nunca explicaram. Nós pedimos e imploramos, mas nunca nos disseram exatamente por quê. Apenas que ele não era mais considerado uma baixa.

— Perguntamos então o que ele era considerado — disse a sra. Hobie.

— Nos disseram apenas que era um desaparecido em combate.

— Mas havia outros desaparecidos no Muro — disse Hobie.

Silêncio de novo. O relógio deu sua martelada no outro aposento.

— O que o general Garber falou sobre isso? — perguntou Reacher.

— Ele não entendeu — disse Hobie. — Não entendeu nem um pouco. Ainda estava verificando quando morreu.

Mais silêncio. O oxigênio chiou, e o relógio martelou.

— Mas nós sabemos o que aconteceu — disse a sra. Hobie.

— Sabem? — perguntou Reacher para ela. — O quê?

— A única coisa que se encaixa — disse ela. — Ele foi feito prisioneiro.

— E nunca foi solto — completou Hobie.

— É por isso que o Exército está abafando o caso — disse a sra. Hobie.

— O governo está constrangido pela situação. A verdade é que alguns dos nossos meninos nunca foram libertados. Os vietnamitas ficaram com eles, como reféns, para receber auxílio estrangeiro, reconhecimento comercial e créditos nossos, depois da guerra. Como uma chantagem. O governo esconde isso há anos, apesar de nossos filhos ainda serem prisioneiros lá. Por isso não podem admitir. Escondem e não falam disso.

— Mas agora temos como provar — disse Hobie. Ele tirou outra foto da pasta e a entregou. Era uma impressão recente. Em cores nítidas. Uma foto tirada com teleobjetiva, em meio a uma vegetação tropical. Arame farpado preso a estacas de uma cerca de bambu. Uma pessoa asiática de uniforme marrom, com uma badana em torno da cabeça. Um rifle nas mãos. Um AK-47 soviético, nitidamente. Sem dúvida alguma. E outra pessoa na foto. Um homem branco, alto, aparentando uns 50 anos, emaciado, esquelético, curvado, grisalho, vestindo uma farda desbotada e rasgada. Desviando o olhar do soldado asiático, intimidado.

— Esse é o Victor — disse a sra. Hobie. — É o nosso filho. Essa foto foi tirada no ano passado.

— Passamos trinta anos perguntando por ele — disse Hobie. — Ninguém nos ajudou. Pedimos para todo mundo. Até encontrarmos um homem que nos falou desses campos secretos de prisioneiros. Não existem muitos. Uns poucos, com alguns prisioneiros. A maioria deles já morreu. Ficaram velhos e morreram, ou morreram de fome. Esse homem foi até o Vietnã e verificou para a gente. Conseguiu chegar bem perto e tirar essa foto. Conseguiu até falar com outros prisioneiros pela cerca. Escondido, à noite. Ele correu um grande risco. Perguntou o nome do prisioneiro que ele havia acabado de fotografar. Era Vic Hobie, piloto de helicóptero da Primeira Cavalaria.

— O homem não tinha dinheiro para um resgate — disse a sra. Hobie. — E nós já demos a ele tudo o que tínhamos para a primeira viagem. Não sobrou nada. Então, quando conhecemos o general Garber no hospital, contamos nossa história para ele e pedimos que tentasse levantar o dinheiro junto ao governo.

Reacher olhou para a foto. Olhou para o homem magro com o rosto cinzento.

— Quem mais viu essa foto?

— Apenas o general Garber — respondeu a sra. Hobie.

— O homem que tirou a foto nos disse para mantê-la em segredo porque é muito delicada, em termos políticos. Muito perigosa. Uma coisa terrível, enterrada na história do país. Mas tivemos que mostrá-la para o general porque ele estava numa posição em que poderia nos ajudar.

— Então, o que vocês querem que eu faça? — perguntou Reacher.

O oxigênio chiou em meio ao silêncio. Entrando e saindo, entrando e saindo pelos tubos de plástico transparente. A boca do homem se movia.

— Eu só quero ele de volta — disse. — Eu só quero vê-lo novamente, só mais um dia antes de morrer.

Depois disso, os dois velhos encerraram a conversa. Viraram-se juntos e fixaram os olhares enevoados nas fotos sobre a lareira. Reacher ficou de lado, sentado, em silêncio. O velho virou-se de volta e usou as duas mãos

Alerta Final

para erguer a pasta de couro dos joelhos ossudos e a estendeu para ele. Reacher inclinou-se para a frente e a pegou. A princípio, achou que fosse para ele colocar as três fotos de volta, mas percebeu que o bastão estava sendo passado para ele. Como uma cerimônia. A busca deles se tornara a de Leon, e agora passava a ser sua.

A pasta era fina. Além das três fotos que ele vira, continha nada mais do que algumas cartas ocasionais do filho e cartas oficiais do Exército. Um maço de papéis referente à liquidação de suas economias e a transferência via cheque administrativo de dezoito mil dólares para um endereço no Bronx, para financiar uma missão de reconhecimento no Vietnã liderada por um homem chamado Rutter.

As cartas do menino começavam com bilhetes rápidos de diferentes lugares do sul, à medida que ele passava pelos fortes Dix, Polk, Wolters, Rucker, Belvoir e Benning, ao longo de seu percurso de treinamento. Depois um bilhete curto, em trânsito pelo Alabama, quando embarcou num navio para a viagem de um mês pelo canal do Panamá para o oceano Pacífico e até a Indochina. Depois, o papel fino dos *mailgrams* do Exército, enviados do Vietnã, oito da primeira temporada, seis da segunda. O papel tinha trinta anos, rígido e ressecado, como papiros antigos. Como algo descoberto por arqueólogos.

Ele não tinha sido um correspondente muito assíduo. As cartas estavam repletas das frases banais dos soldados jovens quando escrevem para casa. Centenas de milhares de pais do mundo todo devem ter recebido e guardado velhas cartas como essas, de diferentes épocas, guerras, línguas, mas com as mesmas mensagens: a comida, o clima, rumores de ação, palavras de conforto.

As respostas do Exército atravessavam trinta anos de tecnologia de gabinete. Começavam com cartas datilografadas em velhas máquinas manuais, algumas delas mal-alinhadas, outras com espaçamento errado, com halos vermelhos por onde a fita tinha escorregado. Depois, as máquinas elétricas, mais firmes e uniformes. Então, os processadores de texto, em impressões imaculadas em papel de melhor qualidade. Mas as mensagens eram todas as mesmas. Nenhuma informação. Desaparecido em ação, possivelmente morto. Condolências. Nada mais.

O negócio com o sujeito chamado Rutter os deixara sem um centavo. Houvera um modesto investimento em fundos mútuos, e algum dinheiro fora depositado. Uma folha coberta por uma caligrafia trêmula, que Reacher desconfiou que fosse da senhora, totalizava suas necessidades mensais, repetindo os números diversas vezes, listando-os até corresponderem com a receita de suas pensões e liberando o capital. Os fundos foram resgatados 18 meses antes e somados ao dinheiro em caixa. O total foi enviado para o Bronx. Um recibo de Rutter discriminava o total em relação ao custo da expedição exploratória, pronta para partida imediata. Um documento solicitava toda e qualquer informação que pudesse ser útil, incluindo o número de inscrição no Exército, histórico e quaisquer fotografias existentes. Uma carta, datada de três meses depois, detalhava a descoberta do campo de prisioneiros remoto, a arriscada foto clandestina e a conversa sussurrada através da cerca. Mencionava a perspectiva de uma missão de salvamento, planejada em detalhes, a um custo projetado de 45 mil dólares, a ser assumido pelos Hobie. Quarenta e cinco mil dólares que eles não tinham.

— O senhor vai nos ajudar? — perguntou a velha senhora em meio ao silêncio. — Está tudo claro? Tem alguma coisa que o senhor precise saber?

Ele olhou para ela e percebeu que ela o estivera acompanhando enquanto estudava o dossiê. Ele fechou a pasta e olhou para baixo, para a capa de couro gasta. Naquele exato momento, a única coisa que gostaria de saber era: *por que diabos Leon não falou a verdade para aquela gente?*

9

ARILYN STONE PERDEU O ALMOÇO PORQUE estava ocupada, mas não se importou, pois estava satisfeita com o jeito que a casa tomava. Pensava todo o negócio de maneira muito desprendida, o que a deixava um pouco surpresa consigo mesma, pois era a sua casa, afinal, que ela se preparava para vender, sua própria casa, o lugar que escolhera com cuidado, reflexão e animação tantos anos antes. Fora o lugar dos seus sonhos. Muito maior e melhor do que qualquer coisa que imaginara ter. Chegava a sentir arrepios, na época, só de pensar sobre a casa. Quando se mudou, parecia ter morrido e ido para o paraíso. Agora, olhava para o lugar como um item de exposição, com finalidades de marketing. Não via mais os aposentos que havia decorado, onde vivera, se emocionara e fora feliz. Nenhuma dor. Nada de olhares nostálgicos para lugares onde Chester fizera alguma brincadeira,

onde riu, comeu e dormiu. Apenas uma determinação súbita e comercial para elevar todo o lugar a um novo patamar de irresistibilidade.

O pessoal da mudança chegou primeiro, exatamente como ela planejou. Orientou-os a retirar o aparador do saguão e a poltrona de Chester da sala. Não se tratava de um móvel feio, mas claramente estava sobrando ali. Era a poltrona favorita dele, escolhida do jeito que os homens escolhem as coisas, por conforto e familiaridade, não por estilo ou adequação. Foi a única coisa que trouxeram da casa anterior. Ele a colocou perto da lareira, na diagonal. Ela passou a gostar da poltrona, dia após dia. Deixava a sala com um aspecto confortável, vivo. Um objeto que quebrava o aspecto de casa de revista com um toque familiar. Exatamente por isso, tinha que sair.

Pediu aos carregadores que também removessem a pesada mesa de madeira da cozinha. Ela refletira bastante sobre aquela mesa. Com certeza, dava um certo sentido à cozinha. Um local adequado de trabalho, sugerindo refeições trabalhosas, planejadas e preparadas ali. Mas sua ausência criava um espaço contínuo de nove metros de piso de cerâmica até a janela saliente. Ela sabia que, com um novo polimento do piso, a luz da janela banharia os nove metros abertos num mar de espaço. Assumiu a perspectiva de um comprador e se perguntou *o que a deixaria mais impressionada. Uma cozinha funcional? Ou uma com espaço de sobra?* Assim, a grande bancada foi para o caminhão da transportadora.

A TV do estúdio também foi para lá. Chester tinha um problema com aparelhos de TV. O vídeo tinha matado o segmento de filmes domésticos de seu negócio, e ele não nutria entusiasmo algum pelos melhores e mais novos produtos de seus concorrentes. Portanto, a TV era um aparelho RCA obsoleto, nem sequer um modelo de console. Tinha uma brilhante moldura cromada em torno da tela e um vidro que se projetava para fora como um aquário bojudo. Ela já vira modelos melhores jogados no lixo da calçada ao olhar pela janela do trem, na estação da rua 125. Assim, pediu aos carregadores que a tirassem do estúdio e colocassem a estante de livros da suíte de hóspedes no lugar. Achou que o aposento era um lugar muito mais adequado. Apenas com a estante, os sofás de couro e os abajures com cúpulas escuras, o estúdio ficava com o aspecto de um espaço de pessoas cultas. Uma

Alerta Final 185

sala de inteligência. Algo inspirador. Como se o comprador fosse adquirir um estilo de vida, não apenas uma casa.

Passou algum tempo escolhendo os livros para a mesinha de centro, até a chegada do florista com caixas de papelão cheias de botões. Pediu que a moça lavasse todos os vasos e a deixou a sós com uma revista europeia, para que copiasse todos os arranjos. Um rapaz do escritório de Sheryl trouxe a placa de "Vende-se", e ela mandou fincá-la junto à caixa de correio. A equipe de jardinagem chegou no momento em que a transportadora ia embora, o que causou uma certa dificuldade para manobrar e estacionar os veículos. Ela mostrou o jardim para o chefe da equipe, explicando o que precisava ser feito, e voltou para dentro de casa, antes dos barulhentos cortadores de grama serem ligados. O piscineiro bateu na porta ao mesmo tempo que o pessoal da limpeza. Ela ficou olhando para a direita e para a esquerda, entre eles, momentaneamente perdida sobre por onde começar. Mas assentiu com firmeza e pediu que os faxineiros esperassem, levando o menino da piscina para fora, para mostrar o que ele precisava fazer. Depois, apressou-se de volta, sentindo-se faminta ao se dar conta de que não almoçara, mas cheia de satisfação diante dos progressos que fazia.

Os dois o acompanharam até a porta. O velho respirou o oxigênio necessário para se levantar da cadeira e depois pegou o carrinho com o cilindro de oxigênio, apoiando-se parcialmente nele como se fosse uma bengala, ao mesmo tempo que o empurrava como se transportasse um saco de tacos de golfe. A esposa apressou-se na frente, a saia roçando pelas laterais da porta e das paredes do corredor. Reacher seguiu atrás deles, com a pasta de couro debaixo do braço. A senhora abriu a fechadura, e o velho parou, ofegante e firmando-se na alça do carrinho. A porta se abriu, e uma rajada de ar fresco entrou.

— Ainda tem algum dos velhos amigos de Victor por aqui? — perguntou Reacher.

— Isso importa, major?

Reacher deu de ombros. Há muito tempo ele aprendera que a melhor maneira de preparar as pessoas para más notícias era aparentando ter sido muito cuidadoso, desde o começo. As pessoas reagiam melhor se achassem que todas as possibilidades tinham sido esgotadas.

— Preciso apenas de um pouco mais de contexto — disse.

Eles pareceram desconcertados, mas dispostos a pensar nisso, afinal, era a última esperança. Ele tinha a vida de seu filho nas mãos, literalmente.

— Ed Steven, eu acho, na loja de ferramentas — disse o sr. Hobie, por fim. — Unha e carne com Victor desde o jardim de infância até terminarem o segundo grau. Mas isso foi há 35 anos, major. Não vejo como pode ajudar agora.

Reacher concordou, pois de fato não importava agora.

— Eu tenho o telefone de vocês — disse. — Ligo assim que souber alguma coisa.

— Estamos contando com o senhor — disse a senhora.

Reacher concordou novamente.

— Foi um prazer conhecer vocês — disse. — Obrigado pelo café e pelo bolo. E sinto muito por toda a situação.

Eles não responderam. Eram palavras sem esperança. Trinta anos de agonia, e ele sentia muito pela situação? Ele apenas se virou, apertou suas frágeis mãos e voltou-se para o caminho coberto de mato. Seguiu para o Taurus, carregando a pasta, olhando firme para a frente.

Deu a ré pela entrada da garagem, roçando a vegetação dos dois lados, e saiu pela estradinha. Virou à direita, para o sul, pela estrada silenciosa da qual saíra para encontrar a casa. A cidade de Brighton aparecia nítida à frente. A estrada se alargava e seguia suavemente para lá. Passava por um posto de gasolina e outro de bombeiros. Um pequeno parque municipal com uma quadra de beisebol. Um supermercado com um grande estacionamento, um banco, uma série de lojinhas na mesma fachada, recuada em relação à rua.

O estacionamento do supermercado parecia ser o centro geográfico da cidade. Ele passou devagar e viu uma creche, com uma fileira de vasos de folhagens irrigados por um sprinkler, formando um arco-íris sob o sol. Depois, um grande galpão vermelho e desbotado, com seu próprio

Alerta Final 187

estacionamento: Ferragens Steven. Entrou com o Taurus e estacionou junto a um depósito de madeira, nos fundos.

A entrada era uma porta insignificante na extremidade do galpão. Dava para um labirinto de corredores lotados de coisas que ele jamais precisaria comprar. Parafusos, pregos, porcas, ferramentas manuais, ferramentas elétricas, latas de lixo, caixas de correio, painéis de vidro, molduras de janelas, portas, latas de tinta. O labirinto conduzia ao centro, onde quatro balcões formavam um quadrado iluminado por lâmpadas fluorescentes. Dentro deste curral, estavam um homem e dois garotos, vestiam calças, camisetas e aventais vermelhos de lona. O homem era magro e pequeno, em torno dos cinquenta anos, e os garotos eram nitidamente seus filhos, versões mais jovens do mesmo rosto e físico, talvez uns 18 e 20 anos.

— Ed Steven? — perguntou Reacher.

O homem assentiu e voltou a cabeça para ele, levantando as sobrancelhas como alguém que passara trinta anos lidando com as demandas de vendedores e clientes.

— Posso conversar com você sobre Victor Hobie?

O homem fitou-o inexpressivamente por um segundo e desviou o olhar para os filhos, como se voltasse no tempo, percorrendo todas as suas vidas e além, até a época em que soube de Victor Hobie pela última vez.

— Ele morreu no Vietnã, não foi? — perguntou de volta.

— Preciso de algumas informações.

— Investigando para os pais dele, de novo? — Perguntou sem demonstrar surpresa, também com um certo cansaço. Como se os problemas dos Hobie fossem bem conhecidos na cidade e tolerados pacientemente, mas sem qualquer emoção ou simpatia urgente.

Reacher concordou.

— Preciso ter uma ideia do tipo de pessoa que ele era. Parece que você o conheceu muito bem.

O olhar de Steven voltou a ficar inexpressivo.

— Bem, eu conheci, acho. Mas éramos apenas garotos. Eu estive com ele apenas uma vez depois do colegial.

— Poderia me falar dele?

— Estou muito ocupado e também tenho que descarregar um material.

— Eu poderia dar uma mão, e a gente conversaria enquanto isso.

Steven começou a ensaiar um não rotineiro, mas, ao olhar para Reacher, percebeu seu tamanho e sorriu como um empregador a quem ofereceram uma empilhadeira de graça.

— Ok — respondeu ele. — Lá atrás.

Ele saiu do quadrado e levou Reacher até uma porta dos fundos. Uma caminhonete empoeirada estava parada ao sol, junto a um galpão aberto com telhado de zinco. A caminhonete estava carregada com sacos de cimento.

As prateleiras do galpão aberto estavam vazias. Reacher tirou o casaco e o colocou sobre o capô do carro.

Os sacos eram de papel grosso. Ele sabia, do seu tempo com o pessoal das piscinas, que, se usasse as duas mãos no meio dos sacos, eles se dobrariam e poderiam abrir. A maneira certa era enfiar a palma por um canto e erguê-los com uma só mão. Isso também evitaria a poeira na camisa nova. Os sacos pesavam 45 quilos, então ele ergueu dois de cada vez, um em cada mão, equilibrando-os distantes do seu corpo. Steve o observava como se fosse uma atração secundária de um circo.

— Então, me fale de Victor Hobie — grunhiu Reacher. Steven deu de ombros. Estava apoiado num poste, sob o telhado de zinco, protegido do sol.

— Faz muito tempo — disse. — O que posso dizer? Não passávamos de garotos, sabe? Nossos pais participavam juntos da Câmara de Comércio. O dele era gráfico. O meu tocava esse lugar, ainda que na época fosse apenas uma madeireira. Estivemos juntos durante toda a escola. Entramos para o jardim no mesmo dia e nos formamos no colegial no mesmo dia. Depois disso, só estive uma vez com ele, quando voltou para casa, do Exército. Tinha passado um ano no Vietnã e ia voltar para lá.

— E que tipo de cara ele era?

Steven deu de ombros novamente.

— Não me sinto muito à vontade para dar uma opinião.

— Por quê? Alguma má notícia por aí?

— Não, não, nada disso — disse Steven. — Nada a esconder. Era um bom garoto. Mas eu estaria dando a opinião de um garoto sobre outro garoto de 35 anos atrás, certo? Pode não ser uma opinião confiável.

Reacher parou, um saco de 45 quilos em cada mão. Olhou de volta para Steven. Ele estava encostado no poste, com seu avental vermelho, magro e firme, a imagem exata do que Reacher considerava um americano cauteloso, dono de um comércio numa cidade pequena. O tipo de sujeito cujo julgamento poderia ser considerado razoavelmente sólido. Ele concordou.

— Certo, eu entendo. Vou levar isso em consideração.

Steven assentiu de volta, como se as regras do jogo estivessem claras.

— Quantos anos você tem?

— Trinta e oito.

— É daqui?

Reacher balançou a cabeça.

— Não sou de nenhum lugar muito certo.

— Certo, uma ou duas coisas que você precisa entender. Esta é uma cidade pequena, de subúrbio, e eu e Victor nascemos aqui, em 1948. Já tínhamos 15 anos quando Kennedy foi morto, 16 antes da chegada dos Beatles e 20, quando ocorreram aquelas revoltas em Chicago e em Los Angeles. Você sabe do que estou falando?

— Um mundo diferente — respondeu Reacher.

— Pode apostar que era mesmo — concordou Steven. — Nós crescemos num mundo diferente. Toda a nossa infância. Para nós, um garoto ousado era aquele que colocava cartas de beisebol nas rodas de sua bicicleta Schwinn. É preciso ter isso em mente para ouvir o que vou dizer.

Reacher concordou. Ergueu o nono e o décimo sacos da traseira da caminhonete. Estava suando um pouco, preocupado com o estado da camisa quando encontrasse com Jodie, em breve.

— Victor era um garoto muito correto — disse Steven. — Muito correto e normal. E, como eu disse, para fins de comparação, isso foi numa época em que a gente achava que era a cereja do *sundae* por ficar na rua depois das nove numa noite de sábado, bebendo *milk shakes*.

— Ele se interessava pelo quê? — perguntou Reacher.

Steven suspirou, após encher as bochechas de ar, e deu de ombros.

— O que posso dizer? As mesmas coisas que o restante de nós, acho. Beisebol, Mickey Mantle. A gente gostava do Elvis, também. Sorvete e do Cavaleiro Solitário. Coisas assim. Tudo normal.

— O pai disse que ele sempre quis ser soldado.

— Todos queríamos. Primeiro, eram os caubóis e os índios, depois, os soldados.

— Então, você foi para o Vietnã?

Steven balançou a cabeça.

— Não, eu passei da fase daquela história de soldado. Não que eu desaprovasse. Você tem que entender que isso foi antes, muito antes de toda aquela história dos cabeludos chegar aqui. Ninguém se opunha aos militares. Eu também não tinha medo. Naquela época, não tínhamos nada a temer. Éramos os EUA, certo? Chegaríamos lá e chutaríamos a bunda daqueles amarelos de olho puxado, seis meses, no máximo. Ninguém se preocupava sobre ir para lá. Só que parecia fora de moda. A gente respeitava aquilo, adorava as histórias, mas parecia coisa do passado, entende o que digo? Eu queria entrar para os negócios. Queria transformar o pátio do meu pai numa grande empresa. Parecia a coisa certa a ser feita. Para mim, parecia uma coisa mais americana do que entrar para o Exército. Naquela época, parecia tão patriótico quanto.

— Então você escapou da convocação? — perguntou Reacher.

Steven concordou.

— A junta militar me convocou, mas eu estava esperando a confirmação para a faculdade, e eles me deixaram passar. O meu pai era amigo do presidente da junta, o que não fez mal a ninguém.

— E como Victor reagiu a isso?

— Numa boa. Não tinha nenhum problema. Eu não era antiguerra nem nada. Apoiava o Vietnã, como todo mundo. Era apenas uma escolha pessoal, entre o ontem e o amanhã. Eu queria o amanhã, Victor queria o Exército. Ele meio que sabia que aquilo era bem... sério. A verdade é que ele foi muito influenciado pelo pai, que foi reformado na Segunda Guerra. O meu pai foi da infantaria, serviu no Pacífico. Acho que o Victor meio que achava que

Alerta Final 191

sua família não tinha feito a parte dela. E ele então queria fazer isso, como um dever. Parece meio antiquado agora, não é? O dever? Mas todo mundo pensava assim naquela época. Sem chance de comparação com a molecada de hoje. A gente era muito sério e antiquado por aqui, Victor talvez fosse um pouco mais do que o restante de nós. Muito sério, muito honesto, mas não muito mais do que o normal.

Reacher já tinha carregado três quartos dos sacos. Parou e descansou apoiado na porta da caminhonete.

— Era inteligente?

— O suficiente — disse Steven. — Ia bem na escola, mas não era brilhante. Tinha uns outros meninos por lá que, com o passar dos anos, foram ser advogados, médicos, essas coisas. Um deles foi para a NASA, um pouco mais jovem do que eu e Victor. Ele era bem inteligente, mas se esforçava, eu lembro.

Reacher voltou para os sacos. Encheu as prateleiras mais distantes primeiro, o que achou bom, pois os braços começavam a doer.

— Alguma vez ele se meteu em confusão?

Steven pareceu impaciente.

— Confusão? Você não me ouviu direito, meu caro. Victor era o senhor certinho, numa época em que o pior moleque seria um anjo nos dias de hoje.

Faltavam seis sacos. Reacher esfregou a palma das mãos nas calças.

— Como foi quando você esteve com ele dá última vez? Entre as duas temporadas?

Steven parou para pensar.

— Um pouco mais velho, acho. Eu tinha envelhecido um ano, ele parecia ter envelhecido cinco. Mas não estava diferente. O mesmo cara. Sério, dedicado. Fizeram um desfile para ele quando voltou para casa porque tinha ganhado uma medalha. Ele ficou muito constrangido, disse que a medalha não era nada. Depois, foi embora de novo e nunca mais voltou.

— Como você se sentiu?

Steven fez outra pausa.

— Bem mal. Era um cara que eu conhecia a vida toda. Eu preferia que ele tivesse voltado, é claro, mas achei bom que não voltasse numa cadeira de rodas ou algo do tipo, como tantos deles.

Reacher terminou o trabalho. Ajeitou o último saco na prateleira com o punho e apoiou-se no poste, do lado oposto a Steven.

— E sobre o mistério? Sobre o que aconteceu com ele?

Steven balançou a cabeça e sorriu com tristeza.

— Não tem mistério. Ele foi morto, e os dois velhos se recusam a aceitar três verdades desagradáveis, é tudo.

— Que são...

— Simples — disse Steven. — A primeira verdade é que o filho deles morreu. A segunda é que morreu no meio de uma floresta impenetrável, onde ninguém vai encontrá-lo. A terceira é que o governo foi desonesto com as coisas daquela época e parou de incluir os desaparecidos entre os mortos, para manter os números dentro do razoável. Eram uns... quantos? Uns dez rapazes no helicóptero de Vic quando ele foi derrubado? São dez nomes que eles vão manter longe dos telejornais. Foi a política adotada, e agora é tarde demais para admitirem alguma coisa.

— É o que você acha?

— Com certeza — disse Steven. — A guerra ficou ruim, e o governo ficou ruim com ela. Bem difícil para minha geração aceitar, é o que eu te digo. Vocês, que são mais novos, talvez fiquem mais à vontade com isso, mas é melhor acreditar que os mais velhos, como os Hobie, nunca vão entender isso.

Ele ficou em silêncio e olhou distraidamente da caminhonete vazia para as prateleiras cheias.

— Você carregou uma tonelada de cimento aí. Quer entrar para se lavar? Posso te pagar um refrigerante?

— Preciso comer — disse Reacher. — Perdi o almoço.

Steven assentiu e sorriu tristemente.

— Siga para o sul. Tem uma lanchonete logo depois da estação de trem. É onde a gente costumava tomar milk shakes, nos sábados, depois das nove, achando que éramos praticamente Frank Sinatra.

Alerta Final

193

A lanchonete obviamente fora reformada várias vezes desde que aqueles meninos ousados, com cartas de jogadores de beisebol presas nas rodas de suas bicicletas, ficavam lá nas noites de sábado bebendo milk shakes. Agora tinha um jeitão meio anos 1970, baixa e quadrada, com uma fachada de tijolos, telhado verde, luzes néon estilo anos 1990, com desenhos elaborados em todas as janelas, em tons cor-de-rosa choque e azul. Reacher carregou a pasta de couro consigo e abriu a porta para fora, entrando no ar gelado com odor de hambúrgueres, freon do ar condicionado e do produto forte que usavam nas mesas antes de passarem um pano nelas. Sentou-se no balcão, e uma garota grande e alegre, de vinte e poucos anos, enquadrou-o, colocando um prato, talheres e um guardanapo diante dele, entregou-lhe um cardápio do tamanho de um mural, com fotografias dos pratos ao lado das descrições por escrito. Ele pediu um hambúrguer grande, com queijo suíço, malpassado, salada de repolho e cebolas, e fez uma polpuda aposta consigo mesmo de que o sanduíche não se pareceria nem um pouco com a fotografia. Bebeu a água gelada e encheu de novo o copo, antes de abrir a pasta.

Concentrou-se nas cartas de Victor para os pais. Eram 27 no total, 13 dos postos de treinamento e 14 do Vietnã. Confirmavam tudo o que Ed Steven dissera. Gramática e ortografia corretas, frases curtas e objetivas. A mesma caligrafia que todas as pessoas alfabetizadas nos Estados Unidos usavam entre os anos 1920 e os 1960, mas com uma inclinação para trás. Um canhoto. Nenhuma das 27 cartas passava de algumas linhas na segunda página. Uma pessoa aplicada. Alguém que sabia não ser muito educado finalizar uma carta pessoal na primeira página. Uma pessoa educada, aplicada, canhota, banal, convencional e normal, com uma formação sólida, sem ser nenhum gênio.

A garota lhe trouxe o hambúrguer. Estava correto, mas muito diferente do banquete gigante mostrado na foto do cardápio. O repolho boiava em vinagre branco num copinho de papel, e as cebolas empanadas estavam grossas e uniformes, como pequenos pneus marrons. As fatias de queijo suíço eram tão finas que chegavam a ser transparentes, mas tinham gosto de queijo.

A foto tirada após a formatura em Rucker era mais difícil de interpretar. Estava fora de foco, e a aba do quepe deixou os olhos de Victor na sombra. Seus ombros estavam para trás, o corpo tenso. Cheio de orgulho ou com vergonha da mãe? Era difícil dizer. No fim, Reacher votou no orgulho, por causa da boca. Uma linha fina, levemente curvada para baixo nas extremidades — o tipo de boca que exige um controle firme dos músculos faciais para impedir um enorme sorriso de alegria. A fotografia de um sujeito no momento máximo de sua vida até então. Todas as metas atingidas, todos os sonhos realizados. Duas semanas depois, estava embarcado. Reacher percorreu as cartas em busca do bilhete enviado em trânsito. Fora escrito de um beliche, antes do embarque. Enviado por um escriturário, no Alabama. Frases sóbrias, uma página e um quarto da segunda. As emoções cuidadosamente controladas. Não comunicava nada, de fato.

Ele pagou a conta e deixou dois dólares de gorjeta para a garçonete, por sua animação. Será que ela escreveria uma página e um quarto comportada de coisa nenhuma no dia em que estivesse de partida para a guerra? Não, mas ela jamais estaria de partida para a guerra. O helicóptero de Victor foi abatido uns sete anos antes de ela nascer, e o Vietnã a fez sofrer somente nas aulas de história do terceiro ano do ensino médio.

Ainda era cedo demais para voltar direto para Wall Street. Jodie dissera sete horas. Teria que matar pelo menos umas duas horas, no mínimo. Entrou no Taurus e ligou o ar-refrigerado no máximo, para expulsar o calor. Depois, esticou o mapa da Hertz sobre o couro rígido da pasta e traçou a rota para sair de Brighton. Poderia pegar a rota 9, para o sul até a alameda Bear Mountain, seguir para o leste pela Bear até a Taconic, virando para o sul até a Sprain, que o levaria direto para a alameda Bronx River. Pela Bronx, ele iria direto para os Jardins Botânicos, um lugar que jamais visitara e que tinha muita vontade de conhecer.

Marilyn almoçou um pouco depois das três. Conferiu o trabalho da equipe de limpeza antes de os liberar; estava tudo perfeito. Usaram um vaporizador para limpeza no tapete do saguão, não porque estivesse sujo, mas por

Alerta Final 195

ser a melhor forma de recuperar a parte amassada pelos pés da cômoda. O vapor fez com que as fibras de lã se avolumassem, e, após uma aplicação caprichada, ninguém diria que um móvel pesado ficara ali.

Ela tomou um banho demorado e secou o boxe com uma toalha de papel, para deixar os ladrilhos secos e brilhantes. Penteou e deixou o cabelo secar naturalmente. Sabia que a umidade de junho aumentaria sua ondulação. Depois, vestiu-se com apenas uma peça de roupa. A favorita de Chester, um vestido de seda cor-de-rosa escuro, que funcionava melhor sem nada por baixo. Ficava um pouco acima do joelho e, apesar de não chegar a ser apertado, ajustava-se nos lugares certos, como se tivesse sido feito sob medida para ela, o que era a verdade, ainda que Chester não soubesse disso. Ele achou que fora apenas um golpe de sorte. Ela achou bom deixá-lo com essa impressão, não por causa do dinheiro, mas por ela se sentir... bem... um pouco *despudorada* por mandar fazer algo tão sexy para si mesma. E o efeito sobre ele era, com toda certeza, despudorado. Era como um gatilho. Usava aquele vestido quando achava que ele merecia alguma compensação. Ou distração. E ele ia precisar de distração naquela noite. Chegaria e encontraria a casa à venda e a esposa assumindo o comando. Por qualquer dos antigos ângulos que ela olhasse para a situação, sabia que seria uma noite difícil e estava disposta a usar qualquer vantagem disponível, despudorada ou não.

Ela escolheu o sapato Gucci de salto alto, que combinava com a cor do vestido e fazia com que suas pernas parecessem longas. Voltou para a cozinha, almoçou uma maçã e um pedaço de queijo sem gordura. Subiu de volta, escovou os dentes mais uma vez e pensou na maquiagem. Nua sob o vestido e o cabelo em estilo natural, o certo seria não usar maquiagem alguma, mas aceitava que seria um pouco demais para si mesma e encarou a longa tarefa de se maquiar de forma a parecer que nem se dera ao trabalho.

Levou vinte minutos, depois fez as unhas das mãos e dos pés, pois achava que ficaria descalça em pouco tempo. Passou seu perfume favorito, apenas para ser percebido, sem tomar conta do ambiente. O telefone tocou nesse momento. Era Sheryl.

— Marilyn? — disse ela.

— Seis horas no mercado e você já tem um interessado!

— Tenho? Mas quem? E como?

— Eu sei, no primeiro dia, antes mesmo de você anunciar, não é maravilhoso? Trata-se de um cavalheiro que está se mudando com a família e passou pela área, para sentir o local, e viu a placa. Veio direto falar comigo para discutir os detalhes. Você está pronta? Posso levá-lo aí?

— Nossa, agora? Assim? Isso foi rápido! Mas sim, acho que estou pronta. Quem é, Sheryl? Você acha que é um comprador sério?

— Com toda a certeza e vai estar aqui apenas hoje. Amanhã precisa voltar para o oeste.

— Certo, então pode trazê-lo. — Estarei pronta.

Ela se deu conta de que estivera ensaiando toda a rotina, de maneira inconsciente, sem de fato perceber. Apressou-se, mas sem se atrapalhar. Desligou o telefone e foi direto para a cozinha colocar o forno em fogo baixo. Colocou uma colher de grãos de café num pires e o pôs na prateleira do meio. Fechou o forno e foi para a pia. Jogou o miolo da maçã no lixo e deixou o prato na lavadora. Secou a pia com papel toalha e chegou para trás, as mãos na cintura, avaliando a situação. Foi até a janela e posicionou a persiana para que a luz brilhasse no piso.

— Perfeito — disse a si mesma.

Correu de volta para cima e começou pelo segundo andar. Entrou em todos os quartos, examinando, verificando, arrumando as flores, inclinando as persianas, afofando os travesseiros. Acendeu as luzes por toda parte. Tinha lido que acender as luzes depois de o comprador já estar no ambiente era uma mensagem clara de que a casa era escura. Melhor deixar tudo aceso desde o princípio, uma mensagem clara de boas-vindas entusiasmadas.

Apressou-se para descer as escadas. Na sala de estar, abriu as persianas, para mostrar a piscina. No estúdio, acendeu as lâmpadas de leitura e inclinou a persiana até quase fechar, para criar um ambiente aconchegante. Depois, foi para a sala de visitas. Merda, a mesinha lateral de Chester ainda estava lá, bem ao lado de onde ficara a poltrona. Como pode não ter visto isso? Agarrou-a com as duas mãos e correu para as escadas do porão. Ouviu o carro de Sheryl nos cascalhos. Abriu a porta do porão, desceu correndo,

Alerta Final 197

largou a mesa lá e correu de volta. Fechou a porta e foi para o lavabo. Alisou a toalha de convidados, ajeitou o cabelo e olhou-se no espelho. Meu Deus! Estava usando o tubinho de seda. Sem nada por baixo. A seda prendia-se à pele. Que diabos esse pobre sujeito ia pensar?

A campainha tocou. Ficou gelada. Daria tempo de se trocar? Claro que não. Já estavam na porta, tocando a campainha. Algum casaco? A campainha tocou novamente. Respirou fundo, agitou o quadril para soltar o tecido e foi para a entrada. Respirou novamente e abriu a porta.

Sheryl olhou surpresa para ela, mas Marilyn já olhava para o comprador. Um homem alto, de 50 ou 55 anos, grisalho, usando um terno escuro, um pouco de lado, olhando para trás, para as folhagens ao longo do acesso para a garagem. Ela olhou para baixo, para os sapatos, Chester sempre dizia que a riqueza e a educação aparecem nos pés. Pareciam muito bons. Sapatos Oxford pesados, muito bem-engraxados. Ela esboçou um sorriso. Seria isso mesmo? Uma venda em seis horas? Seria algo incrível. Sorriu com ar conspiratório para Sheryl e virou-se para o homem.

— Entrem — disse animadamente e estendeu a mão.

Ele desviou o rosto do jardim para fitá-la. Olhou direto para ela, aberta e ostensivamente. Ela se sentiu nua sob seu olhar. Estava quase nua. Mas acabou devolvendo o olhar, porque viu sua terrível queimadura. Um dos lados da cabeça era apenas uma massa de cicatrizes rosadas e brilhantes. Manteve o sorriso educado congelado no rosto e a mão estendida. Ele fez uma pausa. Ergueu a mão ao encontro dela. Mas não era uma mão. Era um gancho de metal brilhante. Não se tratava de uma mão artificial, tampouco de um dispositivo protético elaborado, apenas um metal curvo de aço brilhante.

Reacher estava no meio-fio diante do prédio de sessenta andares em Wall Street dez minutos antes das sete. Manteve o motor ligado e percorreu um triângulo com os olhos, começando na porta de saída do prédio e avançando lateralmente pela praça até uma distância em que alguém poderia se aproximar dela antes dele.

Não havia ninguém dentro do triângulo que o preocupasse. Ninguém parado, ninguém observando, apenas o fluxo estreito de trabalhadores de escritórios esbarrando uns nos outros, os paletós nos braços, pesadas maletas nas mãos. A maioria virando para a esquerda na calçada, seguindo para o metrô. Alguns se desviando dos carros no meio-fio para pegar um táxi no meio do trânsito.

Os demais carros estacionados eram inofensivos. Uma caminhonete da UPS estacionada duas vagas à frente e dois veículos de empresas com os motoristas parados próximos a eles, procurando seus passageiros. A agitação inocente no fim cansativo de um dia cheio. Reacher recostou-se de volta ao assento para esperar, os olhos percorrendo a esquerda e a direita, para a frente e para trás, sempre retornando para a porta giratória.

Ela saiu antes das sete, antes do que ele esperava. Pôde vê-la pelo vidro, na portaria. Viu seu cabelo e o vestido, o movimento das pernas quando ela saiu de lado, para a saída. Imaginou se ela não teria apenas ficado à espera, lá no alto. O tempo era plausível. Ela poderia ter visto o carro pela janela e ido direto para o elevador. Ela empurrou a porta e saiu para a calçada. Ele saiu do carro, deu a volta pela frente até a calçada e ficou esperando. Ela carregava a valise de tripulante de avião. Passou por uma faixa de sol, e seu cabelo iluminou-se como uma auréola. Sorriu a uns dez metros dele.

— Olá, Reacher! — exclamou.

— Olá, Jodie — respondeu ele.

Ela sabia de alguma coisa. Dava para ver no seu rosto. Tinha ótimas notícias para ele, mas sorria como se pretendesse provocá-lo.

— O que foi? — perguntou ele.

Ela sorriu de novo e balançou a cabeça.

— Você primeiro, ok?

Sentaram-se no carro, e ele contou tudo o que ouvira do velho casal. Ela ficou sombria, seu sorriso se apagou. Ele lhe entregou a pasta de couro para que desse uma olhada no conteúdo, enquanto ele enfrentava o tráfego numa volta estreita no sentido anti-horário para ficarem de frente para a Broadway, para o sul, a duas quadras do prédio dela. Ele estacionou junto ao meio-fio, na frente de um café. Ela lia o relatório de reconhecimento de

Alerta Final   199

Rutter e estudava a fotografia do homem grisalho e emaciado junto com o soldado asiático.

— Incrível — disse ela em voz baixa.

— Me dê suas chaves — respondeu ele. — Peça um café, e eu volto a pé para cá depois de verificar que seu prédio está ok.

Ela não fez objeção. A fotografia a deixara abalada. Apenas pegou as chaves na bolsa, saiu do carro e cruzou a calçada direto para o café. Ele a observou entrar e saiu com o carro, descendo para o sul. Entrou direto na garagem dela. Era um carro diferente e achou que, se alguém estivesse à espera, hesitaria por tempo suficiente para dar a ele a vantagem de que poderia precisar. Mas a garagem estava tranquila. Apenas o mesmo conjunto de veículos estacionados, como se não tivessem saído de lá o dia inteiro. Ele estacionou o Taurus na vaga certa e subiu pela escada de metal até a portaria. Ninguém lá. Ninguém no elevador, ninguém no corredor do quarto andar. A porta do apartamento estava intacta. Ele abriu e entrou. Silêncio, o ar parado. Ninguém lá.

Voltou para a portaria pela escada e saiu para a rua pela porta de vidro. Subiu as duas quadras e entrou no café, encontrando-a sozinha, numa mesa cromada, lendo as cartas de Victor Hobie, um expresso intocado ao lado do cotovelo.

— Você vai beber isso? — perguntou ele.

Ela deixou a foto da selva por cima das cartas.

— Isso tem grandes implicações — disse ela.

Para ele, aquilo fora um não. Ele pegou a xícara e engoliu o café de uma só vez. Tinha esfriado um pouco e estava maravilhosamente forte.

— Vamos lá — disse ela. Deixou que ele carregasse sua valise e deu-lhe o braço para a caminhada de duas quadras. Ele devolveu as chaves da porta, e entraram juntos na portaria, subiram em silêncio no elevador. Ela abriu o apartamento e entrou antes dele.

— Então é o pessoal do governo que está atrás da gente — disse ela.

Ele não respondeu. Apenas se livrou do casaco novo e o deixou no sofá, sob a cópia do Mondrian.

— Só pode ser — continuou.

Ele foi até a janela e afastou as persianas. As últimas luzes do dia brilharam na sala branca.

— Estamos próximos dos segredos desses campos de prisioneiros — disse ela. — E por isso o governo quer nos silenciar. A CIA ou alguém.

Ele foi até a cozinha. Abriu a geladeira e pegou uma garrafa de água.

— Estamos em grande perigo — continuou. — Você não parece muito preocupado.

Ele deu de ombros e bebeu um gole-d'água. Estava muito gelada. Preferia natural.

— A vida é muito curta para a gente se preocupar — respondeu.

— Papai estava preocupado. Seu coração até piorou.

Ele concordou.

— Eu sei. Sinto muito.

— Então porque você não está levando a sério? Não acredita?

— Acredito. Acredito em tudo o que me contaram.

— E a fotografia é a prova, certo? O lugar existe, é óbvio.

— Sei que existe. Estive lá.

Ela olhou para ele.

— Você esteve lá? Quando? Como?

— Não faz muito tempo. Cheguei tão perto quanto esse tal de Rutter.

— Meu Deus, Reacher! O que você vai fazer então?

— Vou comprar uma arma.

— Não, temos que falar com a polícia. Ou, quem sabe, com os jornais. O governo não pode fazer isso.

— Você me espera aqui, ok?

— Aonde você vai?

— Vou comprar uma arma. E, depois, uma pizza para a gente. Eu trago para cá.

— Você não pode comprar uma arma, não na cidade de Nova York, pelo amor de Deus! Existem leis. Você precisa de uma identificação, autorizações e ainda precisa esperar cinco dias, de qualquer jeito.

Alerta Final 201

— Posso comprar uma arma em qualquer lugar. Principalmente, na cidade de Nova York. Você quer pizza de quê?

— Você tem dinheiro o suficiente?

— Para a pizza?

— Para a arma.

— A arma vai sair mais barato do que a pizza. Tranque a porta depois que eu sair, está bem? E não abra, a não ser que veja que sou eu pelo olho mágico.

Ele a deixou plantada no meio da cozinha. Desceu pela escada até a portaria e ficou no meio da calçada por tempo suficiente para se entender com a geografia. Havia uma pizzaria descendo a quadra. Foi até lá e pediu uma grande, metade anchova e alcaparra, metade calabresa, para a viagem. Ele buscaria em meia hora. Depois, desviou do tráfego na Broadway e seguiu para a direita. Já estivera em Nova York muitas vezes para saber que o que diziam era verdade. Tudo acontece rápido por lá. As coisas mudam rápido. Em termos cronológicos e em termos geográficos. Um bairro se mistura com outro em poucas quadras. Às vezes, a parte da frente de um edifício é um paraíso da classe média, e, nos fundos, um monte de vagabundos dorme no beco. Ele sabia que uma caminhada rápida de dez minutos o levaria a mundos bem distantes dos apartamentos caros da área de Jodie.

Achou o que estava procurando nas sombras sob o acesso para a ponte do Brooklyn. Um emaranhado de ruas abrigava-se ali, e um gigantesco projeto residencial espalhava-se para o norte e para o leste. Algumas lojinhas entulhadas e uma quadra de basquete com correntes em lugar da rede sob os aros. O ar estava quente e úmido, tomado por fumaça e barulho. Ele virou a esquina e parou, apoiando-se no alambrado, com os ruídos do jogo de basquete atrás, observando a colisão de dois mundos. O fluxo rápido dos carros e das pessoas caminhando apressadas, e uma quantidade equivalente de carros parados com motores ligados e grupos de pessoas ao redor. Os carros em movimento desviavam dos que estavam parados, buzinando e acelerando, e os pedestres empurravam e reclamavam, desviando pelas sarjetas dos grupos de desocupados. Algumas vezes, um carro fazia uma parada rápida e um garoto disparava para a janela do motorista. Uma conversa

rápida e o dinheiro trocava de mãos como num passe de mágica. O garoto corria de volta, entrava por uma porta e desaparecia. Minutos depois estava de volta, correndo para o carro. O motorista olhava para os dois lados, aceitava o pacotinho e se metia de volta no trânsito, em meio a uma nuvem de fumaça do escapamento e ao som das buzinas. O garoto então voltava para a calçada e esperava.

Algumas vezes, a negociação era a pé, mas o esquema era sempre o mesmo. Os garotos eram avião. Levavam o dinheiro para dentro e traziam os pacotes para fora, jovens demais para ir a julgamento. Reacher os observava usando três portas em especial, espaçadas ao longo da fachada do prédio. A do meio era a mais movimentada. O dobro, em termos de volume comercial. Era o décimo primeiro prédio, a partir da esquina de baixo. Ele se afastou da cerca e virou para a direita. Um terreno vazio mais à frente permitia ver uma pedaço do rio. A ponte rugia sobre sua cabeça. Ele virou para o norte e entrou por um beco estreito por trás dos prédios. Olhou adiante, enquanto caminhava, e contou 11 saídas de incêndio. Desceu o olhar para o nível do solo e viu um sedã preto estacionado no espaço estreito junto à entrada de serviço do décimo primeiro prédio. Um garoto de uns 19 anos sentado no capô tinha um telefone celular na mão. O guarda da porta dos fundos, o nível seguinte da escala em relação a seus irmãozinhos correndo para cima e para baixo pela calçada.

Não havia mais ninguém por perto. O garoto estava sozinho. Reacher seguiu pela viela. A maneira certa de fazer isso era caminhar apressado, olhando para algo bem além de seu alvo. Fazer com que o rapaz achasse que não tinha nada a ver com coisa alguma. Reacher fingiu, conferindo o relógio e olhando bem à frente, na distância. Apressou-se pelo caminho, quase correndo. No último minuto, desviou os olhos para o carro, como se tivesse sido puxado de volta ao presente por um súbito obstáculo. O garoto olhava para ele. Reacher se desviou para a esquerda, onde sabia que o ângulo do carro não permitiria sua passagem. Parou exasperado e desviou para a direita, virando com a fúria reprimida de um homem apressado retido por um incômodo. Jogou o braço esquerdo ao virar e acertou o garoto em cheio no lado da cabeça. O garoto despencou, e Reacher o acertou de novo,

Alerta Final

com a direita, apenas um golpe curto, quase gentil. Não havia motivo para mandá-lo para o hospital.

Deixou-o escorregar pelo capô, sem ajuda, para avaliar a extensão do nocaute. Uma pessoa consciente sempre amortece a queda. O garoto não. Caiu no chão da viela com uma batida seca. Reacher o virou e conferiu seus bolsos. Tinha uma arma, mas não era o tipo de coisa que ele levaria orgulhoso para casa. Era uma pistola chinesa, calibre 22, um tipo de imitação de alguma coisa soviética, provavelmente inútil, para início de conversa. Ele a jogou para fora de alcance, debaixo do carro.

Sabia que a porta dos fundos do prédio estaria destrancada, pois essa é a finalidade das portas dos fundos quando a pessoa está tocando negócios tão lucrativos a 150 metros da delegacia. Eles vêm pela frente, e você precisa ter como sair pelos fundos sem se preocupar em ter que achar a chave. Abriu a porta ligeiramente com o pé, olhando para a escuridão. Uma porta interna no corredor escuro, à direita, dando para uma sala com a luz acesa. A uns dez passos de distância.

Nenhum motivo para esperar. Não fariam uma pausa para o jantar. Ele percorreu os dez passos e parou diante da porta. O prédio cheirava a decadência, suor e urina. Estava em silêncio. Um prédio abandonado. Ele ouviu. Uma voz baixa vinha da sala. Depois, uma resposta. Duas pessoas, no mínimo.

Escancarar a porta e ficar parado tomando pé da cena lá dentro não era a maneira certa de agir. O sujeito que para por um milésimo de segundo é aquele que morre antes de seus colegas. Reacher estimou que o prédio tinha uns 45 metros de largura, sendo que o corredor onde ele se encontrava devia ocupar um metro. Então planejou estar do outro lado dos 44 metros restantes dentro da sala antes mesmo de saberem que ele estava lá dentro. Ainda estariam olhando para a porta, imaginando quem mais viria atrás dele.

Tomou fôlego e arrombou a porta como se ela nem sequer existisse. Ela se espatifou nas dobradiças, e ele cruzou a sala em duas enormes passadas. Pouca luz. Uma única lâmpada. Dois homens. Pacotes na mesa. Dinheiro na mesa. Um revólver na mesa. Ele acertou o primeiro com um chute giratório na têmpora. O cara caiu de lado, e Reacher pegou-o com o joelho na barriga no caminho para o outro cara, que estava se levantando da cadeira de olhos arregalados e a boca aberta, em choque. Reacher mirou no alto e o derrubou com um golpe do antebraço perfeitamente horizontal entre as sobrancelhas e o início da testa. Com força suficiente, é o bastante para apagar o sujeito por uma hora, mas seu crânio continua inteiro. Ele tinha saído para fazer compras, não para execuções.

    Ficou parado, atento ao corredor. Nada. O sujeito na viela dormia, e o barulho da rua desviava a atenção dos garotos na calçada. Olhou para a mesa e desviou o olhar de novo, pois o revólver que estava ali era um Colt Detective Special. Um revólver calibre 38, de aço azulado com punho preto de plástico. Um cano curto de cinco centímetros. Nada bom. Nem de longe o tipo de coisa que ele estava procurando. O cano curto era um incômodo, mas o calibre era frustrante. Lembrou-se de um policial de Louisiana que conhecera, capitão da polícia de alguma pequena jurisdição ribeirinha. O sujeito fora para a Polícia do Exército como consultor de armas de fogo, e Reacher recebera as instruções necessárias para tratar com ele. O sujeito contou várias histórias das desgraças causadas pelas armas calibre 38 que seus homens vinham usando. Disse que *não se pode confiar nelas na hora de derrubar alguém, principalmente se o cara estiver indo para cima de você cheio de pó de anjo na cabeça.* Contou a história de um suicida. O cara precisou dar cinco tiros de 38 na cabeça para dar cabo de si. Reacher ficou impressionado pela expressão de tristeza e decidira desde então ficar longe dos 38, uma política que não pretendia mudar agora. Deu as costas para a mesa e ficou parado, ouvindo novamente. Nada. Aproximou-se do sujeito que acertara na cabeça e vasculhou seu casaco.

    Os negociantes mais ocupados ganham mais dinheiro, e quem ganha mais dinheiro compra os melhores brinquedos, e era por isso que estava naquele prédio, e não no dos outros rivais rua acima ou abaixo. Encontrou exatamente o que queria no bolso esquerdo interno do sujeito. Algo muito melhor do que um minúsculo Detective Special 38. Uma grande pistola automática preta, uma Steyr GB, uma bela nove milímetros, favorita de seus amigos das Forças Especiais durante a maior parte da carreira. Pegou

Alerta Final 205

a arma e a conferiu. O pente estava carregado com todas as 18 balas, e a câmara cheirava como se jamais tivesse sido usada. Puxou o gatilho e observou o mecanismo se mover. Remontou a arma e enfiou-a no cinto, nas costas, e sorriu. Abaixou-se perto do sujeito desmaiando e sussurrou:

— Compro sua Steyr por um dólar. É só balançar a cabeça se isso for um problema, ok?

Sorriu de novo e se levantou. Tirou um dólar de seu maço de notas e deixou-o sob o revólver Detective Special, na mesa. Voltou para o corredor. Tudo calmo. Voltou os dez passos e saiu para a luz. Olhou para a direita e para a esquerda, viela acima e abaixo, e foi até o sedã estacionado. Abriu a porta do motorista, localizou a alavanca para abrir a mala. Lá dentro, encontrou apenas um bolsa de lona preta, vazia. Havia uma caixa pequena de munição de nove milímetros sob um emaranhado de fios vermelhos e pretos para conectar duas baterias. Ele colocou a munição na bolsa e afastou-se com ela. A pizza o esperava quando voltou para a Broadway.

Foi repentino. Aconteceu sem aviso. Assim que entraram em casa e a porta foi fechada, o homem bateu em Sheryl, um golpe maldoso, com as costas das mãos no rosto, ou com o que quer que houvesse dentro da manga vazia. Marilyn ficou congelada pelo choque. Viu o homem se virando com violência, o gancho sendo erguido num arco brilhante. Ouviu o estalo úmido do braço acertando o rosto de Sheryl e cobriu a boca com as duas mãos, como se fosse fundamental que não gritasse. Viu o homem girando em sua direção, enfiando a mão esquerda sob o braço direito e tirando uma arma. Ela viu Sheryl caindo para trás, espalhada sobre o tapete, ainda estava úmido pela limpeza a vapor. Viu a arma percorrendo um arco em sua direção, o mesmo movimento usado antes, só que na direção inversa, direto para ela. O revólver era feito de um metal cinza, coberto de óleo. Era fosco, mas brilhava. Parou na altura de seu peito e ela olhou para baixo, observando a arma, e tudo o que conseguiu pensar foi *então um revólver de metal de verdade é assim.*

— Se aproxime — disse o homem.

Ela estava paralisada. As mãos coladas no rosto, os olhos tão arregalados que pareciam prestes a rasgar a pele.

— Mais perto — repetiu ele.

Ela olhou para baixo, para Sheryl. Ela se esforçava, apoiada nos cotovelos. Os olhos vesgos e o sangue escorrendo do nariz. O lábio superior inchava, e o sangue pingava do queixo. Os joelhos estavam para cima, e a saia, aberta. Dava para ver a linha onde tecido fino da meia-calça ficava mais grosso, no alto. A respiração era entrecortada. Os cotovelos cederam, escorregaram para a frente, e os joelhos se abriram. A cabeça bateu no chão com um baque macio e virou para o lado.

— Perto — disse o homem.

Ela o olhou no rosto. Era rígido. As cicatrizes pareciam plástico endurecido. Um dos olhos era coberto pela pálpebra, grossa e áspera como um polegar. O outro era frio e não piscava. Ela olhou para a arma. Estava a trinta centímetros de seu peito. Imóvel. A mão que a segurava era lisa. As unhas bem-cuidadas. Ela avançou um quarto de um passo.

— Mais.

Ela deslizou o pé para a frente até a arma tocar o tecido do vestido. Sentiu a firmeza e o frio do metal cinza atravessando a seda fina.

— Mais perto.

Ela olhou para ele. Seu rosto estava a dois palmos do dela. No lado esquerdo, a pele era cinza e com pregas. O olho bom era cercado de rugas. O olho direito piscava. A pálpebra era lenta e pesada. Descia e depois subia, deliberadamente, como uma máquina. Ela se inclinou para a frente, dois centímetros. A arma pressionou seu peito.

— Mais.

Ela moveu o pé. Ele reagiu com uma pressão equivalente da arma. O metal pressionava a carne macia, esmagando o seio. A seda era repuxada em uma cratera profunda. Puxava o mamilo para o lado. Estava machucando. O homem ergueu o braço direito. O gancho. Colocou-o diante de seus olhos. Uma curva de aço lisa, polida a ponto de brilhar. Girou-o lentamente, com um movimento estranho do antebraço. Ela ouviu o barulho do couro dentro da manga dele. A ponta do gancho fora trabalhada para ficar

Alerta Final 207

muito afiada. Ele girou a ponta para fora e apoiou a parte externa da curva em sua testa. Ela se encolheu. Era fria. Ele arrastou o gancho para baixo e percorreu a curva de seu nariz. Por baixo do nariz. Pressionou-o contra o lábio superior. Desceu mais e fez mais pressão, forçando-a a abrir a boca. Bateu suavemente contra seus dentes. O lábio inferior estava seco e grudou no metal. Ele arrastou o lábio para baixo com o aço até a pele tenra se soltar. Percorreu a curva do queixo. Desceu sob o queixo até a garganta. Subiu de novo poucos centímetros, sob o maxilar, até forçar a cabeça dela para cima, usando a força do ombro. Olhou-a nos olhos.

— Meu nome é Hobie — disse.

Ela estava na ponta dos pés, tentando tirar a pressão da garganta. Começava a engasgar. Não lembrava de ter respirado desde que abrira a porta.

— O Chester falou de mim?

A cabeça dela inclinava-se para cima. Ela olhava para o teto. A arma enfiava-se em seu seio. Não estava mais fria. O calor do seu corpo aquecera o metal.

Ela balançou a cabeça, um movimento curto e urgente, apoiado sobre a pressão do gancho.

— Ele não falou de mim?

— Não — engasgou ela. — Por quê? Deveria ter falado?

— Ele tem segredos?

Ela balançou a cabeça novamente. O mesmo movimento curto e urgente, de um lado para outro, a pele do pescoço repuxada nas duas direções contra o metal.

— Ele falou com você sobre os problemas financeiros?

Ela piscou. Balançou a cabeça outra vez.

— Então ele *tem* segredos.

— Parece — disse, engasgada. — Mas eu sabia assim mesmo.

— Ele tem alguma namorada?

Ela piscou de novo. Fez que não com a cabeça.

— Como você pode ter certeza? — perguntou Hobie. — Se ele tem segredos...

— O que você quer? — perguntou, arfando.

— Mas acho que ele não precisa de uma namorada. Você é uma mulher muito bonita.

Ela piscou de novo. Estava na ponta dos dedos dos pés. Os saltos Gucci estavam fora do chão.

— Acabei de lhe fazer um elogio — disse Hobie. — Você não deveria responder alguma coisa? Com educação?

Ele aumentou a pressão. O aço foi mais fundo na pele do pescoço. Ela tirou um pé do chão.

— Obrigada — respondeu ela, arquejante.

O gancho diminuiu a pressão. Os olhos dela voltaram para a horizontal, e os saltos tocaram o tapete. Ela percebeu que respirava. Ofegante, para dentro e para fora, para dentro e para fora.

— Uma mulher muito bonita.

Ele baixou o gancho para longe do pescoço dela. Tocou sua cintura. Percorreu a curva do quadril para baixo. Desceu pela coxa. Ele a fixava no rosto. A arma pressionava a carne com força. O gancho virou, e a parte de fora da curva subiu pela coxa, deixando a ponta para baixo. Voltou a descer. Ela sentiu quando passou da seda para sua perna nua. Era afiado. Não como uma agulha. Como a ponta de um lápis. Parou de se mover. Voltou a subir. Ele pressionava, suavemente, sem cortá-la. Ela sabia disso. Mas deixava um sulco sobre sua pele firme. Movia-se para cima. Deslizou sob a seda. Ela sentiu o metal contra a pele da coxa. Movendo-se para cima. Ela sentia a seda do vestido embolando e se acumulando sobre o gancho. Que subia. A barra atrás do vestido deslizava para cima, subindo por suas pernas. Sheryl agitou-se no chão. O gancho parou de se mover, e o pavoroso olho direito de Hobie girou lentamente para o lado e para baixo.

— Coloque a mão no meu bolso — ordenou.

Ela olhou para ele.

— Sua mão esquerda, no meu bolso direito.

Ela teve que chegar mais perto para alcançar o espaço mais abaixo, entre os braços dele. Seu rosto ficou próximo ao dele. Ele cheirava a sabonete. Apalpou em torno do bolso. Enfiou os dedos lá dentro e fechou-os sobre um pequeno cilindro. Puxou-o para fora. Era um rolo usado de fita vedante

Alerta Final 209

de dois centímetros de diâmetro. Prateada. Restando talvez uns cinco metros. Hobie afastou-se dela.

— Prenda os pulsos de Sheryl.

Ela se retorceu nos quadris para que a barra do vestido voltasse para o lugar. Ele a observou fazendo isso e sorriu. Ela olhou do rolo de fita para Sheryl, caída no chão.

— Vire-a — disse ele.

A luz que entrava pela janela iluminava a arma. Ela se ajoelhou ao lado de Sheryl. Empurrou um ombro e puxou o outro, até o corpo se virar diante dela.

— Junte os cotovelos dela.

Ela hesitou. Ele moveu a arma uma fração para cima e depois o gancho, os braços abertos numa exibição de superioridade pelas armas. Ela torceu o rosto. Sheryl agitou-se novamente. O sangue formara uma poça no tapete. Marrom e pegajoso. Marilyn usou as duas mãos para juntar os cotovelos nas costas dela. Hobie olhou para baixo.

— Coloque-os bem juntos.

Ela soltou a fita com a unha e puxou um pedaço. Enrolou em torno dos braços de Sheryl, logo abaixo dos cotovelos.

— Apertado — disse ele. — Até em cima.

Ela deu várias voltas na fita, acima e abaixo dos cotovelos, até os pulsos. Sheryl tremia e se debatia.

— Certo. Coloque-a sentada.

Ela arrastou a outra para que ficasse sentada, com os braços enrolados na fita para trás. O rosto era uma máscara de sangue. O nariz inchara e começava a ficar azul. Os lábios estavam intumescidos.

— Coloque a fita em sua boca.

Ela usou os dentes para cortar um pedaço de uns quinze centímetros. Sheryl piscava, tentando focalizar os olhos. Marilyn encolheu os ombros diante dela, impotente, como um pedido de desculpas, e colou a fita sobre sua boca. Era uma fita grossa, com fibras de reforço fundidas ao revestimento de plástico prateado. Era brilhante, mas não escorregadia, devido às fibras entrecruzadas em relevo. Ela passou os dedos de um lado ao outro para grudá-la. As narinas de Sheryl começaram a borbulhar, e seus olhos se arregalaram, em pânico.

— Meu Deus, ela não consegue respirar! — exclamou Marilyn.

Ela se apressou para soltar a fita de novo, mas Hobie chutou sua mão para longe.

— Você quebrou o nariz dela — disse Marilyn. — Ela não pode respirar.

O revólver apontava para baixo, para a cabeça dela. Com toda a firmeza. A meio metro de distância.

— Ela vai morrer!

— Sem dúvida — respondeu Hobie.

Ela olhou para ele, horrorizada. O sangue fazia um ruído áspero, borbulhando pelas vias respiratórias fraturadas. Os olhos de Sheryl estavam tomados de pânico. Seu peito arfava. Os olhos de Hobie estavam cravados no rosto de Marilyn.

— Você quer que eu seja bonzinho? — perguntou.

Ela concordou, com energia.

— Você vai ser boazinha de volta?

Ela olhou para a amiga. O peito arfava convulsivamente, buscando o ar que não estava lá. A cabeça se movia de um lado para o outro. Hobie inclinou-se para baixo e virou o gancho de forma que a ponta ficou raspando a fita sobre a boca de Sheryl enquanto ela sacudia a cabeça. Ele deu um golpe firme e forçou a ponta através da fita prateada. Sheryl congelou. Hobie moveu o braço, para cima para baixo, para a esquerda e para a direita. Puxou o gancho de volta. Deixara um buraco rasgado na fita, com o ar chiando para dentro e para fora. A fita era sugada e soprada contra os lábios dela, em seu esforço desesperado para respirar.

— Eu fui bonzinho — disse ele. — Agora, você está me devendo, certo?

Sheryl sugava o ar com força pelo buraco na fita. Sua concentração estava toda ali. Os olhos virados para baixo, como se para confirmar que havia ar diante dela para que pudesse inspirar. Marilyn a observava, de cócoras sobre o salto alto, gelada de terror.

— Ajude-a a ir para o carro — ordenou Hobie.

10

CHESTER STONE ESTAVA SOZINHO NO BANHEIRO do octogésimo oitavo andar. Tony o forçara a entrar lá. Não fisicamente. Ele apenas ficou parado e apontou em silêncio e Stone correu pelo carpete, vestindo a camiseta de baixo, a cueca, as meias pretas e os sapatos brilhantes nos pés. Tony então baixou o braço e parou de apontar, mas ordenou que ele ficasse lá e fechasse a porta. Sons abafados vieram de fora, do escritório, e, após alguns minutos, os dois homens devem ter saído, pois Stone ouviu as portas se fechando e um ruído próximo do elevador se movimentando. Depois, tudo ficou escuro e em silêncio.

Ele sentou no chão do banheiro, as costas apoiadas na parede de granito, olhando para o silêncio. A porta do banheiro não estava trancada. Ele sabia disso. Não ouvira nenhum clique ou barulho na maçaneta quando a porta foi fechada. Sentia frio. O chão era de pedras duras, e o frio atravessava o algodão fino da cueca. Começou a tremer. Sentia fome e sede.

Ouviu atentamente. Nada. Moveu-se para se levantar do chão e foi até a pia. Abriu a torneira e voltou a escutar atentamente, por cima da água correndo. Nada. Inclinou a cabeça e a bebeu. Os dentes tocaram o metal da torneira, e ele sentiu o gosto clorado da água da rede pública. Encheu a boca, sem engolir, deixando a água encharcar sua língua seca. Engoliu e fechou a torneira.

Esperou por uma hora. Uma hora inteira sentado no chão, olhando para a porta destrancada e ouvindo o silêncio. Sentia dor no ponto em que o cara o acertara. Uma dor aguda, onde o punho golpeou suas costelas com tudo. Osso contra osso, sólidos, colidindo. Depois, uma sensação penetrante de náusea vinda da barriga, onde o golpe o atingira. Manteve os olhos na porta, tentando abstrair da dor. O prédio emitia sons surdos e estrondos distantes, como se houvesse outras pessoas no mundo, mas que estavam muito distantes. Os elevadores, o ar-condicionado, a água correndo pelos canos e a brisa batendo de leve nas janelas somavam-se e se cancelavam num sussurro baixo e confortável, um pouco aquém de se tornarem discerníveis. Ele pensou ter ouvido as portas do elevador abrindo e fechando, 88 andares abaixo, talvez, batidas fracas e graves vibrando para cima, ao longo dos trilhos.

Sentia frio, câimbra, fome, dor e medo. Ficou de pé, curvado pela câimbra e pela dor, escutou. Nada. Deslizou as solas de couro pelo piso de pedra. Ficou parado, com a mão na maçaneta. Ouviu com atenção. Nada ainda. Abriu a porta. O enorme escritório estava às escuras e em silêncio. Vazio. Atravessou o carpete e parou junto à porta que dava para a recepção. Agora, estava mais próximo da fileira de elevadores. Podia ouvir os carros assobiando para cima e para baixo pelos trilhos. Ouviu junto à porta. Nada. Abriu a porta. A recepção estava deserta, na penumbra. O carvalho tinha um brilho pálido, e o acabamento em cobre emitia alguns reflexos. Ouviu o barulho do motor da geladeira vindo da cozinha, à direita. Sentiu cheiro de café velho.

Alerta Final

213

A porta para o corredor estava trancada. Uma porta grande e grossa, provavelmente à prova de fogo, conforme as rígidas leis municipais. Era revestida de carvalho claro, e dava para ver o brilho fosco do aço pela fresta onde ela encontrava a moldura. Mexeu na maçaneta, mas não conseguiu movê-la. Ficou diante da porta por um longo tempo, espiando o exterior pela janelinha de vidro, a nove metros dos botões do elevador e da liberdade. Voltou-se para o balcão.

Ficava na altura do peito, visto de frente. Atrás, tinha uma bancada como mesa, e a barreira na altura do peito era composta de pequenos compartimentos contendo material de escritório e pastas empilhadas de forma organizada. Sobre a bancada, havia um telefone diante da cadeira de Tony. O telefone era um aparelho complicado, com um fone do lado esquerdo e botões à direita, sob uma pequena janela retangular. A janela era um visor LCD cinza em que se lia: OFF. Ele pegou o telefone e não ouviu nada além do sangue pulsando em seu ouvido. Apertou as teclas aleatoriamente. Nada. Percorreu todo o teclado, passando o dedo da esquerda para a direita sobre cada tecla, procurando. Encontrou identificada como OPERAR. Pressionou, e a pequena tela mudou para DIGITE CÓDIGO. Apertou números aleatórios, e a tela voltou para OFF.

Havia armários sob a mesa. Pequenas portas de carvalho. Todas trancadas. Sacudiu cada uma delas e ouviu as linguetas batendo nas placas de metal da tranca. Caminhou de volta ao escritório. Desviou dos móveis e foi até a mesa. Não havia nada nos sofás. Suas roupas tinham desaparecido. Nada sobre a mesa. As gavetas estavam trancadas. Era uma mesa sólida, cara, arruinada pelos sulcos do gancho, e as fechaduras das gavetas pareciam firmes. Ele se agachou, ridículo em sua cueca samba-canção, e puxou-as pelas alças. Moveram-se por uma fração e pararam. Avistou a lata de lixo sob a mesa. Um cilindro de metal, não era alta. Inclinou-a. Sua carteira estava lá, vazia e abandonada. A foto de Marilyn ao lado, virada para baixo. No verso do papel, havia impresso diversas vezes: KODAK. Esticou a mão para dentro da lata e pegou a foto. Virou-a. Ela sorriu para ele. Uma foto casual do ombro para cima. Estava com o vestido de seda. O sexy, que ela encomendara. Marylin não sabia que Chester sabia que ela mandara fazer.

Ele estava sozinho em casa quando a loja ligou. Disse-lhes para ligar mais tarde e deixou que ela acreditasse que ele acreditava que o comprara pronto. Na foto, vestia-o pela primeira vez. Ela sorria timidamente, os olhos animados e desafiadores, dizendo-lhe para não descer muito com a lente, não até o ponto onde a seda fina prendera em seus seios. Ele pousou a foto na palma da mão e olhou para ela; depois, colocou de volta no lixo, porque não tinha bolsos.

Levantou-se com urgência, contornou a cadeira de couro e foi até a parede de janelas. Afastou as lâminas da persiana com as duas mãos e olhou para fora. *Tinha que fazer alguma coisa.* Mas estava a 88 andares de distância. Nada para ver, exceto o rio e Nova Jersey. Nenhum vizinho do outro lado para quem fazer gestos urgentes. Absolutamente nada do outro lado, até os Apalaches encontrarem a Pensilvânia. Ele deixou as cortinas caírem de volta, percorreu cada centímetro do escritório, cada centímetro da recepção e de volta para o escritório para fazer tudo de novo. Sem esperança. Estava numa prisão. Postou-se no centro da sala, trêmulo, com os olhos focalizando o vazio.

Sentia fome. Não tinha ideia da hora. O escritório não tinha relógio, ele não tinha relógio. O sol baixava no oeste. Fim de tarde, ou início de noite, e ele não tinha almoçado. Arrastou-se até a porta do escritório. Ouviu novamente. Nada, exceto o zumbido confortável do edifício e a vibração do motor da geladeira. Ele saiu e atravessou para a cozinha. Deixou o dedo parado sobre o interruptor da luz até criar coragem para acendê-lo. Um tubo fluorescente foi acionado. Piscou por um segundo e lançou uma luminosidade uniforme pela sala, além do zumbido intenso que saía de seu circuito. A cozinha era pequena, com uma pia de aço inoxidável e um balcão do mesmo tamanho. Canecas lavadas de cabeça para baixo e uma máquina de café com um filtro cheio de café velho. Um refrigerador pequeno sob o balcão. Dentro dele, uma caixa de leite e um pacote de meia dúzia de cervejas, além de um saco da Zabar cuidadosamente dobrado. Pegou o saco. Havia algo embrulhado em jornal. Algo pesado e sólido. Ele se levantou e abriu o pacote sobre o balcão. Dentro dele, estava um saco plástico. Segurou-o pelo fundo, e a mão decepada caiu sobre o balcão. Os dedos estavam brancos e

Alerta Final 215

curvados. Do pulso, saía uma carne esponjosa e roxa, pontas estilhaçadas de ossos brancos e tubos azuis, vazios e pendurados. Em seguida, o brilho da luz fluorescente girou e inclinou-se diante de seus olhos enquanto ele caía, desmaiado, no chão.

Reacher colocou a caixa de pizza no chão do elevador, tirou a arma do cinto e fechou-a dentro da bolsa esportiva com o zíper, junto com o resto da munição. Em seguida, abaixou e pegou a pizza, a tempo de o elevador se abrir novamente no quarto andar. A porta do apartamento foi aberta logo que ele entrou no campo de visão do olho mágico. Jodie o esperava praticamente no corredor. Ainda usava o vestido de linho. Estava um pouco amassado na altura dos quadris, após ela passar o dia sentada. Suas longas pernas morenas estavam cruzadas, um pé diante do outro.

— Trouxe o jantar — disse ele.

Ela olhou para a bolsa.

— Última chance, Reacher. Devemos falar com alguém sobre tudo isso.

— Não — respondeu ele.

Ele colocou a bolsa no chão, e ela entrou atrás dele para trancar a porta.

— Está bem — disse ela. — Se for o governo fazendo alguma coisa, talvez você esteja certo. Talvez seja melhor ficarmos longe da polícia.

— Certo.

— Então, estou com você nessa história.

— Vamos comer.

Ele foi para a cozinha levando a pizza. Ela tinha preparado a mesa. Dois lugares, um de frente para o outro. Pratos, facas e garfos, guardanapos de papel, copos de água gelada. Como se duas pessoas morassem no apartamento. Ele colocou a caixa sobre o balcão e a abriu.

— Você escolhe — disse ele.

Ela estava de pé atrás dele, bem próxima. Ele a sentia ali. Seu perfume. O toque da palma da mão em suas costas. Queimava. Ela deixou a mão ali por um segundo e depois a usou para afastá-lo do caminho.

— Vamos dividir — disse ela.

Equilibrou a caixa no braço e a levou de volta para a mesa. Afastou as fatias umas das outras enquanto a caixa se inclinava e oscilava. Dividiu-as pelos pratos. Ele se sentou, deu um gole da água e a observou. Ela era magra e enérgica, capaz de fazer com que qualquer atividade mundana parecesse um balé gracioso. Ela se virou, afastou-se, jogou a caixa gordurosa no lixo e voltou para a mesa. O vestido rodopiou e fluiu com ela. Ela sentou. Ele ouviu o sussurro do linho na pele, e o pé dela esbarrou no joelho dele, sob a mesa.

— Me desculpe — disse.

Limpou os dedos no guardanapo, jogou o cabelo por trás dos ombros e ajeitou a cabeça em um ângulo para a primeira mordida. Comia com a mão esquerda, girando a fatia para uma posição em que pudesse mordê-la com avidez.

— Não almocei — disse ela. — Você me disse para não sair do prédio.

Esticou a língua para fora e pegou um fio de queijo. Sorriu ao achar engraçado enquanto enganchava o queijo derretido e o trazia de volta para os lábios. O óleo os deixava brilhantes. Ela tomou um longo gole de água.

— Anchovas, minha favorita. Como você sabia? Mas deixam a gente com sede depois, não é? Muito salgada.

O vestido não tinha mangas, e ele via seus braços por inteiro, desde o ossinho no alto do ombro. Eram esguios, morenos e finos. Quase sem músculos, apenas bíceps pequenos como tendões. Ela era linda e o deixava sem fôlego, mas era como um quebra-cabeça, fisicamente. Era alta, mas tão esguia que ele não conseguia ver como todos os órgãos vitais cabiam dentro dela. Era magra feito um pau, mas parecia vibrante, firme e forte. Um quebra-cabeça. Lembrava-se da sensação do braço dela em torno de sua cintura, 15 anos antes. Como se alguém estivesse apertando uma corda grossa em torno de sua cintura.

— Não posso ficar aqui hoje à noite — comentou ele.

Ela o olhou atravessado.

— Por que não? Se tiver alguma coisa para fazer, vou com você. Como eu disse, estou com você nessa história.

— Não, só não posso ficar.

Alerta Final 217

— Por que não? — perguntou ela de novo.

Ele respirou fundo e segurou o fôlego. O cabelo dela brilhava na luz.

— Não é apropriado que eu fique aqui.

— Mas por que não?

Ele encolheu os ombros, constrangido.

— Porque sim, Jodie. Porque você pensa em mim como um irmão ou um tio, ou algo assim, por causa do Leon. Mas eu não sou nada disso, entende?

Ela olhava para ele.

— Me desculpe — continuou.

Os olhos dela estavam arregalados.

— O quê?

— Isso não está certo — disse ele, com delicadeza. — Você não é minha irmã ou minha sobrinha. Isso é apenas uma ilusão porque eu era próximo do seu pai. Para mim, você é uma mulher linda e eu não posso ficar sozinho com você.

— Por que não? — perguntou ela mais uma vez, sem fôlego.

— Meu Deus, Jodie! Por que não? Porque não é adequado, por isso que não. Você não precisa saber de todos os detalhes. Você não é minha irmã ou minha sobrinha, e eu não consigo mais fingir isso. Esse fingimento está me deixando louco.

Ela estava imóvel. Olhando para ele. Ainda sem fôlego.

— Há quanto tempo você se sente assim? — perguntou ela.

Ele encolheu os ombros, novamente constrangido.

— Sempre, eu acho. Desde que te conheci. Me dá uma folga, Jodie, você não era nenhuma criança. Eu estava mais próximo da sua idade do que da de Leon.

Ela ficou em silêncio. Ele prendeu a respiração, aguardando as lágrimas. O ultraje. O trauma. Ela apenas olhava para ele, que já lamentava ter falado. Deveria ter ficado com a maldita boca fechada. Mordido a porra do lábio e deixado por isso mesmo. Ele já tinha passado por coisa pior, embora não conseguisse lembrar exatamente onde ou quando.

— Me desculpe — disse novamente.

Ela tinha o rosto pálido. Grandes olhos azuis olhando para ele. Os cotovelos apoiados sobre a mesa. O tecido do vestido acumulou-se no colo e abriu-se para frente. Ele viu a alça do sutiã, fina e branca contra a pele do ombro. Olhou para o rosto angustiado dela e fechou os olhos, com um suspiro desesperado. A honestidade é a melhor política? Esqueça!

Então ela fez uma coisa curiosa. Levantou devagar e se virou, afastando a cadeira do caminho. Adiantou-se e agarrou a ponta da mesa, com ambas as mãos, os músculos delgados destacando-se como cordas. Ela arrastou a mesa para o lado. Em seguida, mudou de posição, virou-se e empurrou-a de costas, com as coxas, até estar bem encostada no balcão. Reacher ficou sentado em sua cadeira, subitamente ilhado no meio da sala. Ela deu um passo para trás e ficou diante dele. A respiração dele congelou dentro do peito.

— Você está pensando em mim como apenas uma mulher? — perguntou, cuidadosa.

Ele concordou.

— Não como uma irmã mais nova? Não como sua sobrinha?

Ele balançou a cabeça. Ela fez uma pausa.

— Sexualmente? — perguntou baixinho.

Ele concordou com a cabeça, ainda constrangido, resignado.

— Claro que sexualmente. O que você acha? Olhe para si mesma. Eu mal consegui dormir na noite passada.

Ela apenas ficou lá.

— Eu tinha que falar — disse ele. — Sinto muito, Jodie.

Ela fechou os olhos. Apertou-os com força. E então ele viu um sorriso. Espalhou-se por todo o rosto dela. Ela cerrou as mãos do lado do corpo e depois explodiu para a frente, atirando-se sobre ele. Caiu em seu colo, os braços fechando-se por trás de sua cabeça, e beijou-o como se fosse morrer se parasse.

Era o carro de Sheryl, mas ele mandou Marilyn dirigi-lo. Ele sentou no banco de trás, atrás de Marilyn, com Sheryl ao lado dele com os braços esmagados nas costas. A fita ainda estava em sua boca, e ela respirava com dificuldade. Ele manteve o gancho descansando no colo dela, com a ponta

Alerta Final   219

espetada contra a pele da coxa. A mão esquerda segurava a arma. Usou-a para tocar a parte de trás do pescoço de Marilyn com a frequência necessária para que ela não esquecesse de que ele estava lá.

Tony encontrou-os na garagem subterrânea. O expediente terminara, e o lugar estava silencioso. Tony cuidou de Sheryl, e Hobie levou Marilyn; os quatro subiram pelo elevador de carga. Hobie destrancou a porta do corredor e entrou na recepção. A luz da cozinha estava acesa. Stone estava estirado no chão, de cueca. Marilyn engasgou e correu para ele. Hobie observou o movimento de seu corpo sob o vestido fino e sorriu. Voltou-se e fechou a porta. Guardou as chaves e a arma no bolso. Marilyn tinha parado e olhava para a cozinha, as mãos na boca novamente, olhos arregalados, o horror estampado no rosto. Hobie seguiu seu olhar. A mão estava pousada no balcão, a palma para cima e os dedos curvos como os de um mendigo. Em seguida, Marilyn olhava para baixo, aterrorizada.

— Não se preocupe — disse Hobie. — Não é dele. Mas é uma ideia, não é mesmo? Eu poderia cortar a mão dele, caso não faça o que eu quero.

Marilyn olhou para ele.

— Ou eu poderia cortar a sua — disse para ela. — Eu poderia obrigá-lo a assistir. Talvez eu o obrigasse a fazer isso para mim.

— Você é louco! — disse Marilyn.

— Ele faria, sabe? Ele faria qualquer coisa. Ele é patético. Olha só para ele, de roupa de baixo. Você acha que ele fica bem de cueca?

Ela não respondeu.

— E você? — perguntou Hobie. — Você fica bem de roupa de baixo? Que tal tirar esse vestido e me mostrar?

Ela o olhou, em pânico.

— Não? — perguntou. — Está bem, talvez mais tarde. Mas e quanto à sua corretora de imóveis? Você acha que ela fica bem de roupa de baixo?

Ele se virou para Sheryl. Ela se afastava na direção da porta, retorcida com os braços presos com fita. Ficou rígida.

— Que tal? — perguntou ele. — Você fica bem de roupa de baixo?

Ela o fixou e balançou a cabeça descontroladamente. A respiração assobiando pelo orifício na fita. Hobie chegou mais perto, prendeu-a contra a porta e enfiou a ponta do gancho por dentro da cintura da saia.

— Vamos dar uma olhada.

Ele puxou com o gancho, e Sheryl balançou, desequilibrando-se quando o tecido foi rasgado. Os botões se espalharam, e ela caiu de joelhos. Ele levantou o pé e a empurrou com a sola para o chão. Ele acenou com a cabeça para Tony. Tony se abaixou e arrancou a saia rasgada pelas pernas trêmulas.

— Meia-calça. Nossa, eu detesto meias-calças. Tão pouco românticas.

Ele se inclinou e usou a ponta do gancho para rasgar o nylon em tiras. Os sapatos saíram dos pés. Tony pegou a saia, os sapatos e a meia rasgada e levou tudo para a cozinha. Jogou tudo no lixo. Sheryl esfregou as pernas nuas e se sentou, ofegando através da fita. Ela vestia uma calcinha branca minúscula e tentava cobri-la com a barra da blusa. Marilyn olhava para ela, a boca aberta com horror.

— Ok, *agora*, sim, estamos nos divertindo — disse Hobie. — Não é?

— Pode apostar que sim — respondeu Tony. — Mas não tão divertido quanto ainda vai ficar.

Hobie riu, e Stone se agitou. Marilyn se abaixou e ajudou-o a se sentar no assoalho da cozinha. Hobie passou por cima dele e pegou a mão decepada da bancada.

— Isso veio do último cara que me chateou — disse.

Stone abria e fechava os olhos, como se pudesse modificar a cena, varrendo-a para longe. Em seguida, olhou para Sheryl. Marilyn percebeu que nunca os apresentara antes. Ele não sabia quem ela era.

— Para o banheiro — ordenou Hobie.

Tony puxou Sheryl para ficar em pé, e Marilyn ajudou Chester. Hobie veio atrás deles. Entraram no escritório e seguiram para a porta do banheiro.

— Para dentro — disse Hobie.

Stone foi na frente. As mulheres o seguiram. Hobie observou-os entrar e ficou na porta. Acenou para Stone.

— Tony vai dormir aqui no sofá, esta noite. Portanto, não saia novamente. E passe o tempo de maneira produtiva. Converse com sua esposa. Nós faremos a transferência das ações amanhã. Será muito melhor para ela

Alerta Final 221

se tudo for feito em uma atmosfera de comum acordo. Muito melhor. De qualquer outra forma, as consequências seriam ruins. Entende o que estou dizendo?

Stone apenas olhou para ele. Hobie percorreu as mulheres com um olhar demorado; em seguida, acenou com a mão decepada, despedindo-se, e fechou a porta.

O quarto branco de Jodie foi inundado pela luz. Por cinco minutos, ao final de todas as tardes de junho, o sol se punha no oeste e encontrava uma fina passagem em linha reta entre os altos edifícios de Manhattan para atingir sua janela com força total. A persiana brilhava como se estivesse incandescente, e as paredes recebiam a luz e a refletiam ao redor até todo o lugar estar brilhando com uma suave explosão branca. Reacher achou que tudo aquilo caía muito bem. Ele estava deitado de costas, mais feliz do que jamais se lembrara de já ter se sentido.

Se tivesse pensado nisso, poderia ter se preocupado. Lembrava-se de alguns pequenos provérbios tolos que diziam coisas como *pobre do homem que obtém o que deseja*. *E é melhor viajar esperançoso do que voltar*. Obter algo que desejou por 15 anos poderia parecer estranho. Mas não era. Ele se sentia como se tivesse feito uma viagem maravilhosa de foguete, para algum lugar do qual não tinha ideia da existência. Tinha sido tudo o que ele sonhara, multiplicado por um milhão. Ela não era um mito. Era uma criatura que respirava, rígida e forte, vigorosa e cheirosa, quente e tímida, e dadivosa.

Estava aninhada na dobra do seu braço, o cabelo sobre o rosto. Entrava em sua boca quando respirava. A mão dele repousava nas costas dela. Ele percorria suas costelas de um lado para outro. Sua espinha dorsal ficava em uma fenda sob o músculo longo. Ele descia pelo vale com o dedo. Os olhos dela estavam fechados, mas sorria. Ele sabia disso. Sentiu os cílios dela roçando em seu pescoço, e podia sentir a forma de sua boca no ombro. Era capaz de decodificar a sensação dos músculos do rosto dela. Ela sorria. Ele moveu a mão. A pele dela estava fresca e macia.

— Eu deveria estar chorando agora — disse ela, baixinho. — Sempre achei que ia chorar. Eu costumava pensar que, se isso acontecesse algum dia, eu ia chorar depois.

Ele a apertou com mais força.

— Por que deveríamos chorar?

— Por causa de todos esses anos desperdiçados.

— Antes tarde do que nunca.

Ela se ergueu nos cotovelos. Apoiou metade do corpo sobre ele, os seios esmagados em seu peito.

— Aquelas coisas que você me disse eu poderia ter dito a você, palavra por palavra, exatamente. Quem dera eu tivesse falado há muito tempo. Mas eu não podia.

— Eu também não podia — respondeu ele. — Era como um segredo culpado.

— Sim. Meu segredo culpado.

Ela subiu completamente e se sentou, montando sobre ele, as costas retas, sorrindo.

— Mas agora não é um segredo.

— Não — respondeu ele.

Ela esticou os braços para cima, começando um bocejo que terminou em um sorriso satisfeito. Ele colocou as mãos em sua cintura fina. Percorreu com elas para cima, até seus seios. Seu sorriso se abriu mais ainda.

— De novo?

Ele a balançou lateralmente com os quadris e a fez rolar e deitar suavemente na cama.

— Estávamos brincando de pique-esconde, certo? Todos esses anos.

Ela concordou. Apenas um pequeno movimento, sorrindo, esfregando os cabelos contra o travesseiro.

Marilyn assumiu o comando. Achou que era a mais forte. Chester e Sheryl estavam abalados, o que ela considerava compreensível, pois foram os dois que sofreram o abuso. Deviam estar se sentindo vulneráveis, seminus. Ela mesma se sentia seminua, mas não se preocuparia com isso naquele momento. Tirou a fita da boca de Sheryl e a segurou enquanto ela chorava. Então, abaixou-se atrás da amiga e começou a soltar a fita de seus pulsos, desenrolando-os até os cotovelos. Ela amassou a massa pegajosa, jogou-a no lixo e voltou para massagear os ombros dela, para que recuperasse a sensibilidade. Depois, pegou uma toalha de mão, molhou-a com água quente da pia e limpou as crostas de sangue do rosto de Sheryl. O nariz estava inchado e ficando preto. Ela começava a se preocupar, pois tinha de ir a um médico. Começou a repassar algumas coisas mentalmente. Já vira filmes em que havia reféns. Alguém sempre é o porta-voz, diz que não vai chamar a polícia e leva os doentes liberados para o hospital. Mas como exatamente fazem isso?

Ela pegou as toalhas da barra e deu uma para que Sheryl usasse como saia. Em seguida, dividiu o restante em três pilhas e as espalhou no chão. Sabia que o piso de pedra ficaria frio. O isolamento térmico seria importante. Ela encostou as três pilhas em linha contra a parede. Sentou-se com as costas contra a porta, colocou Chester à sua esquerda e Sheryl à sua direita. Segurou suas mãos e apertou-a com força. Chester apertou de volta.

— Me desculpe — disse ele.

— Quanto você deve? — perguntou ela.

— Mais de 17 milhões.

Ela não se preocupou em perguntar se ele tinha como pagar. Não estaria seminu, no chão do banheiro, se pudesse.

— O que ele quer? — perguntou ela.

Ele se encolheu ao lado dela, miseravelmente.

— Tudo. Quer toda a empresa.

Ela concordou com a cabeça e olhou para o encanamento debaixo da pia.

— O que sobraria para nós?

Ele fez uma pausa e, em seguida, deu de ombros outra vez.

— Qualquer migalha que quisesse nos deixar. Provavelmente, absolutamente nada.

— E a casa? — perguntou ela. — Ficaríamos com ela, certo? Eu a coloquei à venda. Esta senhora é corretora. Ela disse que vale quase dois milhões.

Stone olhou para Sheryl. Depois, balançou a cabeça.

— A casa pertence à empresa. Foi uma coisa técnica, mais fácil para financiar dessa forma. Hobie vai ficar com ela, junto com todo o resto.

Ela concordou e olhou para o espaço. À sua direita, Sheryl adormecera, sentada. O terror a esgotara.

— Você também deve dormir — disse ela. — Eu vou pensar em alguma coisa.

Ele apertou sua mão novamente e inclinou a cabeça para trás. Fechou os olhos.

— Me desculpe — disse novamente.

Ela não respondeu. Apenas alisou a seda fina sobre as coxas e olhou para a frente, pensando.

O sol tinha ido embora antes de terminarem pela segunda vez. Tornou-se uma barra brilhante, deslizando lateralmente pela janela. Em seguida, um feixe horizontal estreito, brincando pela parede branca, viajando devagar, a poeira dançando através dele. Em seguida, ele se foi, apagando como uma luz, deixando a sala sob o brilho suave e fresco da noite. Eles ficaram deitados, aconchegados entre os lençóis embolados, corpos relaxados, respirando baixinho. Então, ele sentiu o sorriso dela novamente. Ela se ergueu sobre um cotovelo e olhou para ele com o mesmo sorriso provocante que ele tinha visto quando ela saía do escritório.

— O quê? — perguntou ele.

— Tenho uma coisa para te contar.

Ele esperou.

— Dentro das minhas atribuições oficiais.

Ele fixou o rosto dela. Ela ainda estava sorrindo. Seus dentes eram brancos e os olhos, azuis brilhantes, mesmo na penumbra fresca. Ele se questionou sobre as *atribuições oficiais dela*. Ela era uma advogada que limpava a bagunça quando alguém devia cem milhões de dólares para outra pessoa.

— Eu não devo dinheiro — disse ele. — E acho que não tem ninguém me devendo.

Ela balançou a cabeça. Ainda sorrindo.

Alerta Final 225

— Como executora do testamento do papai.

Ele concordou. Fazia sentido que Leon a tivesse nomeado. Uma advogada da família, a escolha óbvia.

— Abri e li hoje. No trabalho.

— E o que tem lá? Ele era um avarento disfarçado? Um bilionário de colchão?

Ela balançou a cabeça novamente. Não disse nada.

— Ele sabia o que aconteceu com Victor Hobie e escreveu tudo em seu testamento?

Ela continuava a sorrir.

— Ele deixou uma coisa para você. Uma herança.

Ele concordou de novo, lentamente. Isso também fazia sentido. Leon era assim. Ele se lembraria e escolheria alguma miudeza, de valor sentimental. Mas o quê? Percorreu suas lembranças. Provavelmente uma recordação. Suas medalhas, talvez? Talvez o rifle de longo alcance, que trouxera da Coreia. Um velho Mauser, de fabricação alemã, provavelmente capturado pelos soviéticos na Frente Oriental e vendido dez anos mais tarde para seus clientes coreanos. Uma senhora arma. Leon e ele tinham especulado muitas vezes sobre as ações em que o rifle estivera envolvido. Seria bom ter aquela arma. Uma bela lembrança. Mas onde diabos ele iria guardá-lo?

— Ele deixou a casa para você — disse ela.

— Deixou o quê?

— A casa — repetiu ela. — Onde a gente estava, em Garrison.

Ele olhou para ela, surpreso.

— A casa dele?

Ela concordou. Ainda sorrindo.

— Não acredito nisso — disse. — E não posso aceitar. O que eu faria com ela?

— O que você faria com ela? Você vai morar lá, Reacher. É para isso que servem as casas, certo?

— Mas eu não moro em casas. Nunca morei numa casa.

— Bem, agora você pode morar numa.

Ele ficou em silêncio. Depois balançou a cabeça.

— Jodie, não posso aceitar. Ela deveria ser sua. Ele deveria ter deixado para você. É a sua herança.

— Eu não quero — respondeu ela, simplesmente. — Ele sabia disso. Prefiro ficar na cidade.

— Ok, então venda a casa. Mas ela é sua, certo? Venda e fique com o dinheiro.

— Não preciso do dinheiro. Ele também sabia disso. Vale menos do que eu ganho em um ano.

Ele olhou para ela.

— Achei que fosse uma área cara, na beira do rio.

Ela concordou.

— E é.

Ele fez uma pausa, confuso.

— A casa dele? — repetiu.

Ela concordou.

— Você sabia que ele ia fazer isso?

— Não exatamente — respondeu ela. — Mas sabia que não ia deixar para mim. Achei que talvez me mandasse vendê-la e dar o dinheiro para a caridade. Ex-combatentes, algo do tipo.

— Certo, então é isso que você deve fazer.

Ela sorriu de novo

— Reacher, não posso. Não depende de mim. Trata-se de uma instrução legal do testamento dele. Sou obrigada a seguir.

— A casa dele — disse vagamente. — Ele me deixou a casa dele?

— Ele se preocupava com você. Por dois anos, estava preocupado. Desde que você foi desligado. Ele sabia como ia ser. Sabia que você tinha passado a vida em serviço e que, de uma hora para outra, ia ficar sem nenhuma perspectiva. Ele se preocupava sobre como você seguiria vivendo.

— Mas ele não sabia como eu estava vivendo.

Ela concordou novamente.

— Mas dava para adivinhar, não é? Ele era um velho esperto. Sabia que você estaria vadiando por algum lugar. Costumava dizer que vadiar é

Alerta Final

ótimo, por uns três ou quatro anos, talvez. Mas e quando você chegar aos cinquenta? Sessenta? Setenta? Ele estava pensando nisso.

Reacher encolheu os ombros, deitado de costas, nu, olhando para o teto.

— Eu nunca pensei sobre isso. Meu lema é *viva um dia de cada vez.*

Ela não respondeu. Apenas abaixou a cabeça e o beijou no peito.

— Sinto como se estivesse roubando de você — continuou. — É a sua herança, Jodie. Você deveria ficar com ela.

Ela o beijou novamente.

— Era a casa dele. Mesmo que eu quisesse, teria que respeitar a vontade dele. Mas o fato é que eu não queria a casa. Nunca quis. Ele sabia disso. Ele era totalmente livre para fazer o que quisesse com ela. E fez. Deixou-a para você porque queria que fosse sua.

Ele olhava para o teto, mas sua mente vagava pela casa. Descendo pelo caminho da garagem, por entre as árvores, a garagem à direita, a passagem coberta para a casa, a construção baixa à esquerda. O estúdio, a sala de estar, as águas do Hudson, largo e lento. A mobília. Parecia muito confortável. Talvez ele pudesse ter um aparelho de som. Alguns livros. Uma casa. Sua casa. Ele experimentou as palavras na cabeça: *minha* casa. Minha *casa.* Mal sabia como falar. *Minha casa.* Sentiu um arrepio.

— Ele queria que fosse sua — repetiu ela. — Está no testamento. Não dá para questionar. Aconteceu. E não tem o menor problema para mim, eu juro, ok?

Ele concordou lentamente.

— Ok — respondeu ele. — Ok, mas é esquisito. De verdade, muito esquisito.

— Quer um café? — perguntou ela.

Ele virou e olhou para o rosto dela. Ele poderia ter sua própria máquina de café. Na sua cozinha. Na sua casa. Ligada à eletricidade. *Sua* eletricidade.

— Café? — perguntou ela de novo.

— Acho que sim.

Ela deslizou para fora da cama e calçou os sapatos.

— Preto, sem açúcar, certo?

Ali estava ela, de pé, nua, a não ser pelos sapatos. Evidente, de salto alto. Ela percebeu o olhar dele.

— O chão da cozinha é frio. Sempre uso sapato lá.

— Esqueça o café, ok?

Dormiram na cama dela, a noite inteira, até bem depois de o sol nascer. Reacher acordou primeiro, tirou o braço com cuidado de debaixo dela e conferiu o relógio. Quase sete. Ele tinha dormido por nove horas. O melhor sono de sua vida. A melhor cama. Já tinha dormido em várias camas. Centenas, milhares, talvez. Essa tinha sido a melhor de todas. Jodie dormia ao seu lado. Estava de bruços e se livrara do lençol durante a noite. As costas nuas até a cintura. Ele via a curva dos seios debaixo dela. O cabelo espalhado pelos ombros. Um joelho para cima, descansando sobre a coxa dele. A cabeça inclinada para a frente, no travesseiro, curvada, acompanhando a direção do joelho. A posição a deixava com um aspecto compacto, atlético. Ele beijou seu pescoço. Ela se agitou.

— Bom-dia, Jodie — disse ele.

Ela abriu os olhos. Depois fechou e abriu novamente. Sorriu. Um sorriso matinal, caloroso.

— Fiquei com medo de ter sonhado — disse. — Costumava sonhar com isso, antes.

Ele a beijou de novo. Ternamente, na bochecha. Depois, menos ternamente, na boca. Os braços dela se fecharam atrás dele, e ambos giraram juntos. Fizeram amor de novo, pela quarta vez, em 15 anos. Em seguida, tomaram banho juntos, pela primeira vez. Depois, café da manhã. Comeram como se estivessem mortos de fome.

— Preciso ir ao Bronx — disse ele.

Ela concordou.

— O tal Rutter? Eu dirijo. Tenho uma ideia de onde seja.

— E o trabalho? Achei que você precisasse ir.

Ela olhou para ele, surpresa.

— Você me disse que tinha horas para faturar — continuou ele. — Pareceu muito ocupada.

Ela sorriu, timidamente.

— Inventei isso. Estou bem adiantada, na verdade. Eles disseram que eu deveria tirar a semana. Eu só não queria ficar andando por aí com você, me sentindo daquele jeito. Foi por isso que corri para a cama na primeira noite. Eu deveria ter mostrado o quarto de hóspedes, você sabe, como uma anfitriã bem-educada. Mas não quis ficar sozinha com você num quarto. Teria me deixado louca. Tão perto, mas tão distante, você entende?

Ele concordou.

— E o que você fez no escritório o dia todo?

Ela riu.

— Nada. Fiquei sentada sem fazer nada, o dia inteiro.

— Você é doida. Por que nunca me disse nada?

— Por que você nunca me disse nada?

— Eu disse a você.

— Finalmente — disse ela. — Depois de 15 anos.

Ele concordou.

— Eu sei, mas tinha medo. Achei que você ficaria magoada. Achei que isso era a última coisa que você gostaria de ouvir.

— Pensei o mesmo. Achei que você me odiaria para sempre.

Entreolharam-se, sorrindo. Em seguida, deram uma risada. E, depois, uma gargalhada, que continuou por cinco minutos sem parar.

— Vou me vestir — disse ela, ainda rindo.

Ele a seguiu até o quarto e achou suas roupas no chão. Ela estava no meio do closet, escolhendo uma roupa limpa. Ele a olhava e começou a imaginar se a casa de Leon tinha closets. Não, se *sua* casa tinha closets. É claro que sim. Todas as casas têm closets, certo? Será que ele então teria que começar a juntar coisas para enchê-los?

Ela escolheu uma calça jeans e uma camisa, vestidas com um cinto de couro e sapatos caros. Ele levou o casaco novo para a entrada e o deixou junto com a Steyr, na bolsa esportiva. Colocou vinte cartuchos soltos no bolso oposto. Todo aquele metal deixou o casaco pesado. Ela foi encontrá-lo, carregando a pasta de couro. Estava conferindo o endereço de Rutter.

— Pronto? — perguntou ela.

— Como sempre estive.

Mandou que ela esperasse a cada passo, enquanto ele verificava à frente. Exatamente os mesmos procedimentos usados no dia anterior. Antes, a segurança dela parecera importante. Agora, parecia vital. Mas tudo estava limpo e silencioso. Corredor vazio, elevador vazio, portaria vazia, garagem vazia. Entraram juntos no Taurus, e ela deu a volta no quarteirão e seguiu para o norte e depois para o leste.

— Estrada a leste do rio para a I-95, está bem para você? — perguntou ela. — Seguindo para a esquerda, é a via expressa Cross Bronx.

Ele deu de ombros e procurou se lembrar do mapa da Hertz.

— Depois, pegamos a Bronx River para o norte. Precisamos ir ao zoológico.

— Ao zoológico? O Rutter não mora perto do zoológico.

— Não para o zoológico, exatamente. Para o Jardim Botânico. Tem uma coisa que você precisa ver.

Ela olhou de lado para ele e se concentrou na direção. O tráfego estava pesado, logo após o pico da hora do rush, mas estava se movendo. Seguiram para o norte, pelo rio e depois para noroeste, para a ponte George Washington. Deixaram-na para trás e seguiram pelo Bronx. A via expressa estava lenta, mas a alameda para o norte estava mais rápida, pois saía de Nova York numa hora em que a cidade atraía as pessoas. Além da barreira, o tráfego para o sul estava engarrafado.

— Certo. Para onde? — perguntou ela.

— Passe da Universidade de Fordham. Depois do conservatório, e estacione no alto.

Ela concordou e mudou de pista. A Fordham passou pela esquerda, e o conservatório à direita. Ela foi pela entrada do museu e achou uma vaga logo depois. Estava quase todo vazio.

— E agora?

Ele pegou a pasta de couro.

— É só ficar atenta — disse ele.

Alerta Final 231

O conservatório ficava cem metros à frente deles. Ele lera tudo sobre o lugar num folheto gratuito, no dia anterior. Recebera o nome de um sujeito chamado Enid Haupt, e sua construção custara uma fortuna, em 1902, e dez vezes mais quando foi renovado, 95 anos mais tarde, mas foi dinheiro bem-gasto, pois o resultado fora magnífico. Era enorme e ornamentado, a definição absoluta de filantropia urbana expressa em ferro e vidro branco leitoso.

Seu interior era quente e úmido. Reacher levou Jodie até o local que procurava. As plantas exóticas foram reunidas em enormes canteiros delimitados por muretas baixas e largas. Havia bancos ao longo dos caminhos. O vidro leitoso filtrava a luz solar, resultando num brilho nublado. Um forte cheiro de terra úmida e pesada e de florações penetrantes.

— O quê? — perguntou ela. Divertia-se, mas também se sentia impaciente. Ele encontrou o banco que procurava e afastou-se dele, aproximando-se do muro baixo. Deu meio passo para a esquerda e, em seguida, mais um, até ter certeza.

— Fique aqui — disse a ela.

Ele a pegou por trás dos ombros e a colocou na mesma posição que ocupara antes. Abaixou a cabeça até a altura dela e conferiu.

— Fique na ponta dos pés e olhe para a frente.

Ela ficou mais alta e olhou para a frente. Suas costas estavam retas, e o cabelo se espalhava pelos ombros.

— Certo — disse ele. — Me diga o que você vê.

— Nada. Bem, plantas e outras coisas.

Ele concordou com a cabeça e abriu a pasta de couro. Tirou a fotografia brilhante do ocidental emaciado e grisalho, esquivando-se do rifle do guarda. Esticou-a com o braço diante dela, no limite de sua visão. Ela olhou para a foto.

— O quê? — Perguntou ela mais uma vez, entre divertida e frustrada.

— Compare — respondeu ele.

Ela manteve a cabeça parada e piscou alternando os olhos esquerdo e direito entre a fotografia e a cena em frente a ela. Em seguida, tirou a foto da mão dele e a segurou com o braço esticado diante de si. Seus olhos se arregalaram, e o rosto ficou pálido.

— Meu Deus! — disse. — Merda! Esta foto foi tirada aqui? Bem aqui? Não foi? Todas estas plantas são exatamente as mesmas.

Ele se abaixou de novo e conferiu mais uma vez. Ela segurava a foto de forma que as plantas correspondessem exatamente. Uma folhagem de algum tipo de palmeira à esquerda, quinze metros de altura, folhas de samambaia à direita e atrás, num emaranhado de ramos. Os dois personagens estariam uns seis metros para dentro do canteiro denso, capturados por uma lente teleobjetiva que comprimia a perspectiva e tirava a vegetação mais próxima do foco. Bem mais atrás, o tronco de uma árvore da selva, que a câmera turvara na distância. Na verdade, crescia num canteiro diferente.

— Merda! — repetiu ela. — Merda, não acredito nisso.

A luz também estava certa. O vidro leitoso acima deles criava uma ótima representação de uma selva enevoada. O Vietnã é um lugar nublado. As montanhas irregulares puxavam as nuvens para baixo, e a maioria das pessoas se lembra das neblinas e névoas, como se o próprio solo estivesse sempre vaporoso. Jodie olhou da fotografia para a realidade diante dela, movendo-se milimetricamente da esquerda para direita para obter um ajuste perfeito.

— Mas e o arame? As estacas de bambu? Parece tão real...

— Adereços teatrais — disse ele. — Três estacas, dez metros de arame farpado. Não é muito difícil conseguir, certo? Trouxeram aqui para dentro, provavelmente tudo embrulhado.

— Mas quando? Como?

Ele deu de ombros.

— De manhã cedo, um dia? Quando o lugar ainda estava fechado? Talvez conhecessem alguém que trabalha aqui. Podem ter feito enquanto o lugar estava fechado para reformas.

Ela olhava para a imagem, aproximando-a dos olhos.

— Espera aí, droga! Dá para ver aquele banco. Dá para ver o canto daquele banco lá.

Alerta Final 233

Mostrou a ele o que estava vendo, com a unha posicionada precisamente sobre a superfície brilhante da fotografia. Havia um pequeno borrão quadrado, branco. Era o canto de um banco de ferro, para a direita, por trás da cena principal. A teleobjetiva tinha um enquadramento fechado, mas não o suficiente.

— Eu não tinha visto — disse ele. — Você está ficando boa nisso.

Ela virou o rosto para encará-lo.

— Não, estou ficando boa e furiosa, Reacher. Esse cara, Rutter, levou dezoito mil dólares por uma fotografia falsa.

— Pior do que isso. Deu a eles falsas esperanças.

— E o que vamos fazer, então?

— Estamos indo visitá-lo.

Estavam de volta ao Taurus 16 minutos após saírem dele. Jodie manobrou de volta para a alameda, os dedos tamborilando na direção e falando rápido.

— Mas você me disse que acreditava neles. Eu disse que a foto provava que o lugar existia, e você concordou. Você disse que tinha estado lá, havia pouco tempo, tão perto quanto Rutter.

— Tudo verdade. Eu acreditava que o Jardim Botânico existia. Tinha acabado de voltar de lá. E cheguei tão perto quanto Rutter. Fiquei de pé junto à parede baixa, de onde ele deve ter tirado a foto.

— Minha nossa, Reacher! O que é isso? Um jogo?

Ele deu de ombros.

— Ontem eu não sabia o que era. Quer dizer, em termos do quanto eu precisava contar para você.

Ela concordou com a cabeça e sorriu em meio à exasperação. Estava se lembrando da diferença entre o dia anterior e aquele.

— Mas como diabos ele acha que pode escapar com isso? Uma estufa no Jardim Botânico de Nova York, pelo amor de Deus!

Ele se esticou. Alongou os braços até o para-brisa

— Psicologia — disse. — É a base de qualquer fraude, certo? Você diz às pessoas o que elas querem ouvir. Aqueles pobres velhos queriam ouvir que o filho estava vivo. E ele diz que o menino provavelmente está. Assim, eles investem muita esperança e dinheiro, esperando em suspenso por três meses inteiros, e ele então mostra uma foto. Basicamente, eles verão tudo aquilo que mais querem ver. E o cara foi inteligente. Pediu-lhes o nome e a unidade exatos, quis imagens reais do menino, e assim pôde escolher um cara de meia-idade, mais ou menos do tamanho e jeito certos para a foto, e lhes devolveu o mesmo nome e unidade corretos. Psicologia. Eles veem o que desejam ver. Poderia ter colocado um cara fantasiado de gorila na foto, e teriam acreditado que era um representante da vida selvagem local.

— Mas como você descobriu isso?

— Do mesmo jeito. A mesma psicologia, mas em sentido inverso. Eu não queria acreditar, pois sabia que não podia ser verdade. Então, procurei algo que parecesse errado. Foi a farda que o cara estava vestindo que me mostrou. Você viu isso? Uma farda velha e gasta do Exército dos Estados Unidos? Esse cara sumiu há trinta anos. Não há a menor possibilidade de uma farda durar por trinta anos na selva. Estaria podre em seis semanas.

— Mas por que lá? O que te fez ir procurar no Jardim Botânico?

Ele abriu os dedos contra o vidro do para-brisa, empurrando para aliviar a tensão dos ombros.

— Onde mais ele encontraria uma vegetação assim? No Havaí, talvez, mas por que pagar a passagem aérea para três pessoas quando se pode encontrá-la de graça na porta de casa?

— E o rapaz vietnamita?

— Provavelmente, um garoto da faculdade. Possivelmente, aqui de Fordham mesmo. Talvez de Columbia. Talvez nem fosse vietnamita. Poderia ser garçom de um restaurante chinês. Rutter deve ter pagado uns vinte dólares para ele posar para a foto. Ele deve ter uns quatro amigos se revezando para bancar o prisioneiro americano. Um cara branco grande, um pequeno, um cara preto grande, um cara preto pequeno, todas as bases cobertas. Todos uns vagabundos, magros e abatidos. Provavelmente, pagou-os com uísque e tirou todas as fotos juntas, para usar conforme apropriado. Pode ter vendido essa mesma foto mais de dez vezes. Qualquer pessoa que tenha perdido um filho alto e branco receberia uma cópia. Em seguida, ele

Alerta Final 235

os faz jurar segredo com esta palhaçada de conspiração do governo, assim ninguém nunca vai comparar as anotações mais tarde.

— Ele é nojento — disse ela.

Ele concordou.

— Com toda certeza. As famílias CNR ainda são um mercado grande e vulnerável, e ele está se alimentando deles como uma larva.

— CNR? — perguntou ela.

— Corpo não recuperado. É o que eles são. MEC/CNR. Morto em combate, corpo não recuperado.

— Mortos? Você não acredita que ainda existam prisioneiros?

Ele balançou a cabeça.

— Não tem nenhum prisioneiro, Jodie. Não mais. Isso é tudo besteira.

— Tem certeza?

— Absoluta.

— Como pode ter certeza?

— Apenas tenho. Assim como sei que o céu é azul, a grama é verde e você tem uma bunda incrível.

Ela sorriu enquanto dirigia.

— Sou uma advogada, Reacher. Esse tipo de prova não serve para mim.

— Fatos históricos — respondeu ele. — Essa história de reféns para obter auxílio americano é tudo mentira, para início de conversa. Eles pretendiam descer correndo para Ho Chi Minh assim que déssemos o fora de lá, o que era totalmente contrário ao acordo de Paris. Por isso sabiam que nunca iam conseguir qualquer ajuda, não importa o que fizessem. Então soltaram todos os prisioneiros em 1973, um pouco devagar, eu sei, mas os deixaram sair. Quando voltamos, em 1975, eles pegaram cerca de cem retardatários e nos devolveram todos eles, o que não combina com qualquer tipo de estratégia com reféns. Além disso, estavam desesperados para que retirássemos as minas de seus portos e não iam inventar bobagens.

— Eles foram lentos para devolver os despojos — disse ela. — Você sabe, nossos rapazes mortos em aviões derrubados ou nas batalhas. Fizeram algumas bobagens com isso.

Ele concordou.

— Eles não entendiam bem. Era importante para nós. Nós queríamos dois mil corpos de volta. Eles não conseguiam entender o porquê. Estiveram em guerra por mais de quarenta anos: Japão, França, Estados Unidos, China. Provavelmente perderam um milhão de pessoas desaparecidas em ação. Nossos dois mil eram uma gota no balde. Além disso, eram comunistas. Não compartilhavam o valor que nós damos aos indivíduos. Novamente, é uma questão psicológica. Mas isso não significa que mantiveram prisioneiros escondidos em campos secretos.

— Não é um argumento muito conclusivo — disse ela secamente.

Ele concordou outra vez.

— Leon é o argumento conclusivo. Seu pai e pessoas como ele. Eu conheço essas pessoas. Corajosas e honradas, Jodie. Eles lutaram lá, e, mais tarde, chegaram ao poder e obtiveram destaque. O Pentágono é cheio de idiotas, eu sei disso tão bem quanto todo mundo, mas sempre teve um número suficiente de pessoas como Leon por lá para mantê-los honestos. Me responde uma pergunta: se Leon tivesse conhecimento da existência de prisioneiros mantidos lá no Vietnã, o que ele faria?

Ela deu de ombros.

— Eu não sei. Alguma coisa, é claro.

— Pode apostar qualquer coisa que sim. Leon teria posto a Casa Branca abaixo, tijolo por tijolo, até que todos os rapazes estivessem em segurança, de volta para casa. Mas não fez isso. E não porque não soubesse. Leon sabia de tudo o que havia para saber. Não tem como manter uma coisa dessas em segredo de todos os Leons, não o tempo todo. Uma grande conspiração por seis mandatos presidenciais? Uma conspiração que pessoas como Leon não iriam farejar? Esqueça! Os Leons deste mundo nunca reagiram; portanto, isso nunca existiu. Eis a prova conclusiva, pelo menos no que me diz respeito, Jodie.

— Não, isso é fé — disse ela.

— Que seja, é o bastante para mim.

Ela observou o tráfego à frente e refletiu sobre o assunto. Em seguida, concordou, pois, afinal, a fé em seu pai também era o bastante para ela.

Alerta Final 237

— Então, Victor Hobie está morto?

Reacher concordou.

— Só pode estar. Morto em combate, corpo não recuperado.

Ela continuou dirigindo, devagar. Eles seguiam para o sul, o tráfego estava ruim.

— Certo, nada de prisioneiros, nada de campos. Nada de conspiração do governo. Então, não era gente do governo que estava atirando na gente e batendo no nosso carro.

— Nunca achei que fosse. A maioria das pessoas do governo que conheci era muito mais eficiente do que isso. Eu era uma pessoa do governo, de certa maneira. Você acha que eu erraria dois dias seguidos?

Ela virou o carro para a direita, freou e parou no acostamento. Virou-se em seu assento para encará-lo, os olhos azuis bem abertos.

— Então, deve ser o Rutter — disse. — Quem mais pode ser? Ele está tocando um esquema lucrativo, certo? E está pronto para protegê-lo. Ele acha que nós vamos expô-lo. Então, está vindo atrás da gente. E agora nosso plano é ir direto para os braços dele.

Reacher sorriu.

— Ei, a vida é cheia de perigos — disse ele

Marilyn percebeu que tinha caído no sono, porque acordou rígida e com frio, com os ruídos entrando pela porta atrás dela. O banheiro não tinha nenhuma janela, e ela não tinha ideia da hora. Era manhã, supôs, porque achava que tinha dormido por algum tempo. À sua esquerda, Chester olhava fixamente para o espaço, o olhar a mil quilômetros para além dos canos sob a pia. Estava inerte. Ela se virou e o olhou diretamente, sem obter qualquer reação. À sua direita, Sheryl estava enrolada no chão. Respirava pesadamente pela boca, o nariz tinha ficado preto, brilhante e inchado. Marilyn olhou para ela e engoliu. Virou-se novamente e pressionou a orelha na porta. Ouviu com atenção.

Havia dois homens lá fora. Escutou o som de duas vozes profundas, falando baixo. Podia ouvir os elevadores a distância. Um ruído de tráfego fraco, com sirenes ocasionais se perdendo no silêncio. Barulho de avião, como se um grande jato decolando do JFK seguisse para oeste, sobre o porto. Ela se levantou.

Os sapatos tinham saído durante a noite. Ela os achou enfiados sob sua pilha de toalhas. Calçou-os e foi em silêncio até a pia. Chester olhava diretamente através dela. Ela se olhou no espelho. *Nada mal*, pensou. A última vez que tinha passado a noite em um assoalho de banheiro fora após uma festa de fraternidade na universidade, havia mais de vinte anos, e ela não parecia pior do que estava agora. Ela penteou o cabelo com os dedos e jogou água nos olhos. Então voltou em silêncio para a porta e ouviu novamente.

Dois homens, mas tinha certeza de que Hobie não era um deles. Uma certa equivalência no tom agudo das vozes. Era uma conversa com idas e voltas, não ordens e obediência. Ela afastou a pilha de toalhas para trás com o pé, respirou fundo e abriu a porta.

Os dois homens pararam de falar e se viraram para olhá-la. O que se chamava Tony estava sentado de lado no sofá diante da mesa. O outro, que ela não tinha visto antes, estava sentado perto dele, na mesa de centro. Era um homem robusto, vestindo um terno escuro, não era alto, mas era pesado. A mesa estava vazia. Nenhum sinal de Hobie. As persianas da janela estavam fechadas, apenas com uma fresta aberta, por onde ela via o sol brilhante lá fora. Era mais tarde do que imaginara. Ela olhou de volta para o sofá e viu Tony sorrindo para ela.

— Dormiu bem? — perguntou ele.

Ela não respondeu. Apenas manteve um olhar neutro, fixo no rosto dele até o sorriso se desfazer. *Um a zero*, pensou.

— Conversei com meu marido — mentiu.

Tony olhou para ela, com expectativa, aguardando ela continuar. Ela o deixou esperando. *Dois a zero*, pensou.

— Nós concordamos com a transferência — continuou. — Mas vai ser complicado. Vai levar algum tempo. Existem fatores que não creio que vocês apreciarão. Vamos aceitar, mas teremos que contar com uma cooperação mínima de vocês ao longo do caminho.

Tony concordou.

— Como o quê?

— Falarei disso com Hobie. Não com você.

O escritório ficou em silêncio. Apenas os ruídos distantes do mundo exterior. Ela se concentrou em sua respiração. Para dentro e para fora, para dentro e para fora.

— Certo — respondeu Tony.

Três a zero, pensou.

— Queremos café — disse ela. — Três xícaras, com creme e açúcar.

Mais silêncio. Então, Tony concordou, e o homem robusto se levantou. Afastou o olhar e saiu do escritório em direção à cozinha. *Quatro a zero*, pensou.

O endereço do remetente na carta de Rutter correspondia a uma fachada sórdida, alguns quarteirões ao sul de qualquer esperança de reforma urbana. Era uma construção de madeira, entalada entre estruturas de tijolos de quatro andares que podem ter sido fábricas ou armazéns antes de serem abandonados e se transformarem em ruínas, há décadas. O endereço de Rutter tinha uma janela suja à esquerda, uma entrada no centro e uma porta de enrolar aberta à direita, revelando uma garagem estreita. Havia um Lincoln Navigator novo em folha espremido no interior. Reacher reconheceu o modelo de um anúncio que tinha visto. Era um Ford gigante, tração nas quatro, com um brilho luxuoso a mais para justificar sua superioridade dentro da linha Lincoln. Este era preto metálico e, provavelmente, valia mais do que o imóvel em torno dele.

Jodie passou direto, sem correr e sem ser muito devagar, apenas na velocidade plausível para aquela rua esburacada. Reacher virou a cabeça ao redor, fazendo o reconhecimento do lugar. Jodie virou para a esquerda e deu a volta no quarteirão. Reacher viu uma passagem de serviço atrás dos prédios, com escadas de incêndio enferrujadas penduradas sobre as pilhas de lixo.

— Então, como vamos fazer isso? — perguntou Jodie.

— Vamos entrar direto — respondeu ele. — A primeira coisa é observar a reação deles. Se souber quem nós somos, jogamos de um jeito. Se não, jogamos de outro.

Ela estacionou duas vagas depois da frente da loja, à sombra de um armazém de tijolos enegrecidos. Trancou o carro, e caminharam juntos de volta. Da calçada, podiam ver o que havia por trás da janela suja. Viram uma exposição de equipamentos excedentes do Exército, casacos de camuflagem velhos e empoeirados, cantis e botas. Rádios de campo, rações militares e capacetes de infantaria. Algumas das coisas já eram obsoletas antes de Reacher se formar em West Point.

A porta estava dura e acionou um sino quando foi aberta. Era um sistema mecânico simples, o movimento da porta acionava uma mola, que acionava o sino, que produzia o som. A loja estava vazia. Havia um balcão à direita, com uma porta atrás dando para a garagem. Um mostruário de roupa num cabide prateado circular e mais um monte de lixo empilhado numa única prateleira. Uma porta dos fundos saía para o beco, trancada e com um alarme. Alinhadas perto da porta dos fundos, cinco cadeiras de vinil acolchoadas. Em torno das cadeiras, várias pontas de cigarro e garrafas vazias de cerveja. A iluminação era fraca, mas a poeira de anos era visível por toda parte.

Reacher foi na frente de Jodie. O chão rangeu sob ele. Dois passos no interior, e ele viu um alçapão se abrindo após o balcão. Uma porta resistente, de velhas tábuas de pinho, com dobradiças de latão e um polimento gorduroso no qual gerações de mãos seguraram ao fechá-la. As vigas do piso eram visíveis dentro do buraco, e uma escada estreita, construída com a mesma madeira antiga, descia na direção de uma claridade elétrica e incandescente. Ele ouviu o barulho de pés sobre o piso de cimento do porão abaixo dele.

— Já estou indo, seja lá quem for! — gritou uma voz de dentro do buraco.

Era a voz de um homem de meia-idade, suspensa em algum ponto entre a surpresa e a irritação. A voz de um homem que não esperava ser chamado. Jodie olhou para Reacher, e ele fechou a mão no punho da Steyr, dentro do bolso.

Alerta Final

Uma cabeça de homem apareceu no nível do chão, seguida pelos ombros e pelo tronco, enquanto ele subia a escada. Era uma figura volumosa, com dificuldade para sair do buraco, vestido com uma farda verde-oliva desbotada. Tinha cabelos oleosos, uma barba grisalha desgrenhada, rosto carnudo e olhos pequenos. Saiu sobre as mãos e joelhos, e se levantou.

— Posso ajudar? — perguntou.

Em seguida, outra cabeça e ombros apareceram atrás dele. E outra. E outra. E outra. Quatro homens subiram pela escada saindo do porão. Cada um se endireitou por sua vez e fez uma pausa, olhando diretamente para Reacher e Jodie, e depois se afastando para as cadeiras alinhadas. Eram homens grandes, roliços, tatuados e vestidos com velhas fardas parecidas. Sentaram-se com os braços grandes cruzados sobre as barrigas grandes.

— Posso ajudar? — repetiu o primeiro.

— Você é Rutter? — perguntou Reacher.

O homem concordou. Nenhuma expressão de reconhecimento em seus olhos. Reacher olhou para a fila de homens nas cadeiras. Representavam uma complicação que ele não antecipara.

— O que você quer? — perguntou Rutter.

Reacher alterou o plano. Precisava ter uma ideia da verdadeira natureza das transações da loja e do que o porão armazenava.

— Quero um silenciador — disse. — Para uma Steyr GB.

Rutter sorriu, uma cara realmente divertida no conjunto formado pela mandíbula e pela luz em seus olhos.

— É contra a lei eu vender isso para você, é contra a lei você ter uma.

O jeito enfadonho como falou era uma confissão direta de que ele tinha o produto e o vendia. O tom condescendente por trás das palavras dizia *tenho algo que você quer, e isso me faz melhor do que você.* Falava sem qualquer cautela. Nenhuma suspeita de que Reacher era um policial tentando armar para ele. Ninguém nunca achou que Reacher fosse um policial. Ele era grande e bruto demais. Não tinha a palidez das delegacias ou a furtividade urbana que as pessoas associam por instinto aos policiais. Rutter não estava preocupado com ele. Estava preocupado com Jodie. Não sabia quem ela era. Tinha falado com Reacher, mas olhado para ela. Ela o olhava de volta, fixamente.

— Contra a lei de quem? — perguntou ela, com desdém.

Rutter coçou a barba.

— Fica mais caro.

— Em comparação com o quê? — perguntou ela.

Reacher sorriu para si mesmo. Rutter não estava certo sobre ela, e, com aquelas duas perguntas, meia dúzia de palavras apenas, ela o deixara perdido, achando que poderia ser uma socialite de Manhattan preocupada com uma ameaça de sequestro de seus filhos, a mulher de um bilionário querendo antecipar a herança ou a esposa de um membro do Rotary querendo sobreviver em um confuso triângulo amoroso. Ela olhava para ele como uma mulher acostumada a abrir o próprio caminho sem a oposição de ninguém. Certamente, não da lei, e, muito menos, de algum comerciante desprezível do Bronx.

— Steyr GB? — perguntou Rutter. — Você quer a austríaca autêntica?

Reacher concordou, balançando a cabeça, como se fosse o cara que lida com os detalhes triviais. Rutter estalou os dedos, e um dos homens pesadões pulou fora da cadeira e se enfiou pelo buraco. Voltou após um bom tempo com um cilindro preto envolvido em papel, que o óleo da arma tinha deixado transparente.

— Dois mil dólares — disse Rutter.

Reacher concordou. O preço era quase justo. A pistola não era mais fabricada, mas ele desconfiava de que as últimas lojas a trabalharem com ela a vendiam por oitocentos ou novecentos dólares. O preço final da fábrica para o silenciador provavelmente saía por mais de duzentos. Dois mil por um produto ilegal, dez anos mais tarde, a quatro mil quilômetros da fábrica, era quase razoável.

— Deixa eu ver — disse ele.

Rutter limpou o tubo nas calças. Entregou-o. Reacher pegou a arma e encaixou o tubo no lugar. Não como no cinema. Não se segura a arma na altura dos olhos e se aparafusa o silenciador no lugar, devagar, com cuidado e amor. Você usa uma leve pressão rápida, dá meio giro e encaixa, como a lente em uma câmera.

Alerta Final 243

Melhorava a arma. Ficava mais equilibrada. Noventa e nove vezes em cem, uma pistola dispara mais para o alto porque o coice joga o cano para cima. O peso do silenciador compensaria essa probabilidade. E um silenciador funciona fazendo com que a explosão de gás se disperse relativamente devagar, o que enfraquece o coice logo de cara.

— Funciona bem mesmo? — perguntou Reacher.

— Claro que sim — respondeu Rutter. — É o autêntico, de fábrica.

O cara que trouxera a peça para cima tinha voltado para a cadeira. Quatro sujeitos, cinco cadeiras. A maneira de neutralizar uma gangue é derrubar o líder primeiro. É uma verdade universal. Reacher aprendera isso aos 4 anos de idade. Descubra quem é o líder, derrube-o primeiro, mas derrube para valer. A situação agora seria diferente. Rutter era o líder, mas tinha que continuar inteiro, por ora, pois Reacher tinha outros planos para ele.

— Dois mil dólares — repetiu Rutter.

— Teste de campo — disse Reacher.

Uma Steyr GB não tem nenhuma trava de segurança. O primeiro disparo precisa de uma pressão de seis quilos no gatilho, o que é considerado o suficiente para evitar um tiro acidental se a arma cair, pois é uma pressão bastante deliberada. Portanto, não há nenhum mecanismo de segurança independente. Reacher virou a mão para a esquerda e pressionou os seis quilos. A arma disparou, e a cadeira vazia explodiu. O som foi alto. Não como no cinema. Não como uma tosse. Ou como uma cuspidela discreta. Mas como pegar o catálogo telefônico de Manhattan, erguê-lo acima da cabeça e jogá-lo para baixo sobre uma mesa com toda a força. Não era um som delicado. No entanto, mais silencioso do que poderia ser.

Os quatro rapazes ficaram congelados pelo choque. O vinil estilhaçado e o estofamento de crina voavam pelo ar. Rutter olhava, imóvel. Reacher acertou-o com força, a canhota no estômago, chutou seus pés para longe e o fez despencar no chão. Depois apontou a Steyr para o cara junto à cadeira destruída.

— Desçam as escadas — disse ele. — Todo mundo. Agora, certo?

Ninguém se mexeu. Reacher contou em voz alta *um, dois* e, no *três*, disparou novamente. A mesma explosão intensa. As lascas das tábuas do chão saltaram aos pés do primeiro cara. *Um, dois*, e Reacher disparou outra vez. E, mais uma vez, *um, dois e fogo*. Poeira e lascas de madeira voavam para cima. O barulho dos tiros repetidos era esmagador. O cheiro forte de pólvora queimada e da lã de aço aquecida dentro do silenciador tomou o lugar. Os homens se mexeram todos de uma vez após a terceira bala. Atropelaram-se e correram para o alçapão. Caíram e tropeçaram para dentro. Reacher deixou a porta cair, fechando-a sobre eles, e arrastou o balcão por cima dela. Rutter erguia-se sobre as mãos e os joelhos. Reacher chutou-o nas costas e continuou chutando até ele recuar completamente e sua cabeça bater com força contra o balcão deslocado.

Jodie tinha a fotografia falsa na mão. Ela se agachou e a estendeu para ele. Ele piscou e focalizou o olhar. A boca se mexia, apenas um buraco irregular no meio da barba. Reacher se abaixou e o segurou pelo pulso esquerdo. Levantou sua mão e pegou o dedo mínimo.

— Perguntas — disse. — E vou quebrar um dedo a cada vez que você mentir para mim.

Rutter tentou lutar, usando todas as forças para se levantar e escapar. Reacher acertou-o outra vez, um golpe sólido no estômago, e ele voltou a cair.

— Você sabe quem somos nós?

— Não — respondeu Rutter, ofegante.

— Onde esta foto foi tirada?

— Acampamento secreto — ofegou Rutter. — Vietnã.

Reacher quebrou seu dedo mínimo. Apenas o virou para o lado e estalou na articulação. Para os lados é mais fácil do que dobrando para trás, até o fim. Rutter gritou de dor. Reacher pegou o dedo seguinte. Tinha um anel de ouro.

— Onde?

— Zoológico do Bronx — arfou Rutter.

— Quem é o garoto?

— Só um moleque.

— E o cara alto?

— Um amigo — respondeu Rutter.

Alerta Final

245

— Quantas vezes você já fez isso?

— Quinze, talvez — respondeu Rutter.

Reacher dobrou o dedo anelar para o lado.

— É verdade — gritou Rutter. — Não passou de 15, eu juro. E eu nunca fiz nada para você. Eu nem sei quem você é.

— Conhece os Hobie? — perguntou Reacher. — Lá de Brighton?

Viu que Rutter percorria uma lista mental, confuso. Em seguida, viu quando se lembrou. Percebeu que ele se esforçava para compreender como aqueles velhos otários e patéticos poderiam ter feito despencar tudo aquilo sobre sua cabeça.

— Você não passa de um monte de merda nojento, não é?

Rutter girava a cabeça de um lado para outro, em pânico.

— Repita, Rutter — gritou Reacher.

— Eu sou um monte de merda — gemeu Rutter.

— Onde fica o seu banco?

— Meu banco? — repetiu Rutter, sem entender.

— Seu banco.

Rutter hesitou. Reacher pressionou o dedo anelar um pouco mais.

— Dez quadras — gritou Rutter.

— E o documento de propriedade da caminhonete?

— Na gaveta.

Reacher acenou com a cabeça para Jodie. Ela se levantou e foi para trás do balcão. Abriu as gavetas ruidosamente e pegou uma papelada. Folheou o maço de papéis e acenou com a cabeça.

— Registrado no nome dele. Por quarenta mil dólares.

Reacher mudou a pegada e segurou Rutter pelo pescoço. Pressionou seu ombro e o empurrou com força até sua mão estar fazendo força sob a mandíbula de Rutter.

— Vou comprar sua caminhonete por um dólar — disse. — É só balançar a cabeça se isso for um problema, está bem?

Rutter estava totalmente imóvel. Os olhos saltando sob a pressão de Reacher em sua garganta.

— E, depois, vou levá-lo até o banco. Na minha caminhonete nova. Você vai sacar dezoito mil dólares em dinheiro, e eu vou devolver para os Hobie.

— Não! Dezenove mil seiscentos e cinquenta. Estava num fundo mútuo. Considere seis por cento ao ano, em juros compostos.

— Certo — disse Reacher. Ele aumentou a pressão. — Dezenove mil seiscentos e cinquenta para os Hobie e dezenove mil seiscentos e cinquenta para nós.

Os olhos de Rutter percorriam o rosto de Reacher. Implorando. Sem entender.

— Você os enganou — disse Reacher. — Disse que iria descobrir o que aconteceu com o filho deles. Não fez. E agora nós teremos que fazer isso para eles. Por isso precisaremos do dinheiro para as despesas.

O rosto de Rutter estava ficando azul. Suas mãos seguravam com força no pulso de Reacher, tentando aliviar a pressão desesperadamente.

— Ok? — perguntou Reacher. — Portanto, é isso que vamos fazer. Basta balançar a cabeça se tiver qualquer tipo de problema com isso.

Rutter puxava o pulso de Reacher usando toda a sua força, mas de nada adiantou.

— Pense nisso como um imposto — disse Reacher. — Um imposto sobre aplicação de golpes de merda.

Soltou a mão e se levantou. Quinze minutos mais tarde, estava no banco de Rutter, que protegia a mão esquerda no bolso e assinava um cheque com a direita. Cinco minutos depois, Reacher tinha 39.300 dólares em dinheiro dentro da bolsa de lona. Quinze minutos depois, deixou Rutter no beco atrás da loja, com duas notas de um dólar enfiadas na boca, uma para o silenciador e outra para a caminhonete. Mais cinco minutos, e ele seguia o Taurus de Jodie até o posto de devolução da Hertz, em LaGuardia. Outros 15 minutos, e eles estavam no Lincoln novo, juntos, voltando para Manhattan.

11

A NOITE EM HANÓI CAI 12 HORAS ANTES DO que em Nova York, portanto, o sol que ainda estava alto quando Reacher e Jodie saíram do Bronx já tinha se posto por trás das terras altas do norte do Laos, duzentos quilômetros a oeste do aeroporto de Noi Bai. O céu tinha um tom laranja brilhante, e as sombras compridas do longo entardecer foram substituídas pela escuridão repentina do crepúsculo tropical. Os cheiros da cidade e da selva eram mascarados pelas exalações de querosene, e o barulho das buzinas dos carros e dos insetos noturnos era eliminado pelo assobio contínuo das turbinas dos jatos estacionados.

Um gigantesco cargueiro C-141 Starlifter da Força Aérea dos Estados Unidos estava parado na pista, a pouco mais de um quilômetro dos terminais lotados de passageiros, próximo a um hangar sem identificação.

A rampa traseira do avião estava baixada, e seus motores funcionavam o suficiente para alimentar a iluminação interior. Dentro do hangar não identificado, as luzes também estavam acesas. Havia uma centena de arcos luminosos pendendo do alto do telhado de metal corrugado, banhando o espaço cavernoso com um brilho amarelado.

O hangar era tão grande quanto um estádio, mas não continha nada além de sete caixas. Cada uma tinha 1,95 metro de comprimento, era feita de alumínio reforçado, polido a ponto de brilhar, com uma forma que lembrava caixão, o que, na verdade era exatamente do que se tratava. Estavam ordenadas numa fila organizada, sobre cavaletes, todos cobertos por uma bandeira americana. As bandeiras eram recém-lavadas e muito bem-passadas, e a faixa central de cada uma estava precisamente alinhada com o reforço central de cada caixão.

Havia nove homens e duas mulheres no hangar, parados junto aos sete caixões de alumínio. Seis dos homens formavam a guarda de honra. Eram soldados regulares do Exército dos Estados Unidos, recém-barbeados, vestindo fardas cerimoniais imaculadas, mantendo-se em rígida posição de sentido, afastados das outras cinco pessoas. Três delas eram vietnamitas, dois homens e uma mulher, baixos, com a pele escura, impassíveis. Também vestiam farda, mas eram trajes casuais, não cerimoniais. Tecido verde-oliva, desbotado e amassado, com insígnias desconhecidas, presas aqui e ali, para indicar seus postos.

As duas últimas pessoas eram americanas, vestidas com roupas civis, mas do tipo que indicam o status militar tão claramente quanto qualquer farda. A mulher era jovem, com uma saia de tecido grosso de comprimento médio, uma blusa cáqui de mangas compridas e sapatos marrons pesados nos pés. O homem era alto, cabelos grisalhos, cerca de 55 anos, vestindo uma farda cáqui tropical sob uma capa de chuva leve presa com um cinto. Carregava uma maleta de couro marrom surrada, e um porta-terno igualmente velho estava no chão, aos seus pés.

O homem alto e grisalho acenou com a cabeça para a guarda de honra, um sinal breve, quase imperceptível. O soldado mais antigo emitiu um comando silencioso, e os seis homens formaram duas linhas de três.

Alerta Final 249

Marcharam lentamente para a frente, viraram à direita, voltaram a marchar lentamente até estarem precisamente alinhados, três de cada lado do primeiro caixão. Fizeram uma pausa no ritmo e ergueram o caixão nos ombros em um único movimento fluido. O homem mais velho falou outra vez, e eles marcharam devagar em direção à porta do hangar, o caixão perfeitamente nivelado nos braços, os únicos sons eram o dos passos de suas botas no concreto e o assobio dos motores a espera.

Na pista, viraram à direita e seguiram por um largo e lento semicírculo em torno do jato de ar da turbina até estarem alinhados com a rampa do Starlifter. Avançaram em marcha lenta e subiram exatamente pelo centro da rampa, sentindo as faixas de metal sob os pés ali colocadas com cuidado para ajudá-los, até o âmago do avião. O piloto os aguardava. Ela era capitã da Força Aérea dos Estados Unidos, impecável em um traje de voo tropical. Sua tripulação aguardava em posição de sentido ao lado dela: um copiloto, um engenheiro de voo, um navegador e um operador de rádio. Diante deles, estavam o chefe de carga e sua equipe, silenciosos em suas fardas verdes. Ficaram frente a frente em duas filas imóveis, enquanto a guarda de honra passava lentamente entre eles, seguindo até o fundo da área de carga. Ali, dobraram os joelhos e baixaram o caixão com cuidado sobre uma plataforma presa à fuselagem. Quatro dos homens se mantiveram recuados, com as cabeças baixas. O primeiro e o último homem trabalharam juntos para colocar o caixão no lugar. O chefe de carga deu um passo à frente e firmou-o no lugar com tiras emborrachadas. Recuou novamente, juntando-se à guarda de honra, e fizeram uma demorada saudação silenciosa.

Levaram uma hora para carregar os sete caixões. As pessoas dentro do hangar se mantiveram em silêncio até o fim, quando seguiram o sétimo caixão pela pista. Sincronizaram os passos com a marcha lenta da guarda de honra e aguardaram ao pé da rampa do Starlifter, sob o calor úmido e barulhento do cair da noite. A guarda de honra saiu, a tarefa cumprida. O americano alto de cabelos grisalhos saudou-os, apertou as mãos dos três oficiais vietnamitas e acenou com a cabeça para a americana. Nenhuma palavra foi dita. Colocou a bolsa no ombro e subiu rapidamente a rampa para entrar no avião. Um motor lento e poderoso assobiou, e a rampa foi fechada atrás dele. Os motores aceleraram, e o avião gigante liberou os freios e começou a taxiar. Fez uma ampla e demorada curva para a esquerda e desapareceu atrás do hangar. Seu ruído se afastou. Depois, voltou a se intensificar na distância, e os observadores o viram voltando pela pista de decolagem, os motores rugindo, acelerando, decolando. Virou para a direita, subindo rápido, baixando uma asa, e depois se foi, apenas um triângulo de luzes piscando cada vez menores na distância e uma vaga mancha de fumaça preta do querosene marcando o traçado curvo pelo ar noturno.

A guarda de honra se dispersou no silêncio repentino, a mulher americana apertou as mãos dos três oficiais vietnamitas e voltou para o carro. Os três oficiais vietnamitas seguiram em outra direção, para o próprio carro. Era um sedã japonês, pintado com um verde militar opaco. A mulher dirigiu, e os dois homens sentaram-se no banco de trás. Era um trajeto curto até o centro de Hanói A mulher estacionou numa área cercada por correntes, atrás de um prédio baixo de concreto cor de areia. Os homens saíram sem dizer nada e entraram por uma porta sem identificação. A mulher trancou o carro e deu a volta pelo prédio até outra entrada. Subiu um lance curto de escadas até sua sala. Sobre a mesa, havia um fichário aberto. Ela registrou o despacho seguro da carga com uma caligrafia caprichada e fechou o fichário. Levou-o para um arquivo junto à porta do escritório. Trancou-o lá dentro e olhou pela porta, ao longo do corredor. Voltou então para a mesa, pegou o telefone e discou para um número que ficava a dezoito mil quilômetros de distância, em Nova York.

Marilyn acordou Sheryl e conseguiu trazer Chester de volta à consciência antes de o homem atarracado entrar no banheiro com o café. Estava em canecas, e ele carregava duas em uma mão e uma na outra, sem saber direito onde as deixar. Parou e foi até a pia, colocando-as alinhadas na prateleira estreita de granito sob o espelho. Depois, virou-se e saiu sem falar.

Marilyn alcançou as canecas, uma de cada vez, pois estava tremendo e tinha certeza de que derramaria o café se tentasse pegar duas de uma vez. Abaixou-se e deu a primeira para Sheryl, ajudando-a com o primeiro gole.

Alerta Final   251

Depois, virou para Chester. Ele pegou a caneca automaticamente, olhando como se não soubesse o que era aquilo. Ela pegou a terceira, encostou na pia e bebeu tudo, com sede. Estava bom. O creme e o açúcar tinham gosto de energia.

— Onde estão os títulos das ações? — sussurrou ela.

Chester olhou para ela, indiferente.

— No meu banco, no cofre.

Marilyn assentiu. Teve que encarar o fato de que não sabia qual era o banco de Chester. Ou onde era. Ou para que serviam títulos de ações.

— Quanto tem lá?

Ele deu de ombros.

— Mil, originalmente. Usei trezentas como garantia para os empréstimos. Tive que cedê-las para o credor, temporariamente.

— E agora Hobie ficou com elas?

Ele concordou.

— Ele comprou a dívida. Vão enviar os títulos para ele hoje, provavelmente. Não precisam mais. E eu empenhei mais noventa para ele. Ainda estão no cofre. Acho que tenho que entregá-los em breve.

— Mas como a transferência acontece de verdade?

Ele deu de ombros novamente, desanimado, vago.

— Eu assino as ações para ele, ele pega os certificados e os registra na comissão de valores mobiliários, e, quando tiver 51% registrados, passa a ser o sócio majoritário.

— E onde fica o seu banco?

Chester deu seu primeiro gole no café.

— A cerca de três quarteirões daqui. Uns cinco minutos a pé. E, depois, outros cinco minutos até a Comissão. Digamos dez minutos do início ao fim, e ficamos sem um centavo e sem teto, no olho da rua.

Ele colocou a caneca no chão e voltou a fixar o olhar no vazio. Sheryl estava inerte. Não bebia o café. A pele parecia úmida. Talvez pela concussão, ou algo assim. Talvez ainda em estado de choque. Marilyn não sabia. Não tinha experiência. O nariz estava horrível. Preto e inchado. O hematoma estava se espalhando sob seus olhos. Os lábios estavam rachados e secos devido à respiração pela boca a noite inteira.

— Tente tomar um pouco mais de café — disse Marilyn. — Vai ser bom para você.

Agachou-se ao lado dela e guiou sua mão até a boca. Inclinou a caneca. Sheryl tomou um gole. Um pouco do líquido quente escorreu pelo queixo. Deu outro gole. Olhou para Marilyn, os olhos querendo dizer alguma coisa. Marilyn não sabia o que era, mas sorriu de volta assim mesmo, um sorriso iluminado com encorajamento.

— Vamos te levar para o hospital — sussurrou.

Sheryl fechou os olhos e acenou com a cabeça, como se, de repente, se enchesse de alívio. Marilyn se ajoelhou ao lado dela, segurando sua mão, olhando para a porta, imaginando como iria cumprir a promessa.

— Você vai ficar com esse troço? — perguntou Jodie.

Ela falava do Lincoln Navigator. Reacher pensou sobre isso enquanto esperava. Ficaram engarrafados ao se aproximarem de Triborough.

— Talvez — respondeu.

Era mais ou menos novo. Muito silencioso e suave. Preto metálico por fora, couro curtido por dentro, quatrocentos quilômetros rodados, ainda recendendo a couro e carpete novos, além do cheiro forte de plástico de um veículo recém-saído da loja. Assentos grandes, todos idênticos ao do motorista, vários consoles com porta-bebidas e algumas tampas sugerindo diversos espaços secretos para guardar coisas.

— Acho grosseiro — disse ela.

Ele sorriu.

— Comparado a quê? Àquela coisinha minúscula que você estava dirigindo?

— Que era muito menor do que este.

— Você é muito menor do que eu.

Ela ficou em silêncio por um instante.

— É por causa do Rutter — disse ela. — Está contaminado.

Alerta Final 253

O tráfego avançou e parou outra vez na metade da ponte sobre o rio Harlem. Os edifícios de Midtown apareciam ao longe, à esquerda, nebulosos como uma promessa vaga.

— É apenas uma ferramenta — disse ele. — Ferramentas não têm nenhuma memória.

— Eu o odeio. Acho que mais do que já odiei qualquer outra pessoa.

Ele concordou.

— Eu sei. O tempo todo em que estávamos lá, eu fiquei pensando nos Hobie, lá em Brighton, sozinhos em casa, e no olhar em seus olhos. Enviar o único filho para a guerra já é um inferno, e, além disso, mentirem e os enganarem depois... Jodie, não há nenhuma desculpa para isso. Mude a época, poderia ter sido com os meus pais. E ele fez isso 15 vezes. Eu deveria tê-lo machucado ainda mais.

— Contanto que ele não faça de novo.

Ele balançou a cabeça.

— A lista de alvos está diminuindo. Não restam muitas famílias cujos corpos dos filhos não foram recuperados para cair no golpe dele.

Eles saíram da ponte e foram para o sul, pela Segunda Avenida. O trânsito estava rápido e liberado pelas sessenta quadras seguintes.

— E não era ele quem estava atrás da gente — disse ela em voz baixa. — Ele não sabia quem nós éramos.

Reacher concordou com a cabeça novamente.

— Não. Quantas fotografias falsas você tem que vender para valer a pena destruir um Chevrolet Suburban? Precisamos analisar a história desde o início, Jodie. Dois funcionários em tempo integral são enviados para as Keys e depois para Garrison, certo? Dois salários em tempo integral, além de armas e passagem aérea, dirigindo um Tahoe e, em seguida, um terceiro funcionário com um Suburban que ele pode simplesmente arrebentar no meio da rua? É um monte de dinheiro, e provavelmente apenas a ponta do iceberg. Implica uma operação que pode chegar a milhões de dólares. Rutter nunca ganhou tanto dinheiro assim esfolando velhotes por dezoito mil dólares de cada vez.

— Então, que porcaria *é* essa?

Reacher apenas deu de ombros e continuou dirigindo, atento ao retrovisor durante todo o caminho.

Hobie recebeu a ligação de Hanói em casa. Ouviu o relatório sucinto da vietnamita e desligou sem falar. Depois, ficou parado no meio da sala de estar, inclinou a cabeça para um lado e estreitou o olho bom como se assistisse a algo acontecendo fisicamente diante dele. Como se assistisse a curva ascendente de uma bola de beisebol sobre o campo, numa curva em direção ao brilho dos refletores, um defensor externo correndo sob ela, a cerca se aproximando, a luva sendo erguida, a bola voando, a cerca surgindo, o defensor saltando. A bola passará da cerca ou não? Hobie não sabia dizer.

Ele atravessou a sala e saiu para o terraço, que dava para o oeste, sobre o Parque, trinta andares acima. Era uma vista que ele odiava, pois todas aquelas árvores o lembravam de sua infância. Mas aumentavam o valor da propriedade, e essa era a regra do jogo. Ele não era responsável por como os gostos das outras pessoas dirigiam o mercado. Apenas se beneficiava disso. Virou-se e olhou para a esquerda, onde dava para ver o prédio de seu escritório, lá do outro lado, no centro financeiro. As Torres Gêmeas pareciam mais baixas do que eram devido à curvatura da Terra. Ele voltou para dentro e fechou a porta deslizante. Atravessou o apartamento e desceu de elevador até a garagem.

Seu carro não sofrera qualquer modificação para ajudá-lo com a deficiência. Era um Cadillac sedã, último modelo, com a ignição e a marcha à direita da coluna de direção. A dificuldade era a ignição, pois tinha que se inclinar todo para o lado, com a mão esquerda torcida para poder segurar e virar a chave. Mas, além disso, nunca teve grandes problemas. Usava o gancho para posicionar o câmbio automático em *drive* e sair da garagem dirigindo com a mão esquerda, o gancho apoiado no colo.

Sentiu-se melhor quando já estava descendo pela rua 59. O parque desapareceu, e ele mergulhou nos cânions ruidosos da cidade em Midtown. O tráfego o confortava. O ar-condicionado do Cadillac aliviava a coceira

Alerta Final

sob as cicatrizes. Junho era a pior época para isso. Alguma combinação especial de calor e umidade entrava em ação para deixá-lo louco. Mas o Cadillac fazia com que se sentisse melhor. Ele se perguntou se o Mercedes de Stone seria tão bom. Achava que não. Jamais confiara no ar-refrigerado dos carros estrangeiros. Portanto, ia transformá-lo em dinheiro. Conhecia um cara no Queens que faria uma festa com aquele carro. Mas essa era mais uma tarefa na lista. Muito para fazer e pouco tempo disponível. O defensor estava lá, seguindo a bola, saltando, se aproximando da cerca atrás.

Estacionou na garagem subterrânea, na vaga ocupada antes pelo Suburban. Inclinou-se, tirou a chave e trancou o Cadillac. Subiu pelo elevador expresso. Tony estava no balcão da recepção.

— Hanói ligou novamente — disse Hobie. — Está voando.

Tony desviou o olhar.

— O quê? — perguntou Hobie.

— Então, devíamos simplesmente abandonar essa história do Stone.

— Vão levar alguns dias, certo?

— Alguns dias podem não ser o bastante. Existem complicações. A mulher disse que conversou com ele, que vão fazer o negócio, mas há complicações que não conhecemos.

— Que complicações?

Tony balançou a cabeça.

— Ela não quis me dizer. Quer falar direto com você.

Hobie olhou para a porta do escritório.

— Ela está de brincadeira, certo? É melhor que esteja. Não tenho como bancar qualquer tipo de complicação agora. Já fiz a pré-venda dos terrenos, três negócios diferentes. Dei a minha palavra. A máquina está em movimento. Que complicações?

— Ela não quis me dizer — repetiu Tony.

O rosto de Hobie coçava. A garagem não tinha ar-refrigerado. A caminhada curta até o elevador tinha irritado sua pele. Pressionou o gancho na testa, buscando algum alívio com o metal. Mas o gancho também estava quente.

— E quanto à sra. Jacob? — perguntou.

— Passou a noite em casa.

— Com o tal Reacher. Eu verifiquei. Estavam rindo de alguma coisa hoje de manhã. Ouvi do corredor. Depois saíram de carro para algum lugar, para o norte, pela Roosevelt. Talvez de volta para Garrison.

— Não preciso dela em Garrison. Preciso dela aqui. E dele.

Tony ficou em silêncio.

— Me traga a sra. Stone — disse Hobie.

Ele entrou no escritório e contornou a mesa. Tony foi para o lado oposto, para o banheiro. Saiu um pouco depois, empurrando Marilyn diante dele. Ela parecia cansada. O tubinho de seda parecia ridiculamente fora de contexto, como se ela fosse a convidada de uma festa e ficara presa na cidade na manhã seguinte devido a uma nevasca.

Hobie apontou para o sofá.

— Sente-se, Marilyn — disse.

Ela continuou em pé. O sofá era muito baixo. Baixo demais para sentar com um vestido curto e para obter a vantagem psicológica de que precisaria. Mas permanecer em pé diante da mesa também seria errado. Suplicante demais. Ela caminhou até a parede de janelas.

Afastou as persianas e olhou a manhã do lado de fora. Depois, virou-se e encostou no peitoril, obrigando-o a virar a cadeira para encará-la.

— Que complicações são essas? — perguntou ele.

Ela o olhou e respirou fundo.

— Vamos chegar lá — respondeu ela. — Primeiro, vamos levar Sheryl para o hospital.

Silêncio. Nenhum som, a não ser os rumores e barulhos do prédio populoso. Bem ao longe, para o oeste, ouviram uma sirene fraca. Talvez até lá de Jersey.

— Que complicações são essas? — perguntou ele novamente. Usou exatamente a mesma voz e entonação. Como se estivesse pronto a ignorar o erro dela.

— O hospital, primeiro.

O silêncio continuou. Hobie virou para Tony.

— Tire Stone do banheiro — disse ele.

Alerta Final   257

Stone saiu tropeçando, de roupa de baixo, com os dedos de Tony empurrando suas costas, por todo o percurso até a mesa. Ele bateu com as canelas na mesa de café e gemeu de dor.

— Que complicações são essas? — perguntou Hobie para ele.

Ele apenas olhou perdido para um lado e para outro, como se estivesse apavorado e desorientado demais para falar. Hobie aguardou. Depois, assentiu com a cabeça.

— Quebre a perna dele — ordenou Hobie a Tony, voltando a olhar para Marilyn. Silêncio. Nenhum som, a não ser a respiração desesperada de Stone e os ruídos fracos do prédio. Hobie olhou para Marilyn. Ela olhou de volta para ele.

— Vá em frente — disse ela em voz baixa. — Quebre a maldita perna. Por que deveria me importar? Ele me deixou sem um centavo. Arruinou minha vida. Quebre as duas pernas, se quiser. Mas isso não vai fazer você conseguir o que quer nem um pouco mais rápido. Porque existem complicações, e, quanto antes chegarmos nelas, melhor para você. E não vamos tratar disso até que Sheryl esteja no hospital.

Ela se inclinou para trás no peitoril da janela, as palmas para baixo, os braços afastados dos ombros. Esperava parecer relaxada e casual, mas na verdade era para se segurar e não cair no chão.

— O hospital primeiro — repetiu. Ela se concentrava com esforço na própria voz, parecia a de outra pessoa. Estava satisfeita com o tom. Soava certa. Uma voz baixa e firme, tranquila no escritório silencioso. — Depois negociamos, a escolha é sua.

O defensor externo estava saltando, a luva para cima, a bola vinha caindo. A luva estava mais alta do que a cerca. A trajetória da bola aproximava-se do fim. Hobie bateu com o gancho na mesa. O som foi alto. Stone olhava para ele. Hobie o ignorou e olhou para Tony.

— Leve a vadia para o hospital — disse, irritado.

— Chester vai com eles — disse Marilyn. — Para verificar. Ele precisa vê-la entrando na emergência, sozinha. Eu fico aqui, por garantia.

Hobie parou de batucar. Olhou para ela e sorriu.

— Não confia em mim?

— Não, eu não confio em você. Se não for assim, você só vai levar Sheryl lá para fora e trancá-la em algum outro lugar.

Hobie continuava a sorrir.

— Isso nem me passou pela cabeça. Eu ia mandar Tony atirar nela e jogá-la no mar.

Silêncio, novamente. Marilyn tremia por dentro.

— Tem certeza de que quer fazer isso? — perguntou Hobie para ela. — Se ela disser uma palavra no hospital, vai causar a sua morte, você sabe disso, não é?

Marilyn concordou.

— Ela não vai dizer nada para ninguém, sabendo que eu ainda estou aqui com você.

— É melhor você rezar para ela não falar.

— Ela não vai. Não se trata de nós. Trata-se dela. Ela precisa de socorro.

Ela olhou para ele, reclinando-se, sentindo-se fraca. Examinava o rosto dele em busca de algum sinal de compaixão. Alguma aceitação de sua responsabilidade. Ele a olhou de volta. Não havia qualquer compaixão em seu rosto. Nada, a não ser aborrecimento. Ela engoliu em seco e respirou bem fundo.

— E ela precisa de uma saia — continuou Marilyn. — Não pode sair assim. Vai parecer suspeito. O hospital vai envolver a polícia. Nenhum de nós quer isso. Portanto, Tony precisa sair e comprar uma saia nova para ela.

— Empreste seu vestido para ela — disse Hobie. — Tire e dê a ela.

Fez-se um longo silêncio.

— Não vai caber nela — disse Marilyn.

— O motivo não é esse, certo?

Ela não respondeu. Silêncio. Hobie deu de ombros.

— Certo — disse ele.

Ela engoliu em seco novamente.

— E sapatos.

— O quê?

— Ela precisa de sapatos — disse Marilyn. — Não pode ir descalça.

Alerta Final   259

— Minha nossa! — exclamou Hobie. — E depois disso, porra?

— Depois, nós negociamos. Assim que Chester voltar e me disser que a viu entrando sozinha e ilesa, nós negociamos.

Hobie percorreu a curva do gancho com os dedos da mão esquerda.

— Você é uma mulher inteligente — disse.

Eu sei disso, pensou Marilyn. *Essa é a primeira de suas complicações.*

Reacher colocou a bolsa de lona no sofá branco, embaixo da cópia do Mondrian. Abriu o zíper, virou a bolsa e espalhou as pilhas de notas de cinquenta. Trinta nove mil e trezentos dólares em dinheiro. Dividiu o bolo pela metade, separando os blocos alternadamente para a esquerda e para a direita, nos dois lados do sofá. Acabou com duas pilhas bem impressionantes.

— Quatro viagens para o banco. Abaixo de dez mil dólares, as regras para relatórios não se aplicam, e não queremos responder nenhuma pergunta sobre onde conseguimos essa grana, certo? Vamos depositar tudo na minha conta e emitir um cheque administrativo para os Hobie de 19.650 dólares. E movimentaremos a nossa metade como o meu cartão dourado, certo?

Reacher concordou.

— Precisamos de passagens aéreas para Saint Louis, no Missouri, e de um hotel. Com dezenove mil no banco, podemos ficar em lugares decentes e viajar de classe executiva.

— É a única maneira de se voar — disse ela. Colocou os braços em torno da cintura dele, esticou-se na ponta dos pés e o beijou na boca. Ele a beijou de volta, com vontade.

— Isso é divertido, não é? — disse ela.

— Para nós, talvez. Mas não para o Hobie.

Fizeram três viagens a três bancos diferentes e encerraram num quarto, onde ela fez o depósito final e adquiriu um cheque administrativo em nome do senhor e da sra. T. M. Hobie, no valor de US$19.650. O cara do banco colocou-o em um envelope bege, e ela o fechou em sua carteira.

Em seguida, caminharam de volta para a Broadway juntos, de mãos dadas, para que ela pudesse fazer as malas para a viagem. Ela pôs o envelope do banco em sua mesa, e ele pegou o telefone e decidiu que um voo da United saindo do JFK era a melhor opção para Saint Louis, àquela hora do dia.

— Táxi? — perguntou ela.

Ele balançou a cabeça.

— Vamos dirigir.

O grande V-8 fez um barulho dos infernos na garagem subterrânea. Ele cutucou o acelerador umas duas vezes e sorriu. O torque sacudiu o veículo pesado, forçando-o de uma ponta a outra sobre seus amortecedores.

— O preço dos seus brinquedos — disse Jodie.

Ele olhou para ela.

— Você nunca ouviu isso? — perguntou ela. — A diferença entre homens e meninos é o preço dos seus brinquedos?

Ele cutucou o acelerador e sorriu novamente.

— O preço deste foi um dólar.

— E você acabou de queimar mais dois de gasolina — disse ela.

Ele engatou a marcha e subiu a rampa. Virou para a direita, seguindo para o túnel de Midtown, pegou a 495 para a Van Wyck e seguiu para o JFK.

— Pare no estacionamento expresso — disse ela. — Podemos pagar agora, certo?

Ele teve que deixar a Steyr e o silenciador para trás. Não era fácil conseguir passar pelo sistema de segurança do aeroporto com armas grandes de metal no bolso. Ele escondeu a arma sob o banco do motorista. Deixaram o Lincoln numa vaga em frente ao prédio da United e cinco minutos depois estavam no balcão, comprando bilhetes só de ida na classe executiva para Saint Louis. Os bilhetes caros permitiam que esperassem numa sala especial, onde um garçom uniformizado lhes serviu um bom café em xícaras de porcelana com pires, e onde podiam ler o *Wall Street Journal* sem precisar pagar. Depois, Reacher carregou a bolsa de Jodie pelo acesso ao avião. Os assentos na classe executiva ficavam em pares, ocupando as primeiras seis filas. Amplos e confortáveis. Reacher sorriu.

Alerta Final

261

— Eu nunca fiz isso antes — disse ele.

Ele se ajeitou na poltrona da janela. Tinha espaço para se esticar um pouco. Jodie ficou perdida em seu lugar. Havia espaço suficiente para três dela, lado a lado. O comissário serviu suco antes mesmo de o avião começar a taxiar. Minutos depois, estavam voando para o oeste, passando sobre a extremidade sul de Manhattan.

Tony voltou ao escritório com uma bolsa vermelha e brilhante da Talbot e outra marrom da Bally, pendurada pelas alças de corda em seu punho fechado. Marilyn levou-as para o banheiro, e, cinco minutos depois, Sheryl saiu. A saia nova era do tamanho certo, mas da cor errada. Ela a alisou para baixo ao longo dos quadris com movimentos incertos das mãos. Os sapatos novos não combinavam com a saia e ficaram muito grandes. Seu rosto estava horrível. Os olhos estavam inexpressivos e submissos, como Marilyn lhe dissera que deveria olhar.

— O que você vai dizer aos médicos? — perguntou Hobie a ela.

Sheryl desviou o olhar e se concentrou no roteiro de Marilyn.

— Eu bati numa porta — disse ela.

A voz baixa e anasalada. Embotada, como se ela ainda estivesse em estado de choque.

— Você vai falar com a polícia?

Ela balançou a cabeça.

— Não, não vou fazer isso.

Hobie concordou.

— O que aconteceria se você falasse?

— Eu não sei — respondeu ela. Desanimada e mecânica.

— Sua amiga Marilyn morreria, com dores terríveis. Está entendendo?

Ele ergueu o gancho para que ela o focalizasse do outro lado da sala. Em seguida, saiu de trás da mesa. Deu a volta e ficou bem atrás de Marilyn. Usou a mão esquerda para afastar seu cabelo. Sua mão roçou a pele dela. Ela ficou rígida. Ele tocou sua bochecha com a curva do anzol. Sheryl concordou vagamente.

— Sim, entendo — disse ela.

Teria que ser rápido, pois, embora Sheryl já estivesse com uma saia e sapatos novos, Chester ainda estava de cueca e camiseta. Tony mandou que os dois esperassem na recepção até o elevador de carga chegar; depois, apressou-os pelo corredor para dentro da cabine. Ele saiu na garagem e olhou ao redor. Correu com eles até o Tahoe e empurrou Chester para o banco de trás e Sheryl para o da frente. Ligou o motor e trancou as portas. Subiu a rampa e saiu para a rua.

Conseguia se lembrar, sem esforço, de cerca de vinte hospitais em Manhattan, e, até onde sabia, a maioria tinha atendimento de emergência. Seu instinto dizia-lhe para seguir para o mais ao norte possível, talvez até o Monte Sinai, na rua 100, pois achava que seria mais seguro colocar uma boa distância entre eles e onde quer que Sheryl estivesse. Mas seu tempo era apertado. Subir a cidade até o extremo norte e voltar levaria uma hora, talvez mais. Uma hora de que eles não poderiam dispor. Por isso, decidiu pelo St. Vincent, na 11ª esquina com a Sétima Avenida. O Bellevue, na 27ª com a 1ª, era melhor geograficamente, mas, em geral, por algum motivo, estava sempre fervilhando de policiais. Essa era sua experiência. Praticamente, moravam lá. Portanto, seria o St. Vincent. E ele sabia que o St. Vincent tinha uma ampla área diante da entrada da emergência, onde a avenida Greenwich cortava a Sétima. Lembrou-se do layout de quando tinham saído para capturar a secretária do Costello. Uma grande área, quase como uma praça. Eles poderiam observá-la por todo o caminho até a entrada, sem precisar estacionar muito perto.

O trajeto levou oito minutos. Ele parou junto à calçada da esquerda, na Sétima, e apertou o botão para destravar as portas.

— Fora — ordenou.

Ela abriu a porta e desceu para a calçada. Ficou ali, incerta. Então, afastou-se pela calçada, sem olhar para trás. Tony inclinou-se e bateu a porta atrás dela. Virou-se no seu assento para falar com Stone.

— Fique de olho nela.

Stone já estava olhando para ela. Viu o tráfego parar e o sinal de pedestres acender. Viu-a andar para a frente com a multidão, tonta. Ela caminhava mais devagar do que os outros, atrapalhando-se com os sapatos grandes.

Alerta Final   263

A mão no rosto, escondendo-se. Chegou à calçada oposta bem depois de o sinal de pedestres voltar a se fechar. Um caminhão impaciente desviou para a direita e a contornou. Ela andou em direção à entrada do hospital. Atravessou a calçada larga. Em seguida, entrou no círculo de ambulâncias. Diante dela, havia um par de portas duplas. Cheias de marcas, portas plásticas flexíveis. Um trio de enfermeiras estava de pé ao lado delas, fazendo uma pausa para fumar um cigarro. Ela passou pelo grupo e seguiu direto para as portas. Empurrou-as, com esforço, usando as duas mãos. Elas se abriram. Ela entrou, e as portas se fecharam em suas costas.

— Certo, você viu?

Stone concordou.

— Sim, eu vi. Ela entrou.

Tony verificou o espelho e abriu caminho pelo fluxo de tráfego. Quando chegou cem metros mais adiante, Sheryl esperava na fila de triagem, repetindo insistentemente em sua cabeça o que Marilyn lhe dissera para fazer.

A corrida de táxi do aeroporto de Saint Louis até o Centro Nacional de Registros de Pessoal foi rápida e barata, e por um território familiar a Reacher. A maioria de suas viagens pelos Estados Undos envolveu pelo menos uma ida aos arquivos, procurando de volta no tempo por uma informação ou outra. Mas, desta vez, seria diferente. Ele estaria lá como civil. Não era a mesma coisa que ir fardado com a farda de major. Não era a mesma coisa de forma alguma. Ele tinha isso muito claro.

O acesso público é controlado pela equipe que ficava na recepção. Tecnicamente todo o arquivo faz parte do registro público, mas o pessoal se dedica intensamente a manter esse fato bem obscuro. No passado, Reacher concordara com essa tática sem hesitar. Registros militares podem ser muito francos e precisam ser lidos e interpretados no contexto exato. Ele sempre se sentira satisfeito por serem mantidos longe do público. Mas agora ele era o público e se perguntava sobre como o jogo funcionaria. Havia milhões de arquivos empilhados em dezenas de depósitos enormes, e seria muito fácil ter que esperar dias ou semanas até que alguma coisa fosse encontrada, mesmo com a equipe correndo feito louca e aparentar estar fazendo o melhor trabalho possível. Ele já tinha visto isso acontecer antes, várias vezes, e de dentro. Era um ato muito plausível. Já vira funcionar, com um sorriso irônico no rosto.

Então eles pararam sob o sol quente do Missouri após pagarem o táxi e combinaram o que fariam. Entraram e viram um enorme aviso: Um Arquivo Por Vez. Posicionaram-se diante da funcionária e esperaram. Era uma mulher corpulenta, de meia-idade, com uma farda de sargento, ocupada com o tipo de trabalho cujo objetivo era realizar rigorosamente nada além de fazer as pessoas esperarem até que estivesse pronto. Após um algum tempo, ela empurrou dois formulários em branco sobre o balcão e apontou para o lugar onde um lápis estava amarrado à mesa com um pedaço de barbante.

Os formulários eram solicitações de acesso. Jodie preencheu seu último nome como Jacob e solicitou toda e qualquer informação sobre o major Jack Reacher, da Divisão de Investigação Criminal do Exército dos Estados Unidos. Reacher pegou o lápis dela e pediu toda e qualquer informação sobre o general Leon Jerome Garber. Deslizou os dois formulários de volta para a sargento, que olhou para eles e colocou em sua bandeja de saída. Ela tocou uma sineta próxima ao cotovelo e voltou ao trabalho. A ideia era que algum soldado ouviria a campainha e iria buscar os formulários para começar a busca paciente pelos arquivos.

— Quem está trabalhando como supervisor hoje? — perguntou Reacher.

Era uma pergunta direta. A sargento pensou em alguma forma de evitar a resposta, mas nada lhe ocorreu.

— Major Theodore Conrad — respondeu, relutante.

Reacher concordou. Conrad? Não era um nome do qual se lembrasse.

— Você poderia dizer a ele que gostaríamos de vê-lo, rapidamente? E também encaminhar aqueles arquivos para a sala dele?

A maneira como ele falou ficava entre um pedido educado e um comando não expresso. Era o tom de voz que sempre achava muito útil no trato com os sargentos. A mulher pegou o telefone e fez a ligação.

Alerta Final 265

— Ele mandará alguém buscar vocês — disse ela, como se, em sua opinião, fosse surpreendente que Conrad lhes fizesse um favor tão grande.

— Não precisa — disse Reacher. — Sei onde é. Já estive lá antes.

Ele mostrou o caminho para Jodie, subindo as escadas da recepção até um escritório espaçoso no segundo andar. O major Theodore Conrad os esperava na porta. Farda de verão, o nome numa placa de acrílico sobre o bolso do peito. Parecia amigável, mas talvez um pouco amargo por seu posto. Tinha cerca de 45 anos, e ser ainda um major no segundo andar do centro de registros com essa idade significava que não tinha pressa para ir a nenhum outro lugar. Esperou, pois um soldado corria pelo corredor na direção dele, com duas pastas de arquivos grossas na mão. Reacher sorriu para si mesmo. Estavam recebendo um serviço nota 10. Quando aquele lugar queria agir com rapidez, conseguia ser realmente veloz. Conrad pegou as pastas e dispensou o corredor.

— Então, o que posso fazer por vocês? — perguntou ele. Seu sotaque era lento e arrastado, como o Mississipi de onde ele viera, mas hospitaleiro o bastante.

— Bem, precisamos de sua máxima ajuda, major — disse Reacher. — E esperávamos que a leitura dessas pastas o levasse a se sentir disposto a nos atender. Conrad deu uma olhada nas pastas que tinha nas mãos, ficou de lado e abriu caminho para que entrassem em seu escritório. Era um lugar silencioso, com as paredes revestidas. Indicou um par de poltronas de couro e foi para sua mesa. Sentou-se e ajeitou as pastas, uma por cima da outra. Abriu a primeira, que era a de Leon, e começou a passar os olhos. Levou dez minutos para ver o que precisava. Reacher e Jodie ficaram sentados, olhando pela janela. A cidade banhada por um sol claro. Conrad terminou de ler os arquivos e verificou os nomes nos formulários de requisição. Depois, ergueu os olhos.

— Dois registros muito bons — disse. — Muito impressionantes mesmo. E eu entendi a questão. Você é, obviamente, o próprio Jack Reacher, e desconfio que a sra. Jodie Jacob aqui seja a Jodie Garber mencionada na pasta como a filha do general. Acertei?

Jodie concordou e sorriu.

— Achei que sim — disse Conrad. — E vocês acham que, por serem da família, por assim dizer, podem contar com um acesso melhor e mais rápido ao arquivo?

Reacher balançou a cabeça com solenidade.

— Isso jamais passou por nossas mentes — disse. — Sabemos que todos os pedidos de acesso são tratados com absoluta equanimidade.

Conrad sorriu e depois deu uma gargalhada.

— Você nem mexeu o rosto — disse. — Muito bom mesmo! Você joga pôquer? Deveria jogar, sabe? Então, em que posso ajudar vocês?

— Precisamos ver o que vocês têm sobre Victor Truman Hobie — respondeu Reacher.

— Vietnã?

— Você o conhece? — perguntou Reacher, surpreso. Conrad não mudou a expressão.

— Nunca ouvi falar. Mas, com Truman como segundo nome, ele nasceu entre 1945 e 1952, não foi? Muito novo para a Coreia e muito velho para o Golfo.

Reacher concordou. Começava a simpatizar com Theodore Conrad. Era um homem perspicaz. Gostaria de olhar os registros dele e ver o que o mantinha como major atrás de uma mesa em Missouri, aos 45 anos.

— Vamos trabalhar aqui mesmo — disse Conrad. — O prazer é meu.

Ele pegou o telefone e ligou diretamente para a sala do arquivo, ignorando a sargento do balcão de atendimento. Piscou para Reacher e pediu o arquivo de Hobie. Mantiveram um silêncio confortável até o corredor chegar com a pasta, cinco minutos depois.

— Isso foi rápido — disse Jodie.

— Na verdade, um pouco lento — respondeu Conrad. — Pense pelo ponto de vista do soldado. Ele me escuta dizer H, de Hobie, corre até a seção H, localiza o arquivo pela primeira e segunda iniciais, pega a pasta e corre para cá com ela. Meu pessoal segue os padrões normais do Exército em termos de preparo físico, o que significa que provavelmente ele consegue correr mais de um quilômetro em cinco minutos. E, apesar de isto aqui ser um lugar grande, tem bem menos de um quilômetro a ser percorrido

Alerta Final 267

no triângulo formado entre a mesa dele, a seção H e este escritório, pode acreditar. Portanto, na verdade, ele foi um pouco lento. Desconfio que a sargento o interrompeu apenas para me perturbar.

A capa da pasta de Victor Hobie era velha e áspera, com uma tabela impressa na frente, onde as solicitações de acesso eram registradas com caligrafia caprichada. Havia apenas duas. Conrad percorreu os nomes com um dedo.

— Solicitações por telefone — disse. — O próprio general Garber, em março deste ano. E alguém chamado Costello, ligando de Nova York, no início da semana passada. Por que todo este súbito interesse?

— É o que esperamos descobrir — respondeu Reacher.

Um combatente tem um arquivo grosso, especialmente um soldado que esteve na guerra trinta anos antes. Três décadas é tempo suficiente para que todos os relatórios e observações acabem chegando exatamente ao lugar certo. A papelada de Victor Hobie era uma massa compacta de cinco centímetros de espessura. A velha capa esgarçada pressionava o conteúdo e moldava-se a ele. Reacher lembrou-se da pasta de couro preta de Costello, que ele vira no bar em Key West. Aproximou sua cadeira da de Jodie e da beirada da mesa de Conrad, que apoiou o arquivo na mesa e o virou sobre a madeira brilhante, abrindo-o como se fosse exibir um tesouro raro para conhecedores interessados.

As instruções de Marilyn foram precisas, e Sheryl as seguiu ao pé da letra. O primeiro passo era *receber tratamento*. Ela foi até o balcão e esperou numa cadeira de plástico duro na seção de triagem. A emergência do St. Vincent estava menos movimentada do que costumava ser, e ela foi atendida em dez minutos, por uma médica jovem o bastante para ser sua filha.

— Como foi que isso aconteceu? — perguntou a médica.

— Eu bati numa porta.

A médica a levou para um local protegido por uma cortina e a fez sentar na mesa de exames. Começou verificando os reflexos de seus membros.

— Uma porta? Você tem certeza absoluta disso?

Sheryl concordou. Atenha-se à sua história. Marilyn contava com ela para isso.

— Estava semiaberta. Eu me virei e não vi. A médica não disse nada e acendeu uma luz diante do olho esquerdo de Sheryl. Depois, do direito.

— Alguma vista borrada?

Sheryl concordou.

— Um pouco.

— Dor de cabeça?

— Demais.

A médica parou e estudou o formulário de internação.

— Certo, vamos bater um raio X dos ossos do rosto, é claro, mas também de todo o crânio, além de uma tomografia. Precisamos ver exatamente o que aconteceu aí dentro. Seu seguro é bom, então vou chamar um cirurgião para dar uma olhada logo em você, pois, se precisar de reconstrução, o melhor é começar o quanto antes, certo? Você então precisa vestir um avental e se deitar. Depois, vou te aplicar um analgésico para aliviar a dor de cabeça.

Sheryl ouviu Marilyn insistir *faça a ligação antes do analgésico, para não confundir e esquecer as coisas.*

— Preciso de um telefone — disse, preocupada.

— Você pode ligar para o seu marido, se quiser — disse a médica, com voz neutra.

— Não, não sou casada. É um advogado. Preciso ligar para o advogado de uma pessoa.

A médica olhou para ela e deu de ombros.

— Certo, no final do corredor. Mas seja rápida.

Sheryl foi até a fileira de telefones diante da área de triagem. Ligou para a telefonista e pediu uma ligação a cobrar, como Marilyn a instruíra. Repetiu o número que havia memorizado. A chamada foi atendida no segundo toque.

— Forster e Abelstein — disse uma voz clara. — Em que posso ajudar?

— Estou ligando em nome do sr. Chester Stone — disse Sheryl. — Preciso falar com seu advogado.

Alerta Final 269

— Seria o próprio doutor Forster — disse a voz. — Aguarde, por favor. Enquanto Sheryl escutava a música de espera, a médica estava a vinte passos de distância, na mesa principal, também ligando. Mas a dela não tinha música alguma. Era para a Unidade de Violência Doméstica da polícia de Nova York.

— Aqui é do St. Vincent — dizia ela. — Tenho mais uma para vocês. Essa diz que bateu numa porcaria de porta. Nem admite que é casada, muito menos que ele a agrediu. Vocês podem vir aqui e falar com ela quando quiserem.

O primeiro item do arquivo era a inscrição original de Victor Hobie para entrar para o Exército. Estava ressecada e tinha as bordas marrons devido ao tempo, escrita a mão, com a mesma caligrafia canhota de estudante que tinham visto nas cartas para casa, em Brighton. Continha um resumo de sua escolaridade, seu desejo de pilotar helicópteros e não muito mais do que isso. Diante daquilo, não se tratava de um astro em ascensão. Mas, naquela época, para cada garoto que se voluntariava, havia outros vinte comprando passagens de ônibus só de ida para o Canadá, e por isso os recrutadores do Exército trataram de agarrar Hobie com as duas mãos e mandá-lo direto para o exame médico.

Ele foi submetido a um exame para voo, que era mais rígido do que o padrão, especialmente quanto à visão e ao equilíbrio. Passou com A-1. Um metro e oitenta, 77 quilos, visão 20/20, boa capacidade pulmonar, nenhuma doença infecciosa. O exame fora realizado no início da primavera e Reacher podia imaginar o garoto pálido do inverno de Nova York vestindo cueca samba-canção sobre um piso de madeira nua, com uma fita métrica em torno do peito.

O item seguinte eram os vales para viagem e ordens para se apresentar no forte Dix em duas semanas. O maço de papéis a seguir era de lá. Começava com um formulário que ele assinara ao chegar, comprometendo-se irrevogavelmente com o serviço leal ao Exército dos Estados Unidos. O período de treinamento básico no forte Dix foi de doze semanas.

Seis avaliações de proficiência. Sua pontuação ficou muito acima da média. Nenhum comentário foi registrado.

Depois, uma requisição de vouchers de viagem para o forte Polk e uma cópia das ordens para se apresentar lá para um mês de treinamento avançado de infantaria. Mais algumas notas sobre seus progressos com as armas. Ele foi considerado bom, o que significava muito em Polk. No Dix, você é classificado como bom se puder reconhecer um rifle a dez passos de distância. Em Polk, essa classificação indicava excelente coordenação entre mãos e olhos, controle muscular firme, temperamento calmo. Reacher não era especialista em voo, mas achou que os instrutores seriam bastante enfáticos sobre deixar um helicóptero nas mãos daquele rapaz.

Mais alguns vouchers de viagem, dessa vez para o forte Wolters, no Texas, onde ficava a escola de pilotos de helicópteros do Exército. Uma nota do comandante de Polk indica que Hobie recusara uma licença de uma semana e preferira seguir direto para lá. Apenas uma declaração neutra, mas que guardava um tom de aprovação, mesmo após todos aqueles anos de serviço. Ali estava um sujeito que não via a hora de entrar em ação.

A papelada ficava mais densa em Wolters. Um período de cinco meses, coisa séria, como uma faculdade. Primeiro, um mês de treinamento pré-voo, com uma concentração pesada em física, aeronáutica e navegação, em salas de aula. Era preciso passar para ir adiante. Hobie foi excelente. Os talentos matemáticos que o pai esperava se voltarem para a contabilidade foram decisivos naquelas matérias. Ele ficou entre os primeiros de sua turma de pré-voo. O único ponto negativo foi uma pequena observação sobre seu comportamento. Um oficial o criticava por estar trocando favores em troca de orientação. Hobie estava ajudando alguns colegas em dificuldade com equações complexas, e, em troca, eles poliam suas botas e limpavam seu kit. Reacher deu de ombros. O oficial, obviamente, era um idiota. Hobie estava em treinamento para ser piloto de helicóptero, não uma porcaria de santo.

Os quatro meses seguintes, em Wolters, foram dedicados ao treinamento preliminar de voo, inicialmente em Hillers H-23. O primeiro instrutor de Hobie foi um sujeito chamado Lanark. Suas anotações de treinamento foram escritas com garranchos, muito anedóticas, nada militares.

Alerta Final 271

Por vezes, muito engraçadas. Ele dizia que aprender a pilotar um helicóptero era como aprender a andar de bicicleta quando criança. Você levava um tombo, e mais outro, e mais outro, até que, de repente, a coisa dava certo e você nunca mais esquecia como fazer. Para Lanark, Hobie talvez tenha levado mais tempo do que deveria para dominar a técnica, mas, depois, seu progresso avançou de excelente para notável. Ele o liberou do Hiller e o passou para o Sikorsky H-19, o que equivalia a passar para uma bicicleta de dez marchas. Seu desempenho no Sikorsky foi ainda melhor do que no Hiller. Tinha um talento natural, e, quanto mais complicada a máquina, melhor ele se saía.

Terminou o treinamento no Wolters em segundo lugar geral de sua turma, com destaque, atrás apenas de um ás chamado A. A. DeWitt. Mais vouchers de viagem os levaram juntos para o forte Rucker, no Alabama, para mais quatro meses de treinamento avançado de voo.

— Será que já ouvi falar desse DeWitt? — perguntou Reacher. — Esse nome soa familiar.

Conrad acompanhava a leitura de cabeça para baixo.

— Pode ser o General DeWitt — disse. — Ele comanda a escola de helicópteros lá em Wolters agora. Faz sentido, certo? Vou dar uma olhada.

Ele ligou direto para o arquivo e pediu os registros do *general A. A. DeWitt*. Conferiu o relógio quando desligou o telefone.

— Deve ser mais rápido, porque a seção D fica mais próximo da mesa dele do que a H. A não ser que aquela sargento intrometida interfira novamente.

Reacher sorriu rapidamente e voltou a acompanhar Jodie na viagem de trinta anos no passado. Forte Rucker era o lugar onde as coisas aconteciam, helicópteros de ataque na linha de frente novinhos em folha substituindo as máquinas de treinamento. Iroquois Bell UH-1, apelidados de Hueys. Máquinas grandes e ferozes, com turbinas, o inesquecível *wop-wop-wop* das lâminas giratórias de quase 15 metros de comprimento por 54 centímetros de largura. O jovem Victor Hobie trovejou com um deles pelos céus do Alabama por dezessete longas semanas e depois foi aprovado com créditos e distinções no desfile fotografado pelo pai.

— Três minutos e quarenta segundos — sussurrou Conrad.

O corredor estava entrando com a pasta de DeWitt. Conrad inclinou-se para a frente e pegou o material. O rapaz saudou-o e saiu.

— Não posso deixar vocês verem isso — disse Conrad. — O general ainda está na ativa, certo? Mas eu digo se é o mesmo DeWitt.

Ele abriu a pasta no começo, e Reacher viu partes de papéis iguais aos encontrados no arquivo de Hobie. Conrad passou os olhos e assentiu.

— O mesmo DeWitt. Ele sobreviveu à selva e continuou no serviço depois. Completamente louco por helicópteros. Meu palpite é que ele vai terminar a carreira em Wolters.

Reacher concordou. Olhou para a janela. O sol ia descendo ao longo da tarde.

— Vocês aceitam um café? — perguntou Conrad.

— Claro — disse Jodie. Reacher concordou novamente.

Conrad pegou o telefone e ligou para o arquivo.

— Café — disse. — E não é um nome para procurar no arquivo. Apenas um cafezinho. Três xícaras, a melhor porcelana, ok?

Quando o corredor trouxe o café numa bandeja de prata, Reacher já estava no forte Belvoir, em Virgínia, com seu novo colega, A. A. DeWitt, reportando-se à 3ª Companhia de Transporte da Divisão da Primeira Cavalaria. Os dois rapazes ficaram duas semanas lá, o bastante para que o Exército adicionasse *mobilidade aérea* à designação de unidade de ambos e depois alterasse completamente, para a Companhia B, 229º Batalhão de Helicópteros de Assalto. Ao fim de duas semanas, a companhia renomeada navegou para longe do litoral do Alabama, parte de um comboio de dezessete navios em uma viagem marítima de 31 dias até a baía Long Mai, trinta quilômetros ao sul de Qui Nhon e dezoito mil quilômetros de distância dos Estados Unidos.

Trinta e um dias no mar é um mês inteiro, e o comando da companhia inventou o que fazer para afastar o tédio. O arquivo de Hobie indicou que ele se inscreveu para a manutenção, o que significava limpeza e lubrificação intermináveis dos Hueys desmontados para combater a maresia no porão do navio. A observação era favorável, e Hobie chegou à praia da Indochina

Alerta Final

como primeiro-tenente, após deixar os Estados Unidos como segundo e, 13 meses após entrar para o Exército, era candidato a oficial. Promoções por mérito para um recruta valoroso. Um dos bons garotos. Reacher se lembrou das palavras de Ed Steven, no sol quente do lado de fora da loja de ferragens: *muito sério, muito honesto, mas não muito mais do que o normal.*

— Creme? — perguntou Conrad.

Reacher balançou a cabeça, junto com Jodie.

— Puro — disseram juntos.

Conrad serviu, e Reacher continuou lendo. Havia dois tipos de Hueys em uso naquela época: um com armas e o outro de transporte, cujo apelido era *slick*, escorregadio. A companhia B foi designada para os de transporte, atendendo às necessidades da Primeira Cavalaria no campo de batalha. Apesar de serem aeronaves de transporte, continham armas. Eram Hueys padrão, sem as portas laterais e com pesadas metralhadoras presas por cabos de cada lado. A tripulação era um piloto e um copiloto, dois operadores de metralhadora e o chefe da tripulação atuando como engenheiro e mecânico. Um *slick* podia carregar tantos soldados quantos conseguissem se apertar na caixa de sapato atrás dos dois atiradores, uma tonelada de munição, ou qualquer combinação das duas coisas.

O treinamento prático tinha a finalidade de mostrar que o Vietnã era muito diferente do Alabama. Não havia nenhuma graduação formal ligada ao treinamento, mas Hobie e DeWitt foram os primeiros novos pilotos enviados para a selva. A exigência era que voassem em cinco missões de combate como copilotos, e, caso se saíssem bem, assumiriam o lugar do piloto e teriam seus próprios copilotos. Foi então que a coisa começou para valer, tudo refletido no arquivo. A outra metade inteira do arquivo estava repleta de relatórios de missão em folhas de papel finíssimas. A linguagem era seca e objetiva. Não foram escritas por ele. Era trabalho do secretário da companhia.

Os combates foram muito esporádicos. A guerra fervia por toda parte, sem cessar, mas Hobie passou muito tempo no chão, devido ao clima. Por vários dias seguidos, a neblina do Vietnã fazia com que voar baixo pelos vales da selva fosse suicídio. Quando de repente o tempo melhorava, os relatórios se acumulavam numa mesma data: três, cinco, às vezes sete missões por dia, contra a furiosa oposição inimiga, infiltrando, recuperando, abastecendo e reabastecendo as tropas no solo. A neblina então retornava, e os Hueys ficavam inertes, outra vez à espera em seus cercados. Reacher imaginou Hobie deitado, bebendo uísque vagabundo por dias sem-fim, frustrado ou aliviado, entediado ou tenso, para, de uma hora para outra, ter que entrar em ação explosiva e aterrorizante, durante horas de combate frenético.

Os relatórios estavam separados em duas metades, documentando o fim da primeira viagem, a rotina da entrega da medalha, a longa licença de volta em Nova York, o início da segunda viagem. Novos relatórios de combate. Exatamente o mesmo trabalho, o mesmíssimo padrão. Os relatórios na segunda viagem eram em menor quantidade. A última folha do arquivo registrava a 991ª missão de combate do tenente Victor Hobie. Não foi uma missão de rotina da Primeira Cavalaria. Tratou-se de uma missão especial. Ele decolou de Pleiku, rumo ao leste, para uma zona de pouso improvisada próxima ao passo de An Khe. As ordens eram para que voasse em um dos dois helicópteros enviados para resgatar um pessoal infiltrado à espera na zona de pouso. DeWitt voou na retaguarda. Hobie chegou lá primeiro. Pousou no centro da pequena área de pouso, sob fogo cerrado de metralhadoras vindo da selva. Viram que ele levou a bordo apenas três homens. Decolou quase imediatamente. A fuselagem do Huey estava sendo atingida pelas metralhadoras. Seus próprios atiradores devolviam o fogo cegamente através da coberta das árvores. DeWitt voava em círculos enquanto Hobie se afastava. Ele viu o Huey de Hobie receber uma rajada pesada de disparos nos motores. Em seu relatório formal, conforme anotado pelo secretário, dizia que viu o rotor do Huey parar e as chamas aparecerem junto ao tanque de combustível. O helicóptero caiu através da cobertura da mata a cerca de cinco quilômetros da área de pouso, num ângulo baixo e a uma velocidade que DeWitt estimava ser superior a 120 por hora. DeWitt informou ter visto uma explosão verde através da folhagem, o que normalmente indicava a explosão do tanque de combustível no solo da floresta. Montou-se uma missão de busca e resgate, mas ela foi abortada devido ao tempo. Não foram

Alerta Final 275

vistos fragmentos dos restos. Como a área que ficava a cerca de seis quilômetros a oeste da passagem foi considerada de mata virgem e inacessível, o procedimento era considerar que não havia tropas inimigas a pé próximas ao local. Assim, não havia risco de captura imediata pelo inimigo. Portanto, os oito homens no Huey foram considerados desaparecidos em missão.

— Mas por quê? — perguntou Jodie. — DeWitt viu o negócio explodir. Por que considerá-los desaparecidos? Obviamente morreram, certo?

Major Conrad encolheu os ombros.

— Acho que sim — disse ele. — Mas ninguém tem certeza absoluta. DeWitt viu uma explosão no meio da vegetação, e isso é tudo. Teoricamente, poderia haver um depósito de munição inimigo, atingido por um tiro fortuito enquanto a máquina caía. Pode ter sido qualquer coisa. Eles só eram considerados mortos em ação quando havia certeza absoluta. Quando alguém tivesse visto a coisa acontecendo com clareza. Aviões de combate caíram a trezentos quilômetros no meio do oceano, e o piloto foi considerado desaparecido, pois, talvez pudesse ter nadado para algum lugar. Para serem considerados mortos, era preciso haver alguma testemunha. Eu poderia mostrar uma pasta dez vezes mais grossa do que essa, recheada de ordens que definem exatamente como descrever as baixas.

— Por quê? — perguntou Jodie novamente. — Tinham medo da imprensa?

Conrad fez que não com a cabeça.

— Estou falando de questões internas. Quando temiam a imprensa, bastava mentir. Tudo isso tinha dois motivos. Primeiro, não queriam dar a informação errada para o parente mais próximo. Acredite, coisas estranhas aconteceram. Era um ambiente completamente estranho. As pessoas sobreviveram a coisas que você nunca imaginaria serem possíveis. Apareciam mais tarde. Eram encontradas. Havia um grande movimento de busca e salvamento, o tempo todo. Eram feitos prisioneiros, e os *vietcongues* nunca faziam listas. Só fizeram isso anos depois. E não dava para dizer aos parentes que o garoto morrera para depois ele aparecer vivo. Por isso, preferiam continuar a dizer que estavam desaparecidos pelo maior tempo que pudessem.

Ele fez uma longa pausa.

— O segundo motivo é, sim, eles tinham medo. Mas não da imprensa. Estavam com medo de si mesmos. Medo de dizer a si mesmos que estavam apanhando, apanhando feio.

Reacher examinava o relatório final da missão, queria ver o nome do copiloto. Era o segundo-tenente F. G. Kaplan. Ele foi o parceiro regular de Hobie na maior parte da segunda viagem.

— Posso ver a pasta deste cara? — perguntou ele.

— Seção K? — perguntou Conrad. — Cerca de quatro minutos.

Ficaram em silêncio, com o café frio até o corredor trazer o histórico da vida de F. G. Kaplan para o gabinete. Era uma pasta velha e grossa, de tamanho e antiguidade similares à de Hobie. Tinha a mesma tabela impressa na capa, registrando os pedidos de acesso. A única anotação com menos de vinte anos era sobre uma consulta telefônica feita em abril do ano anterior feita por Leon Garber. Reacher virou o arquivo e abriu-o pela parte de trás. Começou pela penúltima folha de papel. Era idêntica à última folha da pasta de Hobie. O mesmos relatório de missão, com o mesmo testemunho ocular de DeWitt, escrito pelo mesmo funcionário, com a mesma caligrafia.

Mas a folha final do arquivo de Kaplan fora datada exatamente dois anos depois do relatório final da missão. Tratava-se de uma determinação formal feita após a devida consideração das circunstâncias pelo Departamento do Exército de que F. G. Kaplan tinha sido morto em ação seis quilômetros a oeste do passo de An Khe, quando o helicóptero em que era copiloto foi derrubado por fogo inimigo terra-ar. Nenhum corpo havia sido recuperado, mas a morte deveria ser considerada real, para as devidas homenagens e o pagamento de pensões. Reacher enquadrou a folha de papel sobre a mesa.

— Então, por que Victor Hobie não tem um desses?

Conrad balançou a cabeça.

— Não sei.

— Quero ir para o Texas — disse Reacher.

Alerta Final 277

O aeroporto de Noi Bai, em Hanói, e o Hickam Field, na periferia de Honolulu, ficam exatamente na mesma latitude, por isso o Starlifter da Força Aérea dos Estados Unidos não voou nem para o norte, nem para o sul. Apenas seguiu uma trajetória de voo em linha reta de oeste para leste pelo Pacífico, seguindo confortavelmente entre o Trópico de Câncer e o paralelo vinte. Pouco menos de dez mil quilômetros, a quase mil quilômetros por hora, dez horas de voo, mas começou a se aproximar sete horas antes da hora da decolagem, às três horas da tarde do dia anterior. O capitão da Força Aérea fez o anúncio costumeiro quando cruzaram a linha de mudança de data, e o americano alto de cabelos grisalhos na parte traseira da cabine acertou o relógio para trás e acrescentou mais um dia de bônus à sua vida.

Hickam Field é a principal instalação da aeronáutica no Havaí, mas compartilha a pista e o controle de tráfego aéreo com o Aeroporto Internacional de Honolulu, de modo que o Starlifter teve de fazer um grande e cansativo círculo sobre o mar, à espera do pouso de um JAL 747, proveniente de Tóquio. Em seguida, virou, ficou nivelado e pousou atrás dele, os pneus cantando e os motores rugindo com a inversão do impulso. A piloto não estava preocupada com as delicadezas dos voos civis, de modo que acionou o freio com força e fez um pouso curto o suficiente para sair pelo primeiro acesso de taxiamento da pista. Havia um pedido do aeroporto para que os aviões militares fossem mantidos longe dos turistas. Especialmente, dos turistas japoneses. A piloto era de Connecticut e não tinha grande interesse pela indústria de consumo do Havaí ou pelas sensibilidades orientais. O primeiro acesso era o caminho mais curto para o complexo militar, e por isso ela sempre procurava usá-lo.

O Starlifter taxiou devagar, como apropriado, e parou a cinquenta metros de um prédio longo e baixo de cimento, perto da fiação. A piloto desligou os motores e esperou, em silêncio. A equipe de terra, usando farda completa, marchou lentamente rumo ao ventre do avião, arrastando um cabo grosso. Prenderam-no em uma entrada sob o nariz, e os sistemas do avião foram acionados de novo com a energia do próprio aeródromo. Dessa forma, a cerimônia poderia ser realizada em silêncio.

A guarda de honra em Hickam naquele dia era a normal, formada por oito homens, com o mosaico habitual de quatro fardas de gala diferentes das Forças Armadas dos Estados Unidos, dois do Exército, dois da Marinha, dois dos Fuzileiros Navais e dois da Força Aérea. Os oito marcharam devagar para a frente e esperaram em silêncio, em formação. A piloto acionou a chave, e a rampa traseira foi baixada, emitindo um lamento. Apoiou-se no asfalto quente do território americano, e a guarda seguiu em marcha lenta até o centro exato da barriga do avião. Passaram em silêncio entre as fileiras gêmeas dos tripulantes e seguiram em frente. O mecânico de voo removeu as tiras de borracha, e a guarda de honra levantou o primeiro caixão, retirando-o da prateleira e o colocando nos ombros. Marcharam lentamente de volta, pelo interior da fuselagem escurecida, desceram a rampa e saíram para a tarde escaldante. O alumínio polido brilhou, e a bandeira se destacou sob o sol, diante do Pacífico azul e do planalto de Oahu. Viraram à direita sobre a pista e marcharam lentamente pelos cinquenta metros ao longo da construção baixa de cimento. Entraram, ajoelharam-se e baixaram o caixão. Ficaram em silêncio, as mãos cruzadas nas costas, cabeças inclinadas, e então se viraram e marcharam devagar de volta para o avião.

Levaram uma hora para descarregar os sete caixões. Somente quando a tarefa estava completa, o americano alto e grisalho deixou seu assento. Ele usou a escada do piloto e fez uma pausa no alto para esticar os membros cansados sob o sol.

12

STONE PRECISOU ESPERAR CINCO MINUTOS ATRÁS do vidro preto na parte traseira do Tahoe, porque a área de carga no subsolo do World Trade Center estava cheia. Tony ficou por perto, encostado em uma coluna no escuro e em meio ao barulho, esperando um caminhão de entrega sair com uma explosão de diesel e um momento se abrir antes que o próximo pudesse entrar. Ele usou esse momento para apressar Stone para o outro lado da garagem, até o elevador de carga. Apertou o botão, e eles subiram em silêncio, de cabeça baixa, respirando forte, sentindo o cheiro intenso do piso grosso de borracha. Saíram na área de serviço do 88º andar, e Tony examinou a área à frente. O caminho estava livre até a porta do escritório de Hobie.

O homem atarracado estava no balcão da recepção. Caminharam em linha reta, passando por ele e entrando na sala. Estava escuro, como de costume. As persianas estavam bem-fechadas e todos estavam calados. Hobie estava à mesa, sentado imóvel e em silêncio, olhando para Marilyn, sentada no sofá com as pernas encolhidas debaixo de si.

— Então? — perguntou ele. — Missão cumprida?

Stone concordou.

— Ela entrou, tudo certo.

— Onde? — perguntou Marilyn. — Que hospital?

— St. Vincent — respondeu Tony. — Direto para a emergência.

Stone concordou, confirmando, e viu que Marilyn sorriu de leve, aliviada.

— Certo — disse Hobie, cortando o silêncio. — Essa foi a boa ação do dia. Agora, aos negócios. Que complicações são essas de que preciso saber?

Tony empurrou Stone em torno da mesa de centro até o sofá. Ele se sentou pesadamente ao lado de Marilyn e olhou para a frente, fixando o nada.

— Então? — perguntou Hobie.

— As ações — disse Marilyn. — Ele não é o proprietário direto.

Hobie olhou para ela.

— É claro que é, droga. Eu verifiquei na bolsa de valores.

Ela concordou.

— Bem, sim, ele é o proprietário. O que quero dizer é que não tem o controle. Não tem acesso direto a elas.

— E por que não, diabos?

— Existe um fundo. O acesso é regulado pelos administradores.

— Que fundo? Por quê?

— O pai dele instituiu, antes de morrer. Ele não confiava em Chester para deixar tudo na mão dele. Achou que ele precisava de supervisão.

Hobie olhou para ela.

— Qualquer transação maior com as ações precisa de todas as assinaturas — continuou ela. — Dos administradores.

Silêncio.

— De ambos — finalizou.

Hobie desviou o olhar para Chester Stone. Era como um feixe de luz fazendo buscas enviesadas. Marilyn observou o olho bom. Viu que estava

Alerta Final 281

pensando. Viu-o engolir a mentira, como sabia que ia acontecer, pois estava de acordo com o que ele já pensava. A empresa de Chester estava no buraco porque ele era um péssimo empresário. Um empresário ruim rapidamente teria sido reconhecido por um parente próximo, como um pai. E um pai responsável teria protegido o legado da família com um fundo.

— É inviolável — disse ela. — Só Deus sabe como nós tentamos rompê-lo.

Hobie concordou. Apenas um leve movimento da cabeça. Quase imperceptível. Marilyn sorriu por dentro. Um sorriso de triunfo. Seu comentário final o convencera. Um fundo é algo a ser rompido. Tinha que ser enfrentado. Assim, as tentativas para rompê-lo provavam sua existência.

— Quem são os administradores? — perguntou ele em voz baixa.

— Eu sou um deles — respondeu ela. — O outro é o sócio majoritário de uma firma de advocacia.

— Apenas dois administradores?

Ela concordou.

— E você é um deles?

Ela concordou novamente.

— E você já tem o meu voto. Só quero me livrar dessa porcaria e de você atrás da gente.

Hobie assentiu de volta para ela.

— Você é uma mulher inteligente.

— Que escritório de advocacia? — perguntou Tony.

— Forster e Abelstein — respondeu ela. — Aqui mesmo, na cidade.

— Quem é o sócio majoritário? — perguntou Tony.

— Um sujeito chamado David Forster — disse Marilyn.

— Como marcamos a reunião? — perguntou Hobie.

— Eu ligo para ele — disse Marilyn. — Ou Chester, mas acho que, no momento, é melhor eu ligar.

— Então ligue e marque para esta tarde.

Ela balançou a cabeça.

— Não será tão rápido. Pode levar uns dois dias.

Silêncio. Apenas as batidas e vibrações surdas da respiração do edifício gigantesco. Hobie batucou com o gancho na mesa. Fechou os olhos. A pálpebra deformada se manteve parcialmente aberta. O globo ocular girou para cima, e uma faixa branca apareceu, como uma lua crescente.

— Amanhã de manhã — disse em voz baixa. — No máximo. Diga que é uma questão de extrema urgência para vocês.

Os olhos se abriram de repente.

— E mande que envie o contrato do fundo por fax para mim — sussurrou ele. — Agora. Preciso saber com que diabos estou lidando.

Marilyn tremia por dentro. Ela empurrou o estofamento macio, tentando se estabilizar.

— Não será um problema. Na verdade, é apenas uma formalidade.

— Então, façamos o telefonema — disse Hobie.

Marilyn não estava firme sobre os pés. Ficou em pé, oscilante, alisando o vestido sobre os quadris. Chester a tocou no ombro, apenas um segundo. Um pequeno gesto de apoio. Ela se endireitou e seguiu Hobie até o balcão na recepção.

— Aperte o nove para discar — disse ele.

Ela foi para trás do balcão, e os três homens a observaram. O telefone estava numa mesinha. Ela percorreu os botões e não viu nenhum para viva voz. Ela relaxou um pouco e tirou o fone do gancho. Apertou o nove e ouviu o tom de discagem.

— Comporte-se — disse Hobie. — Você é uma mulher inteligente, lembre-se, e, por ora, é melhor continuar assim.

Ela concordou. Ele ergueu o gancho. Brilhou sob a luz artificial. Parecia pesado. Era uma bela peça, cuidadosamente polida, mecanicamente simples e terrivelmente brutal. Ela viu seu convite para imaginar as coisas que ele seria capaz de fazer com aquilo.

— Forster e Abelstein — disse uma voz clara em seu ouvido. — Em que posso ajudar?

— Marilyn Stone — respondeu ela. — Para o sr. Forster.

Sentiu a garganta subitamente seca, a voz ficou baixa e rouca. Ouviu um toque de música eletrônica e depois os ecos de um grande escritório.

Alerta Final 283

— Forster — atendeu uma voz grave.

— David, é Marilyn Stone.

Fez-se um segundo de silêncio mortal. Naquele segundo, ela soube que Sheryl tinha feito tudo certo.

— Estão nos ouvindo? — Forster perguntou em voz baixa.

— Não, estou bem — disse Marilyn, com uma voz alegre.

Hobie pousou o gancho no balcão, o aço brilhando na altura do peito, a quarenta centímetros dos olhos dela.

— Você precisa da polícia — disse Forster.

— Não, é apenas uma reunião dos administradores do fundo. Qual o horário mais próximo que podemos nos encontrar?

— Sua amiga Sheryl me disse o que vocês querem. Mas existem problemas. Nosso pessoal não tem como lidar com esse tipo de coisa. Não estamos equipados para isso. Não somos esse tipo de firma. Eu terei que achar um detetive particular para você.

— Amanhã de manhã está ótimo para nós. Existe um elemento de urgência, eu receio.

— Deixe eu chamar a polícia para vocês.

— Não, David, na semana que vem será tarde demais, mesmo. Precisamos agir logo, se possível.

— Mas não sei onde procurar. Nunca usamos detetives particulares.

— Espere um momento, David. — Ela cobriu o bocal com a mão e ergueu o olhar para Hobie.

— Se você quiser que seja amanhã, terá que ser no escritório deles.

Hobie fez que não com a cabeça.

— Tem que ser aqui, no meu campo.

Ela afastou a mão.

— David, e depois de amanhã? Tem que ser feito aqui. Trata-se de uma negociação delicada.

— Você não quer mesmo a polícia? Tem certeza absoluta disso?

— Bem, existem complicações. Você sabe como as coisas podem ficar um tanto delicadas às vezes.

— Certo, mas terei que encontrar alguém adequado. Posso levar algum tempo. Terei que pedir indicações por aí.

— Isso é ótimo, David.

— Certo — repetiu Forster. — Se você tem certeza, vou tratar disso agora mesmo. Mas não está claro para mim exatamente o que você espera conseguir.

— Sim, concordo. Você sabe que sempre detestamos o jeito como papai resolveu isso. A interferência externa pode mudar as coisas, não é mesmo?

— Duas da tarde. Depois de amanhã. Não sei quem irá, mas vou conseguir alguém bom. Assim está bem?

— Depois de amanhã, duas da tarde — repetiu ela. Ela informou o endereço. — Está ótimo. Obrigado, David.

Sua mão tremia, e o telefone chocalhou ao ser colocado no gancho.

— Você não pediu o contrato do fundo — disse Hobie.

Ela deu de ombros, nervosa.

— Não é preciso. É apenas uma formalidade. Ele ficaria desconfiado.

Silêncio, e depois Hobie concordou.

— Certo — disse ele. — Depois de amanhã. Duas da tarde.

— Precisamos de roupas — disse ela. — Em tese, será uma reunião de negócios. Não podemos estar vestidos assim.

Hobie sorriu.

— Gosto de vocês vestidos assim. Os dois. Mas acho que Chester pode pegar meu terno emprestado de volta para a reunião. Você continua assim.

Ela concordou, vagamente. Estava cansada demais para insistir.

— De volta para o banheiro — ordenou Hobie.

— Vocês podem sair de novo depois de amanhã, às duas horas. Comportem-se e receberão comida duas vezes por dia.

Caminharam em silêncio diante de Tony. Ele fechou a porta do banheiro e voltou para o escritório escuro, juntando-se a Hobie na recepção.

— Depois de amanhã será tarde demais — disse. — Pelo amor de Deus, vão descobrir no Havaí hoje. Amanhã, no máximo, certo?

Hobie concordou. A bola estava caindo sob o brilho das luzes. O defensor externo estava saltando. A cerca se aproximava.

Alerta Final 285

— Sim, vai ser apertado, não é?

— Insanamente. Você deveria dar o fora daqui.

— Não posso, Tony. Dei a minha palavra no negócio, preciso dessas ações. Mas tudo vai dar certo. Não se preocupe com isso. Depois de amanhã, às duas e meia da tarde, as ações serão minhas, farei o registro às três, elas serão vendidas às cinco e nós dois estaremos longe na hora do jantar. Depois de amanhã, tudo estará acabado.

— Mas é loucura. Envolver um advogado? Não podemos deixar um advogado entrar aqui.

Hobie olhou para ele.

— Um advogado — repetiu, devagar. — Você sabe qual é a base da justiça?

— O quê?

— Igualdade. Justiça e igualdade. Eles trazem um advogado, nós também trazemos um advogado, não é? Para manter as coisas equilibradas.

— Minha nossa, Hobie! Não podemos trazer dois advogados para cá.

— Podemos — disse Hobie. — Na verdade, acho que devemos.

Ele deu a volta no balcão da recepção e se sentou onde Marilyn estivera sentada antes. O couro ainda estava quente do corpo dela. Pegou as páginas amarelas de um escaninho e abriu. Pegou o telefone, discou nove para obter uma linha. Depois, usou o topo do gancho em nove precisos movimentos curtos para discar o número.

— Spencer Gutman — disse uma voz clara em seu ouvido. — Em que posso ajudar?

Sheryl estava de costas sobre uma cama, uma agulha de soro enfiada numa veia da mão esquerda. O soro estava numa bolsa quadrada de polietileno pendurada num suporte de aço curvo atrás dela. Ela continha um líquido, e Sheryl sentia a pressão das gotas sendo sugadas para dentro de sua mão. Sentia o sangue sendo pressionado com mais intensidade do que o normal. As têmporas zuniam, e ela sentia a pulsação atrás das orelhas. O líquido na bolsa era transparente, como uma água espessa, mas estava fazendo efeito. O rosto parara de doer. A dor simplesmente sumira, fazendo com que se sentisse calma e sonolenta. Ela quase chamara a enfermeira para dizer que já podia ficar sem o analgésico pois a dor já tinha ido embora, mas, quando ela caiu em si, deu-se conta de que a droga é o que estava levando a dor embora e que ela voltaria na mesma hora se o soro fosse cortado. Tentou rir de sua confusão, mas a respiração estava lenta demais para que pudesse emitir algum som. Assim, apenas sorriu para si mesma, fechou os olhos e nadou pelas profundezas mornas da cama.

Então, ouviu um som em algum lugar diante dela. Abriu os olhos e viu o teto. Era branco e iluminado de cima. Desviou o olhar para os pés. Foi um grande esforço. Havia duas pessoas de pé junto à base da cama. Um homem e uma mulher. Olhavam para ela. Usavam fardas. Camisas azuis de manga curta, calças compridas pretas, sapatos grandes e confortáveis para caminhar. As camisas estavam cobertas de identificações. Algumas brilhantes, bordadas, de metal e placas. Usavam cintos repletos de equipamentos. Cassetetes, rádios e algemas. Revólveres com grandes coronhas de madeira presos aos coldres. Eram policiais. Os dois eram velhos. Um tanto baixos. Um pouco gordos. Os cintos pesados os deixavam desajeitados.

Olhavam para ela, com calma. Ela tentou sorrir outra vez. Olhavam para a paciente, pacientemente. O homem estava ficando calvo. O teto iluminado se refletia em sua testa brilhante. A mulher fizera um permanente crespo, tingido de laranja, como uma cenoura. Era mais velha do que ele. Devia estar na casa dos cinquenta. Era uma mãe. Sheryl era capaz de saber disso. Ela olhava para baixo com a expressão bondosa de uma mãe.

— Podemos nos sentar? — perguntou a mulher.

Sheryl concordou. O líquido espesso zumbia em suas têmporas e a deixava confusa. A mulher arrastou a cadeira pelo chão e se sentou à direita de Sheryl, longe do suporte do soro. O homem se sentou logo atrás dela. A mulher inclinou-se em direção à cama, e o homem se inclinou para o outro lado, de forma que sua cabeça aparecia atrás da dela. Estavam próximos e era difícil focalizar seus rostos.

— Sou a oficial O'Hallinan — disse a mulher.

Alerta Final 287

Sheryl concordou novamente. O nome combinava com ela. O cabelo alaranjado, o rosto e o corpo pesados, ela precisava de um nome irlandês. Vários policiais de Nova York eram irlandeses. Sheryl sabia disso. Algumas vezes, era como um negócio familiar. Uma geração sucedendo a outra.

— Sou o oficial Sark — disse o homem.

Ele era pálido. O tipo de palidez branca que deixa a pele parecida com papel. Tinha se barbeado, mas uma sombra cinza se mostrava. Os olhos eram fundos, mas gentis. Ficavam no meio de uma teia de rugas. Ele era um tio. Sheryl tinha certeza disso. Tinha sobrinhos e sobrinhas que gostavam dele.

— Queremos que você nos diga o que aconteceu — disse a mulher chamada O'Hallinan.

Sheryl fechou os olhos. Ela não conseguia se lembrar do que tinha acontecido. Sabia que tinha entrado pela porta da casa de Marilyn. Lembrava-se do cheiro de xampu para carpete. Lembrava de ter pensado que aquilo era um erro. O cliente poderia pensar sobre o que precisava ser disfarçado. Em seguida, estava subitamente de costas no chão do saguão, a agonia explodindo do nariz.

— Você pode nos dizer o que aconteceu? — perguntou o homem chamando Sark.

— Eu bati numa porta — sussurrou ela. E assentiu, como se confirmasse a história para eles. Era importante. Marilyn dissera *nada de polícia*. Não ainda.

— Que porta?

Não sabia que porta. Marilyn não lhe dissera. Era algo sobre o qual não haviam conversado. Que porta? Ela entrou em pânico.

— Do escritório — respondeu.

— Seu escritório fica aqui, na cidade? — perguntou O'Hallinan. Sheryl não respondeu. Apenas ficou olhando para o rosto bondoso da mulher.

— Sua seguradora diz que você trabalha em Westchester — disse Sark.

— Numa corretora de imóveis em Pound Ridge.

Sheryl concordou, cautelosa.

— Então você bateu na porta de seu escritório em Westchester — disse O'Hallinan. — E agora está no hospital, a oitenta quilômetros na cidade de Nova York.

— Como isso aconteceu, Sheryl? — perguntou Sark.

Ela não respondeu. A área fechada pelas cortinas ficou em silêncio. Chiando e zumbindo em suas têmporas.

— Podemos te ajudar, sabia? — disse O'Hallinan.

— Por isso estamos aqui. Estamos aqui para te ajudar. Podemos garantir que isso não vai acontecer de novo.

Sheryl concordou novamente, cautelosa.

— Mas você tem que nos dizer como aconteceu. Ele faz isso com frequência?

Sheryl olhou para ela, confusa.

— É por isso que você veio até aqui? — perguntou Sark. — Você sabe, hospital novo, nenhuma ficha das outras vezes... Se perguntarmos em Mount Kisco ou em White Plains, o que vamos achar? Vamos descobrir que eles te conhecem por lá? De alguma outra vez, quem sabe? Das outras vezes em que ele fez isso com você?

— Eu bati numa porta — Sheryl sussurrou. O'Hallinan balançou a cabeça.

— Sheryl, sabemos que não foi isso.

Ela se levantou e tirou o raio X do quadro de luz preso à parede. Segurou-o contra a luz do teto, como faria um médico.

— Aqui está seu nariz — disse ela, apontando.

— Esses são os ossos do maxilar, aqui está a sobrancelha e aqui o queixo. Está vendo? Seu nariz está quebrado, assim como os ossos do maxilar, Sheryl. Uma fratura deprimida. É como o médico está chamando. Uma fratura deprimida. Os ossos são empurrados para dentro, para um nível abaixo do queixo e da sobrancelha. Mas o queixo e a sobrancelha estão bem. Portanto, isso foi feito por alguma coisa horizontal, não foi? Alguma coisa como um bastão? Vindo de lado?

Alerta Final 289

Sheryl olhou para as radiografias. Eram acinzentadas e leitosas. Seus ossos apareciam em formas borradas e incertas. O globo ocular era enorme. O analgésico zunia em sua cabeça, e ela se sentia fraca e sonolenta.

— Eu bati numa porta — sussurrou ela.

— A beira de uma porta é vertical — disse Sark, com paciência.

— O queixo e a sobrancelha também teriam sido atingidos, não é? É uma questão de lógica, certo? Se uma coisa vertical pressionou seus maxilares, também teria acertado a sobrancelha e o queixo com bastante força, concorda?

Ele olhou para as radiografias com tristeza.

— Podemos te ajudar — disse O'Hallinan.

— Você nos conta tudo, e nós impedimos de acontecer de novo. Podemos fazer com que ele nunca mais faça isso com você.

— Quero dormir agora — murmurou Sheryl.

O'Hallinan inclinou-se para a frente e falou com delicadeza.

— Ajudaria se meu parceiro saísse? Sabe, só nós duas conversando?

— Eu bati numa porta — sussurrou Sheryl. — Agora quero dormir.

O'Hallinan concordou, sábia e pacientemente.

— Vou deixar o meu cartão. Se você quiser falar comigo quando acordar, é só me chamar, está bem?

Sheryl concordou vagamente, e O'Hallinan tirou um cartão do bolso, aproximou-se e o colocou sobre o armário junto à cama.

— Não esqueça, podemos te ajudar — sussurrou ela.

Sheryl não respondeu. Já estava dormindo, ou então fingindo muito bem. O'Hallinan e Sark afastaram a cortina e foram até a mesa. O médico olhou para eles. O'Hallinan balançou a cabeça.

— Total negação — disse ela.

— Bateu numa porta — disse Sark. — Provavelmente, uma porta de cara cheia, pesando mais de cem quilos e segurando um taco de beisebol.

O médico balançou a cabeça.

— Por que será que elas protegem esses cretinos?

Uma enfermeira ergueu os olhos.

— Eu vi quando ela entrou. Foi muito estranho. Estava na minha pausa para um cigarro. Ela saiu de um carro, lá do outro lado da rua. Veio caminhando sozinha até a porta. Os sapatos eram grandes demais, vocês notaram isso? Tinha dois caras no carro observando cada passo dela, e foram embora cheios de pressa.

— Qual era o carro? — perguntou Sark.

— Um preto, grande — respondeu a enfermeira.

— Você se lembra da placa?

— Acha que eu sou a miss Memória?

O'Hallinan deu de ombros e começou a se afastar.

— Mas vai aparecer no vídeo — disse a enfermeira de repente.

— Que vídeo? — perguntou Sark.

— Câmera de segurança, em cima das portas. A gente fica bem debaixo dela para a supervisão não controlar o tempo que ficamos lá fora. Então, o que nós vemos ela também vê.

A hora exata da chegada de Sheryl estava registrada nos papéis da recepção. Foi preciso apenas um minuto para voltar a fita até aquele ponto. Outro minuto para retroceder sua lenta caminhada, de volta pelo círculo de ambulâncias, pela praça, através da calçada, cruzando o tráfego até diante de um grande carro preto. O'Hallinan chegou a cabeça para perto da tela.

— Peguei — disse ela.

Jodie escolheu o hotel para passar a noite. Fez a escolha na seção de viagens da livraria mais próxima do prédio do Centro de Registros de Pessoal. Ela foi até lá e folheou os guias locais, até encontrar um local recomendado em três deles.

— É engraçado, não é? — disse ela. — Estamos em Saint Louis, e a seção de viagens tem mais guias para Saint Louis do que para qualquer outro lugar. Então, como pode ser uma seção de viagens? Devia se chamar seção fique em casa.

Reacher estava um pouco nervoso. O método era novo para ele. O tipo de lugar que ele normalmente escolhia jamais era anunciado nos livros. Apareciam em luminosos de néon, em postes altos, anunciando atrações

Alerta Final 291

que já não eram mais atrações havia vinte anos para se transformar em direitos humanos básicos, como ar-refrigerado, TV a cabo e uma piscina.

— Pegue isso — disse ela.

Ele pegou o livro e deixou o polegar na página enquanto ela se abaixava e abria a bolsa. Vasculhou o conteúdo até encontrar o telefone celular. Pegou o livro de volta, levantou-se e telefonou dali mesmo, do corredor, para o hotel. Ele a observou. Jamais tinha ligado para um hotel. Os lugares onde ele ficava sempre tinham um quarto, não importava a época. Deliravam se suas taxas de ocupação passassem de 50%. Ele ouviu Jodie finalizar a conversa e mencionar somas de dinheiro que lhe garantiriam cama por um mês, após alguma barganha.

— Ok — disse ela. — Estamos dentro. Na suíte de lua de mel. Cama com dossel. Não é perfeito?

Ele sorriu. A suíte de lua de mel.

— Precisamos comer — disse ele. — Servem jantar lá?

Ela balançou a cabeça e abriu o livro na seção de restaurantes.

— É mais divertido ir comer em algum lugar — disse ela. — Você gosta de cozinha francesa?

Ele concordou.

— Minha mãe era francesa.

Ela procurou no livro e usou o celular de novo para reservar uma mesa para dois em um lugar chique na região histórica, perto do hotel.

— Oito horas — disse ela. — Sobra tempo para circularmos um pouco. Depois, damos entrada no hotel e nos arrumamos.

— Ligue para o aeroporto. Precisamos de um voo cedo. Dallas–Fort Worth deve resolver.

— Farei isso lá fora. Não se pode ligar para o aeroporto de uma livraria.

Ela comprou um mapa enfeitado de Saint Louis, Reacher pegou a bolsa dela, e eles saíram para o calor do sol do fim da tarde. Ele examinou o mapa enquanto Jodie ligava para a companhia aérea da calçada e reservava dois lugares na classe executiva para o Texas, às oito e meia da manhã. Depois, caminharam para a beira do Mississipi no ponto onde ele cruzava a cidade.

Caminharam de braços dados por noventa minutos, o que perfez uns sete quilômetros, por toda a parte histórica da cidade. O hotel ficava numa velha mansão de tamanho médio em uma rua tranquila, coberta de castanheiras. Tinha uma porta grande pintada de preto brilhante e piso de carvalho. A recepção era uma antiga mesa de mogno, solitária no canto do saguão. Reacher olhou para ela. Nos lugares onde normalmente se hospedava, a recepção ficava atrás de uma tela de arame ou de uma cabine à prova de balas. Uma senhora elegante de cabelos brancos passou o cartão de Jodie pela máquina, e a filipeta saiu ruidosamente. Jodie abaixou-se para assinar, e a senhora entregou uma chave de bronze.

— Aproveite sua estadia, sr. Jacob — disse ela.

A suíte de lua de mel ocupava todo o sótão. Tinha o mesmo piso de carvalho, coberto por um verniz grosso que o fazia brilhar, com tapetes antigos espalhados ao longo. O teto era um complicado arranjo geométrico de ângulos e janelas em águas furtadas. Uma sala de estar com dois sofás estampados com flores claras ocupava uma das extremidades. O banheiro vinha em seguida, e depois o quarto. A cama com dossel era gigantesca, coberta com o mesmo tecido floral e muito alta. Jodie pulou para cima dela e se sentou, as mãos sob as dobras dos joelhos, as pernas balançando. Sorria, e o sol aparecia pela janela atrás dela. Reacher colocou a bolsa dela no chão e ficou absolutamente imóvel, apenas olhando para ela. Ela usava uma blusa azul, um tom que ficava entre um azul floral e o azul de seus olhos. Feita com um tecido macio, seda talvez. Os botões pareciam pequenas pérolas. O primeiro estava aberto. O peso do colarinho fazia com que a blusa se abrisse. A pele aparecia no decote, como mel, mais clara do que piso de carvalho. A camisa era pequena e ainda assim estava frouxa em seu corpo. Estava segura por um cinto de couro preto, cingido em torno de sua cintura fina. A ponta solta era comprida, pendurada para fora dos passadores da calça. O jeans era velho, lavado várias vezes e passado à perfeição. Usava sapatos nos pés sem meias. Mocassins azuis pequenos de couro fino, salto baixo, provavelmente italianos. Dava para ver as solas quando ela balançava as pernas. Os sapatos eram novos. Sem nenhum desgaste.

Alerta Final

293

— O que você está olhando? — perguntou ela.

Ela virou a cabeça de lado, com um jeito tímido e travesso.

— Você — respondeu ele.

Os botões *eram* pérolas, exatamente como as de um colar, retiradas do fio e costuradas uma a uma na blusa. Eram pequenas e escorregadias em seus dedos atrapalhados. Havia cinco delas. Ele conseguiu tirar quatro de dentro das casas e gentilmente puxou a blusa para fora da calça e soltou o quinto. Ela o ajudou com as mãos, alternando a esquerda e a direita, de forma a poder soltar os punhos. Ele desceu a blusa por trás, pelos ombros dela. Ela não vestia nada por baixo.

Ela se inclinou para a frente e começou a desabotoar os botões dele. Começou de baixo. Era destra. As mãos eram pequenas, delicadas e rápidas. Mais rápidas do que as dele. Os punhos da camisa dele já estavam abertos. Os pulsos eram largos demais para que os punhos de qualquer camisa comprada em loja se fechassem. Ela enfiou as mãos pela camisa e a afastou com os antebraços. A vestimenta caiu pelos ombros dele, e Jodie terminou de puxá-la pelos braços. A camisa caiu no chão com o deslizar do algodão e a batida leve dos botões na madeira. Ela percorreu com o dedo a queimadura de seu peito em forma de gota.

— Você trouxe a pomada?

— Não — respondeu ele.

Ela fechou os braços em torno da cintura dele, inclinou a cabeça e beijou o ferimento. Ele sentiu sua boca, firme e fresca contra a pele sensível. Depois, fizeram amor pela quinta vez em 15 anos, na cama com dossel no alto da velha mansão enquanto o sol se punha na janela voltada para o Kansas.

A Unidade de Violência Doméstica da Polícia de Nova York apropriava-se de cada metro quadrado que encontrasse disponível, e, no caso, tratava-se de uma grande sala na sobreloja da administração central da polícia. O'Hallinan e Sark voltaram para lá uma hora antes do fim do turno. Era a hora de preencher a papelada, e foram direto para suas mesas, abriram os cadernos no início do dia e começaram a datilografar.

Chegaram à emergência do St. Vincent quando faltavam 15 minutos para o fim do horário. Registraram como um provável incidente com uma vítima não cooperativa. O'Hallinan tirou o formulário da máquina e viu o número da placa do Tahoe rabiscado no pé da página de seu caderno. Ela pegou o telefone e discou para o Departamento de Veículos Motorizados.

— Um Chevrolet Tahoe preto — disse-lhe o atendente. — Registrado em nome de Cayman Corporate Trust, com endereço no World Trade Center.

O'Hallinan deu de ombros para si mesma e anotou tudo em seu caderno. Ela se perguntava se deveria ou não pôr o formulário de volta na máquina de escrever para acrescentar a informação quando o atendente do departamento ligou de novo.

— Tenho outra indicação aqui — disse ele. — O mesmo proprietário abandonou um Chevrolet Suburban preto na baixa Broadway ontem. Um incidente com três veículos no tráfego. Os carros foram rebocados para o 15º Distrito.

— Quem está cuidando disso? Conhece alguém no 15º?

— Lamento, mas não.

O'Hallinan desligou e ligou para o setor de tráfego do 15º Distrito, mas estava na hora da mudança de turno do fim do dia, e ela não foi muito longe. Anotou um lembrete para si mesma e o colocou na bandeja de entrada. O relógio marcou a hora, e Sark ficou de pé diante dela.

— E estamos fora daqui — disse ele. — Muito trabalho e pouca diversão não é bom para a saúde, certo?

— Certo — respondeu ela. — Que tal uma cerveja?

— Pelo menos uma cerveja — disse Sark. — Talvez duas.

— Com certeza — respondeu O'Hallinan.

Tomaram um longo banho juntos no espaçoso banheiro da suíte de lua de mel. Reacher então se espalhou enrolado na toalha sobre um sofá e a observou se aprontando. Ela foi até a mala e pegou um vestido. Era do mesmo linho que ela usara no escritório, só que o primeiro era amarelo e este era azul-escuro e sedoso. Ela o enfiou pela cabeça e o acertou no lugar.

Alerta Final

Tinha um decote simples e descia até quase o joelho. Calçou o mesmo mocassim azul. Secou os cabelos com a toalha e os penteou. Voltou para a mala e tirou o colar que ele lhe comprara em Manila.

— Pode me ajudar a fechar?

Ela levantou o cabelo da nuca, e ele se inclinou para encaixar o fecho. O colar era um cordão pesado de ouro. Provavelmente, não era ouro verdadeiro, não pelo preço que ele pagara, ainda que qualquer coisa fosse possível nas Filipinas. Seus dedos eram grandes, e as unhas estavam gastas e quebradas pelo trabalho físico com a pá. Segurou a respiração e precisou tentar duas vezes até acertar. Beijou seu pescoço, e ela deixou os cabelos caírem de volta. Estava pesado e úmido, com cheiro de verão.

— Bem, pelo menos estou pronta — disse ela.

Ela sorriu e lhe jogou as roupas que estavam no chão, e ele as vestiu, com o algodão grudando na pele molhada. Ele pegou o pente emprestado dela e passou pelos cabelos. No espelho, viu um relance dela atrás de si. Parecia uma princesa que ia sair para jantar com seu jardineiro.

— Talvez não me deixem entrar — disse ele.

Ela esticou e ajeitou a gola de Jack na nuca sobre a massa exagerada de seu músculo deltoide.

— Como fariam para te manter do lado de fora? Chamando a Guarda Nacional?

Era uma caminhada de dez quadras até o restaurante. Uma noite de junho, no Missouri, perto do rio. O ar estava leve e úmido. A estrelas brilhavam acima deles, num céu escuro, da cor do vestido que ela usava. As castanheiras sussurravam sob uma suave brisa morna. As ruas ficaram mais movimentadas. As mesmas árvores, mas com carros se movendo e estacionando debaixo delas. Alguns dos prédios ainda eram hotéis, mas outros eram menores e mais baixos, com placas pintadas com os nomes de restaurantes em francês. As placas eram iluminadas por focos de luzes direcionados. Nenhum néon. O lugar que ela escolhera se chamava La Préfecture. Ele sorriu e se perguntou se os amantes numa pequena cidade francesa iriam comer num lugar chamado A Prefeitura, que era a tradução literal do francês, pelo que ele se lembrava. Mas era um lugar bastante agradável.

Um garoto de algum lugar do meio-oeste forçando um sotaque francês os saudou calorosamente e os levou para uma mesa na varanda iluminada por velas, dando para o jardim dos fundos. Uma fonte com iluminação submersa esguichava suavemente, e as árvores eram iluminadas por focos de luz presos aos troncos. A toalha de mesa era de linho, e os talheres, de prata. Reacher pediu uma cerveja americana e Jodie pediu Pernod e água.

— Muito bom, não é? — perguntou ela.

Ele concordou. A noite estava amena, silenciosa e calma.

— Me diga como está se sentindo — disse ele.

Ela o olhou, surpresa.

— Me sinto bem.

— Bem como?

Ela sorriu, encabulada.

— Reacher, você está aprontando.

Ele sorriu de volta.

— Não, apenas estou pensando numa coisa. Você se sente relaxada?

Ela concordou.

— Segura?

Ela concordou outra vez.

— Eu também — disse ele. — Seguro e relaxado. Então, o que isso significa?

O rapaz chegou com os drinques numa bandeja de prata. O Pernod estava num copo alto, e ele o serviu com uma autêntica jarra francesa de água. A cerveja veio numa caneca congelada. Nada de garrafas *long-neck* num lugar assim.

— Então, o que isso significa? — perguntou Jodie.

Ela derramou a água no líquido âmbar, que ficou leitoso. Agitou o copo para misturar. Ele sentiu o forte odor do anis.

— Significa que, o que quer que esteja acontecendo, é pequeno — disse ele. — Uma operação pequena baseada em Nova York. Estávamos nervosos lá, mas nos sentimos seguros aqui.

Alerta Final 297

Ele deu um longo gole na cerveja.

— É apenas um sentimento — disse ela. — Não prova nada.

Ele concordou.

— Não, mas os sentimentos são persuasivos. E ainda existem algumas provas concretas. Fomos perseguidos e atacados lá, mas ninguém aqui está prestando a menor atenção em nós.

— Você verificou? — perguntou ela, alarmada.

— Estou sempre verificando. Andamos por aí, devagar e óbvios. Não tinha ninguém atrás da gente.

— Nenhum efetivo?

Ele assentiu novamente.

— Eles tinham dois caras que foram para as Keys e até Garrison, e mais o sujeito dirigindo o Suburban. Meu palpite é que isso é tudo o que eles têm, ou estariam aqui nos procurando. Portanto, é uma operação pequena, baseada em Nova York.

Ela concordou.

— Acho que é Victor Hobie — disse ela.

O garçom estava de volta, com um bloco e um lápis. Jodie pediu patê e cordeiro, Reacher pediu sopa e *porc aus pruneaux*, que sempre fora seu almoço de domingo quando criança, quando sua mãe conseguia encontrar porco e ameixas secas nos lugares remotos onde estavam baseados. Era um prato regional do Loire, e, apesar de sua mãe ser de Paris, ela gostava de prepará-lo para o filho pois achava que se tratava de uma apresentação resumida à cultura nativa dela.

— Não acho que seja Victor Hobie — disse ele.

— Eu acho que é. Acho que ele sobreviveu à guerra de algum jeito e ficou se escondendo em algum lugar desde então, e acho que não quer ser encontrado.

Ele balançou a cabeça.

— Também pensei nisso, desde o começo. Mas a psicologia está toda errada. Você leu seus registros. As cartas. Eu te contei o que seu velho amigo Ed Steven disse. Era um garoto certinho, Jodie. Totalmente sem graça, totalmente normal. Não consigo acreditar que ele deixaria os pais no ar desse jeito. Por trinta anos? Por que faria isso? Não bate com o que sabemos dele.

— Talvez ele tenha mudado — disse Jodie. — Papai sempre disse que o Vietnã muda as pessoas. Normalmente para pior.

Reacher balançou a cabeça.

— Ele morreu — disse ele. — A seis quilômetros de An Mie, trinta anos atrás.

— Ele está em Nova York — disse Jodie. — Agora mesmo, tentando continuar escondido.

Ele estava em seu terraço, a trinta andares do chão, apoiado sobre o parapeito, de costas para o parque. Tinha um telefone sem fio contra o ouvido e estava vendendo o Mercedes de Chester Stone para o sujeito de Queens.

— Tem também um BMW — dizia. — Cupê, Série 8. Está em Pound Ridge agora. Vendo por metade do preço original, em dinheiro, numa bolsa, amanhã.

Ele parou e ouviu o sujeito sugando o ar por entre os dentes, como os negociantes de automóveis sempre fazem quando falamos de dinheiro com eles.

— Digamos... trinta mil pelos dois, dinheiro numa bolsa, amanhã.

O sujeito resmungou um sim, e Hobie passou para o próximo item de sua lista mental.

— Tem um Tahoe e um Cadillac. Quarenta mil, pode incluir qualquer um dos dois no negócio. A escolha é sua.

O sujeito fez uma pausa e escolheu o Tahoe. Melhor revenda para um 4x4, especialmente para o sul, que era para onde Hobie sabia que ele levaria o carro. Desligou o telefone e entrou pela porta deslizante para a sala de estar. Usou a mão esquerda para abrir a pequena agenda de couro, segurou-a aberta pressionando com o gancho. Apertou o botão de novo e discou para um corretor de imóveis que lhe devia um bom dinheiro.

— Estou encerrando o empréstimo — disse.

Alerta Final

299

Ouviu o sujeito engolir em seco e começar a entrar em pânico. Fez-se um longo silêncio desesperado. Depois ele ouviu o sujeito se sentar, pesadamente.

— Você tem como me pagar?

Não houve resposta.

— Você sabe o que acontece com quem não pode me pagar?

Mais silêncio. Mais engulhos.

— Não se preocupe — continuou Hobie. — Podemos acertar alguma coisa. Tenho duas propriedades para vender. Uma mansão em Pound Ridge e meu apartamento na Quinta. Quero dois milhões pela casa e três e meio pelo apartamento. Você consegue isso para mim, e eu cancelo o empréstimo, certo?

O sujeito não tinha escolha, a não ser concordar. Hobie passou-lhe os detalhes do banco nas Ilhas Cayman e disse para lhe enviar os valores em um mês.

— Um mês é pouco tempo — disse o sujeito.

— Como vão seus filhos? — perguntou Hobie.

Mais engulhos.

— Certo, um mês — disse o sujeito

Hobie desligou o telefone e escreveu *$5.540.000* na página onde listara os três carros e as duas residências. Depois, ligou para a companhia aérea e perguntou sobre voos para a costa, na noite depois do dia seguinte. Havia muitos lugares. Ele sorriu. A bola passava direto sobre a cerca, na direção da quinta fila da arquibancada. O defensor pulava feito um maluco, mas não estava nem perto de conseguir.

Com Hobie fora, Marilyn sentiu-se a vontade o suficiente para tomar um banho. Não teria feito isso com ele dentro do escritório. O olhar enviesado dele dizia muito. Era como se pudesse ver através da porta do banheiro. Mas o sujeito chamado Tony não era um problema. Era ansioso e obediente. Hobie dissera-lhe para garantir que não saíssem do banheiro. Era o que ele faria, nada mais. Não entraria lá para incomodá-los e os deixaria sozinhos. Ela estava certa disso. E o outro cara, o grandalhão que lhes trouxera o café, faria o que Tony mandasse. Sentiu-se, portanto, segura o bastante, mas mesmo assim colocou Chester junto à porta, segurando a maçaneta.

Esticou-se, abriu a água quente, despiu o vestido e tirou os sapatos. Pendurou o vestido cuidadosamente no trilho da cortina, longe do jato de água, mas próximo o suficiente para o vapor alisar as rugas da roupa. Entrou no boxe, lavou o cabelo e ensaboou-se da cabeça aos pés. Sentiu-se bem. Era relaxante. Levou a tensão embora. Deixou a água caindo em seu rosto e ficou um longo tempo sob o chuveiro. Depois, manteve a água aberta, saiu, pegou uma toalha e trocou de lugar com Chester.

— Vá em frente — disse ela. — Vai lhe fazer bem.

Ele estava entorpecido. Apenas concordou e soltou a maçaneta da porta. Ficou parado por um segundo e despiu-se da camiseta e da cueca. Sentou-se nu e tirou os sapatos e as meias. Ela viu o hematoma amarelo em seu corpo.

— Eles te bateram? — sussurrou ela.

Ele concordou novamente. Levantou-se e entrou no boxe. Ficou sob o jato, de olhos fechados e a boca aberta. A água pareceu reavivá-lo. Encontrou o sabonete e o xampu, e se ensaboou.

— Deixe a água correndo — disse ela. — Está esquentando o lugar.

Era verdade. A água quente deixava o ambiente confortável. Ele saiu e pegou uma toalha. Secou o rosto e enrolou-a na cintura.

— E o barulho vai impedir que eles escutem a nossa conversa — disse ela. — E precisamos conversar, certo?

Ele deu de ombros, como se não houvesse muito sobre o que falar.

— Não entendo o que você está fazendo. Não tem nenhum administrador de fundo. Ele vai descobrir isso e simplesmente vai ficar furioso.

Ela estava enrolando uma toalha no cabelo. Parou e olhou para ele em meio ao vapor que se formava.

— Precisamos de uma testemunha. Você consegue entender?

— Uma testemunha do quê?

— Do que acontecer — disse ela.

— David Forster vai mandar um detetive particular para cá, e o que Hobie pode fazer? Admitimos que não existe fundo algum, vamos todos

Alerta Final   301

juntos para o banco e transferimos as ações para Hobie. Num lugar público, com uma testemunha. Uma testemunha e um guarda-costas. Assim, podemos simplesmente sair fora.

— Vai funcionar?

— Acho que sim. Ele está apressado com alguma coisa. Você percebeu? Tem algum tipo de prazo. Está entrando em pânico. Nossa melhor aposta e demorar o máximo possível e depois escapar, com uma testemunha acompanhando a coisa toda e tomando conta de nós. Hobie vai estar muito em cima do prazo para reagir.

— Não entendo. Quer dizer que esse detetive particular vai testemunhar que estamos agindo sob pressão? E poderemos processar Hobie para pegar as ações de volta?

Ela ficou em silêncio por um instante. Chocada.

— Não, Chester, não vamos processar ninguém. Hobie fica com as ações, e nós esquecemos esse assunto.

Ele olhou para ela através do vapor.

— Mas isso não é bom. Assim, não vamos salvar a empresa. Não se Hobie ficar com as ações e a gente não recuperá-las.

Ela olhou de volta para ele.

— Pelo amor de Deus, Chester! Você não entende nada? A empresa se foi. É passado, e é melhor você encarar isso de frente. Não se trata de salvar a porcaria da empresa. Mas das nossas vidas.

A sopa estava maravilhosa, e o porco, melhor ainda. Sua mãe teria ficado orgulhosa. Dividiram meia garrafa de vinho da Califórnia e comeram em um silêncio satisfeito. O restaurante era o tipo de lugar que permitia uma longa pausa entre o prato principal e a sobremesa. Nenhuma pressa para que os clientes saíssem e a mesa ficasse disponível. Reacher estava apreciando o luxo. Não era algo com que fosse acostumado. Recostou-se na cadeira e esticou as pernas para a frente. Seus tornozelos roçavam a perna de Jodie, sob a mesa.

— Pense nos pais dele — disse ele. — Pense nele quando criança. Abra a enciclopédia em F para "Família americana normal" e você vai ver uma foto dos Hobie, todos os três, olhando direto para você. Aceito que o Vietnã tenha modificado as pessoas. Entendo que possa ter expandido um pouco os horizontes dele. Eles também sabiam disso. Sabiam que ele não voltaria para trabalhar numa pequena gráfica sem graça em Brighton. Sabiam que ele iria para o sul, trabalhar nas plataformas, voando pelo Golfo para as companhias de petróleo. Mas teria mantido contato, certo? O mínimo que fosse. Não teria simplesmente abandonado os pais. Seria uma verdadeira crueldade, muita frieza e persistência, por trinta anos consecutivos. Você vê alguma coisa nos registros dele apontando para esse tipo de pessoa?

— Talvez ele tenha feito alguma coisa. Algo vergonhoso. Algo como My Lai, algum massacre, quem sabe? Talvez tenha ficado com vergonha de ir para casa. Talvez esconda um segredo do qual seja culpado.

Ele balançou a cabeça, impaciente.

— Estaria em seu registro. E ele não teve oportunidade para isso, de qualquer maneira. Era um piloto de helicóptero, não um soldado de infantaria. Nunca viu o inimigo de perto.

O garçom voltou com o bloco de pedidos e o lápis.

— Sobremesa? Café?

Pediram *sorbet* de framboesa e café puro. Jodie bebeu o último gole de seu vinho, que brilhou com um vermelho opaco sob a luz das velas.

— Então, o que fazemos?

— Ele morreu. Vamos conseguir a prova definitiva, cedo ou tarde. Depois, voltamos para contar aos velhos que eles desperdiçaram trinta anos preocupados com isso.

— E o que dizemos a nós mesmos? Que fomos atacados por um fantasma?

Ele deu de ombros e não respondeu. O *sorbet* chegou, e comeram em silêncio. Em seguida, vieram o café e a conta, numa pasta de couro forrada, com o logotipo do restaurante impresso em dourado. Jodie colocou o cartão de crédito na pasta sem conferir o total. Então, sorriu.

— Ótimo jantar — disse ela.

Ele sorriu de volta.

Alerta Final 303

— Ótima companhia.

— Vamos esquecer Victor Hobie por um tempo.

— Quem? — perguntou ele. Ela riu.

— Em que devemos pensar então? — perguntou ela. Ele sorriu.

— Eu estava pensando em seu vestido.

— Você gostou?

— Achei incrível.

— O quê?

— Mas poderia ficar melhor. Você sabe, talvez jogado no chão.

— Você acha?

— Tenho certeza. Mas isso é apenas uma suposição, no momento. Eu precisaria de alguns dados experimentais. Sabe como é, uma comparação entre antes e depois.

Ela suspirou fingindo exaustão.

— Reacher, precisamos estar de pé às sete. Voos cedo, né?

— Você é jovem — disse ele. — Se eu aguento, você com certeza também dá conta.

Ela sorriu. Arrastou a cadeira para trás e se levantou. Afastou-se da mesa e deu uma volta lenta pelo corredor. O vestido acompanhou seus movimentos. Era como um tubinho, mas não apertado. Ficava lindo de costas. Seus cabelos pareciam ouro sobre ele, iluminados pelas velas. Ela se aproximou, inclinou-se e sussurrou em seu ouvido.

— Certo, isso foi o antes. Vamos embora antes que você se esqueça da comparação.

As sete horas da manhã em Nova York chegavam uma hora antes do que as sete horas da manhã em Saint Louis, e O'Hallinan e Sark passaram esta hora no escritório, planejando o turno. As mensagens noturnas formavam uma grande pilha nas bandejas de entrada. Chamadas dos hospitais e relatórios dos policiais do turno da noite que haviam atendido a distúrbios domésticos. Todos exigiam exame e avaliação, e era preciso elaborar um itinerário, com base na geografia e na urgência. Fora uma noite comum na cidade de Nova York, o que significava que O'Hallinan e Sark compilaram uma lista de 28 novos casos que exigiam sua atenção e, como consequência, a ligação para o 15º Distrito, no Departamento de Tráfego, foi adiada para 7h50 daquela manhã.

O'Hallinan discou o número, e o sargento encarregado atendeu no décimo toque.

— Vocês rebocaram um Suburban preto — disse ela. — Ele bateu na baixa Broadway, uns dois dias atrás. Estão fazendo alguma coisa a respeito?

Ela ouviu o som do sujeito mexendo numa pilha de papéis.

— Está no depósito. Você tem algum interesse nele?

— Temos uma mulher com o nariz quebrado no hospital. Foi deixada lá num Tahoe que pertence à mesma pessoa.

— Talvez ela fosse a motorista. Tivemos três veículos envolvidos, e só conseguimos um motorista. Tinha um Suburban, que causou o acidente e o motorista desapareceu. Depois, um Oldsmobile Bravada, que fugiu por um beco, e o motorista e o passageiro desapareceram. O Suburban era de uma empresa, um fundo financeiro qualquer do centro da cidade.

— Cayman Corporate Trust? — perguntou O'Hallinan. — São os donos do Tahoe.

— Isso — confirmou o sujeito. — O Bravada está em nome de uma sra. Jodie Jacob, mas foi dado como roubado antes. Não é a sua mulher de nariz quebrado, é?

— Jodie Jacob? Não, a nossa é Sheryl qualquer coisa.

— Certo, provavelmente a motorista do Suburban. Ela é pequena?

— Bem pequena, eu acho. Por quê?

— O airbag foi acionado.

— É possível que uma mulher pequena se machucasse assim com o airbag. Acontece.

— Você vai verificar?

— Não. Nossa maneira de pensar é que temos o carro deles. Se quiserem, eles que nos procurem.

O'Hallinan desligou, e Sark olhou para ela com um jeito indagador.

Alerta Final 305

— Então, o que foi isso? — perguntou ele. — Por que ela diria que bateu numa porta se, na verdade, foi uma batida de carro?

O'Hallinan deu de ombros.

— Não sei. E por que uma corretora de imóveis de Westchester estaria dirigindo o carro de uma empresa que fica no World Trade Center?

— Isso explicaria os ferimentos.

— O airbag, talvez o aro da direção, pode ter feito isso com ela.

— Talvez.

— Então, devemos verificar?

— Devemos tentar, eu acho, porque uma batida de carro resolve o assunto em vez de ficar como uma probabilidade.

— Certo, mas não escreva isso em lugar nenhum ainda, pois se não tiver sido uma batida de carro, a coisa volta a ficar em aberto, o que pode se tornar uma enorme chateação depois.

Levantaram-se juntos e colocaram os cadernos no bolso das fardas. Desceram as escadas e apreciaram o sol da manhã a caminho do estacionamento para pegar o carro.

O mesmo sol seguiu para o oeste, e os relógios marcaram sete horas em Saint Louis. Entrou por uma janela do sótão, e seus raios baixos brincaram através do dossel, vindos de uma nova direção. Jodie levantou-se primeiro e estava no chuveiro. Reacher ficou sozinho na cama quente, espreguiçando-se, ouvindo um som agudo abafado vindo de algum lugar do quarto.

Verificou a mesa de cabeceira para ver se o telefone estava tocando, ou se Jodie ligara o alarme e ele não percebera na noite anterior. Nada ali. O apito continuou, abafado, mas insistente. Rolou na cama e se sentou. O novo ângulo indicava que o som vinha da bolsa de mão de Jodie. Ele deslizou para fora da cama e caminhou nu até o outro lado do quarto. Abriu o zíper da bolsa. O toque soou mais alto. Era o celular dela. Ele olhou para o banheiro e pegou o telefone. Tocava mais alto em sua mão. Ele estudou os botões e apertou SEND. O toque parou.

— Alô? — disse.

Fizeram uma pausa.

— Quem está falando? Quero falar com a sra. Jacob.

Era uma voz masculina, jovem, ocupada, perturbada. Uma voz que ele conhecia. O assistente de Jodie do escritório de advocacia, o cara que lhe passara o endereço de Leon.

— Ela está no banho.

— Ah — disse a voz.

Uma nova pausa.

— Sou um amigo — disse Reacher.

— Sei — respondeu a voz.

— Vocês ainda estão em Garrison?

— Não, estamos em Saint Louis, no Missouri.

— Meu Deus, isso complica as coisas, não? Posso falar com ela?

— Está no banho — repetiu Reacher. — Ela pode ligar de volta. Ou então, acho que posso anotar o recado.

— Você poderia? É bastante urgente.

— Espere aí — respondeu Reacher. Ele voltou até a cama e pegou o bloco e o lápis que o hotel deixara na mesa de cabeceira, ao lado do telefone. Sentou-se e ajeitou o celular na mão esquerda.

— Certo, manda — disse ele. O cara passou a mensagem. Era um tanto vaga. O sujeito escolhia as palavras com cuidado para manter a coisa toda incerta. Claro que um amigo não podia ser confiável para ouvir detalhes legais secretos. Ele colocou o bloco e o lápis de volta. Não ia precisar deles.

— Vou dizer para ela ligar de volta, caso alguma coisa não fique clara — disse ele, dubiamente.

— Obrigado e perdão por interromper, bem, o que quer que eu esteja interrompendo.

— Você não está interrompendo nada. Como eu disse, ela está no chuveiro agora. Mas, há dez minutos, poderia ter sido um problema.

— Meu Deus — disse o sujeito novamente e desligou o telefone.

Reacher sorriu, estudou os botões outra vez e pressionou END. Deixou o telefone na cama e ouviu a água sendo desligada no banheiro. A porta se abriu, e ela saiu, enrolada numa toalha, em meio a uma nuvem de vapor.

Alerta Final 307

— Seu assistente acabou de ligar para o celular. Acho que ficou um pouco chocado quando eu atendi.

Ela riu.

— Bem, lá se vai minha reputação. Na hora do almoço, o escritório inteiro já vai estar sabendo. O que ele queria?

— Você precisa voltar para Nova York.

— Por quê? Ele te passou os detalhes?

Ele balançou a cabeça.

— Não, ele foi muito discreto, muito adequado, como um assistente deve ser, eu acho. Mas você parece ser uma advogada de primeira, aparentemente. Tem uma grande demanda por seus serviços.

Ela sorriu.

— Sou a melhor, não te falei? Então, quem precisa de mim?

— Alguém ligou para o seu escritório. Alguma instituição financeira com pendências a resolver. Pediu você, especificamente. Deve ser porque você é a melhor.

Ela concordou e sorriu.

— Ele disse qual era o problema?

Ele deu de ombros.

— O de sempre, acho. Alguém deve dinheiro para outra pessoa, parece que todos estão brigando por causa disso. Você tem que ir a uma reunião amanhã de tarde fazer com que se entendam.

Outra das milhares de ligações telefônicas que ocorrem no mesmo minuto na área de Wall Street partiu do escritório de advocacia de Forster & Abelstein para as instalações do detetive particular William Curry, um veterano da polícia de Nova York, com vinte anos de serviço, que se aposentou aos 47 disposto a pagar a pensão alimentícia trabalhando como detetive particular até que sua ex-mulher se casasse de novo, morresse, ou se esquecesse dele. Estava nisso fazia dois anos, e uma ligação do sócio majoritário de um grande escritório de advocacia de Wall Street era um evento promissor, que o deixou satisfeito, mas não tão surpreso. Ele vinha fazendo um bom trabalho havia dois anos, a preços razoáveis, com o objetivo claro de criar uma certa reputação; portanto, se sua reputação finalmente se espalhava e os grandes começavam a ligar, isso o deixava satisfeito, sem que o surpreendesse.

Mas o que o surpreendeu foi a natureza do trabalho.

— Preciso fingir que sou você? — repetiu ele.

— É importante — disse-lhe Forster.

— Estão esperando um advogado chamado David Forster, então é isso que vamos lhes dar. Não terá qualquer questão legal envolvida. Provavelmente, não haverá qualquer coisa envolvida. Apenas estar lá vai manter as coisas sob controle. Será uma coisa bem direta. Está bem?

— Está bem, eu acho — respondeu Curry. Ele escreveu os nomes das partes envolvidas e o endereço onde a encenação seria realizada. Cobrou o dobro de sua taxa normal. Não queria parecer barato, não para esses caras de Wall Street. Eles sempre se impressionavam com serviços caros. Sabia disso. E, pela natureza do trabalho, achou que mereceria o pagamento. Forster concordou com o preço sem hesitar e prometeu enviar um cheque pelo correio. Curry desligou o telefone e começou a repassar suas roupas mentalmente, imaginando que diabos ele poderia vestir para ficar parecido com um advogado poderoso de um escritório de Wall Street.

13

DE SAINT LOUIS PARA DALLAS-FORT WORTH são pouco mais de novecentos quilômetros pelo ar, em confortáveis noventa minutos, trinta subindo, trinta em cruzeiro rápido e trinta descendo para a aproximação. Reacher e Jodie estavam juntos na classe executiva, dessa vez do lado esquerdo do avião, junto a uma clientela diferente da que voou com eles de Nova York. A maior parte da cabine estava ocupada por executivos texanos, vestindo ternos de tecido brilhoso, em tons de azul e cinza, com botas de couro de jacaré e chapelões. Eram maiores, mais rudes e barulhentos que suas contrapartes da costa leste, e davam mais trabalho para a aeromoça. Jody usava um vestido alaranjado simples, algo que Audrey Hepburn poderia usar, e os executivos olhavam de esguelha para ela, evitando os olhos de Reacher. Ele estava no corredor, com a calça cáqui amassada e os sapatos ingleses, bem gastos, e os caras tentavam situá-lo. Ele os viu andar em círculos, observando seu bronzeado, suas mãos e sua companhia, imaginando que ele seria algum brutamontes que se dera bem num processo, e então pensando que esse tipo de coisa não acontecia mais e começando com novas especulações. Ele os ignorou e bebeu o melhor café da companhia aérea numa xícara de porcelana, pensando sobre como entraria em Wolters e conseguiria que DeWitt dissesse algo que fizesse sentido.

Um policial do Exército tentando que um general lhe dissesse alguma coisa que fizesse sentido era como alguém lançando uma moeda. Cara, e você consegue um sujeito que conhece o valor da cooperação. Talvez tenha passado por dificuldades no passado, em uma ou outra unidade, e talvez alguém da Polícia do Exército tenha resolvido as coisas para ele de maneira efetiva e visível. Então, ele acredita, e seus instintos são favoráveis. Ele é seu amigo. Mas coroa será um sujeito que talvez tenha causado suas próprias dificuldades. Talvez tenha feito alguma grande besteira em missão e os policiais não tenham sido discretos ao deixar isso claro para ele. Aí, não se consegue nada com ele, a não ser provocações. Cara ou coroa, mas de uma moeda viciada, pois acima de tudo, qualquer instituição despreza seus próprios policiais, assim, coroa é muito mais frequente do que cara. Essa fora a experiência de Reacher. E, para piorar, ele era um policial do Exército que se tornara um civil. Tinha duas desvantagens antes mesmo de entrar no jogo.

O avião taxiou até o portão, e os executivos aguardaram, dando passagem para que Jodie passasse na frente deles. Fosse pela tradicional educação texana, fosse para olhar suas pernas e bunda enquanto ela andava, Reacher não poderia criticá-los, pois ele queria fazer exatamente a mesma coisa. Ele pegou a bagagem de mão dela e a seguiu para fora do avião, entrando no terminal. Emparelhou com ela e colocou o braço em torno de seus ombros, sentindo uma dúzia de olhares cravando-se em suas costas.

— Reivindicando o que é seu? — perguntou ela.

— Você viu os caras? — perguntou ele de volta.

Ela passou o braço pela cintura dele e puxou-o mais para perto.

Alerta Final 311

— Meio difícil não ver. Acho que seria bem fácil conseguir um encontro para hoje à noite.

— Você teria que enxotá-los com um pedaço de pau.

— É o vestido. Provavelmente, teria sido melhor usar uma calça comprida, mas achei que as coisas aqui seriam mais tradicionais.

— Você poderia estar usando uma farda de piloto soviético, toda cinza e verde, forrada de algodão, e eles ainda estariam babando.

Ela riu.

— Eu já vi pilotos de tanque soviéticos. Papai me mostrou as fotos. Noventa quilos, bigodes enormes, fumando cachimbos, com tatuagens, e isso eram apenas as mulheres.

O terminal estava gelado pelo ar condicionado, e eles foram atingidos por um salto de quatro graus quando saíram para a fila do táxi. Junho, no Texas, dez e pouca da manhã, um calor úmido de mais de 38 graus.

— Nossa — disse ela. — Talvez o vestido faça sentido.

Eles estavam à sombra de um viaduto, mais além, no entanto, o sol brilhava com um calor fulgurante. O concreto cozinhava e tremeluzia. Jodie pegou um par de óculos escuros na bolsa e os colocou, ficando ainda mais parecida do que nunca com uma Audrey Hepburn loura. O primeiro táxi da fila era um Caprice novo, com o ar-refrigerado no máximo e objetos religiosos pendurados no retrovisor. O motorista ficou em silêncio, e a viagem durou quarenta minutos, a maior parte por rodovias de concreto que brilhavam brancas no sol, congestionadas no começo e mais vazias no final.

O forte Wolters era uma grande instalação permanente no meio do nada, com prédios baixos e elegantes, jardins limpos e bem-cuidados com o aspecto estéril que apenas o Exército é capaz de obter. Uma cerca alta estendia-se por quilômetros em torno de todo o perímetro, esticada e reta em toda a sua extensão, sem sombra de mato na base. O meio-fio interno da rua era caiado. Além da cerca, as vias internas eram de concreto cinza, serpenteando aqui e ali entre os prédios. As janelas brilhavam sob o sol. O táxi fez uma curva e ficou diante de um campo, do tamanho de um estádio, com helicópteros alinhados. Pelotões de treinamento de voo moviam-se entre eles.

O portão principal ficava recuado em relação à estrada, com mastros brancos altos afunilando-se em sua direção. As bandeiras pendiam imóveis no calor. Uma pequena guarita baixa, com uma barreira vermelha e branca, controlava o acesso. A guarita era toda de janelas acima da cintura, e Reacher viu os policiais do Exército dentro dela, observando a aproximação do táxi. Estavam em traje completo de serviço, incluindo os capacetes brancos. O Exército regular da Polícia do Exército. Ele sorriu. Essa parte não seria problema. Eles teriam mais consideração do que as pessoas a quem guardavam.

O táxi deixou-os na rotatória e seguiu de volta. Eles caminharam sob o calor cegante até a sombra da guarita. Um sargento da polícia abriu a janela e olhou para eles, indagador. Reacher sentiu o ar gelado espalhando-se em seu redor.

— Precisamos nos encontrar com o general DeWitt — disse ele. — Alguma chance de conseguirmos, sargento?

O sujeito olhou para ele.

— Acho que depende de quem vocês são.

Reacher disse quem era, quem tinha sido, quem Jodie e quem seu pai tinham sido, e um minuto depois estavam ambos no interior refrigerado da guarita. O sargento da Polícia do Exército pegou o telefone e ligou para o número oposto ao seu no escritório de comando.

— Certo, vocês têm uma hora marcada. O general estará livre em meia hora.

Reacher sorriu. O sujeito provavelmente estava liberado naquela hora mesmo, mas a meia hora era para verificar se eles eram quem diziam ser.

— Como é o general, sargento? — perguntou ele.

— Nós o classificamos como GBO — disse o policial e sorriu.

Reacher devolveu o sorriso. A guarita parecia-lhe surpreendentemente agradável. Sentia-se em casa ali. GBO era o código da PE para "grande babaca ocasional" e era uma classificação um tanto benevolente para um sargento atribuir a um coronel. Era o tipo de classificação que indicava que, se abordado da maneira certa, o sujeito poderia cooperar. Por outro lado,

Alerta Final

313

significava que poderia ser exatamente o contrário. A informação dava-lhe algo sobre o que ponderar enquanto aguardava.

Após 32 minutos, um Chevrolet verde com faixas brancas estacionou dentro da barreira, e o sargento apontou-o com a cabeça para eles. O motorista era um soldado raso que não parecia disposto a pronunciar uma única palavra. Apenas esperou enquanto eles se sentavam, deu a volta com o carro e seguiu lentamente de volta para os prédios. Reacher observou a paisagem familiar passando pelo lado de fora. Ele jamais estivera em Wolters, mas conhecia o lugar muito bem, pois era idêntico a dezenas de outros que já conhecera. O mesmo layout, as mesmas pessoas, os mesmos detalhes, como se tivesse sido construído segundo o mesmo plano mestre. O prédio principal era uma longa estrutura de tijolos, de dois andares, de frente para uma área de desfiles. A arquitetura era exatamente a mesma do prédio principal da base de Berlim, onde ele nascera. Apenas o clima era diferente.

O carro parou em frente à escada da entrada do prédio. O motorista colocou a marcha na posição de estacionamento e olhou em silêncio para a frente, através do para-brisa. Reacher abriu a porta e saiu para o calor com Jodie.

— Obrigado pela carona, soldado — disse.

O rapaz apenas continuou estacionado, com o motor ligado e olhando para a frente. Reacher subiu os degraus com Jodie e passou pela porta. Um soldado da PE estava parado no saguão fresco, capacete branco, botinas brancas e segurando um brilhante M-16 cruzado sobre o peito. Olhava fixamente as pernas nuas de Jodie que dançavam em sua direção.

— Reacher e Garber para falar com o general DeWitt — disse Reacher.

O rapaz colocou o rifle na vertical, um movimento simbólico equivalente a remover uma barreira. Reacher assentiu e seguiu direto para a escada. O lugar era como todos os outros, construído conforme uma especificação malsituada entre a prodigalidade e a praticidade, como uma escola particular ocupando uma antiga mansão. Era imaculadamente limpa, e o material era o melhor disponível, mas a decoração era institucional e bruta. Uma mesa ocupava o alto da escada, no corredor, onde um solene sargento da PE se ocupava com a papelada. Atrás dele, uma porta de carvalho exibia uma placa de acrílico com o nome de DeWitt, seu posto e suas condecorações. Uma placa grande.

— Reacher e Garber para falar com o general — disse Reacher.

O sargento assentiu, pegou o telefone e apertou um botão.

— Seus visitantes, senhor — disse no aparelho.

Ouviu a resposta, levantou-se e abriu a porta, colocando-se de lado para lhes dar passagem, e fechou a porta atrás de si. O escritório era do tamanho de uma quadra de tênis. Era revestido de carvalho e tinha um enorme tapete escuro no chão, gasto pela ação do aspirador de pó. A mesa de carvalho era grande, e DeWitt estava sentado numa cadeira atrás dela. Tinha entre 50 e 55 anos, seco e esticado, com ralos cabelos grisalhos rentes ao couro cabeludo. Os olhos cinzentos, semifechados, observam a aproximação deles com uma expressão que Reacher interpretou como algo entre a curiosidade e a irritação.

— Sentem-se — disse. — Por favor.

As cadeiras de couro dos visitantes estavam posicionadas perto da mesa. As paredes do escritório estavam repletas de lembranças, mas todas referentes a momentos de batalhões e divisões, troféus de jogos de guerra, homenagens de batalha e velhas fotografias monocromáticas dos pelotões. Algumas fotos e diagramas mostravam dezenas de diferentes helicópteros. Mas não havia nada pessoal de DeWitt em exibição. Nem mesmo fotos de família sobre a mesa.

— Como posso ajudar vocês, pessoal? — perguntou ele.

O sotaque era neutro e militar, resultado do serviço em vários lugares do mundo com gente de todos os cantos do país. Talvez ele fosse, originalmente, do meio-oeste. Talvez de algum lugar próximo a Chicago, pensou Reacher.

— Eu fui major da PE — disse e aguardou.

— Sei disso. Nós verificamos.

Uma resposta neutra. Nenhum sinal. Nenhuma hostilidade, tampouco qualquer aprovação.

Alerta Final 315

— Meu pai era o general Garber — disse Jodie. DeWitt concordou, sem falar.

— Estamos aqui em caráter particular — disse Reacher, seguido de um breve silêncio.

— Em caráter civil, na verdade — disse DeWitt, lentamente.

Reacher concordou. *Um a zero.*

— É sobre um piloto chamado Victor Hobie. O senhor serviu com ele no Vietnã.

DeWitt olhou-o de maneira deliberadamente neutra e levantou as sobrancelhas.

— Com ele? — perguntou. — Não me lembro.

Dois a zero. Não cooperativo.

— Estamos tentando descobrir o que aconteceu com ele.

Outro momento de silêncio. Então, DeWitt assentiu, lento, divertido.

— Por quê? Ele era o seu tio perdido havia muito tempo? Ou talvez fosse o seu pai, em segredo. Talvez tenha tido um triste caso com sua mãe quando era jovem e cuidou da piscina dela. Quem sabe então você tenha comprado a velha casa da infância dele e encontrou seus diários perdidos da adolescência atrás do forro das paredes com uma edição de 1968 da *Playboy*?

Três a zero. Não cooperativo e agressivo. O escritório voltou a ficar em silêncio. O barulho surdo das hélices de um rotor soou na distância. Jodie chegou para a frente na cadeira. Sua voz soou suave e baixa na sala silenciosa.

— Estamos aqui pelos pais dele, senhor. Eles o perderam há trinta anos e nunca souberam o que aconteceu a ele. Ainda estão de luto, general.

DeWitt olhou para ela com os olhos cinzentos e balançou a cabeça.

— Não lembro dele. Sinto muito.

— Ele treinou com o senhor aqui mesmo, no forte Wolters — disse Reacher. — Vocês foram para Rucker juntos. De lá, navegaram para Qui Nhon. Vocês serviram a maior parte de suas duas idas juntos, voando em helicópteros de resgate em Pleiku.

— O pai dele era militar? — perguntou DeWitt. Reacher concordou.

— Fuzileiro. Trinta anos, *Semper Fi*.
— O meu era da Oitava Força Aérea — disse DeWitt. — Segunda Guerra, voava em bombardeiros de East Anglia, na Inglaterra, até Berlim, e depois voltava. Sabe o que ele me disse quando me alistei para os helicópteros?

Reacher aguardou.

— Ele me deu alguns bons conselhos — disse DeWitt. — Me disse para não fazer amizade com pilotos, porque todos acabam mortos, o que só nos deixa infelizes.

Reacher concordou outra vez.

— O senhor realmente não consegue se lembrar dele?

DeWitt apenas deu de ombros.

— Nem mesmo pelos pais dele? — perguntou Jodie. — Não parece certo que jamais saibam o que aconteceu com o filho, não é?

Silêncio. O som das hélices do rotor sumiu. DeWitt olhou para Jodie. Abriu as mãos pequenas sobre a mesa e suspirou pesadamente.

— Bem, acho que consigo me lembrar um pouco. Principalmente dos primeiros dias. Depois, quando todos começaram a morrer, eu levei o conselho do meu pai a sério. Acabei me fechando, sabe?

— Então, como era ele? — perguntou Jodie.

— Como era ele? — repetiu DeWitt. — Diferente de mim, com certeza. Diferente de todo mundo que eu já conheci também. Ele era uma contradição ambulante. Era voluntário, sabia disso? Eu também, e vários outros garotos. Mas Vic não era como os outros. Havia uma grande divisão naquele tempo entre os voluntários e os convocados. Os voluntários eram todos animados, sabe, estavam lá porque acreditavam naquilo. Mas Vic não era assim. Ele era voluntário, mas era discreto como um rato, mais na dele do que o mais rabugento dos convocados. Mas voava como se tivesse hélices penduradas no rabo.

— Então, ele era bom? — perguntou Jodie.

— Mais do que bom — respondeu DeWitt. — O melhor depois de mim nos primeiros dias, o que não é pouca coisa, porque eu, definitivamente, nasci com hélices no rabo. E Vic era esperto com os livros. Eu me lembro disso. Era melhor do que todo mundo numa sala de aula.

Alerta Final
317

— Ele tinha algum problema de comportamento por causa disso? — perguntou Reacher. — Negociava ajuda em troca de favores?

DeWitt tirou os olhos cinzentos de Jodie.

— Vocês pesquisaram. Estiveram nos arquivos.

— Acabamos de vir do Registro de Pessoal — disse Reacher. DeWitt assentiu, neutro.

— Espero que não tenham lido a minha pasta.

— O supervisor não nos deixaria — respondeu Reacher.

— Fizemos questão de não nos meter onde não éramos chamados — disse Jodie.

DeWitt assentiu outra vez.

— Vic negociava favores — disse. — Mas diziam que ele fazia isso do jeito errado. Às vezes, o assunto vinha à tona, pelo que me lembro. Esperava-se que você ajudasse o colega por gosto, sabe? Pelo bem da unidade, certo? Você se lembra no que deu aquela merda?

Ele parou e olhou para Reacher, divertido. Reacher concordou. A presença de Jodie estava ajudando. Seu charme o empurrava lentamente no sentido de uma maior aprovação.

— Mas Vic era frio quanto a isso — disse DeWitt. — Como se tudo não passasse de mais uma equação. Como se fossem necessários x movimentos de subida para tirar o helicóptero do chão e uma determinada quantidade de ajuda resultava em suas botas engraxadas. Eles viam isso como frieza.

— Ele era frio? — perguntou Jodie.

DeWitt assentiu.

— Nenhuma emoção, o sujeito mais frio que eu já vi. Isso sempre me impressionou. A princípio, achei que era porque ele tinha vindo de um lugar pequeno, onde não tinha nada para fazer nem ninguém para ver. Mais tarde percebi que ele simplesmente não sentia nada. Nada mesmo. Era estranho. Mas fazia com que fosse um piloto incrível.

— Por que não tinha medo? — perguntou Reacher.

— Exatamente — respondeu DeWitt.

— Não era corajoso, porque um cara corajoso é alguém que sente medo, mas consegue superá-lo. Antes de mais nada, Vic nunca sentia medo. Isso fez com que se tornasse um piloto de guerra melhor do que eu. Fui eu que passei em Rucker em primeiro lugar, e tenho a placa para provar isso, mas, quando chegamos lá, ele foi melhor do que eu, sem dúvida alguma.

— Melhor em que sentido?

DeWitt encolheu os ombros, como se não pudesse explicar.

— Nós aprendemos tudo à medida que avançávamos, apenas íamos resolvendo. O fato é que nossa formação era uma merda. Como se nos mostrassem uma coisa redonda e pequena, e nos dissessem que aquilo era uma bola de beisebol e então nos mandassem direto para jogar nas ligas principais. É algo que estou tentando resolver, agora que estou encarregado deste lugar. Jamais quero enviar garotos tão despreparados quanto nós fomos.

— E Hobie era bom na hora de aprender o trabalho? — perguntou Reacher.

— O melhor — disse DeWitt. — Você sabe alguma coisa sobre helicópteros na selva?

Reacher balançou a cabeça.

— Não muito.

— O primeiro problema principal é a ZP — disse DeWitt. — ZP, zona de pouso, certo? Você tem um monte de soldados desesperados e cansados, debaixo de fogo em algum lugar e que precisam ser resgatados. Eles pegam o rádio, e nosso operador lhes diz: *claro, abram uma ZP, e já vamos até aí pegar vocês.* Aí eles usam explosivos, serras e qualquer outra coisa que tenham em mãos para abrir uma ZP temporária na selva. Um Huey com as hélices girando precisa exatamente de catorze metros de largura por dezoito metros de comprimento para aterrissar. Mas a infantaria está cansada e cheia de pressa, os vietcongues estão fazendo chover morteiros, e, em geral, nossas tropas não fazem uma ZP grande o suficiente. Portanto, não podemos pegá-los. Isso aconteceu com a gente duas ou três vezes, o que nos deixa arrasados, e uma noite eu vejo Vic estudando a ponta da hélice do Huey. Aí pergunto para ele, *o que você está olhando?* E ele responde, *são de metal.* E eu penso, de que mais poderiam ser? Bambu? Mas ele continua olhando. No dia seguinte, somos chamados para uma ZP temporária de novo, e, com certeza, é muito pequena, faltando uns sessenta centímetros

Alerta Final   319

em toda a volta. O que me impede de pousar. Mas Vic desce assim mesmo. Ele faz o helicóptero dar várias voltas e vai abrindo o espaço com a hélice. Como um cortador de grama gigante. Foi incrível. Pedaços de árvore voando para todo lado. Ele pega uns sete ou oito caras, e o restante de nós desce logo atrás dele e pega o restante. Isso se tornou um procedimento padrão, e foi ele que inventou, pois era frio e lógico, e não tinha medo de tentar. Essa manobra salvou centenas de caras ao longo dos anos. Centenas, literalmente, talvez milhares.

— Impressionante — disse Reacher.

— Pode apostar que foi impressionante — respondeu DeWitt. — O segundo grande problema que tínhamos era o peso. Imagine se você estivesse num lugar aberto, como um campo. A infantaria vinha como um enxame na sua direção, até a porcaria do helicóptero estar pesado demais para decolar. Assim, seus próprios atiradores começavam a bater nos caras, deixando-os lá no campo, talvez para morrer. Não é um sentimento agradável. Então, um dia Vic deixa todo mundo subir a bordo, e com certeza não pode sair do chão. Aí, ele coloca o manete para a frente e força o helicóptero deslizar ao longo do campo, até que a velocidade do ar aumenta debaixo das hélices e o libera. E lá se vai para o alto e se afasta. O salto em velocidade. Tornou-se outro procedimento padrão, que ele inventou também. Às vezes, ele fazia isso numa ladeira, até mesmo montanha abaixo, como se fosse direto para um acidente, e então decolava. Como eu disse, estávamos inventando à medida que avançávamos, e a verdade é que Victor Hobie fez um monte de coisas boas.

— Você o admirava — disse Jodie.

DeWitt concordou.

— Sim. E não tenho medo de admitir.

— Mas vocês não eram próximos.

Ele balançou a cabeça.

— Como meu pai me disse, não faça amizade com outros pilotos. E fico feliz por não ter feito. Muitos deles morreram.

— Como ele passava o tempo? — perguntou Reacher. — Os arquivos mostram que muitas vezes vocês não podiam voar.

— O tempo era uma merda. Uma grande merda. Você não tem ideia Eu queria que tudo isso aqui fosse transportado para algum outro lugar, talvez para o estado de Washington, onde tem um pouco de nevoeiro e neblina. Não faz sentido treinar aqui no Texas e no Alabama, se você for para algum lugar onde o tempo não ajude.

— Então, como vocês passavam o tempo em terra?

— Eu? Eu fazia de tudo. Às vezes, uma festa, às vezes, eu dormia. Às vezes, eu saía de caminhão à procura de coisas de que precisávamos.

— E quanto a Vic? — perguntou Jodie. — O que ele fazia?

DeWitt simplesmente deu de ombros outra vez.

— Não faço a menor ideia. Estava sempre ocupado, sempre metido com alguma coisa, mas não sei o que era. Como eu disse, eu não queria me misturar com os outros pilotos.

— Ele estava diferente na segunda vez? — perguntou Reacher.

DeWitt sorriu rapidamente.

— Todo mundo ficava diferente na segunda vez.

— De que maneira? — perguntou Jodie.

— Mais zangado — disse DeWitt. — Mesmo se você se alistasse de novo, imediatamente, eram nove meses no mínimo até a hora da volta, às vezes um ano inteiro. E aí, quando você voltava, descobria que o lugar tinha virado uma lixeira enquanto você esteve fora. Tudo enlameado e destruído. Construções que você fez tinham despencado, trincheiras que você cavou contra os morteiros, com água pela metade, árvores cortadas das áreas de pouso crescendo de novo. O sentimento era de que seu pequeno domínio fora destruído por um bando de idiotas ignorantes enquanto você esteve fora. Isso nos deixava zangados e deprimidos. E, em geral, era verdade. Todo o Vietnã seguia ladeira abaixo, totalmente fora de controle. A qualidade do pessoal só fazia piorar.

— Então, você e Hobie se desiludiram? — perguntou Reacher.

DeWitt deu de ombros.

— Não me lembro muito da atitude dele. Talvez ele tenha lidado bem. Tinha um forte senso de dever, pelo que me lembro.

— Qual foi a última missão dele?

Alerta Final 321

Os olhos cinzas subitamente ficaram opacos, como se cobertos por persianas.

— Não lembro.

— Ele foi atingido — disse Reacher. — Atingido no ar, bem perto do senhor. Não lembra de que missão era?

— Perdemos oito mil helicópteros no Vietnã — disse DeWitt. — Oito mil, senhor Reacher, do início ao fim. E acho que assisti pessoalmente a maioria deles sendo derrubada. Então, como posso me lembrar de algum especificamente?

— Do que se tratava a missão? — perguntou Reacher.

— Por que o senhor quer saber? — perguntou DeWitt de volta.

— Isso me ajudaria.

— Com o quê?

Reacher deu de ombros.

— Com os pais dele, eu acho. Quero poder lhes dizer que ele morreu fazendo algo útil.

DeWitt sorriu. Um sorriso amargo, sardônico, gasto e caído nas extremidades por trinta anos de uso regular.

— Bem, meu caro, com toda a certeza o senhor não tem como fazer isso.

— Por que não?

— Porque nenhuma das nossas missões era útil. Era tudo uma perda de tempo. Um desperdício de vidas. Perdemos a guerra, não foi?

— Era uma missão secreta?

Houve uma pausa. Silêncio no grande gabinete.

— Por que seria secreta? — DeWitt devolveu a pergunta, em tom neutro.

— Ele recolheu apenas três passageiros. Pareceu uma missão especial para mim. Não precisaria nem fazer o salto em velocidade.

— Não me lembro — disse novamente DeWitt.

Reacher apenas olhou para ele, em silêncio. DeWitt olhou de volta.

— Como posso me lembrar? Ouço falar de uma história pela primeira vez em trinta anos e querem que eu lembre cada maldito detalhe?

— Não é a primeira vez em trinta anos. Perguntaram tudo isso ao senhor há uns dois meses. Em abril, deste ano.

DeWitt ficou em silêncio.

— O general Garber ligou para o Registro de Pessoal, para falar de Hobie. — disse Reacher. — É inconcebível que não tenha procurado o senhor depois. Não pode nos dizer o que disse a ele?

DeWitt sorriu.

— Disse-lhe que não lembrava.

Silêncio, novamente. O som das hélices se aproximava.

— Em nome dos pais dele, o senhor não nos diria? — perguntou Jodie com delicadeza. — Ainda estão de luto por ele. Precisam saber o que aconteceu.

DeWitt balançou a cabeça.

— Não posso.

— Não pode ou não quer? — perguntou Reacher.

DeWitt levantou-se devagar e caminhou até a janela. Era um homem baixo. Ficou diante da luz do sol, os olhos franzidos olhando para a esquerda, onde via, aterrissar no campo de pouso o helicóptero que estavam ouvindo.

— É informação confidencial — disse ele. — Não estou autorizado a fazer qualquer comentário e não farei. Garber me perguntou e eu respondi a mesma coisa para ele. Sem comentários. Mas sinalizei que ele deveria procurar mais perto de casa e dou exatamente o mesmo conselho para vocês, sr. Reacher. Procurem mais perto de casa.

— Mais perto de casa?

DeWitt ficou de costas para a janela.

— Vocês viram a pasta de Kaplan?

— O copiloto dele?

DeWitt concordou.

— Vocês leram sobre sua última, e única, missão?

Reacher balançou a cabeça.

Alerta Final 323

— Deveria ter lido — disse DeWitt. — Trabalho malfeito de alguém que já foi um major da PE. Mas não diga a ninguém que eu sugeri isso, porque vou negar e vão acreditar em mim, não no senhor.

Reacher olhou para longe. DeWitt voltou para mesa e se sentou.

— É possível que Victor Hobie ainda esteja vivo? — perguntou Jodie.

O helicóptero distante desligou os motores. Ficaram em absoluto silêncio.

— Sem comentários sobre isso — disse DeWitt.

— Já lhe fizeram essa pergunta antes? — questionou Jodie.

— Sem comentários sobre isso — repetiu DeWitt.

— O senhor viu a queda. É possível alguém ter sobrevivido?

— Eu vi uma explosão sob a cobertura das árvores, e só. O tanque dele estava mais da metade cheio. Tire suas próprias conclusões, srta. Garber.

— Ele sobreviveu?

— Sem comentários.

— Por que Kaplan foi oficialmente declarado morto e Hobie não?

— Sem comentários.

Ela assentiu. Pensou por um momento, reagrupou as informações como uma boa advogada diante de uma testemunha recalcitrante.

— Apenas em teoria, então. Suponha que um jovem com a personalidade, o caráter e a formação de Victor Hobie tivesse sobrevivido a um incidente desses, certo? O senhor acha possível que alguém assim jamais entrasse em contato com os próprios pais depois disso?

DeWitt levantou-se outra vez. Estava nitidamente desconfortável.

— Não sei, srta. Garber. Não sou uma porcaria de psiquiatra. E, como eu disse, tomei o cuidado de não conhecê-lo muito bem. Ele parecia um sujeito realmente dedicado ao dever, mas era frio. Em geral, acho que consideraria isso muito improvável. Mas não esqueça que o Vietnã transformou as pessoas. Com toda a certeza, me transformou, por exemplo. Eu costumava ser um cara legal.

O policial Sark tinha 44 anos, mas parecia mais velho. Tinha um físico prejudicado por uma infância pobre e pela negligência ignorante de boa parte da idade adulta. A pele era sem brilho e pálida, e ele tinha perdido o cabelo cedo. Isso o deixara com um aspecto amarelado, emaciado e envelhecido antes do tempo. Mas a verdade é que despertara para o fato e estava enfrentando a situação. Ele lera o material que o Departamento Médico da polícia de Nova York divulgara sobre dietas e exercícios. Eliminara a maior parte da gordura da alimentação diária e começara a tomar um pouco mais de sol, apenas o bastante para quebrar a palidez da pele, mas sem o risco de causar melanomas. Caminhava sempre que possível. Ao voltar para casa, pegava o metrô, descia uma estação antes e andava o restante do caminho, rápido o bastante para acelerar a respiração e o batimento cardíaco, conforme orientava o material de leitura. Durante o horário de trabalho, convencia O'Hallinan a estacionar o carro de patrulha em algum lugar que permitisse uma curta caminhada até onde quer que estivessem indo.

O'Hallinan não se interessava por exercícios aeróbicos, mas era uma mulher amigável e gostava de cooperar com ele, especialmente nos meses de verão, quando o sol brilhava. Por isso, estacionou o carro junto ao meio-fio, à sombra da igreja Trinity, e eles se aproximaram do World Trade Center pelo sul, a pé. Isso lhes permitia uma rápida caminhada de seiscentos metros pelo sol, o que deixou Sark feliz, mas tiveram que deixar o carro num ponto entre diversos endereços postais sem deixar, na delegacia, nenhuma pista de sua localização.

— Quer uma carona de volta para o aeroporto? — perguntou DeWitt.

Reacher interpretou a oferta como uma dispensa combinada com um gesto cuja intenção era suavizar o muro de pedra que o sujeito levantara com a entrevista. Ele concordou. O Chevrolet do Exército os levaria mais rápido do que um táxi, pois já estava esperando do lado de fora, com o motor ligado.

— Obrigado — respondeu ele.

— Tudo bem, o prazer é meu — devolveu DeWitt.

Ele discou um número de sua mesa e falou como se estivesse emitindo uma ordem.

— Esperem aqui mesmo — disse ele. — Três minutos.

Alerta Final 325

Jodie ficou de pé e ajeitou o vestido. Foi até a janela e olhou para fora. Reacher foi para o outro lado e olhou para as lembranças na parede. Uma das fotos era uma reimpressão em papel brilhante de uma famosa foto de jornal. Um helicóptero decolava de dentro do complexo da embaixada, em Saigon, com uma multidão sob ele, os braços levantados como se tentassem forçá-lo a voltar para carregar todo mundo.

— Era o senhor o piloto? — perguntou Reacher, com um palpite. DeWitt olhou e concordou.

— Ainda estava lá, em 1975?

DeWitt concordou novamente.

— Cinco períodos de combate e depois um tempo no QG. Em geral, acho que prefiro o combate.

Ouviram um barulho distante. As batidas surdas de um poderoso helicóptero que se aproximava. Reacher juntou-se a Jodie na janela. Um Huey estava no ar, voando por cima dos prédios distantes vindo da direção do campo de pouso.

— Sua carona — disse DeWitt.

— Um helicóptero? — perguntou Jodie.

DeWitt sorria.

— O que vocês esperavam? Afinal, isso aqui é uma escola de helicópteros. Para isso que esses garotos estão aqui. Não estamos numa autoescola.

O barulho do rotor aumentava para um forte *wop-wop-wop*. Depois se mesclou com um som mais agudo, *wip-wip-wip*, enquanto se aproximava e o assobio da turbina se misturava.

— Lâminas maiores agora — gritou DeWitt. — Materiais compostos. Não tem mais nada de metal. Não sei o que o velho Vic faria com isso.

O Huey deslizava de lado, flutuando sobre o campo de desfiles diante do prédio. O ruído sacudia as janelas. O helicóptero então se alinhou e pousou no chão.

— Prazer em conhecer vocês — gritou DeWitt.

Apertaram a mão dele e saíram. Da mesa, o sargento da PE acenou com a cabeça para eles, em meio ao ruído, e retomou o trabalho com a papelada. Desceram as escadas e saíram para receber um golpe de calor, poeira e barulho intensos. O copiloto estava abrindo a porta deslizante para eles. Eles percorreram a curta distância correndo abaixados. Jodie sorria, e seu cabelo voava para todo lado. O copiloto estendeu-lhe a mão e puxou-a para dentro. Reacher a seguiu. Prenderam os cintos de segurança no assento de trás, e o copiloto fechou a porta e voltou pela cabine. O arrepio familiar da vibração começou no momento em que a aeronave se elevou. O piso inclinou-se, oscilou, e os edifícios giraram pelas janelas, depois apenas seus telhados ficaram visíveis, e então os prados distantes, com as autoestradas cruzando-os como linhas traçadas com um conjunto de lápis cinza. O nariz foi para baixo, e o ruído do motor transformou-se num rugido quando eles se inclinaram para fixar o curso e a velocidade de cruzeiro em 160 quilômetros por hora.

O material que Sark tinha lido chamava-se *Power Walking*, e a ideia era forçar uma velocidade de sete quilômetros por hora. Dessa forma, o batimento cardíaco aumenta, o que é fundamental para o benefício aeróbico, mas você evita os danos pelo impacto nas pernas e nos joelhos, que é o risco da corrida propriamente dita. Era uma proposta convincente, e ele acreditou nela. Fazendo da forma correta, seiscentos metros a sete quilômetros por hora deveria levar um pouco mais de cinco minutos, mas na verdade levou quase oito, porque O'Hallinan caminhava ao seu lado. Ela estava satisfeita por andar, mas queria que fosse mais devagar. Não era uma mulher fora de forma, mas sempre dizia que era *feita para o conforto, não para a velocidade*. Era um compromisso. Ele precisava da cooperação dela para poder caminhar, então nunca reclamou do ritmo. Achou que era melhor do que nada. De um jeito ou de outro, aquilo tinha que estar fazendo algum bem.

— Qual prédio? — perguntou ele.

— A Torre Sul, eu acho — disse ela.

Deram a volta até a entrada principal da Torre Sul e entraram no saguão. Alguns seguranças uniformizados estavam atrás de um balcão, mas atendiam a um grupo de homens estrangeiros de ternos cinza, e Sark e

Alerta Final

327

O'Hallinan foram direto consultar o catálogo do prédio. O Cayman Corporate Trust estava listado no 88º andar. Foram até o elevador expresso e entraram sem que a equipe de segurança notasse a entrada deles no edifício.

O chão do elevador pressionou seus pés e disparou com eles para cima. Diminuiu a velocidade e parou no 88. A porta deslizou para abrir, uma campainha abafada soou, e eles saíram em um corredor neutro. O teto era baixo, e o espaço era estreito. O Cayman Corporate Trust tinha uma moderna porta de carvalho com janelinha e maçaneta de bronze. Sark abriu a porta e deixou sua parceira entrar primeiro. O'Hallinan tinha idade suficiente para apreciar a cortesia.

A recepção era decorada em carvalho e bronze, com um homem corpulento vestindo um terno escuro atrás de um balcão na altura do peito. Sark ficou no centro do lugar, o cinto carregado realçando a largura de seus quadris, fazendo-o parecer grande e imponente. O'Hallinan se aproximou do balcão, planejando a abordagem. Ela queria desestabilizar as coisas e tentou o tipo de ataque frontal que já vira os detetives usando.

— Estamos aqui por causa de Sheryl — disse ela.

— Acho que preciso ir para casa — disse Jodie.

— Não, você vai comigo para o Havaí.

Estavam de volta ao interior congelante do terminal do aeroporto de Dallas-Fort Worth. O Huey os deixou num ponto remoto da pista, e o copiloto os transportou num carrinho elétrico pintado de verde. Mostrou-lhes a porta sem identificação que levava direto para um lance de escadas com acesso às áreas públicas.

— Havaí? Reacher, não posso ir para o Havaí. Preciso voltar para Nova York.

— Você não pode voltar sozinha. Nova York é onde está o perigo, lembra? E preciso ir ao Havaí. Então você terá que ir comigo. Simples assim.

— Reacher, não posso — repetiu. — Preciso estar numa reunião amanhã. Você sabe disso. Você atendeu à ligação, certo?

— Difícil, Jodie. Você não vai voltar para lá sozinha.

Fechar a conta na suíte de lua de mel em Saint Louis naquela manhã tivera um efeito sobre ele. A parte vadia de seu cérebro, escondida bem no fundo de seus lobos frontais, alertou-o, *é o fim da lua de mel, meu chapa. Sua vida está mudando, e os problemas começam agora*. Ele ignorou o aviso. Mas agora estava prestando atenção. Pela primeira vez na vida, tinha uma vítima potencial a proteger. Tinha alguém com quem se preocupar. Na maior parte do tempo, era um prazer, mas era também um fardo.

— Preciso voltar, Reacher — disse ela. — Não posso deixá-los na mão.

— Ligue para lá e avise que não conseguirá chegar. Diga que está doente, invente uma desculpa.

— Não posso fazer isso. Meu assistente sabe que não estou doente, certo? E tenho que cuidar da minha carreira. É importante para mim.

— Você não vai voltar para lá sozinha — repetiu ele.

— Mas afinal, por que você precisa ir ao Havaí?

— Porque é onde está a resposta.

Ele se afastou em direção a um balcão de passagens e pegou uma lista de voos de uma pequena prateleira de metal. Ficou sob a luz fluorescente e abriu em D, nas partidas de Dallas-Fort Worth, percorreu a lista de destinos com o dedo até H, de Honolulu. Depois folheou até as partidas de Honolulu e verificou os voos para Nova York. Conferiu duas vezes e sorriu, aliviado.

— Podemos fazer tudo, de qualquer modo. As duas coisas. Veja só. Tem um às 12h15 saindo daqui. Tempo de voo menos a mudança de fuso rumo a Honolulu, e chegamos lá às 15h. Depois pegamos o voo das 19h de volta para Nova York. Tempo de voo menos a mudança de horário voltando para o leste e chegamos no JFK ao meio-dia de amanhã. Seu assistente disse que a reunião era de tarde, certo? Então, vai dar tempo.

— Preciso de informações preliminares. Não tenho ideia do que se trata.

— Terá umas duas horas para isso. Você aprende rápido.

— É uma loucura. Isso nos deixa apenas quatro horas no Havaí.

— É tudo de que precisamos. Vou ligar antes para deixar tudo combinado.

— Passaremos a noite num avião. Irei para uma reunião após uma noite sem dormir numa porcaria de avião.

Alerta Final 329

— Então, viajamos de primeira classe. Rutter está pagando, certo? Podemos dormir na primeira classe. As poltronas pareceram bem confortáveis.

Ela deu de ombros e suspirou.

— Loucura.

— Me deixe usar seu telefone — disse ele.

Ela tirou o celular da bolsa e passou para ele. Reacher ligou para o serviço de informações de longa distância e pediu um número. Discou e ouviu tocar a 9.600 quilômetros dali. Tocou oito vezes, e a voz que ele queria ouvir atendeu.

— Aqui é Jack Reacher. Você vai estar no escritório o dia todo?

A resposta foi devagar e sonolenta, pois era muito cedo de manhã no Havaí, mas foi a que ele queria ouvir. Desligou o telefone e se virou para Jodie. Ela suspirou para ele outra vez, mas desta vez havia um sorriso misturado. Ela foi até o balcão e usou o cartão dourado para comprar as passagens de primeira classe, Dallas-Fort Worth para Honolulu e Nova York. O sujeito no balcão fez a reserva dos lugares na mesma hora, ligeiramente impressionado por ver pessoas pagando o preço de um carro esportivo de segunda mão para comprar vinte horas de viagem em um avião e mais em terra até Oahu. Ele lhes entregou os bilhetes, e, vinte minutos depois, Reacher estava acomodado numa enorme poltrona de couro e napa, com Jodie em segurança a um metro de distância, ao lado dele.

Havia uma rotina a ser seguida nesta situação. Jamais fora colocada em prática, mas já fora ensaiada com frequência e exaustivamente. O homem corpulento, no balcão à altura do peito, movia a mão casualmente para o lado e usava o indicador para apertar um botão, e o dedo médio para apertar outro. O primeiro botão trancava a porta de carvalho que dava para o elevador. Tratava-se de um mecanismo eletromagnético que fechava a lingueta de aço de forma silenciosa e discreta. Uma vez ativada, a porta mantinha-se trancada até o mecanismo ser liberado, independentemente do que alguém pudesse tentar com a tranca ou com a chave. O segundo botão acendia uma luz vermelha no interfone sobre a mesa de Hobie. A luz vermelha era brilhante, e o escritório estava sempre escuro, era impossível não percebê-la.

— Quem? — perguntou o grandalhão.

— Sheryl — repetiu O'Hallinan.

— Me desculpe — disse o sujeito. — Aqui não trabalha nenhuma Sheryl. Atualmente somos uma equipe de três, todos homens.

Ele chegou a mão para a esquerda, apoiando-a numa tecla marcada TALK, que ativou o interfone.

— Vocês trabalham com um Tahoe preto? — perguntou O'Hallinan.

Ele concordou.

— Temos um Tahoe preto na frota da empresa.

— E quanto a um Suburban?

— Sim, acho que temos um desses também. É sobre alguma infração de trânsito?

— É sobre Sheryl estar no hospital.

— Quem? — perguntou de novo o sujeito.

Sark saiu de trás de O'Hallinan.

— Precisamos falar com o seu chefe.

— Certo. Vou ver se isso é possível. Posso saber seus nomes?

— Policiais Sark e O'Hallinan, da polícia de Nova York.

Tony abriu a porta interna do escritório e parou ali, indagador.

— Posso ajudá-los, policiais? — perguntou.

Nos ensaios, os policiais teriam que se afastar do balcão e olhar para Tony. Talvez dar uns dois passos em sua direção. E foi exatamente o que aconteceu. Sark e O'Hallinan se viraram e foram para o meio da recepção. O homem corpulento no balcão se abaixou e abriu um armário. Soltou uma espingarda do suporte e segurou-a embaixo, fora de vista.

— Trata-se de Sheryl — disse O'Hallinan novamente.

— Que Sheryl? — perguntou Tony.

— A Sheryl que está no hospital com o nariz quebrado — disse Sark.

— E com as maçãs do rosto fraturadas e uma concussão. A Sheryl que saiu de seu Tahoe para a emergência do hospital St. Vincent.

Alerta Final 331

— Ah, sim — disse Tony. — Não sabíamos seu nome. Ela não podia falar uma palavra, por causa dos ferimentos no rosto.

— Então, por que diabos ela estava no carro de vocês? — perguntou O'Hallinan.

— Fomos até a Grand Central deixar um cliente lá. Ela estava na calçada, meio perdida. Tinha vindo num trem de Mount Kisco e estava meio que vagando por lá. Nós lhe oferecemos uma carona até o hospital, que parecia ser do que ela precisava. Então, nós a deixamos no St. Vincent, porque fica no caminho de volta para cá.

— Bellevue fica mais perto da Grand Central — disse O'Hallinan.

— Não gosto do tráfego por lá — disse Tony com voz neutra. — O St. Vincent era mais conveniente.

— E vocês não imaginaram o que tinha acontecido com ela? — perguntou Sark. — Como ela se machucou?

— Bem, naturalmente, nós perguntamos — disse Tony. — Perguntamos a ela, mas ela não podia falar por causa das lesões. É por isso que não reconhecemos o nome.

O'Hallinan ficou ali, incerta. Sark deu um passo adiante.

— Vocês a encontraram na calçada?

Tony assentiu.

— Do lado de fora da Grand Central.

— Ela não podia falar?

— Nem uma palavra.

— Então, como você sabe que ela tinha vindo no trem de Kisco?

A única área cinzenta dos ensaios era escolher o momento exato para baixar as defesas e iniciar o ataque. Era uma questão subjetiva. Eles confiavam que, quando aparecesse, iriam reconhecê-la. E reconheceram. O homem corpulento levantou-se, engatilhou a espingarda e apontou-a por cima do balcão.

— Parados! — gritou ele.

Uma nove milímetros apareceu na mão de Tony. Sark e O'Hallinan olharam para ele e para a espingarda, e levantaram os braços. Não um pequeno gesto derrotado, como no cinema. Esticaram-nos rapidamente para cima, como se suas vidas dependessem de tocar o isolamento acústico bem em cima de suas cabeças. O cara com a espingarda foi por trás e espetou o cano rígido nas costas de Sark, e Tony foi por trás de O'Hallinan e fez a mesma coisa com a pistola. Em seguida, um terceiro homem saiu da escuridão e parou na porta do escritório.

— Sou Hook Hobie — disse ele.

Eles o olharam. Não disseram nada. Os olhares começaram no rosto desfigurado e desceram lentamente até a manga vazia.

— Quem é quem? — perguntou Hobie.

Ninguém respondeu. Estavam olhando para o gancho. Ele o levantou e deixou que recebesse a luz.

— Qual de vocês é O'Hallinan?

O'Hallinan abaixou a cabeça, em reconhecimento. Hobie se virou.

— Então você é Sark.

Sark assentiu. Apenas uma fração de movimento com a cabeça.

— Soltem os cintos — disse Hobie. — Um de cada vez. E rápido.

Sark foi o primeiro. Fez tudo rápido. Deixou caírem as mãos e abriu a fivela. O cinto pesado caiu no chão, a seus pés e esticou os braços para o teto de novo.

— Agora você — disse Hobie para O'Hallinan.

Ela fez a mesma coisa. O cinto pesado com o revólver, o rádio, algemas e o cassetete despencou sobre o carpete. Ela esticou as mãos para cima, o mais alto que podia. Hobie usou o gancho. Abaixou-se e passou a ponta do gancho pelas fivelas dos dois cintos, levantou-os balançando no ar e posando como um pescador no fim de uma boa pescaria à beira do rio. Com a mão boa, tirou os dois pares de algemas de seus suportes gastos de couro.

— Virem-se.

Viraram-se e encararam as armas apontadas para eles.

— Mãos para trás.

É possível para um homem de apenas um braço colocar algemas numa vítima, se a pessoa ficar parada e com os pulsos unidos. Sark e O'Hallinan ficaram realmente imóveis. Hobie fechou em um pulso de cada vez e depois

Alerta Final

333

apertou as quatro argolas em suas catracas até ouvir gemidos de dor de ambos. Levantando os cintos a uma altura em que não se arrastavam no chão, caminhou de volta para o escritório.

— Entrem — chamou.

Circundou a mesa e deixou os cintos sobre ela, como itens para um exame mais cuidadoso. Sentou-se pesadamente na cadeira e aguardou enquanto Tony alinhava os prisioneiros diante dele. Deixou-os em silêncio enquanto esvaziava os cintos. Soltou os revólveres e os jogou numa gaveta. Pegou os rádios e mexeu nos controles de volume até que começassem a chiar e estalar ruidosamente. Ajeitou-os juntos no canto da mesa com as antenas apontadas para as janelas. Inclinou a cabeça por um momento e ouviu os assobios das interferências atmosféricas. Depois, voltou-se e tirou os dois cassetetes das alças dos cintos. Colocou um deles sobre a mesa e sopesou o outro com a mão esquerda, examinando-o com atenção. Era do tipo moderno, com um cabo e uma seção telescópica embaixo. Observou-o atentamente, interessado.

— Como isso funciona?

Nem Sark nem O'Hallinan responderam. Hobie brincou com o cassetete por alguns segundos e depois olhou para o cara grande, que golpeou com a espingarda para a frente e acertou Sark no fígado.

— Eu fiz uma pergunta — disse-lhe Hobie.

— Você balança — murmurou ele. — Balança e depois meio que dá uma sacudida.

Ele precisou de espaço, então se levantou. Balançou o cassetete e o sacudiu, como se estalasse um chicote. A parte telescópica se abriu e travou no lugar. Ele sorriu com a parte não queimada do rosto. Fechou o mecanismo e tentou de novo. Voltou a sorrir. Começou a dar voltas em círculos grandes ao redor da mesa, balançando e fazendo o cassetete se abrir. Fez o movimento vertical e, depois, horizontalmente. Usou mais e mais força. Fechou os círculos, movimentando o cassetete. Agitou-o com um golpe, e o mecanismo se abriu. Ele virou e acertou O'Hallinan no rosto.

— Gostei desse negócio — disse.

O'Hallinan estava oscilando para trás, mas Tony a empurrou com a pistola. Os joelhos cederam e ela caiu para a frente, desajeitada, contra a frente da mesa, as mãos algemadas firmemente nas costas, sangrando pela boca e pelo nariz.

— O que Sheryl disse a vocês? — perguntou Hobie.

Sark olhava para baixo, para O'Hallinan.

— Que ela havia batido numa porta — murmurou ele.

— Então por que vocês vieram me incomodar? Por que estão aqui?

Sark ergueu o olhar. Olhou diretamente para o rosto de Hobie.

— Por que não acreditamos nela. Era óbvio que alguém tinha batido nela. Rastreamos a placa do Tahoe, e parece que isso nos trouxe ao lugar certo.

O escritório voltou a ficar em silêncio. Nada além dos chiados e assobios dos rádios dos policiais na ponta da mesa. Hobie concordou.

— Exatamente ao lugar certo — disse ele. — Não teve nenhuma porta envolvida.

Ele assentiu em resposta. Era um homem razoavelmente corajoso. A Unidade de Violência Doméstica não era refúgio de covardes. Por definição, envolvia lidar com homens capazes de atos de violência brutal. E Sark era tão bom para lidar com eles quanto qualquer um.

— Isso é um grande erro — disse em voz baixa.

— De que forma? — perguntou Hobie, interessado.

— Trata-se do que você vez com Sheryl, e isso é tudo. Não precisa ser mais nenhuma outra coisa. Você realmente não deveria misturar mais nada com isso. É um passo muito grande usar de violência contra oficiais da polícia. Podemos fazer algo com relação ao caso de Sheryl. Pode ter havido alguma provocação, alguma circunstância atenuadora. Mas, se você continuar mexendo com a gente, não poderemos te ajudar em nada. Você estará apenas se enterrando num problema ainda maior.

Ele fez uma pausa e esperou atentamente pela resposta. A abordagem costumava funcionar. O interesse próprio por parte do perpetrador em geral fazia com que funcionasse. Mas não houve resposta de Hobie. Ele não

Alerta Final   335

disse nada. O escritório estava em silêncio. Sark preparava uma nova abordagem quando os rádios estalaram e um operador distante entrou no ar e o sentenciou a morte.

— *Cinco um e cinco dois, por favor confirmem a localização atual.*

Sark era tão condicionado a responder que sua mão se moveu em direção aonde o cinto estivera. O movimento foi logo interrompido pelas algemas. O chamado do rádio morreu no silêncio. Hobie olhava para o espaço.

— *Cinco um, cinco dois, preciso de suas localizações atuais, por favor.*

Sark olhava para os rádios, horrorizado. Hobie seguiu seu olhar e sorriu.

— Eles não sabem onde vocês estão — disse.

Sark balançou a cabeça. Pensando rápido. Um homem corajoso.

— Eles sabem onde estamos. Sabem que estamos aqui. Querem confirmar, só isso. Eles verificam se estamos onde deveríamos estar, o tempo todo.

Os rádios estalaram novamente.

— *Cinco um, cinco dois, respondam, por favor.*

Hobie olhou para Sark. O'Hallinan tentava se levantar sobre os joelhos, olhando para os rádios. Tony moveu a pistola para impedi-la.

— *Cinco um, cinco dois, estão ouvindo?*

A voz afundou sob o mar de estática e depois voltou, mais forte.

— *Cinco um, cinco dois, temos uma emergência de violência doméstica na Houston esquina com a avenida D. Vocês estão em algum local próximo?*

Hobie sorriu.

— Isso fica a mais de três quilômetros daqui — disse ele. — Eles não têm a menor ideia de onde vocês estão, não é?

Então ele deu uma risada. O lado esquerdo do rosto se enrugou em linhas não costumeiras, mas o tecido queimado do lado direito manteve-se firme, como uma máscara rígida.

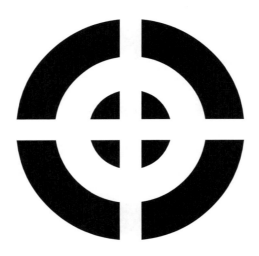

14

PELA PRIMEIRA VEZ NA VIDA, REACHER ESTAVA realmente confortável num avião. Ele voava desde que nasceu, primeiro como filho de um soldado, depois ele mesmo como soldado — milhões de quilômetros no total —, mas todos eles encolhido em transportes militares barulhentos e espartanos ou dobrado nos duros assentos civis mais estreitos que seus ombros. Viajar em primeira classe numa companhia aérea era um luxo totalmente novo.

A cabine era impressionante. Um insulto calculado aos passageiros que entraram no avião e a viram antes de se misturar ao longo do corredor procurando suas próprias acomodações mesquinhas. A primeira classe era bonita, em tons pastel, quatro lugares por fila, no mesmo espaço ocupado por dez poltronas na classe econômica. Aritmeticamente, Reacher calculou que cada lugar tinha duas vezes e meia a largura das poltronas comuns, mas

Alerta Final   337

a sensação dele era a de que eram ainda maiores. Pareciam enormes sofás, largos o bastante para que ele se espalhasse para os lados sem esbarrar o quadril nos braços da cadeira. E o espaço para as pernas era incrível. Era possível deslizar para baixo e se esticar todo sem tocar no assento da frente. Podia apertar o botão e reclinar quase até a horizontal sem incomodar a pessoa de trás. Acionou o mecanismo algumas vezes como uma criança com um brinquedo, depois fixou o assento numa posição intermediária e razoável, e abriu a revista de bordo, nova e estalando, e não amassada e pegajosa como a que estavam lendo quarenta fileiras mais para trás.

Jodie estava perdida em sua própria poltrona, sem sapatos e com os pés encolhidos sob ela, a mesma revista aberta no colo e um copo de champanhe gelado perto do cotovelo. A cabine estava silenciosa. Eles estavam bem à frente dos motores, e o barulho foi reduzido a um zumbido que não chegava a ser mais alto do que o chiado do ar-refrigerado saindo pela ventilação sobre suas cabeças. Não havia qualquer vibração. Reacher observava o vinho dourado borbulhando no copo de Jodie, sem qualquer tremor na superfície.

— Eu poderia me acostumar com isso — disse.

Ela olhou para cima e sorriu.

— Não com o seu salário — respondeu ela.

Ele concordou e voltou à aritmética. Calculou que a remuneração de um dia de escavação de piscinas permitiria que ele comprasse oitenta quilômetros de viagem aérea na primeira classe. Em bom ritmo, isso dava cerca de cinco minutos no ar. Dez horas de trabalho, tudo consumido em cinco minutos. Ele estava gastando o dinheiro 120 vezes mais rápido do que o tempo que levara para ganhá-lo.

— O que você vai fazer quando tudo isto acabar? — perguntou ela.

— Não sei.

A questão estivera no fundo de sua mente desde que ela lhe contara sobre a casa. A própria casa aparecia em sua imaginação, algumas vezes benigna, outras, ameaçadora, como um quadro enganador que mudava conforme a pessoa se posicionasse contra a luz. Algumas vezes, aparecia sob o brilho do sol, confortável, baixa e espalhada, cercada pela selva amigável de um quintal e se parecia com um lar. Outras, parecia uma gigantesca pedra de moinho, exigindo-lhe correr, correr e correr apenas para se manter alinhado na posição de partida. Ele conhecia pessoas que tinham casas. Conversara com elas, com o mesmo tipo de interesse distanciado com que conversaria com uma pessoa que tinha cobras como animais de estimação ou que participava de competições de dança de salão. As casas forçavam um certo estilo de vida. Mesmo que alguém lhe desse uma de graça, como Leon fizera, era um compromisso com um monte de coisas. Havia impostos sobre a propriedade. Ele sabia disso. Seguros, caso o lugar pegasse fogo ou fosse derrubado por um vendaval. A manutenção. As pessoas que ele conhecia que tinham casas estavam sempre fazendo algum reparo nelas. Substituindo o sistema de aquecimento no início do inverno, porque dera defeito. Ou vazamentos de água no porão, que exigiriam trabalhos complicados de escavação. Os telhados eram um problema. Ele sabia disso. As pessoas lhe disseram. Telhados tinham vida curta, o que o surpreendera. As telhas precisavam ser retiradas e substituídas por novas. As cercas também. Assim como as janelas. Ele conheceu gente que colocou janelas novas em suas casas. Deliberaram profunda e demoradamente sobre que tipo iriam comprar.

— Você vai arrumar um emprego? — perguntou Jodie.

Ele olhou para fora, pela janela oval, para o sul da Califórnia, seco e marrom, onze quilômetros abaixo. Que tipo de trabalho? A casa lhe custaria talvez uns dez mil dólares por ano em impostos, seguros e manutenção. E era uma casa isolada, por isso teria também que fazer manutenção no carro de Rutter. O carro fora de graça, como a casa, mas apenas tê-lo já custaria dinheiro. Seguros, trocas de óleo, vistorias, impostos, gasolina. Talvez mais uns três mil por ano. Alimentos, roupas e artigos de primeira necessidade ficavam em primeiro lugar da lista. E, se tivesse uma casa, iria querer outras coisas. Um aparelho de som. O CD de Wynonna Judd e um monte de outros também. Lembrou-se dos cálculos à mão da velha sra. Hobie. Ela calculara uma quantia de que precisava anualmente, e ele não conseguia imaginar ficar nem um pouco abaixo daquilo. Tudo somava, talvez, uns trinta mil dólares por ano, o que significava ganhar uns cinquenta,

Alerta Final 339

considerando o imposto de renda e o custo de cinco dias por semana de viagens de ida e volta para onde quer que o diabo o mandasse ir trabalhar.

— Não sei — respondeu ele de novo.

— Você poderia fazer várias coisas.

— Como o quê?

— Você é talentoso. Você é um excelente investigador, por exemplo. Papai sempre dizia que você era o melhor que ele já conhecera.

— Isso foi no Exército — disse ele. — Está tudo acabado agora.

— As habilidades são portáveis, Reacher. Quem é bom sempre tem trabalho.

Então, ela olhou para cima, uma grande ideia estampada no rosto.

— Você poderia assumir o negócio de Costello. Ele vai deixar um vazio. Nós o chamávamos o tempo todo.

— Está ótimo. Primeiro, eu levo o cara a morte, depois, roubo o negócio dele.

— Não foi culpa sua — disse ela. — Pense nisso.

Então, ele voltou a olhar para a Califórnia e pensou. Pensou na cadeira de couro gasta de Costello e em seu corpo, envelhecendo confortavelmente. Pensou em estar sentado em sua sala de tons pastel, com a janela de vidro jateado, passando a vida no telefone.

Pensou sobre o custo de manter um escritório na avenida Greenwich e de contratar uma secretária, comprar computador e mesinha de telefone, contratar plano de saúde e pagar férias. Tudo isso além de cuidar da casa em Garrison. Teria que trabalhar dez meses por ano antes de poder contar com um único dólar.

— Não sei — disse de novo. — Não tenho certeza se quero pensar nisso.

— Vai ter que pensar.

— Talvez — respondeu. — Mas não necessariamente agora.

Ela sorriu como se compreendesse, e voltaram a ficar em silêncio. O avião assobiou adiante, e a aeromoça voltou com o carrinho de bebidas. Jodie repetiu o champanhe, e Reacher pegou uma lata de cerveja. Folheou a revista de bordo. Estava cheia de artigos leves sobre nenhum assunto muito especial. Havia anúncios de serviços financeiros e de pequenos aparelhos eletrônicos complicados, todos pretos e operados por pilhas. Chegou à seção em que a frota operacional da companhia era retratada em algumas ilustrações coloridas. Descobriu o avião em que estavam e leu sobre sua capacidade de passageiros, seu alcance potência dos motores. Chegou então às palavras cruzadas no final. Enchiam uma página e pareciam muito difíceis. Jodie já estava lá, em seu próprio exemplar, à frente dele.

— Dê uma olhada na casa 11 — disse ela.

Ele olhou.

— Podem ser pesadas — leu. — Dezessete letras.

— Responsabilidades — disse ela.

Marilyn e Chester Stone estavam amontoados no sofá da esquerda, diante da mesa, porque Hobie estava no banheiro, sozinho com os dois policiais. O homem corpulento de terno preto se sentou no sofá oposto, com a espingarda descansando no colo. Tony estava esparramado ao lado dele, com os pés sobre a mesa de centro. Chester estava inerte, apenas olhando para a escuridão. Marilyn sentia frio e fome, e estava aterrorizada. Seus olhos disparavam por toda a sala. O silêncio era total no banheiro.

— O que ele está fazendo lá com eles? — sussurrou ela. Tony deu de ombros.

— Provavelmente, apenas conversando.

— Sobre o quê?

— Bem, perguntando sobre o que gostam e o que não gostam de fazer. Em termos de dor física. Ele gosta de fazer isso.

— Deus, por quê?

Tony sorriu.

— Ele acha que é mais democrático, sabe? Deixar que as vítimas decidam o próprio destino.

Marilyn estremeceu.

— Oh, meu Deus, ele não pode apenas deixá-los ir embora? Eles acharam que Sheryl era apenas uma esposa espancada, só isso. Não sabiam nada sobre ele.

Alerta Final 341

— Bem, vão saber em breve — disse Tony. — Ele manda que escolham um número. Nunca sabem se é para escolher alto ou baixo, porque não sabem para que é. Acham que vão agradá-lo se escolherem o número certo, sabe? Levam um tempo enorme para descobrir.

— Ele não pode simplesmente deixá-los ir? Mais tarde, talvez?

Tony balançou a cabeça.

— Não — respondeu ele. — Está muito tenso, no momento. Isso o faz relaxar. Como uma terapia.

Marilyn ficou em silêncio por um bom tempo. Mas, então, teve que perguntar.

— Para que serve o número? — murmurou ela.

— Quantas horas levam para morrer — disse Tony. — Os que escolhem números altos ficam realmente chateados quando descobrem.

— Seus nojentos!

— Um cara uma vez escolheu cem, mas nós deixamos por dez.

— Seus nojentos!

— Mas ele não vai fazer você escolher um número. Tem outros planos para você.

Silêncio total no banheiro.

— Ele é louco — Marilyn sussurrou.

Tony deu de ombros.

— Um pouco, talvez. Mas eu gosto dele. Já sentiu muita dor na vida. Acho que é por isso que se interessa tanto por isso.

Marilyn olhou para ele, horrorizada. Alguém então tocou a campainha da porta de carvalho, no saguão do elevador. Muito barulhento no silêncio terrível. Tony e o homem corpulento com a espingarda se viraram e olharam naquela direção.

— Dê uma olhada — disse Tony ao homem.

Tony colocou a mão dentro do casaco e sacou o revólver. Segurou-o firme apontado para Chester e Marilyn. O parceiro com a espingarda levantou-se do sofá baixo, deu a volta na mesa e foi até a porta. Fechou-a atrás de si, e o escritório voltou a ficar em silêncio. Tony se levantou e caminhou até a porta do banheiro. Bateu com a coronha da arma e abriu uma fresta por onde enfiou a cabeça.

— Visitantes — disse em voz baixa.

Marilyn olhou para os lados. Tony estava a seis metros dela e era o mais próximo. Ela ficou em pé com um pulo e respirou fundo. Desviou da mesa de centro e do sofá do outro lado, e foi correndo até a porta do escritório. Escancarou-a com força. O homem corpulento de terno preto estava do outro lado da recepção, falando com um homem baixo parado na porta de entrada, vindo do saguão do elevador.

— Socorro! — gritou ela para ele.

O homem olhou para ela. Estava vestido de calças azul-escuras e uma camisa azul, com um casaco curto aberto, do mesmo azul das calças. Algum tipo de uniforme. Uma pequena logomarca aparecia do lado esquerdo do peito da jaqueta. Carregava uma sacola de mercado marrom aninhada nos braços.

— Socorro! — gritou ela de novo.

Duas coisas aconteceram. O homem corpulento do terno preto pulou para a frente, puxou o visitante para o lado de dentro e bateu a porta atrás dele. Tony agarrou Marilyn por trás com um braço ao redor da cintura dela. Arrastou-a de volta para o escritório. Ela se arqueou para a frente, contra a pressão dos braços dele. Dobrava-se o meio e lutava.

— Pelo amor de Deus, nos ajude!

Tony ergueu-a do chão. Seu braço a pressionava sob os seios. O vestido curto subia pelas coxas. Ela chutava e se debatia. O homem baixo de uniforme olhava. Os sapatos dela saíram dos pés. O homem baixo então começou a rir. Caminhou para dentro do escritório atrás dela, desviando-se com cuidado com dos sapatos abandonados, carregando sua bolsa de supermercado.

— Ei, deixe um pouco para mim — disse ele.

— Pode esquecer — ofegou Tony atrás dela.

— Essa aqui está fora dos limites, por ora.

— Que pena — disse o novo sujeito. — Não é todo dia que se vê uma dessas.

Alerta Final 343

Tony lutou com ela por todo o trajeto até o sofá. Jogou-a ao lado de Chester. O novo sujeito deu de ombros conformado e esvaziou a bolsa sobre a mesa. Maços de dinheiro bateram na madeira. A porta do banheiro se abriu, e Hobie foi para a sala. Estava sem o casaco, e as mangas da camisa estavam dobradas até o cotovelo. Na esquerda, havia um antebraço. Musculoso e coberto de pelos escuros. Na direita, um pesado suporte de couro, marrom-escuro, gasto e brilhante, com tiras presas a ele subindo por dentro da manga. Na extremidade, o suporte se afunilava, com o gancho de aço brilhante saindo da ponta, reto por uns quinze centímetros e depois fazendo a curva até terminar numa ponta.

— Conte o dinheiro, Tony — disse Hobie.

Marilyn se levantou num pulo. Virou-se para encarar o novo sujeito.

— Ele está com dois policiais lá — disse com urgência. — Ele vai matá-los.

O cara deu de ombros para ela.

— Está bom para mim — respondeu. — Mate-os todos, é só o que eu tenho a dizer.

Ela o fitou, confusa. Tony moveu-se atrás da mesa e ajeitou os maços de dinheiro. Empilhou-os com cuidado e contou em voz alta, movendo-os de uma ponta da mesa para a outra.

— Quarenta mil dólares.

— Então, onde estão as chaves? — perguntou o novo sujeito.

Tony abriu a gaveta da mesa.

— Estas são do Mercedes.

Ele jogou o chaveiro para o sujeito e colocou a mão no bolso para pegar o outro molho.

— E estas são do Tahoe. Está na garagem lá embaixo.

— E o BMW? — perguntou o sujeito.

— Ainda está em Pound Ridge — respondeu Hobie do outro lado da sala.

— Chaves? — perguntou o sujeito.

— Na casa, eu acho — disse Hobie.

— Ela não trouxe uma carteira e não parece que estejam escondidas com ela, não é?

O sujeito olhou para o vestido de Marilyn e abriu um sorriso maldoso, cheio de lábios e língua.

— Tem alguma coisa lá dentro, com certeza. Mas não se parece com as chaves.

Ela olhou para ele, enojada. O desenho no casaco dizia *Mo's Motors*. Bordado em seda vermelha. Hobie atravessou a sala e ficou bem atrás dela. Inclinou-se para a frente e colocou o gancho na linha de visão dela. Ela olhou para ele, bem de perto. Sentiu um arrepio.

— Onde estão as chaves? — perguntou ele.

— O BMW é meu — disse ela.

— Não é mais.

Ele aproximou o gancho ainda mais. Ela podia sentir os odores de metal e couro.

— Eu poderia revistá-la — falou o sujeito novo. — Talvez ela esteja mesmo escondendo essas chaves. Posso pensar em uns dois lugares interessantes para olhar.

Ela estremeceu.

— As chaves — disse Hobie delicadamente.

— No balcão da cozinha — murmurou ela de volta.

Hobie afastou o gancho e passou para a frente dela, sorrindo. O novo sujeito pareceu desapontado. Acenou com a cabeça para confirmar que tinha ouvido o murmúrio e caminhou devagar até a porta, tilintando as chaves do Mercedes e do Tahoe nas mãos.

— Um prazer fazer negócio — disse enquanto caminhava. Então, parou na porta e olhou para trás, direto para Marilyn.

— Tem certeza absoluta de que ela está fora dos limites, Hobie? Considerando a nossa velha amizade e tudo? Depois de termos feito tantos negócios juntos?

Hobie balançou a cabeça, confirmando.

— Pode esquecer. Essa aí é minha.

Alerta Final 345

O cara deu de ombros e saiu do escritório, balançando as chaves. A porta se fechou atrás dele, e ouviram a segunda batida da porta de entrada, logo depois. Depois, o gemido do elevador, e o escritório voltou a ficar em silêncio. Hobie olhou para as pilhas de dólares sobre a mesa e voltou para o banheiro. Marilyn e Chester foram mantidos lado a lado no sofá, com frio, enjoados e famintos. A luz que passava pelas fendas das persianas desapareceu no torpor amarelado da noite, e o silêncio dentro do banheiro continuou até um momento em que Marilyn imaginou ser perto das oito horas da noite. Em seguida, foi quebrado por gritos.

O avião seguiu o sol para o oeste, mas perdeu tempo por todo o caminho e chegou em Oahu com três horas de atraso, no meio da tarde. A cabine de primeira classe fora esvaziada antes da classe executiva e da econômica, e por isso Reacher e Jodie foram as primeiras pessoas a sair do terminal e chegar à fila de táxi. A temperatura e a umidade do lado de fora eram semelhantes a do Texas, mas a umidade chegava junto com a maresia pela proximidade do Pacífico. E a claridade era mais suave. As montanhas verdes e irregulares e o azul do mar banhavam a ilha com o brilho precioso dos trópicos. Jodie colocou os óculos escuros de novo e olhou para além das cercas do aeroporto com a curiosidade de alguém que passou pelo Havaí dezenas de vezes nos tempos de serviço do pai, sem nunca de fato ter parado lá. Reacher fizera o mesmo. Ele havia passado por lá como escala para o Pacífico mais vezes do que poderia contar, mas nunca tinha servido no Havaí.

O primeiro táxi da fila era uma réplica do que eles tinham usado em Dallas-Fort Worth, um Caprice claro, com o ar rugindo a toda força e o compartimento do motorista decorado como algo entre um santuário e uma sala de estar. Eles decepcionaram o cara, pedindo-lhe o menor trajeto de Oahu, um pulo de oitocentos metros pela estrada perimetral até a entrada da Base Aérea de Hickam. O cara olhou para a fila de carros atrás dele, e Reacher o viu pensando sobre as tarifas melhores que os outros pilotos iriam faturar.

— Dez dólares de gorjeta para você — disse Reacher.

O cara olhou para ele do mesmo jeito que o funcionário do balcão de passagens em Dallas-Fort Worth. A tarifa mal faria o taxímetro rodar, mas uma gorjeta de dez dólares? Reacher viu uma foto do que ele desconfiou ser a família do rapaz, colada no plástico do painel. Uma família grande, crianças e uma mulher sorridentes, todos morenos, ela usando um vestido estampado alegre, todos de pé diante de uma casa clara e simples com alguma planta vigorosa crescendo em um canteiro de terra à direita. Ele pensou nos Hobie, sozinhos no escuro silencioso de Brighton, a garrafa de oxigênio assobiando e o assoalho de madeira gasta rangendo. E em Rutter, na poeira sórdida da loja no Bronx.

— Vinte dólares — disse. — Se sairmos imediatamente, ok?

— Vinte dólares? — repetiu o homem, impressionado.

— Trinta. Para os seus filhos. Parecem legais.

O cara deu um sorriso no espelho, trouxe os dedos até os lábios e tocou delicadamente a superfície brilhante da fotografia. Ele acelerou o táxi para mudar de faixa e entrar na rodovia perimetral, e estacionou quase imediatamente depois, após oitocentos metros de percurso, do lado de fora de um portão militar que parecia idêntico ao do forte Wolters. Jodie abriu a porta e saiu para o calor. Reacher enfiou a mão no bolso e tirou seu rolo de dinheiro. A primeira nota era de cinquenta, ele a pegou e empurrou pela portinhola articulada no painel de acrílico.

— Fique com isso.

Em seguida, apontou para a fotografia.

— Essa é sua casa?

O motorista concordou.

— Está bem-cuidada? Precisa consertar alguma coisa?

O sujeito balançou a cabeça.

— Tudo nos trinques.

— O telhado está ok?

— Nenhum problema.

Reacher concordou.

— Apenas conferindo.

Alerta Final 347

Ele deslizou pelo banco e se juntou a Jodie no asfalto. O táxi afastou-se através da névoa, de volta para o terminal civil. Uma brisa suave chegava do oceano. Havia maresia. Jodie tirou os cabelos do rosto e olhou em volta.

— Aonde vamos?

— LICHA — disse Reacher. — É aí dentro.

Ele pronunciou a sigla foneticamente, e ela riu.

— Lixa? — repetiu ela. — Então, o que é isso?

— L, I, C, H, A — disse ele. — Laboratório de Identificação Central do Havaí. É a principal instalação do Ministério do Exército.

— Para quê?

— Vou te mostrar para quê.

Então, fez uma pausa.

— Pelo menos é o que eu espero.

Foram até a guarita e esperaram na janela. Um sargento estava lá dentro, a mesma farda, o mesmo corte de cabelo, a mesma expressão desconfiada do sujeito em Wolters. Deixou-os esperando no calor por um segundo e depois voltou a abrir a janela. Reacher deu um passo adiante e informou seus nomes.

— Estamos aqui para falar com Nash Newman — disse.

O sargento pareceu surpreso, pegou uma prancheta e percorreu as folhas finas de papel. Deslizou o dedo ao longo de uma linha e assentiu. Pegou o telefone e discou um número. Quatro dígitos. Uma chamada interna. Anunciou os visitantes, ouviu a resposta e pareceu confuso. Cobriu o telefone com a mão e virou-se para Jodie.

— Quantos anos você tem, moça? — perguntou ele.

— Trinta — respondeu Jodie, confusa.

— Trinta — repetiu o PE no telefone. Ouviu de novo, desligou e escreveu alguma coisa na prancheta. Virou-se de novo para a janela.

— Ele já está vindo, então venham logo.

Espremeram-se pela passagem estreita entre a parede da guarita e o pesado contrapeso na ponta da cancela de veículos e aguardaram na calçada quente, a um metro de onde começava, mas agora era uma calçada militar, não a do Departamento de Transportes do Havaí, e isso fazia muita diferença na expressão do sargento. Não havia mais desconfiança, substituída por uma aberta curiosidade sobre por que o lendário Nash Newman estava tão apressado para receber esses dois civis na base.

A cerca de sessenta metros dali, havia um prédio baixo de concreto com uma porta lisa de serviço na parede clara. A porta se abriu, e um homem grisalho saiu por ela. Ele se virou para trancá-la e caminhou num passo apressado em direção à guarita. Usava as calças e a camisa da farda tropical do Exército, com um jaleco branco esvoaçante. A quantidade de metal espetada no colarinho indicava que era um oficial de alto escalão, e nada em sua atitude distinta contradizia essa impressão. Reacher avançou para encontrá-lo, e Jodie o seguiu. O homem grisalho tinha uns 55 anos, e, de perto, era alto, com um rosto bonito e aristocrático, o corpo com um jeito atlético natural, que mal começava a exibir a rigidez da idade.

— General Newman — disse Reacher. — Esta é Jodie Garber.

Newman olhou para Reacher e pegou a mão de Jodie, sorrindo.

— Prazer em conhecê-lo, General — disse ela.

— Nós já nos conhecemos — disse Newman.

— Já? — perguntou ela, surpresa.

— Você não se lembraria. Pelo menos eu ficaria muito surpreso se lembrasse. Você tinha três anos de idade naquela época, eu acho. Nas Filipinas. Foi no quintal dos fundos do seu pai. Lembro que me trouxe um copo de ponche. Era um copo grande e um quintal enorme, e você era uma menina bem pequena. Segurava o copo com as duas mãos, com a língua para fora, concentrada. Fiquei olhando por todo o caminho, com o coração na boca, caso você deixasse o copo cair.

Ela sorriu.

— Bem, o senhor está certo, acho que não lembro mesmo. Eu tinha três anos? Nossa, faz tempo demais.

Newman concordou.

— Por isso perguntei quantos anos você aparentava. Não era para o sargento olhar para você e perguntar. Queria apenas a impressão subjetiva

Alerta Final 349

dele, só isso. Não é o tipo de coisa que se pergunte a uma dama, não é mesmo? Mas fiquei pensando seria mesmo a filha de Leon vindo me visitar.

Ele apertou a mão dela e depois soltou. Virou-se para Reacher e bateu de leve no ombro dele.

— Jack Reacher — disse. — Caramba, é bom ver você de novo.

Reacher pegou a mão de Newman e a sacudiu forte, compartilhando o prazer.

— O general Newman foi meu professor — disse para Jodie. — Ele fez parte do corpo docente da universidade por um tempo, há um milhão de anos. Medicina legal avançada, me ensinou tudo o que eu sei.

— Ele era um ótimo aluno — disse Newman para ela. — Pelo menos prestava atenção, o que já era mais do que o que a maioria fazia.

— E o que o senhor faz, general? — perguntou ela.

— Bem, faço um pouco de antropologia forense.

— É o melhor do mundo — disse Reacher.

Newman desconsiderou o elogio com um aceno.

— Ora, não sou nada disso.

— Antropologia? — perguntou Jodie. — Mas não é o estudo de tribos remotas? Esse tipo de coisa? Como vivem? Seus rituais, crenças e por aí?

— Não, isso é antropologia cultural — explicou Newman. — Existem diferentes disciplinas. A minha é a antropologia forense, que faz parte da antropologia física.

— O estudo de restos humanos para encontrar pistas — disse Reacher.

— Um doutor em ossos — disse Newman. — É do que se trata, no fim das contas.

Caminhavam devagar pela calçada enquanto conversavam, aproximando-se da porta lisa na parede branca.

A porta foi aberta, e lá estava um jovem, à espera deles no corredor de entrada. Um homem comum, 30 anos, talvez, vestindo uma farda de tenente sob o jaleco branco. Newman apontou-o com a cabeça.

— Este é o tenente Simon. Ele cuida do laboratório para mim. Eu não daria conta sem ele.

Apresentou Reacher e Jodie, e todos se cumprimentaram. Simon era discreto e reservado. Reacher imaginou-o como o típico sujeito de laboratório, incomodado pela interrupção de sua rotina controlada de trabalho. Newman os levou para o interior, pelo corredor até seu escritório, e Simon assentiu para ele em silêncio e desapareceu.

— Sentem-se — disse Newman. — Vamos conversar.

— Então, você é um tipo de patologista? — perguntou Jodie.

Newman ocupou seu lugar atrás da mesa e agitou as mãos de um lado para outro, indicando uma disparidade.

— Bem, um patologista é formado em medicina, e não é o nosso caso, como antropólogos. Nós estudamos antropologia, pura e simplesmente. A estrutura física do corpo humano, este é o nosso campo. Ambos trabalham *post mortem*, é claro, mas, em termos gerais, se um corpo está relativamente fresco, é trabalho para um patologista. Se houver apenas um esqueleto, é trabalho nosso. Portanto, sou doutor em ossos.

Jodie assentiu.

— Claro que isso é uma pequena simplificação — disse Newman. — Um corpo fresco pode levantar questões relativas aos ossos. Suponha que haja um desmembramento envolvido. O patologista nos pediria ajuda. Podemos examinar as marcas da serra nos ossos e ajudar. Podemos dizer se o perpetrador era forte ou fraco, o tipo de serra utilizado, se era canhoto ou destro, coisas do tipo. Mas 99% das vezes trabalho com esqueletos. Ossos velhos e secos.

Então ele sorriu novamente. Um sorriso particular e divertido.

— E os patologistas são inúteis diante de ossos secos. Absolutamente inúteis. Não sabem nem por onde começar com eles. Às vezes, me pergunto que diabos eles ensinam na faculdade de medicina.

O escritório estava silencioso e fresco. Sem janelas, luz indireta de lâmpadas ocultas, o chão acarpetado. A mesa de carvalho, cadeiras de couro confortáveis para os visitantes. E um relógio elegante numa prateleira baixa, avançando silenciosamente, mostrando que já eram três e meia da tarde. Apenas três horas e meia para o voo de volta.

Alerta Final 351

— Estamos aqui por um motivo, general — disse Reacher. — Receio que não se trate apenas de uma visita social.

— Social o bastante para parar de me chamar de general e começar a me chamar de Nash, ok? E me dizer o que vocês têm em mente.

Reacher concordou.

— Precisamos de sua ajuda, Nash.

Newman olhou para eles.

— Com as listas dos desaparecidos em combate?

E se virou para Jodie, para explicar.

— É isso o que fazemos aqui — disse ele. — Há vinte anos que não faço outra coisa.

Ela assentiu.

— É sobre um caso específico. Acabamos nos envolvendo com isso.

Newman assentiu de volta, lentamente, mas agora sem o brilho nos olhos.

— Sim, eu temia isso — disse. — Existem 89.120 casos de desaparecidos em combate aqui, mas aposto que sei qual é o que interessa vocês.

— Oitenta e nove mil? — Jodie repetiu, surpresa.

— E 120. Dois mil e duzentos do Vietnã, 8.170 da Coreia e 78.750 da Segunda Guerra Mundial. Não desistimos de um único sequer e juro que não desistiremos.

— Meu Deus, por que tantos?

Newman encolheu os ombros; uma tristeza amargurada subitamente tomou conta de seu rosto.

— Guerras — disse ele. — Explosivos, movimentos táticos, aviões. As guerras acontecem, alguns combatentes vivem, alguns morrem. Alguns morrem e são recuperados, outros não. Às vezes, não sobra nada para ser recuperado. Um impacto direto de artilharia pesada reduz um homem às suas moléculas essenciais. Simplesmente não está mais lá. Talvez uma fina névoa vermelha se dissipando no ar, ou nem isso. Ele pode ser completamente vaporizado. Um impacto próximo pode deixá-lo em pedaços. E a luta é uma disputa de territórios, não é mesmo? Portanto, mesmo que os pedaços dele sejam relativamente grandes, os movimentos dos tanques inimigos ou dos tanques amigos, para a frente e para trás do território disputado, moem os pedaços junto com a terra, e lá se foi ele para sempre.

Ele ficou em silêncio, o tique-taque do relógio avançando lentamente.

— Os aviões são piores. Muitas de nossas batalhas aéreas ocorreram sobre o mar. Um avião cai no meio do oceano, e a tripulação é considerada desaparecida até o fim dos tempos, por mais que nos esforcemos num lugar como este aqui.

Ele acenou com a mão num gesto vago, cobrindo o escritório e todo o espaço invisível além, acabando com a mão pousada em direção a Jodie, com as palmas para cima, como um apelo silencioso.

— Oitenta e nove mil — disse ela. — Achei que os desaparecidos em combate fossem apenas do Vietnã. Uns dois mil, por aí.

— Oitenta e nove mil, cento e vinte — repetiu Newman.

— Ainda recebemos alguns da Coreia, e, vez ou outra, algum da Segunda Guerra, das ilhas japonesas. Mas você está certa, a maioria vem do Vietnã. Dois mil e duzentos desaparecidos. Não é muito, na verdade. Perdiam muito mais do que isso numa única manhã da Primeira Guerra, por quatro longos anos. Homens e garotos explodidos em pedaços e amassados na lama. Mas no Vietnã foi diferente. Em parte devido à Primeira Guerra. Não vamos partir mais para aquele tipo de carnificina, o que está certo. As coisas avançaram. A população simplesmente não aceitaria aquelas velhas atitudes agora.

Jodie concordou, em silêncio.

— E em parte porque perdemos a Guerra do Vietnã — disse Newman em voz baixa. — Isso faz toda a diferença. A única guerra que já perdemos. Faz com que o sentimento geral seja muito pior. E por isso damos duro para resolver as coisas.

Repetiu o gesto com a mão, indicando o complexo invisível para além da porta do escritório, e sua voz concluiu com um tom mais animado.

— Então é isso o que vocês fazem aqui? — perguntou Jodie.

Alerta Final 353

— Esperam que os esqueletos sejam descobertos e os trazem para cá, para serem identificados? E podem, enfim, riscar os nomes das listas de desaparecidos?

Newman agitou a mão outra vez, de maneira ambígua.

— Bem, não ficamos exatamente esperando. Onde é possível, vamos à procura deles. E nem sempre os identificamos, ainda que, com toda certeza, tentemos com todas as forças.

— Deve ser difícil — disse ela.

Ele concordou.

— Tecnicamente, pode ser muito desafiador. Os locais onde são feitas as recuperações em geral são uma bagunça. Os trabalhadores de campo nos enviam ossos de animais, ossos de gente do local, qualquer coisa. Nós separamos tudo aqui. Depois, começamos o trabalho com o que temos. O que nem sempre é muita coisa. Às vezes, tudo o que resta de um soldado americano é um punhado de fragmentos de ossos que cabem num maço de cigarros.

— Impossível — disse ela.

— Muitas vezes — respondeu ele. — Temos centenas de partes de esqueletos aqui, agora mesmo, sem identificação. O Departamento do Exército não pode aceitar erros. Exige um padrão de certeza altíssimo, e, algumas vezes, simplesmente não temos como alcançá-lo.

— Por onde vocês começam? — perguntou ela.

Ele deu de ombros.

— Bem, por onde é possível. Registros médicos, em geral. Suponha que o Reacher tivesse desaparecido em ação. Se ele quebrou o braço quando garoto, poderíamos comparar o antigo raio X com a fratura recomposta nos ossos encontrados. Talvez. Ou, se encontrássemos sua mandíbula, poderíamos comparar seus dentes com os registros do dentista.

Reacher viu que ela olhava para ele, imaginando-o reduzido a ossos que ficaram amarelados no chão de uma selva, com a terra removida e comparados a raios X tirados trinta anos antes. O escritório ficou em silêncio novamente, apenas com o barulho do relógio.

— Leon esteve aqui em abril — disse Reacher.

Newman concordou.

— Sim, ele me visitou. Uma bobagem, pois estava muito doente. Mas foi bom vê-lo.

Depois, virou-se para Jodie, com uma expressão de simpatia.

— Era um homem muito, muito bom. Devo muito a ele.

Ela concordou. Não era a primeira vez que ouvia isso, e não seria a última.

— Ele veio saber de Victor Hobie — disse Reacher. Newman concordou novamente.

— Victor Truman Hobie.

— O que você lhe disse?

— Nada — respondeu Newman. — E também não vou lhe dizer nada.

O relógio avançava com seu tique-taque. Quinze para as quatro.

— Por que não? — perguntou Reacher.

— Com certeza você sabe o porquê.

— Informação confidencial?

— Duplamente — disse Newman.

Reacher se acomodou em meio ao silêncio, inquieto pela frustração.

— Você é a nossa última esperança, Nash. Já esgotamos todas as outras possibilidades.

Newman balançou a cabeça.

— Você sabe como são as coisas, Reacher. Sou um oficial do Exército dos Estados Unidos, caramba! Não vou revelar informações confidenciais.

— Por favor, Nash — disse Reacher. — Viemos até aqui.

— Não posso — disse Newman.

— Não use essa palavra — disse Reacher.

Silêncio.

— Bem, acho que você pode me fazer perguntas — disse Newman. — Se um ex-aluno meu vem até aqui e me faz algumas perguntas com base em

Alerta Final

355

suas próprias habilidades e observações e eu as respondo de forma puramente acadêmica, não vejo por que algum mal possa ser feito a quem quer que seja.

Foi como se o tempo abrisse e o sol desse as caras. Jodie olhou para Reacher. Ele olhou para o relógio. Sete para as quatro da tarde. Menos de três horas para partirem.

— Ok, Nash, obrigado — disse ele. — Você está familiarizado com o caso?

— Estou familiarizado com todos eles. Com esse, especialmente, desde abril.

— E é duplamente classificado?

Newman concordou.

— Em um nível que manteve Leon fora do circuito?

— E este é um nível bem alto — assinalou Newman. — Você não concorda?

Reacher concordou. Pensou intensamente.

— O que Leon queria que você fizesse?

— Ele estava no escuro — disse Newman. — Você precisa ter isso em mente, certo?

— Certo — disse Reacher. — O que ele queria que você fizesse?

— Ele queria que localizássemos o local da queda.

— A cerca de seis quilômetros de An Khe.

Newman concordou.

— Me senti mal por Leon. Não havia motivo real para que ele ficasse de fora nisso nem nada que eu pudesse fazer para alterar o código de classificação. Mas eu devia muito àquele homem, muito mais do que posso contar a vocês, e concordei em procurar o local.

Jodie se inclinou para a frente.

— Mas por que não foi encontrado antes? As pessoas parecem ter uma ideia de onde é.

Newman encolheu os ombros.

— É tudo incrivelmente difícil. Você não faz ideia. O terreno, a burocracia. Perdemos a guerra, lembre-se. Os vietnamitas dão as cartas por lá. Nós operamos um esforço conjunto de recuperação, mas eles têm o controle. A coisa toda é uma manipulação e humilhação constantes. Não podemos usar fardas por lá, porque eles dizem que a visão das fardas militares dos Estados Unidos pode traumatizar as populações das vilas. Nos obrigam a alugar helicópteros de lá para circular, milhões e milhões de dólares por ano por uns velhos baldes enferrujados com metade da capacidade das nossas máquinas. A verdade é que estamos *comprando* aqueles ossos de volta, e eles definem o preço e a disponibilidade. O resultado imediato é que os Estados Unidos estão pagando mais de três milhões de dólares a cada identificação, e isso me deixa furioso.

Quatro para as 4 horas. Newman suspirou de novo, perdido em pensamentos.

— Mas vocês encontraram o local? — perguntou Reacher.

— Estava programado para ocorrer em algum momento no futuro — disse Newman.

— Tínhamos uma ideia de onde era e sabíamos exatamente o que iríamos encontrar quando chegássemos lá, então não era alta prioridade. Mas, como um favor para Leon, fui até lá e negociei para adiantar a programação. Queria que furasse a fila. Foi uma merda conseguir negociar alguma coisa. Eles adoram quando queremos algo em particular, ficam teimosos como mulas. Você não faz ideia. Não dá para entender.

— Mas vocês encontraram? — perguntou Jodie.

— Foi um horror, geograficamente — disse Newman. — Conversamos com DeWitt, em Wolters, e ele nos ajudou a marcar o local exato, mais ou menos. O lugar mais remoto que você possa imaginar. Montanhoso e inacessível. Posso garantir que nenhum ser humano tinha pisado lá, em nenhum momento da história do planeta. Foi uma viagem de pesadelo. Mas era um lugar incrível. Completamente inacessível, então não estava minado.

Alerta Final   357

— Minado? — repetiu Jodie. — Você quer dizer que eles colocam minas terrestres nos locais?

Newman balançou a cabeça.

— Não, minados no sentido de garimpados. Qualquer coisa acessível, e a população já estava em cima, havia trinta anos. Pegam colares e documentos de identificação, capacetes, suvenires, mas o que mais querem são metais. As asas fixas, principalmente por causa do ouro e da platina.

— Que ouro? — perguntou ela.

— Dos circuitos elétricos — disse Newman. — Os Phantoms F-4, por exemplo, têm cerca de cinco mil dólares em metais preciosos nas conexões. A população costumava arrancar tudo para vender. Você compra joias baratas em Bangcoc provavelmente feitas com os circuitos eletrônicos de velhos bombardeiros americanos.

— O que vocês acharam lá? — perguntou Reacher.

— Um estado de conservação razoável — disse Newman. — O Huey estava amassado e enferrujado, mas reconhecível. Os corpos estavam completamente esqueletizados, é claro. As roupas apodreceram e se desfizeram há muito tempo. Mas não faltava mais nada. Todos estavam com suas placas de identificação. Nós os embalamos e enviamos de helicóptero para Hanói. Depois voamos com eles para cá, no Starlifter, com toda a honra. Acabamos de voltar. Três meses, do começo ao fim, um dos melhores que já fizemos em termos de escala de tempo. E as identificações serão apenas uma formalidade, pois temos os colares de identificação. Nenhuma função para o doutor em ossos neste caso. Abrir e fechar. Lamento apenas que Leon não esteja vivo para ver isso. Isso o teria.

— Os corpos estão aqui? — perguntou Reacher.

Newman concordou.

— Na porta ao lado.

— Podemos vê-los? — perguntou Reacher.

Newman concordou novamente.

— Não deveriam, mas vocês precisam.

O escritório ficou em silêncio, Newman se levantou e fez um gesto para a porta, com as duas mãos. O tenente Simon passou. Saudou-os com a cabeça.

— Estamos indo para o laboratório — disse Newman.

— Sim, senhor — respondeu Simon. Ele saiu de seu próprio cubículo, e Reacher, Jodie e Newman foram para a outra direção, parando diante de uma porta lisa, numa parede igualmente lisa de tijolos cinza. Newman tirou as chaves do bolso e a destrancou. Empurrou para abrir e repetiu o mesmo gesto formal com as duas mãos. Reacher e Jodie o precederam no laboratório.

Do seu cubículo, Simon observou-os entrar. Quando a porta se fechou e trancou atrás deles, pegou o telefone, discou nove para obter uma linha e, em seguida, um número de dez dígitos começando com o código de área de Nova York. O número tocou por um longo tempo, porque já estavam no meio da noite, 9.600 quilômetros ao leste. Até que atenderam.

— Reacher está aqui — sussurrou Simon. — Agora mesmo, com uma mulher. Estão no laboratório. Olhando.

A voz de Hobie respondeu, baixa e controlada.

— Quem é a mulher?

— Jodie Garber — disse Simon. — Filha do general Garber.

— Também conhecida como sra. Jacob.

— O que você quer que eu faça?

O telefone ficou em silêncio. Apenas o assobio da ligação de longa distância via satélite.

— Você pode dar uma carona até o aeroporto para eles, talvez. A mulher tem um compromisso em Nova York, amanhã de tarde, então acho que vão tentar pegar o voo das sete horas. Apenas se certifique de que não vão perder o voo.

— Ok — disse Simon, e Hobie desligou.

Alerta Final 359

O laboratório ocupava uma sala ampla e baixa, com cerca de doze por quinze metros. Não tinha janelas. A luz suave das lâmpadas fluorescentes banhavam todo o ambiente. O sistema eficiente de circulação do ar produzia um chiado baixo e não eliminava o cheiro de desinfetante combinado com um odor morno de terra. No outro extremo, havia uma saleta cheia de prateleiras ocupadas por caixas de papelão, marcadas em preto com números de referência. Talvez uma centena de caixas.

— Os não identificados — disse Reacher.

Newman concordou com a cabeça ao lado dele.

— Até o momento — disse, em voz baixa. — Não vamos desistir deles.

Entre eles e a saleta distante estava o corpo principal da sala. O piso era de granito, polido até brilhar. Sobre ele, vinte mesas de madeira estavam alinhadas de maneira precisa. Ficavam na altura da cintura e cobertas por um tampo bem-polido. Eram um pouco mais curtas e estreitas do que um beliche militar. Pareciam versões robustas das bancadas que decoradores usam para passar cola no papel de parede. Seis estavam completamente vazias. Sete tinham as tampas de sete caixões de alumínio polido atravessadas sobre elas. As últimas sete estavam com os sete caixões de alumínio em cima, em fileiras alternadas, cada um ao lado da mesa com a respectiva tampa. Reacher ficou em silêncio com a cabeça baixa; então fez posição de sentido e uma saudação silenciosa pela primeira vez em mais de dois anos.

— Terrível — sussurrou Jodie.

Ela estava de pé com as mãos cruzadas atrás de si, a cabeça baixa, como se estivesse em uma cerimônia fúnebre. Reacher concluiu a saudação e segurou a mão dela.

— Obrigado — disse Newman disse em voz baixa. — Gosto que as pessoas demonstrem respeito aqui dentro.

— Como não demonstrar? — murmurou Jodie.

Ela estava olhando para os caixões, as lágrimas brotando nos olhos.

— Então, Reacher, o que você vê? — perguntou Newman, em meio ao silêncio.

Os olhos de Reacher percorriam a sala iluminada. Estava chocado demais para se mexer.

— Vejo sete caixões — disse em voz baixa. — Onde esperava ver oito. Eram oito pessoas no Huey. Cinco na tripulação, e eles recolheram três. Está no relatório de DeWitt. Cinco mais três, oito.

— E oito menos um são sete — disse Newman.

— Vocês vasculharam o local? Completamente?

Newman balançou a cabeça.

— Não.

— Por que não?

— Isso você terá que descobrir.

Reacher sacudiu-se e deu um passo a frente.

— Posso?

— À vontade — respondeu Newman. — Me diga o que vê. Concentre-se, forte, e vamos ver do que você se lembra e do que esqueceu.

Reacher foi até o caixão mais próximo e se posicionou de modo a olhar ao longo do comprimento. O caixão continha uma caixa de madeira tosca, quinze centímetros menor em todas as dimensões do que o próprio caixão.

— Isso é o que os vietnamitas nos fazem usar — disse Newman. — Nos vendem estas caixas, e somos obrigados a usá-las. Nós as colocamos em nossos próprios caixões no hangar do campo de pouso, em Hanói.

A caixa de madeira não tinha tampa. Era apenas uma bandeja rasa. Dentro, um amontoado de ossos. Tinham sido colocados em uma tentativa de sequência anatômica. Um crânio na parte superior, amarelado e antigo. Sorria com um riso grotesco. Tinha um dente de ouro na boca. As órbitas vazias olharam. As vértebras do pescoço estavam alinhadas em ordem. Abaixo delas, as escápulas, clavículas e costelas foram colocados nos lugares corretos acima da pélvis. Os ossos do braços e das pernas estavam empilhados dos lados. O brilho opaco de uma corrente de metal caída sobre as vértebras do pescoço destacava-se e sumia sob a planura da escápula esquerda.

— Posso? — perguntou Reacher novamente.

Alerta Final 361

Newman concordou.

— Por favor.

Reacher ficou em silêncio por um bom tempo, depois se abaixou, passou os dedos sob a corrente e a levantou. Os ossos se esticaram, estalaram e se mexeram quando ele puxou as plaquetas de identificação. Ele as levantou, aproximando-as, e esfregou suas superfícies com o dedão. Inclinou-se para ler o nome gravado.

— Kaplan — disse. — O copiloto.

— Como ele morreu? — perguntou Newman.

Reacher deixou as identificações caírem de volta entre os ossos das costelas e procurou atentamente pelas pistas. O crânio estava intacto. Nenhum traço de danos nos braços, nas pernas ou no peito. Mas a pelve estava esmagada. As vértebras na parte inferior da coluna vertebral foram esmagadas. E as costelas, fraturadas nas costas, oito delas em ambos os lados, contando de baixo para cima.

— Impacto, quando o Huey bateu no chão. Sofreu um grande impacto na região lombar. Trauma e hemorragia internos maciços. Provavelmente, morreu em um minuto.

— Mas ele estava preso ao assento com o cinto — disse Newman. — Uma queda de cabeça no chão, como pode ter sido atingido por trás?

Reacher olhou novamente. Sentiu-se do mesmo jeito que anos antes, na sala de aula, nervoso para não se atrapalhar diante do lendário Nash Newman. Olhou com atenção e colocou as mãos levemente sobre os ossos secos, sentindo-os. Mas precisava ter certeza. Fora um impacto esmagador na base da coluna. Não havia nenhuma outra explicação.

— O Huey girou — disse. — Desceu num ângulo raso, e as árvores o fizeram girar. A cabine e a cauda se separaram, e a cabine atingiu o chão caindo de costas.

Newman concordou.

— Excelente. Foi exatamente como o encontramos. Bateu de costas. Em vez de o cinto de segurança salvá-lo, o assento o matou.

Reacher passou para o caixão seguinte. A mesma bandeja rasa de madeira, a mesma confusão de ossos amarelados. O mesmo sorriso grotesco e acusador na caveira. Abaixo dela, o pescoço estava quebrado. Ele puxou a plaqueta de identificação para fora dos fragmentos de ossos quebrados.

— Tardelli — leu.

— O artilheiro de estibordo — disse Newman.

O esqueleto de Tardelli estava uma bagunça. Os artilheiros ficavam sobre um suporte liso diante da porta aberta, praticamente sem segurança, fazendo malabarismos com a metralhadora pesada balançando numa corda de *bungee jump*. Quando o Huey caiu, Tardelli foi jogado para todos os lados da cabine.

— Pescoço quebrado — disse Reacher. — Esmagado até o alto do tórax.

Ele virou o horrível crânio amarelo. Estava quebrado como uma casca de ovo.

— Traumatismo craniano também. Eu diria que ele morreu na hora. Não saberia dizer qual foi o ferimento exato que o matou.

— Eu também não — disse Newman. — Tinha 19 anos.

Ficaram em silêncio. Nada no ar, a não ser o leve odor adocicado do barro.

— Dê uma olhada no próximo — disse Newman.

O próximo era diferente. Havia um único ferimento no peito. As plaquetas de identificação estavam misturadas aos ossos estilhaçados. Reacher não conseguiu soltá-las. Teve que inclinar a cabeça para saber o nome.

— Bamford.

— O chefe da tripulação — disse Newman. — Ele estaria sentado no banco da cabine, virado para trás, de frente para os três caras que eles foram buscar.

Os ossos do rosto de Bamford sorriram. Abaixo dele, o esqueleto estava completo e intacto, com exceção do estreito ferimento lateral por esmagamento, que o atravessava até a parte superior do corpo. Era como uma trincheira de oito centímetros em seu peito. O esterno foi pressionado até o nível da coluna vertebral, atingindo e deslocando três vértebras. Três costelas foram junto.

Alerta Final   363

— Então, o que acha? — perguntou Newman.

Reacher colocou a mão dentro da caixa e sentiu as dimensões do ferimento. Era estreito e horizontal. Três dedos não cabiam em seu interior, apenas dois.

— Algum tipo de impacto — disse.

— Algo entre um instrumento afiado e um instrumento cego. Acertou-o no lado do peito, obviamente. Teria parado seu coração imediatamente. Foi a pá da hélice?

Newman concordou.

— Muito bom. Pelo jeito, o rotor entortou ao tocar as árvores e desceu para dentro da cabine. Deve tê-lo atingido através do tronco superior. Como você disse, um golpe teria parado seu coração instantaneamente.

No caixão seguinte, os ossos estavam bem diferentes. Alguns com o mesmo tom amarelo desbotado, mas a maioria deles estava branca, quebradiça e corroída. As plaquetas de identificação estavam retorcidas e enegrecidas. Reacher virou-as para colocar a gravação em destaque contra luz do teto e leu: Soper.

— O artilheiro de bombordo — disse Newman.

— Houve um incêndio — disse Reacher.

— Como você sabe? — perguntou Newman, como um bom professor.

— As plaquetas estão queimadas.

— E?

— Os ossos estão calcinados. Pelo menos a maior parte deles.

— Calcinados? — repetiu Newman.

Reacher assentiu e voltou 15 anos no tempo, de volta aos livros.

— Os componentes orgânicos são queimados, sobrando apenas os inorgânicos. O fogo deixa os ossos menores, mais brancos, com veios, quebradiços e corroídos.

— Ótimo — concordou Newman.

— A explosão que DeWitt viu — disse Jodie. — Foi o tanque de combustível.

Newman concordou.

— Uma evidência clássica. Não um fogo lento. Uma explosão de combustível. Espalha-se aleatoriamente e queima rápido, o que explica a maneira dispersa com que os ossos foram queimados. Parece que Soper foi queimado na parte inferior do corpo, mas a parte de cima ficou de fora.

Suas palavras foram ditas em voz baixa e morreram no silêncio, enquanto a imaginação dos três se perdia no horror. O rugido dos motores, as balas inimigas atingindo a estrutura aérea, a perda súbita de força, os jorros de combustível, o fogo, o impacto destroçante através das árvores, os gritos, as hélices cortantes vindo de cima, a vibração da batida, o metal rangendo, o esmigalhamento dos frágeis corpos humanos no solo indiferente da selva onde pessoa alguma jamais pisara desde o início dos tempos. As órbitas vazias dos olhos de Soper miravam a luz, desafiando-os a imaginar.

— Examine o próximo — disse Newman.

O caixão seguinte continha os restos do homem chamado Allen. Sem queimaduras. Apenas um esqueleto amarelado, com plaquetas em torno do pescoço quebrado. Um crânio nobre e sorridente. Até mesmo os dentes brancos. Um crânio alto, sem danos. O resultado de boa nutrição e uma criação cuidadosa nos Estados Unidos da década de 1950. As costas estavam completamente esmagadas, como as de um caranguejo morto.

— Allen foi um dos três que eles recolheram — disse Newman.

Reacher concordou, com tristeza. O sexto caixão era de uma vítima de queimadura. O nome era Zabrinski. Os ossos estavam calcinados e reduzidos.

— Provavelmente foi um cara grande — disse Newman. — As queimaduras podem fazer com que os ossos encolham até 50%, às vezes. Portanto, não o considere uma pessoa minúscula.

Reacher concordou novamente. Tocou nos ossos com a mão. Eram leves e quebradiços. Como cascas. Os veios os deixaram ásperos, com lascas microscópicas.

— Ferimentos? — perguntou Newman.

Reacher examinou novamente, mas não viu nada.

— Ele queimou até morrer — disse.

Newman concordou.

— Sim, receio que foi assim — disse ele.

— Horrível — murmurou Jodie.

O sétimo e último caixão continha os restos de um homem chamado Gunston. Eram restos terríveis. A princípio, Reacher achou que não havia crânio. Depois viu que estava depositado aos pés da caixa de madeira. Esmagado em centenas de pedaços. A maioria dos fragmentos não era maior do que seu polegar.

— O que acha? — perguntou Newman.

Reacher balançou a cabeça.

— Não quero achar — murmurou ele. — Cansei de achar.

Newman concordou, solidário.

— A lâmina da hélice atingiu-o na cabeça. Era um dos três que eles recolheram. Estava sentado no lado oposto a Bamford.

— Cinco mais três — disse Jodie em voz baixa.

— Então a tripulação era Hobie e Kaplan, piloto e copiloto; Bamford, o chefe da tripulação; Soper e Tardelli, os artilheiros, desceram e resgataram Allen, Zabrinski e Gunston.

Newman concordou.

— É isso o que nos dizem os registros.

— Então, onde está Hobie? — perguntou Reacher.

— Você está esquecendo alguma coisa — disse Newman. — Trabalho malfeito, Reacher, para alguém que costumava ser bom nisso.

Reacher olhou para ele. DeWitt dissera algo semelhante. Disse: "Trabalho malfeito de alguém que já foi um major da PE." E dissera para olharem mais próximo de casa.

— Eles eram da PE, certo? — disse Reacher de repente.

Newman sorriu.

— Quem?

— Dois deles — disse Reacher.

— Dois, além de Allen, Zabrinski e Gunston. Dois deles estavam prendendo o terceiro. Era uma missão especial. Kaplan colocou dois PEs em campo no dia anterior. Sua última e única missão, voando solo, a que eu não li. Eles estavam voltando para buscá-los, mais o cara que foi preso.

Newman concordou.

— Correto.

— Quem era quem?

— Pete Zabrinski e Joey Gunston eram da polícia. Carl Allen era o bandido.

Reacher concordou.

— O que ele fez?

— Os detalhes são confidenciais — disse Newman. — Algum palpite?

— Entrando e saindo daquele jeito, uma prisão rápida? Fragmentação, suponho.

— O que é fragmentação? — perguntou Jodie.

— Matar seu comandante — disse Reacher.

— Acontece, de vez em quando. Algum tenente mais animado, provavelmente recém-chegado no país, está cheio de entusiasmo para avançar para posições perigosas. Os praças não estão com a mesma animação, ficam achando que ele está atrás de uma medalha, e entendem que o melhor é se manter fora da reta. Então, quando ele manda atacar, alguém atira nele pelas costas, ou joga uma granada, o que é eficiente, pois não precisa mirar, e a coisa toda fica mais disfarçada. É daí que vem o nome, fragmentação, do dispositivo de fragmentação de uma granada.

— Então foi isso o que aconteceu? — perguntou Jodie.

— Os detalhes são confidenciais — disse Newman novamente. — Mas com certeza houve fragmentação envolvida, ao final de uma carreira longa e corrupta. De acordo com os registros, Carl Allen com toda a certeza não era flor que se cheirasse.

Jodie concordou.

— Mas por que diabos isso é confidencial? O que quer que ele tenha feito, Allen está morto há trinta anos. A justiça foi feita, certo?

Reacher deu um passo atrás e voltou ao caixão de Allen. Olhava para o seu interior.

Alerta Final 367

— Cuidado — disse Reacher. — Quem quer que fosse o tenente animadinho, a família dele recebeu a informação de que ele morreu como um herói, combatendo o inimigo. Se algum dia descobrirem alguma coisa diferente, será um escândalo. E o Comando do Exército não gosta de escândalos.

— Correto — repetiu Newman.

— Mas onde está Hobie? — perguntou Reacher novamente.

— Você ainda está esquecendo alguma coisa. Um passo de cada vez, ok?

— Mas o que é? — perguntou Reacher. — Onde está?

— Nos ossos — respondeu Newman.

O relógio na parece do laboratório mostrava cinco e meia. Não restava muito mais do que uma hora. Reacher respirou e seguiu o caminho inverso dos caixões. Gunston, Zabrinski, Allen, Soper, Bamford, Tardelli, Kaplan. Seis crânios sorridentes e um grupo de ossos sem cabeça o encaravam. Ele deu a volta novamente. O relógio avançava com seu tique-taque. Ele parou junto a cada caixão, segurou nas laterais frias de alumínio, inclinou-se e olhou, desesperado para identificar o que estava esquecendo. Nos ossos. Começou cada busca pelo alto. O crânio, o pescoço, as clavículas, as costelas, os braços, a pelve, as pernas, os pés. Continuou a busca pelas caixas, com cuidado, delicadamente separando os ossos secos, procurando. Quinze para as seis. Dez para as seis. Jodie o observava, ansiosa. Deu a volta pela terceira vez, começando por Gunston, o policial. Passou para Zabrinski, o outro policial. Para Allen, o criminoso. Em seguida, Soper, o artilheiro. Depois, Bamford, chefe da tripulação. E foi ali que descobriu, na caixa de Bamford. Fechou os olhos. Era óbvio. Tão óbvio que parecia pintado com tinta fosforescente iluminada com uma lanterna. Percorreu os outros seis caixões, contando, confirmando. Ele estava certo. Descobrira. Seis da tarde no Havaí.

— Existem sete corpos. Mas, 15 mãos.

Seis da tarde no Havaí são onze da noite em Nova York, e Hobie estava sozinho em seu apartamento, trinta andares acima da Quinta Avenida, no quarto, preparando-se para dormir. Onze da noite era mais cedo do que o normal para ele ir deitar. Em geral, ficaria acordado, lendo um livro ou assistindo a um filme na TV a cabo até uma ou duas da manhã. Mas esta noite ele estava cansado. Fora um dia puxado. Houve uma certa dose de atividade física e algum desgaste mental.

Estava sentado na beira da cama. Uma cama king size, apesar de dormir sozinho, como sempre dormira. Era coberta por um grosso acolchoado branco. As paredes e as venezianas eram brancas. Não porque ele desejasse qualquer tipo de uniformidade artística em sua decoração, mas porque as coisas brancas eram sempre as mais baratas. Com o que quer que você estivesse lidando, lençóis de cama, tinta, cortinas, a opção branca sempre tinha o preço mais baixo Não havia qualquer arte nas paredes. Nenhuma fotografia, ornamento, lembranças, nada pendurado. O chão era de tábuas lisas de carvalho. Nenhum tapete.

Os pés estavam plantados no chão. Calçava sapatos Oxford pretos, brilhantes de tão polidos, plantados em ângulos retos sobre as tábuas de carvalho. Abaixou-se e, com a mão boa, desfez os laços, um de cada vez. Descalçou-os, um de cada vez. Empurrou-os com os pés para juntá-los, pegou os dois juntos e os ajeitou para debaixo da cama. Deslizou o polegar até o alto das meias, uma de cada vez, e as tirou dos pés. Sacudiu-as e as soltou no chão. Desfez o nó da gravata. Sempre vestia uma gravata. Sentia muito orgulho de ser capaz de fazer o nó dela com apenas uma das mãos.

Pegou a gravata, ficou de pé e foi descalço até o closet. Abriu a porta deslizante e passou a extremidade mais fina da gravata pela pequena barra de metal onde a deixava pendurada durante a noite. Depois, baixou o ombro esquerdo e deixou o paletó deslizar para fora do braço. Usou a mão esquerda para puxá-lo pelo braço direito. Tirou um cabide de dentro do closet onde pendurou o paletó, com uma mão. Pendurou o cabide no suporte. Em seguida, desabotoou as calças e baixou o zíper. Deu um passo para fora delas, agachou-se e as esticou sobre as tábuas brilhantes do chão.

Alerta Final 369

Não existe outra forma para um homem com uma das mãos dobrar as calças. Ele juntou as bocas, colocou uma sobre a outra, prendeu-as com um pé e esticou as pernas para ficarem alinhadas. Voltou a se levantar e pegou um segundo cabide no armário, se abaixou e passou a barra sob as pernas das calças, deslizando o cabide pelo chão até os joelhos. Levantou-se outra vez e sacudiu o cabide para que as calças caíssem perfeitamente alinhadas, e pendurou-as junto ao paletó.

Dobrou o pulso esquerdo, fechando-o em torno das casas engomadas dos botões, e desabotoou a camisa. Abriu o punho direito. Agitou os ombros para que a camisa caísse e usou a mão esquerda para puxá-la pelo gancho. Depois, inclinou-se para o lado e deixou-a cair pelo braço esquerdo. Prendeu a barra sob o pé e puxou os braços para cima, ao longo da manga. A manga virou do avesso, como sempre acontecia, e ele apertou a mão boa para passar pelo punho. A única modificação que fora forçado a fazer em todo o seu guarda-roupa foi deslocar os botões dos punhos das camisas de forma que pudesse passar a mão esquerda com os punhos ainda abotoados.

Deixou a camisa no chão e puxou a cintura de elástico da cueca boxer, contorcendo-a para baixo dos quadris. Saiu delas e segurou a bainha de camiseta de baixo. Essa era a parte mais difícil. Esticou a barra, dobrou-se e a puxou por cima da cabeça. Mudou a mão para a gola e a puxou sobre o rosto. Puxou-a para baixo pela direita e passou o gancho para fora através da cava. Depois, agitou o braço esquerdo como um chicote até a camiseta sair e cair no chão. Abaixou-se, juntou a camisa, a cueca e as meias, levou tudo para o banheiro e jogou na cesta.

Caminhou nu de volta para a cama e sentou-se novamente na beirada. Cruzou o peito com a mão esquerda e soltou as tiras de couro pesado em torno do bíceps direito. Eram três tiras e três fivelas. Soltou a presilha de couro e puxou-a para fora do braço. Ela rangeu no silêncio enquanto se movia. O couro era grosso e pesado, muito mais do que o couro de qualquer sapato. Foi reforçado em camadas anatômicas. Era marrom e brilhante pelo uso. Ao longo dos anos, moldara-se como aço em sua forma.

Esmagava o músculo ao ser retirado. Soltou as tiras perfuradas com os dedos, liberando-as do cotovelo. Então pegou a curva fria do gancho na mão esquerda e a puxou suavemente. O encaixe em forma de copo sugou o coto quando foi retirado. Prendeu-o verticalmente entre os joelhos, o gancho apontando para o chão, o encaixe voltado para cima. Inclinou-se para a mesa de cabeceira e tirou um maço de lenços de papel de uma caixa e uma lata de talco de uma gaveta Amassou os lenços na palma da mão esquerda e empurrou-os para dentro do encaixe, torcendo o maço como um parafuso, para enxugar o suor do dia. Em seguida, agitou a lata de talco e espalhou o pó por todo o interior. Pegou mais lenços e poliu o couro e o aço. Depois, deixou todo o conjunto no chão, paralelo à cama.

Ele usava uma meia fina sobre o coto do braço direito. Servia para impedir o couro de irritar a pele. Não era um dispositivo médico especializado. Era uma meia de criança. Apenas um tubo, sem calcanhar, o tipo de coisa que as mães escolhem antes de seus bebês começarem a andar. Ele comprava uma dúzia de pares de uma só vez nas lojas de departamento. Sempre comprava as brancas. Eram mais baratas. Tirou a meia do coto, sacudiu-a e a deixou junto à caixa de lenços de papel na mesinha de cabeceira.

O próprio coto era enrugado. Restava-lhe algum músculo, mas, sem ser utilizado, reduzira-se a nada. Os ossos tiveram as pontas cortadas lixadas, para ficarem mais suaves, e a pele fora costurada por cima deles. Esta era branca, e os pontos eram vermelhos. Pareciam escrita chinesa. Pelos pretos cresciam na parte inferior do toco, pois a pele fora puxada da parte externa do antebraço.

Ele se levantou novamente e foi até o banheiro. Um proprietário anterior instalara um espelho na parede acima da pia. Olhou para si mesmo e odiou o que viu. O braço não o incomodava. Apenas não estava lá. Era o rosto. As queimaduras. O braço era uma ferida, mas, o rosto, uma desfiguração. Virou-se de lado para não precisar olhar. Escovou os dentes e carregou um frasco de loção para a cama. Espremeu uma gota sobre a pele do coto e espalhou-a com os dedos. Colocou a loção ao lado da meia de bebê, na mesa de cabeceira, enfiou-se debaixo das cobertas, clicou o interruptor e desligou a luz.

Alerta Final   371

— Esquerda ou direita? — perguntou Jodie. — Qual ele perdeu?

Reacher estava de pé diante do caixão brilhante de Bamford, separando os ossos.

— A direita — disse ele. — A mão extra é destra.

Newman se aproximou, ficou junto ao ombro de Reacher, inclinou-se e separou dois fragmentos de ossos estilhaçados, cada um com cerca de treze centímetros de comprimento.

— Ele perdeu mais do que a mão — disse. — Esses são o rádio e a ulna do braço direito. O corte foi abaixo do cotovelo, provavelmente por um fragmento da hélice. Pode ter sobrado o bastante para deixar um toco decente.

Reacher pegou os ossos e passou os dedos pelas pontas estilhaçadas.

— Não entendo, Nash. Por que você não vasculhou a área?

— Por que deveria? — Respondeu Newman, de forma neutra.

— E por que simplesmente supor que ele sobreviveu? Estava gravemente ferido. O impacto, o braço decepado... Talvez outras lesões, internas, quem sabe? No mínimo, uma perda significativa de sangue. Poderia também estar queimado. Tinha combustível queimando por todo lado. Pense nisso, Nash. Provavelmente, ele se arrastou para fora dos destroços, sangrando pelas artérias, talvez pegando fogo, arrastou-se uns vinte metros, caiu no meio do mato e morreu. Por que diabos vocês não procuraram por ele?

— Faça esta pergunta a si mesmo. Por que não procuramos por ele?

Reacher fixou os olhos nele. Nash Newman, um dos homens mais inteligentes que já conhecera. Um homem tão exigente e preciso que, com um fragmento de crânio de três centímetros de largura, era capaz de dizer a quem tinha pertencido, como a pessoa viveu e como morrera. Um homem extremamente profissional e meticuloso, que já tinha executado a mais longa e complicada investigação forense já vista na história e que não recebeu nada além de elogios e aplausos ao longo do processo. Como poderia Nash Newman cometer um erro tão elementar? Reacher fitou-o, respirou e fechou os olhos.

— Jesus Cristo, Nash — disse lentamente. — Você sabe que ele sobreviveu, não é? Você realmente *sabe*. Não procuraram por ele porque vocês têm certeza.

Newman concordou.

— Correto.

— Mas como vocês sabem?

Newman olhou em torno do laboratório. Baixou a voz.

— Porque ele apareceu mais tarde — disse. — Se arrastou até um hospital de campanha a oitenta quilômetros de distância, três semanas depois. Está tudo em seus prontuários. Ele foi internado com febre, desnutrição profunda, queimaduras terríveis em um lado do rosto, sem um braço, vermes no coto. Estava incoerente na maior parte do tempo, mas foi reconhecido pelas plaquetas de identificação. Após o tratamento, voltou para contar a história, nenhum outro sobrevivente, só ele mesmo. É por isso que eu disse que sabia exatamente o que iríamos encontrar lá. Por isso que a prioridade era tão baixa, até Leon chegar todo agitado com essa história.

— Então, o que aconteceu? — perguntou Jodie. — Por que todo esse segredo?

— O hospital ficava bem ao norte — disse Newman. — Os vietcongues estavam nos empurrando para o sul, e fomos recuando. O hospital estava se preparando para a evacuação.

— E? — perguntou Reacher.

— Ele desapareceu na noite anterior em que seria transferido para Saigon.

— Desapareceu?

Newman assentiu.

— Simplesmente fugiu. Pulou para fora da maca e se mandou. Nunca mais foi visto.

— Que merda — disse Reacher.

— Ainda não entendo o segredo — disse Jodie.

Newman encolheu os ombros.

— Bem, Reacher pode explicar. É mais a área dele do que a minha.

Alerta Final 373

Reacher ainda segurava os ossos de Hobie. O rádio e a ulna de seu braço direito, com as articulações perfeitas na extremidade inferior, como a natureza planejou, barbaramente destruídos e fragmentados na extremidade superior por um pedaço de sua própria hélice. Hobie tinha analisado o lado cortante daquela hélice e viu que era capaz de cortar galhos de árvores grossos como o braço de um homem. Usara essa inspiração para salvar as vidas de outros homens, incontáveis vezes. Então, essa mesma lâmina desceu rasgando e girando para dentro da própria cabine dele e levou sua mão.

— Tecnicamente, ele era um desertor — disse Reacher. — Era um soldado em serviço e fugiu. Mas a decisão tomada foi de não ir atrás dele. Teve que ser assim. O que o Exército poderia fazer? Se o pegassem, o que fariam depois? Teriam que processar um cara com um registro exemplar, 991 missões de combate, que desertou após o trauma de uma lesão horrível e uma desfiguração. Não podiam fazer isso. A guerra era impopular. Você não pode enviar um herói desfigurado para a prisão militar de Leavenworth por desertar naquelas circunstâncias. Mas também não é possível passar a mensagem de que deixamos desertores fugirem assim. Teria sido um escândalo de outro tipo. Eles ainda estavam detonando muitos rapazes por deserção. Os indignos. Não podiam revelar que usavam dois pesos e duas medidas. Assim, o caso de Hobie foi fechado, selado e classificado como secreto. É por isso que o registro pessoal termina com a última missão. Todo o resto está num cofre, em algum lugar no Pentágono.

Jodie concordou.

— E é por isso que ele não está no Muro — disse Jodie. — Sabem que ele ainda está vivo.

Reacher estava relutante em colocar os ossos de volta. Segurou-os e passou os dedos ao longo de sua extensão. As extremidades boas estavam lisas e perfeitas, prontas para aceitar a articulação do pulso humano.

— Você já verificou os registros médicos dele? — perguntou a Newman.

— Seus raios X, arcada dentária e outros dados?

Newman fez que sim com a cabeça.

— Ele não desapareceu em ação. Ele sobreviveu e desertou.

Reacher voltou até o caixão de Bamford e colocou os dois cacos amarelos delicadamente num canto da caixa de madeira áspera. Balançou a cabeça.

— Simplesmente não consigo acreditar, Nash. Tudo sobre esse cara diz que ele não tem a mentalidade de um desertor. Seu passado, seus registros, tudo. Conheço desertores. Cacei vários deles.

— Ele desertou — disse Newman. — É fato, está nos arquivos do hospital.

— Ele sobreviveu à queda — disse Reacher. — Acho que não posso mais questionar isso. Foi para o hospital. Sem discussão sobre isso também. Mas suponha que não foi deserção de fato. Suponha que ele estava apenas confuso, ou grogue devido às drogas. Suponha que apenas saiu andando e se perdeu.

Newman balançou a cabeça.

— Ele não estava confuso.

— Mas como vocês sabem disso? Perda de sangue, desnutrido, febre, morfina?

— Ele desertou — disse Newman.

— A história não bate — disse Reacher.

— A guerra muda as pessoas — disse Newman.

— Não tanto assim — respondeu Reacher.

Newman chegou mais perto e baixou a voz novamente.

— Ele matou um soldado — sussurrou. — O cara o viu saindo e tentou detê-lo. Está tudo no arquivo. Hobie disse: *Não vou voltar*, e bateu na cabeça do rapaz com uma garrafa. Quebrou seu crânio. Colocaram-no no leito de Hobie, mas ele não sobreviveu à viagem para Saigon. Esse é o motivo de todo o segredo, Reacher. Eles não deixaram fugir apenas um desertor. Mas também um assassino.

Ficaram em silêncio absoluto no laboratório. O ar-refrigerado sibilou, e o cheiro argiloso dos ossos velhos se espalhou. Reacher pousou a mão sobre a beirada brilhante do caixão de Bamford, apenas para se segurar em pé.

— Não acredito nisso — disse.

Alerta Final   375

— Deveria — respondeu Newman. — Porque é verdade.

— Não posso dizer isso para os pais dele. Simplesmente, não posso. Isso os mataria.

— Que segredo horrível — comentou Jodie. — Deixaram ele fugir com um assassinato?

— Política — disse Newman. — A política lá era fundamental. Ainda é, na verdade.

— Talvez ele tenha morrido mais tarde — disse Reacher. — Talvez tenha se perdido na selva e morrido lá depois. Ainda estava muito doente, certo?

— Em que isso iria te ajudar? — perguntou Newman.

— Eu poderia dizer aos pais dele que ele morreu, encobrir os detalhes exatos, sabe como é.

— Você está se agarrando a fiapos — disse Newman.

— Temos que ir — disse Jodie. — Precisamos pegar um avião.

— Você verificaria os registros médicos? — perguntou Reacher. — Se eu os buscar com a família? Você faria isso por mim?

Houve uma pausa.

— Já estou com eles — disse Newman. — Leon trouxe. A família liberou para ele.

— Então, você vai verificá-los? — perguntou Reacher.

— Você está se agarrando a fiapos — repetiu Newman.

Reacher se virou e apontou para as cem caixas de papelão empilhadas na saleta, do outro lado da sala.

— Ele pode já estar aqui, Nash.

— Ele está em Nova York — disse Jodie. — Será que você não vê?

— Não, eu quero que ele esteja morto — disse Reacher. — Não posso voltar para os pais dele e dizer que o filho é um desertor assassino que esteve andando por aí esse tempo todo sem entrar em contato com eles. Preciso que ele esteja morto.

— Mas ele não está — disse Newman.

— Mas poderia estar, certo? — disse Reacher. — Pode ter morrido mais tarde. De volta à floresta, em algum outro lugar, talvez longe, durante a fuga. Doença, desnutrição. Talvez seu esqueleto já tenha sido encontrado. Você vai conferir os registros? Como um favor para mim?

— Reacher, precisamos ir agora — disse Jodie.

— Você vai verificá-los? — perguntou Reacher, novamente.

— Não posso — disse Newman. — Meu Deus! Essa coisa toda é confidencial, será que você não entende? Eu nem devia ter contado nada. E não posso adicionar outro nome agora nas listas de desaparecidos em ação. O Comando do Exército não aceitaria. Nós deveríamos estar reduzindo os números aqui, e não aumentando.

— Você não pode fazê-lo extraoficialmente? Em particular. Você pode fazer isso, certo? Você manda neste lugar, Nash. Por favor. Para mim.

Newman balançou a cabeça.

— Você está se segurando em fiapos, é só o que tenho a dizer.

— Por favor, Nash — disse Reacher.

Silêncio. Então Newman suspirou.

— Está bem, droga — disse ele. — Vou fazer isso para você então.

— Quando? — perguntou Reacher.

Newman encolheu os ombros.

— Amanhã de manhã, ok?

— Telefone para mim assim que terminar. Pode ser?

— Claro, mas você está desperdiçando seu tempo. O telefone?

— Use o celular — disse Jodie.

Ela ditou o número. Newman anotou no punho do jaleco.

— Obrigado, Nash — disse Reacher. — Fico realmente grato por isso.

— Perda de tempo — repetiu Newman.

— Precisamos ir — chamou Jodie.

Reacher assentiu vagamente, e eles saíram pela porta lisa aberta na parede de blocos de concreto. O tenente Simon esperava do lado de fora e lhes ofereceu uma carona pela estrada perimetral até os terminais de passageiros.

15

PRIMEIRA CLASSE OU NÃO, O VOO DE VOLTA FOI péssimo. Era o mesmo avião, indo para o leste, rumo a Nova York. Estava limpo e perfumado, verificado e reabastecido, com uma nova tripulação a bordo. Reacher e Jodie estavam nos mesmos lugares em que tinham sentado quatro horas antes. Reacher ficou na janela novamente, mas tudo parecia diferente. Tudo ainda era duas vezes e meia maior do que o normal, com estofados suntuosos em couro e napa, mas ele não sentiu prazer em sentar-se ali de novo.

As luzes foram reduzidas, para corresponder à noite. Decolaram em direção a um maravilhoso pôr do sol, incendiando o céu para além das ilhas, e tiveram que dar a volta para voar rumo à escuridão. Os motores estabilizaram num silvo abafado. Os comissários de bordo eram calados e discretos. Havia apenas um outro passageiro na cabine. Estava sentado duas

fileiras à frente, do outro lado do corredor. Era um homem alto e esbelto, vestia uma camisa de manga curta listrada em cores claras. O antebraço direito estava apoiado delicadamente no braço da cadeira, e a mão pendia, solta e relaxada. Os olhos estavam fechados.

— Qual a altura dele? — sussurrou Jodie.

Reacher inclinou-se e olhou em frente.

— Um e oitenta e cinco, mais ou menos.

— A mesma altura de Victor Hobie. Lembra do arquivo?

Reacher concordou. Olhou diagonalmente para o antebraço pálido descansando ao longo do assento. O homem era magro, e dava para ver a ponta proeminente do osso na altura do pulso, destacando-se na penumbra. O músculo magro, a pele sardenta e os cabelos descoloridos. O osso do rádio era visível, percorrendo todo o caminho até o cotovelo. Hobie deixara uns quinze centímetros deste osso para trás, no local do acidente. Reacher mediu com os olhos, a partir de articulação do pulso do sujeito. Quinze centímetros chegava até a metade do caminho para o cotovelo.

— Mais ou menos metade do caminho, certo? — disse Jodie.

— Um pouco mais da metade — disse Reacher. — O toco precisaria ser aparado. Teria que ser limado onde estava estilhaçado. Caso ele tenha sobrevivido.

O sujeito, duas fileiras à frente, sentiu sono, puxou o braço para perto do corpo, tirando-o de vista, como se soubesse que falavam sobre ele.

— Ele sobreviveu — disse Jodie. — Está em Nova York, tentando continuar escondido.

Reacher inclinou-se para o outro lado e pousou a testa no plástico frio da janelinha.

— Eu apostaria minha vida que não está — disse.

Manteve os olhos abertos, mas não havia nada para ver do lado de fora da janela. Apenas o céu negro da noite ao longo de toda a extensão abaixo, até o negror noturno do oceano, 11 quilômetros abaixo.

— Por que isso te incomoda tanto? — perguntou ela, em meio ao silêncio.

Alerta Final   379

Ele se virou para a frente e olhou para a cadeira vazia, a 1,80 metro diante dele.

— Vários motivos — respondeu ele.

— Por exemplo...

Ele deu de ombros.

— Tudo, como se fosse uma grande espiral para baixo. Foi um chamado profissional. Meu instinto me disse alguma coisa, e parece que eu estava errado.

Ela colocou a mão suavemente sobre o antebraço dele, onde o músculo se estreitava um pouco acima do pulso.

— Errar não é o fim do mundo.

Ele balançou a cabeça.

— Às vezes não é, às vezes é. Depende do problema, certo? Alguém me pergunta quem vai vencer o campeonato, e eu digo que serão os Yankees. Isso não importa, certo? Por que como eu posso saber esse tipo de coisa? Mas, e se eu fosse um jornalista esportivo que deveria saber coisas assim? Ou um apostador profissional? Suponha que o beisebol fosse a minha vida. Seria o fim do mundo se eu começasse a errar.

— O que você está dizendo?

— Estou dizendo que julgamentos como esse são a minha vida. É no que eu tenho que ser bom. E eu costumava fazer isso bem. Sempre podia confiar que estaria certo.

— Mas você não tinha nada em que se basear.

— Bobagem, Jodie. Eu tinha um monte de coisas em que me basear. Muito mais do que, às vezes, costumava ter. Encontrei com os pais dele, li suas cartas, falei com seu velho amigo, vi seu registro, falei com seu velho companheiro de armas, e tudo me dizia que era um sujeito que, sem dúvida, não poderia se comportar da maneira como se comportou. Então, eu simplesmente estava errado, o que me corrói, pois como é que eu fico agora?

— Em que sentido?

— Eu tenho que contar aos Hobie — respondeu ele. — E eles vão cair duros como pedras. Você deveria tê-los conhecido. Adoravam o filho.

Adoravam o militarismo e o patriotismo daquilo tudo, a ideia de servir o país. Agora, tenho que entrar lá e dizer que o menino deles é um assassino desertor. E um filho cruel que os deixou fora da vida dele por trinta longos anos. Terei que entrar lá e matá-los de vez, Jodie. Seria melhor chamar uma ambulância com antecedência.

Ele ficou em silêncio e voltou a olhar pela janela escura.

— E? — perguntou ela.

Ele se virou para encará-la.

— E o futuro. O que eu vou fazer? Tenho uma casa, preciso de um emprego. Que tipo de trabalho? Não posso mais me apresentar como investigador, não se tiver começado a fazer as coisas de um jeito estúpido de repente. O momento é maravilhoso, não é? Minhas habilidades profissionais viraram lixo bem na hora em que preciso delas para encontrar trabalho. Eu deveria voltar para as Keys e cavar piscinas pelo resto da vida.

— Você está sendo muito duro consigo mesmo. — Era apenas um sentimento, e só. Uma intuição que se mostrou errada.

— As intuições deveriam acertar — respondeu ele. — As minhas sempre estiveram certas. Posso falar sobre uma dúzia de vezes em que segui minhas intuições, contra todas as possibilidades. Salvaram a minha vida várias vezes.

Ela concordou, sem falar.

— E, pelas estatísticas, eu deveria estar certo. Sabe quantos homens foram oficialmente não contabilizados após o Vietnã? Cerca de apenas cinco. Vinte e dois mil desaparecidos, mas estão mortos, todos nós sabemos disso. Nash vai acabar encontrando todos e os tirando da lista. Mas sobraram cinco caras que não puderam ser categorizados. Três deles mudaram de lado e ficaram nas aldeias depois, viraram nativos. Uns dois desapareceram na Tailândia. Um deles estava morando numa cabana debaixo de uma ponte em Bangcoc. Cinco pontas soltas em um milhão de homens, e Victor Hobie é um deles, e eu estava errado sobre ele.

— Mas você não estava realmente errado. Estava julgando o antigo Victor Hobie, apenas isso. Todas aquelas coisas sobre Victor Hobie antes da

Alerta Final 381

guerra e antes da queda. A guerra muda as pessoas. A única testemunha da mudança foi DeWitt, e ele se afastou para não ver nada.

Ele balançou a cabeça novamente.

— Eu levei isso em conta, ou, pelo menos, tentei. Não imaginei que poderia mudá-lo tanto assim.

— Talvez tenha sido no acidente. Pense nisso, Reacher. Que idade ele tinha, 21 anos? Vinte e dois, por aí? Sete pessoas morreram, e talvez ele tenha se sentido responsável. Ele era o capitão do navio, certo? E estava desfigurado. Perdeu o braço e provavelmente também se queimou. A desfiguração física é um trauma muito grande para um cara jovem, certo? E depois, no hospital de campanha, provavelmente estava zonzo com as drogas, apavorado com a ideia de voltar.

— Eles não o enviariam de volta ao combate — disse Reacher.

Jodie concordou.

— Sim, mas talvez ele não estivesse pensando direito. A morfina, é como estar doidão, certo? Talvez ele tenha pensado que iriam enviá-lo de volta. Talvez tenha achado que iriam puni-lo por perder o helicóptero. Apenas não sabemos qual era seu estado mental na época. Então ele tentou fugir e bateu na cabeça do soldado. Depois, se deu conta do que tinha feito. Provavelmente se sentiu péssimo por isso. Essa foi a minha intuição, o tempo todo. Ele está se escondendo porque se sente culpado. Deveria ter se entregado, porque ninguém iria acusá-lo de nada. As circunstâncias atenuantes eram óbvias demais. Mas ele se escondeu, e, quanto mais o tempo passava, pior ficava. Foi como uma bola de neve.

— Ainda não bate. Você descreveu um sujeito irracional. Em pânico, fora da realidade, um pouco histérico. Eu o considerava um grande planejador. Muito sensato, racional e normal. Estou perdendo o jeito.

O avião gigante sibilou imperceptivelmente. A novecentos quilômetros por hora pelo ar rarefeito da altitude, o avião parecia estar suspenso e imóvel no ar. Um enorme e pálido casulo, pendurado no céu da noite, a onze mil metros de altura, indo para lugar nenhum.

— E o que você vai fazer, então? — perguntou ela.

— Sobre o quê?

— O futuro.

Ele encolheu os ombros novamente.

— Não sei.

— E quanto aos Hobie?

— Não sei — repetiu.

— Você poderia tentar encontrá-lo — disse ela. — Quem sabe convencê-lo de que nenhuma ação seria tomada agora. Colocar um pouco de bom senso na cabeça dele. Talvez pudesse levá-lo para se encontrar com os pais novamente.

— Como eu poderia encontrá-lo? Do jeito que estou me sentindo agora, não encontraria nem o nariz no meu rosto. E você está tão empenhada em fazer com que eu me sinta melhor que está esquecendo uma coisa.

— O quê?

— Hobie não quer ser encontrado. Como você imaginou, ele *quer* ficar escondido. Mesmo que tenha ficado confuso sobre isso no começo, evidentemente tomou gosto pela coisa mais tarde. Ele mandou matar Costello, Jodie. Mandou homens atrás de nós. Para poder continuar escondido.

A aeromoça então apagou todas as luzes da cabine, e ficaram às escuras. Reacher desistiu, reclinou o banco e tentou dormir, com o último pensamento dominando sua mente: *Victor Hobie tinha mandado matar Costello para que pudesse continuar escondido.*

Trinta andares acima da Quinta Avenida, ele acordou pouco depois das seis da manhã, o que era praticamente normal, dependendo da intensidade do sonho com o incêndio durante a noite. Trinta anos são quase onze mil dias, e onze mil dias equivalem a onze mil noites inerentes, e em cada uma daquelas noites ele tinha sonhado com o fogo. A cabine separava-se da cauda, e as copas das árvores voavam para trás. A ruptura da fuselagem atingia o tanque de combustível, que era jogado para fora. Ele via o líquido chegar em sua direção todas as noites, em uma câmera lenta desesperadora. Brilhava e cintilava no ar acinzentado da selva. Líquido e em glóbulos, solidificando formas, como gigantescos pingos de chuva distorcidos. Giravam, mudavam e cresciam, como coisas vivas flutuando lentamente pelo ar. Foram atingidos

Alerta Final   383

pela luz, que os deixou estranhos e belos. Os arco-íris formavam-se em seu interior. Atingiram-no antes de a lâmina da hélice acertar seu braço. Todas as noites, ele virava a cabeça exatamente com o mesmo movimento convulsivo, e, todas as noites, ainda era atingido. Espirravam por seu rosto. O líquido estava quente. Deixava-o confuso. Parecia água. A água deveria ser fria. Ele deveria sentir o choque do frio. Mas era quente. Pegajoso. Mais espesso que a água. Tinha cheiro. Um cheiro químico. Espirrava por todo o lado esquerdo de sua cabeça. Em seu cabelo. Colava o cabelo à testa e escorria devagar para dentro de seu olho.

Então, ele virava a cabeça para trás e via que o ar estava em chamas. Dedos de fogo apontando para baixo, para os riachos flutuantes de combustível, como se fizessem acusações. Então, os dedos viravam bocas. Estavam comendo as formas líquidas flutuantes. Comiam rápido e deixavam as formas maiores e ardendo com o calor. Em seguida, os glóbulos soltos no ar explodiam em chamas um após o outro. Não havia mais qualquer conexão. Nenhuma sequência. Apenas explodiam. Ele jogou a cabeça para baixo onze mil vezes, mas o fogo sempre o atingia. O cheiro era quente, de queimado, mas ele sentia frio, como gelo. Um súbito choque gelado no lado do rosto, no cabelo. Em seguida, a forma negra da hélice, vindo em arco para baixo. Quebrava de encontro ao peito do sujeito chamado Bamford, e um fragmento lhe acertava de lado, exatamente no meio de seu antebraço.

Ele viu sua mão se soltar. Viu em detalhes. Essa parte nunca aparecia no sonho, porque o sonho era sobre o fogo, e ele não tinha necessidade de sonhar com a mão se soltando, pois era capaz de se lembrar do acontecimento. A borda da lâmina tinha um corte aerodinâmico, a cor era preto fosco. Cortou através dos ossos de seu braço e parou de encontro à coxa, com a energia exaurida. Seu antebraço caiu em duas partes. O relógio ainda estava preso ao pulso. A mão e o punho caíram no chão. Ele levantou o antebraço cortado e tocou o rosto com ele, para tentar descobrir por que a pele ali em cima parecia tão fria, mas tinha um cheiro tão quente.

Percebeu, algum tempo depois, que aquele gesto salvara sua vida. Quando foi capaz de pensar direito novamente, entendeu o que tinha feito. As chamas intensas tinham cauterizado o antebraço aberto. O calor tinha queimado a carne exposta e selado as artérias. Se não tivesse tocado o rosto em chamas, teria sangrado até a morte. Foi um triunfo. Mesmo em extremo perigo e confusão, tinha feito a coisa certa. A coisa inteligente. Era um sobrevivente. Proporcionou-lhe uma confiança mortal que nunca havia perdido.

Continuou consciente por cerca de vinte minutos. Fez o que tinha que fazer dentro da cabine e arrastou-se para longe dos destroços. Sabia que ninguém rastejava junto com ele. Chegou ao mato e continuou avançando. Estava de joelhos, usando a mão restante à sua frente, caminhando sobre os nós dos dedos como um macaco. Abaixou a cabeça no chão e enfiou pele queimada na terra. Foi quando a agonia começou. Ele resistiu por vinte minutos até entrar em colapso.

Não se lembra de quase nada das três semanas seguintes. Não sabia aonde ia ou o que comeu e bebeu. Tinha lampejos de clareza, que eram piores do que não se lembrar. Estava coberto de sanguessugas. A pele queimada se soltou, e a carne por debaixo dela fedia a podridão e decadência. Havia coisas vivas rastejando pelo toco em carne viva. E então estava no hospital. Certa manhã ele acordou flutuando em uma nuvem de morfina. Sentia-se melhor do que jamais se sentira em toda a vida. Mas fingiu estar em agonia durante todo o tempo. Dessa forma, adiariam enviá-lo de volta.

Aplicaram curativos para queimadura em seu rosto. Limparam as larvas da ferida. Anos mais tarde, descobriu que as larvas também lhe salvaram a vida. Ele leu um relatório sobre uma nova pesquisa médica. As larvas estavam sendo usadas em um novo e revolucionário tratamento para a gangrena. Sua alimentação incansável consumia a carne gangrenada antes de a podridão poder se espalhar. Os experimentos tinham sido um sucesso. Ele sorriu. Ele sabia.

A evacuação do hospital pegou-o de surpresa. Não tinha sido avisado. Ouviu os enfermeiros fazendo planos para a manhã. Saiu de lá na mesma hora. Não havia guardas. Apenas um ordenança, por acaso, andando à toa em volta. O soldado custou-lhe uma preciosa garrafa de água, quebrada na cabeça dele, mas não o atrasou mais do que um segundo.

Alerta Final   385

Sua longa jornada para casa começou ali mesmo, um metro para dentro do mato que ficava fora da cerca do hospital. A primeira tarefa era recuperar seu dinheiro. Fora enterrado a oitenta quilômetros de distância, num local secreto fora de seu último acampamento base, dentro de um caixão. O caixão fora apenas um feliz acaso. Fora o único receptáculo grande em que conseguira pôr as mãos na época, mas mais tarde seria um golpe de gênio absoluto. O dinheiro estava em notas de cem, de cinquenta, de vinte e de dez, e pesava 77 quilos. Um peso plausível para um caixão. Pouco menos de dois milhões de dólares.

Àquela altura, o acampamento base já estava abandonado e muito atrás das linhas inimigas. Mas ele conseguiu chegar lá e enfrentou a primeira de suas muitas dificuldades. Como um homem doente, de apenas um braço, desenterraria um caixão? A princípio, com perseverança cega. Mais tarde, com ajuda. Ele já tinha retirado a maior parte da terra quando foi descoberto. A tampa do caixão era visível ao longo da cova rasa. A patrulha dos vietcongues caiu em cima dele saindo das árvores, e ele achou que ia morrer. Mas não morreu. Em vez disso, fez uma descoberta. Alinhava-se com as outras grandes descobertas que ele fizera na vida. Os vietcongues recuaram, com medo, murmurando, inseguros. Percebeu que não sabiam quem ele era. Não sabiam o que ele era. As queimaduras terríveis roubaram-lhe a identidade. Ele vestia uma camisola hospitalar, rasgada e suja. Não parecia americano. Não se parecia com qualquer coisa. Não parecia humano. Ele percebeu que a combinação da aparência horrível com o comportamento selvagem e mais o caixão tinha um efeito sobre qualquer um que o via. Remotos medos atávicos de morte, cadáveres e loucura deixavam as pessoas passivas. Percebeu num instante que, se estivesse pronto para agir como um louco e se agarrar ao caixão, essas pessoas fariam qualquer coisa para ele. As antigas superstições daquele povo trabalharam a seu favor. A patrulha vietcongue completou a escavação para ele e carregou o caixão numa carroça de búfalo. Sentou-se em cima dele e se enfureceu, gaguejando e apontando o oeste, e eles o levaram por 160 quilômetros até o Camboja.

O Vietnã é um país estreito, de um lado ao outro. Foi passando de um grupo para outro e chegou ao Camboja em quatro dias. Alimentaram-no com arroz, deram-lhe água para beber e o vestiram com um pijama preto, para aquietá-lo e, ao mesmo tempo, amenizar os próprios medos primitivos. Em seguida, os cambojanos o levaram em frente. Ele pulava e tagarelava como um macaco, apontando para oeste, oeste, oeste. Dois meses depois, estava na Tailândia. Os cambojanos carregaram o caixão pela fronteira, deram meia-volta e saíram correndo.

Na Tailândia, foi diferente. Quando cruzou a fronteira, foi como sair da Idade da Pedra. Havia estradas e veículos. As pessoas eram diferentes. O homem com o caixão, balbuciante e apavorado, era objeto de pena e preocupação desconfiadas. Não era uma ameaça. Conseguiu caronas em velhas caminhonetes Chevrolet e caminhões Peugeot, e, em duas semanas, fora levado pela corrente, junto com todo o entulho do Extremo Oriente, até o esgoto que se chamava Bangcoc.

Morou em Bangcoc por um ano. Reenterrou o caixão no quintal atrás do barraco que alugou, trabalhando furiosamente durante toda a primeira noite com uma ferramenta de cavar trincheiras roubada do Exército dos Estados Unidos e comprada no mercado negro. Era capaz de usar uma ferramenta de cavar trincheiras. Fora projetada para ser usada com apenas uma das mãos, enquanto a outra segurava um rifle.

Uma vez que o dinheiro estava seguro novamente, saiu em busca de médicos. Havia uma grande oferta em Bangcoc. Remanescentes do império, encharcados de gim, demitidos de todos os empregos por que tinham passado, mas um tanto competentes nos dias em que estavam sóbrios. Não havia muito o que pudessem fazer com o rosto. Um cirurgião reconstruiu sua pálpebra para que quase pudesse ser fechada, e só. Mas foram mais eficientes com o braço. Abriram a ferida de novo e limaram os ossos para que ficassem arredondados e lisos. Costuraram o músculo, dobraram a pele por cima de maneira bem justa e fecharam tudo de novo. Disseram-lhe para deixar cicatrizar por um mês, e então o mandaram para um homem que construía próteses.

O homem ofereceu-lhe uma variedade de estilos. Todos usavam a mesma amarração a ser usada em torno do bíceps, as mesmas tiras, o mesmo encaixe moldado segundo os contornos exatos do toco de braço. Mas havia

Alerta Final 387

acabamentos diferentes. Havia uma prótese de mão de madeira, esculpida com grande habilidade e pintada pela filha dele. Um com três pontas, como uma espécie de ferramenta de jardim. Mas ele escolheu o gancho simples. Identificou-se com ele, embora não pudesse explicar por quê. O homem o forjou com aço inoxidável e o poliu por uma semana. Soldou-o a uma chapa de aço em forma de funil e prendeu a peça ao pesado encaixe de couro. Ele esculpiu uma réplica de madeira do toco e bateu o couro em torno dela para moldá-lo; depois, mergulhou-o em resina para reforçá-lo. Costurou a presilha e prendeu as tiras e fivelas. Ajustou-o cuidadosamente e cobrou quinhentos dólares americanos pelo serviço.

Ele morou um ano em Bangcoc. No início, o gancho era irritante, desajeitado e incontrolável. Mas foi se acostumando. Com a prática, ficou bem. Quando desenterrou o caixão e reservou a passagem para San Francisco num cargueiro, já tinha se esquecido completamente de que já tivera duas mãos. Era o rosto que continuava a incomodá-lo.

Desembarcou na Califórnia, recuperou o caixão do porão de carga e usou uma pequena parte do conteúdo para comprar uma caminhonete de segunda mão. Um trio de estivadores amedrontados pôs o caixão ali dentro, e ele atravessou o país até a cidade de Nova York, e ainda estava lá 29 anos depois, com o trabalho do artesão de Bangcoc colocado no chão, ao lado de sua cama, onde ele ficara todas as noites nas últimas onze mil noites.

Rolou na cama e estendeu a mão esquerda para pegar a peça. Sentou-se, deixou-a sobre os joelhos e alcançou a meia de bebê da cabeceira. Seis e dez da manhã. Mais um dia de sua vida.

William Curry acordou às 6h15. Era um antigo hábito, do tempo em que trabalhava no turno do dia no esquadrão de detetives. Tinha herdado o aluguel do apartamento de sua avó, dois andares acima da rua Beekman. Não era um apartamento grande, mas era mais barato e conveniente do que a maioria abaixo do Canal. Assim, mudou-se para lá depois do divórcio e lá continuou após a aposentadoria. Sua pensão policial cobria o aluguel, os gastos e a locação do escritório de uma sala na Fletcher. A receita de seu escritório particular estreante tinha que cobrir sua alimentação e a pensão da ex-mulher. E depois, quando estivesse estabelecido e crescido, deveria deixá-lo rico.

Às 6h15 da manhã, o apartamento estava fresco. Ficava protegido do sol da manhã pela sombra dos edifícios vizinhos mais altos. Ele colocou os pés no linóleo, levantou-se e se esticou. Foi para a cozinha e ligou a cafeteira. Seguiu para o banheiro e se lavou. Era uma rotina que sempre o deixava pronto para o trabalho às sete da manhã, e ele sempre a seguia.

Voltou para o closet com café na mão e ficou ali com a porta aberta, olhando para o que estava pendurado. Como policial, sempre usara calça e casaco. De flanela cinza, esportivos xadrez. Preferia o tweed, embora não fosse estritamente irlandês. No verão, experimentara paletós de linho, mas amassavam muito facilmente, e ele havia se acertado com misturas de poliéster fino. Mas nenhum desses trajes funcionaria num dia em que ele precisaria aparecer num lugar se parecendo com David Forster, um advogado muito caro. Teria que usar seu terno para casamento.

Era um terno preto e liso da Brooks Brothers, comprado para casamentos, batizados e funerais familiares. Fora comprado há 15 anos, e, sendo da Brooks Brothers, não parecia muito diferente de diversos artigos contemporâneos. Ficava um pouco largo nele, pois perder a cozinha da esposa fizera com que seu peso caísse rapidamente. As calças estavam um pouco largas pelos padrões de East Village, mas não havia problema, porque ele planejava usar dois coldres de tornozelo. William Curry era um sujeito que acreditava em estar preparado. David Forster dissera que provavelmente não haveria qualquer tipo de problema envolvido e, se as coisas fluíssem daquela maneira, ele estaria satisfeito, mas, após vinte dos piores anos da polícia de Nova York, a pessoa acabava ficando cautelosa ao ouvir esse tipo de promessa. Por isso, ele resolveu usar os dois coldres nos tornozelos e colocar o grande 357 na parte de trás da cintura.

Colocou o paletó dentro de uma capa plástica que pegara em algum lugar, acrescentou uma camisa branca e sua gravata mais discreta. Enfiou o coldre do 357 num cinto de couro preto e o guardou numa bolsa, junto com os coldres de tornozelo. Guardou os três revólveres na mala, o Magnum 357 de cano longo e dois 38 da Smith and Wesson de cano curto

Alerta Final 389

para os tornozelos. Colocou 12 carregamentos de munição para cada arma numa caixa e guardou o pacote junto com as armas. Enfiou uma meia preta dentro de cada um dos pés de seus sapatos pretos e os colocou junto com os coldres. Planejou trocar de roupa após almoçar mais cedo. Não era necessário se vestir daquele jeito por toda a manhã e aparecer depois todo amassado.

Trancou o apartamento e seguiu para o sul, até o escritório na Fletcher, carregando a bagagem, parando apenas para comprar um bolinho de banana e amêndoas com baixo teor de gordura.

Marilyn Stone acordou às sete da manhã. Tinha olheiras e estava cansada. Ficaram do lado de fora do banheiro até bem depois da meia-noite. O banheiro não tinha sido limpo. O rapaz corpulento de terno preto cuidou disso. Saiu mal-humorado e os deixou esperando até que o chão estivesse seco. Sentaram-se no escuro e em silêncio, atordoados, com frio e fome, sentindo-se mal demais para sequer pensar em pedir alguma comida. Tony mandou Marilyn ajeitar as almofadas do sofá. Ela supôs que ele planejava dormir ali. Inclinar-se com o vestido curto e preparar a cama dele fora uma humilhação. Ela ajeitou as almofadas no lugar, enquanto ele ria para ela.

O banheiro estava frio. Totalmente úmido e com odor de desinfetante. As toalhas tinham sido dobradas e empilhadas junto à pia. Ela as colocou em duas pilhas sobre o chão, e Chester se encolheu sobre elas sem dizer uma única palavra. Além da porta, o escritório estava em silêncio. Ela não achou que fosse dormir. Mas deve ter dormido, pois acordou com a nítida sensação de que um novo dia começava.

Havia barulho no escritório. Ela lavou o rosto e estava de pé quando o grandalhão levou o café. Pegou a caneca sem dizer palavra e deixou a de Chester na prateleira sob o espelho. Chester ainda estava no chão, sem dormir, apenas deitado e inerte. O sujeito passou por cima dele ao sair.

— Quase no fim — disse ela.

— Apenas começando, você quer dizer — respondeu Chester. — Aonde vamos depois? Para onde vamos hoje à noite?

Ela ia dizer *para casa, graças a Deus*, mas então lembrou que ele já se dera conta de que, após as duas e meia da tarde, eles não teriam mais casa.

— Para um hotel, eu acho.

— Eles pegaram meus cartões de crédito.

E ficou em silêncio. Ela olhou para ele.

— O que foi?

— Nunca vai acabar — disse ele. — Será que você não vê? Nós somos testemunhas. Do que eles fizeram com os policiais. E com Sheryl. Como eles vão nos deixar ir embora?

Ela concordou, um movimento lento e curto da cabeça, e olhou para ele, para baixo, desapontada. Desapontada porque enfim ele compreendera e agora começaria a ficar preocupado e nervoso o dia inteiro, e isso só dificultaria as coisas.

Levou cinco minutos para que o nó da gravata ficasse certo, e então vestiu o paletó. Vestir era exatamente o inverso de se despir, o que significava que os sapatos iam por último. Ele conseguia dar o nó quase tão rapidamente quanto uma pessoa de duas mãos. O truque era prender a ponta solta sob o gancho contra o chão.

Seguiu para o banheiro. Pegou toda a roupa suja numa fronha e deixou junto à porta do apartamento. Tirou os lençóis da cama e os embolou dentro de outra fronha. Colocou todos os itens pessoais que encontrou numa sacola de supermercado. Esvaziou o armário numa bolsa. Deixou a porta do apartamento aberta e carregou as fronhas e a sacola até a lixeira. Despejou tudo e fechou a portinhola. Arrastou a bolsa para o corredor, trancou o apartamento e guardou as chaves num envelope no bolso.

Fez um desvio até a mesa do zelador e deixou o envelope com as chaves para o cara da imobiliária. Foi pela escada até a garagem e colocou a bolsa no Cadillac. Trancou a bolsa no bagageiro e foi até a porta do motorista. Entrou, inclinou-se com a mão esquerda esticada e ligou o motor. Manobrou pela garagem com os pneus cantando e saiu para a luz do dia. Seguiu para o sul pela Quinta Avenida, cuidadosamente desviando os olhos até se afastar do parque e se sentir seguro no movimento dos cânions em Midtown.

Alerta Final 391

Tinha três vagas alugadas no subsolo do World Trade Center, mas o Suburban se fora, assim como o Tahoe, de forma que todas estavam vazias quando chegou. Estacionou o Cadillac na vaga do meio e deixou a bolsa no bagageiro. Achou que o melhor seria ir com o Cadillac até o aeroporto de LaGuardia e abandoná-lo no estacionamento. Depois, pegaria um táxi para o aeroporto JFK, levando a bolsa, como qualquer passageiro apressado para uma transferência. O carro ficaria lá até que o mato crescesse sob ele, e, se alguém desconfiasse de alguma coisa, procuraria nos manifestos de passageiros de LaGuardia, não do JFK. Isso significava dar baixa no Cadillac, assim como no *leasing* do escritório, mas ele sempre se sentia bem em gastar dinheiro quando isso revertesse em algum valor para ele, e salvar a própria vida era a coisa mais valiosa em que poderia pensar.

Pegou o elevador expresso da garagem e chegou à recepção de bronze e carvalho noventa segundos depois. Tony estava atrás do balcão, da altura de seu peito, tomando café e parecendo cansado.

— Barco? — perguntou Hobie.

Tony assentiu.

— Com o corretor. Vão transferir o dinheiro. Querem substituir a amurada, onde aquele imbecil bateu com o cutelo. Disse para eles que tudo bem, era só descontar da venda.

Hobie assentiu de volta.

— Que mais?

Tony sorriu, com aparente ironia.

— Temos mais dinheiro para movimentar. O primeiro pagamento dos juros acabou de chegar da conta de Stone. Onze mil dólares, pontualmente. Que babacão atencioso, não é?

Hobie devolveu o sorriso.

— Roubar de Pedro para pagar Paulo, só que Pedro e Paulo são o mesmo cara. Transfira logo para as ilhas assim que o mercado abrir, ok?

Tony concordou e leu um recado.

— Simon ligou de novo do Havaí. Eles pegaram o avião. Neste momento, devem estar sobrevoando algum pedaço do Grand Canyon.

— Será que o Newman já descobriu? — perguntou Hobie.
Tony balançou a cabeça.
— Ainda não. Vai começar a pesquisar hoje de manhã. Reacher o pressionou a fazer isso. Parece ser um cara esperto.
— Não o suficiente. O Havaí está cinco horas atrás, certo?
— Será hoje de tarde. Digamos que ele comece às nove, fique umas duas horas examinando, será quatro da manhã do dia seguinte aqui. Já teremos dado o fora.
Hobie sorriu de novo.
— Eu disse que ia funcionar. Não falei? Não falei para você relaxar e deixar que eu pensasse em tudo?

Reacher acordou às sete, pelo seu relógio, que ainda estava com o horário de Saint Louis, pelo que lembrava, o que significava três da manhã lá no Havaí, seis no Arizona ou no Colorado, ou por onde quer que estivessem passando onze mil metros acima naquele momento, e já oito em Nova York. Espreguiçou-se, levantou e se aproximou dos pés de Jodie. Ela estava encolhida no assento, e uma aeromoça a cobrira com um cobertor xadrez fino. Dormia profundamente, respirando devagar, os cabelos sobre o rosto. Ele ficou no corredor por um momento e a observou dormir. Em seguida, foi dar uma caminhada.

Atravessou a classe executiva e foi até a econômica. As luzes estavam reduzidas e a área ficava mais cheia quanto mais para o fundo ele ia. Os assentos pequenos estavam entulhados de pessoas encolhidas sob os cobertores. Cheirava a roupa suja. Caminhou direto até os fundos do avião, deu a volta pela cozinha, onde um grupo da tripulação agitava-se silenciosamente, inclinado sobre os armários de alumínio. Caminhou de volta pelo outro corredor, passou pela classe econômica e entrou na executiva. Parou ali por um segundo e examinou os passageiros. Homens e mulheres com trajes de trabalho, os paletós de lado, as gravatas frouxas. Alguns tinham laptops abertos. Maletas colocadas nos assentos desocupados, repletas de documentos encadernados com capas plásticas. As luzes de leitura focalizavam

Alerta Final   393

as bandejas abertas. Algumas pessoas ainda trabalhavam, tarde da noite, ou de manhã bem cedo, dependendo do fuso.

Ele supôs que fossem pessoas de classe média. Bem longe da base, mas nem um pouco próximas do topo. Em termos do Exército, eram os majores e os coronéis. Eram os equivalentes civis dele mesmo. Ele saíra como major e poderia ser um coronel, se tivesse continuado a usar a farda. Encostou-se num apoio de cabeça e olhou para as nucas das cabeças inclinadas, pensou que Leon fizera dele o que era, e que agora o transformara. Leon impulsionara sua carreira. Não a tinha criado, mas o levara a ser aquilo em que se transformou. Não tinha a menor sombra de dúvida sobre isso. Então a carreira chegara ao fim e ele começara a vadiar, depois a vadiagem acabara, também por causa de Leon. Não apenas por causa de Jodie. Também devido às últimas vontades e ao testamento de Leon. O velho deixara-lhe a casa, e o legado tinha ficado ali, como uma bomba-relógio, esperando para ancorá-lo. Apenas a vaga promessa era o bastante para prendê-lo. Antes, acomodar-se era apenas uma teoria. Um país distante que ele sabia que jamais visitaria. A viagem até lá era longa demais. A passagem era muito cara. A dificuldade absoluta de se insinuar em um estilo de vida estranho era impossivelmente grande. Mas o legado de Leon o tinha sequestrado. Leon o sequestrara e o jogara exatamente naquela fronteira de um país distante. Agora, tinha o nariz pressionado contra o muro. Ele podia ver a vida esperando por ele do outro lado. De repente, pareceu-lhe sensato dar a volta e caminhar a distância impossível na direção oposta. Isso faria da vadiagem uma escolha consciente, e uma escolha consciente transformaria a vadiagem em algo completamente diferente. A questão toda era que a vadiagem era uma aceitação feliz e passiva da falta de alternativas. Ter alternativas estragava tudo. E Leon tinha lhe colocado uma imensa alternativa nas mãos. Estava ali, tranquila e gentil, ao lado das águas do Hudson, esperando por ele. Leon dever ter sorrido enquanto escrevia aquela decisão. Sorrido e pensado, *vamos ver como você se sai desta, Reacher.*

Ele olhou para os laptops e os materiais encadernados e contraiu-se. Como iria cruzar a fronteira do país distante sem se atrapalhar com toda aquela tralha? Os ternos e gravatas, os dispositivos de plástico preto a bateria? As maletas de couro e os memorandos da matriz? Arrepiou-se e viu-se imóvel contra a cabeceira da poltrona, em pânico, sem respirar, completamente paralisado. Lembrou-se de um dia, menos de um ano antes, em que saíra de um caminhão num cruzamento perto de uma cidade da qual nunca tinha ouvido falar, num estado em que jamais estivera. Acenara para o motorista, colocara as mãos nos bolsos e começara a andar, com um milhão de quilômetros atrás de si e um milhão de quilômetros pela frente. O sol brilhava, e a poeira acumulava-se em seus pés enquanto caminhava; ele sorria de felicidade por estar sozinho e sem qualquer ideia de para onde se dirigia.

Mas também lembrou-se de um dia, nove meses depois, em que percebeu que estava ficando sem dinheiro, refletindo intensamente. Mesmo os hotéis mais baratos ainda exigiam alguns dólares. Assim como as lanchonetes mais simples. Ele aceitara o trabalho nas Keys com intenção de trabalhar umas duas semanas; depois, também aceitara o trabalho noturno, e ainda estava trabalhando nos dois lugares quando Costello aparecera à sua procura, três meses inteiros mais tarde. Portanto, na verdade, a vadiagem já tinha chegado ao fim. Já era um trabalhador. Nenhum motivo para negar isso. Agora era apenas questão de onde, por quanto e para quem. Sorriu. Como a prostituição, pensou. Sem volta. Relaxou um pouco, afastou-se do encosto da poltrona e voltou para a primeira classe. O cara com a camisa listrada e braços do mesmo tamanho dos de Victor Hobie estava acordado e olhava para ele. Saudou-os com a cabeça. Reacher o cumprimentou de volta e foi para o banheiro. Jodie estava acordada quando ele voltou, sentada ereta, penteando os cabelos com os dedos.

— Olá, Reacher.

— Oi, Jodie.

Abaixou-se e a beijou nos lábios. Desviou de seus pés e se sentou.

— Tudo bem? — perguntou ele.

Ela movimentou a cabeça fazendo um oito para jogar os cabelos por trás dos ombros.

Alerta Final 395

— Nada mal. Nada mal mesmo. Melhor do que achei que estaria. Aonde você foi?

— Fui caminhar. Fui até lá atrás ver como os outros sobrevivem.

— Não, você estava pensando. Percebi isso há uns 15 anos. Você sempre vai caminhar quando tem que pensar sobre alguma coisa.

— É mesmo? — respondeu ele, surpreso. — Eu não sabia disso.

— Claro que sim. Já tinha percebido. Eu costumava observar cada detalhe seu. Estava apaixonada, lembra?

— O que mais eu faço?

— Você fecha a mão esquerda quando está zangado ou tenso. E mantém a direita relaxada, provavelmente pelo treinamento com as armas. Quando está entediado, pensa em alguma música. Dá para ver pelos seus dedos, como se estivesse tocando um piano ou outro instrumento. A ponta do seu nariz se mexe um pouco quando você fala.

— É mesmo?

— Claro que sim. Sobre o que você estava pensando?

Ele deu de ombros.

— Nada de mais.

— A casa, certo? Está te incomodando, não é mesmo? E eu. Eu e a casa, te amarrando no chão, como aquele cara do livro, Gulliver? Sabe aquele livro?

Ele sorriu.

— Um sujeito capturado por umas pessoas minúsculas quando está dormindo. Eles o prendem com estacas, deitado, com centenas de cordinhas.

— Você se sente assim?

Ele fez uma breve pausa.

— Não quanto a você.

Mas a pausa fora uma fração de segundo longa demais. Ela concordou.

— É diferente de estar sozinho, certo? — perguntou ela. — Eu sei, fui casada. Outra pessoa a ser considerada o tempo todo. Alguém com quem se preocupar, certo?

Ele sorriu.

— Vou me acostumar.

Ela sorriu de volta.

— E tem a casa, não é?

Ele deu de ombros.

— É estranho.

— Bem, isso é entre você e Leon. Quero que você saiba que não estou te fazendo qualquer exigência, de forma alguma. Sobre nada. São a sua vida e a sua casa. Você deve fazer exatamente o que estiver com vontade, sem pressão.

Ele concordou. Não disse nada.

— Então, você vai procurar Hobie?

Ele encolheu os ombros novamente.

— Talvez. Mas vai ser um inferno.

— Tem que haver algum jeito. Registros médicos, esse tipo de coisa. Ele deve ter uma prótese. E, se tiver se queimado, isso também aparecerá nos registros. Você também não o perderia no meio da rua, não é? Um cara de um braço só, todo queimado?

Ele concordou.

— Ou eu poderia apenas esperar que ele me encontrasse. Ficar à toa lá em Garrison até ele mandar seus rapazes de volta.

Então, ele se voltou para a janela, olhou seu reflexo pálido contra a escuridão e percebeu que estava *simplesmente aceitando que Hobie estava vivo. Simplesmente aceitando que estava errado.* Virou-se de volta para Jodie.

— Você me deixaria com o celular? Consegue passar o dia sem ele, hoje? É caso Nash descubra alguma coisa e telefone para mim. Quero saber imediatamente, se ele descobrir.

Ela sustentou o olhar dele por algum tempo e depois concordou. Abaixou-se e abriu o zíper da bolsa de mão. Pegou o telefone e passou para ele.

— Boa sorte — disse.

Ele assentiu e colocou o telefone no bolso.

— Nunca precisei de sorte — respondeu.

Alerta Final

Nash Newman não esperou até as nove para começar a pesquisa. Era um homem meticuloso, atento aos mínimos detalhes, tanto em aspectos éticos quanto em sua especialidade profissional. Essa era uma investigação não oficial, levada à frente devido à compaixão por um amigo com problemas. Por isso, não poderia ser feita durante o horário de expediente. Um assunto particular tinha que ser resolvido de maneira particular.

Assim, ele saiu da cama às seis, observando a claridade pálida do amanhecer tropical que surgia além das montanhas. Fez café e se vestiu. Em torno das seis e meia, estava no escritório. Achou que precisaria de cerca de duas horas. Depois, tomaria o café da manhã no refeitório e começaria o trabalho propriamente dito às nove em ponto.

Abriu uma gaveta da mesa e pegou os registros médicos de Victor Hobie. Leon Garber os reunira após pesquisas pacientes nos consultórios médicos e de dentistas no condado de Putnam. Juntara tudo numa velha pasta da Polícia do Exército que fechou com uma tira de lona velha. A tira já fora vermelha, mas o tempo a fizera desbotar para um rosa empoeirado. Tinha uma fivela de metal intrincada.

Soltou a fivela e abriu a pasta. A primeira folha era uma nota assinada pelo casal Hobie em abril. Sob ela, estava a história antiga. Ele já folheara milhares de arquivos semelhantes àquele e podia classificar, sem esforço, os rapazes em questão em termos de idade, localização geográfica, renda dos pais, habilidades desportivas e todos os diversos fatores que afetam um histórico médico. Idade e localização trabalhavam juntas. Um novo tratamento odontológico poderia começar na Califórnia e percorrer o país como uma moda, de forma que o rapaz de 30 anos que recebia o tratamento em Des Moines teria que ser cinco anos mais novo que o rapaz de 30 anos que o recebia em Los Angeles. A renda dos pais determinava se o tratamento de fato seria empregado. Os astros do futebol americano do ensino médio eram tratados por distensões nos ombros, os jogadores de beisebol tinham pulsos partidos, e os nadadores sofriam de otites crônicas.

Victor Truman Hobie não sofria de quase nada. Newman lera nas entrelinhas e imaginara um garoto saudável, bem-alimentado e sob os cuidados de pais dedicados. Tivera boa saúde. Além das gripes e resfriados, uma crise de bronquite aos 8 anos. Nenhum acidente. Nenhum osso quebrado. O tratamento dentário fora muito cuidadoso. O garoto crescera ao longo de uma época em que os serviços dos dentistas eram intensos. Segundo a experiência de Newman, eram absolutamente típicos, como qualquer outro que já vira da região metropolitana de Nova York na década de 1950 e início da de 1960. O trabalho dos dentistas consistia numa guerra contra as cáries. As cáries tinham que ser caçadas. A caça era feita com poderosos raios X. Quando encontradas, eram alargadas com a broca e fechadas com amálgama. O resultado era uma série de idas aos consultórios odontológicos, que sem dúvida geraram sofrimento para o jovem Victor Hobie, mas, do ponto de vista de Newman, o processo o deixara com uma grossa pilha de imagens da boca do garoto. Eram boas, claras e numerosas o bastante para se mostrarem potencialmente definitivas.

Ele empilhou as lâminas de filmes e as levou pelo corredor. Destrancou a porta lisa da parede de tijolos cinza, caminhou por entre os caixões de alumínio até a saleta na outra extremidade. Fora das vistas, atrás de um canto, havia um terminal de computador sobre uma prateleira larga. Ligou-o e clicou no menu de pesquisa. A tela desceu e mostrou um questionário detalhado.

O preenchimento era uma questão de simples lógica. Ele clicou em TODOS OS OSSOS e digitou NENHUMA FRATURA DE INFÂNCIA, POTENCIAIS FRATURAS ADULTAS. O garoto não tinha quebrado a perna jogando futebol americano no ensino médio, mas poderia ter quebrado mais tarde, num acidente de treinamento. Registros médicos às vezes se perdiam. Ele dedicou bastante tempo à seção dental do questionário. Digitou uma descrição completa de cada dente, conforme os últimos registros. Marcou as obturações e, em cada dente saudável, digitou CÁRIE POTENCIAL. Era a única maneira de evitar erros. Simples lógica. Um dente saudável pode adoecer mais tarde e precisar tratamento, mas uma obturação jamais pode desaparecer. Observou os raios X e, no campo ESPAÇO, digitou UNIFORME, e em TAMANHO, digitou UNIFORME novamente. O restante do questionário ficou em

Alerta Final

399

branco. Algumas doenças apareciam nos esqueletos, mas não resfriados, gripes e bronquites.

Revisou o trabalho e, às sete em ponto, clicou em PESQUISAR. O disco rígido zumbiu e estalou no silêncio da manhã, e o software começou sua paciente jornada pelo banco de dados.

Aterrissaram dez minutos antes da hora prevista, pouco antes do pico do meio-dia, horário da Costa Leste. Baixaram por cima das águas brilhantes de Jamaica Bay e desceram na direção leste antes de dar a volta e taxiar lentamente para o terminal. Jodie reajustou o relógio e ficou em pé antes de o avião parar de se mover, transgressão pela qual não se era repreendido na primeira classe.

— Vamos lá — disse ela. — Estou muito em cima da hora.

Formaram a fila junto à porta antes que fosse aberta. Reacher carregou a bolsa dela para fora do avião, e ela se apressou na frente dele ao longo de todo o terminal, até a saída. O Lincoln Navigator ainda estava lá, no estacionamento expresso, grande, preto e óbvio, e custou 58 dos dólares de Rutter para tirá-lo de lá.

— Será que dá tempo de eu tomar um banho? — perguntou ela a si mesma.

O comentário de Reacher foi acelerar mais rápido do que deveria pela Van Wyck. A via expressa de Long Island movia-se com fluidez para o oeste, em direção ao túnel. Chegaram em Manhattan vinte minutos depois de aterrissarem e seguiram para o sul pela Broadway, aproximando-se da casa dela em meia hora.

— Ainda vou conferir — disse ele. — Com banho ou sem banho.

Ela concordou. Voltar para a cidade levara o medo de volta.

— Certo, mas seja rápido.

Ele se limitou a parar na rua, diante da portaria, e conferir visualmente a entrada. Ninguém lá. Guardaram o carro e subiram de elevador até o quinto andar, para descer pelas escadas até o quarto. O prédio estava silencioso e deserto. O apartamento, vazio e intocado. A cópia do Mondrian brilhava sob a luz do dia. Meio-dia e meia.

— Dez minutos — disse ela. — Depois você me leva para o escritório, está bem?

— Como você vai para a reunião?

— Temos um motorista, ele me levará.

Ela atravessou a sala e foi para o quarto, despindo-se pelo caminho.

— Você precisa comer? — perguntou Reacher em voz alta.

— Não dá tempo — respondeu.

Ela ficou cinco minutos no banho e mais cinco no armário. Saiu com um vestido cinza-escuro e um paletó combinando.

— Encontre minha maleta, ok? — gritou.

Penteou os cabelos e usou um secador. Limitou a maquiagem a uma sombra nos olhos e batom. Conferiu o resultado no espelho e correu de volta para a sala. A maleta estava à sua espera. Ele a carregou até o carro.

— Fique com as minhas chaves — disse ela. — Depois você pode voltar para cá. Eu ligarei do escritório, e você vai me buscar.

Levaram sete minutos para chegar à praça do outro lado do prédio. Ela saiu do carro às cinco para uma.

— Boa sorte! — Reacher gritou para ela. — Acabe com eles.

Ela acenou para ele e passou pela porta giratória. Os caras da segurança a viram e acenaram com a cabeça enquanto ela se dirigia aos elevadores. Ela chegou ao escritório antes de uma da tarde. O assistente a seguiu com um arquivo fino nas mãos.

— Até que enfim — disse ele, com um tom cerimonioso.

Ela abriu a pasta e folheou as oito folhas de papel.

— Que negócio é esse? — perguntou ela.

— Eles estavam agitados com essa história da reunião dos sócios — disse o sujeito.

Ela voltou pelas páginas, na ordem inversa.

— Não vejo motivo. Nunca ouvi falar de nenhuma dessas empresas, e o valor é trivial.

— O motivo não é esse.

Alerta Final　　　　401

Ela olhou para ele.

— Então, qual é?

— Foi o credor quem contratou você. Não o cara que deve todo o dinheiro. É um movimento preventivo, não é? Porque o mundo está girando. O credor sabe que, se você ficar do lado do cara que deve dinheiro a ele, vai lhe causar problemas sérios. Por isso, ele te contratou primeiro, para evitar que isso aconteça. Significa que você é famosa. É por isso que os sócios estão agitados. Você é uma estrela agora, sra. Jacob.

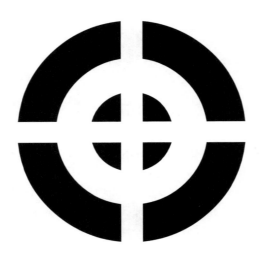

16

REACHER DIRIGIU LENTAMENTE DE VOLTA PARA a baixa Broadway. Desceu com o enorme carro pela rampa da garagem. Estacionou na vaga de Jodie e o trancou. Não subiu para o apartamento. Caminhou de volta pela rampa até a rua e seguiu para cima, até o café. Pediu que o balconista servisse quatro expressos num copo de papelão e se sentou à mesa cromada em que Jodie ficara quando ele inspecionou o apartamento na noite em que tinha voltado de Brighton. Caminhara de volta pela Broadway e a encontrara sentada ali, olhando para a foto falsificada de Rutter. Sentou-se na mesma cadeira em que ela estivera, assoprou a espuma do expresso, sentiu o aroma e deu o primeiro gole.

O que dizer para os velhos? A única coisa humana a fazer seria ir até lá e não lhes dizer absolutamente nada. Apenas que ele não chegara a lugar

Alerta Final 403

nenhum. Simplesmente deixar toda a coisa vaga. Seria uma gentileza. Apenas chegar lá, apertar suas mãos, dar a notícia sobre a fraude de Rutter, reembolsar-lhes o dinheiro e depois descrever uma longa e infrutífera busca retroativa pela história que terminava em lugar nenhum. Depois implorar que aceitassem que o rapaz estava morto havia muito tempo e compreendessem que ninguém jamais poderia lhes dizer onde, quando ou como. Então desaparecer e deixá-los seguir com o pouco que lhes restava de suas vidas, com qualquer dignidade que pudessem encontrar sendo apenas mais dois em meio a dezenas de milhões de pais que abriram mão de seus filhos para a noite e a névoa que caía sobre um século aterrorizante.

Bebeu o café devagar, com a mão esquerda fechada sobre a mesa diante de si. Mentiria para eles, mas por compaixão. Reacher não era muito experiente em termos de compaixão. Era uma virtude que sempre correra paralelamente à sua vida. Jamais estivera no tipo de posição em que esse tipo de sentimento fizesse alguma diferença. Jamais seu dever o obrigara a dar más notícias aos parentes. Alguns de seus contemporâneos tinham essa atribuição. Depois do Golfo, criaram destacamentos encarregados disso, um oficial mais velho da unidade envolvida juntava-se a um policial do Exército, e, juntos, visitavam as famílias dos mortos, percorrendo longas e solitárias calçadas, subindo as escadas dos apartamentos, dando a notícia que suas chegadas formais e uniformizadas já anunciavam antecipadamente. Ele supôs que a compaixão fazia uma grande diferença para aquele tipo de missão, mas sua carreira estivera muito bem-fechada dentro do próprio serviço, onde as coisas eram sempre simples, quer acontecessem ou não, boas ou ruins, legais ou ilegais. Agora, dois anos após deixar o serviço, a compaixão subitamente se transformara num fator em sua vida. E o faria mentir.

Mas ele iria encontrar Victor Hobie. Abriu a mão e tocou a cicatriz da queimadura por cima da camisa. Ele tinha um acerto de contas. Inclinou o copo até sentir a borra do expresso nos dentes e na língua. Jogou o copo no lixo e saiu de volta para a calçada. O sol caía em cheio na Broadway, vindo levemente do sudoeste, diretamente sobre a cabeça.

Sentiu-o no rosto e virou-se em sua direção, caminhando para o prédio de Jodie. Estava cansado. Dormira apenas quatro horas no avião. Quatro horas, após mais de 24 horas acordado. Lembrava-se de reclinar a enorme poltrona da primeira classe e adormecer ali. Estivera pensando em Hobie naquele momento, como estava pensando nele agora. *Victor Hobie tinha mandado matar Costello para que pudesse continuar escondido.* Crystal flutuou em sua memória. A stripper das Keys. Não deveria estar pensando nela novamente. Mas dizia alguma coisa a ela, no bar escuro. Ela vestia uma camiseta e mais nada. E então Jodie falava com ele, na penumbra do estúdio nos fundos da casa de Leon. *Sua casa.* Ela lhe dizia a mesma coisa que ele dissera para Crystal. Ele dizia que deve ter pisado no calo de alguém lá pelo norte. Ela respondia que ele deveria ter acionado algum tipo de alarme, deixado alguém em *alerta.*

Ficou paralisado no meio da rua, com o coração disparado. Leon. Costello. Leon e Costello, juntos, conversando. Costello fora até Garrison e conversara com Leon logo antes de morrer. Leon lhe transmitira o problema. *Encontre um cara chamado Jack Reacher porque eu quero que ele verifique o paradeiro de um sujeito chamado Victor Hobie,* deve ter dito Leon. Costello, calmo e profissional, deve ter entendido bem. Voltara para a cidade e mergulhara no trabalho. Deve ter refletido profundamente e tentado um atalho. *Costello fora em busca do tal Hobie antes de ir procurar o tal Reacher.*

Ele correu pelo último quarteirão até a garagem de Jodie. Depois, da baixa Broadway até a avenida Greenwich, eram pouco mais de quatro quilômetros, e ele chegou lá em 11 minutos, seguindo os táxis que se dirigiam para o lado oeste de Midtown. Estacionou o Lincoln junto à calçada diante do prédio e subiu os degraus de pedra correndo, até a portaria. Olhou em volta e pressionou um botão qualquer.

— Correio — anunciou.

A porta interna abriu com um zumbido, e ele subiu as escadas correndo até a sala cinco. A porta de carvalho de Costello estava fechada, exatamente como ele a deixara quatro dias antes. Olhou em torno do corredor e experimentou a maçaneta. A porta abriu. A tranca ainda estava para trás,

Alerta Final 405

aberta para os negócios. A recepção em tons pastel continuava intocada. A cidade impessoal. A vida seguia em frente, ocupada, distraída e descuidada. O ar no interior ficara viciado. Restava apenas um resíduo do perfume da secretária. Mas o computador continuava ligado. A proteção de tela aquosa movia-se devagar, aguardando pacientemente pela volta dela.

Foi até a mesa e tocou no mouse com o dedo. A tela clareou e mostrou a entrada do banco de dados para Spencer Gutman Ricker & Talbot, que fora a última coisa que ele vira antes de ligar para lá, quando ainda não ouvira falar de ninguém chamado sra. Jacob. Saiu daquele item e voltou à listagem principal, sem se sentir muito otimista. Procurara JACOB ali e não chegara a lugar algum. Não se lembrava tampouco de ter visto HOBIE, e o H e o J eram bem próximos no alfabeto.

Percorreu a lista de baixo para cima e desceu de novo, mas não havia nada na listagem principal. Nenhum nome real, apenas as siglas das empresas. Saiu de trás da mesa e percorreu o escritório. Nenhum papel sobre a mesa. Contornou-as e viu uma lixeira de metal no espaço para as pernas. Continha alguns papéis amassados. Abaixou-se e espalhou o conteúdo pelo chão. Havia alguns envelopes abertos e formulários descartados. Um guardanapo gorduroso de sanduíche. Algumas folhas pautadas, arrancadas de um caderno espiral. Alisou-as sobre o tapete com a palma da mão. Nada chamou a atenção de seus olhos, mas obviamente eram anotações de trabalho. O tipo de anotação que um homem faz quando quer organizar os pensamentos. Mas todas eram recentes. Costello era, nitidamente, um sujeito que esvaziava a lixeira com regularidade. Não havia nada lá que tivesse mais do que uns dois dias antes de ele morrer nas Keys. Qualquer atalho que levasse a Hobie teria cerca de 12 ou 13 dias, logo após conversar com Leon, bem no início da investigação.

Reacher abriu as gavetas da mesa, uma de cada vez, e encontrou o caderno espiral por cima da gaveta da esquerda. Era um caderno de folhas picotadas, parcialmente usado, com uma lombada grossa à esquerda e metade das páginas restantes à direita. Sentou-se na cadeira de couro amassada e folheou o caderno. Após dez páginas, viu o nome *Leon Garber*. Saltou diante dele em meio a uma confusão de anotações a lápis. Viu uma *sra. Jacob*,

SGR&T. Viu *Victor Hobie*. Este nome, sublinhado duas vezes, com os traços casuais de um homem pensativo enquanto reflete profundamente. Estava levemente circulado, com ovais superpostos. Ao lado dele, Costello rabiscara *CCT??* Um traço percorria a página ligando *CCT??* a uma anotação dizendo *9h*, o horário também circulado, dentro de outros ovais. Reacher olhou para a página e viu um compromisso com Victor Hobie, num lugar chamado CCT, às nove da manhã. Presumivelmente, às nove da manhã do dia em que fora morto.

Empurrou a cadeira para trás e contornou a mesa. Correu de volta para o computador. A listagem do banco de dados ainda estava lá. A proteção de tela ainda não tinha sido acionada. Ele percorreu a lista até o topo e percorreu todos os itens entre B e D. CCT estava bem ali, depois de CCR&W e antes de CDAG&Y. Ele moveu o mouse clicou ali. A tela desceu e revelou a entrada para CAYMAN CORPORATE TRUST.

Havia um endereço no World Trade Center, além dos números de telefone e de fax. Algumas anotações listavam consultas de escritórios de advocacia. O proprietário aparecia como sr. Victor Hobie. Reacher olhou para a tela, e o telefone começou a tocar.

Desviou os olhos para o aparelho sobre a mesa. Estava em silêncio. O toque vinha de seu bolso. Ele tirou o celular de Jodie do bolso do casaco e apertou um botão.

— Alô? — disse.

— Tenho algumas novidades — respondeu Nash Newman.

— Novidades sobre o quê?

— Sobre o quê? Sobre que diabos você acha que é?

— Não sei. Então, me diga.

E Newman lhe disse. Ficaram em silêncio. Apenas um chiado suave do telefone, reapresentando dez mil quilômetros de distância, e um zumbido suave da ventoinha dentro do computador. Reacher afastou o telefone da orelha, olhou do aparelho para a tela, esquerda e direita, esquerda e direita, confuso.

— Você ainda está aí? — perguntou Newman. A voz chegou fraca e eletrônica, apenas um guincho distante saindo do fone. Reacher colocou o aparelho de volta junto ao rosto.

Alerta Final 407

— Tem certeza disso? — perguntou.

— Absoluta — respondeu Newman. — Cem por cento de certeza. É definitivo. Não há uma chance em um bilhão de eu estar errado. Sem a menor dúvida.

— Tem certeza? — perguntou Reacher, novamente.

— Positivo. Total e absolutamente positivo.

Reacher ficou em silêncio. Apenas olhou em torno, para o escritório vazio e silencioso. Paredes azul-claras onde o sol batia ao passar pelo vidro martelado da janela, cinza-claras onde o sol não chegava.

— Você não parece muito satisfeito — disse Newman.

— Não consigo acreditar. Repita mais uma vez.

E Newman repetiu tudo de novo.

— Não consigo acreditar — disse Reacher. — Você está absolutamente seguro disso?

Newman repetiu uma vez mais. Reacher olhou para a mesa, chocado.

— Fale de novo — disse. — Mais uma vez, Nash.

Newman voltou à história toda pela quarta vez.

— Não há absolutamente nenhuma dúvida sobre isso — completou. — Você já me viu errar alguma vez?

— Merda! — disse Reacher. — Merda, você entende o que isso significa? Viu o que aconteceu? Viu o que ele fez? Tenho que ir, Nash. Preciso voltar para Saint Louis imediatamente. Preciso consultar o arquivo outra vez.

— Precisa mesmo, não é? — disse Newman. — Saint Louis certamente seria minha próxima ligação. Também por uma questão de extrema urgência.

— Obrigado, Nash — disse Reacher, vagamente. Desligou o telefone e jogou-o de volta no bolso. Levantou-se e caminhou devagar para fora do escritório de Costello, até as escadas. Deixou a porta de carvalho escancarada atrás de si.

Tony entrou no banheiro carregando o terno Savile Row em um cabide de arame dentro de uma saco de lavanderia. A camisa estava engomada, dobrada e embrulhada num papel sob o braço dele. Olhou para Marilyn, pendurou o terno no trilho da cortina e jogou a camisa no colo de Chester. Enfiou a mão no bolso e pegou uma gravata. Abriu-a em toda a extensão, como um mágico prestes fazer um truque com um lenço de seda escondido. Jogou-a junto com a camisa.

— Hora do show — disse ele. — Estejam prontos em dez minutos.

Ele saiu e fechou a porta. Chester estava sentado no chão, agarrado à camisa embrulhada entre os braços. A gravata ficou jogada sobre as pernas, onde caíra. Marilyn abaixou-se e pegou a camisa. Passou os dedos sob a borda do papel e abriu o embrulho. Amassou o papel e o deixou cair. Sacudiu a camisa e soltou os dois botões de cima.

— Quase no fim — disse ela, como um encantamento.

Ele olhou para ela com uma expressão vazia e se levantou. Pegou a camisa e a passou pela cabeça. Ela se aproximou, levantou o colarinho e prendeu a gravata.

— Obrigado — respondeu ele.

Ajudou-o a vestir o terno, voltou a ficar diante dele e acertou as lapelas.

— Seus cabelos — disse ela.

Ele foi até o espelho e viu o homem que costumava ser em outra vida. Usou os dedos para alisar o cabelo no lugar. A porta do banheiro se abriu novamente, e Tony entrou. Segurava a Montblanc.

— Vamos emprestar isso de volta para que você possa assinar a transferência.

Chester concordou, pegou a caneta e a enfiou no bolso do paletó.

— E isso. Precisamos manter as aparências, certo? Com todos esses advogados por aqui? — Era o Rolex de platina. Chester o pegara e o colocara no pulso. Tony saiu do banheiro e fechou a porta. Marilyn estava no espelho, ajeitando os cabelos com os dedos. Colocou-os por trás das orelhas e apertou os lábios, como se tivesse passado batom pouco antes, mesmo sem tê-lo feito. Não tinha nenhum para passar, era apenas instinto. Afastou-se para o meio do banheiro e alisou o vestido sobre as coxas.

— Está pronto? — perguntou ela.

Chester deu de ombros.

Alerta Final 409

— Para quê? Você está?

— Estou pronta — respondeu ela.

O motorista da firma Spencer Gutman Ricker & Talbot era o marido de uma das mais antigas secretárias do escritório. Ele fora um burocrata que se tornara obsoleto e não tinha sobrevivido à incorporação da empresa em que trabalhava por uma concorrente mais ágil e voraz. Cinquenta e nove anos, desempregado, sem habilidades nem perspectivas, empatou sua indenização num grande sedã Lincoln Town Car, e sua mulher escreveu uma proposta demonstrando que seria mais barato para a empresa contratá-lo do que manter uma conta para um carro de serviços. Os sócios fecharam os olhos para os erros contábeis da proposta e o contrataram assim mesmo, posicionando o acordo em algum entre uma ajuda *pro bono* e a conveniência. Assim, o sujeito esperava na garagem com o motor ligado e o ar-refrigerado no máximo quando Jodie saiu do elevador e dirigiu-se para o carro. Ele desceu a janela, e ela se abaixou para falar.

— Você sabe aonde nós vamos? — perguntou ela.

Ele concordou e tocou na prancheta que estava ao seu lado, no banco de passageiros.

— Está tudo certo — disse.

Ela sentou no banco de trás. Era uma pessoa democrática por natureza e teria preferido sentar ao lado dele, na frente, mas ele insistia para que os passageiros fossem no banco de trás. Sentia-se mais oficial. Era um homem sensível e percebera um ar de caridade em torno de sua contratação. Achava que, se agisse de maneira muito apropriada, isso elevaria a percepção de seu status. Vestia um terno escuro e um quepe de motorista que encontrara numa loja de uniformes no Brooklyn.

Assim que viu Jodie acomodada, manobrou pela garagem, subiu a rampa e saiu para a luz do dia. A saída ficava nos fundos do prédio e dava para a Exchange Place. Pegou a esquerda para a Broadway e cruzou as pistas a tempo de virar à direita, numa curva fechada para entrar na Trinity. Seguiu para a esquerda e virou, chegando ao World Trade Center pelo sul. O tráfego estava lento depois da igreja Trinity, duas pistas tinham sido bloqueadas por um reboque da polícia parado junto a um carro patrulha estacionado

junto à calçada. Os policiais olhavam para as janelas, como se estivessem em dúvida sobre alguma coisa. Ele desviou e acelerou. Diminuiu e estacionou próximo à praça. Manteve os olhos fixos no nível da rua, e as torres gigantescas erguiam-se sobre ele, sem serem vistas. Calado e de forma respeitosa, manteve o motor ligado.

— Ficarei esperando aqui — disse.

Jodie saiu do carro e parou na calçada. A praça era ampla e cheia de gente. Faltavam cinco minutos para as duas, e a multidão voltava do almoço para o trabalho. Ela se sentiu desconfortável. Estaria caminhando por um espaço público sem que Reacher a observasse pela primeira vez desde que as coisas tinham enlouquecido. Olhou em volta e juntou-se a um grupo de pessoas apressadas, caminhando com elas por todo o trajeto até a Torre Sul.

O endereço no arquivo dizia 88º andar. Ela entrou na fila do elevador expresso, atrás de um homem de altura mediana, vestindo um terno preto que não lhe caía bem. Carregava uma maleta barata, forrada de plástico marrom para se parecer com couro de crocodilo. Ela se apertou no elevador atrás dele. A cabine estava cheia, e as pessoas pediam os andares em voz alta para a mulher que estava mais próxima aos botões. O sujeito com o terno ruim disse 88. Jodie não disse nada.

O elevador parou em quase todos os andares, e as pessoas se empurraram para fora. O avanço era lento. Eram quase duas da tarde quando o elevador chegou ao 88. Jodie saiu, e o sujeito do terno feio saiu atrás dela. Estavam num corredor deserto. Portas fechadas e indistintas levavam aos conjuntos de salas. Jodie foi para um lado e o sujeito do terno foi para outro, ambos examinando as placas fixadas junto às portas. Encontraram-se de novo diante de uma placa de carvalho que dizia *Cayman Corporate Trust*. No centro da porta havia uma portinhola de vidro aramado. Jodie olhou para o interior, e o cara do terno passou por ela e empurrou a porta.

— Estamos na mesma reunião? — perguntou Jodie, surpresa.

Ela o seguiu para o interior de uma recepção de carvalho e bronze. O lugar cheirava a escritório. Produtos químicos quentes das copiadoras, café passado em algum lugar. O sujeito do terno virou-se para ela e concordou.

Alerta Final   411

— Acho que estamos — disse.

Ela esticou a mão enquanto caminhava.

— Sou Jodie Jacob. Spencer Gutman. Para o credor.

O homem caminhou de costas, passou a maleta plástica para a mão esquerda, sorriu e apertou a mão dela.

— Sou David Forster. Forster e Abelstein.

Estavam junto ao balcão da recepção. Ela parou e olhou para ele.

— Não, você não é — disse ela, confusa. — Conheço David muito bem.

O sujeito ficou subitamente tenso. A recepção ficou em silêncio. Ela se virou para o outro lado e viu o homem que, na última vez em que o encontrara, estava pendurado na maçaneta do Bravada quando Reacher acelerou para se afastar da colisão na Broadway. Estava sentado calmamente atrás do balcão, olhando para ela. Moveu a mão esquerda e tocou um botão. No silêncio, ela ouviu um clique na porta de entrada. Depois, moveu a mão direita. Desceu vazia e voltou segurando uma arma de metal fosco.

Tinha um cano largo como um tubo e uma coronha de metal. O cano tinha mais de trinta centímetros. O sujeito do terno ruim soltou a maleta plástica no chão e levantou as mãos para o ar. Jodie olhou para a arma e pensou *mas isso é uma espingarda*.

O sujeito que a segurava moveu a mão esquerda e apertou outro botão. A porta para a sala interna se abriu. O homem que bateu com o Suburban no carro deles estava de pé, emoldurado pelo portal. Tinha outro revólver na mão. Jodie reconheceu a arma dos filmes que já vira. Era uma pistola automática. Na tela do cinema, fazia disparos barulhentos que lançavam as pessoas dois metros para trás. O motorista do Suburban a segurava firmemente, apontando para um ponto à sua esquerda e à direita do outro sujeito, como se estivesse pronto para virar o pulso para qualquer uma das direções.

O sujeito com a espingarda saiu de trás do balcão e empurrou Jodie ao passar. Foi para trás do homem com o terno ruim e empurrou o cano da espingarda na base das suas costas. Um som duro de metal contra metal foi ouvido, abafado pelo tecido. O sujeito com a espingarda enfiou a mão por

debaixo do paletó e pegou um grande revólver cromado. Segurou-o no alto, como um troféu.

— Um acessório incomum para um advogado — disse o outro da porta.

— Ele não é advogado — disse o parceiro. — A mulher disse que conhece David Forster muito bem e que este aí não é ele.

O homem na porta assentiu.

— Meu nome é Tony — disse. — Podem entrar, vocês dois, por favor.

Ele chegou para o lado e cobriu Jodie com a pistola automática enquanto seu parceiro empurrava pela porta aberta o sujeito que dizia ser Forster. Em seguida, sinalizou com a arma, e Jodie teve que andar na direção dele, que se aproximou e a empurrou pela porta, com uma mão aberta nas suas costas. Ela tropeçou uma vez e recuperou o equilíbrio. O interior era um grande escritório, espaçoso e quadrado. As persianas fechadas deixavam passar uma luz fraca. Móveis de uma sala de estar tinham sido colocados diante de uma mesa. Três sofás idênticos, com mesinhas laterais. Uma enorme mesa de centro de vidro e bronze preenchia o espaço entre os sofás. Duas pessoas estavam sentadas no da esquerda. Um homem e uma mulher. O homem usava terno e gravata imaculados. A mulher usava um vestido de festa, de seda e amassado. O homem olhava para cima, atordoado. A mulher tinha uma expressão de terror.

Havia um homem atrás da mesa. Estava sentado na penumbra, numa cadeira de couro. Tinha talvez uns 55 anos. Jodie olhou para ele. Seu rosto era grosseiramente dividido em dois, como uma decisão arbitrária, como um mapa dos estados do oeste. Do lado direito, pele lisa e cabelos grisalhos que rareavam. No esquerdo, o tecido com uma cicatriz de queimadura, rosado, grosso e brilhante como o modelo plástico inacabado da cabeça de um monstro. As cicatrizes chegavam ao olho, e a pálpebra era uma bola de tecido rosa, como um polegar machucado.

Ele vestia um terno arrumado, que caía sobre os ombros largos e o peito amplo. O braço esquerdo repousava confortavelmente sobre a mesa. O punho de uma camisa branca aparecia fora da manga, brilhando como neve na penumbra, e os dedos de uma das mãos com unhas bem-cuidadas, a palma para baixo, tamborilavam um ritmo imperceptível sobre a mesa.

Alerta Final 413

O braço direito estava pousado de maneira simétrica ao esquerdo. O mesmo tecido de lã fina do terno e o mesmo punho branco, mas murchos e vazios. Não havia mão alguma. Apenas um simples gancho de aço, saindo da manga num ângulo baixo, pousado sobre a mesa. Era curvo e polido como a versão em miniatura de uma escultura num jardim público.

— Hobie — disse ela.

Ele concordou, lentamente, apenas uma vez, erguendo o gancho como uma saudação.

— Muito prazer em conhecê-la, sra. Jacob. Lamento apenas ter demorado tanto.

Depois, sorriu.

— E lamento que nosso convívio venha a ser tão breve.

Ele assentiu outra vez, dessa vez para o homem chamado Tony, que a manobrou para o lado do homem que se dizia Forster. Ficaram lado a lado, esperando.

— Onde está seu amigo Jack Reacher? — perguntou Hobie para ela.

Ela balançou a cabeça.

— Não sei.

Hobie a observou por um longo tempo.

— Certo — disse ele. — Vamos tratar de Jack Reacher mais tarde. Agora, sente-se.

Ele apontou o gancho para o sofá oposto ao casal que os olhava. Ela deu alguns passos e se sentou, atordoada.

— Esses são o senhor e a sra. Stone — disse-lhe Hobie. — Chester e Marilyn, para sermos mais informais. Chester tem uma empresa chamada Stone Optical. Ele me deve mais de 17 milhões de dólares e vai me pagar em ações.

Jodie olhou para o casal em frente a ela. Ambos tinham expressões de pânico nos olhos. Como se algo tivesse acabado de dar terrivelmente errado.

— Coloquem as mãos sobre a mesa — ordenou Hobie.

— Vocês três. Inclinem-se para a frente e abram os dedos. Quero ver seis pequenas estrelas-do-mar.

Jodie inclinou-se para a frente e pousou a palma das mãos sobre a mesa baixa. O casal diante dela fez a mesma coisa, automaticamente.

— Inclinem-se mais para a frente — ordenou Hobie.

Todos deslizaram as palmas em direção ao centro da mesa até estarem inclinados, formando um ângulo. A posição colocava o peso sobre as mãos e os deixava imóveis. Hobie saiu de trás da mesa e parou diante do sujeito do terno ruim.

— Ao que parece, você não é David Forster — disse.

O sujeito não respondeu nada.

— Eu teria adivinhado, sabe? — continuou Hobie. — Num instante. Com um terno desses? Você deve estar de brincadeira. Então, quem é você?

Novamente, o sujeito não disse nada. Jodie olhou para ele, com a cabeça virada para o lado. Tony levantou a arma e apontou para a cabeça do sujeito. Usou as duas mãos e fez alguma coisa com o mecanismo deslizante, com um barulho metálico ameaçador em meio ao silêncio. Apertou o dedo no gatilho. Jodie viu o nó de seu dedo ficar branco.

— Curry — disse o sujeito rapidamente. — William Curry. Sou detetive particular, trabalhando para Forster.

Hobie concordou, lentamente.

— Certo, sr. Curry.

Ele caminhou de volta para trás dos Stone. Parou atrás da mulher.

— Eu fui enganado, Marilyn — disse.

Apoiou-se com a mão esquerda no encosto do sofá e inclinou-se bem para a frente, enfiando a ponta do gancho na gola do vestido dela. Puxou para trás, forçando o tecido, e a fez levantar lentamente. As palmas da mão dela deslizaram pelo vidro, deixando marcas úmidas no ponto onde estavam apoiadas. Suas costas tocaram o sofá, e ele colocou o gancho diante dela, apoiando-o levemente contra o queixo como um cabeleireiro ajustando a posição da cabeça de seu cliente antes de começar o trabalho. Ergueu o gancho e o levou com delicadeza para trás, usando a ponta para pentear os cabelos dela, suavemente, da frente para trás. Os cabelos eram grossos, e o

Alerta Final   415

gancho mergulhou entre os fios, lentamente, da frente para trás, da frente para trás. Ela fechou os olhos com força, aterrorizada.

— Você me enganou — disse ele. — Eu não gosto de ser enganado. Especialmente, não por você. Eu te protegi, Marilyn. Poderia ter te vendido com os carros. Agora, pode ser que eu faça isso. Tinha outros planos para você, mas acho que a sra. Jacob acabou de usurpar sua posição em meus afetos. Ninguém me disse que ela era tão bonita.

O gancho parou de se mover, e um fino fio de sangue escorreu dos cabelos de Marilyn por sua testa. O olhar de Hobie desviou-se para Jodie. Seu olho bom estava firme e não piscava.

— Sim — disse a ela. — Acho que você pode ser meu presente de despedida de Nova York.

Ele empurrou o gancho com força contra a nuca de Marilyn até ela se inclinar de novo para a frente e colocar as mãos de volta na mesa. Depois, se virou.

— Está armado, sr. Curry?

Curry deu de ombros.

— Estava. Você sabe disso. Vocês pegaram minha arma.

O sujeito com a espingarda ergueu o revólver brilhante. Hobie assentiu.

— Tony?

Tony começou a revistá-lo, sobre os ombros e sob os braços. Curry olhou para a esquerda e a direita, e o sujeito com a espingarda se aproximou e espetou o cano em sua lateral.

— Fique parado — disse.

Tony inclinou-se para a frente e passou as mãos pela área do cinto do homem e entre suas pernas. Depois, deslizou as mãos de forma brusca para baixo, e Curry se virou violentamente para o lado, tentando afastar a espingarda com o braço, mas o cara que a segurava estava bem-apoiado, com os pés afastados, e logo cortou o movimento de Curry. Usou a ponta do cano como um punho e golpeou-o no estômago. Curry engasgou e se dobrou, e o sujeito acertou-o novamente, do lado da cabeça, com força, usando o cabo da espingarda. Curry caiu sobre os joelhos, e Tony empurrou-o com o pé.

— Babaca — disse com desprezo.

O cara com a espingarda inclinou-se sobre uma das mãos e enfiou a boca do cano na barriga de Curry com força suficiente para machucar. Tony agachou-se, passou os dedos sob as pernas da calça e encontrou os dois revólveres idênticos. Enfiou o dedo indicador esquerdo pelas guardas dos gatilhos e agitou-os pendurados em torno. O metal estalava, arranhava e chocalhava. Os revólveres eram pequenos, feitos de aço inoxidável. Pareciam brinquedos brilhantes. Canos curtos, quase inexistentes.

— Levante-se, sr. Curry — disse Hobie.

Curry apoiou-se sobre as mãos e os joelhos. Estava claramente atordoado pelo golpe na cabeça. Jodie viu que ele piscava, tentando se concentrar. Sacudia a cabeça. Esticou a mão para o encosto do sofá e arrastou-se para ficar em pé. Hobie aproximou-se e ficou de costas para ele. Olhou para Jodie, Chester e Marilyn como se fossem o público. Abriu a palma da mão esquerda e começou a bater com a curva do gancho nela. Batia com a direita e com a esquerda, uma contra a outra, os impactos aumentavam.

— Uma simples questão de mecânica — disse. — O impacto na parte de fora do gancho é transferido para o toco. As ondas de choque viajam. Dissipam-se pelo que restou do braço. Naturalmente, o couro foi trabalhado por um perito, assim, o desconforto é minimizado. Mas não podemos superar as leis da física, não é mesmo? Portanto, no fim, a pergunta é: em quem a dor chega antes? Ele ou eu?

Ele girou sobre calcanhar e socou Curry em cheio no rosto com a curva externa do gancho. Foi um golpe duro, com todo o peso a partir do ombro. Curry cambaleou para trás e engasgou.

— Perguntei se você estava armado — disse Hobie, calmamente. — Você deveria ter dito a verdade: "Sim, sr. Hobie, tenho um revólver em cada tornozelo." Mas não disse. Tentou me enganar. E, como eu disse a Marilyn, não gosto de ser enganado.

O golpe seguinte foi um soco curto no corpo. Súbito e forte.

— Pare com isso! — gritou Jodie. Ela chegou para trás e se sentou ereta.

— Por que você está fazendo isso? Que diabos aconteceu com você?

Curry estava curvado e ofegante. Hobie se afastou dele e a encarou.

Alerta Final   417

— O que aconteceu comigo? — repetiu ele.

— Você era um cara decente. Sabemos tudo sobre você.

Ele balançou a cabeça lentamente.

— Não, não sabem — respondeu.

Neste momento, a campainha soou na porta de carvalho, no saguão do elevador. Tony olhou para Hobie e enfiou a automática no bolso. Tirou os dois revólveres pequenos de Curry do dedo, aproximou-se e pressionou um deles na mão esquerda do Hobie. Inclinou-se para mais perto e enfiou o outro no bolso de seu paletó. Um gesto curiosamente íntimo. Depois, caminhou para fora do escritório. O cara com a espingarda recuou e se posicionou num ângulo em que cobria os quatro prisioneiros. Hobie foi para a direção oposta e mirou os alvos.

— Todos em silêncio — sussurrou.

Ouviram a porta da entrada abrir. Sons baixos de conversa, e depois a porta foi fechada. Um segundo depois, Tony voltou para a penumbra com um pacote debaixo do braço e um sorriso no rosto.

— O mensageiro do antigo banco de Stone. Trezentos certificados de ações.

Ele levantou o pacote.

— Abra — disse Hobie.

Tony encontrou o fio de plástico e rasgou o envelope. Jodie viu as gravuras trabalhadas impressas nos certificados. Tony folheou-os e assentiu. Hobie voltou para sua cadeira e colocou o revólver pequeno sobre a mesa.

— Sente-se, sr. Curry — disse. — Ao lado de sua colega advogada.

Curry caiu pesadamente no espaço ao lado de Jodie. Deslizou as mãos ao longo do vidro e se inclinou para a frente, como os outros. Hobie fez um gesto circular com o gancho.

— Dê uma boa olhada em volta, Chester — disse ele. — O sr. Curry, a sra. Jacob e sua querida esposa Marilyn. Todos pessoas boas, tenho certeza. Três vidas, repletas com suas próprias preocupações e vitórias mesquinhas. Três vidas, Chester, que agora estão inteiramente nas suas mãos.

Stone levantara a cabeça e fez um círculo com ela ao olhar para os outros três na mesa. Acabou olhando direto para a mesa de Hobie.

— Vá buscar o restante das ações — disse-lhe Hobie. — Tony vai lhe fazer companhia. Direto para lá e de volta, sem truques. Assim, os três viverão. Qualquer outra coisa, eles morrerão. Está entendendo?

Stone concordou com a cabeça, silenciosamente.

— Escolha um número, Chester — ordenou Hobie.

— Um — respondeu Stone.

— Escolha mais dois números, Chester.

— Dois e três — disse Stone.

— Certo, Marilyn fica com o três — disse Hobie. — Caso você resolva bancar o herói.

— Vou pegar as ações — disse Stone.

Hobie concordou.

— Acho que você vai sim — respondeu. — Mas, primeiro, precisa assinar a transferência.

Ele abriu uma gaveta e guardou o pequeno revólver brilhante. Depois, tirou uma única folha de papel. Acenou para Stone, que se endireitou e ficou de pé, trêmulo. Contornou a mesa, tirou a caneta Montblanc do bolso e assinou seu nome.

— A sra. Jacob pode ser a testemunha — disse Hobie. — Afinal, ela é um membro da Ordem dos Advogados do Estado de Nova York.

Jodie ficou parada por um longo momento. Olhou para a esquerda, para o cara com a espingarda, para a frente, em direção a Tony, depois à direita, para Hobie atrás da mesa. Ficou de pé, aproximou-se da mesa, virou o formulário e pegou a caneta de Stone. Assinou seu nome e escreveu a data na linha ao lado.

— Obrigado — disse Hobie. — Agora, sente-se novamente e continue completamente imóvel.

Ela voltou para o sofá e se inclinou sobre a mesa. Seus ombros começavam a doer. Tony pegou Stone pelo cotovelo e o levou até a porta.

— Cinco minutos para ir, cinco para voltar — determinou Hobie. — Não banque o herói, Chester.

Tony levou Stone para fora do escritório, e a porta se fechou suavemente atrás deles. Ouviram a batida surda da porta de entrada e o zumbido

Alerta Final 419

distante do elevador. Depois, silêncio. Jodie sentia dor. A pressão do vidro nas palmas úmidas repuxava a pele sob as unhas. Os ombros queimavam. O pescoço doía. Podia ver em seus rostos que os outros também estavam sofrendo. As respirações aceleravam de repente, suspiravam. Começavam a gemer baixinho.

Hobie fez um gesto para o cara com a espingarda, e eles trocaram de lugar. Hobie caminhava nervoso pelo escritório, e o cara com a espingarda sentou-se à mesa, com a arma apoiada sobre os punhos, girando aleatoriamente da esquerda para a direita, como o holofote de uma prisão. Hobie verificava o relógio de pulso, contando os minutos. Jodie viu o sol deslizar para sudoeste, alinhando-se com as aberturas nas persianas da janela, lançando raios inclinados para dentro da sala. Ouvia a respiração irregular dos outros dois ao lado dela e sentia a vibração sutil do prédio que subia pela mesa até suas mãos.

Cinco minutos para ir e cinco para voltar somavam dez, mas pelo menos vinte minutos haviam se passado. Hobie continuava caminhando, consultou o relógio dezenas de vezes. Então, foi até a recepção, e o cara com a espingarda seguiu-o até a porta do escritório. Manteve a arma apontada para a sala, mas a cabeça estava voltada para seu chefe.

— Ele pretende nos soltar? — sussurrou Curry.

Jodie deu de ombros e apoiou-se na ponta dos dedos, curvando os ombros e abaixando a cabeça para aliviar a dor.

— Não sei — sussurrou de volta.

Marilyn tinha encolhido os braços e apoiara a cabeça sobre eles. Ela olhou para cima e balançou a cabeça.

— Ele matou dois policiais — continuou ela. — Fomos testemunhas.

— Parem de falar — ordenou o cara da porta.

Ouviram o gemido do elevador novamente e a batida fraca no chão quando ele parou. Houve um momento de silêncio, a porta da recepção se abriu, ouviram ruídos, a voz de Tony e depois a de Hobie, falavam alto e em tom de alívio. Hobie voltou para o escritório carregando um pacote branco e sorrindo com o lado móvel do rosto. Prendeu o pacote sob o cotovelo direito e abriu-o enquanto caminhava. Jodie viu mais gravuras impressas nas folhas grossas. Contornou a mesa e largou os certificados sobre os trezentos que ele já tinha. Stone seguiu Tony, como se tivesse sido esquecido, e ficou olhando para o trabalho de sua vida e de seus antepassados, empilhado de qualquer jeito sobre a madeira arranhada. Marilyn olhou para cima e voltou a pousar os dedos no vidro, empurrando-se para a posição vertical com as mãos, porque já não tinha mais força nos ombros.

— Certo, você já tem tudo — disse ela em voz baixa. — Agora pode nos deixar ir embora.

Hobie sorriu.

— Marilyn, você é alguma idiota?

Tony riu. Jodie olhou dele para Hobie. Notou que estavam quase no final de algum longo processo. Algum objetivo em vista, que agora estava mais próximo. O riso de Tony era de alívio após dias de estresse e tensão.

— Reacher ainda está lá fora — disse ela calmamente, como um movimento num jogo de xadrez.

Hobie parou de rir. Tocou a testa com o gancho e esfregou-o pelas cicatrizes, concordando com a cabeça.

— Reacher — disse ele. — Sim, a última peça do quebra-cabeça. Não devemos nos esquecer de Reacher, não é? Ele ainda está lá fora. Mas onde, exatamente?

Ela hesitou.

— Não sei, exatamente — respondeu.

Então levantou a cabeça, desafiante.

— Mas está na cidade — continuou. — E vai achar você.

Hobie sustentou seu olhar. Olhou para ela, com desprezo estampado no rosto.

— Você acha que isso é algum tipo de ameaça? — debochou ele. — A verdade é que eu *quero* que ele me encontre. Porque ele tem algo de que preciso. Algo vital. Portanto, me ajude, sra. Jacob. Telefone para ele e convide-o para vir aqui.

Ela ficou em silêncio por um momento.

Alerta Final 421

— Não sei onde ele está — respondeu.

— Tente a sua casa — disse Hobie de volta. — Sabemos que ele está hospedado lá. Provavelmente está lá agora. Vocês saíram do avião às onze e cinquenta, certo?

Ela olhou para ele. Ele assentiu, complacente.

— Nós verificamos essas coisas. Conhecemos um rapaz chamado Simon, que acredito que você também conheceu. Ele colocou vocês no voo das sete horas, saindo de Honolulu. Nós ligamos para o JFK, e nos disseram que o desembarque foi exatamente às onze e cinquenta. O velho Jack Reacher estava todo aborrecido no Havaí, segundo o nosso garoto, Simon. Ainda deve estar chateado. E cansado. Como você. Você parece cansada, sra. Jacob, sabia disso? Mas seu amigo Jack Reacher provavelmente está na cama, lá na sua casa, dormindo, enquanto você está aqui se divertindo com a gente. Então, telefone para ele e diga para vir se juntar a você.

Ela baixou o olhar para a mesa. Não disse nada.

— Telefone para ele. Assim, poderá vê-lo mais uma vez antes de morrer.

Ela ficou em silêncio. Olhava para baixo através do vidro. Estava manchado com as marcas das mãos. Ela queria ligar para ele. Queria vê-lo. Sentia-se como se sentira um milhão de vezes, por mais de 15 longos anos. *Queria vê-lo outra vez.* Seu sorriso preguiçoso e torto. Os cabelos desgrenhados. Seus braços, tão longos que ele parecia ter a graça de um galgo, apesar da constituição que mais parecia uma parede. Os olhos, de um azul gelado como o Ártico. As mãos, gigantes e maltratadas, cujos punhos fechados tinham o tamanho de uma bola de futebol. Ela queria ver aquelas mãos novamente. Queria vê-las em torno da garganta de Hobie.

Olhou ao redor do escritório. Os raios de sol tinham avançado um centímetro sobre a mesa. Viu Chester Stone, inerte. Marilyn, tremendo. Curry, o rosto branco e respirando com dificuldade ao lado dela. O cara com a espingarda, relaxado. Reacher o quebraria ao meio sem nem sequer dar por isso. Viu Tony, os olhos fixos nos dela. E Hobie, acariciando o gancho com a mão bem-cuidada, sorrindo para ela, esperando. Ela se virou e olhou para a porta fechada. Imaginou-a se abrindo com um estrondo e Jack Reacher entrando por ela. Ela queria ver isso acontecer. Era o que ela queria, mais do que qualquer outra coisa que já quisera na vida.

— Certo — murmurou. — Vou ligar para ele.

Hobie concordou.

— Diga-lhe que estarei aqui por apenas mais algumas horas. Mas lhe diga também que, se ele quiser vê-la novamente, é melhor chegar rápido. Porque você e eu temos um pequeno encontro no banheiro, em cerca de trinta minutos a partir de agora.

Ela estremeceu, empurrou a mesa de vidro e ficou de pé. Suas pernas estavam fracas, e os ombros ardiam. Hobie se aproximou, pegou-a pelo cotovelo e a levou até a porta. Empurrou-a para trás do balcão da recepção.

— Este é o único telefone que temos aqui — disse ele. — Não gosto de telefones.

Ele se sentou na cadeira e apertou nove com a ponta do gancho. Passou o telefone para ela.

— Chegue mais perto para eu poder ouvir o que ele disser. Marilyn me enganou com o telefone, e não vou deixar isso acontecer de novo.

Ele a fez se inclinar para baixo e colocar o rosto junto ao dele. Cheirava a sabão. Colocou a mão no bolso e tirou o pequeno revólver que Tony colocara lá. Encostou a arma do lado dela. Ela segurou o telefone em ângulo, com o fone de ouvido para cima, entre eles. Estudou o console. Havia uma grande quantidade de botões. Um deles era para discagem rápida para a polícia. Ela hesitou por um segundo e, em seguida, discou o número de casa. Tocou seis vezes. Seis longos toques. A cada um, ela desejava: *atenda, atenda*. Mas foi a própria voz que ela ouviu, da secretária eletrônica.

— Ele não está lá — disse, inexpressivamente.

Hobie sorriu.

— Que pena... — disse.

Ela ficou curvada ao lado dele, atordoada com o choque.

— Ele está com o meu celular — disse de repente. — Acabei de me lembrar.

— Certo. Aperte nove para discar.

Alerta Final 423

Ela desligou no gancho e discou nove e o número de celular. Tocou quatro vezes. Quatro toques eletrônicos, urgentes e intensos. A cada um, ela orava: *atende, atende, atende, atende.* Até soar um clique no fone.

— Alô? — atendeu ele.

Ela suspirou.

— Alô, Jack.

— Olá, Jodie. O que há de novo?

— Onde você está?

Ela percebeu que falava com urgência. Fez com que ele hesitasse.

— Estou em Saint Louis, no Missouri — disse ele. — Acabei de voar para cá. Tive que ir ao Registro de Pessoal novamente, onde estivemos antes.

Ela suspirou. *Saint Louis?* Sua boca ficou seca.

— Você está bem? — perguntou ele.

Hobie inclinou-se e pôs a boca junto ao ouvido dela.

— Diga para ele voltar imediatamente para Nova York — sussurrou ele. — Direto para cá, o mais rápido que puder.

Ela concordou com a cabeça nervosamente, e ele pressionou a arma com mais força contra o seu corpo.

— Você pode voltar? — perguntou ela. — Eu meio que preciso de você aqui, o quanto antes.

— Fiz a reserva para o voo das seis horas — disse ele. — Chego aí em torno das oito e meia, horário local. Isso resolve? — Ela podia sentir Hobie sorrindo ao seu lado.

— Será que consegue alguma hora mais cedo? Tipo imediatamente?

Ela ouvia vozes em segundo plano. O major Conrad, supôs ela. Lembrou-se de seu escritório de madeira escura, couro desgastado, o sol quente do Missouri na janela.

— Mais cedo? — perguntou ele.

— Bem, acho que sim. Acho que posso chegar em cerca de duas horas, dependendo dos voos. Onde você está?

— Venha para o World Trade Center, Torre Sul, 88º andar, ok?

— O trânsito vai estar ruim. Digamos umas duas horas e meia para eu chegar aí.

— Ótimo — disse Jodie.

— Você está bem? — perguntou ele novamente.

Hobie colocou a arma diante dela.

— Estou bem — respondeu. — Eu te amo.

Hobie se abaixou e desligou o aparelho, com a ponta do gancho. O fone clicou e voltou a fazer o tom de discagem. Ela depositou o fone devagar e com cuidado no aparelho. Sentia-se destruída pelo choque e pela decepção, atordoada, ainda dobrada sobre o balcão, uma das mãos aberta sobre a madeira sustentando seu peso, a outra tremendo no ar, um centímetro acima do telefone.

— Duas horas e meia — disse Hobie com exagerada simpatia. — Bem, parece que a cavalaria não vai chegar a tempo para você, sra. Jacob.

Ele riu para si mesmo e colocou a arma de volta no bolso. Saiu da cadeira e a pegou pelo braço em que ela estava apoiada. Ela tropeçou, e ele a arrastou para a porta do escritório. Ela se segurou com força na borda do balcão. Ele a acertou com o punho do gancho, como se fosse com as costas da mão. A curva do gancho acertou-a no alto da têmpora, e ela soltou o balcão. Seus joelhos cederam, e ela caiu. Ele a arrastou até a porta pelo braço. Os calcanhares arrastavam no chão, ela chutava. Ele a jogou de volta diante dele e a empurrou para dentro do escritório. Ela caiu no tapete, e ele bateu a porta.

— De volta para o sofá — rosnou ele.

Os raios de sol passavam da mesa. Avançavam pelo chão e arrastavam-se pela mesa. As unhas compridas de Marilyn Stone brilhavam na luz. Jodie arrastou-se sobre as mãos e os joelhos, ergueu-se apoiada nos móveis e cambaleou de volta para seu lugar ao lado Curry. Colocou as mãos no lugar onde tinham estado antes. Sentia uma dor aguda na têmpora. O lugar latejava intensamente, quente e estranho onde o metal acertara o osso. O ombro estava deslocado. O cara com a espingarda olhava para ela, assim como Tony, com a pistola automática de volta na mão. Reacher estava longe, como sempre estivera a maior parte de sua vida.

Alerta Final   425

Hobie voltara para a mesa, ajeitando as folhas dos certificados de ações. Formavam uma pilha de dez centímetros de altura. Acertou um lado de cada vez com o gancho. Os papéis pesados com as gravuras ajustaram-se perfeitamente no lugar.

— O correio logo estará aqui — disse ele alegremente.

— Então, a imobiliária recebe suas ações, eu recebo o meu dinheiro e ganho outra vez. Em cerca de meia hora, provavelmente, e depois tudo se acaba para mim e para você.

Jodie percebeu que ele estava falando apenas com ela. Ele a escolhera como veículo de informação. Curry e o casal Stone olhavam para ela, não para ele. Ela desviou o olhar para baixo, para o tapete no chão, através do vidro. Tinha o mesmo padrão que o velho tapete desbotado do escritório de DeWitt, no Texas, mas muito menor e mais novo. Hobie deixou a pilha de papéis no lugar, contornou os móveis e pegou a espingarda do outro sujeito.

— Vá buscar um pouco de café para mim — disse para ele.

O cara concordou com a cabeça e saiu para a recepção. Fechou a porta suavemente ao passar. O escritório ficou em silêncio. Apenas a respiração tensa e o suave rumor do edifício no fundo. A espingarda estava na mão esquerda de Hobie. Estava apontada para o chão, balançando um pouco, para a frente e para trás, formando um pequeno arco. Não estava firme. Jodie ouvia o metal roçando a pele da mão de Hobie. Viu Curry olhando ao redor. Ele estava verificando a posição de Tony, que dera um passo para trás, se colocara fora do campo de ação da espingarda e apontava diretamente através dele, num ângulo reto. Sua automática estava erguida. Jodie sentiu Curry testar a força dos ombros. Sentiu que ele se movia. Viu seus braços se contraindo. Viu que ele olhava para a frente, para Tony, cerca de quatro metros diante dele. Viu que olhava à esquerda, para Hobie, pouco mais de dois metros para o lado. Viu os raios de sol, exatamente paralelos às bordas de metal da mesa. Viu Curry empurrar a ponta dos dedos para cima.

— Não — sussurrou ela.

Leon sempre simplificara sua vida com regras. Tinha uma para cada situação. Quando ela era criança, isso a deixava louca. A regra geral para tudo, desde as provas dela na escola até as missões dele no Congresso era

faça apenas uma vez e faça certo. Curry não tinha qualquer chance de fazer certo. Absolutamente nenhuma chance. Estava sob a mira de duas armas poderosas. Suas opções eram inexistentes. Se pulasse e virasse a mesa, na direção de Tony, receberia uma bala no peito antes mesmo de chegar no meio do caminho e, provavelmente, um tiro de espingarda no lado, que mataria também o casal Stone. E, se fosse primeiro na direção de Hobie, talvez Tony não atirasse com medo de acertar o patrão, mas Hobie abriria fogo, com certeza, e o tiro de espingarda estraçalharia Curry numa centena de pedacinhos, e ela estava em uma linha reta, direto atrás dele.

Outra das regras de Leon era que *impossível é impossível. Jamais finja que não é.*

— Espere — murmurou ela.

Ela percebeu Curry concordar muito levemente com a cabeça e seus ombros relaxarem outra vez. Eles esperaram. Ela olhou para baixo, para o tapete através do vidro, e lutou contra a dor, minuto a minuto. O ombro deslocado doía terrivelmente contra seu peso. Ela dobrou os dedos e descansou sobre as articulações. Ouvia a respiração de Marilyn Stone diante dela. Ela parecia derrotada. Sua cabeça descansava de lado sobre os braços, os olhos fechados. Os raios de sol não estavam mais paralelos à mesa e rastejavam em direção à beirada.

— Que diabos esse cara está fazendo lá fora? — resmungou Hobie. — Quanto tempo leva para me trazer uma porcaria de café?

Tony olhou para ele, mas não respondeu. Apenas manteve a automática apontada para a frente, mais na mira de Curry do que qualquer um dos outros. Jodie virou as mãos e inclinou-se sobre os polegares. Sua cabeça latejava e ardia. Hobie chutou a espingarda e descansou a boca do cano na parte de trás do sofá diante dele. Colocou o gancho para cima e esfregou a parte lisa da curva sobre as cicatrizes.

— Meu Deus! — disse. — O que está demorando tanto? Vá até lá lhe dar uma mão, ok?

Jodie percebeu que ele olhava diretamente para ela.

— Eu?

Alerta Final

— Por que não? Seja útil. Café é trabalho de mulher, afinal.

Ela hesitou.

— Não sei onde está — respondeu.

— Então eu te mostro.

Hobie ficou olhando para Jodie, esperando. Ela concordou com a cabeça, subitamente satisfeita por ter uma chance de se mexer, mesmo que um pouco. Endireitou os dedos, colocou as mãos para trás aliviada e empurrou a mesa para ficar ereta. Sentiu-se fraca, tropeçou uma vez acertou com a canela a estrutura de bronze da mesa. Passou insegura diante da linha de fogo de Tony. De perto, a automática era enorme e brutal. Ele a manteve sob a mira todo o tempo enquanto ela se aproximava de Hobie. Ali, Jodie estava fora do alcance dos raios de sol. Hobie a levou pela penumbra, colocou a espingarda debaixo do braço apontada para cima, segurou a maçaneta e empurrou a porta.

Verificar a porta externa primeiro e, depois, o telefone.

Era o que ela repetia enquanto caminhava. Se pudesse sair para o corredor externo, talvez tivesse uma chance. Caso isso não funcionasse, ali estava o botão de discagem rápida para a polícia. Derrubar o fone do gancho, apertar o botão, e, mesmo se não conseguisse falar, o circuito automático informaria o local aos policiais. *A porta ou o telefone.* Ela ensaiou olhar em frente para a porta, olhar para a esquerda em direção ao telefone, o movimento preciso da cabeça entre os dois. Mas, quando chegou a hora, ela não olhou nem para uma coisa nem para outra. Hobie parou na frente dela, e ela deu um passo para o lado dele, olhando para o cara que tinha ido buscar o café.

Era um homem atarracado, mais baixo do que Hobie ou Tony, só que largo. Vestia um terno escuro. Estava deitado de costas no chão, exatamente centralizado na frente da porta do escritório. Suas pernas estavam retas. Os pés, virados para fora. A cabeça virada num ângulo agudo sobre uma pilha de listas telefônicas. Seus olhos estavam bem abertos. Olhavam para a frente, para o vazio. O braço esquerdo fora arrastado para cima e para trás, e a mão descansava com a palma para cima sobre outra pilha de catálogos, numa paródia grotesca de saudação. O braço direito fora puxado em linha reta, em um ângulo curto afastado do corpo. A mão direita fora decepada na altura do pulso. Estava depositada no tapete, a quinze centímetros de distância da manga da camisa, em uma linha reta e precisa com o braço de onde saíra. Ela ouviu Hobie fazer um pequeno som na garganta e virou-se para vê-lo deixar cair a espingarda e se segurar na porta com a mão boa. As cicatrizes das queimaduras continuavam com um tom vivo de cor-de-rosa, mas o restante do rosto estava ficando assustadoramente branco.

17

R EACHER RECEBERA O NOME DE BATISMO JACK do pai, um homem simples de New Hampshire, com uma aversão implacável por qualquer coisa enfeitada. Entrou na maternidade naquela terça-feira, fim de outubro, na manhã seguinte ao nascimento, entregou um pequeno buquê de flores para a esposa e disse a ela: *vamos chamá-lo de Jack.*
Nenhum nome do meio. Jack Reacher era o nome completo, e já estava assim na certidão de nascimento, pois ele passara no escrivão da companhia a caminho da enfermaria e o sujeito assim registrara e enviara o comunicado por telex para a embaixada em Berlim. Outro cidadão dos Estados Unidos, nascido no exterior, filho de um soldado em serviço, este com o nome Jack-mais-nada-Reacher.
Sua mãe não fizera ressalvas. Amava o marido por seus instintos ascéticos, pois, sendo francesa, achava que os instintos davam a ele certa

sensibilidade europeia que a fazia se sentir mais à vontade ao seu lado. Ela encontrara um enorme abismo entre a América e a Europa nessas décadas pós-guerra. A riqueza e o excesso da América contrastavam desconfortavelmente com a exaustão e a pobreza da Europa. Mas seu próprio cidadão de New Hampshire não tinha qualquer aplicação para a riqueza e o excesso. Absolutamente nenhuma. Gostava das coisas mais simples, o que lhe era perfeitamente aceitável, mesmo que isso afetasse até os nomes de seus filhos.

Ele batizara o primogênito de Joe. Nada de Joseph, apenas Joe. Nenhum nome do meio. Ela amava o menino, é claro, mas o nome era difícil para ela. Era muito curto e abrupto, e ela brigava com o J inicial devido ao sotaque. Saía como ZH. Como se o garoto se chamasse Zhoe. Jack era bem melhor. O sotaque fazia com que dissesse Jacques, um nome francês muito antigo e tradicional. Traduzido para o inglês, significava James. Particularmente, ela sempre pensara no segundo filho como James.

Paradoxalmente, ninguém nunca o chamou pelo primeiro nome. Ninguém sabia como isso aconteceu, mas Joe sempre foi chamado de Joe e Jack sempre foi chamado de Reacher. Ela mesma o chamava assim, o tempo todo. Não fazia ideia do motivo. Colocava a cabeça para fora da janela de algum bangalô de serviço e gritava: *Zhoe! Venha almoçar! E traga Reacher com você!* E seus dois meninos adoráveis corriam para dentro para comer.

Exatamente a mesma coisa acontecera na escola. Era mesmo a lembrança mais antiga de Reacher. Ele fora um garoto sério, responsável, e se sentia confuso porque seus nomes eram invertidos. Seu irmão era chamado pelo primeiro nome primeiro e pelo último em último. Ele não. Num jogo de softball no quintal da escola, o garoto que era dono do taco escolhia os lados. Virava-se para os irmãos e chamava: *quero Joe e Reacher.* Todos os garotos faziam a mesma coisa. Os professores também. Era chamado de Reacher desde o jardim de infância. E, de algum modo, o nome viajou com ele. Como qualquer filho de militar, trocou de escola dezenas de vezes. No primeiro dia, num lugar novo em algum lugar, às vezes até em outro continente, algum novo professor gritava *venha aqui, Reacher!*

Alerta Final   431

Ele se acostumou rapidamente e não tinha problema algum em passar a vida por trás de um nome com apenas uma palavra. Ele era Reacher, sempre fora e sempre seria, para todo mundo. A primeira garota com quem saiu, uma morena alta, se aproximou timidamente dele e perguntou seu nome. *Reacher*, respondeu ele. Todos os amores de sua vida o chamaram assim. *Mmm, Reacher, eu te amo*, sussurraram em seu ouvido. Todas elas. A própria Jodie fizera exatamente a mesma coisa. Ele aparecera no alto da escada de cimento no quintal de Leon, ela olhou para cima e disse *olá, Reacher*. Após 15 longos anos, ela ainda sabia exatamente como ele era chamado.

Mas não o chamara de Reacher no celular. Ele apertou o botão, disse alô, e ela respondeu, *hi, Jack* [oi, Jack]. Entrou por seu ouvido como uma sirene. Ele então perguntou *onde você está?*, e ela pareceu tão tensa que ele entrou em pânico, sua mente disparou e, por um segundo, ele não percebeu exatamente o que ela estava lhe dizendo.

Seu primeiro nome, apenas uma aposta incerta. *Hi, Jack* significava *hijack*, sequestro, em inglês. Ele precisou de um segundo para perceber. Ela estava com algum problema. Um problema grande, mas ainda era a filha de Leon, esperta o bastante para pensar da maneira certa para alertá-lo com apenas duas palavras no início de uma ligação telefônica desesperada.

Hijack, sequestro. Um alerta. Um aviso para o combate. Ele piscou uma vez, reprimiu o medo e partiu para o trabalho. A primeira coisa que fez foi mentir para ela. Combate é uma questão de tempo, espaço e forças opostas. Como um enorme diagrama de quatro dimensões. O primeiro passo é manter o inimigo mal-informado. Deixá-lo pensar que seu diagrama tem uma forma completamente diferente. Presume-se que todas as comunicações tenham sido invadidas e as usamos para espalhar mentiras e engodos. Assim, obtém-se uma vantagem.

Ele não estava em Saint Louis. Por que estaria? Por que voar até lá quando existiam telefones no mundo e ele já estabelecera uma relação de trabalho com Conrad? Ligara para ele da calçada da avenida Greenwich e explicara o que queria. Conrad ligara de volta três minutos depois, já que o arquivo em questão estava bem ali, na letra A, a mais próxima da mesa do rápido e atrapalhado soldado que ia buscá-lo. Ele ouvira com os ruídos dos pedestres ao seu redor enquanto Conrad lia o arquivo em voz alta, vinte minutos depois. Então, desligara o telefone com todas as informações de que viria a precisar.

Depois, correu com o Lincoln para o sul, pela Sétima Avenida, e o enfiou numa garagem a uma quadra das Torres Gêmeas. Apressou-se, cruzou a praça e já estava na portaria da Torre Sul quando Jodie ligou. Apenas 88 andares abaixo dela. Estava falando com o guarda de segurança no balcão, que foi a voz que ela ouviu ao fundo. Empalideceu, em pânico, desligou o telefone e pegou o elevador expresso para o 88º andar. Saiu, respirou fundo e forçou-se a se tranquilizar. *Fique calmo e planeje.* Seu palpite era que o 89 teria a mesma disposição do 88. Silencioso e vazio. Os corredores circundavam os grupos de elevadores, estreitos, iluminados por lâmpadas no teto. As portas davam para conjuntos individuais de escritórios. Tinham pequenas janelas de vidro aramado retangulares no centro, na altura de uma pessoa baixa. Cada porta tinha uma placa de metal com o nome do ocupante e uma campainha.

Ele encontrou a escada de emergência e desceu um andar. As escadas eram de serviço. Nenhuma decoração refinada. Apenas o concreto empoeirado e os corrimãos de metal. Atrás de cada porta de incêndio havia um extintor. Acima do extintor, um armário vermelho brilhante com um machado vermelho atrás do vidro. Na parede do armário, um enorme número pintado indicava o andar.

Ele saiu no corredor do 88. Igualmente silencioso. Igualmente estreito, as mesmas iluminação, disposição e portas. Foi para o lado errado e chegou à CCT por último. Era uma porta de carvalho clara, com uma placa de bronze do lado e um espelho de bronze para a campainha. Ele empurrou a porta levemente. Estava bem-trancada. Abaixou-se e olhou pela portinhola de vidro. Viu a área da recepção. Luzes brilhantes. Uma decoração de carvalho e bronze. Um balcão à direita. Outra porta, bem em frente. Aquela porta estava fechada, e a recepção, vazia. Ele se apoiou e olhou direto para a porta interna fechada, e sentiu o pânico subindo até a garganta.

Alerta Final 433

Jodie estava lá dentro. Estava na sala interna. Podia sentir. Estava lá dentro, sozinha, uma prisioneira, e precisava dele. E Hobie deveria estar lá com ela. *Deveria ter ido com ela.* Abaixou-se e apoiou a testa contra o vidro frio, olhando através da porta do escritório. Ouviu então a voz de Leon em sua cabeça, com mais uma de suas regras de ouro. *Não se preocupe com o motivo por que deu errado. Apenas trate de acertar as coisas.*

Deu um passo para trás e olhou para a esquerda, ao longo do corredor. Ficou debaixo da luz mais próxima da porta. Esticou a mão para cima e desatarraxou a lâmpada até que ela se soltasse. O vidro quente queimou seus dedos. Fez uma careta e voltou até a porta para verificar outra vez, a um metro da janelinha, bem no meio do corredor. A recepção estava bem-iluminada, e o corredor agora estava escuro. Ele podia ver o interior, mas ninguém veria o lado de fora. É possível ver um lugar claro de um lugar escuro, mas não se consegue enxergar um lugar escuro de um lugar claro. Uma diferença crucial. Ele ficou ali, à espera.

A porta interna se abriu, e um sujeito corpulento saiu do escritório para a recepção. Fechou a porta suavemente ao passar. Um homem forte, de terno escuro. O cara que ele empurrara escada abaixo no bar em Key West. O cara que disparara a Beretta em Garrison. O cara que ficara pendurado na maçaneta da porta do Bravada. Ele cruzou a recepção e saiu de vista. Reacher se aproximou novamente e estudou a porta interna através do vidro. Continuava fechada. Ele bateu levemente na porta do corredor. O cara se aproximou da portinhola e olhou em torno. Reacher se empertigou e virou o ombro para a porta, de forma que seu casaco marrom preenchesse a visão.

— Correio — disse em voz baixa.

Era um prédio de escritórios, estava escuro e era uma jaqueta marrom. O cara abriu a porta. Reacher avançou aproveitando o movimento da porta, levantou a mão e pegou o sujeito pela garganta. Com rapidez e força sufi-cientes, as cordas vocais são bloqueadas antes que a pessoa emita qualquer som. Depois, é apertar os dedos mais profundamente e impedir que ela caia. O cara ficou pesado na mão em garra de Reacher, que o puxou por todo o corredor até a saída de emergência e o jogou contra a escada. O cara quicou para longe, caindo sobre o concreto, com um som rascante saindo da garganta.

— Hora de escolher — Reacher sussurrou. — Ou você me ajuda ou morre.

Diante de uma escolha dessas, existe apenas uma opção razoável, mas não foi a que o cara escolheu. Ele se levantou nos joelhos e demonstrou intenção de resistir. Reacher bateu no alto de sua cabeça, com força suficiente para apenas enviar o choque pelos ossos do pescoço, recuou e voltou a oferecer.

— Me ajude — disse. — Ou eu te mato.

O sujeito sacudiu a cabeça para clarear a mente e se lançou sobre o chão. Reacher ouviu Leon dizendo *pergunte uma vez, pergunte duas se preciso, mas, pelo amor de Deus, não pergunte três*. Chutou o cara no peito, girou-o para trás, passou o braço por seus ombros, pôs uma mão sob o queixo, fez a alavanca e quebrou seu pescoço.

Menos um, mas tinha caído sem liberar qualquer informação e, num combate, a informação impera. Sua intuição ainda lhe dizia que era uma operação pequena, mas dois, três ou cinco sujeitos poderiam ser considerados uma operação igualmente pequena, e havia uma enorme diferença entre partir às cegas contra dois, três ou cinco oponentes. Parou nas escadas e olhou para o machado contra incêndio no armário vermelho. A melhor coisa depois de informações sólidas é algum tipo de distração que os retarde. Algo que os deixasse preocupados e confusos. Algo que os fizesse parar.

Agiu o mais silenciosamente possível e verificou se o corredor estava, de fato, vazio antes de arrastar o corpo de volta. Escancarou a porta, em silêncio, e ajeitou o cara no meio do chão da recepção. Depois, fechou a porta novamente e se abaixou atrás do balcão da recepção. Ficava na altura do peito e tinha mais de três metros de comprimento. Deitou-se no chão atrás dele, tirou a Steyr com o silenciador do casaco e se preparou para esperar.

Pareceu uma longa espera. Pressionava o carpete fino do escritório e sentia o concreto sólido sob ele, parecia vivo com as leves vibrações de

Alerta Final 435

um gigantesco prédio em funcionamento. Sentia o tremor grave dos elevadores parando e voltando a se mover. O fremir da tensão nos cabos. O zumbido dos condicionadores de ar e o tremor do vento. Forçou os dedos dos pés contra a resistência da camada de nylon e tensionou as pernas, pronto para a ação.

Percebeu os passos um segundo antes de ouvir o clique na fechadura. Sabia que a porta interna tinha sido aberta, pois percebeu a alteração na acústica. A recepção subitamente se abriu para um espaço mais amplo. Ouviu quatro pés pisando no carpete e parando, como sabia que fariam. Aguardou. Apresente uma visão chocante para alguém e serão necessários cerca de três segundos para que o efeito máximo seja obtido. Essa era a experiência de Reacher. Olharam, viram, seus cérebros rejeitaram a visão, os olhos voltaram a olhar, e a imagem penetrou suas mentes. Três segundos, do início ao fim. Ele contou *um, dois, três*, empurrou a base do balcão, pressionou o chão, com o longo silenciador preto da Steyr abrindo caminho. Esticou os braços, ergueu os ombros e depois os olhos.

O que viu foi um desastre. O sujeito com o gancho e o rosto queimado estava deixando cair uma arma, ofegante, se segurando na moldura da porta, mas estava do lado oposto ao de Jodie. Estava à direita dela, e o balcão da recepção estava à esquerda. Ela estava meio metro mais próxima dele. Era muito mais baixa, mas Reacher estava abaixado no chão, olhando para cima, num ângulo em que a cabeça de Jodie o encobria, o corpo totalmente diante dele. Não havia ângulo para um tiro. Nenhum tiro livre, em ponto algum. Jodie estava no caminho.

O cara com o gancho e o rosto queimado soltava alguns ruídos pela garganta, e Jodie olhava para o chão. Em seguida, apareceu um segundo sujeito atrás deles, na porta aberta. O motorista do Suburban. Ele parou atrás do ombro de Jodie e olhou. Tinha uma Beretta na mão direita. Olhou para a frente e para baixo, aproximou-se de Jodie e forçou o caminho, passando por ela. Avançou um metro para o interior da sala. Ficou em plena área livre.

Reacher apertou o gatilho, seis quilos de pressão, e o silenciador disparou com ruído logo antes de o rosto do sujeito ser destruído. Recebeu a bala

de nove milímetros exatamente no centro e explodiu. Sangue e ossos no teto e espalhando-se pela parede distante atrás dele. Jodie ficou congelada exatamente em linha com o cara com o gancho. E o cara com o gancho era muito rápido. Mais rápido do que seria esperado de um aleijado de 55 anos. Foi para o lado com a mão esquerda e pegou a espingarda do chão. Foi para o outro com o braço direito e passou-o pela cintura de Jodie. O gancho de aço brilhou contra a roupa. Ele já a puxava antes que o outro sujeito tivesse chegado ao chão. Firmou o braço direito em torno dela, ergueu-a e a arrastou para trás. O impacto do tiro da Steyr ainda vibrava.

— Quantos? — gritou Reacher.

Ela era tão rápida quanto Leon já fora.

— Dois caídos, um em pé — ela gritou de volta.

Portanto, o cara com o gancho era o único, mas já estava se posicionando com a espingarda. Levantou-a num arco e aproveitou o impulso para puxar o gatilho. Reacher foi pego parcialmente exposto, ainda abaixado, tentando sair de trás do balcão. Era apenas uma oportunidade mínima, mas o cara não a desperdiçou e foi em frente. Disparou baixo, a arma relampejou e explodiu o balcão da recepção em dez mil pedaços. Reacher abaixou a cabeça, mas lascas afiadas de madeira, metal e chumbo quente acertaram o lado de seu rosto como um golpe de marreta, por toda a face, até a testa. Ele sentiu o impacto violento e a dor aguda de um ferimento sério. Foi como cair de uma janela e bater primeiro com a cabeça. Rolou, atordoado, e o sujeito já estava levando Jodie de volta pela porta enquanto engatilhava a espingarda mais uma vez contra o próprio peso da arma ao se mover. Reacher estava atordoado e imóvel contra a parede do fundo e a boca do cano estava sendo levantada em sua direção. A testa estava dormente e gelada. A dor era terrível. Ele levantou a Steyr. O silenciador apontado diretamente para Jodie. Ele moveu a pistola levemente para a esquerda para a direita. Ainda apontava para Jodie. O cara estava se encolhendo atrás dela. Elevava o braço esquerdo ao lado dela, nivelando a espingarda. O dedo começava a apertar o gatilho. Reacher estava imóvel contra a parede. Ele olhou para Jodie, fixando seu rosto na mente antes de morrer. Então uma

Alerta Final

mulher de cabelos louros apareceu atrás dela, atirando-se desesperada com o ombro contra as costas do sujeito e desequilibrando-o. Ele cambaleou, girou e golpeou-a com o cano da espingarda. Reacher vislumbrou um vestido cor-de-rosa quando ela caiu.

Em seguida, a espingarda voltou a balançar na direção dele. Mas Jodie se sacudia e lutava contra o braço do cara. Ela chutava e se debatia. O cara cambaleava contra os movimentos dela. Foi aos trancos e barrancos de volta para a recepção e tropeçou nas pernas do motorista do Suburban. Caiu com Jodie, e a espingarda disparou contra o cadáver. O som foi ensurdecedor, além da fumaça e do jorro obsceno de sangue e tecidos mortos. O cara caiu de joelhos, e Reacher o acompanhou o tempo todo com a Steyr. O cara largou a espingarda, meteu a mão no bolso e tirou um revólver de cano curto e brilhante, puxando o da arma com o polegar. O som foi um clique alto. Jodie esforçava-se para se soltar, empurrando-o para os lados contra o braço apertado em torno de sua cintura. Esquerda e direita, esquerda e direita, com fúria, aleatoriamente. Reacher não tinha uma linha clara de tiro. O sangue escorria para dentro de seu olho esquerdo. Sua testa latejava e sangrava. Ele fechou o olho inútil contra a umidade e apertou o olho direito. O revólver brilhante subiu, para depois descer nas costelas de Jodie. Ela engasgou e parou de se mexer e lutar, e o rosto do cara saiu de trás de sua cabeça, sorrindo ferozmente.

— Solte a arma, seu idiota — disse, ofegante.

Reacher manteve a Steyr exatamente onde estava. Um olho aberto, outro fechado, a cabeça latejando dolorosamente, o longo silenciador apontando para o sorriso distorcido do sujeito.

— Vou matá-la — rosnou o cara.

— E eu atiro em você — disse Reacher. — Ela morre, você morre.

O homem olhou para ele. Depois, concordou.

— Impasse — disse.

Reacher concordou de volta. Era o que parecia. Ele sacudiu a cabeça para limpar a mente. A dor só piorou. Empatados. Mesmo que ele pudesse disparar primeiro, o cara ainda poderia dar um tiro. Com o dedo tenso no gatilho daquele jeito e a arma enfiada do lado dela, a pulsação da morte provavelmente seria suficiente para o disparo. Era um risco alto demais. Ele manteve a Steyr no lugar, levantou-se devagar, puxou a barra da camisa para cima e enxugou o rosto com ela, mantendo a mira o tempo todo com um olho só. O cara tomou fôlego e levantou-se também, carregando Jodie junto. Ela tentou se livrar da pressão da arma, mas ele a manteve firme com o braço direito. Virou o cotovelo para fora e girou o gancho, enfiando a ponta contra a cintura dela.

— Então, precisamos negociar — disse ele.

Reacher se levantou, enxugou os olhos e não disse nada. Sua cabeça zunia de dor. Zumbindo e gritando. Começava a entender que estava em sérios apuros.

— Precisamos negociar — disse o cara de novo.

— Sem acordo — respondeu Reacher.

O cara torceu o gancho um pouco mais e enterrou o revólver com um pouco mais de força. Jodie ofegou. Era um Smith and Wesson modelo 60. Cano de duas polegadas, aço inoxidável, calibre 38, cinco tiros no tambor. O tipo de arma que uma mulher carrega na bolsa ou um homem esconde no corpo. O cano era tão curto e o cara o enfiava com tanta força que seus dedos estavam firmes contra as costelas de Jodie. Ela estava arqueada para a frente, contra a pressão do braço. Seu cabelo caía sobre o rosto. Seus olhos estavam voltados para cima, para Reacher, e eram os mais belos olhos que ele já tinha visto.

— Ninguém diz que não há acordo para Victor Hobie — rosnou o cara.

Reacher lutou contra a dor e manteve a Steyr nivelada, estável e apontada para a testa do sujeito, exatamente onde as cicatrizes cor-de-rosa encontravam a pele acinzentada.

— Você não é Victor Hobie — disse. — Você é Carl Allen e não passa de um monte de merda.

Silêncio. A dor martelava em sua cabeça. Jodie olhava-o mais fixamente, com olhos indagadores.

— Você não é Victor Hobie — repetiu. — Você é Carl Allen.

Alerta Final 439

O nome pairava no ar, e o cara pareceu recuar, tentando se afastar dele. Ele arrastou Jodie para trás, dando um passo sobre o cadáver do homem atarracado, virando-a para manter o corpo dela entre ele e Reacher, caminhando devagar para trás, para dentro do escritório escuro. Reacher seguiu cambaleando, com a Steyr erguida e nivelada. Havia outras pessoas no escritório. Reacher viu janelas escurecidas, móveis de sala de estar e três pessoas por ali: a mulher de cabelo louro e vestido de seda, e dois homens de terno. Todos olhavam para ele. Para sua arma com silenciador, para sua testa e para o sangue escorrendo pela camisa. Em seguida, começaram a se reagrupar como autômatos e se mover em direção ao conjunto apertado do quadrado de sofás. Seguiram caminhos diferentes no interior e se sentaram com as mãos sobre a mesa de vidro que preenchia o espaço. Seis mãos sobre a mesa, três rostos voltados para ele, expressões de esperança, medo e espanto visíveis em cada um deles.

— Você está errado — disse o cara com o gancho.

Ele recuou com Jodie num grande círculo, até ficar atrás do sofá mais distante. Reacher moveu-se com eles por todo o caminho e parou do lado oposto. A Steyr estava nivelada por cima das cabeças das três pessoas abaixadas sobre a mesa de centro. Seu sangue pingava do queixo para o encosto do sofá abaixo dele.

— Não, eu estou certo — disse ele. — Você é Carl Allen. Nascido em 18 de abril de 1949, no sul de Boston, num subúrbio qualquer. Uma pequena família normal, sem outro destino. Você foi convocado no verão de 1968. Soldado raso, capacidades avaliadas abaixo da média em todas as categorias. Enviado para o Vietnã como um soldado de infantaria. Um praça, um simples soldado. A guerra muda as pessoas, e, quando chegou lá, você se transformou num cara muito ruim. Começou com seus esquemas. Comércio de drogas, de mulheres e de qualquer coisa em que pudesse colocar suas mãos imundas. Depois, começou a emprestar dinheiro. Ficou realmente ruim. Você comprava e vendia favores. Viveu como um rei por um bom tempo. Até que alguém descobriu. Te tiraram daquela situação confortável e te mandaram para outro lugar. A selva. A guerra de verdade. Uma unidade rigorosa, com um oficial linha-dura. Você não gostou. Na primeira chance que teve, explodiu o oficial. E, depois, seu sargento. Mas a unidade te entregou. Muito incomum. Não gostavam de você, não é? Provavelmente, te deviam dinheiro. Fizeram o chamado, e dois policiais do Exército, Gunston e Zabrinski, saíram para te buscar. Ainda quer negar alguma coisa? O cara não disse nada. Reacher engoliu em seco. Sua cabeça doía muito. Dor intensa se aprofundando por trás dos cortes. Extremamente intensa.

— Chegaram num Huey — continuou. — Um garoto decente chamado Kaplan estava pilotando. No dia seguinte ele voltou, voando na retaguarda de um ás chamado Victor Hobie. Gunston e Zabrinski estavam prontos com você, esperando no chão. Mas o Huey de Hobie foi atingido na decolagem. Desceu novamente, a pouco mais de seis quilômetros de distância. Ele morreu, juntamente com Kaplan, Gunston, Zabrinski e três outros tripulantes chamados Bamford, Tardelli e Soper. Mas você sobreviveu. Se queimou e perdeu a mão, mas estava vivo. E seu pequeno cérebro malvado continuava a maquinar. Trocou as plaquetas de identificação com o primeiro sujeito que encontrou. Por acaso, era Victor Hobie. Você se arrastou para longe com as identificações trocadas no pescoço. Deixou as suas no corpo dele. Foi exatamente ali, naquela hora, que Carl Allen e seu passado criminoso deixaram de existir. Você conseguiu chegar a um hospital de campo, e eles acharam que estavam tratando de Hobie. Escreveram o nome dele nos registros. Então, você matou um ordenança e fugiu. Disse *Não vou voltar*, porque sabia que, logo que chegasse a algum lugar, descobririam que você não era Hobie. Descobririam quem você era, e você estaria de volta na merda. Então, você simplesmente desapareceu. Uma nova vida, um novo nome. Uma ficha limpa. Ainda quer negar alguma coisa?

Allen apertou Jodie ainda mais.

— É tudo mentira — disse ele.

Reacher balançou a cabeça. A dor disparava em seus olhos como flashes de uma câmera.

— Não, é tudo verdade — respondeu. — Nash Newman acabou de identificar o esqueleto de Victor Hobie. Está num caixão no Havaí, com as suas identificações no pescoço.

— Mentira — disse Allen novamente.

Alerta Final 441

— Foram os dentes — disse Reacher. — O sr. e a sra. Hobie mandaram o filho ao dentista 35 vezes para deixá-lo com dentes perfeitos. Newman diz que é definitivo. Ele passou uma hora com os raios X, programando o computador. Em seguida, reconheceu o crânio quando voltou até o caixão. Correspondência definitiva.

Allen não disse nada.

— Funcionou por trinta anos — continuou. — Até que aqueles dois velhos, enfim, fizeram barulho suficiente, e alguém começou a ir atrás da história. E, agora, não vai funcionar mais, porque você vai responder a mim.

Allen fez um muxoxo. Deixou o lado de seu rosto sem marcas tão feio quanto o das queimaduras.

— Por que diabos eu deveria responder a você?

Reacher piscou para tirar o sangue do olho sobre a Steyr inabalável.

— Por vários motivos — disse calmamente. — Sou um representante. Estou aqui para representar várias pessoas. Como Victor Truman Hobie. Ele foi um herói, mas, por sua causa, foi considerado um desertor assassino. Seus pais se mantiveram em agonia por trinta longos anos. Eu os represento. E represento Gunston e Zabrinski também. Ambos eram tenentes da PE, ambos com 24 anos de idade. Eu era um tenente da PE aos 24. Foram mortos pelo que você fez de errado. É por isso que você vai responder a mim, Allen. Porque eu sou eles. Escória como você faz com que pessoas como eu sejam mortas.

Os olhos de Allen estavam vazios. Ele mudou o peso de Jodie para mantê-la diretamente diante de si. Torceu o gancho e apertou a arma com mais força. Concordou com a cabeça, apenas um movimento mínimo.

— Certo, eu fui Carl Allen — disse. — Admito, espertinho. Fui Carl Allen, e depois isso acabou. Então eu fui Victor Hobie. Fui Victor Hobie por um longo tempo, mais tempo do que fui Carl Allen, mas acho que agora isso também acabou. Agora eu vou ser Jack Reacher.

— O quê?

— É isso que você vai ter — disse Allen. — Esse é o negócio. É a sua troca. Seu nome, pela vida dessa mulher.

— O quê?
— Quero sua identidade. Quero seu nome.
Reacher apenas olhou para ele.
— Você é um vagabundo, sem família — disse Allen. — Ninguém vai sentir sua falta.
— E depois?
— Depois você morre — disse Allen.
— Não podemos ter duas pessoas com o mesmo nome andando por aí, podemos? É uma troca justa. Sua vida pela vida da mulher.
Jodie olhava em linha reta para Reacher, esperando.
— Sem acordo — disse Reacher.
— Vou matá-la — disse Allen.
Reacher concordou com a cabeça novamente. A dor era atroz. Estava ficando mais forte e se espalhando por trás dos olhos.
— Você não vai matá-la — disse. — Pense bem, Allen. Pense sobre você mesmo. Você é um merdinha egoísta. Do jeito que você é, será sempre o número um nisso. Você atira nela, eu atiro em você. Você está a quatro metros de distância de mim. Estou mirando na sua cabeça. Você puxa o seu gatilho, eu puxo o meu. Ela morre, você morre um centésimo de segundo depois. Você não vai atirar em mim também, porque, assim que começar a mirar, terá caído antes de chegar na metade do caminho. Pense bem. Impasse.
Fitou-o através da dor e das sombras. Um impasse clássico. Mas havia um problema. Uma falha grave em sua análise. Ele sabia disso. Acertou-o com uma descarga gelada de pânico. Allen percebeu exatamente ao mesmo tempo. Reacher notou, pois viu quando seus olhos se animaram.
— Você está cometendo um erro de cálculo — disse Allen. — Está deixando de lado um detalhe.
Reacher nada respondeu.
— É um impasse agora — disse Allen. — E continuará a ser enquanto eu estiver aqui e você aí. Mas por quanto tempo você vai estar aí?
Reacher engoliu, resistindo à dor. Era como marteladas na cabeça.

Alerta Final 443

— Continuarei aqui o tempo que for preciso — disse Allen. — Tenho tempo de sobra. Como você percebeu, sou um vagabundo. Não tenho nenhum compromisso urgente.

Allen sorriu.

— Palavras admiráveis — continuou. — Mas você está com a cabeça sangrando, sabia? Tem um pedaço de metal grudado na sua cabeça. Dá para ver daqui.

Jodie concordou desesperadamente, os olhos cheios de terror.

— Dê uma olhada, sr. Curry — ordenou Allen. — Diga a ele.

O cara no sofá sob a Steyr se virou para Reacher e ajoelhou-se no sofá. Manteve-se bem longe do braço de Reacher que segurava a arma e esticou a cabeça para olhar. Em seguida, contraiu o rosto, horrorizado.

— É um prego — disse ele. — Um prego de madeira. Você está com um prego na cabeça.

— Do balcão da recepção — disse Allen.

O sujeito chamado Curry se abaixou novamente, e Reacher sabia que era verdade. Assim que as palavras foram ditas, a dor dobrou, quadruplicou e explodiu. Uma agonia perfurante, centralizada na testa, um centímetro acima do olho. A adrenalina a mascarara por um longo tempo. Mas ela não dura para sempre. Reacher forçou sua mente para longe da dor com toda a sua força de vontade, mas ela continuava lá. Uma dor ruim, afiada e nauseante, tudo ao mesmo tempo, crescendo e latejando em sua cabeça, emitindo raios brilhantes sobre os olhos. O sangue tinha encharcado a camisa até à cintura. Ele piscou e não viu absolutamente nada com o olho esquerdo. Estava cheio de sangue. O sangue escorria pelo pescoço, por debaixo do braço esquerdo e pingava pela ponta dos dedos.

— Estou bem — disse. — Ninguém precisa se preocupar comigo.

— Palavras admiráveis — repetiu Allen. — Mas você está sentindo dor e perdendo muito sangue. Você não vai durar mais do que eu, Reacher. Você se acha durão, mas não é nada perto de mim. Eu rastejei para longe do helicóptero sem uma mão. Artérias cortadas. Estava em chamas. Sobrevivi por três semanas na selva assim. Depois, voltei livre para casa.

E convivi com o perigo por trinta anos. Portanto, eu sou o cara forte aqui. Sou o cara mais forte do mundo. Mental e fisicamente. Você não poderia durar mais do que eu mesmo que não tivesse um prego enfiado em sua maldita cabeça. Portanto, não se engane, ok?

Jodie olhava para ele. Seu cabelo era dourado sob a luz difusa que passava pelas cortinas da janela. Estava caindo sobre o rosto, repartido pela curva da testa. Reacher via os olhos dela. Sua boca. A curva do pescoço. O corpo magro, forte, tenso contra o braço de Allen. O gancho, brilhando em contraste com a cor de sua roupa. A dor martelava sua cabeça. A camisa encharcada estava fria contra a pele. Sentia o sangue na boca. Um gosto metálico, como alumínio. Começava a sentir os primeiros tremores de fraqueza no ombro. A Steyr começava a pesar na mão.

— E estou motivado — disse Allen. — Trabalhei duro para conseguir o que eu tenho. E vou manter. Sou um gênio e um sobrevivente. Você acha que vou deixar você me derrubar? Acha que é a primeira pessoa que já tentou?

Reacher oscilou, resistindo à dor.

— Agora vamos subir um pouco as apostas — continuou Allen.

Ele forçou Jodie para cima com toda a força do seu braço. Enfiou a arma com tanta força que ela se curvou para longe dela, dobrando-se para a frente, contra o braço, e para os lados, contra a arma. Ele a puxou para ficar invisível por trás dela. Em seguida, moveu o gancho. O braço deixou de esmagar sua cintura para esmagar seu peito. O gancho foi arrastado sobre os seios. Ela engasgou de dor. O gancho subiu até o braço estar num ângulo agudo esmagando seu corpo e o gancho apoiado ao lado de seu rosto. Em seguida, virou o cotovelo para fora, e a ponta de aço ficou espetada na pele de seu rosto.

— Eu poderia rasgá-la — disse Allen. — Rasgar esse rostinho sem que você pudesse fazer nada, a não ser lamentar. O estresse piora as coisas, certo? A dor? Você está começando a se sentir fraco, certo? Você está de saída, Reacher. Está caindo. E, quando estiver no chão, acabou o impasse, acredite em mim.

Alerta Final   445

Reacher estremeceu. Não pela dor, mas porque sabia que Allen estava certo. Ele sentia os joelhos. Estavam lá, eram fortes. Mas um homem em forma jamais sente os joelhos. São apenas parte dele. Senti-los bravamente aguentando 114 quilos de peso corporal significa que muito em breve não estarão mais lá. É um alerta.

— Você está caindo, Reacher — continuou Allen. — Está tremendo, sabia? Se afastando de nós. Uns dois minutos, e vou até aí atirar na sua cabeça. Tenho todo o tempo do mundo.

Reacher estremeceu novamente e avaliou a situação. Era difícil pensar. Estava zonzo. Tinha um ferimento aberto na cabeça. Seu crânio fora perfurado. Nash Newman brilhou em sua mente, segurando os ossos numa sala de aula. Talvez Nash explicasse, daqui a muitos anos, no futuro. *Um objeto afiado penetrou o lobo frontal — aqui — e perfurou as meninges, causando uma hemorragia.* A mão com a arma tremia. Em seguida, Leon estava lá, carrancudo e resmungando, *se o plano A não funcionar, passe para o plano B.*

Em seguida, o policial de Louisiana apareceu, um cara de anos atrás, de uma outra vida, falando sobre os revólveres calibre 38, dizendo que simplesmente *não se pode confiar neles para derrubar um cara, principalmente se ele estiver indo para cima de você com tudo.* Reacher viu o rosto infeliz do sujeito. *Não se pode confiar num 38 para derrubar um homem.* E um revólver calibre 38 de cano curto é pior ainda. É difícil acertar um alvo com um cano curto. E, com uma mulher lutando em seus braços, fica ainda mais difícil. Embora a luta possa colocar a bala bem no meio do alvo, por acidente. Sua cabeça girava. Estava sendo bombardeada por um gigante com uma britadeira. Sua força era drenada para fora. Se esforçava para manter o olho direito aberto, seco e ardendo, como se estivessem enfiando agulhas nele. *Mais cinco minutos, talvez,* pensava. *E, então, estou acabado.* Ele estava em um carro alugado, ao lado de Jodie, dirigindo de volta para o zoológico. Estava falando. Estava quente no carro. O sol brilhava pelo vidro. Dizia que *a base de qualquer engodo é mostrar o que o outro quer ver.* A Steyr vacilou em sua mão, e ele pensou *ok, Leon, aqui está o plano B. Veja se você gosta.*

Seus joelhos se dobraram, e ele oscilou. Voltou a ficar em pé e levou a Steyr de volta para a única faixa estreita da cabeça de Allen que ele conseguia distinguir. O cano vacilou e desenhou um círculo no ar. Pequeno, a princípio, depois um maior, à medida que o peso da arma sobrecarregava o controle em seu ombro. Ele tossiu e empurrou o sangue para fora da boca com a língua. A Steyr estava baixando. Ele percebeu a mira baixando, como se um homem forte a empurrasse para baixo. Tentou elevá-la, mas ela não quis subir. Forçou a mão para cima, mas acabou apenas se movendo para o lado, como se uma força invisível o desviasse. Seus joelhos falharam outra vez, e ele se forçou de volta para a vertical, como num espasmo. A Steyr estava a quilômetros de distância. Estava pendurada para baixo, à direita. Apontava para a mesa. Seu cotovelo estava trancado contra o próprio peso, e o braço estava curvado. *A mão de Allen estava se movendo.* Ele o observou com apenas um olho e se perguntou se o que sentia por Jodie era tão intenso quanto o efeito de estar doidão. O cano afastou-se de uma dobra de tecido e se libertou do casaco dela. *Será que vou conseguir?* Seus joelhos estavam cedendo, e ele começou a tremer. *Espere. Apenas espere.* O pulso de Allen moveu-se para a frente. Ele viu o movimento. Foi muito rápido. Viu o buraco negro no cano inoxidável. *Estava afastado do corpo de Jodie.* Ela abaixou a cabeça subitamente, e Reacher voltou com a Steyr para a posição, chegando muito perto do alvo antes que Allen disparasse. Entrou uns cinco centímetros no alvo. Era tudo de que precisava. Não mais do que uns cinco centímetros. *Rápido*, pensou ele, *mas não rápido o suficiente.* Ele viu o cão do revólver se mover para a frente. Em seguida, uma flor de fogo brilhante se abriu para fora do cano e um trem de carga acertou seu peito. O barulho do tiro se perdeu completamente atrás do imenso impacto físico da bala ao bater nele. O golpe de um martelo gigante, do tamanho de um planeta. Acertou-o em cheio e o deixou surdo de dentro para fora. Nenhuma dor. Absolutamente nada. Apenas dormência, um enorme frio no peito e um vazio silencioso de calma total na mente. Fez força para continuar pensando por uma fração de segundo e lutou para se manter firme sobre os pés, com os olhos bem abertos por tempo suficiente e se concentrar na nuvem de fuligem que saía do silenciador da Steyr. Em seguida, mexeu o olho apenas uma fração para ver a cabeça de

Alerta Final

Allen explodir a pouco menos de quatro metros dele. Houve um jorro de sangue e ossos no ar, uma nuvem de pouco mais de um metro de largura foi se espalhando como uma névoa. Perguntou-se, *ele está morto agora?* E, quando se ouviu respondendo que *com certeza*, deixou-se levar, revirou os olhos e caiu para trás através da escuridão e do silêncio perfeitos, que continuavam para sempre e não terminavam em lugar algum.

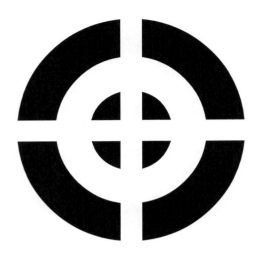

18

SABIA QUE ESTAVA MORRENDO, POIS VIA ROSTOS indo em sua direção, e todos eles de pessoas que ele reconhecia. Vinham em um longo fluxo, interminável, sozinhos ou aos pares, e não havia nenhum estranho entre eles. Ouvira que era assim que seria. A vida supostamente passa em flashes diante de nossos olhos. Todo mundo dizia isso. E era o que estava acontecendo. Portanto, estava morrendo.

Achou que seria quando os rostos parassem, e pronto. Perguntou-se de quem seria o último rosto. Havia uma série de candidatos. Quem escolheria a ordem? De quem era a decisão? Sentiu-se um pouco irritado por não lhe ser permitido especificar. E o que aconteceria a seguir? Quando o último rosto se fosse, o que seria?

Alerta Final

Mas alguma coisa estava muito errada. Aproximou-se um rosto de alguém que ele não conhecia. Então percebeu que era o Exército no comando do desfile. Tinha que ser. Apenas o Exército poderia, por acidente, incluir alguém que ele nunca tinha visto antes. Um completo estranho, no lugar errado e na hora errada. Achou que era adequado. Passara a maior parte da vida sob o controle do Exército. Achou perfeitamente natural que os militares se encarregassem de organizar esta parte final. E um erro era tolerável. Normal, até aceitável, para o Exército.

Mas esse cara o estava tocando. Batendo nele. Machucando. De repente, percebeu que o desfile terminara *antes* desse cara. O sujeito não fazia parte. Chegou *depois*. Talvez estivesse ali para acabar com ele. Sim, era isso. Tinha que ser assim. O cara estava ali para garantir que ele morresse na hora programada. O desfile acabara, e o Exército não poderia deixar que ele sobrevivesse. Por que toda aquela trabalheira para depois ele sobreviver? Isso não seria bom. Nada bom. Seria uma lapso grave no procedimento. Tentou se lembrar de quem aparecera antes desse cara. A penúltima pessoa, que tinha sido a última, na verdade. Não lembrava. Não tinha prestado atenção. Divagara para longe e morreu sem lembrar quem tinha sido o último rosto de seu desfile.

Estava morto, mas continuava pensando. Era isso mesmo? Seria a vida após a morte? Seria uma coisa incrível. Vivera quase 39 anos pensando que não havia vida após a morte. Algumas pessoas haviam concordado com ele; outras, questionavam. Mas ele sempre fora inflexível quanto a isso. Agora, estava em plena situação. Alguém chegaria para zombar e dizer *eu não falei?* Era o que ele faria, se estivesse do outro lado. Não livraria a cara de ninguém completamente equivocado sobre alguma coisa sem ao menos uma provocação amistosa.

Viu Jodie Garber. Ela lhe contaria. Não, isso não era possível. Ela não estava morta. Apenas uma pessoa morta poderia gritar com você na outra vida, certo? Uma pessoa viva não poderia fazer isso. Isso era bem óbvio. Uma pessoa viva não estava na vida após a morte, e Jodie Garber era uma pessoa viva. Ele se assegurara disso. Essa tinha sido toda a questão.

E, de qualquer maneira, tinha certeza de que nunca discutira a vida após a morte com Jodie Garber. Ou será que discutira? Quem sabe há muitos anos, quando ela ainda era uma criança. Mas esta era Jodie Garber. E ia falar com ele. Sentou-se na frente dele e empurrou o cabelo para trás das orelhas. Longos cabelos loiros, orelhas pequenas.

— Olá, Reacher — disse ela.

Era a voz dela. Sem dúvida. Sem chance de erro. Então talvez ela estivesse morta. Pode ter sido um acidente de carro. Isso seria uma ironia dos diabos. Talvez ela tenha sido atropelada por um caminhão em alta velocidade na baixa Broadway, a caminho de casa, na volta do World Trade Center.

— Olá, Jodie — respondeu ele.

Ela sorriu. Houve comunicação. Então, talvez ela estivesse morta. Somente uma pessoa morta poderia ouvir outra. Mas ele precisava saber.

— Onde nós estamos? — perguntou.

— St. Vincent — respondeu ela.

São Pedro, foi o que ele a ouviu dizer. Era o sujeito que cuidava dos portões do céu. Ele vira as fotos. Bem, não eram realmente fotos, mas desenhos, pelo menos. Era um velho barbudo que usava uma túnica. Ficava sobre um púlpito e perguntava os motivos pelos quais ele deveria deixar você entrar. Mas não se lembrava de São Pedro lhe fazendo qualquer pergunta. Talvez isso acontecesse mais tarde. Talvez precisasse sair para depois tentar entrar novamente.

Mas quem era St. Vincent? São Vicente? Talvez o cara que dirigia o lugar em que você ficava esperando as perguntas de São Pedro. Como no acampamento de recrutas. Talvez o responsável pelo equivalente, lá, ao forte Dix. Bem, isso não seria problema. Ele arrasara no acampamento de recrutas. A época mais fácil de sua vida. Poderia encarar outra vez. Mas ficou irritado com isso. Fora major, pelo amor de Deus. Tinha sido um astro. Recebera medalhas. Por que diabos precisaria passar pelo acampamento de recrutas, tudo de novo?

E por que Jodie estava ali? Ela deveria estar viva. Ele percebeu que sua mão esquerda estava fechada. Estava profundamente irritado. Tinha

Alerta Final

451

salvado a vida dela porque a amava. Então, por que agora ela estava morta? Que diabos estava acontecendo? Ele se esforçou para ficar em pé. Alguma coisa o prendia. Que diabos! Ele conseguiria algumas respostas ou então ia sobrar para alguém.

— Tenha calma — disse-lhe Jodie.

— Quero falar com São Vicente — respondeu. — E quero vê-lo agora. Diga a ele para arrastar aquela bunda gorda e patética até esta sala em cinco minutos ou eu vou ficar aborrecido de verdade.

Ela olhou para ele e concordou com a cabeça.

— Certo — respondeu ela.

Então, ela desviou o olhar e se levantou. Desapareceu de sua vista, e ele se deitou de volta. O lugar não era nenhum tipo acampamento para recrutas. Era silencioso demais, e os travesseiros eram macios.

Olhando para trás, deveria ter sido um choque. Mas não foi. O quarto simplesmente entrou em foco, ele viu a decoração, os equipamentos brilhantes e pensou *hospital*. Deixou de estar morto para estar vivo e deu de ombros, a atenção que um homem ocupado dá ao perceber que se enganou sobre o dia da semana.

O quarto estava iluminado pelo sol. Ele virou a cabeça e viu uma janela. Jodie estava sentado numa cadeira, lendo, a seu lado. Ele manteve sua respiração baixinho e ficou olhando para ela. Seus cabelos estavam lavados e brilhantes. Caíam além dos ombros e enrolavam um fio entre o indicador e o polegar. Usava um vestido amarelo, sem mangas. Seus ombros estavam morenos, pelo verão. Ele via as pontinhas dos ossos no alto. Os braços eram longos e finos. As pernas estavam cruzadas. Ela vestia mocassins marrons, combinando com o vestido. Os tornozelos brilhavam, bronzeados.

— Olá, Jodie — disse.

Ela virou a cabeça e olhou para ele. Procurou alguma coisa em seu rosto e, quando encontrou, deu um sorriso.

— Olha quem acordou... — disse ela. Ela deixou o livro de lado e se levantou. Deu três passos, curvou-se e o beijou suavemente nos lábios.

— St. Vincent — disse ele. — Você me disse, mas eu estava confuso.

Ela concordou.

— Você estava cheio de morfina. Eles estavam bombeando em você feito loucos. Sua corrente sanguínea teria feito a felicidade de todos os viciados de Nova York.

Ele concordou. Olhou para o sol na janela. Parecia ser de tarde.

— Que dia é hoje?

— Estamos em julho. Você ficou apagado por três semanas.

— Minha nossa, eu deveria estar com fome.

Ela deu a volta pela cama e se colocou à esquerda dele. Colocou a mão em seu antebraço. Estava virado com a palma para cima, e havia tubos entrando pelas veias na dobra do cotovelo.

— Eles estão te alimentando — disse ela. — Garanti que você recebesse aquilo de que gosta. Um monte de glicose e soro fisiológico.

Ele concordou.

— Nada é melhor do que soro fisiológico.

Ela ficou em silêncio.

— O quê? — perguntou ele.

— Você lembra?

Ele concordou novamente.

— De tudo.

Ela engoliu em seco.

— Não sei o que dizer — sussurrou ela. — Você levou um tiro por mim.

— A culpa foi minha. Fui muito lento. Eu deveria tê-lo enganado e acertado primeiro. Mas, aparentemente, sobrevivi, e ele não. Então, não diga nada. Estou falando sério. Nem toque no assunto.

— Mas tenho que te agradecer — sussurrou ela.

— Talvez eu é que devesse dizer obrigado. É bom conhecer alguém por quem vale a pena levar um tiro.

Ela concordou, mas não porque estava concordando. Era apenas um movimento físico, aleatório, para cortar o choro.

Alerta Final 453

— Então, como eu estou? — perguntou ele.

Ela fez um longo silêncio.

— Vou chamar o médico — respondeu em voz baixa. — Ele pode explicar melhor do que eu.

Ela saiu, e um cara de jaleco branco entrou. Reacher sorriu. Era o cara que o Exército tinha enviado para dar cabo dele no fim do desfile. Era um homem atarracado e peludo, que poderia ter encontrado trabalho como profissional de luta livre.

— Você sabe alguma coisa sobre computadores? — perguntou ele.

Reacher encolheu os ombros e começou a se preocupar, achando que isso era um código inicial para as más notícias sobre uma lesão cerebral, deficiência, perda de memória ou de função.

— Computadores? — perguntou. — Não muito.

— Certo, então imagine um supercomputador funcionando a toda. Nós o alimentamos com tudo o que sabemos sobre a fisiologia humana e tudo o que sabemos sobre ferimentos à bala, e depois pedimos que ele projete a pessoa do sexo masculino mais bem-equipada para sobreviver a um tiro de 38 no peito. Suponha que fique ruminando os dados por uma semana. O que ele produz no final?

Reacher encolheu os ombros.

— Não sei.

— Uma foto sua, meu amigo — disse o médico. — É isso. Aquela porcaria de bala nem sequer penetrou seu pulmão. Seu músculo peitoral é tão grosso e denso que a fez parar antes. Como um colete de oito centímetros de espessura à prova de balas. Saiu pelo outro lado da parede muscular, bateu numa costela e ficou ali.

— Então, por que apaguei por três semanas? — perguntou imediatamente. — Não foi por um ferimento muscular ou uma costela quebrada, com certeza. A minha cabeça está boa?

O médico fez uma coisa estranha. Ele bateu palmas e deu um soco no ar. Depois, aproximou-se, com um imenso sorriso no rosto.

— Eu estava preocupado com isso — disse. — Muito preocupado. Um ferimento feio. Achei que fosse de uma pistola de pregos, até que me

disseram que eram os restos de um móvel atingido por um tiro de espingarda. Penetrou seu crânio e uns três milímetros do cérebro. No lobo frontal, meu amigo, péssimo lugar para levar uma pregada. Se eu tivesse que ter um prego enfiado na minha cabeça, o lobo frontal definitivamente não seria a minha primeira escolha. Mas, se eu tivesse que ver um prego enfiado no lobo frontal de *qualquer outra pessoa*, eu escolheria o seu, porque você tem o crânio mais grosso do que o de um homem de Neandertal. Em qualquer pessoa normal, aquele prego teria entrado até o fundo e seria tchau e bênção.

— Então, estou bem? — perguntou Reacher novamente.

— Você acabou de nos economizar dez mil dólares em testes — respondeu o médico alegremente. — Eu lhe dei a notícia sobre o peito, e o que você fez? Analiticamente, comparou com seu banco de dados interno, percebeu que não era um ferimento muito grave, que não precisaria de três semanas em coma, lembrou-se da outra lesão, somou dois e dois, e fez a pergunta certa. Imediatamente. Sem hesitação. Pensamento rápido e lógico, organização das informações pertinentes, conclusão rápida, questionamento lúcido da fonte de uma possível resposta. Nada de errado com sua cabeça, meu amigo. Considere isso uma opinião profissional.

Reacher concordou, lentamente.

— Então, quando posso dar o fora daqui?

O médico pegou a ficha médica que estava junto ao pé da cama. Uma pilha de papel presa a uma prancheta de metal. Ele a folheou.

— Bem, sua saúde é excelente, em geral, mas é melhor você ficar em observação um pouco mais. Uns dois dias, talvez.

— Sem chance. Saio hoje à noite.

O médico concordou com a cabeça.

— Bem, vamos ver como se sente daqui a uma hora.

Ele se aproximou e pegou uma válvula na base de uma das bolsas de soro. Mexeu na graduação e bateu num tubo com o dedo. Observou cuidadosamente, assentiu com a cabeça e saiu do quarto. Passou por Jodie na porta. Ela estava entrando com um sujeito vestindo um paletó listrado, de cerca de 50 anos, pálido, cabelos grisalhos curtos. Reacher olhou para ele e pensou *aposto que esse cara é do Pentágono.*

Alerta Final 455

— Reacher, este é o general Mead — disse.

— Comando do Exército — disse Reacher.

O cara de paletó olhou para ele, surpreso.

— Já nos conhecemos?

Reacher balançou a cabeça.

— Não, mas eu sabia que um de vocês apareceria farejando por aqui, assim que eu acordasse e estivesse bem.

Mead sorriu.

— Ficamos praticamente acampados ali fora. Para ser franco, gostaríamos que você ficasse em silêncio sobre essa história com Carl Allen.

— Sem chance — disse Reacher.

Mead sorriu de novo e esperou. Ele era um burocrata do Exército experiente o bastante para conhecer como tudo funcionava. Leon costumava dizer que *uma mão lava a outra.*

— Os Hobie — disse Reacher. — Leve os dois para Washington, de primeira classe, num hotel cinco estrelas, mostre o nome do filho no Muro e certifique-se de colocar um pelotão em forma, em farda de gala, saudando feito doidos pelo tempo em que eles estiverem lá. Aí eu vou ficar quieto.

Mead concordou.

— Considere feito — disse ele. Levantou-se e saiu. Jodie sentou-se no pé da cama.

— E a polícia? — perguntou Reacher. — Vou ter que responder por alguma coisa?

Ela balançou a cabeça.

— Allen era um assassino de policiais — disse ela. — Se você acertar com a polícia de Nova York, nunca mais vai receber uma multa na vida. Foi autodefesa, todo mundo está limpo.

— E sobre a minha arma? Era roubada.

— Não, era a arma de Allen. Você lutou e tirou dele. A sala estava cheia de testemunhas que viram o que você fez.

Ele concordou, lentamente. Viu o jato de sangue e miolos mais uma vez, de quando atirou nele. Um belo tiro, pensou. Sala escura, estresse, um

prego na cabeça, uma bala de 38 no peito, bem no alvo. Muito, muito perto de um tiro perfeito. Então ele viu o gancho novamente, no rosto de Jodie, aço duro contra o tom de mel da pele dela.

— Você está bem? — perguntou ele.
— Estou legal — respondeu ela.
— Tem certeza? Nenhum pesadelo?
— Nada de pesadelos. Já sou grandinha.

Ele concordou outra vez. Lembrou-se da primeira noite juntos. Uma menina crescida. Parecia um milhão de anos atrás.

— Mas *você* está bem? — perguntou ela de volta.
— O médico acha que sim. Me chamou de homem de Neandertal.
— Estou falando sério.
— Como pareço estar?
— Vou te mostrar — disse ela.

Ela foi até o banheiro e voltou com o espelho da parede. Era redondo, com uma moldura plástica. Ela apoiou nas pernas dele, ele segurou com a mão direita e olhou. Ainda estava com um bronzeado incrível. Olhos azuis. Dentes brancos. Sua cabeça fora raspada. O cabelo tinha crescido de volta uns três milímetros. O lado esquerdo de seu rosto estava salpicado de cicatrizes. O buraco do prego na testa se perdia em meio aos escombros de uma vida longa e violenta. Ele conseguia distingui-lo porque era uma cicatriz mais vermelha e recente do que o restante, mas não era maior do que a marca de um centímetro e meio, seu irmão Joe acertara um caco de vidro em alguma briga de infância há muito esquecida, sem motivo algum, exatamente no mesmo ano em que o Huey de Hobie caiu. Ele inclinou o espelho e viu a ampla atadura sobre o peito, branca como a neve em contraste com o bronzeado. Achou que havia perdido apenas uns 15 quilos. De volta aos 100, seu peso normal. Ele entregou o espelho de volta para Jodie e tentou se sentar. De repente, sentiu-se tonto.

— Quero dar o fora daqui — disse.
— Tem certeza? — perguntou ela.

Ele concordou. Tinha certeza, mas estava com muito sono. Colocou a cabeça no travesseiro, apenas temporariamente. A cama estava quente, e o

Alerta Final 457

travesseiro, macio. A cabeça pesava uma tonelada, e os músculos do pescoço eram incapazes de movê-la. O quarto estava escurecendo. Ele virou os olhos para cima e viu as bolsas de soro penduradas a distância, muito acima dele. Viu a válvula que o médico tinha ajustado. Tinha mexido na graduação. O som fora um clique plástico. Tinha alguma coisa escrita na bolsa. Estava de cabeça para baixo. Ele se concentrou para ler. Teve que se esforçar. Eram letras verdes. Dizia *morfina*.

— Merda — murmurou, e o quarto girou para longe rumo à escuridão total.

Quando abriu os olhos novamente, o sol havia se posto. Era o início do dia. Manhã, não tarde. Jodie estava sentada na cadeira perto da janela, lendo. O mesmo livro. Tinha avançado mais um centímetro nas páginas. O vestido era azul, e não amarelo.

— É amanhã — disse ele.

Ela fechou o livro e se levantou. Chegou perto, se inclinou e beijou seus lábios. Ele a beijou de volta, cerrou os dentes e tirou as agulhas de soro do braço, deixando-as cair ao lado da cama. Começaram a pingar no chão. Ele se arrastou, levantando-se contra os travesseiros, e passou a mão no couro cabeludo arrepiado.

— Como se sente? — perguntou ela.

Ficou sentado na cama e se concentrou em pesquisar seu corpo lentamente, começando pelos dedos dos pés e terminando no topo da cabeça.

— Bem — respondeu.

— Tem umas pessoas aqui que querem ver você — disse ela. — Souberam que você estava de volta.

Ele concordou e se esticou. Dava para sentir o ferimento no peito. Era do lado esquerdo. Estava mais fraco ali. Esticou a mão esquerda até o suporte das bolsas de soro. Era uma barra de aço inoxidável vertical com uma curva em espiral no alto, de onde as bolsas pendiam. Ele apoiou a mão na espiral de aço e apertou com força. Sentiu a ardência na dobra do cotovelo, onde as agulhas estiveram, e o peito sensível, por onde a bala passara, mas a espiral de aço tinha sido achatada e ficado mais oval. Ele sorriu.

— Certo, mande entrar — disse.

Sabia quem eram antes de entrarem. Percebeu pelo som. As rodas do carrinho de oxigênio rangeram. A velha senhora ficou de lado e deixou o marido entrar primeiro. Estava usando um vestido novo. Ele usava o mesmo velho terno de sarja azul. Ele empurrou o carrinho diante dela e parou. Continuou segurando o cabo com a mão esquerda e levantou a direita em uma continência trêmula. Manteve-a por um longo tempo, e Reacher respondeu da mesma forma. Assumiu sua melhor posição de sentido e manteve a continência firme, com absoluta sinceridade durante cada segundo. Então, baixou a mão, e o velho empurrou o carrinho devagar em sua direção, com a esposa se agitando atrás.

Eram pessoas modificadas. Continuavam velhos, frágeis, mas estavam serenos. Saber que seu filho está morto é melhor do que não saber, pensou. Ele voltou a pensar no laboratório sem janelas de Newman, no Havaí, e se lembrou do caixão de Allen com o esqueleto de Victor Hobie dentro dele. Os velhos ossos de Victor Hobie. Lembrava-se muito bem. Eram distintos. O arco suave da sobrancelha, o crânio redondo e alto. Os dentes brancos e uniformes. Os membros longos e claros. Um esqueleto nobre.

— Ele foi um herói, vocês sabem.

O velho concordou.

— Ele cumpriu o dever.

— Muito mais do que isso — respondeu Reacher. — Li seu registro. Conversei com o general DeWitt. Era um piloto corajoso, que fez mais do que deveria. Salvou muitas vidas com sua coragem. Se estivesse vivo, teria três estrelas agora. Seria o general Victor Truman Hobie, com um comando importante em algum lugar ou no Pentágono.

Era o que precisavam ouvir, mas, ainda assim, era a verdade. A velha pôs a mão magra e pálida sobre a do marido, e eles se sentaram em silêncio, os olhos úmidos e voltados para dezoito mil quilômetros dali. Contavam histórias do que ele poderia ter sido para si mesmos. O passado se estendia em linha reta e sem complicações, e agora estava bem-amputado por uma morte nobre em combate, deixando apenas sonhos honestos pela frente. Estavam recuperando esses sonhos pela primeira vez, porque agora eram

Alerta Final

legítimos. Sonhos que agora os fortaleciam, como o oxigênio assobiando para dentro e para fora da garrafa no ritmo da respiração irregular do velho.

— Posso morrer feliz agora — disse ele.

Reacher balançou a cabeça.

— Não, ainda não pode. Vocês devem ir ver o Muro. O nome dele estará lá. Quero que me tragam uma foto.

O velho concordou, e sua esposa deu um sorriso choroso.

— A srta. Garber nos disse que você talvez fosse morar em Garrison — disse ela. — Que talvez seja nosso vizinho.

Reacher concordou.

— É possível — disse ele.

— A srta. Garber é uma boa moça.

— Sim, senhora, é mesmo.

— Pare de conversa fiada — disse o velho a ela. Então comentaram que não poderiam ficar, pois o vizinho os levara de carro até lá e tinha que voltar. Reacher observou-os se afastar ao longo do corredor. Assim que foram embora, Jodie entrou, sorrindo.

— O médico disse que você pode sair.

— Então, você pode me levar? Já conseguiu um carro novo?

Ela balançou a cabeça.

— Apenas um alugado. Não tive tempo para fazer compras. A Hertz me trouxe um Mercury. Tem navegação por satélite.

Ele esticou os braços acima da cabeça e flexionou os ombros. Sentia-se bem. Surpreendentemente bem. As costelas estavam bem. Sem dor.

— Preciso de roupas. Acho que aquelas velhas se acabaram.

Ela concordou.

— Os enfermeiros as deixaram em pedaços com uma tesoura.

— Você estava aqui na hora?

— Estive aqui o tempo todo. Estou morando num quarto no final do corredor.

— E o trabalho?

— Estou de licença. Disse a eles que ou concordavam ou eu me demitiria.

Ela se abaixou para abrir um armário laminado, de onde tirou uma pilha de roupas. Uma calça jeans nova, camisa nova, casaco novo, meias e cuecas novos, tudo dobrado e empilhado, os sapatos velhos por cima, no melhor estilo do Exército.

— Nada de especial. Eu não queria ficar muito tempo fora. Queria estar com você quando acordasse.

— Você ficou aqui por três semanas?

— Pareceram três anos. Você estava moído. Em coma. Estava horrível. Muito mal.

— E esse negócio de satélite? Será que Garrison aparece lá?

— Você vai para lá?

Ele deu de ombros.

— Acho que sim. Preciso pegar leve, certo? O ar do campo pode me fazer bem.

Então, ele desviou os olhos dela, para o longe.

— Talvez você pudesse ficar comigo um tempo, sabe, me ajudar com a recuperação.

Ele se livrou do lençol e deixou os pés escorregarem até o chão. Levantou-se, devagar e sem firmeza, e começou a se vestir, enquanto ela o segurava pelo cotovelo para que não caísse.

Este livro foi impresso no
Sistema Digital Instant Duplex da Divisão Gráfica da
DISTRIBUIDORA RECORD DE SERVIÇOS DE IMPRENSA S.A.
Rua Argentina, 171 – Rio de Janeiro/RJ – 20921-380 – Tel.: (21) 2585-2000